Αριστοτέλους 142

ΒΑΣΙΛΗΣ ΙΑΤΡΙΔΗΣ

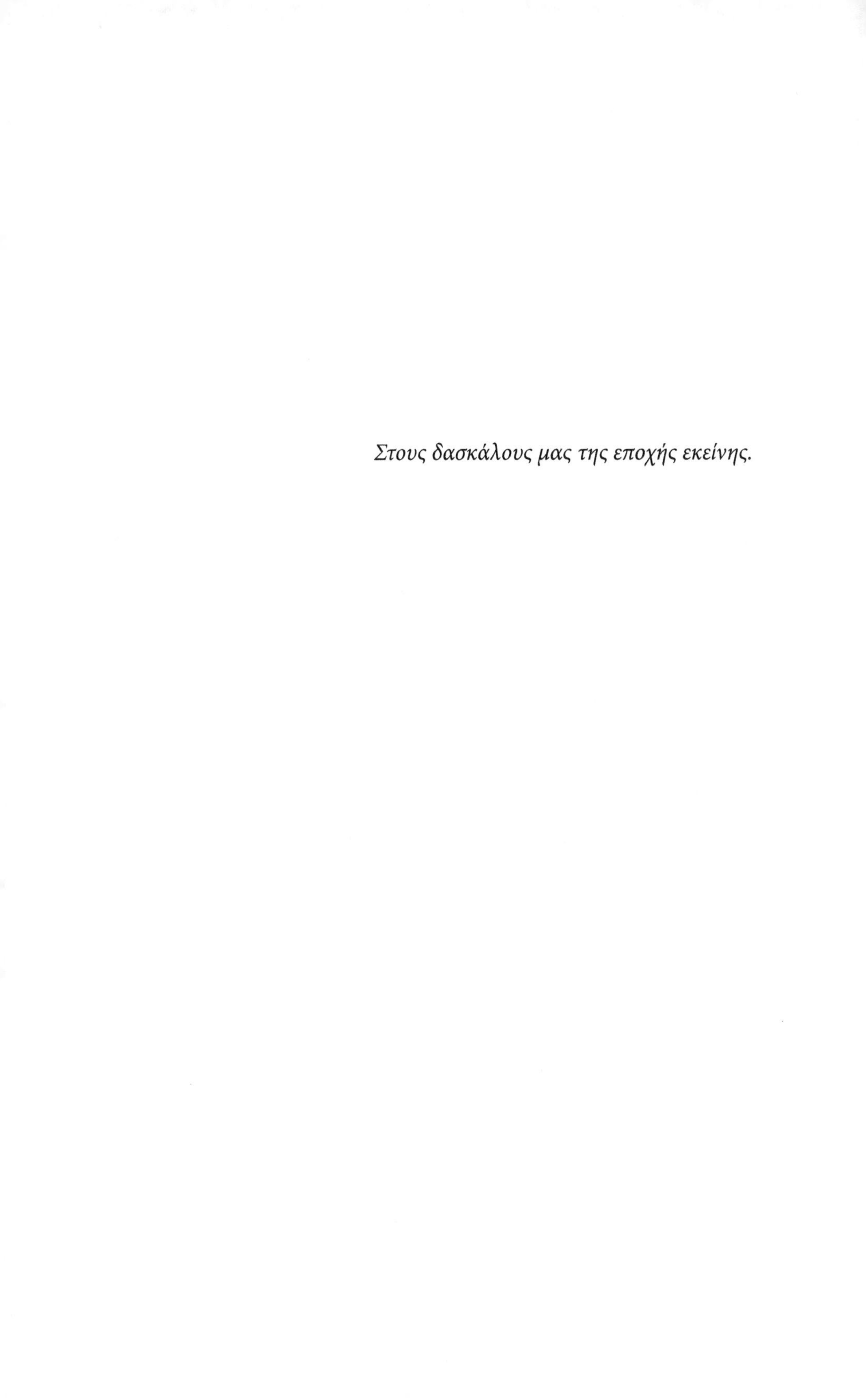

Στους δασκάλους μας της εποχής εκείνης.

Αριστοτέλους 142
© 2016 ΒΑΣΙΛΗΣ ΙΑΤΡΙΔΗΣ

Έκδοση-Επιμέλεια: Βασίλης Ιατρίδης

ISBN: 978-1-910370-71-1 (assigned to Stergiou Limited)
ISBN: 978-1-523748-97-6 (assigned to Createspace)
ePub ISBN: 978-1-910370-70-4 (assigned to Stergiou Limited)

Σχεδιασμός και διανομή: Vigla.Net

Εξώφυλλο: © 2016 Κωνσταντίνος Λευτεριώτης

Vigla.Net - Self-publishing services
Stergiou Limited.
Suite A, 6 Honduras Street
London EC1Y 0TH
United Kingdom
http://stergioultd.com
publications@stergioultd.com
publications@vigla.net

ΠΕΡΙΕΧΟΜΕΝΑ

ΠΡΟΛΟΓΟΣ   9

ΠΡΟΠΟΛΕΜΙΚΑ. *1939*   11

ΓΛΥΦΑΔΑ. *1939*   14

ΕΛΛΗ (ΤΟ ΠΟΛΕΜΙΚΟ ΠΛΟΙΟ). *1940*   17

ΤΟ ΔΙΑΜΕΡΙΣΜΑ. *1939 - 1962*   20

28 ΟΚΤΩΒΡΙΟΥ 1940   22

Ο ΠΟΛΕΜΟΣ   24

ΤΟ ΣΠΙΤΙ ΣΤΗΝ ΠΛΑΤΕΙΑ ΒΑΘΗ. *1940*   24

Η ΕΛΛΗΝΙΚΗ ΣΗΜΑΙΑ ΟΙ ΝΙΚΕΣ
ΚΑΙ Ο ΠΑΠΑΝΙΚΟΛΗΣ. *1940-1941*   27

ΤΟ ΣΧΟΛΕΙΟ   30

ΙΤΑΛΟΙ ΚΑΙ ΓΕΡΜΑΝΟΙ. *1941*   30

Ο ΙΤΑΛΟΣ ΚΑΙ ΤΟ ΤΡΙΚΩΧΟ ΚΑΠΕΛΟ ΜΕ ΤΑ ΦΤΕΡΑ . *1941/2*   32

ΧΕΙΜΩΝΑΣ. *1941 – 1942*   34

Η ΘΕΡΜΑΝΣΗ. *1942*   36

ΡΑΔΙΟΦΩΝΑ ΕΚΠΟΜΠΕΣ ΚΑΙ ΚΕΡΑΙΕΣ *1942–1943*   42

ΠΑΡΑΜΥΘΙΑ ΤΟΥ ΠΑΠΠΟΥ ΚΑΙ ΤΑ ΤΡΕΝΑ. 1943   46

ΤΑ ΟΛΟΝΥΚΤΙΑ ΠΑΡΤΙ ΤΩΝ ΜΕΓΑΛΩΝ. *1943*   48

ΕΡΓΑΣΙΕΣ, ΕΠΑΓΕΛΜΑΤΑ, ΤΩΝ ΓΟΝΙΩΝ,
ΣΥΓΓΕΝΩΝ ΚΑΙ ΦΙΛΩΝ. *1943*   50

11 ΙΑΝΟΥΑΡΙΟΥ 1944   52

ΑΠΟΨΗ ΤΟΥ ΠΕΙΡΑΙΑ   52

ΤΟ ΣΧΟΛΕΙΟ ΚΑΙ ΠΡΟΕΤΟΙΜΑΣΙΕΣ
ΤΗΣ ΑΠΕΛΕΥΘΕΡΩΣΗΣ. *1944*   55

ΤΕΩΣ ΠΡΩΘΥΠΟΥΡΓΙΚΟ ΣΠΙΤΙ ΣΤΗΝ ΟΔΟ ΑΧΑΡΝΩΝ.1944   58

ΤΑ ΞΑΔΕΡΦΙΑ, Ο ΠΕΤΡΟΠΟΛΕΜΟΣ
ΚΑΙ ΟΙ ΚΡΕΜΑΣΜΕΝΟΙ. *1944*   63

ΣΤΟ ΤΟΥΡΚΟΛΙΜΑΝΟ. *Καλοκαίρι 1944*   69

Η ΑΠΕΛΕΥΘΕΡΩΣΗ. *Δεκέμβριος 1944*   73

ΕΠΑΝΟΔΟΣ ΣΕ ΣΧΕΤΙΚΗ ΟΜΑΛΟΤΗΤΑ. *1945*   90

ΤΟ ΜΕΓΑΛΟ ΤΑΞΙΔΙ ΣΤΗ ΜΥΤΙΛΗΝΗ. *1945*   91

ΣΤΗΝ ΑΘΗΝΑ. *1945 – 1947*   99

ΔΙΑΚΟΠΕΣ ΣΤΗΝ ΠΑΡΟ. *1948* ... 106

ΤΡΙΤΗ ΓΥΜΝΑΣΙΟΥ. *1949 - 1950* ... 111

Η ΕΚΔΡΟΜΗ ΣΤΗΝ ΑΝΑΒΥΣΣΟ. *1950* ... 123

ΑΙΓΙΝΑ ... 125

ΚΑΛΟΚΑΙΡΙΝΕΣ ΔΙΑΚΟΠΕΣ. *1950* ... 125

ΤΕΤΑΡΤΗ ΓΥΜΝΑΣΙΟΥ. *1950 - 1951* ... 130

Ο ΚΑΘΗΓΗΤΗΣ ΜΕ ΤΟ ΚΟΜΠΛΕΞ ... 133

Ο ΠΟΙΗΤΗΣ ΝΙΚΟΣ ΚΑΒΒΑΔΙΑΣ ΚΑΙ Ο ΙΣΠΑΝΙΚΟΣ ΕΜΦΥΛΙΟΣ ... 135

Η ΜΕΓΑΛΗ ΣΥΓΚΕΝΤΡΩΣΗ ΤΗΣ ΧΡΟΝΙΑΣ. *1951* ... 138

ΤΟ ΚΑΛΟΚΑΙΡΙ ΚΑΙ ΠΑΛΙ ΣΤΗΝ ΑΙΓΙΝΑ ... 149

ΤΟ ΠΟΛΥΓΩΝΟ ΣΤΗΝ ΑΘΗΝΑ. *1951* ... 149

ΠΕΜΠΤΗ ΓΥΜΝΑΣΙΟΥ. *1951 - 1952* ... 155

ΑΠΑΓΟΡΕΥΣΗ ΤΩΝ ΠΑΡΤΙ ... 155

ΕΛΕΓΧΟΙ ΒΑΘΜΟΛΟΓΗΣΗ ΕΞΑΜΗΝΟΥ. *1952* ... 168

ΣΑΒΒΑΤΙΑΤΙΚΗ ΔΙΑΣΚΕΔΑΣΗ. *1952* ... 173

ΤΟ ΝΕΟ ΣΧΟΛΕΙΟ ΣΤΟ ΨΥΧΙΚΟ. *1952* ... 177

ΔΙΑΚΟΠΕΣ ΣΤΗ ΚΥΘΝΟ. *Χταπόδια, Πέρδικες, Ψάρια και Σεξ. 1952* ... 180

ΣΤΟ ΨΥΧΙΚΟ. *Εκτη Γυμνασίου. 1952-1953* ... 193

ΤΟ ΝΑΤΟ ΚΑΙ ΟΙ ΣΥΖΗΤΗΣΕΙΣ ΤΩΝ ΜΕΓΑΛΩΝ. *1952* ... 201

ΔΕΥΤΕΡΗ ΜΕΡΑ ΣΤΗΝ ΕΚΤΗ ΓΥΜΝΑΣΙΟΥ. *1952* ... 204

ΜΑΘΗΜΑ ΙΣΤΟΡΙΑΣ. *1952* ... 208

ΑΝΤΙΓΡΑΦΗ ΣΤΑ ΜΑΘΗΜΑΤΙΚΑ. *1952* ... 211

ΑΓΓΛΙΚΑ ΑΝΤΙ ΓΑΛΛΙΚΩΝ. *1952* ... 213

Η ΑΠΟΣΤΡΑΤΕΙΑ ΤΟΥ ΘΕΙΟΥ ΜΙΛΤΟΥ
ΚΑΙ ΟΙ ΣΥΖΗΤΗΣΕΙΣ ΤΩΝ ΜΕΓΑΛΩΝ ... 216

ΠΟΛΛΑ ΑΚΑΤΑΛΛΗΛΑ ΓΙΑ ΑΝΗΛΙΚΟΥΣ. *Δεκέμβριος 1952* ... 216

ΤΟ ΜΑΘΗΜΑ ΤΩΝ ΘΡΗΣΚΕΥΤΙΚΩΝ
ΚΑΙ Η ΑΝΤΙΔΡΑΣΤΙΚΗ ΣΥΝΩΜΟΣΙΑ ΜΑΣ. *1952* ... 220

ΑΝΑΒΟΛΗ ΤΗΣ ΜΑΡΩΣ ΠΡΟΣ ΟΦΕΛΟΣ ΤΗΣ ΜΠΕΤΤΥΣ ... 225

ΜΕ ΤΟ ΠΟΔΗΛΑΤΟ. *1952* ... 225

ΟΙ ΠΟΛΙΤΙΚΕΣ ΚΑΙ ΑΛΛΕΣ ΣΥΖΗΤΗΣΕΙΣ ΤΗΣ ΕΠΟΧΗΣ ... 233

ΤΑ ΑΤΟΜΙΚΑ ΔΕΛΤΙΑ ΤΟΥ ΣΧΟΛΕΙΟΥ. *1953* ... 243

ΑΝΤΙΘΡΗΣΚΕΥΤΙΚΕΣ ΠΡΟΕΤΟΙΜΑΣΙΕΣ! ... 246

ΠΡΟΓΡΑΜΜΑΤΙΣΜΟΣ ΔΙΑΚΟΠΩΝ. *1953* — 246

ΟΙ ΘΡΗΣΚΕΥΤΙΚΕΣ ΜΑΣ ΑΠΟΡΙΕΣ. *1953* — 248

ΣΤΟ ΣΠΙΤΙ ΤΗΣ ΜΠΕΤΤΥΣ ΣΤΗ ΦΙΛΟΘΕΗ. *1953* — 251

ΟΙ ΔΙΑΓΩΝΙΣΜΟΙ. *1953* — 255

ΤΟ ΠΑΡΤΙ ΣΤΟΝ ΠΑΝΑΓΙΩΤΗ. *1953* — 259

ΜΥΚΟΝΟΣ. *1953* — 261

ΚΥΛΛΗΝΗ – ΔΥΤΙΚΗ ΠΕΛΟΠΟΝΝΗΣΟΣ. *1953* — 267

ΟΙ ΣΕΙΣΜΟΙ ΣΤΑ ΙΟΝΙΑ. *1953* — 271

ΕΒΔΟΜΗ ΓΥΜΝΑΣΙΟΥ- ΑΘΗΝΑ. *Φθινόπωρο 1953* — 277

ΕΚΔΡΟΜΗ ΣΤΗ ΠΑΡΝΗΘΑ. *1953* — 287

ΣΤΟ ΜΠΟΥΡΔΕΛΛΟ. *1953* — 290

ΞΕΝΑΓΗΣΗ ΑΚΡΟΠΟΛΗ, ΘΕΑΤΡΟ ΔΙΟΝΥΣΟΥ, ΠΝΥΚΑ. *1954* — 294

FROM HERE TO ETERNITY. *1954* — 300

ΤΑ ΕΙΣ... –ΜΙ ΑΝΩΜΑΛΑ ΡΗΜΑΤΑ. *1954* — 302

ΚΑΤΑΡΓΟΥΝΤΑΙ ΤΑ ΜΕΤΡΑ - ΑΔΕΙΕΣ ΓΙΑ ΤΑ ΠΑΡΤΙ. *1954* — 311

Ο ΛΟΡΔΟΣ ΜΠΑΫΡΟΝ 'Η ΒΥΡΩΝ..ΑΣ. *1954* — 314

ΟΙ ΣΥΝΗΘΕΙΣ ΣΥΖΗΤΗΣΕΙΣ ΤΩΝ ΜΕΓΑΛΩΝ. *1954* — 317

ΕΚΔΡΟΜΗ ΣΤΟ ΑΜΦΙΑΡΑΕΙΟ ΑΓΙΟΥΣ ΑΠΟΣΤΟΛΟΥΣ. *1954* — 323

Ο ΙΠΠΟΛΥΤΟΣ ΤΟΥ ΕΥΡΙΠΙΔΗ. *1954* — 328

ΜΑΚΡΙΝΕΣ ΠΟΔΗΛΑΤΑΔΕΣ ΜΕΤΑ ΑΝΑΨΥΚΤΙΚΩΝ. *1954* — 336

ΚΑΙ ΠΑΛΙ ΟΙ ΜΕΓΑΛΟΙ ΜΕ ΠΟΛΙΤΙΚΕΣ ΚΑΙ ΠΑΓΚΟΣΜΙΕΣ ΕΙΔΗΣΕΙΣ ΚΑΙ ΕΞΕΛΙΞΕΙΣ. *1954* — 337

ΑΠΟΚΡΙΕΣ. *1954* — 340

ΟΝΕΙΡΑ ΚΑΙ ΟΝΕΙΡΩΞΕΙΣ — 347

ΚΑΙ ΠΗΡΕ ΤΗ ΘΕΣΗ ΤΟΥ ΤΟ ΤΗΛΕΦΩΝΟ! *1954* — 353

Η ΕΠΙΣΚΕΨΗ ΣΤΟ ΒΥΖΑΝΤΙΝΟ ΜΟΥΣΕΙΟ ΚΑΙ ΣΤΟ ΔΑΦΝΙ — 356

ΠΙΣΤΟΠΟΙΗΤΙΚΑ ΚΟΙΝΩΝΙΚΩΝ ΦΡΟΝΗΜΑΤΩΝ. *1954* — 362

ΕΠΙΣΚΕΨΗ ΣΤΟ ΕΡΓΟΣΤΑΣΙΟ ΛΙΠΑΣΜΑΤΩΝ. *1954* — 368

ΤΟ ΠΑΡΤΙ ΤΗΣ ΜΑΙΗΣ, ΤΗΝ ΠΡΩΤΟΜΑΓΙΑ *1954* — 372

ΣΤΟΝ ΚΙΝΗΜΑΤΟΓΡΑΦΟ — 374

Η ΒΙΟΓΡΑΦΙΑ ΤΟΥ ΙΔΡΥΤΟΥ ΤΟΥ ΕΡΥΘΡΟΥ ΣΤΑΥΡΟΥ. *1954* — 374

ΤΕΛΕΥΤΑΙΑ ΕΚΔΡΟΜΗ ΤΟΥ ΧΡΟΝΟΥ — 376

ΒΙΛΛΙΑ - ΠΟΡΤΟ ΓΕΡΜΕΝΟ. *1954* — 376

ΕΡΓΑ ΚΑΙ ΗΜΕΡΑΙ ΤΟΥ ΚΑΖΟΥΡΟΠΟΙΟΥ. *1954* — 380

ΟΙ ΔΙΑΓΩΝΙΣΜΟΙ ΑΠΟ ΤΗΝ ΕΒΔΟΜΗ ΣΤΗΝ ΟΓΔΟΗ. *1954* — 385

ΤΟ ΤΕΛΟΣ ΤΗΣ ΣΧΟΛΙΚΗΣ ΧΡΟΝΙΑΣ ΣΤΗΝ ΕΚΑΛΗ. *1954* — 390

ΚΑΛΟΚΑΙΡΙ *1954* — 392

ΣΠΕΤΣΕΣ - ΥΔΡΑ – ΠΕΛΟΠΟΝΝΗΣΟΣ — 392

ΣΤΗΝ ΟΓΔΟΗ ΓΥΜΝΑΣΙΟΥ. *1954* — 400

ΠΩΣ ΔΙΑΚΟΠΤΟΝΤΑΙ ΤΑ ΜΑΘΗΜΑΤΑ
ΜΕ ΕΠΕΜΒΑΣΕΙΣ ΤΗΣ ΔΙΕΥΘΥΝΣΗΣ. *1954* — 402

ΕΚΔΡΟΜΗ ΣΤΟ ΣΟΥΝΙΟ — 406

ΤΑ ΚΥΠΡΙΑΚΑ ΚΑΙ Η ΦΥΛΑΚΙΣΗ! — 408

Ο ΧΟΡΟΣ ΤΩΝ ΧΡΙΣΤΟΥΓΕΝΝΩΝ ΚΑΙ Η ΤΖΑΖ ΚΑΙ ΤΑ ΝΤΡΑΜΣ — 414

ΕΠΙΣΚΕΨΕΙΣ, ΑΓΑΘΟΕΡΓΙΕΣ,
ΕΝΗΜΕΡΩΣΗ ΚΑΙ ΑΛΛΕΣ ΔΡΑΣΤΗΡΙΟΤΗΤΕΣ. *1955* — 471

ΜΟΡΦΩΤΙΚΗ, ΠΟΛΙΤΙΣΤΙΚΗ ΚΙΝΗΣΗ ΚΑΙ ΠΡΩΤΕΣ
ΣΟΥΡΕΑΛΙΣΤΙΚΕΣ ΑΠΟΠΕΙΡΕΣ ΤΟ ΧΕΙΜΩΝΑ. *1955* — 420

Η ΠΟΛΥΗΜΕΡΟΣ ΕΚΔΡΟΜΗ — 433

ΠΟΛΥΗΜΕΡΗ ΕΚΔΡΟΜΗ
ΣΕ ΧΡΟΝΟΗΜΕΡΟΛΟΓΙΟ (ΠΕΙΡΑΤΙΚΗ ΕΚΔΟΣΗ). *1955* — 438

Η ΜΕΤΑ ΤΗΝ ΠΟΛΥΗΜΕΡΗ ΔΙΑΒΙΩΣΗ ΣΤΟ ΣΧΟΛΕΙΟ. *1955* — 450

Η ΤΕΛΙΚΗ ΤΕΛΕΤΗ ΑΠΟΦΟΙΤΗΣΗΣ ΙΟΥΛΙΟΣ. *1955* — 454

ΠΡΟΛΟΓΟΣ

Η ζωή από το 1939 περίπου μέχρι το 1955 σε ένα διαμέρισμα μιας από τις πρώτες προπολεμικές πολυκατοικίες της μέσο-μίκρο αστικής τότε οδού Αριστοτέλους, από το βλέμμα και τις απόψεις ενός ανηλίκου μαθητή της εποχής εκείνης.

Η μυθιστορηματική αυτή ανάπτυξη επιχειρεί να αναβιώσει όσο είναι δυνατό την εποχή εκείνη και σύγχρονα να αποδώσει τον τρόπο που μεγάλωναν τα παιδιά τότε από μικρότατης ηλικίας, μέχρι που τέλειωναν το Γυμνάσιο, αφού δεν είχε εφευρεθεί το Λύκειον.

Η διαδρομή και η αναδρομή στα χρόνια εκείνα μέσα από αρκετά ταραγμένες περιόδους και καταστάσεις νομίζω ότι ανταποκρίνεται σχετικά, στη πραγματικότητα μέσα από τη θεώρηση ενός μάλλον ανώριμου τότε νέου και γι' αυτό η απεικόνιση της μπορεί να είναι μόνο ...σχετική.

Η αναδρομή σε πολλές αναταραχές αρχίζει από τον πόλεμο και συνεχίζει στις μάχες της Αθήνας στον εμφύλιο και με πολλές αναφορές ιδιαίτερα στο πως αντιδρούσαν σταδιακά οι μαθητές στις διάφορες εξελίξεις.

ΠΡΟΠΟΛΕΜΙΚΑ

1939

Η Αριστοτέλους ήταν ένας ήσυχος χωμάτινος δρόμος. Άρχιζε από την Αγίου Μελετίου και τέλειωνε στην οδό Μάρνη. Διέσχιζε πολλούς δρόμους που ξεκίναγαν από τις γειτονιές: Κυψέλη, Μουσείο, Εξάρχεια και κατέληγαν στην οδό Αχαρνών. Τα πεζοδρόμια φυτεμένα με δέντρα καταπράσινα όλο το χρόνο. Άνθιζαν την άνοιξη με κόκκινα μπαλάκια και κρατούσαν όλο το καλοκαίρι. Τα λέγανε πιπεριές.

Η οδός Πιπίνου ήταν από τότε που θυμάμαι, άσφαλτος. Άρχιζε από την Κυψέλης, που περνούσε το τραμ. Διέσχιζε την Ιωάννου Δροσοπούλου και μετά κατηφορίζοντας τις γραμμές του τραμ στην Πατησίων, την 3ης Σεπτεμβρίου, την Αριστοτέλους, τη Φυλής, την Αχαρνών και τελείωνε στο άλλο, (το πρώτο ήταν στη Καλλιθέα), γκαράζ των τραμ, στην πλατεία Αττικής.

Πολλές ιστορίες και μικροεπεισόδια της προπολεμικής εποχής ξετυλίχτηκαν στη διασταύρωση της Πιπίνου με την Αριστοτέλους πριν αρχίσουν οι αγριότητες της κατοχής, των Δεκεμβριανών, του εμφύλιου και της εξέλιξης που ακολούθησε.

Εντυπωσιακό γεγονός για το 1939 ή 1940: Ένας μπόμπιρας, ετών όχι παραπάνω από πέντε ή έξι, παίζει μόνος του στη γωνία των δυο δρόμων. Καθώς χαζεύω από το μπαλκόνι του τέταρτου ορόφου της μοναδικής πολυκατοικίας, χρώματος ροζ, στη γειτονιά, σε μια από τις τέσσερις γωνιές της διασταύρωσης, βλέπω το παιδάκι να βουτάει τα χέρια του στις λάσπες μιας λακούβας, στη χωμάτινη Αριστοτέλους. Μετά, βγάζει μια χούφτα λάσπη, την πασπαλίζει με λίγο στεγνό χώμα και πλάθει στρογγυλά σχήματα σαν... κεφτεδάκια. Τα βάζει στη σειρά και όταν γίνουν πέντε, τα εκσφενδονίζει ένα, ένα στον άσπρο τοίχο του πρώτου διώροφου σπιτιού μετά τη γωνία. Αυτή η διασκέδαση παρατείνεται αρκετά. Όταν βαριέμαι από τη μονοτονία και ετοιμάζομαι να μπω μέσα στο σπίτι, ακούω κάτι σαν βρυχηθμό άγριου ζώου.

Επιστρέφω στο παρατηρητήριό μου στη γωνιά του μπαλκονιού και βλέπω κάτω στην Πιπίνου τον κύριο Σπιτόνδιο, όπως μάθαμε το όνομά του αργότερα, ψηλό ξερακιανό, ντυμένο με ριγέ ροζ πυτζάμες.

Έχει αρπάξει τον μπόμπιρα από τα χέρια και τον τινάζει σαν βρεμένο σφουγγαρόπανο πάνω κάτω χτυπώντας τον στο πεζοδρόμιο, ωρυόμενος ότι του λερώνει τον τοίχο. Ο μικρός ουρλιάζει από τους πόνους. Συγκίνηση και ανησυχία προκαλείται στη γειτονιά. Ανοίγουν πόρτες και παράθυρα, κόσμος βγαίνει στο δρόμο, σχολιάζει, φωνάζει και τελικά κάποιος αρπάζει από τα χέρια του κακοποιού το παιδί και τον σπρώχνει βρίζοντάς τον. Εκείνος κλείνει τη σιδερένια πόρτα και αποσύρεται από την αυλή μέσα στο σπίτι του. Στο μεταξύ έχουν καταφτάσει και οι γονείς του παιδιού. Εξάλλοι με την ανησυχία ζωγραφισμένη στα πρόσωπά τους, σηκώνουν τον μικρό, ξαπλωμένο και βγάζοντας γοερές κραυγές από το πεζοδρόμιο που είχε καταλήξει, τον παίρνουν και χωρίζουν καθώς εξαφανίζονται τρέχοντας, η μητέρα με το παιδί, στην αγκαλιά της, όπως λέει, για τον σταθμό Πρώτων Βοηθειών, που βρισκόταν τότε στις αρχές της 3ης Σεπτεμβρίου και δεν θεωρείτο μακριά. Ο δε πατέρας προς το Η. Αστυνομικό τμήμα στην οδό Μαυρογένους, ακόμα πιο κοντά από τον σταθμό Πρώτων Βοηθειών. Βγαίνει και η μητέρα μου στο μπαλκόνι. Η γειτόνισσα από το κάτω μπαλκόνι, με χοντρά μαύρα γυαλιά, της εξηγεί τι ακριβώς έγινε και με διακόπτει, διότι με θεωρεί μικρό για να καταλάβω πως και τι έγινε. Περνάνε δέκα λεπτά οι γείτονες ακόμα ανταλλάσσουν απόψεις, από μπαλκόνι σε μπαλκόνι και συζητούν μάλιστα και με άλλους που συγκεντρώθηκαν κάτω στο δρόμο. Και από μακριά, δηλαδή από το άλλο τετράγωνο, όπου βρισκόταν στη μια γωνιά Πιπίνου και Φυλής το μπακάλικο με το όνομα Τριχάς και διαγώνια απέναντι ο φούρνος γνωστός σαν του Κουκή, φαίνεται και ο αστυνόμος με τον πατέρα του μικρού. Πλησιάζουν και χτυπάνε το κουδούνι που βρισκόταν έξω από την αυλόπορτα, του Σπιτόνδιου. Βγαίνει μια υπηρέτρια, όπως της λέγανε τότε, και ρωτάει, μάλλον βλακωδώς, όπως σχολιάζει το κοινό, «Τι τον θέλουν τον κύριο;» Απότομα ο αστυνόμος της λέει: «Παρακαλώ αμέσως να βγει ο κύριος Σπιτόνδιος!» Σε δυο λεπτά αφού εξαφανίστηκε εκείνη στο εσωτερικό της αυλής, φάνηκε ο κύριος Σπιτόνδιος, ντυμένος με κοστούμι και γραβάτα.

Ρωτάει τον αστυνόμο που συγκρατούσε τον πατέρα του μικρού, έτοιμο να του επιτεθεί: «Τι συμβαίνει κύριε Αστυφύλαξ;» «Παρακαλώ να με ακολουθήσετε αμέσως στο τμήμα όπου θα σας δοθούν οι δέουσες εξηγήσεις.»

Άλλος κύριος με γραβάτα,κοστούμι και ψάθινο καπέλο προχωρεί στην Πιπίνου και απευθύνεται στον ιδιοκτήτη του γαλατάδικου που έφτιαχνε και γιαούρτια στο μονώροφο μαντρί του, στην άλλη γωνιά των δυο δρόμων. «Κύριε Φακούνη θέλετε να έρθετε μαζί; Διότι είσαστε παρών στο επεισόδιο και θα χρειαστεί η μαρτυρία σας.» «Ευχαρίστως κύριε Καββαδία, με μεγάλη χαρά, διότι τέτοια βαρβαρότητα δεν έχω ξαναδεί στη ζωή μου, αν και πολέμησα το είκοσι δύο!»

Φαίνεται ότι ο Καββαδίας, ιδιοκτήτης της πολυκατοικίας όπου μέναμε, δεν τα είχε καθόλου καλά με τον Σπιτόνδιο, από τότε, που όταν επέστρεψε με πολλά χρήματα από τη Νότιο Αφρική, αγόραζε παλιά σπίτια για να χτίσει πολυκατοικίες. Είχε κάνει κάποια σχετική πρόταση στον Σπιτόνδιο, που εκείνος απέρριψε, ή κάτι τέτοιο, όπως έτερος κουτσομπόλης γείτονας του δεύτερου ορόφου έσπευσε να διευκρινίσει. Εν πάσει περιπτώσει ο Σπιτόνδιος, αναχωρεί συνοδεία προς το τμήμα, όπου του υπεβλήθη μήνυση. Και έτσι έγινε θέμα συζήτησης στη γειτονιά για τουλάχιστον δυο μήνες, ακόμα και μετά το δικαστήριο, όπου του επεβλήθη εξαγοραζόμενη ποινή φυλάκισης και σοβαρό χρηματικό πρόστιμο. Ο καημένος ο μπόμπιρας έπαιζε ακόμα στο δρόμο, αλλά δεν ξανα-ασχολήθηκε με λασπωμένους… κεφτέδες όπως μάθαμε ότι τους έλεγε.

ΓΛΥΦΑΔΑ

1939

Τον Ιούνιο πραγματοποιείται η πρώτη μετακόμιση που θυμάμαι για διακοπές στη Γλυφάδα. Τόπος, παραθαλάσσιου παραθερισμού. Ολόκληρη η οικογένεια (παππούς – γιαγιά –θεία Μαρία), είχαν νοικιάσει ένα από τα μεγάλα σπίτια που επέζησαν μέχρι την επέκταση του αεροδρομίου, που το αποκαλούσαν Χασάνι. Το μόνο μεγάλο τριώροφο σπίτι – βίλα μπαρόκ - που βρισκόταν και βρίσκεται ακόμα, μέσα σε τεράστιο κήπο με ευκάλυπτους, πεύκα και άλλα δέντρα, πάνω στη θάλασσα ανήκε στον Νικολούδη, που ήταν Υπουργός Τύπου της Κυβέρνησης.

Τα λεωφορεία που εξυπηρετούσαν τη Γλυφάδα ήταν σαν μεγάλα αμάξια, χρώματος χακί με πολλές πόρτες. Κάθε πόρτα χρησίμευε για την προσέγγιση μιας σειράς πέντε, ή έξι συνεχόμενων καθισμάτων. Το καλοκαίρι κυκλοφορούσαν ανοιχτά, όταν όμως πιάναν οι δροσιές σκεπάζονταν με κουκούλα από καραβόπανο που έκλεινε, με κάποιο χειροκίνητο μηχανισμό. Έφευγαν, από την Ακαδημία κάθε μια ώρα, ή το κατακαλόκαιρο όποτε γέμιζαν και το χειμώνα μια φορά την ημέρα, διότι ποιος έμενε στη Γλυφάδα,μετά τον Σεπτέμβριο;

Οι μετακομίσεις που έβλεπα πέρναγαν στους δρόμους της Αθήνας, και γινόνταν με κάρα που έσερναν ένα, ή δυο άλογα, σπάνια με τα ελάχιστα φορτηγά αυτοκίνητα. Στη καρότσα στοιβάζονταν όλα τα απαραίτητα, κυρίως ράντζα, ή όπως τα ονόμαζαν οι Γαλλόφωνες κυρίες ''lits de camps'' (τα Γαλλικά ήταν δεύτερη γλώσσα το 1938 – 1940), κουζινικά μέχρι και κατσαρόλες – τηγάνια και ότι άλλο ήταν απαραίτητο, για τρίμηνη τουλάχιστον παραθαλάσσια διαμονή. Συνήθως από μέσα Ιουνίου μέχρι μέσα Σεπτεμβρίου.

Οι εργαζόμενοι κύριοι έπαιρναν το λεωφορείο από τη Γλυφάδα, το πρωί κατά τις εξήμισι εφτά, πήγαιναν στα Γραφεία τους, στο κέντρο της Αθήνας, απ' όπου επέστρεφαν μετά τις τρεισήμισι τέσσερις για το μεσημεριανό, πάντα αργά, που ακολουθούσε η απαραίτητη σιέστα, και κατά τις έξη κολύμπι στη θάλασσα. Οι κυρίες ελάχιστες φορές χρησιμοποιούσαν το λεωφορείο για την Αθήνα που πήγαιναν για ψώνια.

Συνήθως όμως καθημερινά πήγαιναν για κολύμπι στη κοσμική πλαζ της Γλυφάδας, που υπήρχαν διάφορες, πρωτόγονες εγκαταστάσεις με καμπίνες, εκεί άφηνε κανείς τα ρούχα του και άλλαζε στην κολυμβητική ενδυμασία της εποχής. Στην παραλία βρίσκονταν δυο ή τρία καφενεία -ουζερί, όπως τα έλεγαν, εκεί που σήμερα βρίσκεται η ακτή Αστέρας.

Το σπίτι που νοίκιαζαν οι παππούδες με τη θεία, είχε δυο πατώματα και μεγάλη αυλή με πηγάδι και μύλο, που έβγαζε γλυφό νερό, όπως τα περισσότερα σπίτια - βίλες στην κάτω μεριά της Γλυφάδας, στη συνοικία που λεγόταν Δικηγορικά. Φαίνεται ότι πολλοί δικηγόροι είχαν αγοράσει σπίτια και είχαν διανοίξει δρόμους μοιράζοντας μεταξύ τους μια αρκετά μεγάλη έκταση.

Από κει κι' απάνω υπήρχε μόνο το δάσος της Γλυφάδας που ανέβαινε προς τον Υμηττό σε μάλλον ημιάγρια κατάσταση. Δεν υπήρχε λεωφόρος Βουλιαγμένης παρά μόνο μια λουρίδα ασφάλτου που διέσχιζε την Άνω Γλυφάδα και κατέβαινε στη παραλία από την σημερινή Γρηγ. Λαμπράκη. Υπήρχαν μικρά ξέφωτα στο δάσος από μαντριά με κατσίκες ή πρόβατα κοντά στα Σούρμενα, οικισμό με καλύβες. Την υπόλοιπη έκταση καταλάμβανε το δάσος της Γλυφάδας.

Από τα κτήματα του Καραπάνου μόνο, είχε αρχίσει κάποια σχεδίαση των κάθετων δρόμων, από τις υπώρειες του Υμηττού - σημερινή Γούναρη μέχρι τη θάλασσα, με διαγώνια κατεύθυνση προς το κέντρο της πόλης όπου η εκκλησία και το τέρμα των λεωφορείων. Εκεί λοιπόν περάσαμε οικογενειακά τρία καλοκαίρια. Από το 1940 σώζονται φωτογραφίες όπου οδηγώ ένα ποδοκίνητο με πεντάλ αυτοκίνητο, που ήταν τότε της μόδας, όπως κάποιος μου εξήγησε αργότερα. Τότε θυμάμαι τις πρώτες κουβέντες περί πολέμου. Διότι ο μπαμπάς όπως τον έλεγε η μητέρα, δηλαδή ο παππούς μου, δεν θα πήγαινε για διακοπές το καλοκαίρι στην Ισπανία, κοντά τέσσερα χρόνια, διότι ο εμφύλιος πόλεμος από το 1936 συνεχιζόταν μέχρι και το 1939.

***

Όταν όμως τέλειωσε ο πόλεμος στην Ισπανία και ετοιμαζόταν ο παππούς να φύγει, άρχισε ο άλλος πόλεμος στην Ευρώπη, τον Σεπτέμβριο του 1939 και έτσι δεν έφυγε μέχρι τη δεκαετία του 50.

Ολα αυτά και άλλα πολλά λεγόνταν το βράδυ μετά το φαγητό, όταν η οικογένεια καθόταν στις αναπαυτικές σεζ λονγκ στο κήπο της νοικιασμένης βίλας από τον Παπαδόπουλο της βιομηχανίας των μπισκότων, στα «Δικηγορικά» της Γλυφάδας.

ΕΛΛΗ (ΤΟ ΠΟΛΕΜΙΚΟ ΠΛΟΙΟ)

1940

Κάτι έγινε εκείνο το καλοκαίρι, πριν επιτεθούν οι Ιταλοί τον Οκτώβριο και οι διακοπές στη Γλυφάδα περιορίστηκαν, σε δυο μήνες. Στις δεκαπέντε του μηνός Αυγούστου, με βάλανε, ετών τεσσάρων, να σβήσω τέσσερα κεριά σε μια τούρτα, όπως δείχνουν οι φωτογραφίες. Ξαφνικά γύρω στους δέκα γνωστούς με τα αντίστοιχης ηλικίας παιδιά τους, άρχισαν να φεύγουν. Στις ερωτήσεις μου γιατί φεύγουν και τι συμβαίνει μου απάντησε, κάποια θεία ότι περιμένουν επιβεβαίωση. Αυτό βέβαια δεν με φώτισε ιδιαίτερα! Ο πατέρας μου τηλεφώνησε από την Αθήνα, ότι θα αργήσει το βράδυ διότι θα τον φέρει ο Θανάσης με το αυτοκίνητό του. Από τους ελάχιστους γνωστούς, που είχαν αυτοκίνητο τότε. Όλοι στην αυλή της βίλας έτρεχαν συνωμοτικά πάνω, κάτω, δεξιά – αριστερά, χωρίς να μου δίνουν μεγάλη σημασία, ούτε και να με διαφωτίζουν γιατί περίμεναν επιβεβαίωση. Έπρεπε να φτάσει η 28η Οκτωβρίου, για να καταλάβω, ότι εκείνο το απόγεμα περίμεναν επιβεβαίωση, ότι ήταν οι Ιταλοί που τορπίλισαν την ΕΛΛΗ στην Τήνο. Γεγονός απόλυτα απόρρητο και μυστικό μέχρι τον Οκτώβριο. Έτσι λοιπόν διακόψαμε τον παραθερισμό του 1940. Επιστρέψαμε στις 20 Αυγούστου πίσω στη γωνία Αριστοτέλους και Πιπίνου.

ΝΕΟ ΦΑΛΗΡΟ

Στα μέσα Σεπτεμβρίου του 1940 είχε πιάσει μια φοβερή ζέστη και την Κυριακή, που ήταν η μόνη μέρα αργίας, αποφάσισε η οικογένεια να πάμε στο Νέο Φάληρο για κολύμπι. Η γιαγιά, η μητέρα και η θεία μου είχαν γεννηθεί και ζήσει στο Νέο Φάληρο, σε μια από τις τριώροφες βίλες που υπήρχαν – απομένουν δυο ή τρεις σήμερα- χτισμένες παράλληλα στις γραμμές του Ηλεκτρικού.

Πήραμε λοιπόν το τραμ από την εκκλησία του Αγίου Παντελεήμονα που χτιζόταν και ήταν ακόμα γιαπί, αριστερά από εκεί που συναντούσε η Πιπίνου την Αχαρνών. Το τραμ αριθμός 6, ήταν πράσινο με εξώστες, και μετά από τρεις τέσσερις στάσεις έφτασε στην Ομόνοια, όπου έκανε στάση στο σταθμό Λαυρίου, όπως έλεγαν τη μικρή πλατεία.

***

Εκεί τα τραμ από Λιοσίων και Αχαρνών άλλαζαν γραμμές για να εξακολουθήσουν τα δρομολόγια τους. Περπατήσαμε η μητέρα, πατέρας και εγώ προς την Ομόνοια, κατεβήκαμε τις σκάλες στο σταθμό του Ηλεκτρικού. Εκεί συναντήσαμε τη γιαγιά και τη θεία και όλοι μαζί μπήκαμε στο τρένο, με τα ξύλινα καφέ βαγόνια , που μετά από το τούνελ για το Μοναστηράκι προχώρησε στο φως της μέρας προς το Νέο Φάληρο. Πριν φτάσουμε στο σταθμό και μετά το Μοσχάτο, όλες οι κυρίες μας έδειξαν το σπίτι, που ακόμα υπήρχε. Η γιαγιά στην οποία ανήκε, το είχε πουλήσει μετά τη Μικρασιατική καταστροφή.

Το Νέο Φάληρο είχε μια τεράστια εξέδρα, σαν αντιγραφή από παρόμοιες Βρετανικές: Έβγαινε στη μέση της θάλασσας όπου δεξιά κι αριστερά από την αρχή της, στην παραλία, υπήρχαν πρόχειρες καμπίνες, όπου άφηνε κανείς τα ρούχα του και άλλαζε στα κοστούμια του μπάνιου, όπως τα έλεγαν, για να μπει στη θάλασσα. Εκεί πριν από την εξέδρα δεξιά υπήρχε τότε ένα μεγάλο ξενοδοχείο, σαν Γκραντ Οτέλ Κεντρικής Ευρώπης, σε εντυπωσιακό στυλ μπαρόκ και ένα μικρό, σε σχέση με το ξενοδοχείο, θέατρο, όπως φαίνονταν στην ηλικία των ετών τεσσάρων και σε κάποια ενισχυτική της μνήμης φωτογραφία ... Όλα αυτά και η εξέδρα πρώτη – από τους Γερμανούς στην κατοχή - γκρεμίστηκαν σταδιακά και αδικαιολόγητα, κατά τις δεκαετίες του 1950 –1960 – 1970, για να αγανακτεί αργότερα το πανελλήνιο με τα αρχιτεκτονικά… φρικιά που τα αντικατέστησαν.

Όπως μου είπαν, παλιότερα, στη φαρδιά αμμουδιά του Νέου Φαλήρου από τις Τζιτζιφιές μέχρι τη Καστέλα, 300 μέτρα αριστερά από την εξέδρα ήταν τα γυναικεία, όπως τα ονόμαζαν λουτρά και δεξιά τα αντρικά. Αυτά όλα όμως είχαν καταργηθεί το 1937 και είχαν καθιερωθεί τα (όπως αναφέρονταν) μπεν μιξτ! Μπήκαμε λοιπόν στη θάλασσα όλοι και όλες μαζί στα δεξιά της εξέδρας μπροστά απ' όπου υπήρχε και ένα είδος καφέ – ουζερί, που σέρβιρε λεμονάδες, γκαζόζες, καφέδες, μπύρες, ούζα και μεζεδάκια, κυρίως μικρή μαρίδα, φρέσκια τηγανητή του Φαλήρου, όπως διαφημίζανε οι ταμπέλες έξω από το μαγαζί.

Η επιφάνεια της θάλασσας ήταν αδιαφανής, πράσινο - καφέ, αλλά η άμμος καλή, και φαινόταν ότι το χρώμα της δεν οφειλόταν σε οποιαδήποτε μόλυνση.

Μετά λοιπόν το θαλασσινό μπάνιο, δροσιστήκαμε και καθίσαμε στο καφε-ουζερί και οι κύριοι, διότι είχαν προστεθεί και ο θείος αδερφός του πατέρα, που τότε πλωτάρχης, υπηρετούσε στα υποβρύχια και δυο από αυτά βρίσκονταν στη Βουλιαγμένη. Έμαθε ότι κάναμε μπάνιο εδώ, όπως του τηλεφώνησαν και με μια βενζινάκατο ήρθε για λίγο παρέα με ένα συναδελφό του και δυο κυρίες, που της πήγαιναν θαλασσινή βόλτα, όπως μας είπαν. Περάσαμε πολύ ωραία, διότι εγώ έπαιζα στην άμμο, και όποτε λερωνόμουνα πολύ, έμπαινα στη θάλασσα και, καθαριζόμουν από την άμμο. Το βρήκα πολύ διασκεδαστικό. Μετά όταν τέλειωσαν τα ούζα και οι μπύρες που έπιναν οι ναυτικοί, σηκωθήκαμε να φύγουμε πηγαίνοντας για φαγητό στο σπίτι της γιαγιάς στη Πλατεία Βάθη.

Ταλαιπωρηθήκαμε στον Ηλεκτρικό διότι ήταν αρκετά γεμάτο το βαγόνι, όρθιοι φτάσαμε στην Ομόνοια, από όπου περπατήσαμε για το σπίτι στην οδό Χαλκοκονδύλη.

Το κακό, μετά από πέντε μέρες στο διαμέρισμα, της Αριστοτέλους, που γυρίσαμε από τις περικοπείσες διακοπές στη Γλυφάδα, ήταν ότι μου διέλυσαν και το αυτοκίνητο με τα πεντάλ, διότι μετά από αλλεπάλληλα τρακαρίσματα σε τραπεζάκια, έπεφταν και έσπαγαν τασάκια και άλλα κεραμικά, ή πορσελάνινα μπιμπελό, στους στενούς διάδρομους του διαμερίσματος, και επί πλέον η κυκλοφορία του αυτοκινήτου χτυπούσε και έγδερνε τοίχους και πόρτες.

ΤΟ ΔΙΑΜΕΡΙΣΜΑ

1939 - 1962

Πίσω λοιπόν στον τέταρτο όροφο της Πιπίνου και Αριστοτέλους. Από πάνω το διαμέρισμα, είχε μεγάλη ταράτσα με τα πλυσταριά, την αποθήκη, και δυο δωμάτια, που ανέβαινε κανείς από την μαρμάρινη κύρια σκάλα και από τη σιδερένια σκάλα υπηρεσίας, στο πίσω μέρος του κτιρίου όπου βρισκόταν ο φωταγωγός. Σε κάθε πάτωμα υπήρχε εξώστης της σκάλας υπηρεσίας ανάμεσα στα δυο, ανά όροφο, διαμερίσματα. Στους γνωστούς, συγγενείς και φίλους που σύχναζαν και διασκέδαζαν στο συνεχόμενο με τη τραπεζαρία μικρό σαλόνι του σπιτιού, στην αρχή γινόταν ξενάγηση. Άρχιζε από το χολ, που έμπαιναν από την εξώπορτα, μαύρη με μασίφ ξύλο αφρικανικό (ένεκα ο ιδιοκτήτης), με το κύριο υπνοδωμάτιο στα δεξιά, με μεγάλο παράθυρο επί της Αριστοτέλους και μικρή μπαλκονόπορτα προς την στενή βεράντα, που περιτριγύριζε τρία δωμάτια του σπιτιού μέχρι και τη τραπεζαρία. Φαίνεται ότι ο αρχιτέκτονας ήταν αρκετά προοδευτικός για την εποχή του, μερικά χρόνια μετά την αρχιτεκτονική Μπάου Χάους. Στο τέλος του χολ δίφυλλη πόρτα, μικρών διαστάσεων όμως, άνοιγε προς το σαλόνι και άλλη στα αριστερά της προς τη τραπεζαρία, που είχε έξοδο προς το ίδιο μπαλκόνι, που περιτριγύριζε το σπίτι από την Αριστοτέλους και συνέχιζε στη μεριά της Πιπίνου... Στη συνέχεια και μετά από άλλη μεγάλη πόρτα μικρός διάδρομος από το χολ, οδηγούσε αριστερά στο μπάνιο και πριν από αυτό δεξιά στο δωμάτιο υπηρεσίας με μεγάλο πατάρι - αποθήκη. Και ευθεία στη πρώτη πόρτα δεξιά, όπου το δικό μου δωμάτιο με ιδιαίτερο μπαλκόνι μεγαλύτερο σε φάρδος από το άλλο, που βλέπει απέναντι τον οδοντογιατρό στο νεοκλασικό της Πιπίνου.

Στη συνέχεια ο διάδρομος καταλήγει στην κουζίνα, όπου κυριαρχεί η παγωνιέρα ξύλινη και εσωτερικά επενδυμένη με τσίγκο και μολύβι. Από πάνω έμπαιναν οι παγοκολώνες και από κάτω τα φαγητά, με βρυσάκι από το μικρό ντεπόζιτο δίπλα στη παγοκολώνα για κρύο νερό. Μεγάλο κονφόρ εποχής. Μετά αριστερά, άλλο αποχωρητήριο υπηρεσίας, όπως το έλεγαν. Εδώ μάλλον τα χάλασε ο αρχιτέκτονας, γιατί WC με ακορντεόν πόρτα, αμέσως μετά από την πόρτα υπηρεσίας που άνοιγε πριν το νεροχύτη, μέσα στη κουζίνα, ήταν σχετικά πρωτοφανές σχέδιο για την εποχή. Έτσι τουλάχιστον έλεγαν.

Αφού λοιπόν τέλειωνε η ξενάγηση και κάθονταν στο σαλόνι, άρχιζε η κουβέντα ανάμεσα σε καφέδες, τσάγια, ή ποτά, ανάλογα με την ώρα, ή ό,τι άλλο τράβαγε η όρεξη των γνωστών συγγενών και φίλων. Εκεί άκουσα και από τον καλό φίλο του πατέρα μου, τον Σταύρο ότι: «Περιμένοντας το κακό... μύρια προηγούνται!» Όλα αυτά μέσα σε κουβέντες για τη δικτατορία, τον Μεταξά, την ετοιμότητα, ή όχι των ενόπλων δυνάμεων, τι σχολίασε ο Τσώρτσιλ και τι θά πράξει ο Χίτλερ, ή ο Στάλιν!

Πράγματα και γεγονότα πολύ μακριά από την μόρφωση, ή εμπειρία του τετραετούς μπόμπιρα, που μόνο όταν κάποιος με έπαιζε στα γόνατά του, ή μου έδινε κάποιου είδους σημασία κέντριζε το ενδιαφέρον μου.

28 ΟΚΤΩΒΡΙΟΥ 1940

Ακολουθεί ένα μικρό διάστημα μάλλον χωρίς να συμβαίνει, κατά τη γνώμη μου, κάτι το συνταρακτικό, και ξημερώνει η 28η Οκτωβρίου 1940. Ξυπνάω λοιπόν εκείνο το πρωί και ακούω το τηλέφωνο, το απαντάει ο πατέρας μου, το κλείνει και μετά τηλεφωνάει σε κάποιον άλλον. Διακόπτει τη συνομιλία για να ανοίξει την εξώπορτα, διότι κάποιος χτύπαγε το κουδούνι από κάτω από το δρόμο. Στο μεταξύ η μητέρα μου βγαίνει στη σκάλα και ρωτάει – φωνάζοντας από τον τέταρτο όροφο- «Ποιος είναι;» Σηκώνομαι και περπατάω με κάτι μακριές πιτζάμες που πατούσα το παντελόνι διότι κανείς δεν τις είχε κοντύνει και προχωρώ προς το χολ, όπου βρισκόταν το τηλέφωνο. Εκεί ακούω άλλους από το διπλανό διαμέρισμα να φωνάζουν: Παναγιά μου, Θεέ μου... Πω πω πόλεμος! Βοήθα Χριστέ», και άλλα πολλά... Ο πατέρας μου συγχρόνως με το ακουστικό στηριγμένο στον ώμο του ντύνεται, δένοντας τη γραβάτα του και πανέτοιμος, αφήνει το τηλέφωνο στα χέρια της μητέρας μου και λέει: Αντίο... Θα τα πούμε το μεσημέρι... Αν συμβεί τίποτα άλλο θα τηλεφωνήσω! Προσπαθώ να καταλάβω τι είναι όλα αυτά, ενώ η μητέρα μου με σπρώχνει προς το μπάνιο, με διατάζει να πλυθώ, να βουρτσίσω τα δόντια μου και μετά να αλλάξω γρήγορα, διότι θα φύγουμε να πάμε στη γιαγιά. Ανοίγει το ραδιόφωνο που παίζει διάφορα εμβατήρια που διακόπτονται με μηνύματα όπως: «Η Ελλάς πηγαίνει μπροστά... Έλληνες το δίκαιο και η αρετή είναι με το μέρος μας... θα νικήσουμε!» και δως του κι' άλλο εμβατήριο. Σ'ένα τέταρτο έτοιμη η μητέρα, αφού με ντύνει, σαν να πρόκειται να πάμε στα χιόνια με πουλόβερ και παλτό. Κατεβαίνουμε τις σκάλες. Εκεί στο ημιυπόγειο από τη θυρωρό την κυρά Μαρία ξανακούω τα: «πω... πω... πω... πόλεμος! Τι θα γίνουμε... κακό που μας βρήκε...» και τα σχετικά . Οπότε καθώς περπατάμε κατεβαίνοντας την οδό Πιπίνου για τη στάση του τραμ ρωτάω τη μητέρα μου: «Τι είναι τέλος πάντων αυτός ο πόλεμος; «Κακό πράγμα, άνθρωποι σκοτώνονται και ...» μου απαντάει Την διακόπτω: «Και γιατί σκοτώνονται;» «Διότι έρχονται να τους πάρουνε τα σπίτια και τα χωράφια τους, αυτοί είναι οι εχθροί!» Με διαφωτίζει! Η φόρα για περαιτέρω ερωτήσεις μου κόπηκε καθώς τρέχουμε προς το πράσινο τραμ, που ερχόταν για να σταματήσει στη στάση του Άγιου Παντελεήμονα.

Ο ΠΟΛΕΜΟΣ

Το σπίτι στη Πλατεία Βάθη

1940

Κατεβήκαμε από το τραμ στη Πλατεία Βάθη, όπου διασταυρώνονταν τα τραμ από την Αχαρνών το νούμερο 6, και από τη Λιοσίων το νούμερο 7. Περπατήσαμε προς το διώροφο νεοκλασικό σπίτι της γιαγιάς και του παππού, όπου ζούσε και η προγιαγιά, μητέρα της γιαγιάς, που κρατούσε όλο το νοικοκυριό του σπιτιού σε άριστη κατάσταση. Εδώ η κατάσταση δεν ήταν τόσο απαισιόδοξη. Η μεν προγιαγιά, ψηλή ξερακιανή με κάτασπρα μαλλιά, λόγω ηλικίας, είπε ότι περάσαμε και άλλους πολέμους και αυτός δεν μπορεί να είναι... χειρότερος! Και εγώ μεν δεν είχα περάσει άλλους πολέμους, οι υπόλοιποι όμως είχαν ζήσει από το 1912 στο 1918 με κορύφωση την καταστροφή του 1922. Η μάνα μου εξαφανίστηκε πηγαίνοντας, όπως είπε, στο ραδιοφωνικό σταθμό, όπου έλεγε τις ειδήσεις στα Ισπανικά, όπως έμαθα αργότερα. Έτσι έμεινα με γιαγιά και προγιαγιά διότι η θεία Μαρία έλειπε καθώς εργαζόταν στην Ισπανική Πρεσβεία, που μόλις είχε ανοίξει στην Αθήνα το 1939. Μέχρι τότε η εξυπηρέτηση των Ισπανών υπηκόων γινόταν από το Ισπανικό Προξενείο στο Πειραιά, που είχε ιδρυθεί πριν από το 1900, για την παροχή υπηρεσιών στα Ισπανικά πλοία. Όπως είχε πει ο παππούς.

Η προγιαγιά μαγείρευε στην μεγάλη πλακόστρωτη κουζίνα σε μια επίπεδη σιδερένια επιφάνεια με πολλές φωτιές, από ξύλα να καίνε από κάτω και η κόρη της την βομβάρδιζε με παροτρύνσεις να μαγειρέψει περισσότερο φαγητό, διότι, λόγω του πολέμου και επειδή ο παππούς, ο πατέρας μου και η θεία με κάποιον άλλο από την Πρεσβεία θα έρχονταν για φαγητό, έπρεπε να είναι αρκετό για τουλάχιστον: «Υπολογίζω για δώδεκα άτομα,» λέει η γιαγιά. «Και έχε υπ' όψη σου ότι καλά που πήραμε κι' άλλο σπανάκι για να προχωρήσω στη χορταστική σπανακόπιτα, διότι αυτές οι μαρίδες που αγοράσαμε από τον ψαρά, το πρωί, δεν φτάνουν για πρώτο πιάτο, όπως υπολογίζαμε, και θα τις σερβίρουμε μόνο για μεζέ με το ούζο. Και τι ώρα προβλέπουμε να... εισβάλουν όλοι αυτοί;» Ρωτάει η προγιαγιά. «Μάλλον μετά τις τρεις, διότι απ' ότι ακούω στο ραδιόφωνο γίνονται συλλαλητήρια και διάφορες εκδηλώσεις σε όλο το κέντρο της πόλης αυτή τη στιγμή. Δεν πρόκειται να ηρεμήσει η κατάσταση πριν από τις τρεις! Οπότε θα πεινάσουν οι διαδηλωτές και θα πάνε σπίτια τους να φάνε!» Απαντάει η γιαγιά.

Στο μεταξύ επειδή μου είχε ανοίξει η όρεξη από τις μυρουδιές, κάποιο κρέας που σιγόβραζε και μετά τη συζήτηση προστέθηκε και κάποιο κοτόπουλο στο φούρνο. Ετοιμαζόταν και η σπανακόπιτα. Ρώτησα αν μπορούσα να φάω ένα κομμάτι από το φύλλο για τη σπανακόπιτα, που μου γιάλισε, καθώς ωμό περίμενε τυλιγμένο σ'ένα μασούρι τη σειρά του. Η προγιαγιά μου έδωσε ένα κομματι φύλλο ωμό, που πολύ μου άρεσε να μασουλάω. Και κατόπιν τούτου βγήκα από τη κουζίνα για να τριγυρίσω το σπίτι μόνος μου, για πρώτη φορά.

Η εξερεύνηση του σπιτιού της γιαγιάς

Το σπίτι είχε ένα μικρό δωματιάκι στον ημιώροφο της ξύλινης σκάλας, που ανέβαινε από την είσοδο της Χαλκοκονδύλη προς τον δεύτερο όροφο. Εδώ ήταν η είσοδος. Αριστερά υπήρχε μικρός διάδρομος μέχρι τη δεξιά πόρτα της τεράστιας κουζίνας, που κατέληγε στη σκάλα υπηρεσίας, που, ανέβαινε στην ταράτσα ή και κατέβαινε στην αυλή και το πηγάδι, όπου δίπλα του υπήρχε μια τεράστια συκιά. Και στον ίδιο διάδρομο λίγο πιο πέρα, αριστερά, βρισκόταν το μπάνιο με ένα πανύψηλο θερμοσίφωνα, που έκαιγε ξύλα για να ζεστάνει το νερό. Από την κυρία είσοδο πάλι, άρχιζε άλλος διάδρομος που στα δεξιά του είχε εφτά δωμάτια. Το ενδιαφέρον ήταν ότι και τα εφτά δωμάτια επικοινωνούσαν μεταξύ τους. Τα πρώτα και τα τελευταία με μονές, τα ενδιάμεσα όμως με μεγάλες διπλές, τρία μέτρα φαρδιές, πόρτες, μέχρι το ταβάνι, που ήταν πανύψηλο. Αν άνοιγαν όλες στη σειρά θα μπορούσαν να χωρέσουν σε στυλ θεάτρου, ή συναυλίας τουλάχιστον 150 άτομα. Φαίνεται ότι είχαν δοθεί και διάφορα κονσέρτα μουσικής δωματίου σ'αυτούς τους χώρους. Για το λόγο αυτό υπήρχε και ένα τεράστιο πιάνο με ουρά, που αργότερα στον πόλεμο αντικαταστάθηκε με ένα όρθιο μικρό. Τελείωνα την εξερεύνηση μου στο τελευταίο δωμάτιο που ήταν η κρεβατοκάμαρα του παππού και της γιαγιάς με δυο – μου φαίνονταν τεράστια – μπρούτζινα κρεββάτια, αρκετά ψηλά πάνω από το έδαφος. Τότε άκουσα αρκετές φωνές που έρχονταν μετά τις διαδηλώσεις και τις εκδηλώσεις, όπως είπαν, για την έναρξη του πολέμου. Από εδώ και πέρα αν και επέστρεψα στο σαλόνι, μου ήταν αδύνατο να παρακολουθήσω και να καταλάβω τι έλεγαν μιλώντας όλοι μαζί, με ανεβασμένη την αδρεναλίνη τους μετά από όσα είχαν δει, ακούσει και συμμετάσχει.

Έμεινα με διάφορες λέξεις και σχεδόν καμιά ολοκληρωμένη φράση, εκτός από κάτι που είπε ο πατέρας μου, που προσπαθούσα να προσέχω περισσότερο από τους άλλους, διότι καταλάβαινα καλύτερα τι έλεγε. Έλεγε λοιπόν, για τα πλήθη που διαδήλωναν στο Σύνταγμα κατά των Ιταλών, που τόσο ύπουλα μας είχαν επιτεθεί. Και φαίνεται ότι αν ο αρχικός ενθουσιασμός περάσει γρήγορα, θα αντιμετωπίσουμε πολύ μεγαλύτερη καταστροφή και από εκείνη της Μικράς Ασίας. Θεώρησα σκόπιμο να αναβάλλω τις ερωτήσεις για κάποιο καταλληλότερο χρόνο. Συνέχισαν λοιπόν όλοι οι μεγάλοι που αυξάνονταν, διότι κάθε λίγο χτυπούσε το κουδούνι και έρχονταν κι' άλλοι. Φίλοι του παππού και της γιαγιάς από το Ωδείο, την Ορχήστρα, δυο από την Ισπανική Πρεσβεία, που ήρθαν μαζί με τη θεία και κάποιον άλλον από το Υπουργείο - είπαν - των Εξωτερικών. Τελικά με κάθισαν σε μια μικρή γωνιά να φάω, διότι μετά έπρεπε να κοιμηθώ για μεσημεριανό, που δεν είχα καμιά διάθεση να πράξω. Και αφού έφαγα, διότι πεινούσα, μου είπαν να πάω στο δωμάτιο των ξένων, ένα από τα εφτά, που ήταν άδειο, να κοιμηθώ. Και βέβαια δεν κοιμήθηκα, αλλά άρχισα την προσπάθεια να εφεύρω κάποιο παιχνίδι να περάσει η ώρα. Διότι το γεύμα των μεγάλων συνεχιζόταν πολλή ώρα ακόμα. Αποφάσισα να βγάλω το στόκο από το τζάμι του παράθυρου, που ήταν φρέσκος και μαλακός για να φτιάξω πλάθοντάς τον, διάφορα ζώα. Δεν μου πέρασε από το μυαλό ότι αν βγει όλος ο στόκος θα πέσει το τζάμι και θα σπάσει, διότι είδα και κάτι καρφιά που ενδιάμεσα κρατούσαν το τζάμι στο παράθυρο. Αφού είχαν καρφιά τι χρειαζόταν ο στόκος; Και έτσι πέρασα ευχάριστες κοντά τρεις ώρες όταν ήρθαν στο δωμάτιο να με πάρουν για να πάμε σπίτι. Τότε αποκαλύφτηκε η... σκανταλιά, όπως είπε ο παππούς, διότι ήθελα να πάρω μαζί μου τα... δημιουργήματα που είχα φτιάξει με το στόκο. Ακολούθησαν σχόλια : «Τι να σου κάνει το παιδί τόσες ώρες μοναχό...» Και άλλα παρόμοια.

Τελικά δεν θυμάμαι πως επιστρέψαμε σπίτι μας.

///

Η ΕΛΛΗΝΙΚΗ ΣΗΜΑΙΑ ΟΙ ΝΙΚΕΣ ΚΑΙ Ο ΠΑΠΑΝΙΚΟΛΗΣ

1940 - 1941

Με τη βοήθεια φωτογραφιών της εποχής ξαναθυμάμαι, ότι ο πατέρας σήκωνε τη σημαία στο κοντάρι του μπαλκονιού, όπως έκαναν τότε και τα άλλα σπίτια. Εγώ φώναζα «ζήτω η Ελλάς», που πήραμε τη Κορυτσά, όπως έλεγε το ραδιόφωνο. Πρέπει να ήταν Κυριακή, διότι πως αλλιώς θα ήταν ο πατέρας σπίτι, αφού κάθε εργάσιμη μέρα πήγαινε στο γραφείο. Ακολουθεί το κατόρθωμα του θείου Μίλτου με το υποβρύχιο ΠΑΠΑΝΙΚΟΛΗΣ, που απ' ότι θυμάμαι γιορτάστηκε απ' όλες τις εφημερίδες που έφερνε στο σπίτι ο πατέρας, με τις φωτογραφίες του και με τα λαϊκά (νάϊφ) στυλ, ζωγραφικά σκίτσα, που εμφάνιζαν το υποβρύχιο να βυθίζει σχεδόν το... σύνολο του Ιταλικού στόλου με την Παναγία πάνω στον ουρανό. Διαφαινόταν στα σκίτσα ότι η Χάρη της... χαίρεται ιδιαίτερα(!) για την εκδίκηση του ΠΑΠΑΝΙΚΟΛΗ, κατατροπόνωντας τους Ιταλούς που είχαν βυθίσει την ΕΛΛΗ, ύπουλα, χωρίς να έχει κηρυχτεί ο πόλεμος, ανήμερα της γιορτής της, στις 15 Αυγούστου του 1940, στο νησί της Τήνου. Αυτή ήταν η πρώτη επιτυχία του Βασιλικού Ναυτικού που ακολούθησαν κι' άλλες. Βέβαια οι υπερβολές έδωσαν και πήραν, παρ' ότι ο θείος προσπαθούσε όσο μπορούσε, να μετριάσει τις φοβερές... μυθοπλαστικές ιστορίες, που κυκλοφορούσαν, όπως ο ίδιος μου είπε, όταν ενηλικιώθηκα και εκείνος είχε αποστρατευτεί από το Ναυτικό. Φαίνεται ότι ακολούθησαν πολλά οικογενειακά ευρύτερα γλέντια και διασκεδάσεις στα οποία δεν συμμετείχα, και γι' αυτό είχα μείνει δυο, ή τρία βράδια στους παππούδες. Τα γλέντια είχαν καταλάβει φαίνεται, όλο το διαμέρισμα στην Αριστοτέλους!

Η Μαρουσώ

Όπου με χαρές και νίκες μπήκαμε στο 1941. Δεν θυμάμαι πολλά, εκτός από τη Μαρουσώ τη νταντά, που ήταν η γενική επιστάτης του σπιτιού. Εκείνη μαγείρευε, έπλενε, καθάριζε και ότι άλλο, παράλληλα με την αρχική της φροντίδα για μένα. Η Μαρουσώ λοιπόν ήταν από τη Πάρο και μάλιστα από το χωριό Τσιπίδο που… εξευγενίστηκε αργότερα και ονομάστηκε Μάρπησα.

∗∗∗

Είχε έρθει στην Αθήνα μετά το θάνατο του αντρός της που ήταν μάγειρας σε κάποιο από τα φορτηγά καράβια, που έκαναν μακρινά ταξίδια στους Ωκεανούς. Στο χωριό είχε τη κόρη και τον γαμπρό της, που έμεναν στο πατρογονικό, πάνω στο κεντρικό δρόμο του Τσιπίδου. Έμεινε κοντά μας τουλάχιστον τρία, άν όχι περισσότερα χρόνια.

Κάπου μέσα στον Γενάρη άρχισαν τα πράγματα να χαλάνε. Οι νίκες δεν έρχονταν όσο γρήγορα οι πρώτες και φαινόταν, όπως άκουσα άλλο θείο να λέει, ο στρατός είχε κολλήσει λόγω του σκληρού χειμώνα, χωρίς να μπορεί να προχωρήσει για να φτάσει στη θάλασσα, στην Αυλώνα, το κύριο λιμάνι, από όπου εφοδιαζόταν ο Ιταλικός στρατός. Αλλά συγχρόνως και οι Ιταλοί παρά τις επιθέσεις τους, και μάλιστα την άφιξη του ίδιου του Μουσολίνι στην Αλβανία, είχαν σταματήσει και ήταν αδύνατο να περάσουν τις Ελληνικές αμυντικές γραμμές, όπως έλεγε ο Σταύρος, ο φίλος του πατέρα μου. Και μετά δυο μέρες ακούω τον πατέρα ένα απόγεμα σε συζήτηση με τον Σταύρο και τον ξαδερφό του, τον Τάκη, να τους λέει, ότι «…απ᾽ ότι άκουγε στην γερμανική Εταιρεία όπου εργαζόταν, φαίνεται ότι οι Γερμανοί σκέφτονται να βοηθήσουν τον Μουσολίνι. Να τον βγάλουν από την πολύ δυσάρεστη θέση στην Αλβανία και να επιτεθούν και εκείνοι εναντίον της Ελλάδας. Καταλαβαίνετε βέβαια ότι αν συμβεί κάτι τέτοιο πάμε χαμένοι!». Εκεί που προσπαθούσα να παρακολουθήσω γιατί θα πάμε χαμένοι, ήρθε η Μαρουσώ και με πήρε για να μου βάλει να φάω. «Ήταν ώρα…» είπε, «… ώστε άμα έρθει η μαμά σου, να βάλω και σ᾽ εκείνους με τη παρέα τους να φάνε». Μετά μου λέει: «Πήγαινε να κάτσεις λίγο με τους μεγάλους και όταν πάνε στο τραπέζι να τους πεις καληνύχτα για να πας να κοιμηθείς στην ώρα σου». Αν και τα πολλά για τους Γερμανούς φαίνεται ότι τα είχαν πει, διότι είχαν αλλάξει κουβέντα και συζητούσαν πάλι για την αγορά και τις ελλείψεις που παρουσιάζονταν σε βασικά είδη, όπως η ζάχαρη και σε άλλες περιπτώσεις το αλεύρι. «Το παιδί θα πάει να κοιμηθεί σε λίγο και έχε το νου σας, κύριε.», είπε η Μαρουσώ στον πατέρα, «διότι θα κατέβω για δυο λεπτά να πάρω γιαούρτια και γάλα, είναι ή ώρα, βλέπετε,που έχει έτοιμα τα γιαούρτια ο Φακούνης. «Πως σου φαίνονται ολ' αυτά; με ρωτάει ο Σταύρος «Ποια δηλαδή;» τον ρωτάω. «Να, όλ' αυτά που ακούς για τον πόλεμο τους κακούς Ιταλούς και τους ανθρώπους που σκοτώνονται. Πώς τα βλέπεις όλα αυτά;»

«Εγώ δεν ξέρω... του απαντώ, αφού νικάμε, λέω ότι όλα πάνε καλά. Πάρα κάτω όμως δεν ξέρω και απ' ότι μου έχουνε πει, το να σκοτώνονται άνθρωποι δεν είναι και πολύ καλό έστω και αν είναι εχθροί.» «Και ποιος είναι εχθρός; «ξαναρωτάει ο Σταύρος. «Μα αυτός που μας έχει επιτεθεί.» Απαντάω διότι κάπου είχα ακούσει κάτι τέτοιο. «Μωρέ μπράβο, του κάνετε ειδικά μαθήματα;» Χαμογελάει στον πατέρα, «ή είναι έξυπνος σαν και σένα από... μικρός!» «Του χρόνου θα πάει στην Πρώτη Δημοτικού διότι το Νηπιαγωγείο του σχολείου δεν λειτούργησε ακόμα, παρ' όλο που αρκετοί γονείς το έχουν ζητήσει. Μας είπαν ότι πριν από το 1942 δεν είναι δυνατό... έχουν κι' αυτοί τα προβλήματά τους... με το ένα και το άλλο.» Απαντάει ο πατέρας.

ΤΟ ΣΧΟΛΕΙΟ

ΙΤΑΛΟΙ ΚΑΙ ΓΕΡΜΑΝΟΙ

1941

Και έτσι πήγα κατ' ευθείαν στη πρώτη Δημοτικού το φθινόπωρο του 1941. Κάποιος με πήγαινε στο σχολείο και κάποιος ερχόταν να με πάρει. Ήταν τότε, που από τον Απρίλη βλέπαμε τους πρώτους Ιταλούς και Γερμανούς. Οι Ιταλοί με τα φτερά στα καπέλα τους ήταν χαμογελαστοί και εύθυμοι, δηλαδή όπως μου είπαν γελούσαν και χαμογελούσαν, οι Γερμανοί όμως ήταν αγέλαστοι. Αυτοί οι αγέλαστοι, όπως άκουσα από κάποιον, έκοβαν τα νεράντζια από τα δέντρα στο τέλος της Λεωφόρου Αλεξάνδρας προς την Πατησίων και προσπαθούσαν να τα φάνε με τις φλούδες μέχρι που έφταναν στην πικρίλα του χυμού και τότε τα έφτυναν. Αυτό είχε επαναληφθεί αρκετές φορές. «Τα μπερδεύουν με πορτοκάλια,» είπε κάποιος φίλος του παππού ένα απόγεμα. «Και που ξέρουνε από πορτοκάλια;» Αντέδρασε εκείνος. Σάμπως έχουνε πορτοκάλια εκεί πάνω στα Βόρεια; Από φρούτα μόνο μήλα και κεράσια παράγουν.» Τότε δεν άντεξα και εξαπέλυσα την ερώτηση: «Και γιατί δεν φυτρώνουν πορτοκάλια στη Χώρα τους αφού φυτρώνουν μήλα και κεράσια;» «Διότι το κλίμα εκεί είναι κρύο και δεν φυτρώνουν πορτοκάλια, λεμόνια και καρπούζια! «Ούτε κατάλαβα τι ήταν το κλίμα, ούτε και γιατί αφού φυτρώνουν μήλα, δεν φυτρώνουν λεμόνια. Το θέμα παρέμεινε σκοτεινό, και εξηγήθηκε αργότερα,όταν άρχισαν να διαβάζω διάφορα βιβλία.

Το κάρο και οι Γερμανικές Μοτοσυκλέτες

Βρίσκομαι και πάλι στο μπαλκόνι. Πρέπει να ήταν τέλη του 1941 ή αρχές του 1942. Γερμανικές μοτοσυκλέτες με σάιντ - καρ κατέβαιναν με αρκετή ταχύτητα την Πιπίνου, μια, δυο τρεις, τέσσερις, όπου η πέμπτη τρακάρει... ένα άδειο κάρο, που έσερνε σκελετωμένος γάιδαρος, και ξεπρόβαλε από τη γωνία της Αριστοτέλους. Στριφογυρνάει το κάρο παρασέρνοντας και τον γάιδαρο, που πέφτει κάτω γκαρίζοντας. Από την άλλη ο Γερμανός οδηγός - στρατιώτης τινάζεται από την μοτοσυκλέτα κάνει μια βουτιά πάνω από το κάρο και σωριάζεται στο χώμα της Αριστοτέλους. Το σάιντ καρ με τον επιβάτη... μοναχό του εξακολουθεί να κατεβαίνει την Πιπίνου. Τότε εκείνος βγάζει τα πόδια του απ' έξω σαν ...πατίνι για να το σταματήσει.Η έκτη και τελευταία μοτοσυκλέτα σταματάει και προσπαθεί να σηκώσει τον τραυματία οδηγό που είναι πεσμένος, μπρούμυτα χάμω.

Επιστρέφουν και οι άλλοι μοτοσυκλετιστές που είχαν περάσει, και ακολουθεί κομφούζιο ,διότι ο καροτσέρης το έβαλε στα πόδια μέσα στη σύγχυση και είχε εξαφανιστεί, αφήνοντας τον γάιδαρό του χάμω. Το ζώο από μόνο του σηκώθηκε και στριφογύριζε σαν χαμένο καθώς είχε λυθεί από το κάρο. Βγαίνει η κυρά Μαρία , η θυρωρός μας, μ' ένα ποτήρι νερό και το προσφέρει στον τραυματία, που παραπατούσε, είχε όμως σηκωθεί. Εμφανίζεται και ο οδοντογιατρός από το απέναντι σπίτι, που είχε σπουδάσει στη Γερμανία και τους εξηγεί, Γερμανικά, ότι είναι οδοντογιατρός και αν θέλουν να πάνε τον τραυματία στο ιατρείο του.

Παρουσιάζεται και κάποιος ανώτερος αξιωματικός επικεφαλής, που δέχεται τη προσφορά και τον ανεβάζουν στον πρώτο όροφο του σπιτιού. Τότε φεύγω από το μεγάλο μπαλκόνι και πάω στο δικό μου, που είναι απέναντι από το ιατρείο και βλέπω τον τραυματία να τον ξαπλώνουν στην οδοντοϊατρική πολυθρόνα και να τον εξετάζει ο γιατρός. Μετά από λίγο όλοι χαμογελάνε: ο τραυματίας, ο οδοντογιατρός και οι υπόλοιποι Γερμανοί και αφού ο γιατρός του δίνει κάποιο χάπι και ακόμα άλλο ένα ποτήρι νερό, σηκώνεται και φεύγει σφίγγοντας το χέρι του γιατρού. Τα βλέπω όλ' αυτά σαν βουβή ταινία διότι δεν ακούω, καθώς τα παράθυρα του γιατρού είναι κλειστά.

Και ξαφνικά μένουμε και χωρίς σχολείο μετά από δυο, ή τρεις μήνες που κάναμε μαθήματα. Διότι οι Αρχές κατοχής επίταξαν το κτίριο, το μεγάλο και παλιό νεοκλασικό μέγαρο, που βρισκόταν στη γωνία Μαυροματαίων και Αλεξάνδρας απέναντι διαγώνια από το άγαλμα του Βασιλιά Κωνσταντίνου. Προσπάθησε ο κύριος Μπερζάν, Ιδιοκτήτης του Σχολείου, να χρησιμοποιήσει το σπίτι του στην οδό Αντωνιάδου, πάροδο της Μαυροματαίων, όπου πηγαίναμε τρεις φορές τη βδομάδα, διότι δεν χωρούσαμε όλες οι τάξεις μαζί. Εκείνη την εποχή δεν μάθαμε και πολλά με όλες τις ανωμαλίες του πολέμου.

Ο ΙΤΑΛΟΣ ΚΑΙ ΤΟ ΤΡΙΚΩΧΟ ΚΑΠΕΛΟ ΜΕ ΤΑ ΦΤΕΡΑ

1941/2

Άλλο ιλαροτραγικό, από το παρατηρητήριό μου του μπαλκονιού στη γωνία Αριστοτέλους και Πιπίνου. Ένας Ιταλός με τη πράσινο-καφέ στολή του, ζωσμένος με φαρδιά πέτσινη ζώνη απ' όπου κρέμεται μια καφέ δερμάτινη θήκη, που μέσα πρέπει να περιέχει μεγάλο πιστόλι, κατεβαίνει με περήφανο ύφος, βλέμμα και περπάτημα την Πιπίνου. Στο κεφάλι φοράει τρίκοχο καπέλο με ολόκληρο φτερωτό λοφίο σαν να κάθεται απάνω στο καπέλο ένας... μεγάλος κόκορας! Ο περιπατών είναι προφανώς πανευτυχής, διότι με έκδηλη περηφάνια, χαμογελάει δεξιά κι αριστερά, ιδιαίτερα σε ό,τι θηλυκό. Στρέφω το βλέμμα μου αριστερά προς την 3ης Σεπτεμβρίου. Ένας ποδηλάτης κατεβαίνει την κατηφόρα και αναπτύσσει ταχύτητα, που αυξάνεται καθώς πλησιάζει τον Ιταλό και απότομα περνάει ξυστά δίπλα του, τεντώνει το χέρι του και αρπάζει το καπέλο από τα φτερά, στρίβει την Αριστοτέλους αριστερά και όπως τον βλέπω από το μπαλκόνι, το πρώτο στενάκι δεξιά και εξαφανίζεται! Ο Ιταλός δεν κατάλαβε αμέσως τι συνέβη, όταν συνήλθε σαστισμένος αμολάει κάτι πόρκα μιζέρια, μπαντίτι και άλλα δυσμετάφραστα ιταλικά, που βέβαια δεν ωφελούν, και προχωράει ρωτώντας με σπασμένα Ελληνικά, που είναι το αστυνομικό τμήμα για να καταγγείλει τη κλοπή του καπέλου.

Φεύγει η Μαρουσώ 1941 - 1942

Η Μαρουσώ αποφασίζει ότι ήρθε ο καιρός να αποσυρθεί στο χωριό της, στο νησί. Και εδώ που τα λέμε είχε δίκιο. Διότι όπως μας έλεγε κάθε τόσο, εκεί έχουν απ' όλα: Γάλα από τις κατσίκες τους, αβγά από τις κότες, που κυκλοφορούν μόνες τους στα χωράφια, ψάρια από τη θάλασσα που ψαρεύουν, αλεύρι από τα σπαρτά τους, φρούτα και λάδι από τα δέντρα τους, κρασί και σταφύλια από τα αμπέλια τους, άγρια χόρτα πάλι από τη γή τους και ανάγκη δεν έχουν, παρά μόνο από ζάχαρη, που αντικαθιστούν με το μέλι τους, η σοκολάτα και ο καφές, μόνο τους λείπουν. Στην Αθήνα όμως έλειπαν τα πάντα, γιατί είχαν κατασχεθεί από τις δυνάμεις κατοχής: Κυρίως παντός είδους τρόφιμα που στέλνονταν όπως έλεγαν οι μεγάλοι, στις Γερμανικές νικηφόρες, στρατιές, στο Ανατολικό Μέτωπο και στην Αφρική.

«Και γιατί Κυρία και Κύριε δεν ερχόσαστε; Πάρτε το παιδί κι' ελάτε: χώρο έχουμε, θα έχετε το δικό σας το σπίτι, θα μας δίνετε το νοίκι όταν μπορέσετε...» «Μα τι λες Μαρουσώ, και ποιος θα κοιτάξει εδώ το μπαμπά και τη μαμά και ο κύριος τους δικούς του, που ζουν ακόμα και θα ζήσουν για πολλά χρόνια, δεν γίνονται αυτά τα πράγματα!» Απαντούσε η μητέρα στις εκκλήσεις της Μαρουσώς. Και βέβαια όπως μάθαμε κατόπιν εορτής και κατοχής, στο νησί κανείς δεν πέθανε από την πείνα όλη τη κατοχή. Διότι η Γερμανική φρουρά από 25 εναλλασσόμενους στρατιώτες, ναύτες και αεροπόρους, που οι περισσότεροι ήταν τραυματίες, ή αδειούχοι από το Ανατολικό, ή το Αφρικανικό μέτωπο, έμεναν πολύ ευχαριστημένοι με ότι τους προσέφεραν οι ντόπιοι: Αστακούς, τα καλύτερα ψάρια, κρασί παριανό κόκκινο, και ό,τι άλλο. Κανείς απ' αυτούς δεν κοίταγε παρακάτω, ή υπήρχε λόγος να προχωρήσουν σε κατασχέσεις, άλλες αγριότητες, ακόμα και εκτελέσεις όπως στην Αθήνα, τις άλλες μεγάλες πόλεις και στην υπόλοιπη ύπαιθρο. Δυστυχώς όμως, δεν πήγαμε και μείναμε. Μείναμε για να αντιμετωπίσουμε τον πιο κρύο χειμώνα που χτύπησε μέχρι τότε το λεκανοπέδιο, όπως λέγανε. Παρ' όλα αυτά φαίνεται ότι το σχολείο μας λειτουργούσε κατά διαστήματα. Έτσι στις 3 Νοεμβρίου του 1942, μας δώσανε τον πρώτο έλεγχο με την υπογραφή του κυρίου Μπερζάν, απ' όπου φαίνεται ότι θα πρέπει να ήμουνα καλός μαθητής. Μπράβο! Μου είπαν τότε! Διότι στον πρώτο έλεγχο μηνιαίας βαθμολογίας είχα Συμπεριφορά 10, Επιμέλεια 10 και Τάξις 9. Στα δε μαθήματα θρησκευτικά, Ελληνικά Νέα, Μαθηματικά και Γυμναστική 10, με μόνο το 9 στην Ωδική και 8 στα Τεχνικά. Σημειώνω ότι ο έλεγχος αυτός έγραφε σαν επικεφαλίδα μηνιαία βαθμολογία, φαίνεται όμως ότι ή κατάληψη του σχολείου από τους Γερμανούς και τα συνταρακτικά γεγονότα του 1942, δεν μπόρεσαν να πραγματοποιήσουν τις προθέσεις της διεύθυνσης του σχολείου να εκδίδει βαθμολογία κάθε μήνα.

ΧΕΙΜΩΝΑΣ

1941 – 1942

Ένα Γεναριάτικο πρωί δεν ακούγεται τίποτα, ούτε φωνές από το δρόμο, ούτε πόρτες να κλείνουν, ούτε και κάποιο αυτοκίνητο να περνάει που και που. Σηκώνομαι και ανοίγω τη μπαλκονόπορτα, το παντζούρι όμως δεν ανοίγει. Αφού σπρώχνω και ξανασπρώχνω, βάζω τις φωνές! Εμφανίζεται η μητέρα μου και άλλος φίλος, γνωστός της οικογένειας σπρώχνουν και οι δυο και εγώ μαζί και τελικά ανοίγει λίγο και αφού ξανασπρώχνουμε αντιμετωπίζουμε ένα άσπρο τοίχο και νιώθουμε αφόρητο κρύο. Έρχεται και ο πατέρας μ' ένα φτυάρι.» Τώρα λέει, μόλις κατάφερα ν' ανοίξω την άλλη μπαλκονόπορτα πρέπει να έχει μαζευτεί ενάμιση μέτρο χιόνι.» Έπιανα το χιόνι που δεν είχα ξαναδεί και έλιωνε στα χέρια μου, που λίγο μετά κατάλαβα ότι θα παγώσουν, αν συνεχίσω έτσι. Ντύθηκα λοιπόν με ότι πιο χοντρό είχα και βγήκα στο μπαλκόνι με το φτυάρι και άρχισα να αδειάζω το χιόνι στο δρόμο. Από εκείνη την παγωμένη μέρα ξεκίνησε η σχεδόν μανιακή, όπως εξελίχτηκε, αντιπάθεια εναντίον μου, της κυρίας Βατάλα, που νοίκιαζε το από κάτω διαμέρισμα. Σ' αυτή τη περίπτωση έβαλε τις φωνές για το χιόνι που έπεφτε στο μπαλκόνι της από τις προσπάθειες μου να καθαρίσω το δικό μου μπαλκόνι. Εχθρότης που συνεχιζόταν μέχρι που αλλάξαμε σπίτι. Φυσικά με τη σταδιακή ενηλικίωση μου, μεταβάλλονταν κατά περίπτωση και ηλικία, οι αφορμές της επιθετικής αντιπάθειας της χήρας κυρίας εναντίον μου. Αφού λοιπόν άνοιξα μια δίοδο στο μπαλκόνι προχώρησα στη γωνία ατενίζοντας τον ορίζοντα. Μαύρος ουρανός και νιφάδες έκλειναν το σκηνικό ολόγυρα. Κάτω όμως, στη γωνία της παρόδου Ιακώβου Ρήγα – νυν Μέρμηγκα – (άγνωστοι οι δυο κύριοι και η αιτία της μετονομασίας) και Αριστοτέλους, στην εσοχή της εξώπορτας μιας μονοκατοικίας κάποιος που περπατούσε προσπαθούσε να στηριχτεί και ξαφνικά έπεσε χάμω. Ευτυχώς, σκέφτηκα στο μαλακό χιόνι, και έμεινε ακίνητος. Μπαίνω μέσα και λέω στους τέσσερις ενήλικες – πατέρας, μητέρα, ζευγάρι φίλων, «Κάποιος έπεσε χάμω και έχει απομείνει στο χιόνι.» Σηκώνονται αμέσως βγαίνουν στο μπαλκόνι και κοιτάνε. «Ωχ κι' άλλος ένας, χτες βρήκαμε κι' άλλους δυο και κάτσε να τηλεφωνήσω στο Αστυνομικό Τμήμα.» Μπαίνει ο πατέρας μέσα να τηλεφωνήσει στο τμήμα και εγώ μένω κοιτώντας τον πεσμένο, που όπως μου εξήγησαν ήταν πεθαμένος!

Έρχονταν κάτι κάρα του δημαρχείου, μας είπαν και τους μάζευαν. Ωρισμένα απ' αυτά είχαν κι' άλλους πεθαμένους μέσα. Είναι περίεργο, αλλά η εξοικείωση με το θάνατο από τη νεαρή ηλικία των έξι χρονών, ίσως να μου έκανε καλό, σχετικά με άλλους θανάτους που αντιμετώπισα αργότερα. Και ίσως στην κατανόηση πολλών και άλλων θανάτων που συνέβαιναν μέχρι το τέλος της κατοχής, των Δεκεμβριανών, του εμφύλιου και άλλων εξωελληνικών αιματοχυσιών, πολέμων και επαναστάσεων, που διάβαζα.

Η ΘΕΡΜΑΝΣΗ

1942

Κι' άλλο χιόνι... φαίνεται συνέχιζε να πέφτει από τα τέλη Ιανουαρίου μέχρι μέσα Φεβρουαρίου. Τα καλοριφέρ που διέθετε η πολυκατοικία δεν λειτουργούσαν, διότι πετρέλαιο δεν υπήρχε από τα τέλη του 1940. Ο Πατέρας λοιπόν, στην αρχή είχε μετατρέψει ένα παλιό μαγκάλι σε ηλεκτρική θερμάστρα με μια παλιά αντίσταση που είχε εφαρμόσει στον πάτο του! Αυτό ήταν καλό αν καθόσουνα σχεδόν απάνω του, ή ζέστανες τα χέρια σου και βέβαια εφ΄όσον υπήρχε ηλεκτρικό. Ήταν συχνές οι διακοπές του ρεύματος μέχρι που μερικές φορές χωρίς καμιά προειδοποίηση διαρκούν και παραπάνω από 24 ώρες. Έτσι το ηλεκτροκίνητο μαγκάλι ήταν άχρηστο και η θερμοκρασία μέσα στο σπίτι έπεφτε στους 5 ή 6 βαθμούς, όπως ανέφεραν τα θερμόμετρα, που βρίσκονταν αρχικά έξω, βιδωμένα στις μπαλκονόπορτες. Ο πατέρας τα ξεβίδωσε και τα έφερε μέσα, με τη δικαιολογία ότι έδειχναν σχεδόν την ίδια θερμοκρασία και μας ενδιέφερε περισσότερο η... μέσα από την έξω!

Τότε εμφανίστηκε μια όρθια, μεγάλη μαντεμένια σόμπα, που απ' ότι είπαν βρέθηκε στη σοφίτα του παλιού σπιτιού της άλλη γιαγιάς, που έμενε στην Ιακώβου Ρήγα. Εκείνοι ζεσταίνονταν με ένα τζάκι στο οποίο έκαιγαν ότι παλιόξυλα τους είχαν φέρει από το Σοφικό – το χωριό του παππού - άγνωστο πως, με τι μέσο δηλαδή. Η μαντεμένια σόμπα λοιπόν όσο υπήρχαν κάρβουνα άναβε καλά. Την εγκατέστησαν στο χολ, για να ζεσταίνει όλο το σπίτι, αφού άφηναν όλες τις πόρτες ανοιχτές. Το μπουρί της καπνοδόχου τρύπησε δυο τοίχους για να βγει έξω από τον τοίχο του εξώστη της κουζίνας.

Στην κορφή της, η σόμπα, είχε κάτι σαν πλάκα κουζίνας όπου μπορούσε κανείς να μαγειρέψει. Πάνω της είχε τοποθετηθεί μόνιμα μια μεγάλη κατσαρόλα με νερό που χρησίμευε για απαραίτητα πλυσίματα χεριών και προσώπων. Ιδιαίτερα με τα χιόνια ήταν απαραίτητο, διότι φαίνεται ότι κάποιες φορές είχαν παγώσει οι σωλήνες και δεν ερχόταν καθόλου νερό στις βρύσες. Μετά από το πρώτο βράδυ με τη σόμπα και τις πόρτες ανοιχτές, προς τη τραπεζαρία, και τις κρεβατοκάμαρες, τρώγαμε νερόβραστη φασολάδα – δεν υπήρχε λάδι - με φασόλια που κάποιος είχε στείλει, δεν θυμάμαι από πού. Κάποτε η φωτιά έσβησε, η ζέστη όμως κρατούσε καλά και το επόμενο πρωί το μαντέμι έκαιγε ακόμα.. Θυμάμαι ύπνο κάτω από πέντε κουβέρτες, ενώ οι γονείς είχαν ένα μεγάλο βαρύ πάπλωμα με ακόμα μια χοντρή κουβέρτα από πάνω.

Συσσίτια, Κουραμάνα και Μπομπότα 1942

Ο πατέρας εργαζόταν σε κάποια εταιρεία του Μποδοσάκη, που τα εργοστάσια πολεμοφοδίων, πυριτιδοποιείο – καλυκοποιείο ήταν επιταγμένα, παραχωρημένα, ή κάτι τέτοιο, στα Γερμανικά στρατεύματα κατοχής. Όλοι οι εργάτες και υπάλληλοι προκειμένου να κατασκευάζουν καλά πολεμοφόδια για τους κατακτητές απολάμβαναν συσσίτιο και όλοι πήγαιναν με κάτι διώροφα τενεκεδάκια το πρωί στη δουλειά, που ότι περίσσευε – αν περίσσευε – το φέρνανε στην οικογένειά τους, το απόγεμα, για να θρέψουν όπως, όπως, τους πειναλέους συγγενείς τους. Βέβαια σπάνιζε το ψωμί, εκτός από δυο εναλλακτικές λύσεις μια μαύρη και μια κίτρινη. Τη μαύρη, την αποκαλούσαν κουραμάνα και ήταν σαν ...ξινισμένο γιαούρτι. Λέγανε ότι την κατασκεύαζαν από κοτσάνια σταριού για πέταμα, αφού ξεχώριζαν το στάρι. Την κίτρινη, η αποκαλούμενη μπομπότα, ήταν ζυμωμένη με ξερά φύλλα καλαμποκιού και αρκετά... ροκανίδια από διάφορα ξυλουργεία, ταρσανάδες και όπου αλλού βρίσκονταν τα ροκανίδια. Ετούτη η εκδοχή του ψωμιού δεν ήταν ξινή, αλλά μάλλον άνοστη και δύσκολη στη χώνεψη, όπως έλεγαν. Εγώ δεν καταλάβαινα τίποτα. Ήμουν όμως... κακομαθημένος, γιατί η θεία Μαρία είχε άλλου είδους συσσίτιο και παροχές από την Ισπανική Πρεσβεία.

***

Ήταν από τις ελάχιστες Πρεσβείες που λειτουργούσαν στην Αθήνα – λόγω ουδετερότητας της Ισπανίας στον Πόλεμο – όπως έμαθα αργότερα. Στις Πρεσβείες αυτές όχι μόνο οι δυνάμεις κατοχής παρείχαν ότι έτρωγαν και οι ίδιοι οι Γερμανοί, αλλά υπήρχαν ακόμα και πάρα πάνω τρόφιμα. Έτσι τρεις φορές την εβδομάδα είχα άσπρο αφράτο ψωμί κάτι σαν μπριός και μια μεγάλη ελβετική πλάκα σοκολάτα μάρκας Lindt. Αυτά ήταν αρκετά να με κρατήσουν χορτάτο, για δυο μέρες! Έφερνε όμως κι' άλλα πράγματα η θεία Μαρία, όπως φρέσκα αβγά, κορνμπήφ, καμιά φορά ζαμπόν, ισπανικό σερράνο, και άλλες Ισπανικές λιχουδιές, που έρχονταν κατ' ευθείαν με Ισπανικά καράβια. Υποθέτω ότι από εκεί ήρθαν και τα πολυπόθητα κάρβουνα, μια μεγάλη ποσότητα, νομίζω ότι είπαν τρεις τόνοι, που αποθηκεύτηκαν στην αποθήκη δίπλα στο πλυσταριό στη ταράτσα.

Η σόμπα αυτή και τα κάρβουνα κράτησαν ζωντανούς εμάς και άλλες τρεις οικογένειες γιαγιάδων, παππούδων, ξαδέρφων και φίλων. Και φαίνεται ότι διάφορα εδώδιμα, ιδιαίτερα λάδι και όσπρια εμφανίζονταν ταχτικά, καθώς τα αντάλλαζαν με κάρβουνα, που είχαμε πολλά. Συνεχίζονταν όμως οι διηγήσεις ότι για τρεις οκάδες λάδι, ο τάδε πούλησε ένα διαμέρισμα ή, εκείνο το οικόπεδο στην οδό Πατησίων, διότι τότε υπήρχαν πολλά άδεια οικόπεδα στην οδό Πατησίων.

Αντί ψάρια ή κρέατα, εδώδιμοι σκύλοι και γάτες 1942

Έλειπαν το κρέας και τα ψάρια παντός είδους. Οι μεν ψαράδικες βάρκες, καΐκια, γριγρί, είχαν κατασχεθεί από τους Γερμανούς. Τα δε κρέατα όσα υπήρχαν και δεν είχαν εξοντωθεί, τα έτρωγαν οι κατοχικές δυνάμεις, ή τα στρατεύματά τους στο ανατολικό, ή στο αφρικανικό μέτωπο. Έτσι ένα απομεσήμερο καταφτάνει ο πατέρας με μεγάλο χαμόγελο και βγάζει κάτω από το παλτό του ένα δέμα τυλιγμένο με γκρι χασαπόχαρτο. «Σας έφερα κουνέλι να το φάμε το βράδυ στιφάδο...» ανακοινώνει θριαμβευτικά, σαν να είχε πάει ο ίδιος κυνήγι, στο ακροατήριο, που αποτελούσε η θεία Μαρία , ή μητέρα μου, η γιαγιά και ο παππούς από της μητέρας μεριά, και ο Σταύρος, φίλος του πατέρα μου.

***

Κατάπληκτοι όλοι τον ακολουθούν στη κουζίνα για να θαυμάσουν το... τρόπαιον. Ανοίγει δίπλα στο νεροχύτη πάνω στο μάρμαρο το χασαπόχαρτο και εμφανίζεται ακέφαλο πτώμα που κρίνεται από την ομήγυρη ικανοποιητικό. «Και γιατί το αποκεφαλίσατε; «Ρωτάει ο Σταύρος. «Διότι απαγορεύεται να πουλιέται τέτοιο κρέας και μάλιστα αγριοκούνελο όπως αυτό, θα λέγαμε αν μας πιάνανε ότι ήτανε… αρουραίος!» Απαντάει ο πατέρας. Ο παππούς πλησιάζει το κοιτάει και με τα δυο δάχτυλα σηκώνει το ένα πίσω πόδι του ψοφιμιού.» Αυτό δεν είναι κουνέλι μάλλον είναι... ψόφιος σκύλος, αποφαίνεται, τα πόδια του κουνελιού είναι διπλάσια από ετούτα.» «Και που το ξέρεις Πέπε;» Ρωτάει ο πατέρας,» Εσύ γνωρίζεις παρτιτούρες και συμφωνίες τώρα μας προέκυψες και... κυνηγός;» «Γνωρίζω τα κουνέλια και τους λαγούς διότι πολλές φορές βγαίναμε για κυνήγι στο Σαν Σεμπαστιάν. Εν πάσει περιπτώσει μαγειρεύτε το, να δούμε τι θα βγεί. Πάντως αν είναι σκύλος, όπως υποψιάζομαι, θα πρέπει το κρέας του να είναι ξινό!» «Τώρα θα μας πεις ότι έχεις φάει και σκύλο.» Επεμβαίνει η γιαγιά. «Εσύ τι λες Σταύρο;» ρωτάει η θεία Μαρία. «Να σου πω, απαντάει εκείνος, μου φαίνεται ότι ο πατέρας σου έχει δίκιο για το μήκος των ποδιών κι' εμένα μου φαίνονται κοντά, αλλά άσε να το μαγειρέψουμε να δούμε.» «Δεν έχουμε και κρεμμυδάκια,» θυμάται τα απαραίτητα για το στιφάδο η μητέρα, «Μόνο λίγες πατάτες. Αξίζει ο κόπος να ζητήσουμε από κανένα άλλο διαμέρισμα στην πολυκατοικία, ή μετά απ' ότι λέτε να το βράσουμε με σάλτσα ντομάτα και να δούμε τι θα βγει.»

Καθισμένοι λοιπόν γύρω από το τραπέζι έξι ενήλικες, και ο ανήλικος εγώ, μπροστά στην αχνίζουσα κατσαρόλα που μυρίζει περίεργα, και ανάμεσα σε συζητήσεις και σχόλια: «Εγώ σας το είπα δεν μυρίζει έτσι το κουνέλι» λέει ο παππούς. Μυστήρια μυρουδιά για κουνέλι.» Τα λόγια του Σταύρου. «Καθίστε να το κόψουμε!» Η γιαγιά. Παίρνει εκείνη το μεγάλο μαχαίρι και αρχίζει να κόβει κομμάτια. Σερβίρει τον πατέρα, μετά τον παππού και ύστερα τους άλλους, αφήνοντας ένα μικρό κομμάτι ψαχνό, μαύρο- μπλε, που το έβαλε σ'ένα μικρό πιάτο μπροστά μου. «Αυτό ,λέει ,είναι από το ελάχιστο καθαρό ψαχνό και το βάζω στο παιδί.» Το παιδί, δηλαδή εγώ, τρυπάω το κομμάτι του ψαχνού με το πιρούνι μου και το φέρνω στο στόμα μου. Κρατώντας πάντα το πηρούνι δαγκώνω ένα μικρό κομματάκι και... δεν είναι μόνο κατάξινο αλλά βρωμάει κιόλας σαν... λερωμένη τουαλέτα.

Το αφήνω στο πιάτο και ορμάω στο άσπρο ψωμάκι, λέγοντας ότι δεν πάει κάτω. Παρόμοιες όμως αντιδράσεις είχαμε και από τους μεγαλύτερους. Τελικά μετά από διαπιστώσεις όπως: «Είναι πραγματικά κάτι άλλο...» «Ό,τι και να' ναι... μόνο κουνέλι δεν είναι...» «Μπορεί όμως να είναι και γάτος, διότι για σκύλος θα πρέπει να ήταν... κουτάβι.» Απεσύρθη ο σκύλος, ή γάτος, ή αρουραίος, ή κάτι του ίδιου μεγέθους και έπεσαν όλοι στις πατάτες, που μερικές είχαν πάρει τη μυρουδιά του απροσδιόριστου πτώματος! Για το οποίο όμως έστησαν τρικούβερτο γλέντι οι πέντε γάτες, που είχαν απομείνει στην πολυκατοικία, όπως ήταν πειναλέες για μεγάλο χρονικό διάστημα, αφού δεν υπήρχαν τα άλλοτε αξιοπρεπή αποφάγια που είχαν συνηθίσει, πριν από τη κατοχή.

Καταφύγια και ο Κυρ Αντρέας ο Θυρωρός 1942 - 1943

Τα υπόγεια της πολυκατοικίας από την αριστερή μεριά της εισόδου νοικιαζόταν το ένα σαν γκαρσονιέρα με ιδιαίτερη είσοδο από το δρόμο και από την άλλη βρισκόταν το θυρωρείο με την κυρά Μαρία και τον άντρα της. Ο κυρ Αντρέας, γνώριζε όλα τα μέρη που μπορούσε κανείς, παρά τις ελλείψεις, να βρει καλό κρασί. Από τις τρεις το μεσημέρι και μετά ήταν δύσκολη η συνεννόηση μαζί του, διότι ο κυρ Αντρέας από το πρωί περιδιάβαζε όλα τα καρβουνιάρικα, που ήταν και ταβερνεία της γειτονιάς και πιο πέρα ακόμα, όπου πουλούσαν κρασί και παρίστανε τον... οινογνώστη των προϊόντων τους, συγχρόνως καταναλώνοντας σεβαστές ποσότητες. Αρκετές φορές τον είχαν κουβαλήσει στο θυρωρείο δυο τρεις γνωστοί του, χωρίς να εμφανίζουν καλύτερη κατάσταση από τον ίδιο. Το θυρωρείο όμως χρησίμευε και σαν καταφύγιο από τους βομβαρδισμούς. Είχαν τοποθετήσει κάτι ξύλινα ικριώματα από το πάτωμα στο χαμηλοτάβανο υπόγειο να... συγκρατούν το ταβάνι. Υποτίθεται ότι αυτά θα μας... έσωζαν αν κατέρρεε όλη η πολυκατοικία απάνω μας. Καθώς δεν υπήρχε ασανσέρ, μόλις χτυπούσαν οι σειρήνες του συναγερμού με τον χαρακτηριστικό ήχο τους, έτρεχαν όλοι κατρακυλώντας στις σκάλες προς το υπόγειο- καταφύγιο - θυρωρείο.

Εκεί πιο πέρα προς την πίσω αυλή της πολυκατοικίας ήταν εγκατεστημένα και τα ντεπόζιτα του πετρελαίου για το καλοριφέρ, που προ κατοχικά ήταν γεμάτα, αλλά προ πολλού άδεια. Συμπληρωνόταν έτσι η διακόσμηση του χώρου...

Με τον συναγερμό στη χαμηλή πόρτα του θυρωρείου επικρατούσε συνωστισμός και καμιά φορά μερικοί μένανε απ' έξω, διότι το στρίμωγμα μέσα ήταν αφόρητο, καθώς στοιβάζονταν ο ένας πάνω στον άλλο. Βόμβες ευτυχώς δεν πέσανε ούτε στη γειτονιά, ούτε και πιο πέρα. Ο θεός μόνο ξέρει τι θα γινόταν αν έπεφταν, διότι το καταφύγιο ήταν βέβαιο ότι θα θαβόταν κάτω από τα γκρεμίσματα της πολυκατοικίας. Με τα ξύλινα όμως ικριώματα να στηρίζουν το ταβάνι του υπογείου, ένιωθαν όλοι πολύ ασφαλείς! Το ίδιο γινόταν και σε άλλες πολυκατοικίες και φαίνεται ότι επρόκειτο για μόδα, διότι πραγματική προστασία δεν προσέφερε κανένα από όλα αυτά το πρόχειρα μέτρα. Και μετά τους νεκρούς της πείνας και του χειμώνα του 1942 αρχίζει από τον επόμενο χρόνο κάποια ομαλότερη αντιμετώπιση της πραγματικότητας και των Γερμανών.

Γερμανός με σοκολάτες 1942 - 1943

Κάποια γνωστή, δεν θυμάμαι ποια, με πήγαινε στο πάρκο, όπου

μετά το άγαλμα του Κωνσταντίνου προχωρούσαμε πάνω δεξιά, στη άδεια λίμνη, διότι δεν υπήρχε νερό. Μπαίναμε μέσα και τρέχαμε γύρω, γύρω στα πλαϊνά της λίμνης που ήταν γερμένα με αρκετή κλίση και όταν έτρεχες γρήγορα συγκρατούσες την ισορροπία σου. Εκεί για αρκετό χρονικό διάστημα ερχόταν ένας Γερμανός αξιωματικός με το ένα χέρι του στο γύψο, που κάθε φορά μας φώναζε τους συνομίληκους των πέντε-έξι ετών, λέγοντας κομ... κομ... και με το άλλο του το χέρι μας έδινε κάτι μικρές πλακίτσες σοκολάτα, που ήταν πολύ καλές, αλλά όχι Λιντ, που μου έφερνε η θεία από την Πρεσβεία. Μας χάιδευε λίγο το κεφάλι και έλεγε κάτι Γερμανικά. Αυτό κράτησε σχεδόν όλο το καλοκαίρι. Ξαφνικά όμως έπαψαν οι εμφανίσεις του και οι άλλοι στρατιώτες και αξιωματικοί που έκαναν τον περίπατό τους δεν είχαν παρόμοιες διαθέσεις, αν και τους κοιτάγαμε με προσδοκία ότι κάτι θα βγάλουν από τη τσέπη τους. Εκείνοι όμως αδιάφοροι μας προσπερνούσαν.

Διεθνής Ερυθρός Σταυρός 1942 - 1943

Στα τέλη του 1942 είχαν αρχίσει και τα μηνύματα του Διεθνούς Ερυθρού Σταυρού όπως διαπίστωσα πολύ αργότερα από τηλεγραφήματα που βρήκα παραχωμένα σε παμπάλαια αρχεία. Έτσι μάθαμε ότι ο θείος Μίλτος ήταν καλά στην Αλεξάνδρεια με το Ναυτικό και απέκτησε κόρη.

Φαίνεται ότι απαγορευόταν να γραφτεί οτιδήποτε άλλο εκτός από οικογενειακά ζητήματα και νέα για την υγεία, μόνο αυτά επέτρεπαν οι υπηρεσίες του Ερυθρού Σταυρού. Μάθαμε και νέα από τον αδερφό του παππού που είχε εξοριστεί από τον Φράνκο και ζούσε στην Ελβετία, με την οικογένειά του και επιβίωνε σαν καθηγητής της Ισπανικής γλώσσας. Κι' αυτός μας έγραψε ότι όλοι οι άλλοι στην Ισπανία είναι καλά στην υγεία τους, άλλοι στην Μαδρίτη, άλλοι στη Βαρκελώνη, άλλοι στο Σαν Σεμπαστιάν και στο Έϊμπαρ στη χώρα των Βάσκων, απ' όπου κατάγεται και η οικογένεια. Άλλο νέο που άκουγα να επαναλαμβάνεται ήταν ότι σύντομα θα μπορούσαμε να... ταξιδέψουμε, αφού άρχισαν τα μηνύματα!

Ή εγώ δεν καταλάβαινα, ή όποιοι τα έλεγαν αυτά ήταν εκτός πραγματικότητας. Οι υπόλοιπες ειδήσεις ήταν ότι οι Γερμανικές στρατιές εξακολουθούσαν να προελαύνουν νικηφόρες τόσο στην Αφρική, όσο και στη Ρωσία. Έτσι έλεγε ο πατέρας που είχε κάτι χάρτες και σημείωνε απάνω τους τις κινήσεις των στρατιών.

///

ΡΑΔΙΟΦΩΝΑ, ΕΚΠΟΜΠΕΣ ΚΑΙ ΚΕΡΑΙΕΣ

1942 – 1943

Ήρθε και το κοντρόλ, όπως το λέγανε στα Ελληνογερμανικά, να σφραγίσει με συρματάκια που κατέληγαν σε κάτι μολυβένιες βούλες τα κουμπιά του ραδιοφώνου, ώστε να πιάνουν μόνο Αθήνα, απ' όπου ακούγαμε τα λογοκριμένα από τους Γερμανούς νέα. Απαγορεύονταν επίσης οι κεραίες ραδιοφώνων στις ταράτσες όπως τις είχαν προκατοχικά. Όλα αυτά τα μέτρα για να μην ακούγεται στα βραχέα, βασικά το BBC, μια και στην Ευρώπη, δεν υπήρχαν άλλοι ελεύθεροι σταθμοί. Βοήθησα λοιπόν στις διαδικασίες όταν ο πατέρας πήγε και έστησε μια κεραία μέσα στην αποθήκη, που βρισκόταν δίπλα στο πλυσταριό της ταράτσας. Από κεί με άφησε να κρατάω ένα σύρμα, που το πέρασε από το πάτωμα της αποθήκης, ανοίγοντας μ' ένα χειροκίνητο μεγάλο τρυπάνι μια τρύπα στο ταβάνι του διαδρόμου του διαμερίσματος μας από κάτω. Μετά ξανανεβαίνει απάνω και στερεώνει το σύρμα πάνω σε μια βίδα και μου λέει: «Πάμε τώρα κάτω να δούμε τι καταφέραμε.»

Στο σαλόνι τώρα, αφού τράβηξε το σύρμα της κεραίας από την τρύπα στο ταβάνι του διαδρόμου και το συνέδεσε στο καλό για την εποχή ραδιόφωνο AEG, που το είχε πάρει όταν εργαζόταν στην εταιρεία, πριν από το πόλεμο, αποσυνέδεσε το συρματάκι με τις σφραγίδες με μια μικρή πένσα και το συνέδεσε πάλι, με τρόπο όμως, που μπορούσε να κουνάει τα κουμπιά και τη βελόνα, χωρίς να φαίνεται ότι έχουν πειραχτεί οι σφραγίδες, ή το συρματάκι. Μέθοδος που εφαρμοζόταν ευρύτατα. Όλα λειτούργησαν στην εντέλεια και στις οχτώ το βράδυ μαζεύτηκαν όλοι τριγύρω από το ραδιόφωνο. Ο πατέρας πολύ περήφανος, έστριψε το ένα κουμπί από τα μεσαία στα βραχέα κύματα και μετά το άλλο της βελόνας στο σταθμό, καθώς το Γερμανικό ραδιόφωνο έγραφε όλα τα ονόματα των σταθμών, BBC

– London, RAI Roma, Bucarest, Schenectady (που στην οργή ήταν αυτό;) και πλήθος άλλων σταθμών. Στις οχτώ ακριβώς άρχισε η εκπομπή από το Ελληνικό τμήμα του Αγγλικού σταθμού. Καθώς κρατούσαν τον ήχο πολύ χαμηλά και τουλάχιστον πέντ-έξι μεγάλοι κάθονταν όρθιοι γύρω από το ραδιόφωνο, πολύ λίγα άκουγα, αλλά και ν' άκουγα δεν θα καταλάβαινα και πολλά. Αφού λοιπόν μετά από μισή ώρα τέλειωσε η εκπομπή άρχισαν τα σχόλια των μεγάλων.

***

«Και βέβαια μη νομίζεις, λέει ο Σταύρος, προπαγάνδα εκπέμπουν οι Γερμανοί, αλλά και τούτοι εδώ δεν πάνε πίσω. Κατά τη γνώμη μου όπου ακούς πολλά κεράσια, κράταγε μικρό καλάθι. Αυτοί μας λένε ότι αρχίζουν επίθεση στην Αίγυπτο και οι άλλοι λένε ότι είναι θέμα ημερών να καταλάβουν την Αλεξάνδρεια και να κλείσουν, ή καταλάβουν το Σουέζ. Στη Ρωσία τώρα, οι Γερμανοί ισχυρίζονται ότι βρίσκονται στα περίχωρα της Μόσχας και οι Σύμμαχοι λένε ότι οι Ρώσοι αιχμαλώτισαν ολόκληρη Γερμανική στρατιά. Οι Γερμανοί λένε ότι κατέλαβαν το Στάλινγκραντ και οι Ρώσοι ότι αντεπιτίθενται και θα αιχμαλωτίσουν άλλη ολόκληρη στρατιά. Άντε βρες άκρη που βρίσκεται η αλήθεια.» «Κάπου στη μέση.» Απαντάει ο θείος. Οι ακροάσεις αυτές συνεχίζονταν μέρα παρά μέρα, ή και καθημερινά, ιδιαίτερα αν οι πάμπολλες φήμες αφορούσαν κάποιο συγκεκριμένο γεγονός. Οι αλληλοσυγκρουόμενες γνώμες των πολλών, που έπαιζαν ρόλους στρατηγών, ναυάρχων, ή και Υπουργών Εξωτερικών, όπως ερμήνευσα αργότερα, δικαιολογούσαν τόσο την ακρόαση, όσο και τις συζητήσεις, που ενεργούσαν όπως πολλοί έλεγαν, σαν αποφυγή της πλήξης, μια και πολλοί ήταν άνεργοι. Ακόμη και όσοι εργάζονταν, δεν πέθαιναν στη δουλειά, μια και τηρούσαν κάποιο ωράριο, τις περισσότερες φορές, μόνο για να πάρουν το συσσίτιο.

Πρέπει να είχε φτάσει το 1943, γιατί μέχρι τότε δεν υπήρχαν άλλα γεγονότα που έπεφταν στην αντίληψη του εξαετούς τότε, συγγραφέα του παρόντος. Η αναγκαστική δίαιτα συνεχιζόταν εξ αιτίας των ελλείψεων. Κάποιος από τους φίλους των γονιών που μπαινόβγαιναν στο σπίτι ένα βράδυ έφερε μια εφημερίδα - όχι την «Καθημερινή», που αγόραζε ο πατέρας- που έγραφε όπως μας είπε μια ολόκληρη λίστα των προιόντων που λείπουν ολοκληρωτικά. Μετά άλλη λίστα εκείνων που λείπουν μερικά και τέλος άλλη λίστα αυτών που υπάρχουν στη μαύρη αγορά. «Πρόκειται για βλακώδη αντιμετώπιση του θέματος, υποστήριξε κάποιος άλλος θείος, δεν είναι δυνατό τη στιγμή που πεθαίνει ο κόσμος, ο ηλίθιος αυτός δημοσιογράφος να μας γράφει ότι το χαβιάρι, η σαμπάνια και ό,τι άλλο παρόμοιο μας διαβάζεις, αντιμετωπίζουν ελλείψεις.

***

Ποιος και κάθε πόσο, έτρωγε χαβιάρια και έπινε σαμπάνιες ακόμα και πριν από την κατοχή; «Παρακολουθώντας αυτές τις συζητήσεις πλούτιζα το λεξιλόγιο μου. Όταν βαριόμουνα να τους ακούω και αυτό συνέβαινε μόνο όταν δεν είχα τίποτα άλλο να κάνω, που ήταν σπάνιο, διότι είχα αρχίσει να διαβάζω πληθώρα βιβλίων του Βερν, που τα είχε βρει ο παππούς. Ήταν κάτι σπάνιες, στη καθαρεύουσα, εκδόσεις του οίκου Σιδέρη με γκραβούρες από τις πρώτες Γαλλικές αντίστοιχες εκδόσεις, του Ιουλίου Βερν. «Είκοσι χιλιάδες λεύγες υπό την θάλασσαν,» «Η Μυστηριώδης νήσος.» Και πολλά άλλα του Βερν.

Και μετά ακολούθησαν ο Μάγκας, τα Μυστικά του Βάλτου, Ο Βουλγαροκτόνος, Για την Πατρίδα, που μου έφεραν άλλοι φίλοι και συγγενείς της οικογένειας. Από δω και πέρα όποιος ερχόταν στο διαμέρισμα έφερνε βιβλία, ορισμένες φορές και με οπισθοβουλία να τους… αφήνω ήσυχους! Έτσι όταν άρχισα να διαβάζω, έμενα μακριά από το δωμάτιό μου, μόνο αν καταλάβαινα ότι κάτι το πολύ ενδιαφέρον ακούγεται στις συζητήσεις και τις συναθροίσεις των μεγάλων. Είχαμε ξαναρχίσει το σχολείο διότι οι Γερμανοί βρήκαν άλλο κτίριο να εγκατασταθούν. Από κάτι παλιές φωτογραφίες της Πρώτης, ή Δεύτερης Δημοτικού, που πρέπει να είμαστε πάνω από σαράντα παιδιά σε κάθε Τάξη, θυμάμαι τη μεγάλη σκάλα, που ανέβαινε στον πρώτο όροφο του παλιού νεοκλασικού αρχοντικού. Η Τάξη μας ήταν στην πλευρά προς την πλατεία Αλεξάνδρας. Στα δυο τρία χρόνια της κατοχής και μετά θυμάμαι τη δασκάλα μας την κυρία Θεανώ και μια άλλη κυρία Μαντζαβίνου, που πάσχιζαν να μας μάθουν πέντε γράμματα. Οι καιροί όμως δεν ήταν ευνοϊκοί καθόλου, καθώς τη μια μέρα υπήρχαν μπλόκα και δεν μπορούσαμε να φτάσουμε σχολείο, την άλλη κάτι άλλο κακό συνέβαινε και πάλι χάναμε το μάθημα. Είναι απορίας άξιον πως μάθαμε ό,τι μάθαμε μέσα σ' αυτή την ταραγμένη εποχή.

Απέκτησα και τον πρώτο φίλο, τον Δημήτρη τον Καλημέρη, στη Δεύτερη έως την Τέταρτη Δημοτικού, διότι μετά έφυγε οικογενειακώς για την Αργεντινή, όπου είχε ο πατέρας του δουλειές και είχε αποκλειστεί από τον πόλεμο στην Ελλάδα.

Μας πήγαιναν και μας έφερναν από το σχολείο εναλλάξ οι γονείς ή διάφορες δασκάλες που είχαμε μια και είμαστε γείτονες, αφού εκείνος έμενε στην οδό Κοδριγκτώνος, λίγο πιο κάτω από τη διασταύρωσή της με την Αριστοτέλους.

Υπήρχαν άφθονες - θήκες από φυσίγγια που αποθήκευαν πέντε, ή και περισσότερες πολεμικές σφαίρες, μια και βρισκόμασταν λίγο πριν από την απελευθέρωση. Τις βρίσκαμε στο δρόμο. Είχαν καθιερωθεί όμως σαν παιχνίδια μια και δεν είχαμε καμιά άλλη ποικιλία. Τα βάζαμε σε παράταξη στο πάτωμα, ή σε χαλιά το χειμώνα και παίζαμε ναυμαχίες. Αν ήταν πιο μεγάλες τις ονομάζαμε θωρηκτά, τις πιο μικρές αντιτορπιλικά και τις μικρότερες υποβρύχια! Τους φτιάχναμε φουγάρα μπήγοντας ξυλαράκια στις θήκες για τα φυσίγγια και με πήλινους βόλους - έπαιρνε ο καθένας από δέκα και χτυπούσε τα θωρηκτά, που άλλοτε έπεφταν, άλλοτε γλίτωναν και τότε χάναμε ή κερδίζαμε! Πολύπλοκοι κανόνες που δεν επέζησαν.

ΠΑΡΑΜΥΘΙΑ ΤΟΥ ΠΑΠΠΟΥ ΚΑΙ ΤΑ ΤΡΕΝΑ

1943

Ο παππούς, Πέπε, Βάσκος την καταγωγή, που τον φώναζα Παπέπε, ερχόταν στο σπίτι στην Αριστοτέλους όταν δεν είχε δουλειά. Ανάλογα με την εποχή και τον καιρό, αν έβρεχε, μου έλεγε διάφορα παραμύθια, που τις περισσότερες φορές αναφέρονταν σε τρία παιδιά με τα ονόματα ο Βίλης, ο Μανώλης και ο Μιχάλης, που συνήθως έκαναν διάφορες ηρωικές πράξεις. Αν ο καιρός ήταν καλός, πηγαίναμε περίπατο. Μια διαδρομή ήταν όταν ξεκινούσαμε από την Αριστοτέλους ίσια και στρίβαμε δεξιά στην οδό Δεριγνύ, που διέσχιζε την Αχαρνών και άλλαζε όνομα σε Παρρασίου. Από εκεί στρίβαμε αριστερά και βγαίναμε στο σταθμό Λαρίσης. Προχωρούσαμε, ανεβαίναμε τα πολλά σκαλοπάτια πάνω στη γέφυρα που υπήρχε τότε για τους πεζούς και συνέδεε το Σταθμό Λαρίσης με το Σταθμό Πελοποννήσου. Στεκόμαστε αρκετή ώρα πάνω στη γέφυρα περιμένοντας να δούμε κανένα τρένο να περνάει, σύγχρονα όμως ξεκουραζόμασταν. Ο παππούς, ψηλός αδύνατος με άσπρα μαλλιά και πράσινα μάτια κοίταγε μακριά από τη μια, ή την άλλη μεριά της γέφυρας σαν να περίμενε το τρένο, που μου φάνηκε ότι πολύ θα ήθελε να μπει μέσα και να φύγει, επιστρέφοντας στην πατρίδα του, ή στην Ευρώπη γενικότερα.

Φαινόταν όμως ότι από τότε που ήρθε - στις αρχές του αιώνα - ήταν μοιραίο να μείνει στην Ελλάδα. Αυτό είναι μια άλλη ιστορία που μου διηγήθηκαν αργότερα. Σπάνια είχαμε δει τρένα να περνάνε, λίγα απ' αυτά ήταν βαμμένα χακί ή γκρι – μπλε σκούρο, γεμάτα με Γερμανούς στρατιώτες. Άλλα ήταν άδεια, επιστρέφοντας στην Αθήνα και σχεδόν όλα συνέχιζαν προς Πειραιά. Αυτά, μου εξηγούσε ο παππούς: «Πάνε στο λιμάνι να πάρουνε τους στρατιώτες που έρχονται εκεί με πλοία, για να τους στείλουνε στο ανατολικό μέτωπο.» Και βέβαια ρώτησα: «Ποιο και που είναι το ανατολικό μέτωπο»; Μου απάντησε λοιπόν ότι βρίσκεται κάπου βόρεια μετά από τη Βουλγαρία και τη Ρουμανία μέσα στη Ρωσία. Ύστερα από αυτό μου είπε ότι θα κοιτάξουμε μαζί το χάρτη για να μου δείξει που πάνε τα γεμάτα με στρατιώτες τρένα. Ο μακρινός περίπατος συνεχιζόταν μέχρι το γνωστό σπίτι του παππού και της γιαγιάς στη πλατεία Βάθη. Από εκεί ή κάποιος- μητέρα, πατέρας- έρχονταν να με πάρουν. Αρκετές φορές έμενα μαζί με τον παππού και την γιαγιά αν οι δικοί μου είχαν κάπου να πάνε και δεν έμενε κανείς στο σπίτι!

ΤΑ ΟΛΟΝΥΚΤΙΑ ΠΑΡΤΙ ΤΩΝ ΜΕΓΑΛΩΝ

1943

Απ' ό,τι λεγόταν, το ολονύκτιο δεν οφειλόταν τόσο στο μεγάλο γλέντι, όσο στην απαγόρευση της κυκλοφορίας αρκετές φορές μετά τις οχτώ, ή άλλες μετά τις έντεκα το βράδυ. Έτσι οι καλεσμένοι έρχονταν και μένανε μέχρι τις έξι το πρωί! Τότε επιτρεπόταν και πάλι η κυκλοφορία. Τα ολονύκτια αυτά πάρτι εναλλάσσονταν σε διάφορα σπίτια και φαίνεται ότι ήταν απόλυτα... ακατάλληλα για ανηλίκους. Το φαγητό και το ποτό ήταν ακρότατα περιορισμένα. Ο καθένας, ή το κάθε ζευγάρι, έφερνε ψωμί, παξιμάδια, ξερές σταφίδες και ότι άλλο εδώδιμο ήταν δυνατό να βρεθεί, μαζί με κρασί ρετσίνα, που πάντα υπήρχε σε μαγαζιά που πουλούσαν ξύλα και κάρβουνα, ή και σε κάποια μπακάλικα. Και βέβαια μετά την ώρα που έληγε η κυκλοφορία, μουσική, τραγούδια και άλλοι θόρυβοι έπρεπε να μην ακούγονται έξω από το σπίτι.

Όλες αυτές οι συγκεντρώσεις γίνονταν με κεριά, ή λάμπες πετρελαίου, μια και πολλές φορές κοβόταν και το ηλεκτρικό. Αργότερα, από διηγήσεις γνωστών, άκουσα πολλά και διάφορα ανέκδοτα, για τις βραδιές αυτές. Όπως του γνωστού συνθέτη με τη κιθάρα του, που αναγκαστικά τον περιόριζαν μέσα στο δωμάτιο του... μπάνιου, γιατί τα θριαμβευτικά κομμάτια που έπαιζε θα ξυπνούσαν την πολυκατοικία, ή και τους Γερμανούς. Επίσης γνωστής χορεύτριας, της εποχής που είχε κρεμάσει τα πόδια της στο παραπέτο έξω από τον τοίχο, στο γείσο της ταράτσας στον πέμπτο όροφο πάνω από την οδό Αριστοτέλους.

Ευτυχώς δεν... έπεσε, όπως επανειλημμένα άκουσα να λένε, πολλά χρόνια αργότερα. Φαίνεται ακόμα ότι πολλά και διάφορα, τα πονηρά, συνέβαιναν ανάμεσα στις σχέσεις των καλεσμένων, κυρίως ετεροφύλων, αλλά και πολλών ομοφυλοφίλων αμφοτέρων των φύλλων! Εγώ δεν είχα καταλάβει τίποτα, διότι μόνο μια φορά βρέθηκα σε παρόμοια συγκέντρωση σε ξένο σπίτι, όπου τα παιδιά πήγαν να κοιμηθούν την ώρα που έπρεπε.

ΕΡΓΑΣΙΕΣ, ΕΠΑΓΕΛΜΑΤΑ, ΤΩΝ ΓΟΝΙΩΝ, ΣΥΓΓΕΝΩΝ ΚΑΙ ΦΙΛΩΝ

1943

Ο πατέρας εργαζόταν στον όμιλο Μποδοσάκη και ιδιαίτερα στο Πυριτιδοποιείο – Καλυκοποιείο, κάτω από Γερμανική Διοίκηση, μια και ο ιδιοκτήτης βρισκόταν πάντα σε άριστες σχέσεις, διαδοχικά, ή και συγχρόνως, με κυβερνήσεις – κατακτητές – αναρχικούς - δικτάτορες και πολλούς άλλους. Στα καθήκοντα του πατέρα ήταν οι κατασκηνώσεις των υπαλλήλων και των παιδιών τους, φαίνεται όμως ότι είχε και άλλες αρμοδιότητες. Στα μέσα του 44 παραιτήθηκε, διότι οι Γερμανοί αξίωσαν όλο το Ελληνικό εργατικό προσωπικό να μεταφερθεί στη Γερμανία μια και είχαν αρχίσει να χάνουν σε όλα τα μέτωπα.

Η μητέρα ενώ εργαζόταν στη ραδιοφωνία λέγοντας τα νέα, Ισπανικά, οι Γερμανοί ξαφνικά σταμάτησαν την εκπομπή, διότι τσακώθηκε ή... ψυχράθηκε, όπως μάθαμε, ο Χίτλερ με τον Φράνκο. Ο παππούς ήταν διευθυντής του Ωδείου Πειραιώς, καθηγητής βιολιού στο Ωδείο Αθηνών και Διευθυντής της Κρατικής Ορχήστρας και η μητέρα είχε πτυχίο βιολιού με άριστα από το Ωδείο Αθηνών. Την διόρισε λοιπόν καθηγήτρια βιολιού στο Ωδείο Πειραιώς, όπου πήγαινε με τον Ηλεκτρικό από την Ομόνοια. Η γιαγιά ήταν και κείνη καθηγήτρια του βιολιού στο Ωδείο Αθηνών. Η θεία Μαρία όπως είπαμε εργαζόταν σαν γραμματέας στην Ισπανική Πρεσβεία. Όλοι λοιπόν κατά τον ένα, ή άλλο τρόπο ήταν, και λόγω συσσιτίων από όλους τους οργανισμούς παραπάνω, όσο μπορούσαν, ικανοποιημένοι. Βέβαια κατοχή ήταν και κίνδυνοι υπήρχαν. Ιδιαίτερα από τα μέσα του 1943 με τα χωνιά να καλούν τον πληθυσμό από το ΕΑΜ να διώξει τους κατακτητές, επιγραφές εμφανίζονται στους τοίχους, στην αρχή ΕΑΜ και μετά σφυροδρέπανα και ΚΚΕ. Σε πολλές συνοικίες δεν κυκλοφορούσαν ούτε Γερμανοί, ούτε και Αστυνομικοί.. Και όπως μας είπε κάποιος γνωστός, που λαχανιασμένος ανέβηκε τις σκάλες του διαμερίσματος έπρεπε να δείξει τη ταυτότητά του τρεις φορές, σε κάτι περίεργα άτομα ζωσμένα με φυσεκλί-κια στην οδό Λιοσίων και μετά σε άλλους με ... φουστανέλες κάπου στην οδό Αχαρνών.

11 ΙΑΝΟΥΑΡΙΟΥ 1944

Αποψη του Πειραιά

Παρ'όλα αυτά πέρασαν τα Χριστούγεννα και το νέο Έτος, όπου χρέη χριστουγεννιάτικου δέντρου εκπληρώνει ένα κλαρί από ελιά στολισμένο με δυο κεριά και δυο μικρές κόκκινες καμπάνες. Έφτασε η 11η Ιανουαρίου. Κατά περίεργο τρόπο φαίνεται ότι για κάποιο λόγο δεν είχαμε σχολείο, αν και ήταν Τρίτη. Βρίσκομαι μόνος στο σπίτι με κάποια κοπελιά – υπηρεσία του γειτονικού διαμερίσματος να με επιβλέπει. Κατά το συνήθειο μου, χάζευα από τη γωνία του μπαλκονιού. Βλέπω στον ουρανό τρία, ή τέσσερα μεγάλα αεροπλάνα να πετάνε πολύ ψηλά. Θα είναι τα ιπτάμενα φρούρια που λέγανε προχτές οι φίλοι του πατέρα, σκέφτηκα. Και δεν έδωσα σημασία. Οι σειρήνες όμως δεν σφύριξαν όπως γινόταν αν περίμεναν βομβαρδισμό. Ξανα- κοίταξα ψηλά. Άλλα αεροπλάνα δεν φάνηκαν. Επιθεωρώ άλλη μια φορά τον ορίζοντα από τη γωνιά του μπαλκονιού που φαινόταν και η θάλασσα, όπως αρκετές φορές μου είχαν πεί, δείχνοντάς μου όλη τη θέα από το Λυκαβηττό αριστερά, την Ακρόπολη στη μέση, το Φάληρο και τον Πειραιά, μετά προς τα δεξιά, που ακολουθούσε το όρος Αιγάλεω, με διακοπή της θέας από τον τρούλο του τεράστιου ημιτελούς Αγίου Παντελεήμονα.

Ήμουν έτοιμος να μπω στο σπίτι και να διαβάσω κάποιο βιβλίο, διότι παρ' όλη τη Γεναριάτικη λιακάδα φυσούσε βοριαδάκι. Καθώς γυρνάω βλέπω στο βάθος εκεί που μου είχαν πει ότι ήταν ο Πειραιάς, να σηκώνεται μ'έναν ανεπαίσθητο θόρυβο, στον ορίζοντα ένα μαύρο – γκρί σύννεφο που ανεβαίνει και παίρνει το σχήμα μιας φουντωτής ελιάς. Την πρώτη αυτή έκρηξη ακολουθούν σειρά ολόκληρη από παρόμοιες, που γεμίζουν όλη την περιοχή που είχαν καθορίσει σαν Πειραιά. Από ότι θυμάμαι όλες οι εκρήξεις αυτές, ήταν σαν να συνέβαιναν σε βουβό κινηματογράφο, δεν ακουγόταν παρά ο ελάχιστος θόρυβος, σαν υπόκοφος γδούπος στην Αθήνα. Τελικά όλες οι εκρήξεις και τα γκριζόμαυρα σύννεφα που προκαλούσαν, ενώθηκαν σε ένα τεράστιο σύννεφο που απομακρυνόταν προς την Αίγινα, καθώς άλλαξε ο αέρας. Πολύ το διασκέδαζα μέχρι που – έφτασε αργά το μεσημέρι – βλέπω τον πατέρα έξαλλο να με τραβάει από το μπαλκόνι και πολύ εκνευρισμένος να μου λέει: «Κάτσε εδώ να δούμε τι θα απογίνει!»

***

Το εδώ, ήταν το ντιβάνι στο χολ, ενώ εκείνος έπιασε το τηλέφωνο και άρχισε να μιλάει γρήγορα, απ' ότι κατάλαβα πρώτα στη γιαγιά και πεθερά του, μετά να προσπαθεί, αλλά να μη βρίσκει ανταπόκριση.Εκεί παρατάει το τηλέφωνο εκείνο όμως ξαναχτυπάει και το σηκώνει αμέσως. Λέγοντας «ναι... ναι, αλλά πως; Ο Ηλεκτρικός πηγαίνει μόνο μέχρι την Καλλιθέα μου είπανε... μετά τι θα κάνουμε; Πώς θα προχωρήσουμε;» Κάτι του απαντούσε όποιος ήταν στην άλλη άκρη της γραμμής. Μέσα σ'όλα χτυπάει το κουδούνι πάω κι' ανοίγω τη εξώπορτα και παρουσιάζεται ο Σταύρος, που λέει στον πατέρα: «Έκανα κάθε προσπάθεια αλλά δεν βρίσκω αυτοκίνητο. Προτείνω να πάμε μέχρι τη καλύβα που έχω στο Τουρκολίμανο με τα πόδια από την Καλλιθέα.» «Ωραία, απαντάει ο πατέρας, αλλά έχω και την πεθερά μου που ορύεται και φωνάζει, γι'αυτό πήρα τη Μαρία στη Πρεσβεία να πάει σπίτι να την ηρεμήσει. Τώρα και να φτάσουμε στο Τουρκολίμανο τι θα κάνουμε από κει, αν πραγματικά έχει ισοπεδωθεί ο μισός Πειραιάς; Όπως λένε; «Τελικά μετά από τουλάχιστον άλλα δέκα τηλεφωνήματα αποφάσισαν να περιμένουν στο σπίτι. Κατάλαβα την αιτία της ταραχής. Ο παππούς και η μαμά μου ήταν στο Ωδείο Πειραιώς, που στεγαζόταν στο υπερσύγχρονο τότε κτίριο του Πειραϊκού Συνδεσμού, χτισμένο με προεντεταμένο σκυρόδεμα, όπως έλεγαν, με δικό του καταφύγιο, στο τέταρτο, ή πέμπτο υπόγειό του. Μετά από τρεις, ή τέσσερις ώρες, είχε νυχτώσει, πληροφορηθήκαμε ότι παππούς και μαμά ήταν σώοι και αβλαβείς και βρίσκονταν στη πλατεία Βάθη, στο σπίτι του παππού, όπου και ξεκινήσαμε να πάμε με τα πόδια διότι είχαν σταματήσει τα τραμ λόγω διακοπής του ηλεκτρικού. Βρεθήκαμε, λοιπόν, σε μισή ώρα περίπου όλοι μαζί εκεί και μετά τα αγκαλιάσματα, τα φιλιά και χάδια, ο παππούς και η μαμά άρχισαν να μας λένε για τον βομβαρδισμό. Τα κυριότερα που συγκράτησα τότε ήταν ότι οι σειρήνες δεν χτύπησαν έγκαιρα, ώστε να δώσουν αρκετό χρόνο να προφυλαχτεί ο κόσμος. Οι βόμβες από πολύ μεγάλο ύψος έπεσαν κατά μήκος της σημερινής οδού Ηρώων Πολυτεχνείου γκρεμίζοντας σειρά ολόκληρη κτιρίων: Το μισό Δημοτικό Θέατρο και το κτίριο στη γωνία Ηρώων Πολυτεχνείου και Βασιλέως Γεωργίου Α. Εκεί υπήρχε μεγάλο καταφύγιο και έγινε ο τάφος εκατοντάδων ανθρώπων, που νόμιζαν ότι θα ήταν καλά προφυλαγμένοι. Τα θύματα δεν είχαν ακόμα μετρηθεί, έλεγε η μαμά, μια και πολλά κτίρια εξακολουθούσαν να καίγονται όπως είχανε εξακριβώσει πριν φύγουνε. Ευτυχώς είχαν κατεβεί αμέσως στο καταφύγιο του Πειραϊκού Συνδέσμου. Τώρα βέβαια όπως έλεγαν αργότερα με τον Σταύρο, περπατώντας πίσω στο σπίτι, αν αυτές οι σατανικές – διατρητικές τις είπαν – βόμβες έπεφταν πάνω στο κτίριο πολύ λίγο θα μπορούσε να αντέξει κατ' ευθείαν χτύπημα. «Απλώς κατέληξε ο Σταύρος, αν ήταν τόσο γερό το καταφύγιο, αυτοί που ήταν μέσα θα θάβονταν και θα πέθαιναν από ... ασφυξία.» «Η αισιοδοξία σου Σταύρο, με καταπλήσσει!» Του απάντησε ο πατέρας με το γνωστό του χιούμορ.

Η αναζήτηση σε σχετικές ιστοσελίδες αποκαλύπτει τα... ψέματα που σερβιρίστηκαν σαν επιτυχία της αποστολής βομβαρδισμού του Πειραιά! Οι πιλότοι και οι ειδικοί που καθόριζαν τους στόχους, έφτασαν στον Πειραιά απόλυτα... συγχυσμένοι! Ξεκίνησαν από αεροδρόμια της Αδριατικής και έπεσαν σε θύελλα, με συνέπεια 6 από τα 30 περίπου ιπτάμενα φρούρια (Β17), να... τρακάρουν μεταξύ τους και να καταπέσουν! Μετά, αντιμετώπισαν επίθεση Γερμανικών καταδιωκτικών, που όμως δεν μπορούσαν να ανέβουν τόσο ψηλά, παρ' όλ' αυτά κατερρίφθη άλλο ένα. Τέλος επέστρεψαν, όσοι προσγειώθηκαν, στις Ιταλικές τους βάσεις κομπάζοντας ότι όχι μόνο βομβάρδισαν, αλλά κατέστρεψαν όλες τις αποβάθρες του λιμανιού! Οι υποτιθέμενοι θρίαμβοι τους συνοδεύονται από φωτογραφίες, όπου φαίνονται ξεκάθαρα όλα τα γκρεμισμένα, από τις βόμβες, κτίρια, σε όλο το μήκος της σημερινής οδού Ηρώων Πολυτεχνείου, με το λιμάνι στην άλλη μεριά του δρόμου, 300 μέτρα δυτικά, τελείως... απείραχτο! Καράβια αγκυροβολημένα λούζονται στη λιακάδα του Γενάρη και κοροϊδεύουν τον φωτογράφο! Αυτή ήταν η ένδοξη ... καταστροφή του λιμανιού με τις χιλιάδες άσχετα θύματα από Πειραιώτες χωρίς κανένα λόγο. Είναι οι λεγόμενες παράπλευρες απώλειες που εδώ ήταν τραγικές! Είναι αξιολύπητο που κανείς αρμόδιος μέχρι σήμερα, δεν ασχολήθηκε με το βιασμό και την παραχάραξη της ιστορίας κατά τον Αμερικάνικο τρόπο!

///

ΤΟ ΣΧΟΛΕΙΟ ΚΑΙ ΠΡΟΕΤΟΙΜΑΣΙΕΣ ΤΗΣ ΑΠΕΛΕΥΘΕΡΩΣΗΣ

1944

Το σχολείο άρχισε και πάλι να λειτουργεί. Βρισκόμουνα στη Τρίτη Δημοτικού με δασκάλα την κυρία Θεανώ, και οι έλεγχοι από μηνιαίοι είχαν γίνει τριμηνιαίοι. Φαίνεται λοιπόν ότι στις 4 Απριλίου του 1944, ο έλεγχος βαθμολογίας ήταν και παλι αρκετά ικανοποιητικός. Έτσι, η συμπεριφορά ήταν κοσμιωτάτη, η επιμέλεια 9, η τάξις 9. Θρησκευτικά, Ανάγνωσις, Έκθεσις 10 με ερωτηματικό, Ιστορία 10, Γεωγραφία 10 και 9 στην Ορθογραφία, Μαθηματικά, Ωδική και Γυμναστική. Νομίζω ότι η αίθουσα της Τρίτης Δημοτικού ήταν ένα μικρό δωμάτιο στο δεύτερο όροφο όπου περνάγαμε αρκετά ευχάριστα. Τότε είχαν κυκλοφορήσει και τα λεγόμενα δελτία παρακολουθήσεως που όπως ανέφεραν στο κάτω δεξιό άκρο της πρώτης σελίδας «έπρεπε να επιστρέφονται εις το Λύκειον εις το τέλος εκάστου μηνός!» Επρόκειτο για συνεργασία Λυκείου – γονέων. Οι τελευταίοι έπρεπε να απαντήσουν στις τυπωμένες ... ανακριτικές ερωτήσεις του δελτίου όπως: Τί έχετε ν' αναφέρετε δια το πρώτον δεκαήμερον; Όπου ανάλογα με την ... λογοτεχνική, ή άλλη διάθεση του γονέως απαντούσε κατά περίπτωση. Οι δικοί μου ανέφεραν κάτι ολίγα στο πρώτο δεκαήμερο και παρέλειπαν το δεύτερον και τρίτον δεκαήμερον. Μετά ακολουθούσαν «αι Γενικαί παρατητηρήσεις του μηνός», όπως: «Ποία ήτο η συμπεριφορά του; Εις τους γονείς του, Εις τους αδελφούς του, Εις τους φίλους του. Ήτο γενικά επιμελής; Ήτο απρόθυμος εις την εκτέλεσιν των σχολικών καθηκόντων;» Με άλλα λόγια κανονικό φακέλωμα, ώστε οι... δυνάμεις του σχολείου να λάβουν τα δέοντα μέτρα! Απ' ότι θυμάμαι αυτό το... δελτίον συμπληρώθηκε δια της... βίας από τη μητέρα δυο, ή τρεις φορές και μετά είχε αντιγράψει το προηγούμενο και... έγραφε πάντα τα ίδια.!

Όπως μου φαινόταν τότε, η κατάσταση είχε αρχίσει να παρουσιάζει σημεία αισιοδοξίας. Από τη μια τα χωνιά κάθε βράδυ να φωνάζουν το κόσμο να βοηθήσει το ΕΑΜ και τη νεολαία να γραφτεί στην ΕΠΟΝ. Επίσης, τα χωνιά πάντα, να αναφέρουν για τις θριαμβευτικές νίκες του Στρατού της Σοβιετικής Ένωσης, σαν οι Ρώσοι να πολεμούσαν τους Γερμανούς μονάχοι!

***

Οι ολίγοι που είχαν ραδιόφωνα άκουγαν το BBC που μέχρι τότε ήταν... βρετανικά ακέραιο και δίκαιο στις αναφορές του για τα διάφορα μέτωπα. Έτσι μόνο από εκει μάθαμε, ή μάλλον οι μεγάλοι έμαθαν για την απόβαση στη Νορμανδία στις αρχές Ιουνίου, που δικαιολόγησε μεγάλη γιορτή στα μέσα Ιουνίου, στην ταράτσα! Τα βράδια βέβαια ανάμεσα στις φωνές από τα χωνιά ακούγονταν και πυροβολισμοί, που ήταν ανταλλαγή πυρών ανάμεσα σε μονάδες του ΕΛΑΣ και των ταγμάτων ασφαλείας, που όπως κάποιος είπε ήταν στρατιωτικά σώματα οργανωμένα από τους Γερμανούς για να πολεμήσουν τους κομμουνιστές, που θα καταλάμβαναν όλη την Ευρώπη. «Καλά και τους κομμουνιστές, όποιοι και να είναι, θα τους εμποδίσουν αυτοί που είναι ντυμένοι σαν Γερμανοτσολιάδες; «διερωτήθηκε κάποιος σε μια από τις συγκεντρώσεις του σπιτιού. «Τα πράγματα δεν εξελίσσονται καθόλου καλά. «Επεμβαίνει ένας από τους μεγάλους και ήρεμους συγγραφείς της παρέας, σχετικά αριστερών φρονημάτων, που συνεχίζει: «Εγώ εύχομαι να διαψευσθώ, αλλά νομίζω ότι η δημιουργία αυτών των ταγμάτων ασφαλείας για να εμποδιστεί ο κομμουνισμός είναι προσχεδιασμένος χειρισμός των Γερμανών, αλλά και των Άγγλων, ώστε την απελεύθερωση να ακολουθήσει εμφύλιος πόλεμος, ή τουλάχιστο σύρραξη!» Μέχρι εκεί το απομνημόνευσα, αλλά με μπέρδεψε η σύρραξη που δεν είχα ακούσει, ή διαβάσει τι είναι. Οι μεγάλοι όμως συνέχιζαν, χωρίς να καταλήγουν σε κάποιο συμπέρασμα μέχρι τις οχτώ η ώρα, όταν ο πατέρας άναψε το ραδιόφωνο για να ακούσουν το BBC. Και αφού εκείνο είπε για την ταχεία προέλαση των συμμάχων στη Γαλλία και την αντίστοιχη Ρωσική στην Ουκρανία και Πολωνία με στόχο σε μια βδομάδα να φτάσουν τα Ρωσικά στρατεύματα στα Γερμανικά σύνορα, τέλειωσε με την αισιόδοξη αναφορά ότι γρήγορα όλοι θα είναι ελεύθεροι! Το γύρισε ο πατέρας στο Ελληνικό ραδιόφωνο που επαναλαμβάνει για τρίτη φορά όπως είπε, το έκτατο ανακοινωθέν ότι κατόπιν εντολής της γερμανικής ανωτέρας Διοίκησης Αττικής, η κυκλοφορία απαγορεύεται σε όλο το λεκανοπέδιο μετά τις δέκα το βράδυ και καλούνται όλοι οι κάτοικοι εκείνη την ώρα να βρίσκονται σπίτια τους. «Φαίνεται ότι το βράδυ ερημώνονται πολλές περιοχές που ούτε και οι Γερμανοί τολμάνε να πλησιάσουν, έτσι σταματάνε τη κυκλοφορία και όποιος βρεθεί έξω είναι ύποπτος και αν δεν σταματήσει πυροβολείται!».

***

Έχουν σκοτώσει αρκετούς είτε με τα χωνιά που οδηγούνται με τη φωνή που ακούγεται, είτε με άλλους μεθόδους που παρακολουθούν, πομπούς και ασύρματους, με ραδιογωνιόμετρα μέσα σε αυτοκίνητα που τριγυρίζουν στους δρόμους. Γι'αυτό εμένα τουλάχιστον θα μου επιτρέψετε να φύγω, θα έχω αρκετό δρόμο μέχρι τους Αμπελοκήπους και βεβαια δεν υπάρχει συγκοινωνία! είπε ο Σταύρος και σηκώθηκε. Άλλοι δυο σηκώθηκαν να τον ακολουθήσουν μια και έμεναν στα Εξάρχεια και το τελευταίο ζευγάρι αναγκαστικά θα έμεναν να κοιμηθούν σπίτι, αφού δεν μπορούσαν να γυρίσουν στο Παλιό Φάληρο, διότι όπως συνέχισε να λέει το ραδιόφωνο, τα τράμ είχαν σταματήσει να λειτουργούν και θα ξανάρχιζαν το πρωί. Μετά ακόμα και στις έντεκα το βράδυ, που ήμουν στο κρεβάτι μου, άκουγα τους πυροβολισμούς και τα χωνιά να συνεχίζουν τη γνωστή κακοφωνία που συνόδευε σχεδόν κάθε βράδυ, μέχρι και τις πρώτες ώρες του πρωινού.

ΤΕΩΣ ΠΡΩΘΥΠΟΥΡΓΙΚΟ ΣΠΙΤΙ ΣΤΗΝ ΟΔΟ ΑΧΑΡΝΩΝ

1944

Δεν θυμάμαι πως ένα απόγεμα βρέθηκα μόνος με τον παππού στο σπίτι της πλατείας Βάθη και είχε ετοιμαστεί να με πάρει μαζί του στο σπίτι του πρώην πρωθυπουργού της κατοχής, που μόλις είχε παραιτηθεί, όπως μου είπε και μου εξήγησε τι σημαίνει παραιτηθεί. Ξεκινήσαμε λοιπόν με τα πόδια, διασχίσαμε την πλατεία, πήραμε την οδό Αχαρνών όπου πριν φτάσουμε στην οδό Χέυδεν, σταματήσαμε σε μια μεγάλη σιδερένια πόρτα δεξιά στην Αχαρνών που δεν έβλεπες τί ήταν μέσα, παρά μόνο τους τοίχους με μεγάλα παράθυρα. Χτύπησε το κουδούνι και η πόρτα-πύλη άνοιξε από κάποιον αστυνόμο που έδειξε στον παππού την μεγάλη μαρμάρινη σκάλα που οδηγούσε πάνω από το υπόγειο σε μια εντυπωσιακή είσοδο. Εκεί άνοιξε άλλη πόρτα με σιδερένια σκαλίσματα και μια υπηρεσία ντυμένη με μαύρο φόρεμα και άσπρη ποδιά οδήγησε τον παππού στον καναπέ μέσα στο τεράστιο χολ, που δεξιά κι᾽ αριστερά είχε μεγάλες πόρτες και μπροστά μια άλλη μεγάλη ξύλινη σκάλα που οδηγούσε στον πάνω όροφο. Μια από τις πόρτες δεξιά άνοιξε και η κυρία του σπιτιού με άσπρα μαλιά και σκούρο μπλέ φόρεμα καλωσορίζει τον Παππού: «Καλησπέρα μαέστρο, στην ώρα σας, όπως πάντα, σας περίμενα για το μάθημα... Α ναι και ο εγγονός σας, όπως μου είπατε, θα φωνάξω τον Δημήτρη να του δείξει τα παιχνίδια στο δωμάτιο του, βέβαια ο γιός μας είναι λίγο μεγαλύτερος αλλά είμαι σίγουρη ότι θα περάσει καλά,» είπε «Ευχαριστώ κυρία Ρ.» απαντάει ο παππούς και απεύθυνεται σε μένα: «Μην ανησυχείς το μάθημα θα πάρει μόνο μια ώρα και μετά θα φύγουμε.» Μέχρι τότε δεν είχα ανησυχήσει ιδιαίτερα και έτσι ήρθε ο Δημήτρης που πρέπει να ήταν 13 με 14 ετών και μου είπε: «Έλα πάμε απάνω να σου δείξω τα παιχνίδια. Ανεβήκαμε τις μεγάλες πλατιές ξύλινες σκάλες που στη μέση είχαν ένα μπλε σαν βελούδινο χαλί με ασήμένια τετράγωνα στο πλάι. Μπήκαμε στο δωμάτιο που ήταν πολύ μεγάλο και στο πάτωμα ήταν σκορπισμένα παιχνίδια. Τα περισσότερα ήταν αυτοκίνητα και τρένα. Τα τρένα πάνω σε γραμμές που ο Δημήτρης τα κούρδιζε και τρέχανε κάνοντας κυκλικές διαδρομές. Μερικά από τα αυτοκίνητα κουρδίζονταν, επίσης, και τρέχανε στο πάτωμα.

***

Μετά ο Δημήτρης ακόμα με κοντά παντελόνια, κατεβάζει από ένα ντιβάνι τρία μαξιλάρια, ανοίγει το μεγάλο ντουλάπι, που ήταν δίπλα στη πόρτα και έβγαλε δυο μεγάλα τανξ, με τα σήματα του Γερμανικού στρατού. Τα κούρδισε και τα έβαλε να ανεβαίνουν από τη μια μεριά τις μαξιλάρες και να κατεβαίνουν από την άλλη. «Είδες», μου λέει,» πως πάνε αυτά τα τανξ; Λέω να βάλουμε μια σειρά αυτοκίνητα και να δούμε αν θα τα πατήσουνε και μετά να δούμε πώς μπορούν να σταματήσουν τα τρένακια.» Τόσα πολλά μηχανικά παιχνίδια μαζεμένα δεν είχα ξαναδεί.

Η διασκέδαση διακόπηκε όταν άνοιξε η πόρτα του διαδρόμου και η υπηρεσία απεύθυνθηκε στον Δημήτρη λέγοντας ότι το μάθημα του αδερφού του τέλειωσε και μας περιμένουν στο σαλόνι για τσάι. Όταν μπήκαμε, μάλλον ξαναμένοι από τα κυνηγητά των τάνξ μας είπαν να σερβιριστούμε κέϊκ και τσάι.

Ο παππούς καθόταν σε μια αναπαυτική πολυθρόνα συζητώντας με τη μαμά του Δημήτρη και του Γιώργου, που ήταν ο μεγαλύτερος γιός και μαθητής του και υποσχόταν πολλά αν θελήσει να ασχοληθεί με τη μουσική, όπως έλεγε στη μαμά του όταν μπήκαμε. Ο Γιώργος αδιάφορα κοιτούσε έξω από το παράθυρο στην οδό Αχαρνών. . . «Έχουμε και μιλφέγ, είπε η μαμά, ξέρετε μαέστρο, το παίρνουμε από τον Κόκκαλη το ζαχαροπλαστείο που είναι στην απέναντι μεριά της Αχαρνών από τη διασταύρωση με την Χέυδεν. Ο Γιάννης βέβαια (ο συζυγός μου) δεν θέλει ούτε να τον ακούσει, διότι είναι γνωστά τα φρονήματά του, τα γλυκά του όμως είναι από τα καλύτερα της Αθήνας. Φάγαμε και το μιλφέγ που πραγματικά ήταν από τα ωραιότερα γλυκά – πάστες όπως τα έλεγαν,- που είχα φάει μέχρι τότε.

Αφού αποχαιρετίσαμε ευχαριστώντας την κυρία Ρ. και τους γιούς βγήκαμε στην Αχαρνών για να περπατήσουμε πάλι πίσω στη πλατεία Βάθη, που όπως ήταν μόνο μια στάση με το τραμ και δέν άξιζε να το περίμενουμε.

Μόλις βγήκαμε ρώτησα τον παππού: «Τί είναι αυτά τα φρονήματα που είπε η κυρία Ρ. για το ζαχαροπλαστείο;» Χαμογέλασε ο παππούς. «Δύσκολο να σου εξηγήσω, νομίζω ότι τα φρονήματα είναι τι πιστεύει κάποιος όπως ότι είναι βασιλικός, δημοκρατικός, αριστερός, δεξιός, ή και αναρχικός απ' αυτούς που είχαμε πολλούς στην Ισπανία.»

«Καλά και στη περίπτωση αυτού του Κόκκαλη, του ζαχαροπλάστη, τι εννοούσε η κυρία; «ρώτησα. «Να σου πω, μου απαντάει, ο άντρας της ήταν πρωθυπουργός κάτω από τους Γερμανούς, άρα δεξιός, και είναι φυσικό να μην του αρέσει ο ζαχαροπλάστης, που είναι αριστερός αυτός και ο γιατρός αδερφός του, διότι λένε ότι είναι ανακατεμμένος με τους κομμουνιστές και έχει σχέσεις με τη Μόσχα.» «Δηλαδή, επιμένω εγώ, αριστερός είναι όποιος έχει σχέσεις με τους κομμουνιστές και τη Μόσχα και δεξιός όποιος έχει σχέσεις με τους Γερμανούς;» Μπερδεύτηκε ο παππούς και παρά τις όποιες άριστες γνώσεις του, ιδιαίτερα για τον Ισπανικό εμφύλιο πόλεμο, που τον ενδιέφερε σαν Ισπανό άμεσα, προσπάθησε να εξηγήσει την Ελληνική κατάσταση, τουλάχιστον όπως την αντιλαμβανόταν. «Κοίταξε να δεις, εδώ στην Ελλάδα τα πράγματα είναι ακόμα περισσότερο μπερδεμένα. Έτσι ο Βασιλιάς και εκείνοι που τον ακολουθούν είναι δεξιοί. Οι παλιοί δημοκρατικοί είναι φιλελεύθεροι, που όπως και η λέξη, σημαίνει ότι είναι υπέρ της ελευθερίας, αυτοί μπορεί να είναι και δεξιοί και αριστεροί! Οι αριστεροί, τώρα τουλάχιστον οι πιο ακραίοι, αυτοί που αγωνίζονται πιο δραστικά σήμερα, με τα χωνιά, τα συνθήματα που γράφουνε στούς τοίχους, με τις ανατινάξεις τρένων, τις επιθέσεις σε φορτία καραβιών στο λιμάνι και άλλες ενέργειες είναι και φιλελεύθεροι του ΕΑΜ, αλλά και κομμουνιστές άλλων οργανώσεων, όπως η ΟΠΛΑ, ο στρατός του ΕΛΑΣ καί άλλες. «Ωραία!...» σκέφτομαι! Και του απαντώ: «Δηλαδή οι δεξιοί είναι εχθροί των αριστερών και τους πολεμάνε και οι άλλοι κάνουν σαμποτάζ και πολεμάνε τους δεξιούς. Και πως θα τελειώσει αυτή η ιστορία; «Εδώ είναι το κακό, θα τελειώσει δύσκολα και με εμφύλιο πόλεμο.» «Ο πόλεμος ξέρω τί είναι», συνεχίζω ασταμάτητος, «ο εμφύλιος όμως τι είναι; Είναι σαν αυτόν που είχατε στην Ισπανία; Ή εδώ θα είναι διαφορετικός; Δηλαδή οι αριστεροί θα πολεμήσουν τους δεξιούς και οι δεξιοί θα αντιστέκονται; Και ποιός θα αρχίσει;» «Εδώ φτάνουμε στα δύσκολα,» προσπαθεί κάπου να καταλήξει, ο παππούς, αν μπορείς να καταλάβεις;» Και συνεχίζει: «Στην Ισπανία υπήρχε μια κυβέρνηση που ήταν αριστερή και ο στρατός που ήταν δεξιός, δεν υπήρχε όμως βασιλιάς, όπως εδώ. Ο στρατός αντί να υπακούσει την Κυβέρνηση επαναστάτησε και μετά από απάνθρωπο και με πολλά θύματα εμφύλιο πόλεμο την πολέμησε και νίκησε. Και έτσι εγκατάστησε τη δικτατορία που βέβαια ήταν δεξιά.

Το αντίστροφο βεβαια θα είχε γίνει αν είχε νικήσει η Κυβέρνηση, τότε θα είχε απομείνει η αριστερή κατάσταση. Εδώ η κατάσταση είναι διαφορετική: Πρώτα, πριν από τον πόλεμο η δικτατορία με τον βασιλιά ήταν δεξιά. Τώρα οι αριστεροί, ή μάλλον οι κομμουνιστές δεν θέλουν το βασιλιά. Οι φιλελεύθεροι δεν ξέρουν αν τον θέλουν. Οι Άγγλοι τον θέλουν και τον υποστηρίζουν. Οι υπόλοιποι αδιαφορούν και κάνουν ότι τους λένε εκεί που είναι οργανωμένοι όπως ΕΑΜ, ΕΛΑΣ, ΕΔΕΣ κλπ. Γι' αυτό λέω ότι θα γίνει εμφύλιος. Μέχρι στιγμής περιορίζονται στα χωνιά και στις ανταλλαγές πυροβολισμών τα βράδια, χωρίς πολλά θύματα. Έξω από τη πόλη συνεχίζεται ο αγώνας εναντίον των Γερμανών, συγχρόνως, οι αριστεροί εναντίον των δεξιών και αντίστροφα, όπου προσφέρεται το έδαφος και όσους θέλουν να εξοντώσουν, δηλαδή να σκοτώσουν κάποιον, ή κάποιους. Από τώρα λοιπόν μέσα στην κατοχή ακόμα κάτω από τους Γερμανούς βλέπουμε τις αρχές του εμφύλιου. Δεν ξέρω ακόμα ποιος και που θα κάνει την αρχή, πάντως έτσι που πάνε σύντομα θα έχουμε πολλές κακές εξελίξεις,»ολοκλήρωσε. Με την κουβέντα είχαμε φτάσει στη πλατεία Βάθη και στο κατώφλι του σπιτιού στην Χαλκοκονδύλη 45. Άνοιξε ο παππούς με τα κλειδιά του και μπήκαμε μέσα. Ανεβαίνοντας τη σκάλα ακούσαμε κουβέντες από το σαλόνι που ήταν πιο μέσα. Πλησιάσαμε και βρήκαμε τη γιαγιά, τη θεία Μαρία τη μαμά μου και έναν άλλο φαλακρό κύριο με πανέξυπνη φυσιογνωμία, που δεν τον γνώριζα, αλλά όλοι οι άλλοι τον ήξεραν. «Καλώς τον μαέστρο,» απεύθυνεται εκείνος στον παππού. «Και πολύ καλώς σε βρήκα συνάδελφε.» Απαντάει ο παππούς,» να σου συστήσω τον εγγονό μου από δω είναι ο Μ. μεγάλος μαέστρος, μεγαλύτερος και νεότερος από μένα.» «Ο παππούς σου απαντάει ο άλλος, είναι μεγάλος κόλακας, κανείς δεν είναι πιο μεγάλος από εκείνον και μην τον ακούς τι σου λέει... Λοιπόν Βασιλάκη μου πολύ χαίρομαι που σε γνωρίζω «και μου χαϊδεύει το κεφάλι. Γυρνάει στη μαμά μου, και συνέχισε: «Αυτός είναι ο γιός σου Ιουλία;» «Αυτός είναι!» απαντάει εκείνη και συνεχίζει: «Δεν μου λές Δημήτρη, όταν τελειώσει ο πόλεμος θα φύγεις όπως πάντα μας έλεγες;» «Κατά πάσαν πιθανότητα, θα προχωρήσω προς το δυτικό ημισφαίριο. Είχα προτάσεις μέχρι το 1941 από την Αμερική και με τη πρώτη ευκαιρία που θα μου δώσει για ταξίδι, η ειρήνη, θα φύγω.»

«Εδώ θέλετε δεν θέλετε, θα επανέρθουμε στα ίδια. Παράδειγμα ο Πέπες εδώ ο πατέρας σου και αγηπητότατος φίλος μου, αν είχε μείνει στην Ευρώπη αλλού θα ήταν τώρα, κάπου ανάμεσα στο Παρίσι, τη Ρώμη και την Ισπανία παρ'όλο τον εμφύλιο. Στα έχω πει και σένα Πέπε, πως πάς χαμένος εδώ που μένεις. Και να έχεις υπ' όψη σου ότι μετά τον πόλεμο θα πάμε από το κακό στο χειρότερο μέχρι να συνέλθουμε, αν συνέλθουμε ποτέ και δεν εξακολουθήσει το μέσον και η αναξιοκρατία.» Η τελευταία λέξη μου ήταν άγνωστη, ενώ όλοι οι άλλοι παρόντες κούναγαν τα κεφάλια τους, ευτυχώς χτύπησε το κουδούνι της εξώπορτας και έγινε μάλλον μια ευχάριστη διακοπή για όλους. Ήταν ο πατέρας που είχε έρθει να μας πάρει για το σπίτι. Αφού κάθησε λίγο συζητώντας με τον μαέστρο Δ.Μ. σηκώθηκε και είπε σε μας να ετοιμαζόμαστε διότι μετά τις οχτώ έπεφτε σκοτάδι και καλύτερα να μπαίναμε σπίτι μας με το φως της ημέρας. Πήραμε λοιπόν με τα πόδια το γνωστό δρομολόγιο πρώτα την οδό Μάρνη και μετά την Αριστοτέλους από το δεξί πεζοδρόμιο μέχρι το σπίτι μας στον αριθμό 142. Περπατώντας κάτω από τις πιπεριές έκοβα και κανένα κλαράκι και το μύριζα, για να ρωτήσω για πολλοστή φορά γιατί δεν το χρησιμοποιούμε στο φαγητό για πιπέρι. Και τελικά δεν άντεξα παρά να ερωτήσω τι σημαίνει «αναξιοκρατία». Ο πατέρας απροετοίμαστος με ρώτησε και που άκουσα αυτή τη λέξη; Του απάντησα ότι την είπε ο μαέστρος και δεν νομίζω ότι είναι κακή λέξη. «Δεν σου είπα εγώ ότι είναι κακή», μου είπε, «αυτοί όμως που την εφαρμόζουν είναι... κακοί». Και μετά μου εξήγησε με λίγα λόγια ότι άνθρωποι που δεν ξέρουν κάποια δουλειά, επειδή γνωρίζουν κάποιον, διορίζονται ακριβώς για να κάνουν τη δουλειά, που δεν ξέρουν, με συμπέρασμα, όπου συμβαίνει αυτό, να πηγαίνει η δουλειά από το κακό στο χειρότερο. Ελπίζουμε όμως, κατέληξε «ότι μετά το πόλεμο όλα θα είναι καλύτερα και δεν θα έχουμε αναξιοκρατία».

Ανεβαίνοντας τις σκάλες για το τέταρτο πάτωμα φτάσαμε στην μαύρη εξώπορτα που άνοιξε ο πατέρας με το κλειδί του. Στο τραπέζι που καθήσαμε σε λίγο μου είπε η μαμά ότι αύριο θα πήγαινα στα ξαδέρφια μου να μείνω, γιατί εκείνοι ήταν καλεσμένοι σε ένα σπίτι στο παλιό Φάληρο, όπου και θα έμεναν το βράδυ.

ΤΑ ΞΑΔΕΡΦΙΑ, Ο ΠΕΤΡΟΠΟΛΕΜΟΣ ΚΑΙ ΟΙ ΚΡΕΜΑΣΜΕΝΟΙ

1944

Ήταν δύο. Ο Τ. ένα χρόνο μικρότερος αλλά ψηλότερος από μένα και ο Β. δυο χρόνια μικρότερος. Εκεί λοιπόν στο μεσοπολεμικό διώροφο σπίτι στον κάτω όροφο έμενε η θεία Τ. Με τον άντρα της τον θείο Φ. Και στον όροφο η θεία των ξαδερφιών και νονά μου, η Α. Παίζαμε στην πλατεία της εκκλησίας του Άγιου Ανδρέα. Στην ανατολική πλευρά της πλατείας υπήρχε ένα ερειπωμένο παλιό σπίτι και δίπλα του ένας καλαμιώνας, με φουντωτά και πανύψηλα καλάμια. Πίσω απ' αυτά βρίσκονταν η μεγάλη χέρσα έκταση που κατέληγε στην σημερινή οδό Κύπρου και ήταν γνωστή σαν τα χωράφια του Καλλιφρονά. Στον πόλεμο τα χωράφια δεν καλλιεργούνταν, άγνωστο γιατί. Πολλές γυναίκες όμως της γειτονιάς πηγαίνανε και κόβανε καλαθιές ολόκληρες από άγρια χόρτα. Συγκομιδή που άρχιζε τον Οκτώβιο και τέλειωνε τον Μάιο. Πίσω από τα χωράφια του Καλλιφρονά διάφοροι συνομίληκοί μας είχαν αρχίσει να πετροβολάνε τα παιδιά που έμεναν γύρω από τη πλατεία του Άγιου Αντρέα. Μετά από αρκετές απρόκλητες επιθέσεις αρχίσαμε να κατασκευάζουμε σχετικές οχυρώσεις από καλάμι και χαρτόνια για να αποφεύγουμε τις πέτρες. Ο πετροπόλεμος άρχιζε γύρω στις πέντε το απόγεμα της Κυριακής συνεχιζόταν μέχρι να εμφανιστούν διάφοροι μεγάλοι και να βάλουν τις φωνές στις δυο αντιμαχομένες συμμορίες ώστε με διάφορες απειλές να μας τρέψουν σε φύγη.

Άλλη εκδοχή για να σταματήσει ο πετροπόλεμος όταν κάποιος έτρωγε πέτρα στο κεφάλι και έπρεπε να αντιμετωπίσει ράμματα, οπότε και τέλειωνε η μάχη. Έτσι κι' έγινε το απόγεμα που έφαγα μια πέτρα στο κεφάλι και με τρέχανε σε μια κλινική για να κλείσουν την πληγή με τρία ράμματα. Οι αντίπαλοι είχαν βγει ξαφνικά μέσα από τα καλάμια και μας χτύπησαν από το πλάι, που δεν τους περιμέναμε. Θυμάμαι ότι είδα μπλέ αστράκια όταν με χτύπησε η πέτρα για να τρομοκρατηθώ σε δευτερόλεπτα, όταν είδα αίματα να τρέχουν στο δεξί μέρος του κεφαλιού μου και πάνω στα μάγουλό μου. Δεν θυμάμαι ποιός μεγάλος με άρπαξε και με έτρεξε σε μια κοντινή κλινική στην οδό Σερίφου.

*
***

Μετά άρχισαν οι αυστηρές συστάσεις από γονείς, θείους και περαιτέρω συγγενολόϊ, «ότι πετροπόλεμο παίζουν μόνο οι... αλήτες, να μη βγαίνουμε έξω από το σπίτι,να παίζουμε στην αυλή στο πίσω μέρος του σπιτιού, θα μας πιάσει η αστυνομία...» και πολλά παρόμοια. Με τον επίδεσμο στο κεφάλι ξαναβγήκαμε έξω όπου το άνοιγμα του κεφαλιού θεωρήθηκε ηρωϊκό γεγονός και έτσι ... αποζημιώθηκα!

Την άλλη μέρα μαζί με την ντανιά Ελίζαμπεθ των ξαδερφιών που ήταν Αγγλίδα, αλλά έλεγε ότι ήταν Σουηδέζα, για ευνόητους λόγους, πήγαμε για μπάνιο στο παλιό Φάληρο. Το τραμ 16 πήγαινε, από τα Πατήσια ή την Πλατεία Κολιάτσου στο Έδεμ στο Παλιό Φάληρο. Έτσι μπήκαμε στη στάση Καλλιφρονά και ακολουθήσαμε για πρώτη φορά απ᾽ ότι θυμάμαι, όλη τη διαδρομή.

Μια και τις καθημερινές δε υπήρχε πολύς κόσμος, στο τραμ,απλωθήκαμε στα ξύλινα καθίσματα του πράσινου δεύτερου βαγονιού και περάσαμε όλη την Πατησίων, μέχρι τα Χαυτεία, όπως τα έλεγαν. Το τραμ συνέχισε στην Πανεπιστημίου μέχρι το Σύνταγμα και τις κολώνες του Ολυμπίου Διός. Μπήκε δεξιά στα στενά του Μακρυγιάννη για το Κουκάκι. Μετά από διάφορες στάσεις κατηφορίζει για την Καλλιθέα, περνάει από τις αποθήκες – γκαράζ των τραμ και βγαίνει στη θάλασσα,στις Τζιτζιφιές. Εκεί αφού έγιναν οι πρέπουσες αποσυνδέσεις το πρώτο βαγόνι πήγε δεξιά προς το Νέο Φάληρο και το δικό μας αριστερά για το Παλιό Φάληρο. Έτσι το μοναδικό βαγόνι μας, προχώρησε στη μέση της παραλιακής λεωφόρου προς το Έδεμ.Στη μέση των γραμμών ήταν ανθισμένες, άσπρες και κόκκινες πικροδάφνες.

Εμείς όμως κατεβήκαμε στη στάση του Μπάτη, όπου τότε μαζεύονταν πολλά παιδιά του σχολείου μας. Και αφού η Ελίζαμπεθ πλήρωσε την είσοδο στο ταμείο, προχωρήσαμε στο πρώτο πάτωμα, όπου υπήρχαν στη σειρά οι καμπίνες. Εκεί ο επιστάτης σου έδινε το κλειδί της καμπίνας όπου άλλαζες για να φορέσεις το μαγιό σου. Κρεμούσες τα ρούχα σου σε κρεμάστρες στον τοίχο, μετά βγαίνοντας του ξανάδινες το κλειδί, αφού η καμπίνα ήταν κοινή για περίπου δέκα άτομα.

Αφού έγιναν όλες οι διαδικασίες κατεβήκαμε άλλη μια σκάλα, για να καταλήξουμε στην στενή αμμουδιά.

Εδώ κάθονταν αρκετές ντανταδες προσέχοντας πολλά πιτσιρίκια, όπως εμείς, με τις γνωστές παροτρύνσεις και κραυγές τους: «Κωστάκη μην πηγαίνεις στα βαθιά... «Μαρία μόνο μέχρι εκεί που πατάς! όχι παραπάνω...» «Πρόσεχε Γιωργάκη, να μην πνιγείς!»

Μπήκαμε στη θάλασσα και πλατσουρίζαμε διότι εκείνη την εποχή κανείς δεν ήξερε κολύμπι. Δεν υπήρχαν πολλές ευκαιρίες για μπάνιο στη θάλασσα. Εκεί είδαμε και το πρωτοφανές: Ένα κοριτσάκι με το όνομα Αλεξάνδρα να βρίσκεται στα ρηχά, μπρούμητα, καμιά δεκαριά μέτρα από την ακτή να κινείται προς τα... πίσω. «Τη βλέπεις αυτή, πως πηγαίνει κατά πίσω;» Ρωτάω τον μεγάλο ξάδερφο. Κοιτάει και κείνος, εξακριβώνει του λόγου μου το αληθές.Ρωτάει τον μικρότερο αδερφό, σοφότερος εκείνος, είχε ήδη ρωτήσει κάποιον συμμαθητή του, που είχε συναντήσει μέσα στη θάλασσα. Εκείνος τον πληροφόρησε το πρωτάκουστο: Η Αλεξάνδρα ήταν... δεμένη από τη μέση με ένα σκοινί, μακρύ δέκα-δεκαπέντε μέτρα, την άκρη κρατούσε η νταντά, ή δασκάλα, καθισμένη σ'ένα σκαμνάκι στην αμμουδιά, έλεγχε το μάκρος και αν κάτι κακό συνέβαινε μπορούσε να επέμβει αμέσως τραβώντας το σκοινί. Αυτό δεν την εμπόδιζε βέβαια να φωνάζει κάθε τόσο: «Αλεξάνδρα μην ξανοίγεσαι και τραβάς το σκοινί», συγχρόνως τραβώντας εκείνη το σκοινί, όπως την είχαμε αντικρίσει, το κοριτσάκι πλέει προς τα πίσω. Τελικά ενώ πετάγαμε νερά οι ένας στον άλλο, γίναμε παρέα με κάτι άλλα παιδιά που μόνο ένα κολυμπούσε, κάπως καλά και ανέλαβε να μας... διδάξει. Δυο παιδιά παρά λίγο να πνιγούν μέχρι που κάποιος μεγάλος κολυμπώντας τους έβγαλε στα ρηχά, όπου προκλήθηκε μεγάλη αναστάτωση σε ντανταδες, δασκάλες , συνοδούς, θείες, μαμάδες κλπ. Έγινε μεγάλη φασαρία με υστερικές φωνές και αντεγκλήσεις και μόνο που δεν συνεπλάκησαν με την μαμά του παιδιού-κολυμβητού, που ήθελε να μας διδάξει. «Και τι φταίω εγώ παρακαλώ; Φωνάζει εκείνη:Αφού τα... μαμόθρεφτα τα παιδιά σας δεν ξέρουν κολύμπι;» Νόμιζε ότι τους αποστόμωσε. «Και που να το μάθουνε το κολύμπι, αφού μέχρι φέτος οι πλαζ ήταν κλειστές μόνο για τη χρήση των Γερμανών, κυρία μου;» Ανταπαντούν σαν χορικό τραγωδίας όλες οι υπόλοιπες και δεν σταματούν εδώ: «Τώρα μόλις μπορέσαμε να κατεβούμε στο Φάληρο, και εσείς που τον μάθατε μήπως σας βοήθησαν οι κατακτητές;» Ρωτάει μία που καθόταν πιο πέρα στην παραλία. «Τι είναι αυτά που λέτε κυρία μου;» Απαντά υψώνοντας κι' άλλο τη φωνή της η μαμά του κολυμβητού.

«Ο μπαμπάς του ήταν πρωταθλητής κολυμβήσεως και αυτή τη στιγμή βρίσκεται στη Μέση Ανατολή με το Βασιλικό Ναυτικό, εκείνος τον είχε μάθει τρία χρόνια πριν φύγει... Ντροπή σας να λέτε αυτά τα λόγια για συνεργασία με τους κατακτητές...» «Καλά κυρία μου... με συγχωρείτε, αλλά βέβαια... βλέπετε... δεν έχουμε όλοι πρωταθλητές κολυμβήσεως στην οικογένειά μας, άσχετα αν έχουμε συγγενείς και γνωστούς που πολεμούν στη Μέση Ανατολή.» Ανταπαντά με ήρεμο, χαμηλότερο τόνο μια άλλη μαμά,: «Οπωσδήποτε όμως να περιορίσετε τον γιό σας να μην διδάσκει άλλα παιδιά πριν μάθει καλά ό ίδιος: Άλλο να γνωρίζεις κολύμπι και άλλο να το διδάσκεις σε άλλους.» Μετά από αυτή τη ...ήρεμη αντιμετώπιση του θεματος όλες οι πλευρές θεωρήθηκαν ικανοποιημένες. Και αφού παίξαμε κι' άλλο προχωρώντας μέχρι την άκρη των δαχτύλων μας, εκεί που πατούσαμε και κάναμε και καμιά δυο απλωτές, σχεδόν πατώντας, στην μαλακή άμμο, ήρθε η ώρα του γυρισμού. Η Ελίζαμπεθ πήρε το κλειδί από τον επιστάτη, εκείνος μας άνοιξε να ντυθούμε πρώτοι και μετά μπήκε η δασκάλα μας, καθώς εμείς έτοιμοι, την περιμέναμε απ' έξω. Ανεβήκαμε στο πεζοδρόμιο διασχίζοντας τη λεωφόρο και πήγαμε από την άλλη μεριά περιμένοντας το τραμ στη στάση. Εκεί περιμέναν κι' άλλοι και έφτασε το πράσινο βαγόνι που μπροστά έγραφε Έδεμ – Πλατεία Αγάμων και όχι Κολιάτσου.

Ακολουθεί άλλη αντιπαράθεση - συζήτηση, με τον εισπράκτορα που μας πληροφορεί ότι είναι διαταγή της Αστυνομίας τα τράμ να σταματάνε στην Πλατεία Αγάμων και να μην πηγαίνουν πιο πέρα στη Κολιάτσου, ή στο τέρμα Πατησίων.Κάνοντας ανάποδα όλη τη διαδρομή φτάνουμε μετά μια ώρα περίπου στην πλατεία Αγάμων. Ακριβώς στη στάση του τραμ βλέπουμε συγκεντρωμένα πλήθη κόσμου. Στην αρχή νομίσαμε ότι γίνεται συλλαλητήριο, κατά περίεργο τρόπο όμως, οι περισσότεροι κοίταγαν ψηλά. Κατεβαίνοντας από τα σκαλάκια του τραμ η Ελίζαμπεθ μας τράβαγε να προχωρήσουμε γρήγορα ανάμεσα από το πλήθος για να βγούμε στην άλλη μεριά της Πατησίων προς την οδό Λευκωσίας. «Μα τι συμβαίνει;» ρωτάει ο μικρός ξάδερφος. «Γιατί μας τραβάς έτσι Ελίζαμπεθ;» Λέω εγώ και την κοιτάω βλέποντας τα μάτια της να βουρκώνουν και να είναι έτοιμη να κλάψει. Μαζί με τον μεγάλο ξάδερφο, παρακολουθώντας τα βλέμματα αυτών που στέκονταν και κοίταγαν ψηλά, βλέπουμε δυο κρεμασμένους από το φανάρι πάνω από τη στάση του τραμ.

Τα προσωπά τους όπως τα είδαμε από την άλλη πλευρά της Πατησίων μπροστά από τη πλατεία ήταν πρασινο-γκρί, το ίδιο χρώμα με τα κοστούμια που φορούσαν. Από τότε δεν ξαναείδαμε ευτυχώς αληθινούς κρεμασμένους παρά μόνο σε φωτογραφίες.

Φτάσαμε σπίτι όπου η Ελίζαμπεθ, αφού είπε κάτι που δεν ακούσαμε στη θεία, εξαφανίστηκε στο δωμάτιο της. Η θεία ενισχυμένη από τον θείο που μόλις έφτασε προσπαθεί να μας συνεφέρει, γιατί νόμιζε ότι είχαμε υποστεί βαθύτατο ψυχικό τραύμα. Μας λέει ότι αυτοί ήταν κακοί άνθρωποι, μαυραγορίτες δηλαδή, που τους τιμωρούν διότι κλέβουνε το ψωμί του λαού. «Και γιατί δεν τους κρεμάνε κάπου αλλού; Στις φυλακές που τους έχουν μέσα; «Ρωτάω» εγώ. «Είναι σωστό να αναστατώνουν τον κόσμο που κατεβαίνει από το τραμ καθώς αν είναι ψηλός, σχεδόν κουτουλάει στα... παπούτσια τους;» ρωτάει ο μεγάλος ξάδερφος. «Η Ελίζαμπεθ το πήρε πολύ κατάκαρδα.» Διαπιστώνει ο μικρός ξάδερφος, και καταλήγει «Μήπως ήταν συγγενής της ένας από τους δυο κρεμασμένους;» Η θεία κατάπληχτη για την ανυπαρξία ψυχικού τραύματος κάτι πάει να πει, την κόβει όμως ο θείος λέγοντας μας: «Καλά τώρα πηγαίνετε να κάνετε μπάνιο να φύγουν τα αλάτια από τη θάλασσα.»

Από τις μισάνοιχτες πόρτες του διπλανού δωματίου πηγαινοερχόμαστε στο μπάνιο με τα μπουρνούζια, ο ένας μετά τον άλλο και ενώ ετοιμαζόμαστε να παρατάξουμε τα μολυβένια στρατιωτάκια για να παίξουμε, άκουμε τις κουβέντες των μεγάλων με την αναδυθείσα Ελίζαμπεθ που τους εξιστορεί το θέαμα. «Φαίνεται ότι επίτηδες τους κρέμασαν εκεί και διάταξαν τα τραμ να τερματίζουν στην πλατεία. Τι εξυπηρετεί αυτή η αγριότητα;» «Προφανώς!» απαντάει ο θείος, «Θεώρησαν ότι ο απαγχονισμός θα παραδειγματίσει τους λοιπούς μαυραγορίτες και επί πλέον δείχνει την αποφασιστηκότητά τους να καταπολεμήσουν, τώρα, στα τελευταία τους, κάθε προσπάθεια αντίδρασης.» «Και τι θα καταφέρουν με τέτοια μέτρα παρά να εξαγριώνουν ακόμα παραπάνω το κόσμο και να τους σαμποτάρει σε κάθε μέτρο που παίρνουν, καλό, ή κακό. Λίγα είναι τα ψωμιά τους μέσα στο χρόνο θα φύγουν...» Προχωρεί στην ανάλυση η νονά μου. Διακόπτει όμως, διότι χτυπάει το κουδούνι και ανοίγοντας την πόρτα εμφανίζεται ο άλλος θείος με τη γυναίκα του, που είναι ξάδερφος του πατέρα και της θείας.

Διηγούνται και αυτοί το θέαμα των κρεμασμένων, τους καθησυχάζουν οι υπόλοιποι, ότι τα παιδιά δεν έχουν ταραχτεί και οι μόνοι ανήσυχοι φαίνεται ότι απέμειναν οι μεγάλοι μεταξύ τους!

Μετά το βραδυνό φαί έφτασαν και ο πατέρας με τη μαμά μου, με πήρανε για το σπίτι μας που φτάσαμε περπατητά από την οδό Ιεροσολύμων και μετά στην Αριστοτέλους αποφεύγοντας την Πατησίων και την 3ης Σεπτεμβρίου για καλό και για κακό. Μπήκαμε στη πολυκατοικία όταν ακούστηκαν τα πρώτα χωνιά κάπου πάνω από την Κυψέλη: «Ο Λαός δεν φοβάται θα σας διώξουμε από τα Βαλκάνια χασάπηδες και δήμιοι. Οι μέρες σας είναι μετρημένες. Όλοι στο ΕΑΜ... Νέοι, πυκνώστε τις γραμμές της ΕΠΟΝ.» Ανεβαίνοντας τις σκάλες. Φτάνουμε στην μαύρη εξώπορτα του τέταρτου ορόφου. Ανοίγει ο πατέρας με το κλειδί του και μπαίνουμε μέσα. «Γρήγορα στο κρεβάτι σου», λέει η μητέρα όπου και υπακούω ανοίγοντας όμως την μπαλκονόπορτα και αφήνοντας το χωνί να... με νανουρίζει.

Μπαίνω στο κρεβάτι και έρχονται κι' οι δυο γονείς να μου πουν καλήνυχτα. Υποθέτω ότι φοβούνται ότι είχα τρομοκρατηθεί μετά από το θέαμα των κρεμασμένων. «Θα κοιμηθείς ήσυχα και δεν θα φοβάσαι! Καληνύχτα καλό παιδί.» Λέει η μητέρα. «Με εσάς εδώ γιατί να φοβάμαι;» είπα καληνυχτίζοντας.

«Μυστήριο αυτό το παιδί», ακούω να λέει στον πατέρα μου, ... σαν να μη... συνέβη τίποτα. «Εσύ στην ηλικία του είχες δει ποτέ κρεμασμένους;» ρωτάει η μητέρα «Όχι βέβαια, που να τους δω;» Απαντάει εκείνος, λέγοντας :» Τότε ζούσαμε στην Κέρκυρα, άκρως πολιτισμένο περιβάλλον... και μέχρι σήμερα ποτέ δεν είχα ξαναδεί αληθινούς κρεμασμένους. Φαίνεται όμως ότι οι Γερμανοί τα έχουν χαμένα διότι τέτοια μέτρα εφάρμοζαν μόνο στις Ανατολικές Χώρες και ποτέ εδώ. Είναι γεγονός ότι το έχουν χάσει το παιχνίδι...»

Οι κουβέντες τους χάθηκαν στο διάδρομο καθώς απομακρύνονταν προς το δωματιό τους. Τα χωνιά πήγαν για ύπνο, ή μετακινήθηκαν εκτός περιοχής και με πήρε πολύ γρήγορα ο ύπνος.

ΣΤΟ ΤΟΥΡΚΟΛΙΜΑΝΟ

ΚΑΛΟΚΑΙΡΙ 1944

Κάτω από την Καστέλα. Τράτες, ψαρόβαρκες και γρι – γρί βρίσκονταν τραβηγμένες στην παραλία που υπήρχε και λίγη αμμουδιά, ή έμεναν αγκυροβολημένες στη μέση του λιμανιού. Η στενή παραλία τελείωνε στον ανηφορικό χωματόδρομο που περιέβαλε το, σε σχήμα αχιβάδας, λιμανάκι. Από πίσω και πάνω δέσποζε ο λόφος της Καστέλας και από την άλλη ο λοφίσκος με τον τέως Βασιλικό Ναυτικό Όμιλο, επιταγμένο από το Γερμανικό Ναυτικό, όπου απαγορεύοταν η είσοδος στους Έλληνες, όπως και στη προβλήτα που τέλειωνε σε μια σκοπιά με πολυβόλα όπως έλεγαν οι μεγάλοι. Ο δρόμος, απότομος κατήφορος από την Καστέλλα έφτανε στη παραλία. Μόλις έστριβες δεξιά υπήρχε ένα ξύλινο σπιτάκι, ιδιοκτησία του φίλου του πατέρα μου, του Σταύρου. Επειδή ήταν όλο από καφέ-μαύρο ξύλο, όλη η παρέα το είχαν ονομάσει η παράγκα του Σταύρου. Αυτό το καλοκαίρι, πηγαίναμε ταχτικά για μπάνιο, συνήθως Κυριακές. Κατεβαίναμε από την Αθήνα με τον Ηλεκτρικό στο Νέο Φάληρο και από κεί κάναμε τον μισό κύκλο της Καστέλλας, από τον μόνο υφιστάμενο τότε, πάνω στη πλαγιά δρόμο, ή παίρναμε τον απότομο ανήφορο προς τη κορφή του λόφου, και από κει κατεβαίναμε τον αντίστοιχο κατήφορο μέχρι τη θάλασσα στο Τουρκολίμανο. Παραθαλάσσιος δρόμος από το Νέο Φάληρο δεν υπήρχε. Ήταν ζήτημα αν υπήρχαν μια, ή δυο ταβέρνες στην άλλη άκρη του λιμανιού από την άλλη μεριά της παράγκας.

Άκουγα πολλές ιστορίες από τους μεγάλους, που κολυμπούσαν στα μάλλον ύποπτα, αν όχι βρόμικα, νερά του λιμανιού και έβγαιναν για να λιαστούν ακουμπώντας στον τοίχο της αυλής της παράγκας. Ενώ πλατσούριζα στα ρηχά νερά, άκουσα για τους... γλαροφάγους!. Στη μεγάλη πείνα του 41 -42 οι ελάχιστοι ντόπιοι δεν είχαν να φάνε, διότι οι Ιταλοί πρώτα και οι Γερμανοί μετά, είχαν αχρηστέψει τρυπώντας και αχρηστεύοντας όλες τις ψαρόβαρκες για να εμποδίσουν τη διαφυγή των Ελλήνων στη Μέση Ανατολή. Η αλήθεια ήταν ότι δυο τρία μικρά ψαροκάϊκα είχαν φύγει, τάχα μου για ψάρεμα, και κατέληξαν στη Τουρκία, αυτό βέβαια δεν σήμαινε ότι όλες οι βάρκες ήταν ικανές για κάτι παρόμοιο.

***

Στο λιμανάκι λοιπόν ζούσε ένας ψαράς, που αντί παιδιά είχε για παρέα ένα γάτο και ένα γλάρο. Όπως μάλλον με πικρό χιούμορ έλεγε ένας μεγάλος συγγραφέας της παρέας, τον μεν γάτο του τον... φάγανε οι Ιταλοί! Φαίνεται, κατά μια φήμη, ότι τρώγανε... γάτες. Του απέμεινε ο γλάρος. Όταν σφίξανε περισσότερο οι πείνες, κάποιος πειναλέος, Έλληνας αυτή τη φορά, από το Νέο Φάληρο, ή μπορεί και από τις Τζιτζιφιές, του έφαγε και το γλάρο. Έπαθε ο άνθρωπος εγκεφαλικό διότι με το νέο της εξαφάνισης του γλάρου έμεινε παράλυτος στην αριστερή του πλευρά. Ο συγγραφέας Η.Β. έγραψε ένα μεγάλο διήγημα γι'αυτό το περιστατικό, που δημοσιεύτηκε στο περιοδικό Νέα Εστία μετά την απελευθέρωση. Έτσι λοιπόν περνάγαμε τις Κυριακές στην παράγκα. Όπου μια Κυριακή που γυρνάγαμε στην Αθήνα, φτάνουμε όλη η παρέα στο σταθμό του ηλεκτρικού στο Νέο Φάληρο, μαθαίνουμε ότι υπάρχει πολύωρη διακοπή του ηλεκτρικού και κατά συνέπεια ακυρώθηκαν όλα τα δρομολόγια για την Αθήνα. Και τώρα τι κάνουμε; Συνδιαλέγονται οι μεγάλοι και αποφασίζουν όλοι, να ξεκινήσουμε με τα πόδια για την Αθήνα, μια και οι μέρες ήταν μεγάλες. Σιγά, σιγά ακολουθώντας τις γραμμές του Ηλεκτρικού και περνώντας παράνομα τη χαμηλή τότε γέφυρα του Κηφισού φτάσαμε στο Μοσχάτο. Από κει κάποιος με πήρε στον ώμο του, νομίζω ο Σταύρος, μέχρι σχεδόν τη Καλλιθέα. Εκεί ο πατέρας μου, δεν ξέρω πως, ανεκάλυψε ένα εγκαταλειμμένο καροτσάκι απ' αυτά που κουβαλάγανε ξύλα, ή ό,τι άλλο. Ήταν ξύλινο κασόνι – με δυο σιδερένιες μικρές ρόδες κάτω μπροστά, που διευκολύνουν την...κυκλοφορία του. Είχε και μακριά χερούλια καρφωμένα στο πλάι. Με έβαλε μέσα και έσπρωχνε το καροτσάκι μέχρι το Θησείο. Εκεί βγήκαμε από τον παράλληλο δρόμο των γραμμών, διότι το τρένο έμπαινε στο στενό όρυγμα για το Μοναστηράκι και βγήκαμε από την Ερμού – Αθηνάς, στη 3ης Σεπτεμβρίου, διασχίζοντας με το καρότσι και μένα μέσα, την Ομόνοια. Το ξύλινο αυτό καρότσι τακτοποιήθηκε στο υπόγειο της Αριστοτέλους και Πιπίνου. Εκεί απέμεινε, μέχρι που κάποιος το γύρεψε από τον πατέρα, αφού δεν το χρειαζόταν και του το έδωσε. Ποιός το έκλαιγε αρχικά που το έχασε, ή του το κλέψανε δεν μάθαμε ποτέ. Αν θυμάμαι καλά κατεβήκαμε άλλες δυο ή τρεις φορές στο Τουρκολίμανο πριν από την απελευθέρωση. Η απαγόρευση της κυκλοφορίας συνεχιζόταν τα βράδια.

Θυμάμαι αμυδρά δυο ή τρεις νύχτες κοιμηθήκαμε στο σπίτι του ΗΒ στη Σπυρίδωνος Τρικούπη κοντά στο πάρκο. Εκεί μετά το φαγητό, το βράδυ, οι μεγάλοι έπαιζαν χαρτιά με το φως των κεριών, διότι το ηλεκτρικό πότε λειτουργούσε και πότε όχι. Και οι διασκεδάσεις συνεχίζονταν με συγκεντρώσεις όπου προσφερόταν ότι μπορούσε κανείς να αγοράσει, ή να βρεί, χρησιμοποιώντας περίεργους τρόπους, όπως δίκτυο γνωστών μαυραγοριτών, συγγενών από την επαρχία, από κανένα κοντινό νησί κάποιο καΐκι ερχόταν κλπ. Απ' ότι θυμάμαι οι προσφορές αυτές κυρίως περιοριζόνταν σε χόρτα, όσπρια παντός είδους και διαμετρήματος, σταφίδες κορινθιακές για επιδόρπιο. Στην υπόγειο γκαρσονιέρα του συγγραφέα Θ.Κ. που ήταν δίπλα στο σχολείο μας, που μόλις είχε ανοίξει την άνοιξη, αλλά το ξανάκλεισαν οι Γερμανοί για άγνωστους λόγους, βρέθηκα κι' εγώ μια φορά, κάποιο απόγεμα. Εκεί ζούσε με τη γυναίκα του και το χόμπυ του ήταν η μαγειρική και το κρασί παντός είδους. Γι' αυτό και αργότερα, μετά την απελευθέρωση, έφυγε για την Αντίμπ, όπου νομίζω έζησε πολλά χρόνια. Πρώτη φορά που τότε τον αντίκριζα. Τον βλέπω λοιπόν με πυκνά κατσαρά μαλιά, χοντρό και φαρδύπλατο, να κάθεται σ' ένα τραπέζι και να κάνει μασάζ σ' ένα τεράστιο κομάτι κόκκινο κρέας, πασαλείβοντας το, με κάτι σαν ζουμί από ένα βαθυ πιάτο, με τα δαχτυλά του. Σύγχρονα έπινε κρασί από μια νταμιζάνα με καλάθι γύρω της, που όπως έλεγε, ήταν λάφυρο από Ιταλούς, που κρύβονταν από τους Γερμανούς μετά τη συνθηκολόγηση της Ιταλίας. Σε σχετικές ερωτήσεις δεν έδωσε ξεκάθαρη απάντηση, γιατί και πως απέκτησε την νταμιτζάνα με τη Βαλπολιτσέλα, δυσέυρετη την εποχή εκείνη, όπως και κάθε άλλο, εκτός ρετσίνας, οινοπνευματώδες. Για το κρέας που εξακολουθούσε να υφίσταται το μασάζ, εξήγησε ότι όπως και οι γυναίκες για να είναι τρυφερές πρέπει να ...μαλάζονται δεόντως, έτσι και το... μοσχάρι! Και γυρνώντας προς τον πατέρα μου του λέει . «Συγνώμη που μιλάω έτσι μπροστά στο παιδί, Αντρέα, αλλά άντρας θα γενή κι' αυτός και όσο γρήγορα μάθει τα... απαραίτητα τόσο περισσότερο θα τον καμαρώνεις!» Το άλλο σπίτι που γνώριζα αρκετά καλά ήταν στην οδό Σπάρτης κάτω από την Πλατεία Αγάμων όπου έμενε ο άλλος συγγραφέας, ο Μ.Κ. Είχαμε μείνει και μερικά βράδια, πάλι λόγω του περιοριορισμού της κυκλοφορίας. Εκεί πρωτοσυνάντησα και την κόρη του, ΜΚ.

***

Αφού είχαμε κοιμηθεί ένα βράδυ, την άλλη μέρα το πρωί, με συνωμοτικό ύφος με σπρώχνει σ'ένα μικρό δωματιάκι του μεγάλου σπιτιού και προσπαθεί περίπλοκα να μου εξηγήσει, χωρίς όμως να το λέει και καθαρά, ότι ο πατέρας της κάτι έκανε με διάφορες κυρίες, ανάμεσα στις οποίες υπονοούσε ότι βρισκόταν και η μαμά μου. Αφού ίδρωσα να καταλάβω τι μου έλεγε και ιδιαίτερα τι μου προτείνει να... κάνω σχετικά, μόνο που δεν με έβρισε, λέγοντας ότι είμαι πολύ κουτός και δεν καταλαβαίνω τίποτα από τις σχέσεις αντρών και γυναικών! Προφανέστατα είχε δίκιο, αλλά αντί να μου εξηγήσει τι σημαίνουν ολ' αυτά, συνεχίζει να με οικτίρει! Φαίνεται όμως ότι της απέμεινε το σύμπλεγμα, διότι από τότε, αλλά και αργότερα,ακόμα, μέχρι σήμερα, την οποιαδήποτε σχέση της μητέρας μου με τον πατέρα της εξέλιξε και διέδωσε σαν σήριαλ, που ασπάστηκαν πολλοί νεότεροι! Τώρα γιατί ειδικότερα την πείραξε αυτή η σχέση δεν μπορώ ακόμα να καταλάβω. Ο πατέρας της, ήταν γνωστός και ωραίος εραστής τη εποχής με αμέτρητα θύματα. Είναι... γνωστοί οι εξώγαμοι δεσμοί, που απολάμβανε μέχρι το θανατό του. Η μόνη εξήγηση νομίζω είναι, ότι η κόρη παρακολουθούσε τότε, από κάποια μισόκλειστη πόρτα, τα... κατορθώματα του πατέρα της και πιθανώς να μην της άρεσαν. Το απλούστερο κατ' εμέ ήταν να μην τον... παρακολουθεί! Το σύμπλεγμα της αυτό, όπως η ίδια πρόσφατα γράφει συνεχίζεται και προδίδει μόνιμη και αδικαιολόγητη προσήλωση φροϋδικής προέλευσης.

Και πάλι πάνω κάτω η ίδια παρέα συγκεντρωνόταν, αλλά απ' ό,τι θυμάμαι δεν καθόμασταν ποτέ μαζί με τους μεγάλους και παίζαμε σε διαφορετικό δωμάτιο. Το σπίτι στην οδό Σπάρτης ήταν μεγάλο και ψηλοτάβανο και μου είχαν κάνει εντύπωση τα πολλά δωμάτια που ανέβαινες από μια μεγάλη μαρμάρινη σκάλα.Ο συγγραφέας ΜΚ πάντα γοητευτικός ερχόταν για επίσκεψη σπίτι μας στην Αριστοτέλους και μια φορά που ήμουνα στο κρεβάτι, άρρωστος από κρύωμα, κάθισε ένα ολόκληρο απόγεμα και με έμαθε σκάκι. Αφού έμαθα, όταν ερχόταν παίζαμε σκάκι. Πάντα με κέρδιζε, εκτός από μια φορά που τον κέρδισα και ναι μεν δεν του άρεσε, διότι δεν το περίμενε, αλλά με συγχάρηκε και είχε να το λέει στούς δικούς μου.

///

Η ΑΠΕΛΕΥΘΕΡΩΣΗ

1944

Φτάνουμε στον Οκτώβριο του 44. Ένα ωραίο πρωΐ, μέ καταπληκτική λιακάδα, ήταν το «καλοκαιράκι του Αγίου Δημητρίου», όπως το έλεγαν. . Βγαίνοντας στο μπαλκόνι βλέπω τον πατέρα μ'ένα ζευγάρι κιάλια κολλημένα στα μάτια του να κοιτάει την Ακρόπολη, κρατώντας παραμάσχαλα μια μεγάλη Ελληνική σημαία, που είχα να δω από την εποχή του πολέμου της Αλβανίας. Κάτι κοίταζε πάνω στο βράχο. Γυρνάει στην μάνα μου και στη θεία Μαρία που είχαν μαζευτεί μαζί με γιαγιάδες και παππούδες και τους λέει: «Τώρα θέλω συντονισμό! Καθώς ανεβαίνει η σημαία στην Ακρόπολη ν'ανεβάσω κι'εγώ τη δική μας!» Τώρα τι του είχε καρφωθεί με τον συντονισμό αυτό, δεν μας εξήγησε γιατί δεν πρόλαβε από τα καταιγιστικά τηλεφωνήματα που άρχισαν. Έτρεξε αμέσως στο τηλέφωνο, που είχε ζωντανέψει από τις αρχές Οκτωβρίου, αλλά αυτή τη μέρα χτυπούσε συνεχώς, γυρνάει στους παριστάμενους και τους λέει: «Πάμε...» «Πού;» Διερωτώνται οι περισσότεροι. «Στο Σύνταγμα!»Απαντάει. «όλος ο κόσμος έχει ξεχυθεί στούς δρόμους.»

Και χαμογελώντας ξεκίνησε όλη η... ευρύτερη, όπως θα λέγαμε, οικογένεια για το Σύνταγμα. Έξω από του Ζόναρς βρέθηκαν πάμπολλοι γνωστοί και όλοι πιαστήκανε να χορεύουνε σ' ένα κύκλο στην γωνία Βουκουρεστίου και Πανεπιστημίου. Μεγάλη διαδήλωση ανέβαινε τη Σταδίου προς τη Πλατεία, ακούστηκε ότι θα μίλαγε ο Παπανδρέου. Εκεί, όπως έμαθα αργότερα, μεταξύ άλλων είπε και το «Πιστεύομεν και εις την Λαοκρατίαν!» Διότι η ογκώδης διαδήλωση του φώναζε: «Λαοκρατία, λαοκρατία και όχι Βασιλιά...».. Στο γνωστό ουζερί που βρισκόταν τότε στη Σταδίου δεξιά ανεβαίνοντας, πριν από τη πλατεία, κατέληξε η τεράστια παρέα, και προκάλεσε αδιαχώρητο. Εκεί είχα κολλήσει πάνω σε κάτι διακοσμητικά καλάμια απ' όπου κρεμόνταν παλιές διαφημίσεις ποτών και φαγητών, όπως και στους άλλους τοίχους του μαγαζιού. Τελικά κουράστηκα και κάθησα στο πάτωμα! Μετά από την ουζοποσία των μεγάλων φύγαμε κατά τις πέντε το απόγεμα, ποδαρόδρομο για το διαμέρισμα, διότι δεν κυκλοφορούσε κανένα μέσο συγκοινωνίας, ένεκα οι εορτασμοί και οι διαδηλώσεις.

✳✳✳

Περπατώντας για το σπίτι όλη η παρέα στην αρχή: «Ακούς εκεί τι έλεγε ο Παπανδρέου;»' Ρωτάει ο θείος τον Σταύρο,» Τώρα πιστεύει και στη Λαοκρατία. Να δούμε που αλλού θα πιστέψει μετά;» «Τα πράγματα είναι πολύ πιο δύσκολα και στο τέλος δεν θά ξέρει και εκείνος ποιόν και που να πιστέψει.» δηλώνει άλλος φίλος. «Μα το πιο χαριτωμένο δεν το ακούσατε, επεμβαίνει ο συγγραφέας Θ.Κ. κάτι έλεγαν στην Αγγλική Πρεσβεία. Φαίνεται ότι ο Πρέσβης ειδοποίησε το Λονδίνο να είναι πολύ προσεκτικό στις επαφές με τον Πρωθυπουργό μας, διότι όπως κυκλοφόρησε η φήμη, συμφωνεί πάντοτε με τον τελευταίο που φεύγει από το γραφείο του, άσχετα αν συμφώνησε με τον προηγούμενο για τελείως αντίθετη ενέργεια.» «Αμ το άλλο και αρκετά βλακώδες κατά τη γνώμη μου...» συνεχίζει ο Σταύρος, «δεν το ακούσατε; Θα αλλάξουν, λέει, τα ονόματα της Σταδίου σε Τσόρτσιλ, της Ακαδημίας σε Ρούζβελτ, της Πανεπιστημίου σε Ελευθερίου Βενιζέλου και τις κάθετες στα ονόματα των πρωθυπουργών της Νότιας Αφρικής, του Καναδά και της Αυστραλίας. Νομίζω ότι η Βουκουρεστίου θα γίνει Μακένζι Κινγκ, και η Αμερικής ή, η Ομήρου Γιαν Σμάτς, ή κάτι τέτοιο.» «Πιό ηλίθια πράξη δεν έχω ξανακούσει,» χαμογελάει ο συγγραφέας ΜΚ και συνεχίζει: «Να μου το θυμηθείτε, μπορεί να αλλάξουν τα ονόματα, αλλά κανείς δεν πρόκειται να τα αναφέρει και τελικά θα τα... ξανά - αλλάξουν. Αλλά απροπό, καταλήγει, και ο σύντροφος Στάλιν τι θά γίνει; Δεν θα ονομάσουμε καμιά πλατεία όπως του Συντάγματος ας πούμε σε ... ερυθρά Πλατεία του Στάλιν, ή κάτι παρόμοιο; «Αυτά είναι αηδίες! Δεν νομίζω ότι στις άλλες πρωτεύουσες θα αλλάξουν τα ονόματα των κυριότερων δρόμων, εδώ βλέπεις είμαστε επιπόλαιοι και μέσα στον ενθουσιασμό μας κάνουμε βλακείες! «επεμβαίνει άλλος φίλος μουσικός. «Και καλά, λέει ο πατέρας, τα ονόματα θα αλλάξουν πριν, ή μετά τα επεισόδια; «Ποιά επεισόδια; «ρωτάνε τρεις, ή τέσσερις μαζί. «Αυτά που... επέρχονται, απαντάει, δεν είδατε τις διαδηλώσεις και τα συνθήματα που φωνάζανε;» «Μα αφού οι στρατιωτικές μονάδες του ΕΛΑΣ συμφωνήθηκε να κρατηθούν έξω από την Αττική, πως θα γίνουν επεισόδια; «Ρωτάει ο Θ.Κ. «Γιατί; Όσοι είναι στην Αττική δεν είναι αρκετοί να προκαλέσουν επεισόδια; Αντιρωτάνε οι δυο συγγραφείς μαζί με τον μουσικό της παρέας, που συνεχίζει:

***

Όλες αυτές, οι χιλιάδες, θα διαδηλώνουν κάθε μέρα τον υπόλοιπο Οκτώβριο και τον Νοέμβριο; Είναι δυνατό να λειτουργήσει κάποια κρατική υπηρεσία με όλους αυτούς συνεχώς στους δρόμους; Κάπως έτσι μου εντυπώθηκε η μέρα της απελευθέρωσης. Μετά όμως τα συλλαλητήρια και οι διαδηλώσεις εξακολουθούν σχεδόν καθημερινά. Ένα πρωί ο πατέρας, που απ' ότι κατάλαβα είχε σταματήσει τη δουλειά του, πήγαμε να συναντήσουμε κάτι γνωστούς στο Σύνταγμα, διότι η ανωμαλία καλά κρατούσε και κανείς δεν εργαζόταν κανονικά. Τα σχολεία είχαν πει ότι θα λειτουργήσουν στις 15 Νοεμβρίου, ήρθε η μέρα, πέρασε, αλλά δεν άνοιξαν! Από το Ναύσταθμο που είχαν καταπλεύσει ορισμένα Ελληνικά πολεμικά πλοία, μάθαμε ότι ο θείος Μίλτος βρισκόταν στη Μυτιλήνη, Ναυτικός Διοικητής Βορείου Αιγαίου και θα μας ειδοποιούσε μόλις τέλειωνε ο πόλεμος, διότι όπως είπαν στον πατέρα και επιβεβαίωσαν άλλοι γνωστοί από το Ναυτικό, ο πόλεμος εναντίον των Γερμανών συνεχιζόταν στα Δωδεκάνησα και στην Κρήτη. Τελικά στον πρωινό περίπατό μας, συναντήσαμε άλλο συλλαλητήριο που είχαν οργανώσει οι εργαζόμενοι στην Κρατική Ορχήστρα και το Ωδείο Αθηνών. Εκεί διακρίναμε και τον παππού να διαδηλώνει μαζί με τους άλλους μουσικούς! Ο πατέρας τρέχει τον τραβάει από τη γραμμή που πήγαινε με τους άλλους και του λέει: «Έλα Πέπε να ξεκουραστείς εδώ, πάμε για καφέ στου Ζόναρς, διότι δεν... σου πάνε τα συλλαλητήρια.» Εκείνος φάνηκε ξαναμμένος από τις φωνές και του απαντάει: «Άσε να πάω πίσω διότι κοντεύουν να μας παίρνουν ... παρουσίες, τα σκληρά παιδιά του ΕΑΜ, που αν δεν διαδηλώσεις είσαι δωσίλογος, ή φασίστας, ή κάτι παρόμοιο!» «Και σεις τους ακούτε; Γιατί δεν αντιδράτε; Θα διαδηλώνετε κάθε μέρα;» ρωτάει ο πατέρας. «Εσύ Αντρέα ωραία μας τα λες απ' έξω, αλλά αν ήσουν μέσα τι θα έκανες;» «Εγώ Πέπε, έφυγα από το Πυριτιδοποιείο - Καλυκοποιείο γιατί θέλανε να στείλουν όλους τους εργάτες στη Γερμανία και εμένα να τους οργανώσω τη μεταφορά. Ευτυχώς έφυγα πρώτα εγώ και εκεί που θα με κυνηγούσαν, έφυγαν και εκείνοι, οι Γερμανοί δηλαδή, χωρίς να πάρουν και τους εργάτες, διότι με περίμεναν με τα σχέδια της μεταφοράς, όπως είχα κάνει και για τις οικογενειακές κατασκηνώσεις τους στο Μπογιάτι. Πάμε τώρα να πιούμε τον καφέ μας, ή και κανένα ούζο.» «Ο παππούς άφησε τους συνδιαδηλωτές του και ήρθε μαζί μας στο άλλο καφενείο – ζαχαροπλαστείο, στου Γιαννάκη.

Εκεί καθίσαμε σ' ένα Τραπέζι μπροστά μπροστά, πάνω στο πεζοδρόμιο της Πανεπιστημίου, συνεχίζοντας τις χαιρετούρες με πάρα πολύ κόσμο που πέρναγε τα... Δαρδανέλια, όπως ονόμαζαν το... δίαυλο της Πανεπιστημίου, ανάμεσα στου Γιαννάκη και του Ορφανίδη – Ζόναρς. Δυο τρεις γνωστοί κάθισαν μαζί μας σχολιάζοντας τα τελευταία γεγονότα. Το συμπέρασμα που έβγαλα μετά αρκετά χρόνια ξανασκεφτόμενος το πρωινό εκείνο, ήταν ότι πρωτότυπη θλιβερή και χαρούμενη ανησυχία κατείχε όλο το κόσμο, διότι δεν έβλεπαν καμιά προοπτική. Κυριαρχούσε και η αναποφασιστικότητα της προσωρινής κυβέρνησης που καταπιεζόταν από Άγγλους, Κομμουνιστές, Βασιλικούς, Φιλελεύθερους, Σοσιαλιστές και άλλες ποικίλες παρατάξεις, ή παραφυάδες που διαδήλωναν συνεχώς. Πολλά σφυροδρέπανα και κόκκινες σημαίες, αρκετά όμως και άλλα πολύχρωμα συνθήματα από διάφορες οργανώσεις παρελαύνουν συνεχώς καθημερινά όλο το Νοέμβρη. Από τις συζητήσεις εκείνου του πρωϊνού προέκυψε ότι δεν ήταν το 80, ή το 75 τοις εκατό του πληθυσμού που ήθελε να γίνουμε κομμουνιστές, όπως έντεχνα διάδιδαν οι του ΕΑΜ, ΚΚΕ, ΕΠΟΝ, και του ΕΛΑΣ, που μικρή του μόνο αντιπροσωπεία εμφανίστηκε, κατόπιν συμφωνίας στην Αθήνα. Όπως αντίστοιχα δεν εμφανίστηκαν και οι Ελληνικές δυνάμεις, που πολεμούσαν εκείνη την εποχή στην Ιταλία τους Γερμανούς και τους Ιταλούς Φασίστες και κυρίως το Ναυτικό, παρά ελάχιστοι του Βασιλικού Ναυτικού, που είχαν καταπλεύσει με πλοία στον Πειραιά και το Ναύσταθμο. Οι του Ναυτικού και λόγω του ... Βασιλικού τίτλου του σώματος και του κινήματος στη Μέση Ανατολή, ήταν κόκκινο πανί για τους οπαδούς του ΚΚΕ. Και όπως αποκαλύφτηκε, δυστυχώς σύντομα, όλες οι οικογένειες πληρωμάτων και αξιωματικών είχαν καταλογοποιηθεί (!!) ώστε να συλληφθούν σαν όμηροι και ότι προκύψει, από το ΚΚΕ και την ΟΠΛΑ. Τα λεγόμενα ότι τον πόλεμο τον κέρδισαν οι του ΕΛΑΣ μόνοι τους και όχι οι Ελληνικές δυνάμεις στη Μέση Ανατολή, που στα τέλη του 1944 ακόμα πολεμούσαν τον εχθρό στην Ιταλία και στη Μεσόγειο, ήταν μάλλον αδικαιολόγητα. Ο ΕΛΑΣ πολεμούσε άλλους Έλληνες στην Ήπειρο και αλλού, αντί τους Γερμανούς που υποχωρούσαν διασχίζοντας τη χώρα. Αυτά κατ'άλλους δεν ανταποκρινόνταν στην αλήθεια. Και πρόσθεταν: Ο κόσμος βλέπεις είναι ακόμα συγχυσμένος και μάλλον ακατατόπιστος.

«Φαίνεται ότι το κακό έρχεται! Πάντως κανείς δεν πρόκειται να με αποκαλέσει Βασιλικό, ή δεξιό, με τις γνωστές μου... σοσιαλιστικές διαθέσεις. «Καταλήγει ο Θ.Κ, παρ' ότι σχεδόν συνεχώς αισιοδοξούσε, ανάλογα με την ποσότητα και ποιότητα του κρασιού που έπινε, αλλά που δεν ήταν... σοσιαλιστικό όπως τον περιέπαιζε ο Μ.Κ. Γυρίσαμε στο σπίτι κατά τις τρεις και συναντήσαμε την μητέρα που ερχόταν από τον Πειραιά, που είχε πάει κάτι να τακτοποιήσει στο Ωδείο. Ανεβαίνοντας τις σκάλες της πολυκατοικίας συναντηθήκαμε με την Μαίρη. Η Μαίρη με τη μαμά της έμεναν στον πρώτο όροφο και είχαμε αρχίσει να κάνουμε παρέα. Είχαμε προχωρήσει και σε κάτι ελαφρά πονηρά παιχνίδια, καθώς αγκαλιαζόμαστε και ψαχνόμαστε στη ταράτσα.. Εκείνη τη στιγμή εμφανίζεται και ο Ερρίκος κατεβαίνοντας. Ο Ερρίκος ήταν ένας έφηβος ετών 16 με 18 και μάζευε όλη τα παιδιά της γειτονιάς της ίδιας ηλικίας κάθε απόγεμα και παίζανε μπάλα στη χωμάτινη οδό Αριστοτέλους. Εκείνο όμως το απόγεμα φορούσε καπελάκι πράσινο σαν δίκωχο με τα γράμματα ΕΠΟΝ στις δυο πλευρές του. Μας χαιρέτισε στρατιωτικά, λέγοντας στον πατέρα με μια ανάσα, ότι τώρα πλέον το ΕΑΜ θα κυριαρχήσει σε όλη την Ελλάδα, διότι ο Τίτο τους έστειλε όπλα και η οργάνωση θα τα δώσει για να οπλίσει όλα τα παιδιά που είναι έτοιμα. «Μπράβο παλικάρι μου», του λέει ο πατέρας, χαμογελώντας, «Συγχαρητήρια! Τρέχα να πάρεις τον οπλισμό σου.!» Και αφού έφυγε ο Ερρίκος αρχίσαμε να ανεβαίνουμε τη σκάλα και μονολόγησε ο πατέρας: «Δεν πάμε καθόλου καλά...» «Αυτά είναι τα άσκημα που περιμένουμε...» λέει η μητέρα... «όταν οπλίζεις αυτά τα παιδάρια, μεγάλο κακό θα μας βρει.»

ΔΕΚΕΜΒΡΙΟΣ

1944

Περίμεναν όλοι το κακό. Από τηλεφωνήματα και επισκέψεις στις αρχές Δεκεμβρίου έχουν παραμείνει στο μυαλό μου διάφορες κουβέντες και συζητήσεις. Στην αρχή ο πατέρας, κατά το συνήθειο του, αστειεύοταν. Ο θείος Φάνης, ένα απόγεμα στο σπίτι της Κνωσού άκουσα να του λέει: «Αντρέα, απ᾽ ότι λέγεται, θέλεις δε θέλεις, η Αθήνα πρόκειται να χωριστεί στα δυο. Εγώ παίρνω τα παιδιά και την Τέτα και πάω στο διαμέρισμα μας στην Αστερίου, στην Πλάκα,που είναι δίπλα στη Στρατιωτική Διοίκηση Αττικής. Εκεί δεν πρόκειται να μας πειράξει κανείς. Είναι γεγονός και το γνωρίζεις, ότι μας έχουν στη λίστα να μας συλλάβουν. Εμένα σαν υφηγητή του Πολυτεχνείου, επειδή έφερα κατ᾽απονομή το βαθμό ταγματάρχη του μηχανικού στην Αλβανία και εσένα γιατί είσαι ο αδερφός του Μίλτου, που τους έχει βάλει τα δυο πόδια σ᾽ένα παπούτσι στη Μυτιλήνη και επειδή δεν μπορούν να κυνηγήσουν εκείνον θα κυνηγήσουν εσένα. Λοιπόν προτείνω να έρθετε μαζί μας για μην πάθεις τίποτα κακό.» «Δεν πειράζει Φάνη, άσε να περάσουν λίγες μέρες ακόμα και θα δούμε.» του απάντησε. Τι τον είχε πιάσει με τις αναβολές; Αφού το ήξερε και άλλοι τον είχαν ειδοποιήσει. Εκείνος αδιαφορούσε. Μετά τις τέσσερις Δεκεμβρίου άρχισαν οι επιθέσεις στα Αστυνομικά Τμήματα. Τότε, πάλι από το μπαλκόνι, είδα δυο αστυνομικούς με τουφέκια να ρίχνουν από την ισόγεια είσοδο ενός σπιτιού στην Αριστοτέλους, πυροβολώντας προς την γωνία της οδού Ίου. Έβλεπα και τη μικρή φλόγα στη κάνη κάθε φορά που πυροβολούσαν. Ο ένας όμως έπεσε μάλλον νεκρός διότι έπεφταν βροχή οι σφαίρες, όπως έβλεπα από τους τοίχους του σπιτιού, που ξεφτούσαν σε κάθε χτύπημα. Ο άλλος τον σήκωσε στον ώμο του και άρχισε να τρέχει στην Αριστοτέλους προς τη Κοδρινγκτώνος. Τι απέγιναν δεν ξέρω.

Άλλη μέρα. Ο Πατέρας με τα αστεία του. Παίρνει ένα μακρύ μπαστούνι δένει στην άκρη το κράνος που είχε από την Αλβανία και το βγάζει έξω από το παράθυρο. Τότε άρχισαν πυροβολισμοί μέχρι που μια σφαίρα χτύπησε το κράνος κάνοντας ένα τζιγκ καθώς εξωστρακίστηκε κατά κάτω, ευτυχώς! Μετά από αυτό πήρε τα ταψιά του φούρνου και τα έβαλε ανάμεσα στα παντζούρια και τα τζάμια, ώστε να μην περνάνε οι σφαίρες!

***

Παρ᾿ όλ᾿ αυτά μια σφαίρα μεγάλου προφανώς, απ᾿ ότι είπαν, διαμετρήματος, πέρασε το παντζούρι, το ταψί του φούρνου, το τζάμι, τον απέναντι τοίχο του δωμάτιού μου, βγήκε στη κουζίνα, τρύπησε και τη ξύλινη πόρτα της κουζίνας και τελικά κατέληξε να σφηνώσει στον απέναντι τοίχο του άλλου διαμερίσματος στον ίδιο όροφο. Την ξεσφηνώσαμε και την εξετάζαμε. Ήταν σαν κόκκινη - χρυσαφένια και όπως είπε άλλος φίλος μάλλον είναι διατρητική από πολυβόλο τανξ. Τανξ όμως δεν είχαμε δει. Και κανείς βέβαια δεν καταλάβε γιατί όλο αυτό το σφυροκόπημα ενάντια όχι μόνο στη δική μας πολυκατοικία, αλλά και σε πολλά σπίτια, που δεν αποτελούσαν στόχους, ή δεν είχαν δώσει αφορμή, εκτός από το μπαστούνι με το κράνος του πατέρα, ούτε και είχαν προβάλει κάποια μορφή αντίστασης. Μετά από δυο μέρες πέρασε ένα αυτοκίνητο με το χωνί του ΕΑΜ, να διαλαλεί ότι κηρύσσουν δεκάωρο ανακωχή και ο κόσμος μπορεί να βγεί για να αγοράσει ψωμί, διότι είχαν διατάξει μερικούς φούρνους να ανοίξουν. Έτσι λοιπόν ξεχύθηκαν στους δρόμους μεγάλα πλήθη από τις αρχές της Αριστοτέλους και της 3ης Σεπτεμβρίου, από την Αγίου Μελετίου μέχρι την Ομόνοια.

Τότε ήταν ευκαιρία να φεύγαμε, τίποτα όμως, παρά τις συμβουλές των φίλων και συγγενών, ο πατέρας ανένδοτος! Προχωρήσαμε στην Αριστοτέλους και θυμάμαι ένα αρχοντικό τετραώροφο σπίτι, στη δεξιά πρώτη γωνία Φερρών προς την Ηπείρου να αδειάζει. Ή μάλλον να το αδειάζουν διάφοροι με περίεργες στολες και διακριτικά ΕΑΜ, ΕΠΟΝ, ΚΚΕ, ΟΠΛΑ. Από τα μπαλκόνια πέταγαν κάτω στο δρόμο βιβλία, έπιπλα, πολυθρόνες, καναπέδες, κρεβάτια, που έσπαγαν με θόρυβο. Τέλος κάτι τεράστια χαλιά μισοκαμμένα... Σταματήσαμε και χαζεύαμε με τον πατέρα, με άλλο κόσμο που μαζεύτηκε κοιτώντας το πρωτόφαντο θέαμα, από την πλατεία Κυριακού στη γωνία με τη Χέυδεν μέχρι τη Φερών στο απέναντι πεζοδρόμιο. «Τι συμβαίνει συναγωνιστές;» ρώταγαν κάποιοι. Επικρατούσε τότε η συναγωνιστικότητα, ή η... συντροφιά - από το σύντροφος, όπως ειρωνικά την αποκαλούσε ο Μ.Κ. «Είναι σπίτι δωσίλογων και βασιλικών!» απαντάει κάποιος με μαύρα γένια που κρατούσε και ένα τουφέκι, «Αφού το αδειάσουμε θα βάλουμε δυναμίτη να το ανατινάξουμε για να το χρησιμοποιήσουμε σαν οδόφραγμα ενάντια στις βασιλικές δυνάμεις που θα μας επιτεθούν.»

«Και εδώ θα γίνει η επίθεση σύντροφε; «ρωτάει ο πατέρας. «Πρέπει σύντροφε, να είμαστε έτοιμοι παντού, στη Πατησίων και την Αχαρνών έχουμε τινάξει τις γραμμές του τραμ, ώστε να μην μπορούν να περάσουν τα τανξ.» Απαντάει ο Μαυρογέννης. «Και τι ώρα θα το ανατινάξετε σύντροφε; ξαναρωτάει ο πατέρας, γιατί θα επιστρέψουμε από δώ; «Μόλις μπεί ο κόσμος μέσα, με τη λήξη της ανακωχής.» «Γιατί ρωτάς και για που το έβαλες σύντροφε; θα ξαναγυρίσεις από δω; «Πάω στη Βάθη στα πεθερικά μου που είναι μεγάλοι άνθρωποι.» Του απαντάει. «Καλά πήγαινε και μην αργήσεις να γυρίσεις...» Τελειώνει ο Μαυρογένης.

Στο γυρισμό αφου είδαμε τους παππούδες και γιαγιάδες, γυρίσαμε από την Αχαρνών, όπου δεν είχαν γκρεμίσει σπίτια, αλλά είχαν βάλει φωτιά σε πεντ' έξι μεγάλα αρχοντικά και είχαν σηκώσει και στρίψει τις γραμμές του τραμ ψηλά, ώστε να μη περάσουν τα τανξ. Πέρασαν άλλες δυο τρεις μέρες και τότε για τρίτη φορά φαίνεται ότι και πάλι κάποιος είπε στον πατέρα ότι θα τον πιάνανε οι ΕΑΜίτες διότι ... τον λέγανε Ιατρίδη και ήταν αδερφός του ... αδερφού του!

Ξεκινάμε λοιπόν αυτή τη φορά οι τρεις μας, μητέρα, πατέρας κι'εγώ, με δρομολόγιο για το σπίτι του ΗΒ, που κι' αυτό όμως ήτανε στην ΕΑΜοκρατούμενη ζώνη. Γιατί ο χριστιανός δεν μας πήγε στη Αστερίου; Μυστήριο που κανείς δεν ξέρει, μυστήριο όμως, που εξελίχτηκε σε δράμα, διότι εκείνος την πλήρωσε και πολύ άσκημα μάλιστα.

Έτσι βγαίνουμε, οι τρεις μας, στους έρημους δρόμους, όπου δεν κυκλοφορεί κανείς και φτάνουμε από την 3ης Σεπτεμβρίου στρίβοντας αριστερά στην οδό Φερρών. Σταματάμε στη γωνία με την Πατησίων και κοιτάζουμε απέναντι, που υπήρχαν άλλες γραμμές τραμ ανασηκωμένες,τρία τέσσερα μέτρα όρθιες πάνω από την άσφαλτο. Μέχρι εκεί κανείς δεν μας είχε ενοχλήσει. «Λοιπόν» λέει ο πατέρας,» να πιαστούμε από τα χέρια και να τρέχουμε και οι τρείς γρήγορα, να περάσουμε απέναντι και μετά τοίχο-τοίχο να πάμε στον Θ.Κ.» Και ξεκινάμε τρέχοντας Οι δυο μεγάλοι και εγω, ετών οχτώ. Και φυσικά κάποιος μας σκοπεύει κάπου από το Μουσείο και πυροβολεί – πυροβολούν; Οι σφαίρες κάνουν το γνώριμο ζβιγκ, ζζζ, εξωστρακιζόμενες στις ανασηκωμένες γραμμές του τραμ.

***

Επιταχύνουμε και τις γλυτώνουμε, φτάνοντας καταλαχανιασμένοι στο υπόγειο – γκαρσονιέρα σπίτι του ΘΚ. Εκεί μας λένε ότι από το πρωί, όποιος πάει να περάσει την Πατησίων ... πυροβολείται! «Και καλά βλέπουν ένα ζευγάρι μ' ένα παιδί τι στο διάβολο, δεν περνάει εχθρική περίπολος, ούτε και πηγαίνει κανείς σε άλλη ζώνη, αφού αυτοί ελέγχουν και από εδώ και από εκεί την Πατησίων γιατί πυροβολούν;» ρωτάει έξαλλος ο φίλος Σταύρος που βρέθηκε εκεί. «Αν υπήρχε λογική δεν θα είχαν γίνει όλοι αυτοί οι σκοτωμοί και άλλοι που έπονται. Αλλά για σταθείτε, διακόπτει με χειρονομία και κοντοστέκεται ο Θ.Κ. συνεχίζοντας: «Στο ΑΚΡΟΠΟΛ, το ξενοδοχείο, μένουν Αμερικάνοι, είναι η αποστολή που ήρθε τελευταία, είναι δυνατόν να πυροβολούν εκείνοι;» «Έλα καημένε τώρα πας να περιπλέξεις και τους Αμερικάνους, αυτοί απ' ότι λέγεται είναι ουδέτεροι και μάλλον φιλοαριστεροί», αποκρίνεται ο Σταύρος. «Το μυαλό σου και μια λίρα, πολύ σύντομα θα τους έχουμε στο κεφάλι μας αντί τους Άγγλους...» απαντάει ο Θ.Κ. πάντα πιο κατατοπισμένος στα διεθνή θέματα. Αφού μείναμε καμιά ώρα αποφάσισε ο πατέρας ότι ήταν ώρα να φύγουμε για το σπίτι του Η.Β., όπου και θα μέναμε, άγνωστο μέχρι πότε, ή και γιατί. Πραγματικά προχωρώντας μέσα από το πάρκο βγήκαμε απέναντι από τη Σπυρίδωνος Τρικούπη. Εδώ ευτυχώς βρισκόταν μια περίπολος του ΕΑΜ, όπως προκύπτει από τα περιβραχιόνια που φορούσαν και προοσφέρθηκαν να μας περάσουν την Αλεξάνδρας, χωρίς τα επακόλουθα της Πατησίων. Φτάσαμε και μας έγινε μεγάλη υποδοχή ακόμα και δωμάτιο υπήρχε, που θα κοιμόμαστε όλη η οικογένεια μαζί. Το βράδυ φαίνεται ότι ο συγγραφέας και αγαπητός Η.Β. ξανα-ειδοποίησε τον πατέρα ότι τον αναζητούν και οπωσδήποτε θα τον πιάσουν, όσο και αν γυρίζει από το ένα σπίτι στο άλλο, μέσα όμως στην ΕΑΜοκρατούμενη ζώνη. Επί πλέον σκεπτόταν και εκείνος να φύγει με τη κόρη και τη γυναίκα του, διότι τις τελευταίες μέρες του Δεκεμβρίου, οι Άγγλοι, είπε, είχαν εγκαταστήσει κανόνια και βαριά πολυβόλα πάνω στο Λυκαβηττό, από όπου έριχναν στις... ταράτσες των Εξαρχείων μήπως και... χτυπήσουν κανένα κομμουνιστή, μάλλον για εκφοβισμό παρά για οτιδήποτε άλλο.

***

Φαίνεται ότι και εκείνος είχε δίκιο, διότι τα γεγονότα εξελίχτηκαν περίπου όπως τα φοβότανε. Έτσι όταν φύγαμε, μια οβίδα από το Λυκαβηττό μπήκε από τη μια πλευρά της γωνιάς του σπιτιού του, από την Καλλιδρομίου και βγήκε από την Σπυρίδωνος Τρικούπη καταστρέφοντας και μια σόμπα που ήταν τοποθετημένη εκεί.

Το τρίτο πρωινό από την αφιξή μας εμφανίζονται στο σπίτι της οδού Σπυρίδωνος Τρικούπη δυο νεαροί καλοντυμένοι χωρίς κανένα διακριτικό, ρωτούν ποιός είναι ο πατέρας και τον παίρνουν λέγοντας στους συγκεντρωμένους στην είσοδο του σπιτιού, στον Η.Β, στην γυναίκα, στην μητέρα μου, στη κόρη του και εμένα ότι δεν πρόκειται να αργήσει, μόνο θα τον πάρουν να του κάνουν μερικές ερωτήσεις. Κλείνει η εξώπορτα κι' έφυγαν οι τρεις τους. Η μητέρα ανήσυχη προσπαθεί να τηλεφωνήσει, οι γραμμές δεν λειτουργούν. Ο Η.Β. καθησυχαστικός λέει : «Μα δεν είπανε για μια μικρή ανάκριση, όπως λένε συνήθως, όταν τους συλλαμβάνουν,είπαν μερικές ερωτήσεις...» Η μητέρα δως του να τρώγεται και εκεί βγήκαν και τα απωθημένα περί του πόσο ξεροκέφαλος είναι, αφού τόσο καιρό τώρα, όλοι του λένε να φύγει για την Αστερίου, ή να πάμε και στον άλλο φίλο που είχε σπίτι στην Αμαλίας και όλοι είχαν χώρο να μας φιλοξενήσουν και εκείνος τίποτα να επιμένει στις αλλαγές διευθύνσεων!

Δεν είχαν περάσει δυο ώρες και χτυπάει το κουδούνι και νάτονε χαμογελώντας. Πέσανε όλοι απάνω του «Βρε, τι έγινε; Τι σε ρωτήσανε; Τι θέλανε;» «Εκεί που πηγαίναμε,απαντάει, μου λέει ο ένας, ξέρετε είμαι φοιτητής και όπως οι περισσότεροι ανήκω στην ΕΠΟΝ, έχουμε εντολή να σας πάμε στο Περιστέρι, εκεί που είναι το κέντρο συγκέντρωσης...» . Αυτός όμως γνώριζε τι καλό έγινε, ή έκανα στο Πυριτιδοπείο από το θείο του, που εργαζόταν εκεί, και δεν άφησα τους εργάτες να πάνε στη Γερμανία καθυστερώντας με κάθε τρόπο την αναχώρησή τους, και με τη παραίτησή μου, μέχρι που έφυγαν οι Γερμανοί... Και συνέχισε: «Γι' αυτό σας παρακαλώ να φύγετε από εκεί, που μένετε διότι εμείς θα πούμε πως δεν σας βρήκαμε. Μπορεί όμως να στείλουν κι' άλλους. Καλύτερα να κρυφτείτε κάπου που να μην σας βρίσκουν μέχρι να περάσει το κακό. «Έτσι μ' αφήσανε και νάμαι εδώ.Τώρα να τα μαζεύουμε και πάμε πίσω σπίτι να βρούμε μερικά ρούχα και να φύγουμε πάλι, επιμένει ο πατέρας.

«Λέω να πάμε στον Μ.Κ. που μας είχαν καλέσει από την άλλη φορά.» Δεν κατάλαβα τι έγινε, διότι κλειστήκανε σ'ένα δωμάτιο και το συζητούσαν μακριά από τα παιδιά, που ανέλαβε η κυρία του Η.Β. να κρατήσει λέγοντας στη κόρη της και σε μένα διάφορα παραμύθια, και ιστορίες. Έτσι σε μια ώρα να'μαστε πάλι στο δρόμο με ανάστροφο δρομολόγιο. Ίσως επειδή η μέρα είχε μια καταπληκτική λιακάδα δεν μας πυροβόλησε κανείς. Στο διαμέρισμα της Αριστοτέλους μαζέψαμε λίγα ρούχα σε μια σακούλα διότι δεν έπρεπε,… λέει, να δείξουμε ότι φεύγαμε με βαλίτσα, και αυτό το θυμάμαι. Καθώς βγαίναμε από την κύρια σιδερένια μαντεμένια πόρτα της πολυκατοικίας γυρνάει ο πατέρας στη κυρά Μαρία τη θυρωρό και λέει: «Κυρά Μαρία, αν κανείς με ζητήσει να του πείς ότι βρίσκομαι στη οδό Σπάρτης 14.» Την τελευταία στιγμή που φεύγαμε. Τι ήθελε να δώσει τη διεύθυνση; Διότι ήταν βέβαιο ότι θα έψαχναν παρά κάτω, αλλά πάλι χωρίς διεύθυνση θα ήταν δύσκολο να τον βρούνε. Τι τον έπιασε; Χρόνια αργότερα τον ρώτησα και προσπάθησε να αποφύγει την απάντηση, και πάλι χωρίς λόγο. «Μπα», μου απάντησε, «ήσουν μικρός δεν θυμάσαι!» Το είχε πεί! Και θυμόμουνα πολύ καλά.

Και τη δεύτερη μόλις μέρα και μάλιστα νωρίς το πρωί μόλις είχαμε καλά, καλά ξυπνήσει, χτυπάει το κουδούνι, ο Μ.Κ. ανοίγει από πάνω την εξώπορτα και δυο μάλλον άξεστοι τύποι με τα πιστόλια στα χέρια ορμάνε από την είσοδο μετά στο σαλόνι και συνεχίζουν να προχωρούν φωνάζοντας: «Που είναι ο φασίστας ο Ιατρίδης..». Βγαίνει ο πατέρας που ξυριζόταν και τους λέει «βάλτε τα πιστόλια μέσα, υπάρχουν παιδιά εδώ.» Δείχνοντας εμένα και την ΜΚ, που κοίταζε πίσω από μια πόρτα. «Πρέπει᾽ ρθεις αμέσως για μια μικρή ανάκριση.» Διατάζουν. «Δυο λεπτά να αποχαιρετίσω τη γυναίκα μου και έφτασα.» απαντά. Εκείνοι βάζουν τα πιστόλια στις θήκες της ζώνης τους και περιμένουν κοιτώντας το σπίτι και τα κάδρα στους τοίχους. Βγήκε ο πατέρας από το δωμάτιο, που ήταν με τη μαμά και τον Μ.Κ. με τη γυναίκα του και τους ακολούθησε, κατεβαίνοντας τις σκάλες καθησυχάζει όλους εμάς, λέγοντας ότι μετά την ανάκριση θα γυρίσει. Αυτά συνέβησαν γύρω στα μέσα Δεκεμβρίου 1944 Δεν επρόκειτο να τον δούμε παρά μόνο τον καινούριο χρόνο, το 1945, και μάλιστα στα τέλη Ιανουαρίου. Φύγαμε και εμείς την ίδια μέρα και η μητέρα με άφησε στους παππούδες στη Βάθη και εξαφανίστηκε πηγαίνοντας σε γνωστούς, μήπως μάθει που τον πηγαίνανε.

Εδώ ήταν αρκετά ήσυχα, διότι η γραμμή διαχωρισμού ανάμεσα στην Εαμοκρατούμενη και την Κυβερνητική περιοχή του Κέντρου ήταν στη μέση της Ομόνοιας και προς τα κάτω, η οδός Αγίου Κωνσταντίνου μέχρι το Μεταξουργείο. Έτρεχε λοιπόν καθημερινά, η κακομοίρα η μητέρα, μ᾽ ένα χοντρό πράσινο παλτό, έκανε και κρύο, Δεκέμβρης μήνας. Πήγαινε σε διάφορα μέρη να συναντήσει γνωστούς, που νόμιζε ότι μπορούσαν να βοηθήσουν να τον εντοπίσουν. Βέβαια ήταν πολύ δύσκολο και παρά τις προσπάθειες διαφόρων να βοηθήσουν, που ήταν και μέλη του ΚΚΕ, δεν έγινε δυνατό να μάθει κάτι, ή δεν θέλανε να της πούνε για που τον προόριζαν, ή τι ακριβώς συνέβαινε. Η φίλη και συμμαθήτρια της στο σχολείο, συγγραφέας και μέλος του ΚΚΕ, η Δ.Σ, μόνο που δεν την έβρισε! «Και τι θέλεις να κάνει ο... λαός! Ο αδερφός του, που ήταν ήρωας στο πόλεμο, αλλά τον... χάλασαν (!!!)... οι βασιλικοί, είναι στη Μυτιλήνη και βασανίζει αθώους πολίτες, ας σταματήσει εκείνος και τότε μπορεί (!!) να έχεις δικαίωμα να ζητάς χάρες.»

Γύρισε κλαμμένη τόσο για τον άντρα της, όσο και για τη συμπεριφορά της τέως φιλενάδας και συμμαθήτριας! Τελικά μετά από πολλές έρευνες και τρεχάματα μέσω της Ρώσικης Πρεσβείας, που δεν ήταν καθόλου ανακατεμένη, αλλά και βέβαια γνώριζε τι συνέβαινε, εξακριβώθηκαν τα ακόλουθα: Ο πατέρας κατά πάσαν πιθανότητα, συμμετείχε σε μια από τις ομάδες των ομήρων (σύνολο κοντά 38.000), που γέροι, γριές άρρωστοι και πολλοί άλλοι ξεκίνησαν υγιείς, αλλά αρρώστησαν, ή και πέθαναν στο δρόμο, βάδιζαν υποχρεωτικά και με συνοδεία προς βορρά για να αποτελέσουν, αφού υποστούν πλύση εγκεφάλου, στελέχη του αντάρτικου στρατού. Ο στρατός αυτός θα επέβαλε τη Νέα Τάξη, ή αν οι όμηροι δεν άλλαζαν μυαλά, θα παρέμεναν σε στρατόπεδα συγκεντρώσεως, ή κάτι αντίστοιχο στην Αλβανία, τη Γιουγκοσλαβία, ή όπουδήποτε του Ανατολικού «παραδείσου», ή και θα τους ανταλλάξουν με κρατούμενους δικούς τους από την άλλη πλευρά. Αν φτάνανε βέβαια ποτέ, με την πεζοπορία ξυπόλητοι και ρακένδυτοι, μέχρι εκεί, χωρίς ρούχα και παπούτσια, που κατασχέθηκαν για να τα φορέσουν οι κατσαπλιάδες ώστε να ενισχύουν τον αγώνα καλά ντυμενοι! Οι όμηροι βολεύοντουσαν με σκισμένες κουβέρτες και με σόλες από κομμένα λάστιχα αυτοκινήτων αν τις έβρισκαν.

Και βέβαια αφού περάσαμε μαύρα Χριστούγεννα, μετακομίσαμε στους άλλους παππούδες στην οδό Κνωσού, διότι εκεί πλέον δεν υπήρχε φόβος να συλλάβουν κανένα, αφού όλοι, παππούδες, θείοι, όσοι απέμειναν στην ... απελευθερωμένη κατά τους συντρόφους – συναγωνιστές, ζώνη, ήταν υπερήλικες και όχι επικίνδυνοι. Εκεί στη πλατεία του Αγίου Ανδρέα, που κατέληγε η οδός Λευκωσίας, ο ΕΛΑΣ είχε εγκαταστήσει πίσω από το ιερό της εκκλησίας, ένα μάλλον... αρχαιοπρεπές όπως είπε ο παππούς Βασίλης, αντιαεροπορικό πάνω σ' ένα φορτηγό αυτοκίνητο...

Υποτίθεται, όπως είπε ένας από τους χειριστές του, ότι το τοποθέτησαν εκεί διότι καλυπτόταν από το ιερό της εκκλησίας και δε φαινόταν από μακριά. Και ξαφνικά ένα ωραίο πρωί ακούμε αυτό το κανόνι να βάλει στον αέρα με τρομερό θόρυβο ταρατα,τα,τα. Δεν περάσανε πέντε λεπτά και από το μισόκλειστο παντζούρι, εγώ κάτω χαμηλά και τρεις μεγάλοι από πάνω μου, κοιτάγαμε το θηρίο. Ξαναπέρασε ένα αεροπλάνο πολύ γρήγορα και το κανόνι, αφού το αεροπλάνο είχε εξαφανιστεί, ξανάριξε πέντ'έξι πυροβολισμούς, μάλλον στον αέρα, όπως είπε ο παππούς Βασίλης, πατέρας του πατέρα. Διαπίστωσαν οι γεροντότεροι ότι το αντιαεροπορικό ήταν όχι μόνο αρχαιοπρεπές αλλά και ιταλικό. Αφού ησυχάσαμε και αποσυρθήκαμε από το παντζούρι, ακούμε ένα φοβερό θόρυβο –έκρηξη και χτυπήματα σαν να πέφτουν πέτρες, ξύλα και κομμάτια από σίδερα στα παντζούρια, που ήταν στο ισόγειο και έβλεπαν τη πλατεία. Ξανά-τρέχουμε στο παντζούρι και τι να δούμε; Το κανόνι είχε στραβώσει και δυο από τους χειριστές τραβούσαν έναν τρίτο συναγωνιστή τους μέσα στα αίματα φωνάζοντας βοήθεια. Έτρεξε η γιαγιά και άλλοι γείτονες στην εξώπορτα και φέρανε τον χτυπημένο μέσα, όπου τον ξάπλωσαν σ' ένα ντιβάνι στο χολ. Εκείνος ούτε μιλούσε, ούτε κουνιόταν. Ο γείτονας ήταν φαρμακοποιός και κατέφτασε με κάτι μηχανήματα να του πάρει την πίεση. Σύγχρονα προσπαθούσαν να του δώσουν νερό να πιεί, αλλά χυνότανε πάνω στα μαγουλά του και μετά στο ντιβάνι. Τελικά ο φαρμακοποιός απεφάνθη ότι δεν βρίσκει ούτε πίεση, ούτε σφυγμό και πρέπει μάλλον να θεωρείται νεκρός. Ήταν ο τέταρτος μετά τον αστυνόμο, και τους δυο κρεμασμένους που έβλεπα. Οι άλλοι δυο χειριστές του αντιαεροπορικού προσπάθησαν να πετάξουν το κανόνι που είχε καταντήσει στραβωμένο σιδερικό για να φύγουν με το αυτοκίνητο.

Το όχημα όμως, είχε και αυτό... εξαντληθεί και έτσι μας παρεκάλεσαν να κρατήσουμε το νεκρό και θα έρθουν να τον πάρουν μόλις βρουν όχημα, όπως και έγινε σε δυο ώρες.

Και βέβαια όλα αυτά δεν παρηγορούσαν όλους τους γύρω μεγάλους και την μητέρα περισσότερο, για τη τύχη του άντρα της. Πέρασαν κι'άλλες πολλές μέρες του Γενάρη, μέχρι που ακούσαμε ένα μεσημέρι τους ήχους από τις ερπύστριες των τανξ, που πέρναγαν την Πατησίων κατευθυνόμενα προς το τέρμα. Οι κόκκινες σημαίες, οι νεαροί με τα πρασινα καπέλλα – σκούφους της ΕΠΟΝ και οι αγριωποί με τα φυσεκλίκια σταυρωτά στα στήθια τους και τις γενειάδες, του ΕΛΑΣ, είχαν πριν δυο μέρες εξαφανιστεί. Έτσι με άνεση προχωρήσαμε σχεδόν όλη η οικογένεια να τα δούμε. Μας φάνηκαν σωστά θηρία. Αγγλικές σημαίες και άλλα πολλά Ελληνικά σημαιάκια γύρω τους ενώ προχωρούσαν, ο κόσμος χειροκροτούσε και τα χάζευε. Στο γυρισμό κατεβαίνοντασε την οδό Κνωσού διασταυρωθήκαμε με δυο τζιπ με Αγγλους στρατιώτες, που ο κόσμος τους φώναζε «γουέλκαμ». Αυτοί χαμογελούσαν και έδιναν κονσέρβες, και κάτι πακέττα που αποκαλύφτηκε αργότερα ότι ήταν μπέϊκον, πρωτάκουστο είδος τότε, που το τρώγαμε ωμό πάνω σε μια φέτα από ψωμί. Ήταν αλμυρό και νόστιμο, στην τότε άπειρη γεύση μας.

Τότε η μητέρα είχε από δυο μέρες αρχίσει τα τρεχάματα στη Στρατιωτική Διοίκηση Αθηνών και στο Γενικό Επιτελείο Ναυτικού στην Κλαυθμώνος, που είχε στείλει μήνυμα ο θείος Μίλτος από τη Μυτιλήνη που είχε βρει κάποια άκρη. Είχε μάθει ότι μια ομάδα των περίπου 380 ομήρων, από τους 38.000 που είχαν ξεκινήσει από την Αθήνα, πλησιάζει πεζοπορία πάντα, στον Τύρναβο. Φαίνεται ότι είχε ανακατευτεί και ο Διεθνής Ερυθρός Σταυρός, που εντόπιζε όσες ομάδες μπορούσε και σε ορισμένες περιπτώσεις, κατάφερε να απελευθερώσει αρκετούς, όχι όμως και όλους, ούτε και να... αναστήσει όσους εκτελέστηκαν για πολλούς και διαφόρους ασήμαντους λόγους και αιτίες. Και ο πατέρας τελικά σώθηκε γιατί ... μιλούσε Γερμανικά! Όπως μας είπε, η αρχική Πέμπτη ομάδα των 3.500 περίπου ομήρων είχε διασπαστεί μετά τα μέσα Ιανουαρίου, σε μικρότερες, γιατί οι συνοδοί - φρουροί τους αντιμετώπιζαν πολλά προβλήματα.

***

Σε διάφορα χωριά οι ντόπιοι, ενώ για τα μάτια των κατσαπλιάδων συνοδών τους, έκαναν ότι τους βρίζουν, διότι έτσι τους είχαν απειλήσει να κάνουν, μόλις πέρναγε η φρουρά, έδιναν φαγητό, ή ρούχα στους ομήρους, βλέποντάς τους στην αξιοθρήνητη κατάσταση που τους ανάγκαζαν να περπατούν οι του ΕΛΑΣ. Χωρίς παπούτσια, χωρίς ρούχα που τα είχαν ... κατάσχει για την ενίσχυση του ... αγώνα, οι περισσότεροι άρρωστοι από ασιτία και άλλες αρρώστιες.

Έτσι η αρχική ομάδα του πατέρα είχε περιοριστεί από τριακόσιους ογδόντα σε καμιά τριανταριά, με ελαττωμένη φρουρά από δυο κατσαπλιάδες, όπως τους έλεγαν, έχοντας φτάσει στα περίχωρα του Τύρναβου, με τα πόδια, από την Αθήνα!

Είχαν ξεκινήσει από το υπόγειο του κινηματογράφου ΦΟΙΒΟΣ στο Περιστέρι. Εκεί το "Δεκέβρη" του 1944 ξεχώριζαν όσους οδηγούσαν κατ᾽ευθείαν για εκτέλεση, ιδιαίτερα αστυνομικούς και χωροφύλακες καμιά φορά επί τόπου, στο ίδιο το υπόγειο, με τα πτώματα στοιβαγμένα στις τουαλέτες προς εκφοβισμό των υπολοίπων μικροαστών! Ξεχώριζαν τους άλλους, που δεν ήταν μάχιμοι και υποτίθεται ότι θα τους έκαναν πλύση εγκεφάλου, ώστε να τους... κομμουνιστικοποιήσουν για να συμμετάσχουν στον τρίτο γύρο σαν συντρόφοι – συναγωνιστές, ή θα τους κρατούσαν ομήρους για πιθανή ανταλλαγή, εφ' όσον έφταναν πεζοπορία στην Γιουγκοσλαβία ή την Αλβανία!

Δίκαια λοιπόν προκαλείται και ξεχειλίζει η ειρωνεία, αφού ο ίδιος κινηματογράφος αντικρίζει τη σημερινή πλατεία Δημοκρατίας όπου καταλήγει η οδός... Εθνικής Αντίστασης!

Οι όμηροι έφτασαν πεζοπορώντας, τα περισσότερα χιλιόμετρα από μονοπάτια, πάνω στα βουνά, ή στις πεδιάδες. Δεν τους οδηγούσαν από μεγάλους δρόμους μήπως και εντοπιστούν από αεροπλάνα. Η μικρή αυτή ομάδα των τριάντα ομήρων μετά από αρκετές εβδομάδες κάθησαν στο απάγγειο ενός μαντρότοιχου για ξεκούραση. Ο τοίχος προστάτευε κάποιο συγκρότημα κτιρίων στο δρόμο για τον Τύρναβο. Ξαφνικά ακούνε κάποιον να μιλάει Γερμανικά και να αναζητά τους ομήρους.

Ο πατέρας προχωράει πίσω από τον φρουρό κατσαπλιά και βλέπει έναν θεόρατο άντρα πάνω σε μοτοσυκλέτα, με σήματα μπρος και στη πλάτη, του Διεθνούς Ερυθρού Σταυρού και με την Ελβετική σημαία.

Ο φρουρός Ελασίτης προς τον οποίο απευθύνεται δεν καταλάβαινε τίποτα, τότε ο πατέρας του λέει :» Σύντροφε, αυτός είναι Ελβετός, ουδέτερος, του Διεθνούς Ερυθρού Σταυρού, μιλάει όμως Γερμανικά, γιατί έτσι μιλάει η μισή Ελβετία. Επιμένει να του παραδώσεις όλους εμάς γιατί αλλιώς θα ειδοποιήσει την αεροπορία να σας χτυπήσει.» «Τι λες ρε συντρόφι, κι' αν μας χτυπήσει, θα χτυπήσει κι'εσάς. Πές του να πάει στο διάολο.» Ο πατέρας κάτι είπε στον Ελβετό, που ο κατσαπλιάς νόμισε ότι τον μετέφραζε. Του είπε ότι μόνος του, χωρίς φρουρά, ή κάτι τέτοιο, δεν μπορεί να τους απελευθερώσει, έχει καμιά άλλη ιδέα; Και ο Ελβετός απάντησε ότι μπορεί να ειδοποιήσει ένα τάγμα στρατού, που βρίσκεται σε απόσταση δέκα χιλιομέτρων να τους σταματήσει, ρώτησε τότε τι θα γινόταν μ'αυτούς τους δυο ένοπλους που τους φυλούσαν. «Δεν τους λές να φύγουν χωρίς να γίνει θόρυβος; Ώστε να σας πάω στο στρατό και από κει στο λιμάνι του Βόλου; Για να γυρίσετε στην Αθήνα με καράβι; «Συστήνει ο Ελβετός. «Εγώ θα τους το πω,» απαντάει ο πατέρας, «εκείνοι όμως δεν ξέρω πως θα το πάρουν, δεν νομίζω ότι θα συμφωνήσουν». «Τι λέτε τόση ώρα;» τους φωνάζει από κοντά ο κατσαπλιάς.» Πές του να φύγει, σου είπα.» «Αυτός μου λέει ότι θέλει να σου μιλήσει και εγώ θα μεταφράζω. Πρέπει να τον ακούσεις νομίζω, αν δεν θέλεις, θα του πω να φύγει... Απαντάει ο πατέρας «Ας τον ακούσουμε... λοιπόν λέγε.» Ακολούθησε ο μεταφραζόμενος μονόλογος του Ελβετού. Οι δυο συνοδοί ακούγοντας για το τάγμα, την αεροπορική παρακολούθηση και ιδιαίτερα τη πτώση της Αθήνας, των περιχώρων και σχεδόν όλης της Αττικής, αποφάσισαν να φύγουν.» Ελπίζω να ξαναϊδωθούμε στο τρίτο γύρο!» είπαν στους ομήρους . Εξαφανίστηκαν προς τα πάνω στο βουνό χωρίς δεύτερη κουβέντα. Από κει ο πατέρας και οι άλλοι τριάντα γύρισαν με επικεφαλής τον Ελβετό και μετά με φορτηγό του Ερυθρού Σταυρού στο Βόλο. Και το επόμενο πρωί με το Sainte Catherine τέως φέρρυ της Μάγχης, με Αγγλική σημαία, έφτασαν στον Πειραιά, τέλη Ιανουαρίου. [1]

***

Επέστρεψε λοιπόν ο πατέρας ένα βράδυ του Φλεβάρη, σε κακή κατάσταση, αξύριστος και με γένια κοντά δυο μηνών, ρακένδυτος με παπούτσια από λάστιχα αυτοκινήτων, δεμένα με σκισμένες κάλτσες, αγνώριστος τελείως. Μας είχε τηλεφωνήσει και κάποιος τον έφερε στην Αριστοτέλους με αυτοκίνητο. Ακολούθησαν πολλές αγκαλιές και φιλιά από τη μητέρα και εμένα και επειδή δεν υπήρχε ηλεκτρικό, ούτε και φαγητό, μόλις είχαμε γυρίσει από τους παππούδες στη Βάθη, αφού φόρεσε ένα ζευγάρι κάλτσες και παπούτσια, φύγαμε. Η κυκλοφορία είχε απαγορευτεί, αλλά ήθελε να πάμε στους άλλους παππούδες όπου υπήρχε φαΐ και ζεστό νερό. Έτσι σε μια φεγγαρόλουστη νύχτα, αρχές Φεβρουαρίου κατεβήκαμε και πήραμε την Αριστοτέλους προς την Αγίου Μελετίου περπατώντας στη μέση του έρημου δρόμου. Δική του ιδέα, για να μην μας πυροβολήσουν είπε, οι Εθνοφύλακες, που ήταν όσοι είχαν αναλάβει αστυνομικά καθήκοντα μετά την ανακωχή και τη συμφωνία της Βάρκιζας, που όπως μου εξήγησαν είχαν συμφωνήσει το ΚΚΕ και η Κυβέρνηση να σταματήσουν τις εχθροπραξίες για... λίγο, όπως αποδείχτηκε. Μας σταμάτησαν στην Αγίου Μελετίου καθώς δυο αστυνόμοι μας πλησίασαν και ρώτησαν που πάμε. Ο πατέρας τους εξήγησε ότι μόλις γύρισε από την ομηρεία, που ήταν εμφανέστατο και ότι πηγαίνουμε όλη η οικογένεια στην μητέρα του. Η μητέρα έδειξε την ταυτοτητά της, εκείνος τους είπε ότι οι Ελασίτες του είχαν πάρει ό,τι

---

1 *Η ιστορία της ομηρίας από την... μικρή ανάκριση στο υπόγειο του κινηματογράφου ΦΟΙΒΟΣ στο Περιστέρι, μέχρι την απελευθέρωση των ομήρων στα τέλη Ιανουαρίου 1945, έχει γραφτεί από τον Ανδρέα Ιατρίδη και κυκλοφορήσει με τον τίτλο Το «Μεγάλο» Δεκέμβρη. Εκδοτικός Οίκος Ι. Σιδέρη 1978*

χαρτί και ό,τι άλλο είχε απάνω του και φυσικά πρώτη τη ταυτότητα. Ο ένας αστυνόμος προσφέρθηκε να μας συνοδέψει μέχρι την οδό Κνωσού είτε από καλωσύνη, είτε για να βεβαιωθεί ότι είμαστε αληθινοί και όχι... μεταμφιεσμένοι κομμουνιστές. Ο πατέρας αργότερα, κάπως συνήλθε μετά το μπάνιο, που του είχαν ετοιμάσει και το ζεστό κορνμπήφ που έφαγε με δυο μεγάλα ποτήρια κρασί από το Ζευγολατιό, που είχαν στείλει τα ξαδέρφια του παππού. Κοιμηθήκαμε εκεί και το πρωί φύγαμε για το διαμέρισμα στην Αριστοτέλους και Πιπίνου.

ΕΠΑΝΟΔΟΣ ΣΕ ΣΧΕΤΙΚΗ ΟΜΑΛΟΤΗΤΑ

1945

Σιγά, σιγά άνοιγαν και τα γύρω μαγαζιά: Πρώτα ο φούρνος του Κουκή, στη γωνιά Πιπίνου και Φυλής και μετά, το διαγώνια απέναντι στην άλλη γωνιά, μπακάλικο του Τριχά. Ο Χασάπης ή κρεωπόλης ήταν παρακάτω απέναντι από τον Άγιο Παντελεήμονα στην οδό Αχαρνών. Νομίζω ότι πέρασαν αρκετοί μήνες μέχρι να εμφανιστούν ξανά τα τραμ. Κοντά στο τέλος του καλοκαιριού. Τελικά άρχισε και το σχολείο το μήνα Φεβρουάριο του 1945 για το σχολικό έτος 1944 -1945, στο ωραίο νεοκλασικό κτήριο γωνία Μαυρομματαίων και Αλεξάνδρας διαγώνια απέναντι από το άγαλμα του Κωνσταντίνου. Πρέπει να ήμουνα στη Τετάρτη Δημοτικού, (τότε το Δημοτικό είχε έξι τάξεις.) Εκεί έπαιζα και γίναμε φίλοι με τον Κ.Σ. που έμενε σε μια μονοκατοικία στην οδό Αγίου Πέτρου, πάροδο της Αχαρνών, μετά τον Άγιο Παντελεήμονα, προς την Αγίου Μελετίου. Παίζαμε πότε στο ένα σπίτι πότε στο άλλο και είχαμε αρχίσει να κοιτάμε και τα κορίτσια, χωρίς και πολλές σοβαρές συνέπειες! Μας πήγαιναν για μπάνιο το καλοκαίρι πάλι στον Μπάτη και πιο πέρα στην Πικροδάφνη, που είχαν χτίσει δυο ορόφους τσιμεντένιες καμπίνες, όπου κατά το... προπολεμικό έθιμο άφηνες τα ρούχα σου και κατέβαινες στην πολύ στενή αμμουδιά για να μπεις στη θάλασσα. Είχε καλή αμμουδιά τότε και μέσα στη θάλασσα. Πολύ αργότερα εξαφάνισαν αυτή την παραλία, μπαζώνοντας τη... θάλασσα και χτίζοντας πάνω στα μπάζα νυχτερινά κέντρα διασκέδασης, μαρίνες και ό,τι άλλο.

Πέρασε το καλοκαίρι αν και νομίζω ότι συνεχίσαμε τα μαθήματα και ολόκληρο τον Ιούνιο, μήπως και αναπληρώσουμε το χρόνο που χάσαμε τους προηγούμενους μήνες.

///

ΤΟ ΜΕΓΑΛΟ ΤΑΞΙΔΙ ΣΤΗ ΜΥΤΙΛΗΝΗ

1945

Τότε, νομίζω στα μέσα του καλοκαιριού έως το φθινόπωρο του 1945, μας κάλεσε ο θείος Μίλτος να πάμε στη Μυτιλήνη όπου ήταν Ναυτικός Διοικητής Βορείου Αιγαίου. Όπως είπε ο πατέρας, μόλις τον Μάιο σταμάτησαν οι εχθροπραξίες με την παράδοση των Γερμανών της Ρόδου στούς Άγγλους και της Κρήτης, στα Χανιά, σε μας, όπως τόνισε. Χωρίς να καταλάβω, γιατί οι Γερμανοί αφού είχαν παραδοθεί στην Γερμανία, επέμεναν να κρατούν για ένα μήνα ακόμα τη Δωδεκάνησο και τα Χανιά στη Κρήτη. Και στη Κρήτη συνέχισε ο πατέρας πήγαν οι Αρχές να αναλάβουν, αλλά στα Δωδεκάνησα οι Γερμανοί παραδόθηκαν στους Άγγλους διότι επρόκειτο για Ιταλικό έδαφος, που θα μας το... χάριζαν μετά τη συνθήκη ειρήνης αργότερα. Και βέβαια άρχισα να ρωτάω τι είναι η συνθήκη και γιατί τα Δωδεκάνησα δεν είναι Ελληνικά, αφού μιλάνε Ελληνικά και συνεχίζοντας με άπειρα άσχετα ερωτήματα.

Ο πατέρας είχε δουλειές μια και γράφτηκε στο δικηγορικό σύλλογο και δεν μπορούσε να φύγει παρά στα τέλη Αυγούστου, διότι ασχολιόταν τώρα με δικηγορικές υποθέσεις. Εμείς με τη μητέρα και τη γιαγιά, μητέρα του πατέρα και του θείου, όπως είχε οργανώσει εκείνος θα μπαρκάρουμε σ'ένα καΐκι, που ήταν αρκετά μεγάλο για να μας πάει μέχρι Μυτιλήνη. Καπετάνιος ο καπετάν Τζώρτζης, πανύψηλος μουστακαλής έφεδρος πλωτάρχης του ΒΝ, από το εμπορικό ναυτικό, που είχε πολεμήσει στις καταδρομές με τα εξοπλισμένα καΐκια από την Αλεξάνδρεια, Κύπρο και μερικά Τούρκικα λιμάνια.

Κατεβήκαμε λοιπόν οι τρεις, γιαγιά, μαμά και γώ, κουβαλώντας δυο βαλίτσες και σακκούλια στον Πειραιά με τον Ηλεκτρικό, από την Ομόνοια, μέσα Ιουλίου του 1945. Εκεί όπως μας είχαν πει από το Ναυτικό, υπήρχε ένα φυλάκιο σκοπιά και έπρεπε να ρωτήσουμε που είναι το καΐκι ΛΕΥΚΗ. Διασχίσαμε το δρόμο και τις γραμμές του τραμ και απέναντι ήταν πρυμοδετημένα ένα σωρό καΐκια. Ο ναύτης μας συνόδεψε στο ένα αρκετά μεγάλο που ήταν η ΛΕΥΚΗ. Ήταν 150 τόννων και είχε, μας είπε ο δεύτερος, γιατί ο καπετάν Τζώρτζης θα ερχόταν σε μισή ώρα, μηχανές από τάνξ!

Ήρθε ο καπετάν Τζώρτζης και κατά τις δώδεκα το μεσημέρι σαλπάραμε βγαίνοντας από τον Πειραιά, όπου ακόμα φαίνονταν αρκετά μισοβυθισμένα καράβια, βομβαρδισμένα κτίρια και άλλες καταστροφές. «Το βράδυ θα μείνουμε στην Ανάβυσσο, γιατί θέλω να αποχαιρετίσω την οικογένειά μου, θα λείψω περίπου τρεις μήνες», μας είπε ο καπετάνιος. Έτσι μετά από πέντε περίπου ώρες διασχίζοντας τον ήρεμο Σαρωνικό βρεθήκαμε στην Ανάβυσσο, όπου η ΛΕΥΚΗ προσορμίστικε κοντά στη παραλία του χωριού. Θυμάμαι ότι μου έκανε εντύπωση η καθαρή θάλασσα και η τελείως έρημη αμμουδιά. Το βράδυ φάγαμε στο σπίτι του καπετάν Τζώρτζη, όπου η γυναίκα του είχε ετοιμάσει κάτι καταπληκτικά ψάρια με μαγιονέζα. Το πρωί θα φεύγαμε κατά τις έντεκα για τον επόμενο σταθμό που ήταν η Κάρυστος και θα μέναμε το βράδυ.

Έτσι βάλαμε τα μαγιό μας η μητέρα και εγώ και βουτήξαμε από την έρημη αμμουδιά στην πεντακάθαρη θάλασσα, που δεν κόλλαγε απάνω σου η άμμος,όπως στα Φάληρα, που η άμμος ήταν καφέ, ενώ εδώ ήταν σαν ασημένια...

Μετά την Κάρυστο, όπου φάγαμε τα καταπληκτικά σύκα της περιοχής κοιμήθηκα νωρίς κάτω στο αμπάρι που μύριζε ψαρίλα και το πρωί ξύπνησα, καθώς η ΛΕΥΚΗ έπλεε, μου φάνηκε πολύ γρήγορα, κοντά σε κάποιο νησί που ήταν γεμάτο πεύκα. Ρώτησα και μου είπαν ότι είναι η Σκόπελος. Εκείνη τη τρίτη μέρα του ταξιδιού. Το καΐκι δεν σταμάτησε παρά μόνο αργά το βράδυ, όταν μπήκε σ' ένα όρμο- ήταν στα Ψαρά - με ένα μοναδικό αμυδρό φως στο βάθος. Έριξε άγκυρα και βγήκαν δυο από το πλήρωμα στην παραλία όπου ακούγαμε τις ομιλίες τους μέσα στην απόλυτη ησυχία. Μετά από κοντά μισή ώρα γύρισαν και έφεραν ένα χταπόδι και δυο τεράστια ψάρια, να τα βράσουμε για βραδυνό και αυριανό μεσημεριανό όπως είπαν. Πράγματικά το βράδυ απολαύσαμε μια πολύ ωραία ψαρόσουπα με κομμάτια ψάρι μέσα και ένα πολύ νόστιμο ψωμί που είχε πάρει ο καπετάν Τζώρτζης από την Ανάβυσσο. Το άλλο πρωί ανοιχτήκαμε στο πέλαγος στη Μέση του Αιγαίου, όπως είπαν οι ναυτικοί, με ρότα πρός τη Μυτιλήνη. Και πάλι ο καπετάν Τζώρτζης βλέποντας τον καιρό, μας ανακοίνωσε ότι θα ποδίσουμε στις Οινούσες. Και αφού μου εξήγησαν τι σημαίνει ποδίσουμε, είπα ευχαριστώ και ας δούμε και τις Οινούσες.

****

Μείναμε δυο νύχτες αγκυροβολημένοι διότι ακούγαμε τους αέρηδες και τα μπουρίνια στο προφυλαγμένο όρμο που βούιζαν σαν σφυρίχτρες. Βγήκαμε περίπατο στο νησί, είδαμε τη θαλασσα από την άλλη μεριά με κάτι τεράστια κύματα που κατέβαιναν από τα στενά όπως μας είπαν. Και μου απάντησαν κατά το συνήθειο στην ερώτησή μου, ότι τα στενά είναι τα Δαρδανέλια, που κατεβάζουν τα δυνατά μελτέμια από τη Μαύρη Θάλασσα στο Αιγαίο. Τη τρίτη μέρα ο καπετάν Τζώρτζης ειδοποιήσε τη Μυτιλήνη ότι θα ταξιδέψουμε βράδυ, διότι πέφτει ο καιρός, ώστε να φτάσουμε τις μικρές πρωινές ώρες, πριν ξαναφουντώσει το μελτέμι.

Έτσι φτάσαμε στη Μυτιλήνη που είχε απελευθερωθεί τον προηγούμενο Νοέμβριο και είχε εγκατασταθεί η Ναυτική Διοίκηση Βορείου Αιγαίου. Απ' ότι θυμάμαι η Ναυτική Βάση ήταν στο λιμάνι και οι Αξιωματικοί έμεναν σε μια νεοκλασική μεγάλη έπαυλη που είχε επιτάξει το Ναυτικό κανένα χιλιόμετρο μακριά από την πόλη. Είχε πολλά δωμάτια, το σαλόνι είχε γίνει αιθουσα συσκέψεων και, όπως ήταν καλοκαίρι η τραπεζαρία είχε μετακινηθεί σε μια μεγάλη βεράντα πάνω από τους κήπους, όπου υπήρχαν ανθοκήπια μέσα σε γιάλινα υπόστεγα σαν κουβούκλια, μεγάλα δέντρα και παρτέρια με λουλούδια. Η ίδια βίλλα είχε επιταχτεί και από τους Γερμανούς στη διάρκεια της κατοχής, γι' αυτό και υπήρχαν μεγάλες ευκολίες στρατιωτικού χαρακτήρα, που χρησιμοποιούσαν και οι Έλληνες αξιωματικοί του Ναυτικού. Τηλέφωνα, σύστημα ενδοεπικοινωνίας και άλλα μηχανήματα από ασύρματοι μέχρι τηλέτυπα. Εκεί είχαμε ένα δωμάτιο με τη μητέρα όπου μείναμε για μια βδομάδα με περίπατους στη Μυτιλήνη και για μπάνιο αρκετά κοντά σε κάτι βραχάκια. Μόνο μια φορά ήρθε, με μια βενζινάκατο, όπως έλεγαν τα κρις κραφτ τότε, ο θείος, μας πήρε και με υπερβολική ταχύτητα πηδώντας με το σκάφος πάνω από τα κύματα, μας οδήγησε σε δέκα λεπτά σε μια κανονική αμμουδιά. Εδώ σύστησε τη μητέρα σε πολλούς γνωστούς και καθήσαμε μαζί τους για να κολυμπήσουμε. Μετά από συζητήσεις για τα αξιοθέατα του νησιού αποφάσισαν να πάμε στη Θερμή για να κάνει λουτρά η γιαγιά για τα αρθριτικά της και εμείς στη θάλασσα, που είχε και ωραία αμμουδιά. Εκεί θα ερχόταν και ο πατέρας μετά από τρεις μέρες. Μας πήγε ο θείος Μίλτος με το τζίπ και μας εγκατέστησε σε κάτι δωμάτια σαν ξενοδοχείο που ήταν κοντά στα λουτρά.

Η θαλασσα ήταν από την άλλη μεριά του χωματόδρομου αρκετά καλή αμμουδιά με ελάχιστο κόσμο. Εκεί θα μέναμε περιμένοντας τον πατέρα. Τα βράδια διάφοροι γνωστοί που είχαν παιδιά, μας καλούσαν στα γύρω σπίτια. Στο ένα σπίτι, καθόμαστε στη βεράντα του δεύτερου πατώματος και δυο τρία αγόρια με τράβηξαν.»Πάμε», μου είπαν. Και πήγαμε κάτω σ'ένα καλαμιώνα. Από κει πήρε ο καθένας ένα δυο από τα σπασμένα αρκετά ψηλά καλάμια. Δεν κατάλαβα τι θα γινόταν. «Πάμε», μου λένε τώρα, να... χτυπήσουμε τις νυχτερίδες». Τα πανύψηλα δέντρα πάνω από τη βεράντα όπου καθονταν οι μεγάλοι και ορισμένα κορίτσια, άκουσα ότι ήταν καρυδιές και γεμάτα νυχτερίδες. Το παιχνίδι λοιπόν ήταν να χτυπάμε τα κλαδιά με τα καλάμια και να πετάγονται οι νυχτερίδες πετώντας ψηλά, ή και γύρω γύρω, μετά από στριγγλιές των κοριτσιών, ότι θα μπλεχτούν στα μαλιά τους, να επεμβαίνουν οι μεγάλοι και να μας μαλώνουν για να σταματήσουμε αυτές τις ανοησίες.

Τότε φεύγαμε και πηγαίναμε στην άλλη μεριά του χωραφιού, όπου συνεχίζαμε το κυνήγι των νυχτερίδων μέχρι που σκοτώσαμε μια και θριαμβευτικά τη κουβαλήσαμε στη βεράντα όπου μας κατσιάδασαν όπως έπρεπε, διότι τη σκοτώσαμε. Για πρώτη φορά με άλλους δυο κοιτάξαμε την ψόφια νυχτερίδα από κοντά και κάποιος είπε ότι είνα σαν... ιπτάμενο ποντίκι! Υπήρχαν και κάτι κορίτσια που μας κοίταγαν πολύ αφ' υψηλού. Μια απ' αυτές παρίστανε ότι ήταν δυνατή και μπορούσε να μας νικήσει, κάποτε μάλιστα πήγε να μου πιάσει τα χέρια ώστε να μη μπορώ να κινηθώ. Τραβήχτηκα και δεν μπόρεσε να με κρατήσει, με κοίταξε κοροϊδευτικά και μου είπε: «Φοβάσαι λοιπόν;

Ο άλλος φίλος μου λέει: «Πρόσεχε γιατί μπορεί να σε δείρει. Καλύτερα να φύγουμε.» Όταν έφυγαν ρωτάω τον Κώστα που έμενε στα ίδιο κτίριο με μας και ήταν γνωστοί οι γονείς του με τη μητέρα και τη γιαγιά. «Μα δε μου λές τι τρέχει με δαύτες; Γιατί μας κάνουν αυτά τα παιχνιδάκια;» «Δε ξέρω, πάντως εγώ τις φοβάμαι. «Απαντάει. «Καλά δε μου λές τι φοβάσαι; Είναι δυνατό να μας δείρουν; Κατ' αρχάς, είμαστε μεγαλύτεροι και αγόρια. «Δεν έχεις δίκιο, εκείνες είναι μεγαλύτερες , αλλά θέλουν πονηρά παιχνίδια.»απαντάει και μου λέει: «Θέλουν να σε γδύσουν να δουν το πιπί σου και μετά να σε βασανίσουν...» «Τι λες ρε Κώστα. Και άμα δε θέλεις δεν μπορείς να τις βάλεις στη θέση τους; Δεν μου τα λες καλά, άσε και αύριο το απόγεμα θα τους πω αν θέλουν ξύλο, ας έρθουν να τις φάνε.!»

Το πρωί πήγαμε για μπάνιο με τη μητέρα. Στην παραλία ήταν ο Κώστας με τη μαμά του και τα δυο κορίτσια η Κίτυ και η Αλίκη. Η μητέρα έπιασε κουβέντα με τις μαμάδες τους και έτσι άκουσα ότι η Κίτυ ήταν δώδεκα στα δεκατρία και η Αλίκη δεκατρία στα δεκατέσσερα Κολυμπάγαμε λοιπόν όλοι μαζί και σε μια στιγμή αισθάνομαι κάποιον από πίσω να μου τραβάει το πόδι. Σταματάω και πατάω στην άμμο του βυθού, (ήταν σχετικά ρηχά), γυρνάω και βλέπω την Κίτυ να εξακολουθεί να μου φουχτώνει το πόδι και να με τραβάει με το άλλο χέρι της μακριά από τους άλλους. Τη σπρώχνω και προσπαθώ να ξεφύγω αλλά εκείνη είχε σχεδόν ολόκληρη κολλήσει απάνω μου και με τράβαγε ακόμα μακρύτερα από τους άλλους; Έξω από το νερό φαίνοντα μόνο τα κεφάλια μας.

«Μα δε μου λές τι θέλεις; Αν σε σπρώξω θα σε πνίξω τι μου τραβάς το πόδι;» «Κάτσε ακίνητος και θα δεις τι θα σου κάνω» μου λέει,, προσπαθώντας να μου κατεβάσει το μάλλινο μαγιό. «Δεν είσαι με τα καλά σου. Κάτσε ήσυχα γιατί μπορεί να σου κάνω κι'εγώ τα ίδια», λέω, καθώς σκύβω κάτω από την επιφάνεια και της τραβάω το ολόσωμο μαγιό της από τους ώμους προς τα κάτω. Εκείνη συνεχίζει βάζει το χέρι της μέσα στο κατεβασμένο μαγιό και μου φουχτώνει το πιπί μου, όπως το λέγαμε τότε κι' αρχίζει να το μαλάζει καθώς ήταν μικρό μέσα στη θάλασσα.

Στην αρχή την τράβηξα και προσπάθησα να ξεφύγω, αλλά πόναγα καθώς τραβιόμουνα, απ'την άλλη της έπιανα το στήθος της που μόλις ήταν αμυδρά σχηματισμένο χωρίς να μου προκαλεί και καμιά αίσθηση. Αντίθετα οι μαλάξεις της στο καίριο σημείο άρχισαν να μου αρέσουν καθώς το πιπί μεγάλωνε και μεγάλωνε μέσα στα δυο της τώρα χέρια, που το... βασάνιζαν, κατά τον Κώστα. Άρχισε να μου αρέσει κιόλας και μετά από λίγο ακόμα ένιωσα για πρώτη φορά αίσθημα εκσπερμάτωσης, όπως βρήκα ότι το λένε ψάχνοντας την εγκυκλοπαίδεια. Τότε το κατάλαβε και μου λέει: «Σου άρεσε; Θέλεις κι' άλλο; Τώρα βάλε το δαχτυλό σου μέσα στο δικό μου πιπί» λέει λαχανιασμένα. Μου τραβάει το μεγάλο δάχτυλο και ανασηκώνει από κάτω το μαγιό της και το βάζει μέσα της.» Γύρνα το έτσι.» με καθοδηγεί και φαίνεται ότι πολύ της αρέσει, καθώς εξακολουθεί να μου σφίγγει το πιπί μου. «Πιο μέσα, πιο μέσα» μου ψιθυρίζει στο αυτί... Μετα από δυο λεπτά τελειώσαμε την πρώτη επαφή μας. Διόρθωσε το μαγιό της από κάτω το ανέβασε από τη μέση κι' απάνω και εγώ το δικό μου και πατώντας - κολυμπώντας αδιάφορα γυρίσαμε προς τους άλλους.

«Αύριο να πας με την Αλίκη!» Μου λέει. Βγήκαμε μαζί με τη παρέα και καθήσαμε στην αμμουδιά για να στεγνώσουμε. Μετά το φαγητό κατά τη συνήθεια, πέσαμε να κοιμηθούμε. Η... συνεύρεση αυτή μία με την Κίττυ μία με την Αλίκη, επαναλήφθηκε αρκετές φορές μέσα στη θάλασσα - μέχρι που τέλειωσαν οι διακοπές- και εκείνες έφυγαν κατ΄ευθείαν για την Αθήνα, ενώ εμείς με τον πατέρα που είχε έρθει θα γυρίζαμε αργότερα. Η σεξουαλική αυτή «εισαγωγή» όχι μόνο μου εντυπώθηκε σαν μοναδική, αλλά πέρασαν πολλά χρόνια από τότε, μέχρι να απολαύσω κάτι παρόμοιο μέσα στη θάλασσα. Ας είναι καλά τα κορίτσια εκείνα... Μετά τα λουτρά της γιαγιάς και επειδή είχε αρχίσει να χειμωνιάζει επιστρέψαμε στη Μυτιλήνη όπου μείναμε σ' ένα σπιτάκι κοντά στη μεγάλη βίλλα της Ναυτικής βάσης

Ακολούθησαν πολλές δεξιώσεις, επίσημα δείπνα, με την ευκαιρία του αντιτορπιλικού ΝΑΥΑΡΙΝΟ που κατέπλευσε στο λιμάνι μαζί μ'ένα Εγγλέζικο αντιτορπιλικό , που ερχόταν από τη Ρόδο. Ο κυβερνήτης του ΝΑΥΑΡΙΝΟΥ ήταν γνωστός και φίλος του θείου Μίλτου, του πατέρα μου και πολύ διασκεδαστικός τύπος.

Εγώ βέβαια έχανα πολλά από τα διατρέξαντα γιατί κατά τις εννιά το βράδυ με έστελναν να κοιμηθώ. Έτσι ότι άκουγα, ήταν από... δεύτερο χέρι διηγήσεις των δικών μου την επόμενη μέρα. Θυμάμαι λοιπόν ότι ο πατέρας είχε βρεθεί στη δεξίωση που έδινε στο Αγγλικό αντιτορπιλικό ο κυβερνήτης του και το επόμενο πρωί τον ρώταγε η μητέρα: «Μα δε μου λες τι έλεγες τόση ώρα και σε ποιά γλώσσα με εκείνο τον συμπαθή εγγλέζο αξιωματικό;» «Πραγματικά συμπαθέστατος επικυρώνει ο πατέρας, ήταν ο υποπλοίαρχος - ύπαρχος του πλοίου. Μέχρι το βαθμό του τον έβλεπα στα γαλόνια του, από κει και πέρα μιλάγαμε τη διεθνή ...νοηματική γλώσσα με πολλά Γαλλογερμανικά δικά μου και όσα Αγγλικά... προέρχονταν από τις δυο αυτές γλώσσες! Πολύ ενδιαφέρουσα συζήτηση αφού καταναλώσαμε μια μπουκάλα ουίσκυ. Επί τη ευκαιρία μου είπε ότι ήταν Σκωτσέζος, δείχνοντάς μου το μπουκάλι του εθνικού τους ποτού. «Νάσιοναλ ντρίνκ, μου είπε, νοτ Ίνγκλις... Σκότις!» «Μωρέ μπράβο σχολιάζει η μητέρα και σου είπε κι΄ άλλα παρόμοια ναυτικά... αστεία; «Δεν θυμάμαι... αλλά μου είπε απαντάει ο πατέρας (και αυτό το θυμάμαι), ότι θα ξαναβρεθούμε στη δεξίωση του Ναυτικού Ομίλου, όπου θα πανηγυρίσουμε τη νίκη του Τσώρτσιλ στις εκλογές. Πρώτες στη Βρετανία μετά τον πόλεμο. «Και δε μου λές είναι και αυτός τόσο σίγουρος ότι θα κερδίσει ο Τσόρτσιλ; «Έτσι μου είπε, αν και έχεις δίκιο ν' αμφιβάλλεις γιατί μου είπε: «Ότι θα τις κερδίσει πολύ... ντιφίκαλτ όμως!» «Πραγματικά θα είναι δύσκολο, επεμβαίνει ο θείος Μίλτος που μπήκε από την ανοιχτή πόρτα του μικρού σπιτιού, κυκλοφορούν πολλές διαδόσεις, ότι οι εργατικοί μπορεί να είναι η επόμενη κυβέρνηση. Βλέπεις ο Τσόρτσιλ ήταν καλός για τον πόλεμο, αλλά για την ειρήνη μπορεί οι άλλοι να είναι καλύτεροι. Παντού υπάρχει στροφή προς κεντροσοσιαλιστικά κόμματα. «Μα κι᾽ εδώ, αν δεν είχαν γίνει τα Δεκεμβριανά, οι σφαγές και οι ομηρίες, δεν θα είχε ψηφίσει ο λαός αριστερά; Έτσι όμως που τα κάνανε τι περιμένεις; «Του αποκρίνεται ο πατέρας. Ο θείος χαμογέλασε: «Εσύ αδερφέ μου να προσέχεις, διότι σε λίγο ακολουθεί ο τρίτος γύρος. Μη τυχόν σε ξαναπιάσουν καθώς θα περιπλανάσαι στα σπίτια των συγγραφέων φίλων σου, αντί να διαφύγεις όπως όλοι σου έλεγαν.» «Άκουσε μεγάλε αδερφέ, θυμώνει ο πατέρας, που μου παριστάνεις τον Νέλσονα, ή κάποιον παρόμοιο, δεν βρέθηκες όμως στους δρόμους, αλλά πάντοτε βρισκόσουνα κάτω από τη σημαία του καραβιού σου...» «Εεεπ σταθείτε, φωνάζει η θεία, που μόλις προστέθηκε στην παρέα, δεν πιστεύω να τσακωθείτε στα καλά καθούμενα... Ας αλλάξουμε κουβέντα και πάμε να δούμε το κάστρο, που ακόμα δεν έχετε επισκεφτεί.» Μπήκαμε όλοι στο γκρίζο τζιπ και ο θείος μας πήγε στο κάστρο ανεβαίνοντας μάλιστα με το αυτοκίνητο κάτι πλατύσκαλα, λέγοντας ότι αυτό το αυτοκίνητο πάει παντού! Γυρίσαμε νωρίς όπως είπανε, να αλλάξουν για τη δεξίωση που θα πανηγύριζαν τη νίκη του Τσώρτσιλ στις Αγγλικές εκλογές. Εγώ αρχισα να διαβάζω την «Πλωτή Πολιτεία» του Ιουλίου Βερν που είχε πάρει η μητέρα μαζί διότι ήταν, (έτσι της είπαν,) άριστη μετάφραση από τον Καζαντζάκη.

Δεν είχε περάσει μισή ώρα όταν ξαφνικά εμφανίζεται ένας ναύτης και ζητάει τον πατέρα που ντυνόταν μετά το μπάνιο που είχε κάνει. Εμφανίζεται τυλιγμένος σ᾽ ένα μπουρνούζι παίρνει το σημείωμα, ευχαριστεί τον ναύτη, που τον χαιρετάει ναυτικά και φεύγει. Τον ακούμε να πηγαίνει και πάλι προς το μπάνιο και να μονολογεί: «Τι έπαθε παλι ο τρελός ο αδερφός μου και μου στέλνει ραβασάκια; Μετά από λίγο βγαίνει από το δωμάτιο και μας αντικρίζει με τη μητέρα ντυμένη με αστραφτέρο φόρεμα, ενώ κείνος φορούσε πουλόβερ.

«Τί είναι τούτο; Με το πουλόβερ θα πάς στη δεξίωση; Ενώ όλοι οι άλλοι φοράνε μεγάλες στολές και παράσημα; Τι έπαθες;» Απορεί η μητέρα. «Εγώ δεν έπαθα τίποτα, απαντά, εκείνος, ο Τσόρτσιλ... έπαθε: Έχασε τις εκλογές! Και ο αδερφός μου με πληροφορεί ... εγγράφως, ότι ο Ναυτικός Όμιλος Λέσβου ματαιώνει τη δεξίωση, διότι δεν νομίζουν ότι πρέπει να εορτάσουν την εκλογή των Εργατικών στη Βρετανική Κυβέρνηση. Άρα βγάλε το αστραφτερό φόρεμα και ετοιμάσου για ταβερνείο, όπου σε στενό και καθόλου επίσημο κύκλο, λέει ο αδερφούλης μου, θα εορτάσουμε μόνοι μας και μερικοί φίλοι την εκλογή των εργατικών. Και απροπό, να πάρουμε και το παιδί, συνιστά γιατί θα είναι και άλλα παιδιά.» «Και μη χειρότερα άντε τώρα να γδυνόμαστε και να αλλάζουμε πάλι.» Εκδηλώνει την απαρέσκεια της η μητέρα και μπαίνει στο δωμάτιο, για να αλλάξει ξανά..

Αργότερα στην ταβέρνα κάπου μακριά από τη πόλη, που ήταν όλοι γνωστοί και οι περισσότεροι τέως καλεσμένοι στη δεξίωση, έδιναν και έπαιρναν τα σχόλια για την απροσδόκητη και δυσχερώς κατανοητή ήττα του Τσόρτσιλ. Μέχρι που εμφανίστηκαν και ο κυβερνήτης του Αγγλικού αντιτορπιλικού με τον ύπαρχό του, που ανέλαβαν να ερμηνεύσουν τα αίτια της νίκης των εργατικών και της ήττας του Τσόρτσιλ με τους συντηρητικούς. Δεν καταλάβαινα και πολλά, τα περισσότερα ήταν Αγγλικά, αλλά και η προσπάθεια να κατανοήσω τη σχέση της ήττας με τα Ελληνικά πράγματα παρέμεινε χωρίς αποτέλεσμα. Τελικά στην παρέα που όσο πέρναγε η ώρα αυξήθηκε σε περισσότερα από τριάντα άτομα, είδα να έρχεται και ο Κώστας ο φίλος μου. Ήρθε μαζί με τους γονείς του και με μια κοπελίτσα απροσδιόριστης ομορφιάς, που αφού συστηθήκαμε, καθίσαμε παρέα και αρχίσαμε δική μας κουβέντα. Την άλλη μέρα άρχισαν οι ετοιμασίες για το ταξίδι της επιστροφής στην Αθήνα. Είχαν μαζευτεί αρκετά πράγματα που χώρεσαν σε τρεις πάνινες βαλίτσες. Το πλοίο του γυρισμού ήταν ένα αρκετά μεγάλο επιβατικό – βοηθητικό του Ναυτικού με το όνομα ΚΥΚΛΩΨ. Φύγαμε το επόμενο βράδυ αργά και φτάσαμε το μεθεπόμενο απόγεμα στον Πειραιά.

ΣΤΗΝ ΑΘΗΝΑ

1945 – 1947

Από εδώ και πέρα ξεκίνησε η ρουτίνα: Σχολείο – σπίτι - Σχολείο. Πρέπει να ήμουνα στην Πέμπτη Δημοτικού. Τότε άρχισα να καταλαβαίνω και να θαυμάζω το εντυπωσιακό κτίριο του σχολείου. Ήταν χτισμένο διαγώνια απέναντι από το άγαλμα του έφιππου Κωνσταντίνου, στην είσοδο του πάρκου. Το άγαλμα παραμένει, το θαυμάσιο κτίριο όμως, έγινε πολυκατοικία. Η διεύθυνση του σχολείου ήταν Λεωφόρος Αλεξάνδρας 3. Η εντυπωσιακή είσοδος του νεοκλασικού με μαρμάρινες σκάλες αριστερά και δεξιά κάτω από τον εξώστη εισόδου, που στηριζόταν σε μαρμάρινες κολώνες, οδηγούσε στο μεγάλο χολ, όπου γινόντουσαν οι πρωϊνές συγκεντρώσεις του Γυμνασίου. Αριστερά, δεξιά και απέναντι στην είσοδο υπήρχαν οι αίθουσες - δωμάτια των τάξεων. Η μεγάλη αίθουσα – χολ κατέληγε στη μαρμάρινη σκάλα, που ανέβαινε, στρίβοντας δεξιά, στο δεύτερο όροφο. Εδώ βρίσκονταν άλλες αίθουσες – δωμάτια, γύρω από τον εξώστη, που σαν παραλληλόγραμμο - μπαλκόνι με κάγκελα και κουπαστή έβλεπε κάτω στο χώλ. Πριν από τον εξώστη δεξιά καθώς ανέβαινες ήταν ένα μικρό γραφείο, όπου κατοικούσε ο κύριος Μπερζάν, τρόμος και φόβος αν σε καλούσε στο γραφείο. Από εκεί άρχιζε άλλη εσωτερική σκάλα προφανώς υπηρεσίας, όταν το σχολείο ήταν κατοικία, που κατέληγε στο υπόγειο. Στο υπόγειο οι παλιές κουζίνες είχαν διασκευαστεί σε δωμάτια τάξεις. Δεν θυμάμαι σε ποιά αίθουσα βρισκόταν η Πέμπτη Δημοτικού της εποχής εκείνης. Θυμάμαι την Εκτη Δημοτικού που ήταν στη μεγάλη αίθουσα, απέναντι από την κεντρική είσοδο. Δασκάλα μας στην Τέταρτη τάξη ήταν η κυρία Θεανώ, ή η κυρία Ματζαβίνου, διότι στην Πέμπτη είχαμε τον κύριο Δημόπουλο που φαίνεται ότι όλοι εκτιμούσαμε πολύ και τους τρεις αυτούς δάσκαλους. Τα μαθήματα ήταν σχετικά εύκολα και δεν νομίζω ότι η στενή μας παρέα συμμαθητών της εποχής αντιμετώπιζε ιδιαίτερες δυσκολίες, εκτός από δυο, ή τρεις που μάλλον ήταν ανεπίδεκτοι μαθήσεως, όπως τους αποκαλούσε η κυρία Ματζαβίνου. Εκεί εμφανίστηκε για πρώτη φορά και ο κύριος Πάπαρος που μας έκανε Γαλλικά και η Μις Άλις για τα Αγγλικά και μάλιστα αρκετές φορές την εβδομάδα. Στις τάξεις στα υπόγεια του κτιρίου, υπήρχαν και δωμάτια, όπου μου φαίνεται ότι κατοικούσε και ο Κυρ Γιώργης – επιστάτης, που πουλούσε κουλούρια με τυρί κασέρι, τόσο διάφανο, που λέγανε, κάτι μεγαλύτεροι του Γυμνασίου, ότι το έκοβε ή μάλλον το ξύριζε με... ξυραφάκι!

Δεν νομίζω ότι το καλοκαίρι του 1946 πήγαμε για διακοπές. Αμυδρά θυμάμαι ότι πηγαίναμε για μπάνιο στο Παλιό Φάληρο με το τραμ και μερικές φορές με το λεωφορείο κάτι διασκευασμένα, τεράστια φαίνονταν, Τζείμς πρώην του στρατού, στη Γλυφάδα. Τη πρωτοχρονιά του 1947 στην Εκτη Δημοτικού είχαμε δάσκαλο τον κύριο Σουραβλά. Τα Χριστούγεννα στο σπίτι με αρκετά παιδιά και το χριστουγεννιάτικο δέντρο, που ήταν από ένα κλαρί πεύκου στολισμένο με διάφορα χάρτινα μπαλάκια ροζ, πράσινα και κίτρινα αλλά φωτισμένο με αληθινά κεράκια – δεν υπήρχαν ηλεκτρικά. Το δέντρο λοιπόν πήρε φωτιά, διότι κάποιο από τα παιδιά που παίζαμε τυφλόμυγα, το έσπρωξε και άρπαξε αμέσως σαν καλό προσάναμμα που ήτανε. Και η φωτιά θα έπαιρνε διαστάσεις μέσα στη τραπεζαρία που βρισκόταν το δέντρο, αν σαν από μηχανής θεός, δεν εμφανιζόταν ο θείος Μίλτος, που μόλις είχε έρθει και αρπάζοντας μια κουβέρτα, δεν θυμάμαι που τη βρήκε, τύλιξε όλες τις φλόγες και έτσι έσβησε το πεύκο . Ξεροκάηκε και έσβησε το δέντρο και δυο κυρίες μαμάδες των παιδιών που έτρεχαν να βρουν νερό έμειναν με δυο κουβάδες στα χέρια! Βεβαίως αποθεώθηκε ο θείος για την ψυχραιμία του και την άμεση αντίδραση του στη φωτιά. Βλέπεις έτσι τους μαθαίνουν από μικρούς στη Σχολή Δοκίμων είπε κάποιος. Και από τότε μου έμεινε η περιέργεια να τον ρωτήσω καμιά φορά που θα βρεθούμε μόνοι, τι μαθήματα κάνουν στη Σχολή αυτή, εκτός που βγαίνουν αξιωματικοί του Ναυτικού. Τα μαθήματα μου φαίνονταν εύκολα και από την αρχή του χρόνου γύριζα μόνος μου σπίτι μαζί με τον Γιώργο και τον Κώστα που μένανε ο ένας στην Κοδριγκτώνος και ο άλλος παρακάτω στην οδό Ιθάκης. Μαζεύομαστε και παίζαμε στο σπίτι του ενός που ήταν στην Κοδριγκτώνος προς τα κάτω κοντά στον Αγιο Παντελεήμονα., Μια Κυριακή μαζί με τα ξαδέρφια και σχεδόν όλη την οικογένεια; πήγαμε με το λεωφορείο στη Κηφισιά όπου παραθέριζε ο Αλέξης, άλλος φίλος, που το χειμώνα έμενε στην οδό Χέυδεν, στη πλατεία Κυριακού - Βικτωρίας.

Εκεί, στο σπίτι, που ήταν στη παλιά Κηφισιά στον ανήφορο απένα-ντι από το ζαχαροπλαστείο του Βάρσου, παίζαμε στον κήπο που κατέληγε σ'έναν τοίχο χωρίς κάγκελλα ψηλά πάνω από το δρόμο που περνούσε από κάτω. Νομίζω ότι παίζαμε τους Ινδιάνους, όταν κρεμάστηκα από ένα κλαρί του πεύκου και τους έλεγα ότι είμαι η... Τσίτα του Ταρζάν!

Το κλαρί... έσπασε και εγώ βρέθηκα τέσσερα μέτρα κάτω στο χω-ματόδρομο. Ξύπνησα σ' ένα κρεβάτι με τον μπαμπά του Αλέξη από πάνω μου, που ήταν γιατρός χειρούργος, να τραβάει κάτι γάζες από το μάτι και τη μύτη μου. Έβαλα τα κλάμματα γιατί πονούσα κιόλας και όλοι έτρεξαν να δούν την... Ανάσταση. Ο γιατρός διαπίστωσε ότι τίποτα δεν είχε σπάσει και μάλλον είχα πάθει κατά τη διάγνωσή του, που κανείς δεν αμφισβήτησε, ελαφρά διάσειση. Κι' έτσι γυρίσαμε στην Αριστοτέλους. Έμεινα δυο μέρες στο κρεβάτι και μετά σηκώθηκα και πήγα σχολείο κανονικά. Με μόνο ένα σημάδι στο κεφάλι μου που δεν έκλειναν οι τρίχες. Πλησίαζε ο Απρίλης όταν κάποια μέρα με έπιασε ένα φοβερός πονοκέφαλος και άρχισα να ζα-λίζομαι. Επί πλέον ότι έτρωγα το ξερνούσα. Τότε ο πρώτος γιατρός κάλεσε τον ειδικότερο παιδίατρο και εκείνος προσέτρεξε στον καθηγητή παιδία-τρο τον γνωστό Χωρέμη. Αυτός συνεκάλεσε συμβούλιο με τρεις γιατρούς, τους θυμάμαι στο σαλόνι της Αριστοτέλους

Στο Νοσοκομείο Παίδων Αγία Σοφία για ένα τρίμηνο

Συμφωνούν λοιπόν οι επιστήμονες ότι έχω μηνιγγίτιδα και μάλιστα φυματιώδη, που πλειστάκις όπως είπε και άκουσα μέσα στον πονοκέφα-λό μου είναι και θανατηφόρα! Αμέσως με μετέφεραν στο νοσοκομείο των παίδων στο Γουδή, Αγία Σοφία, όπου και κατά σύσταση του καθηγητή έπρεπε να εφαρμοστεί θεραπεία με την πρωτόγνωρη και μη υπάρχουσα τότε στην Ελλάδα, Στρεπτομυκίνη.

Σημαδιακές μέρες διότι το ασθενοφόρο – ο θεός να το κάνει, σα-ράβαλο ολκής –που με πήγαινε από τη Λεωφόρο Αλεξάνδρας στο Γου-δή καθυστέρησε. Είχαν μπλοκαριστεί οι δρόμοι διότι μόλις είχε πεθάνει ο Βασιλιάς και ο διάδοχος του Παύλος, πήγαινε από τον ίδιο δρόμο με μας. Ο πατέρας μέσω σειράς γνωστών κατάφερε να προμηθευτεί Στρεπτο-μυκίνη από την Αμερική, παρ'ότι ήταν Μερκ και Γερμανική. Τελικά για να μην πολυλογώ έγινα... αντικείμενο βιβλιογραφίας με μονογραφία που κυκλοφόρησε από τον τακτικό καθηγητή της παιδιατρικής Κ.Β. Χωρέμη και συνεργάτες του το 1948 με τίτλο: «Η εφαρμογή της Στεπτομυκίνης εις την θεραπείαν της παιδικής φυματιώσεως.» Βέβαια το βιβλίο δεν αναφέρει ότι κατά την θεραπεία μου κατέστρεψαν ολοκληρωτικά το ισχιακό νεύρο.

Το νεύρο κατέληγε στο αριστερό μου πόδι, και τραυματίστηκε από άστοχη παρακέντηση της σπονδυλικής στήλης. Παρακεντήσεις που δυστυχώς, παρά τα παράπονα ότι πονάω, συνεχίστηκαν άσκοπα, επιτείνοντας τον συνεχή τραυματισμό του ισχιακού νεύρου για τρεις επί πλέον μήνες, αφού βγήκα από το νοσοκομείο. Κανείς από τους παιδίατρους δεν ήθελε να εναντιωθεί στον κύριο Καθηγητή και να διακόψει την έγχυση της στρεπτομυκίνης στον νωτιαίο μυελό, μέσα στη σπονδυλική στήλη και να σταματήσει την επίπονη και επαναληπτική συνεχή και άκρως τραυματική, κακοποίηση του ισχιακού νεύρου. Θεραπεία που η συνέχεια της δεν ήταν απαραίτητη,όπως αποδείχτηκε από νεότερες έρευνες της επιστήμης μετά μόλις δυο χρόνια. Το αποτέλεσμα ήταν ότι όχι μόνο ατρόφησε το αριστερό πόδι από το γόνατο και κάτω και έμεινε μερικά ανάπηρο, σε σημείο που όχι μόνο αποχαιρετίστηκε η πιθανή είσοδός μου στη Σχολή Δοκίμων, αλλά απαλλάχτηκα αργότερα και από το στρατό. Και από την πολύμηνη διάρκεια της ασθένειας, στο Νοσοκομείο Παίδων, η Αγία Σοφία, έχασα και ένα χρόνο από το σχολείο.

Βέβαια δεν παραλείπει ο όποιος υπεύθυνος να γράψει στη σχετική μονογραφία του 1948, αφιερωμένη στον εφευρέτην της Στρεπτομυκίνης Dr. Selman A. Waksman, με τίτλο «Η Εφαρμογή της Στρεπτομυκίνης εις την θεραπείαν της Παιδικής Φυματιώσεως» τα παρακάτω: Β.Α.Ι, 10 ετών άρρεν αριθ. μητρώου 32743 .Εισήλθε την 6.4.47 και εξήλθεν 26-7.47... και μετά από πολλά γραφειοκρατικά : Αξιοσημείωτον τυγχάνει το σφοδρόν άλγος του αριστ. κάτω άκρου δια το οποίον παραπονείται ο ασθενής μεθ'εκάστην ενδορραχίαιαν ένεσιν.Κατά την τελευταίαν έγχυσιν αυτής παρατηρείται εντονότατον άλγος του ιδίου άκρου, ώς και οίδημα όπερ αναγκάζει τον μικρόν άρρωστον να παραμένη κλινήρης. Τα φαινόμενα ταύτα υπεχώρησαν βαθμηδόν, κατέλιπον όμως ελαφράν ατροφίαν. (Πιθανόν συνεπεία βλάβης του ισχιακού νεύρου.) Διάρκεια θεραπείας 80 ημέραι . Εξήλθεν την 26.7.47 με κλινικήν και εργαστηριακήν αποκατάστασιν, παρουσιάζει μόνον ελαφράν δυσβασίαν διαρκώς βελτιουμένη - (βελτιουμένη στη φαντασία του …γιατρού συγγράφοντος μόνον) - του αριστερού σκέλους... Και έτσι καλύφθηκαν όλοι οι υπεύθυνοι. Διότι η ... δυσβασία δεν ήτο ελαφρά και η ατροφία δεν βελτιώθηκε από τότε!

Εάν αυτά συνέβαιναν σήμερα και όχι τότε, θα είχα ζητήσει τεράστια αποζημίωση από το νοσοκομείο και τον υπεύθυνο γιατρό, διότι κανείς κατά την έξοδο από το νοσοκομείο, δεν είπε τίποτα, παρά μόνο αργότερα, όταν διαπιστώθηκε η βέβαια και όχι η... πιθανή βλάβη του ισχιακού νεύρου.

Ο πατέρας που πλήρωνε το νοσοκομείο και τους γιατρούς και εξασκούσε το δικηγορικό επάγγελμα, θεωρούσε τον Χωρέμη και τους συν αυτώ ... ιερές προσωπικότητες και ούτε να ακούσει για ότιδήποτε τέτοιο. Παρ'όλ'αυτά δεν ξέρω γιατί, πολλά χρόνια αργότερα, ανακάλυψα όλους τους λογιαριασμούς, που είχε πληρώσει στο νοσοκομείο χωρίς να πάρει καμιά αποζημίωση, παρά μόνο κάτι ψίχουλα από το ΙΚΑ, που ήταν από τους πρώτους ασφαλισμένους.

Το καλοκαίρι το περάσαμε σ' ένα μάλλον χωριάτικο σπίτι που είχαμε νοικιάσει στα Αλώνια της Κηφισιάς. Είχε μια πλακόστρωτη αυλή με πηγάδι στη μέση και γλάστρες γύρω, γύρω. Έξω στο δρόμο προς τα χωράφια – δεν υπήρχαν βίλες τότε,- από τη πίσω πόρτα άρχιζε η Πεντέλη, εκεί έπαιζα με κάτι γειτονόπουλα. Με στενοχωρούσε που δεν μπορούσα να τρέξω όπως εκείνα, λόγω της, κατά τους παιδιάτρους του νοσοκομείου ... ελαφράς δυσβασίας! Η Κηφισιά τότε τέλειωνε στα Αλώνια και όταν κατεβαίναμε στο κέντρο, στον Πλάτανο, ή στο Κεφαλάρι επιστρέφαμε με αμαξάκι. Τα ξενοδοχεία στο Κεφαλάρι ήταν γεμάτα όπου παραθέριζε αρκετός κόσμος.

Εκεί αντικρίσαμε για πρώτη φορά τα μεταπολεμικά αμερικάνικα αυτοκίνητα, που ήταν αρκετά εντυπωσιακά. Θαύμαζα διάφορα παιδιά που γνώριζαν τις μάρκες των μεγάλων, όπως μου φαίνονταν, τετράτροχων και άρχιζαν να συζητούν και να διαφωνούν: «Αυτό είναι Φόρντ «.»Δεν ξέρεις τι σου γίνεται έλεγε ο άλλος, αυτό είναι Ντε Σότο «. «Δεν έχετε ιδέα.» αντιλέγει ο τρίτος, που ήταν φίλος, αυτό είναι Στουντεμπέϊκερ.» Ένας πιο μεγάλος νεαρός περαστικός, μας είπε ότι είμαστε μικροί δεν ξέρουμε και αυτό, ένα μεγάλο χακί χοντρό αυτοκίνητο, ήταν Πακάρ και μάλιστα ανήκε σε κάποια οργάνωση από τις διάφορες που φρόντιζαν για την Ελληνική μεταπολεμική ανασυγκρότηση. Και βέβαια οι τρεις μικρότεροι ρωτήσαμε αμέσως ποια ήταν αυτή η... ανασυγκρότηση και γιατί είχε τόσο ωραία αυτοκίνητα. Που να δείτε και τις Πόντιακ, τις Κάντιλακ και τις Χάντσον μας απάντησε και προχώρησε για να συναντήσει πιο πέρα την παρέα του. Και έτσι αργότερα, προέκυψαν μυριάδες ερωτήσεις, πρώτα για την ανασυγκρότηση τι στην ευχή είναι αυτή; Αφού έχει τόσο ωραία και πολλά αυτοκίνητα. Οι μεγάλοι που κάθονταν σέ ένα από τα καφενεία στο Κεφαλάρι, άρχισαν να εξηγούν στο φίλο μου, και μένα, που οι γονείς του είχαν καθήσει με τους δικούς μου στο ίδιο τραπέζι και έτρωγαν παγωτά.

Πώς η ανασυγκρότηση με διάφορα σχέδια θα επιδιόρθωνε τις καταστροφές του πολέμου σε όλη την Ευρώπη και όχι μόνο στην Ελλάδα. Εμάς μας ενδιέφερε το ερώτημα αν ανασυγκροτούν την Ευρώπη. Με μεγάλα Αμερικάνικα αυτοκίνητα;

Πέρασε το καλοκαίρι και τον Σεπτέμβριο γυρίσαμε στην Αριστοτέλους και ετοιμάστηκα για το σχολείο όπου έπρεπε να πάω στην ίδια τάξη που είχα ακολουθήσει μέχρι τα τέλη Μαρτίου του προηγούμενου χρόνου. Επίσης να συναντήσω νέους συμμαθητές και να προσαρμοστώ αντίστοιχα μια και οι της προηγούμενης τάξης μου, βρίσκονταν ήδη στην Πρώτη, που την έλεγαν Τρίτη (γι’ αγνώστους λόγους) Γυμνασίου.

Από την έκτη Δημοτικού με δάσκαλο τον κ. Σουραβλά πολύ λίγα θυμάμαι. Κατ’ αρχήν μου φαινόταν ότι είμαστε πάρα πολλοί στη τάξη πάνω από σαράντα. Μερικοί από μας είμαστε καλύτεροι στα Γαλλικά, διότι κάναμε ιδιαίτερα στο σπίτι. Είναι απορίας άξιον αλλά θυμάμαι ελάχιστα από τα Ελληνικά μαθήματα, ούτε και σαν αναμνήσεις, ενώ κάτι από τα Αγγλικά Yes, no, thank you, good morning etc και τα Γαλλικά : hiboux, joujou, pous,- για κάποια περίεργη ορθογραφική εξαίρεση και κείμενα όπως ο Capitain de l’ Artillerie μας ακολουθούσαν για πολλά χρόνια. Αυτό δεν σημαίνει ότι ο κ. Σουραβλάς δεν ήταν καλός δάσκαλος, αλλά μάλλον, μετά από σκέψη σε ωριμότερα χρόνια, από τότε τα σχολικά βιβλία ήταν ανιαρά και βαρετά! Έτσι πέρασε και η Εκτη Δημοτικού και έπρεπε να δώσουμε εξετάσεις για το Γυμνάσιο… ενώπιον επιτροπής. Και βεβαίως έπρεπε να εξεταστούμε από το Δημόσιο μας είπαν, γραπτά και προφορικά σε μαθήματα όπως η Ιστορία. Έτσι πέφτουμε πάνω σ’ ένα δάσκαλο – δημόσιο υπάλληλο- που ρώταγε παιδιάκια 11-12 ετών τις πιο δυσνόητες και μυστήριες ερωτήσεις από τη ιστορία της Ελληνικής Επανάστασης του 1821.Ερωτήσεις που δεν συμπεριλαμβάνονταν στην ύλη του βιβλιου της ιστορίας της Πέμπτης, ή και της Εκτης Δημοτικού. Καθόμαστε τρεις φίλοι συμμαθητές στο θρανίο και άρχισε… ο δημόσιος, όπως τον είχαμε ονομάσει, τις ερωτήσεις.

Στον πρώτο, τον Παναγιώτη, τον ρωτάει: Ποιός έστειλε τον αρχηγό του Αιγυπτιακού στρατού στην Πελοπόννησο το 1827; Και πως τον λέγανε; Τον Ιμπραήμ εννοείτε απαντά ο φίλος. Ναι, αλλά ποιός τον έστειλε; Ο εξεταστής καθόταν πάνω σε μια έδρα περίπου τρία μέτρα από τη πρώτη σειρά των θρανίων που βρισκόμαστε. Πήγα να του ψιθυρίσω ο Μεχμέτ

Αλή ο πατέρας του, κυβερνήτης – Χεβίδης της Αιγύπτου, αλλά η ερώτηση ήταν ύπουλη. Εννοούσε αυτόν, ή τον Τούρκο Σουλτάνο; Απτόητος ο Παναγιώτης απαντά: «Τον έστειλε ο μπαμπάς του!» Και ο άλλος στα ξαφνικά γυρνάει σε μένα και ρωτάει:"Και που είχε γεννηθεί;, χωρίς βέβαια να διευκρινίζει: ο μπαμπάς, ή ο γιός; Κάπου το είχα διαβάσει – διότι στο βιβλίο της ιστορίας δεν αναφερόταν '' Στην Καβάλλα.» του απαντάω.» Καλώς!» είναι η απάντησή του. Και βέβαια είχα διαβάσει εκτός βιβλίου ιστορίας, το Γέρο του Μωρηά, τον Ναύαρχο Μιαούλη, τα Ματωμένα Ράσα και το Λιοντάρι της Ηπείρου και από Ελληνική Επανάσταση ένιωθα πολύ περισσότερο καταρτισμένος από τους συγγραφείς του βιβλίου της ιστορίας.» Ωραία!» καταλήγει μετά το προηγούμενο καλώς, ο δημόσιος υπάλληλος. «Τώρα για πες μου και με κοιτάει ειρωνικά και σαδιστικά συγχρόνως. Πόσα χρόνια κράτησε η Ελληνική Επανάσταση;» Με είχαν πιάσει τα νεύρα μου. «Σύμφωνα με το βιβλίο, απαντάω, εφτά χρόνια, από 1821 μέχρι 1828... και συνεχίζω... Αλλά το 1830 --1 αναγνωρίστηκε η Ελλάδα σαν κράτος με το πρωτόκολλο του Λονδίνου. Δηλαδή, μπορεί κανείς να απαντήσει και εννιά χρόνια». «Καλά, καλά, εντάξει!» Κάπως έτσι περάσαμε στο Γυμνάσιο. Ήρθε όμως το καλοκαίρι. Η τέως νταντά μου, η Μαρουσώ, που είχε φύγει πριν από τη κατοχή για τη πατρίδα της στο χωριό Τσιπίδο της Πάρου, εμφανίστηκε στην Αθήνα και μαλιστα κάθισε στο σπίτι, στην Αριστοτέλους, για ένα διάστημα. Μας κάλεσε να πάμε στο νησί να μείνουμε στο σπίτι της, όπου ζούσε με τη κόρη της, το γαμπρό της, που είχαν και τρία μικρά παιδιά μικρότερα από μένα. Πολύ ευχάριστη και αποδεκτή η πρόσκληση. Έτσι άρχισε η προετοιμασία: βαλίτσες, καλάθια, μπόγοι και ένα χαρτοκιβώτιο, που περιείχε το δώρο του πατέρα, ένα ραδιόφωνο με μπαταρίες – ηλεκτρικό δεν υπήρχε στο Τσιπίδο τότε – μάρκας ZENITH Αμερικάνικο, που αντιπροσώπευε η Εταιρεία, που εργαζόταν τότε, η ΡΑΔΙΟ ΚΑΡΑΓΙΑΝΝΗΣ στην πλατεία Καρύτση.

ΔΙΑΚΟΠΕΣ ΣΤΗΝ ΠΑΡΟ

1948

Η προετοιμασία πήρε αρκετές μέρες μέχρι που μπήκαμε όλοι μαζί σ' ένα τρίτροχο ημιφορτηγό – κουβάλαγε και η Μαρουσώ ...ολόκληρη προίκα από την Αθήνα – που μας άδειασε στο Πειραιά, στην προβλήτα μπροστά στο επιβατηγό ΜΟΣΧΑΝΘΗ της Ατμοπλοίας ΤΟΓΙΑ. Το παμπάλαιο προπολεμικό πλοίο εκτελούσε για πολλά χρόνια δρομολόγια στις Κυκλάδες. Έφευγε το μεσημέρι από τον Πειραιά και καιρού επιτρέποντος, έφτανε το βράδυ στη Σύρο και από κει τα ξημερώματα της επομενης στην Πάρο. Από την Πάρο συνέχιζε: Νάξο, Οίο, Οία, Θήρα. Εκεί έφτανε μετά από δυο νύχτες ταξίδι. Ξεκινήσαμε με τρεις ώρες καθυστέρηση από τον Πειραιά. Καλύτερα, γιατί έτσι θα φτάσουμε στη Πάρο μεσημεράκι, αντί το άγριο ξημέρωμα. Οι καμπίνες του πλοίου μάλλον βρομούσαν και παρ' όλη τη πρώτη θέση, ακόμα και οι τουαλέτες το ίδιο απλησίαστες. Σε αντίθεση το φαγητό ήταν καταπληκτικό.

Όπως είπε ο πατέρας ακόμα και πριν από το πόλεμο στα επιβατικά καράβια, υπήρχαν καλοί μάγειροι και άψογη περιποίηση από τα γκαρσόνια. Έθιμο που δυστυχώς καταργήθηκε στη νεότερη Ελλάδα. Στη Σύρο το πλοίο πλευρίζει, διότι υπάρχει κατάλληλο λιμάνι, αντίθετα στις υπόλοιπες Κυκλάδες. Εδώ ανέβηκαν πολλοί μικροπουλητάδες με στρογγυλά καλάθια γεμάτα από λουκούμια και χαλβαδόπητες. Τα λουκούμια ήταν γνωστά, οι χαλβαδόπιτες όμως όχι. Έτσι πολύ ενθουσιαστήκαμε και φάγαμε μια μισή - μισή με τη μητέρα μου. Τελικά το επόμενο μεσημέρι φτάσαμε στη Πάρο. Εκεί δεν υπάρχει προβλήτα και κατεβαίνουμε τη ξύλινη σκάλα στο πλάι του πλοίου, και καταλήγουμε μ' ένα πήδημα στη βάρκα, που σκαμπανεβάζει στο κύμα. Πως φορτώθηκαν οι βαλίτσες, οι μπόγοι , τα καλάθια και τα δέματα; Πάντως όλα φορτώθηκαν και τίποτα δεν έπεσε στη θάλασσα.

Βγήκαμε σε μια μικρή προβλήτα που πλεύρισε η βάρκα. Εκεί περίμενε το λεωφορείο που θα μας πήγαινε μόνο μέχρι το Χωριό Κώστος, όπου τέλειωνε ο αμαξιτός – θεός να τον κάνει- δρόμος. Στον Κώστο, μας περίμενε ο γαμπρός της Μαρουσώς, με τα ζώα του, τρία μουλάρια και δύο γαϊδούρια για να συνεχίσουμε στον τελικό προορισμό, το χωριό Τσιπίδο.

Φορτώθηκαν όλες οι αποσκεύες στη σκεπή του Λεωφορείου από μια σκάλα που είχε στο πίσω μέρος και μετά από φωνές και χασμωδία ξεκινήσαμε. Η διαδρομή ακολουθούσε ένα χωματόδρομο με αρκετές λακούβες και νεροφαγώματα. Δυο, τρεις φορές ο οδηγός έπρεπε να κάνει μανούβρες στην άκρη του γκρεμνού, αντιμετωπίζοντας στριγγλίσματα τρόμου από μερικές κυρίες. Φτάσαμε και στον Κώστο όπου αντικρίσαμε τον γαμπρό της Μαρουσώς με τα ζώα . Αφού φορτώθηκαν όλες οι αποσκεύες ανεβήκαμε και μεις, ο πατέρας πάνω σ' ένα μουλάρι και η μητέρα και εγώ πάνω σε συμπαθέστατα γκρίζα γαϊδούρια. Η διαδρομή με τα ζώα κράτησε περίπου μιά ώρα και τελικά φάνηκε το Τσιπίδο με τη θάλασσα στο βάθος όπου δυο χιλιόμετρα δρόμο πιο πέρα, βρισκόταν το ψαρολίμανο, Πίσω Λιβάδι.

«Εκεί θα πηγαίνετε για μπάνιο, γιατί έχει πολύ ωραία αμμουδιά. Είπε ο Γιώργης, γαμπρός της νταντάς.

Το σπίτι βρισκόταν στον κεντρικό δρόμο του Τσιπίδου, που ξεκινούσε από το δρόμο – φαρδύ μονοπάτι, Κώστου – Πίσω Λιβάδι και ανηφόριζε στο κέντρο του χωριού όπου βρισκόταν ένα μικρό καφενείο – μπακάλικο – ουζερί – ενίοτε ταβέρνα. Το σκηνικό δεν έχει αλλάξει σήμερα, μόνο που το χωριό αποκαλείται Μάρπησσα και έχει επεκταθεί. Ευτυχώς όμως το κέντρο του παραμένει όπως ήταν, χάρη στους περιορισμούς δόμησης. Με άλλα λόγια η γραφική κυκλαδίτικη αρχιτεκτονική υπερίσχυσε και εδραιώθηκε σ' αυτόν τον παραδοσιακό οικισμό. Και βέβαια… εκτροχιάστηκε σε όλα τα κοντινά παραθαλάσσια. Στο σπίτι αυτό μείναμε όλοι σ' ένα μεγάλο δωμάτιο που κοιμόμαστε πατέρας, μητέρα εγώ και η νταντά, ενώ στο άλλο δωμάτιο του σπιτιού χτισμένο με μεγάλες πέτρες μερικές από μάρμαρο κοιμόταν η υπόλοιπη οικογένεια.Το μεγάλο δωμάτιο που ήταν ο κοιτώνας μας, η τραπεζαρία, το σαλόνι και το καθημερινό, συγκοινωνούσε με δυο πόρτες, η μιά έδινε σε μια τεράστια κουζίνα με εξώπορτα στο δρόμο και η άλλη σε μια τεράστια εξ ίσου τουαλέτα: αποτελούμενη από ένα κασόνι ξύλινο, και κάτω, είχε μια τρύπα που έβλεπε κανείς, εκτός από σκατά και κάτι αχτίδες φωτός. Μέσα στη τουαλέτα κρεμόταν από τον τοίχο και ένα ντεπόζιτο μ'ένα μικρό βρυσάκι, που για πολλά χρόνια μετά, αντιμετωπιζόταν σαν η μόνη συσκευή πλυσίματος στα περισσότερα μικρά Ελληνικά νησιά.

Τελικά ο πατέρας μας εξήγησε καθώς βγαίναμε για περίπατο το επόμενο απόγεμα την χωροταξία των δυο δωματίων τουαλέτας και κουζίνας. Και τα δυο τις κατ' ευθείαν αποχετεύσεις τους διοχεύτευαν, ή μάλλον έπεφταν κάτω σ'ένα δωμάτιο – χώρο με χωμάτινο πάτωμα, που είχε μια μικρή ξύλινη πόρτα που έβλεπε στο δρόμο, όταν ο χώρος αυτός γέμιζε, όπως είδαμε μια μέρα, τον άδειαζαν. Έρχονταν τα μουλάρια ή γαιδούρια με τσουβάλια να κρέμονται στο πλάι από τα σαμάρια τους, άνοιγαν το πορτάκι και με φτυάρια άδειαζαν τα ξεραμένα σκατά, φαγητά και ότι άλλο που είχαν σαπίσει στο μεταξύ, στα σακιά. Είχαν ανακαλύψει την κομποστοποιήση πολύ πριν, από τους ευτυχώς, αχρείαστους τότε οικολόγους.

Το περιεχόμενο των σάκκων τα γαιδούρια το άδειαζαν στα χωράφια αντί λιπάσματος και ιδιαίτερα στα αμπέλια, που είχαν στα χωράφια τους, στον άλλο χωματόδρομο - μονοπάτι που πήγαινε πρός τη Νάουσα. Που ήταν όμως πολύ μακριά, διότι με τα γαιδούρια ήταν τρεις ώρες δρόμο να πάς και τρεις ώρες να γυρίσεις, άσε που μόνο κάτι ψαράδικα καίκια έχει εκεί και τίποτα άλλο. Μείναμε κοντά ένα μήνα και με τη παραχώρηση δυο γαιδουριών, ο πατέρας επέμενε να περπατάει για γυμναστική, γυρίσαμε όλες τι κοντινές παραλίες. Πίσω Λιβάδι, Λογαράς έρημος με αμμόλοφους, Δρυός, παντού με καταπληκτική άμμο και ακόμα παρακάτω η παραλία κάτω από τον Άγιο Αντώνιο και άλλες δυο τρεις κόλπους απέναντι από τη Νάξο.

Επίσης περπατήσαμε και στα κοντινά χωριά τα Μάρμαρα, τον Πρόδρομο και πιο μακριά στις Λεύκες. Δρόμοι δεν υπήρχαν, μόνο φαρδιά, ή στενά μονοπάτια. Και πάλι ο πατέρας έλεγε ότι την τόσο απλή και ήσυχη ζωή επέβαλλε το περιβάλλον και συνεχιζε μονολογώντας... . ... διότι άμα το καλοσκεφτείς, έχουν τη θάλασσα και τα χωράφια τους, όλα τα φρέσκα ζαρζαβατικά και φρούτα εποχής, καταπληκτικά σταφύλια, όπως και άριστο κόκκινο κρασί. Και πραγματικά δοκιμάσαμε κάτι κακκαβιές από μικρόψαρα, όσο και γιορτινά δείπνα με συναγρίδες για δώδεκα και βάλε, φίλους του Γιώργη. Επίσης τα καθημερινά με κοτόπουλο, φρέσκα αβγά από το κοτέτσι, αρνάκια, ή κατσικάκι, κρέας φέτα και μυτζήθρα από τις κατσίκες. Τί άλλο θέλει κανείς; Εντάξει δεν έχουν βοδινό κρέας, ή φρέσκο βούτυρο, όλα αυτά όμως αναπληρώνονται από τα άλλα αγαθά. Εδώ είναι παράδεισος. Εμείς θα μέναμε; Αναρωτωτιόταν ο πατέρας όταν καθόμαστε στο Δρυό κάτω από κάτι καλάμια που ήταν σαν φυσική ομπρέλλα από τον ήλιο. «Και το παιδί που θα πήγαινε σχολείο;» Ρωτάει η μητέρα. «Εκεί που πάνε όλα τα άλλα παιδιά στο νησί,» απάντησε ο πατέρας. «Και τι μαθαίνουνε εδώ;» Ρωτάω κι' εγώ. «Αυτά ο πατέρας σου μόνο τα ξέρει, αλλά δεν μας λέει εκείνος τι θα κάνει» λέει η μητέρα. «Θα καλλιεργήσω το χωράφι μου και θα ψαρέυω, θα πάρουμε και κάνα δυο κατσίκες, κότες...», απαντά εκείνος. «Κι' ένα γάιδαρο...» συμπληρώνω εγώ. «Πολύ σωστά και τι άλλο θέλουμε λοιπόν;» χαμογελάει η μάνα και θυμώνει: «Όνειρα θερινής νυκτός και με τι λεφτά θ' αγοράσεις το οικόπεδο-χωράφι ή ότι είναι αυτό;» «Μα οι τιμές, απαντάει ο πατέρας, είναι τζάμπα, με χίλιες δραχμές μπορείς να αγοράσεις πέντε, ή και παραπάνω στρέματα από χωράφια που έχουν παραμεληθεί χρόνια, διότι οι ιδιοκτήτες τους έχουν πεθάνει και οι κληρονόμοι δεν ένδιαφέρονται, καθώς οι περισσότεροι ζούνε στην Αθήνα, ή στον Πειραιά.» «Είσαι τρελός μου φαίνεται, και όλες οι οικογένειες μας στην Αθήνα; Οι φίλοι; Θα κάνουν μιά βδομάδα να έρθουν με αυτόν το σκυλοπνίχτη, τη Μοσχάνθη να σε δουν; Θα απομονωθούμε και τι θα κάνουμε εδώ πέρα;» Ρωτάει η μητέρα. «Γιατί δηλαδή; Επιμένει ο πατέρας, ο Καζαντζάκης και άλλοι συγγραφείς δεν ζουν στην Αίγινα, ή σε άλλα νησιά;» «Άκουσε Αντρέα, η Αίγινα είναι δυο ώρες από την Αθήνα, το χειμώνα δεν νομίζω ότι μένει και κανείς εκεί. Που σου ήρθε ο Καζαντζάκης τώρα; «Ανένδοτη η μητέρα και αλλάζει κουβέντα: «Εν πάσει περιπτώσει πρέπει να πάμε στην Παροικιά για να κλείσουμε εισιτήρια επιστροφής και να δούμε πότε έχει καράβι, ποιες μέρες της βδομάδας, πιθανές καθυστερήσεις και να επισκεφτούμε την Εκατονταπυλιανή την εκκλησία, που μια και είμαστε εδώ πρέπει να δούμε.»

Δυστυχώς μετά από κοντα είκοσι πέντε μέρες έπρεπε να αποχαιρετίσουμε τους καλούς ανθρώπους του Τσιπίδου και να ακολουθήσουμε την ανάστροφη επιστροφή: Πρώτα με τα γαιδούρια στον Κώστο και μετά με το λεωφορείο στην Παροικιά. Εκεί φάνηκε το ΜΟΣΧΑΝΘΗ μέσα σε σύννεφα μαύρου καπνού, καθώς ερχόταν και ο αέρας ήταν αντίθετος περιτυλίγοντας όλο το πλοίο. «Σαν να κάνει προπέτασμα καπνού.»

***

Είπε ο πατέρας, που ανέλαβε να μου εξηγήσει τι είναι αυτό. Μπήκαμε στις βάρκες και πλησιάσαμε το πλοίο όπου ανεβήκαμε από τις πλαϊνές ξύλινες σκάλες. Η ΜΟΣΧΑΝΘΗ ανοίχτηκε στο πέλαγος με ρότα για τη Σύρο.Η θάλασσα δεν ήταν πολύ ταραγμένη, ώστε να κουνάει το πλοίο. Και εκεί που είχαμε καθίσει στο σαλόνι και περιμέναμε να μας πουν ότι θα άνοιγε το εστιατόριο του πλοίου μια και η ώρα είχε πάει οχτώμιση, ακούγεται η ανακοίνωση ότι το πλοίο θα αλλάξει πορεία για την Τήνο, διότι εκεί παρέμεινε πολύς κόσμος που δεν πήρε το άλλο πλοίο, με τ' όνομα ΕΦΗ νομίζω, λόγω βλάβης. «Καλά που έχουμε τη καμπίνα μας, είπε η μητέρα και προχωρήσαμε προς το εστιατόριο, όπου σερβιριζόταν το πάντα καλό φαί των πλοίων.Θα φτάναμε στην Τήνο στις 12 το βράδυ γι'αυτό μετά το φαί πήγαμε να κοιμηθούμε. Ξυπνήσαμε βέβαια με τη φασαρία στο λιμάνι και τις βάρκες που ξύνονταν στα πλαϊνά του πλοίου. Και ενώ περιμέναμε να ακούσουμε τη σειρήνα του πλοίου, που σαλπάρει ώστε τελικά να κοιμηθούμε, περιμένουμε, περιμένουμε και δεν... κοιμόμαστε, διότι δεν ακούμε τίποτα, παρά τα διάφορα σούρτα φέρτα των νέων επιβατών. Ο πατέρας σηκώνεται μια και δεν είχε φορέσει πιτζάμες, αλλά κοιμόταν με τα ρούχα και βγαίνει έξω.Επιστρέφοντας μας αναγγέλλει ότι το πλοίο δεν μπορεί να φύγει, διότι θυελλώδεις άνεμοι φυσάνε σε όλο το Αιγαίο. Αν ο καιρός δεν ηρεμήσει δεν θα φύγουμε, αλλά αντιθέτως μπορούμε να κατεβούμε το πρωί στο νησί, να προσευχηθούμε στη Χάρη της, Παναγιά της Τήνου, μήπως και καταλαγιάσουν οι θυελλώδεις άνεμοι και σαλπάρουμε το ταχύτερο. Για πρώτη φορά με μια μικρή βάρκα κατεβήκαμε στην Τήνο και βγήκαμε στο μώλο. Ο πατέρας ήθελε να δει που χτύπησε μια από τις τορπίλλες, που το ιταλικό υποβρύχιο είχε ρίξει και βυθίσει την ΕΛΛΗ. Ο βαρκάρης του έδειξε το σημείο και πολύ ευχαριστήθηκε. Μετά ανεβήκαμε την πλατιά με φαρδιά σκαλοπάτια είσοδο στη Μεγαλόχαρη και προσκηνύσαμε την εικόνα με την παράκληση να σαλπάρει το πλοίο το συντομότερο.Δεν ξέρω αν οι προσευχές μας εισακούστηκαν που ο πατέρας σκέφτηκε να ενισχύση με τα κεριά που άναψε, εφτά παρακαλώ τον αριθμό. Στις ερωτήσεις μας ποιοι ήταν οι εφτά αυτοί, για τους οποίους άναβε κεριά στη χάρη της, μας απάντησε ότι το είχε υποσχεθεί στον αδερφό του, αν βρεθεί ποτέ στη Τήνο, να ανάψει κεριά για τα τέσσερα καράβια όπου είχε ο ...»τρελός» αδερφός του υπηρετήσει μέχρι σήμερα.

Τρία λοιπόν για μας και τέσσερα για τα καράβια του! μας αποστόμωσε. «Αυτά όλα τα βρίσκω σουρεαλιστικά! «απεφάνθη η μητέρα.

Καθίσαμε σ' ένα καφενεδάκι και ήπιαμε καφέ κι' εγώ ένα υποβρύχιο βανίλια, που μου άρεσε πολύ. Ξαναμπήκαμε στη βάρκα και πίσω στο ΜΟΣΧΑΝΘΗ. Όπως μας ανακοίνωσε ο καπετάνιος, που στο μεταξύ είχε γνωριστεί με τον πατέρα, θα φεύγαμε μετά τη δύση του ήλιου, που κόβει το μελτέμι, αλλά οπωσδήποτε θα αντιμετωπίσουμε μεγάλη τρικυμία στον Κάβο Ντόρο που δεν καταλάβαμε διότι κοιμόμαστε .

Φτάσαμε στο λιμάνι του Πειραιά το άλλο απόγεμα, αργά κατά τις εφτά. Πήραμε το ταξί και φτάσαμε στην οδό Αριστοτέλους 142. Αυτό ήταν άλλο ένα από τα ωραία ταξίδια που απολάμβανα από μικρός.

/////

ΤΡΙΤΗ ΓΥΜΝΑΣΙΟΥ

1949 - 1950

Ήρθε λοιπόν η ώρα για την... εισαγωγή στο Γυμνάσιο. Εδώ είχαν αλλάξει τα πράγματα, από το Δημοτικό. Κάθε πρωί όλες οι τάξεις του Γυμνασίου συγκεντρώνονταν με επικεφαλής τον καθηγητή της κάθε μιας, στη μεγάλη αίθουσα του ισογείου και απάνω στις σκάλες εμφανιζόταν ο κύριος Μπερζάν, που άρχιζε με τη προσευχή και ακολουθούσε ο εθνικός ύμνος. Μια φορά τη βδομάδα εφαρμοζόταν πρόγραμμα διαλόγου και απαντήσεων σε ερωτήματα εκπαιδευτικό-φιλοσοφικού περιεχομένου. Στις ζητούμενες απαντήσεις έπαιρναν μέρος μαθητές και καθηγητές. Ερωτήματα όπως : Είναι προτιμότερο να προοδεύει κανείς στη διάρκεια της ζωής του με βήματα, ή με άλματα; Τότε γινόταν και η σχετική επίδειξη γνώσεων, πρώτα από τους καθηγητές, αλλά και από μερικούς μαθητές. Εμείς φυσικά σαν πρωτάρηδες στο Γυμνάσιο δεν είχαμε διάθεση, ούτε και φιλοδοξία να μιλήσουμε. Καμιά φορά διαβάζονταν και οι άριστες των εκθέσεων διαφόρων μαθητών. Μια απ' αυτές από τον συμμαθητή μας Κυριάκο, που έμεινε μόνο δυο τάξεις στο Γυμνάσιο μαζί μας, μετά άλλαξε σχολείο. Μας είχε κάνει εντύπωση η έκθεση αυτή, διότι σαν πολεμικό δράμα, αφορούσε έναν Έλληνα στρατιώτη στα βουνά της Αλβανίας, που σώζει από βέβαιο θάνατο, έναν Ιταλό, αφού πριν τον είχε τραυματίσει σαν αντίπαλο. Πολύ ωραία γραμμένη.

Για άγνωστους λόγους όμως, δεν δημοσιεύτηκε στο περιοδικό του σχολείου την ΠΕΝΝΑ, που φαίνεται ότι η συντακτική επιτροπή της, προωθούσε μόνο τα γραφτά των μελών της, όπως σχολίασε κάποιος από την πέμπτη Γυμνασίου.

Αρχίσαμε και διάφορες συγκεντρώσεις που τότε, ήταν γνωστές σαν γιορτές. Είτε για την ονομαστική μας γιορτή, είτε για τα γενέθλια, ή άλλες περιπτώσεις. Λόγω Γυμνασίου θεωρήθηκε ότι έπρεπε να φορέσουμε και μακριά παντελόνια. Ορισμένοι βρέθηκαν σε μια μεσοβέζικη κατάσταση – δεν ξέρω ποιός την επινόησε - να φοράνε λέει, παντελόνια γκολφ! Από που κι'ως που είχαν γίνει της μόδας; Άγνωστο! Όταν λοιπόν μας καλούσαν σε πάρτι έπρεπε να φορέσουμε τα γκόλφ! Ήταν μια σωστή αηδία αυτά τα παντελόνια και νομίζω ότι φορέθηκαν λιγότερο από ένα χειμώνα. Έτσι με μακριά πλέον παντελόνια πηγαίναμε στις γιορτές, όπου χορεύαμε με τη μουσική του ραδιοφώνου, διότι το 1949 ελάχιστοι είχαν γραμμόφωνα, ή και πικ απ. Εικόνα που άλλαξε δραστικά και ταχύτατα τα επόμενα χρόνια. Είχαμε μάθει να χορεύουμε τανγκό κατά περίεργο τρόπο, δυο βήματα πλάι, τρία εμπρός, ελάχιστοι τα κατάφερναν σωστά. Στην αρχή υπήρχαν και δυσκολίες διότι ελάχιστα κορίτσια που καλούσαμε, ερχόντουσαν, ιδιαίτερα στις πρώτες τάξεις του Γυμνασίου. Και όσες έρχονταν τις μαζέυανε οι μαμάδες – μπαμπάδες από τις εννιά το βράδυ. Έτσι δεν υπήρχε, τουλάχιστον στη Τρίτη Γυμνασίου, περιθώριο για πολλά ερωτικά σκιρτήματα, μεταξύ των παντελονιών γκόλφ και κάτι μεταξωτών ταφτάδων, όπως έλεγαν εκείνα τα περίεργα φορέματα. Στα γιορτές αυτές σερβιρίζονταν αναψυκτικά και καμιά φορά στα πιο προοδευτικά σπίτια, ημίγλυκο κρασί Κισσάμου. Ανάλογα με την... εμπλεκόμενη μαμά, ή γιαγιά, υπήρχε σχετικά άφθονο φαγητό για τα πρότυπα της εποχής και συμπεριφερονταν όλοι κόσμια και πολιτισμένα. Ακολούθησε όμως ραγδαία εξέλιξη!

Στα μέσα του χρόνου της Τρίτης Γυμνασίου, για πρώτη φορά, πήγαμε ολοήμερη εκδρομή, στη Λίμνη του Μαραθώνα και στο Διόνυσο. Οι μακρινές κατά εκτίμηση, εκδρομές αυτές γίνονταν με λεωφορεία – κάτι περίεργα πράσινα ψηλά – που το σχολείο νοίκιαζε από τα ΚΤΕΛ. Στην εκδρομή στο Μαραθώνα και στο Διόνυσο, βγάλαμε πολλές φωτογραφίες στη διάρκεια διαφόρων παιχνιδιών όπως ποδόσφαιρο, βόλεϊ, μακριά γαϊδούρα, αγώνες τρεξίματος καί αρκετά κυνηγητά.

Τότε βρήκαμε και ευκαιρίες άμεσης επαφής με τα κορίτσια που άρεσαν και σ'εκείνες, ιδιαίτερα στις πιο δραστήριες. Ήταν φυσικό από την εκδρομή εκείνη να αναπτυχθούν διάφορα ειδύλλια, που ήταν μάλλον μικρής διάρκειας, καθώς τα... διαδέχονταν σύντομα άλλα. Υπήρξαν και εξαιρέσεις με κάτι πιο νόστιμες συμμαθήτριες, που και αυτές όμως σύντομα άρχισαν να συναναστρέφονται με μαθητές μεγαλύτερων τάξεων του σχολείου.

Όταν τέλειωνε το καθημερινό μάθημα, κατά τις δύο το μεσημέρι, φεύγαμε από το σχολείο προς τα σπίτια μας δυο –δυο, ή και περισσότεροι αφού μέναμε σε κοντινές γειτονιές. Καμιά φορά μαζί με τα κορίτσια της τάξης, ή και άλλων τάξεων. Το δρομολόγιο της δικής μας παρέας ήταν από την οδό Μαυροματαίων προς την Κοδρινγκτώνος, αφού αφήναμε τον Πέτρο στην Δεριγνύ, γωνία με την Μαυροματαίων, συνεχίζαμε με το Γιώργο και την Αλίκη, εκείνη ανέβαινε στην πολυκατοικία στο τέλος του δρόμου και εμείς συνεχίζαμε προς την Πατησίων.Εκεί στη στάση Αγγελοπούλου διασχίζαμε την Πατησίων και κατά περίπτωση πέρναμε την 3ης Σεπτεμβρίου, αν δέν ήταν μαζί μας η Στεφανία, διότι αν ήταν, κατεβαίναμε την οδό Πελλήνης και αφήναμε τη συμμαθήτρια μας σπίτι της.Μετά συνεχίζαμε την 3ης Σεπτεμβρίου δεξιά, όπου και κατεβαίναμε τη Πιπίνου αριστερά για να πάω σπίτι, ενώ ο Γιώργος συνέχιζε προς τη Φυλής για να φτάσει σπίτι του στον Άγιο Νικόλαο. Τότε είχαμε αρχίσει να πηγαίνουμε και σινεμά σε διάφορα καουμπόικα έργα. Θυμάμαι ότι είχαμε μείνει κατάπληκτοι με την "Επέλαση της 7ης ταξιαρχίας" όπως ήταν ο τίτλος του έργου που παιζόταν στον Ορφέα. Τον στρατηγό Κάστερ στο ύψωμα ''γούντεντ νη'' έπαιζε ο Ερολ Φλυν, από τους μεγάλους ήρωες – ηθοποιούς της εποχής του 49 – 50. Το έργο ήταν μαυρόασπρο όπως και μερικά άλλα, που ο ίδιος ηθοποιός έκανε τον πειρατή απελευθερώνοντας την καλή κόρη από τον κακό άρχοντα σε κάποιο νησί της Καραϊβικής.

Συνήθως πηγαίναμε στους κινηματογράφους το Σάββατο το απόγεμα κατά προτίμηση έξι με οχτώ, για να γυρίσουμε νωρίς σπίτι. Καμιά φορά όταν πηγαίναμε με μεγάλους βλέπαμε και τη παράσταση των οχτώ με δέκα. Το σχολείο είχε καθιερώσει πρωτοποριακά την αργία του πρώτου Σαββάτου του μηνός. Τα Σάββατα ήταν εργάσιμες ημέρες για όλο τον κόσμο.

Έτσι την προηγούμενη Παρασκευή μπορεί να βγαίναμε για σινεμά. Υπήρχε και το Σινεάκ κάτω από το Ρεξ, με πάντα ένα πρόγραμμα μιας ώρας περίπου, με επίκαιρα, μικυ μάους, κανένα σκέτς και διεθνή νέα. Πάντα κατάλληλο για ανηλίκους όπως θεωρούμασταν. Γυρνάγαμε στο σχολείο τη Δευτέρα και ανταλλάσαμε απόψεις για τα έργα που είδαμε, ή ότι άλλο είχαμε κάνει.

Μια φορά είχαμε πάει μεγάλη παρέα, κάπου δέκα αγόρια από τη τάξη μαζί. Βγαίναμε από το σινεμά Τιτάνια, όπου είχαμε δει ένα ενθουσιαστικό έργο με πειρατές που έπαιζε ο Ρόμπερτ Τέιλορ και η Λάνα Τέρνερ. Κατεβαίναμε λοιπόν την Πανεπιστημίου για να πάρουμε το τραμ από τα Χαυτεία για τα Πατήσια, όπου είμαστε όλοι καλεσμένοι σε άλλον συμμαθητή. Γι΄αυτό είχαμε φροντίσει να πάμε νωρίς στη παράσταση 4- 6. Στο δρόμο μας όπως περπατούσαμε ανά δυο, ή τρεις κάποιος περαστικός λίγο μεγαλύτερος από μας, κατά λάθος, ή επίτηδες, σκόνταψε σε μια σπασμένη πλάκα του πεζοδρομίου και έπεσε απάνω στον Μιχάλη, χτυπώντας τον στο στήθος, καταλήγοντας και οι δυο μαζί στο πεζοδρόμιο, ο ένας απάνω στον άλλο.

Αντί να ζητήσει συγγνώμη και να σηκωθεί άρχισε να χτυπάει τον Μιχάλη βρίζοντάς τον: Παλιό-αλήτη, μαλάκα – που ήταν μεγάλη βρισιά τότε- πριν... εκλαϊκευθεί – και πολλά άλλα. Και κάποιος φίλος του, φαίνεται ήταν δύο, και νόμιζαν ότι ο Μιχάλης ήταν μόνος, άρχισε και κείνος να τον κλωτσάει πεσμένο χάμω. Πέφει πρώτος απάνω τους ο Παναγιώτης και ακολουθούμε άλλοι τέσσερις. Τους πιάνουμε κρατώντας τους από τρεις τον καθένα και τους τραβάμε αρκετές σφαλιάρες. Μέχρι που ο Αστυνόμος με την περικεφαλαία -τροχαίος - κατεβαίνει από το σαν βαρέλι πόστο του στη διασταύρωση Πανεπιστημίου και Πατησίων και πλησιάζει βλοσυρός, ενώ μερικά από τα αυτοκίνητα που εγκατέλειψε στη ...τύχη τους, κορνάρουν δημιουργώντας κυκλοφοριακό πρόβλημα.. Μας διατάζει να σταματήσουμε το ξύλο και να του εξήσουμε γιατί δέρνουμε αυτούς τους δυο. Ο Μιχάλης με αρκετά... νομικό ύφος έξηγεί στον αστυνόμο, ότι δέχτηκε επίθεση και δείχνει τα σημάδια από γρατσουνιές στο μέτωπο και στα πόδια του.»Και αφού κύριε αστυφύλαξ, είμαστε μεγάλη παρέα... . τους πιάσαμε και τους ακινητοποιήσαμε, όπως βλέπετε.» «Ναι! Μα εσείς τους... δέρνετε! «Διαπιστώνει το όργανο της τάξεως. «Ε... να μη φάνε και καμιά αφού δείρανε το φίλο μας;»

Στο μεταξύ είχε αρχίσει να μαζέυεται κόσμος... Ο αστυνόμος προφανώς, δεν είχε μεγάλη όρεξη να συνεχίσει την ανάκριση. Το καθήκον και τα κορναρίσματα τον καλούσαν να επέμβει στη συμφόρηση που προκάλεσε η απουσία του από το σαν βαρέλι πόστο του... Ρώτησε γρήγορα και τους άλλους αν ήταν έτσι τα πράγματα που δεν μπορούσαν και να διαφωνήσουν μπροστά στις ... δέκα μαρτυρίες και μας παρότρυνε να πάμε σπίτια μας και να είμαστε, αμφότερα τα μέρη, λιγότερο ευέξαπτοι.

Στριμωχτήκαμε στο τραμ για τα Πατήσια και κατεβήκαμε στη στάση του Αγίου Λουκά, γιατί το σπίτι του συμμαθητή μας Κωστάκη, ήτανε στην οδό Λάμπρου δεξιά της Πατησίων, προς τη συνοικία Κυπριάδου. Εκεί λοιπόν περίμενε ο Κωστάκης, που το νεοκλασικό σπίτι του είχε μια ωραία ταράτσα με ηλεκτρικό πικ απ και με δίσκους που περιλάμβαναν και το περίφημο Μάμπο – Τζάμπο. Περιμέναμε λοιπόν οι δώδεκα εμείς να έρθουνε τα κορίτσια, η ώρα όμως πέρναγε και καμιά δεν εμφανιζόταν. Ο Κωστάκης μας είπε, ότι όχι μόνο είχε καλέσει όλες τις συμμαθήτριες μας, αλλά και άλλα γνωστά του κορίτσια. Τελικά από τις 15 που είχε προσκαλέσει εμφανίστηκαν τέσσερις – μόνο δυο από τις συμμαθήτριες και δυο από τις άλλες γνωστές του. Παραμείναμε απαγοητευμένοι σε μια γωνιά της ταράτσας πίνοντας βερμούτ, Τσιντσάνο Μπιάνκο, για να πάνε κάτω τα φαρμάκια. Βέβαια διάφοροι χόρεψαν με τα κορίτσια, αλλά τελικά έπρεπε όπως πάντα να φύγουνε – το αργότερο εννιάμιση η ώρα εξαντλημένες, γιατί δεν τις αφήσανε να καθίσουν καθόλου. Αφού είμαστε έντεκα προς τέσσερις...»Σε παρακαλώ, μου λέει η Μαίρη καθώς χορεύαμε, μπορείς να μου βάλεις και μένα ένα ποτήρι απ’αυτό που πίνετε; Δεν έχω καιρό ούτε να φυσήξω τη μύτη μου...» Μας διακόπτει μ’ ένα χτύπημα στη πλάτη ο Πέτρος λέγοντας της: «Μόλις τελειώσει το τραγούδι το επόμενο εγώ!» «Βλέπεις τι γίνεται μου λέει εκείνη... Τι σου έλεγα;» «Και μη χειρότερα, απαντώ αν είναι έτσι δεν ξαναχορεύω το βράδυ. Μπορείς όμως τη ρωτάω να μου εξηγήσεις γιατί όσα κορίτσια είχαν προσκαλεστεί δεν ήρθανε; «Αφηνοντάς την όταν τελειώνει το τραγούδι... την τραβάει ο Πέτρος... . «Κάτσε ρε φίλε να... μια κουβέντα να της πω...» «Εδώ ήρθαμε να χορέψουμε, μου απαντάει, όχι να δίνουμε... διαλέξεις!» Όταν έφυγε η τελευταία κοπέλα κατά τις εννιάμιση, καθίσαμε κάτω να αδειάσουμε και την άλλη μπουκάλα το βερμούτ που ήταν ρόσσο και να συζητήσουμε τι στο διάβολο συμβαίνει και δεν αφήνουν τις κοπέλες να έρθουν στη γιορτή.

Ακριβώς αυτό πήγαινα να ρωτήσω τους λέω και ο Πέτρος μου είπε ότι δίνω... διαλέξεις... Με διακόψανε και πάλι αρχίζοντας μια ατέρμονη κουβέντα γιατί και πως οι γονείς των κοριτσιών φοβούνται μη τις ξεπαρθενέψουμε και άλλες ιστορίες. Τελικά προέκυψε από τον αδερφό ενός συμμαθητού, που πήγαινε στην έκτη Γυμνασίου, ότι στις μεγαλύτερες τάξεις υπήρχαν κοπέλες πιο ελεύθερες διότι ήταν μεγαλύτερες και όχι μόνο πήγαιναν στις γιορτές που τις ονόμαζαν πάρτι, αλλά έφευγαν αργότερα και όχι στις εννιάμιση.

Τη Δευτέρα στη τάξη ο Σταύρος έπρεπε να χρησιμοποιήσει όλο του το φλέγμα, ψυχραιμία και ηρεμία, καθώς του ήρθε η φαεινή έμπνευση να κουβαλήσει μαζί του ένα ξυπνητήρι! Στο καθόλου διασκεδαστικό μάθημα της Χημείας το είχε τοποθετήσει στο πάτωμα και δεμένο μ’ ένα σπάγγο το τραβούσε από την πλαϊνή πλευρά των θρανίων των κοριτσιών προς τα αγόρια και το ξυπνητήρι όταν χτυπούσε στα πόδια των θρανίων άρχιζε να κουδουνίζει. Ο της Χημείας καθηγητής, αφού άκουσε το χτύπημα μια, δυο,τρεις, τη τέταρτη φορά βάζει τις φωνές και λέει:

«Θα τιμωρηθεί όλη ή τάξη, αν δεν μου πείτε ποιός έχει εγκαταστήσει αυτό το... κινούμενο κουδούνι! «Πως είναι εγκαταστημένο αφού... κινείται;» διερωτάται φωναχτά ο Παναγιώτης. «Ζωγράφε έξω και περίμενε γιατί θα πάμε μετά στο γραφείο». «Μα εγώ κύριε δεν έχω καμιά σχέση με κουδούνια,» εξανίσταται αυτός. «Ναι, αλλά είσαι αναιδέστατος! «Ο Σταύρος συνεχίζει τα κουδουνίσματα τραβώντας το ξυπνητήρι προς τη θέση του. Και καθώς πάει να το σηκώσει τον βλέπει ο Χημικός και τον γραπώνει από το γιακά του πουκάμισού του μαζί με το ξυπνητήρι» Α! εσύ είσαι!Και επί πλέον ο χειρότερος μαθητής. Έξω τώρα αμέσως! Μαζί με τον Ζωγράφο.» Καθώς ο Σταύρος τσεπώνει το ξυπνητήρι και ο Παναγιώτης ανοίγει τη πόρτα για να βγούνε, εμφανίζεται στη πόρτα η κυρία Έλλη η γραμματέας του κυρίου Μπερζάν.

«Κύριε Ροδόπουλε απευθύνεται στον Χημικό, ο κύριος Μπερζάν θα ήθελε τον Αλεξόπουλο στο Γραφείο του διότι έχει έρθει ο πατέρας του να μάθει για τη πρόοδό του.» «Αφήστε κυρία Ελλη θα τον φέρω εγώ ο ίδιος. Ζωγράφε στη θέση σου! διατάζει θυμωμένα» και στον Σταύρο: «Έλα πάμε.»

Το τι έγινε στο γραφείο του Μπερζάν παρουσία του πατέρα του Σταύρου, του Χημικού και του συμμαθητή μας, το μάθαμε αργότερα. Φαίνεται ότι εκεί που είχε αρχίσει ο Μπερζάν να κάνει κάποια εισαγωγή και να συνεχίζει ο καθηγητής, το ξυπνητήρι που είχε ο Σταύρος στη τσέπη του άρχισε να χτυπάει και τα είχε χάσει τόσο πολύ ο ίδιος, που δεν μπορούσε να το σταματήσει! Τότε το άρπαξε συγχυσμένος ο πατέρας του και το πέταξε έξω από το ανοιχτό παράθυρο, στη τσιμεντένια αυλή του σχολείου που έβλεπε στη πλατεία Αλεξάνδρας. Το επεισόδιο αυτό ακολούθησε αποβολή του Σταύρου για τρεις μέρες και πέρασε αρκετός καιρός μέχρι να ξανα-εμφανιστούν στη Τάξη ξυπνητήρια, ή άλλα παρόμοια αντικείμενα που κουδούνιζαν, ή έκαναν άλλους θορύβους.

Όπως αναφέραμε και στη σελίδα της κοινότητας στο περιοδικό του Σχολείου είχαμε ανταποκριθεί αρκετά καλά σε όλα τα καθηκοντά μας και ελπίζαμε ότι με τη βοήθεια των καθηγητών μας θα είμαστε πολύ καλύτεροι το επόμενο έτος. Όλα αυτά στην ΠΕΝΝΑ, (με δύο Ν) το περιοδικό, τα έγραφε ο ίδιος ο καθηγητής, μη εμπιστεύομενος προφανώς κανέναν από μας.

Νόμιζε ότι πλην ελαχίστων, όλοι... οι περισσότεροι υπόλοιποι ήταν αγράμματοι ... εκ γενετής. Βρισκόμαστε κοντά στο τέλος του σχολικού έτους το 1950, όταν σε μια αρρώστια του καθηγητή μας τον αντικατέστησε άλλη καθηγήτρια, που θα την είχαμε στην επόμενη τάξη, τη Τετάρτη Γυμνασίου. Και εκείνη μας είπε στο μάθημα της Έκθεσης, ότι θα έπρεπε να είχαμε κάποια ιδέα της ιστορίας της οικογένειάς μας, γιατί έτσι θα μαθαίναμε από που προερχόμαστε.

Το συζητούσαμε στο διάλειμμα και ένας συμμαθητής μας είπε ότι προερχόταν από τους Βενετούς, που είχαν καταλάβει το μεσαίωνα πολλά Ελληνικά νησιά. Άλλος μας είπε ότι ο μπαμπάς του ήταν κόμης, ή μαρκήσιος γιατί καταγόταν από τη Κεφαλλονιά, όπου υπήρχε το 'λίμπρο ντ' όρο'.

Σε ερώτησή μου να μας πει τι είναι αυτό το 'λίμπρο ντ' όρο', προφανώς βιβλίο, ...κιτάπι, βίβλος, ή ότι άλλο, μας απάντησε ότι δεν είχε ιδέα, αλλά θα ρωτήσει το μπαμπά του να μας πει... μεθαύριο, γιατί έλειπε ταξίδι Και βέβαια μας άναψε στους περισσότερους τη περιέργεια να μάθουμε για τους ... προγόνους μας.

Μετά τη καθιερωμένη σιέστα, που πέρναγα πάντα ξαπλωμένος και διαβάζοντας το μεγάλο βιβλίο που μου είχαν χαρίσει και βρισκόμενος εκεί που ο Ναπολέων πλησιάζει τη Μόσχα και ο στρατηγός Κουτούζωφ υποχωρούσε, στη μέση περίπου του Πόλεμος και Ειρήνη του Τολστόι, θυμάμαι τους... προγόνους και... επιτίθεμαι στον πατέρα μου, που έπινε τον καφέ του ντυμένος και γραβατωμένος μετά τη σιέστα του, έτοιμος να φύγει για το γραφείο. «Τί είναι αυτά που λές γιέ μου; Θα χρειαστούμε πολύ καιρό για να σου πώ όλη την ιστορία που, νομίζω ότι κάπου την έχει γραμμένη – με πολλές υπερβολές ο παππούς σου. Προτείνω να ξεκινήσεις από τη μαμά σου, να σου πει τον... ισπανικό κλάδο της οικογένειας και μετά να ακολουθήσω εγώ τη Κυριακή, που θα έχουμε αρκετό καιρό στη διαθεσή μας.»

Και το βραδάκι όταν τέλειωσα το διαβασμά μου που ήταν κάτι ασκήσεις Αγγλικά και δυο προβλήματα μαθηματικών καθίσαμε με τη μαμά στο μικρό σαλονάκι της Αριστοτέλους 142. Βάλαμε να ακούσουμε τον τελευταίο δίσκο 78 στροφών που μας είχε χαρίσει ο παππούς Πέπε, το κοντσέρτο για βιολί του Μέντελσον με διευθυντή της φιλαρμονικής της Βιέννης τον Μπρούνο Βάλτερ και σολίστα τον Γιάσα Χάιφετς. Το καινούριο πικ απ από το Ράδιο Καραγιάννη το είχε μόλις προχτές φέρει ο πατέρας και από τότε λειτούργησε επιτυχέστατα για πολλές... δεκαετίες, καθώς ήταν 33, 45 και 78 στροφών και επίσης έπαιρνε και άλλαζε μέχρι οχτώ δίσκους 78 στροφών και μέχρι 12, 33 στροφών, είχε και πρόβλεψη για 45 στροφών, που δεν είχαμε δει μέχρι τότε. «Αρκετά όμως για σήμερα, η μουσική μας επιμόρφωση, σηκώνεται η μητέρα, πρέπει να βάλω το φαΐ γιατί θα έρθει και ο Σταύρος το βράδυ, μπορεί και η Μαρία με τον Δημήτρη.» Κάθισα στο τραπέζι με τους μεγάλους που φάνηκαν πολύ απασχολημένοι με τη πολιτική κατάσταση και τις σπατάλες των Ανακτόρων, που φαίνεται ότι ήταν το επίκαιρο θέμα.Οι συζητήσεις τους μου φάνηκαν ανιαρές γι' αυτό και εξαφανίστηκα ζητώντας συγγνώμη και λέγοντας ότι πάω να διαβάσω. Άνοιξα το Πόλεμος και Ειρήνη και ξεχάστηκα περιπλανώμενος στα στενά σοκάκια και τις πλατειές λεωφόρους της Μόσχας, που καίγονταν. Με πήρε ο ύπνος σχετικά γρήγορα με το βιβλίο να πέφτει στο πάτωμα.

Το άλλο πρωί ξύπνησα κατά τις εξήμιση και άνοιξα τα παντζούρια ν' αφήσω τον ήλιο να μπει μέσα, καθώς ξεπρόβαλε πίσω από τον Υμηττό. Ντυμένος μετά το κλασικό πρωινό γάλα, αποχαιρετώ τους γονείς και κατεβαίνω τα τρία πατώματα. Προχωρώ στην Αριστοτέλους και για να κόψω δρόμο προς την 3ης Σεπτεμβρίου συνεχίζω στη διαγώνια στενή οδό Ρίζου, που ξεκινάει από την Κοδριγκτώνος. Στην πλατεία Κυριακού, νυν Βικτωρίας, σχεδόν πάντα συναντούσα κάποιον συμμαθητή, ή συμμαθήτρια που ανέβαιναν τη Χέϋδεν για να βγούν στη Μαυροματαίων.

Σήμερα ήταν η σειρά της Λίτσας που έμενε σ΄ένα από τα ωραία νεοκλασικά σπίτια στη γωνία Αχαρνών και Μαμάη. Γνωστό γιατί είχαμε πάει εκεί σ' ένα πάρτι, από τα πρώτα που έγιναν σε σπίτι κοριτσιού. Μετά τις καλημέρες ανεβήκαμε τη Χέϋδεν, στη γωνία με Πατησίων συναντήσαμε και το Γιώργο και τη Στεφανία που ερχόντουσαν από τη στάση Αγγελοπούλου παρέα. Μέχρι το σχολείο ανταλλάξαμε κουβέντες σχετικά με τα δύσκολα μαθήματα και ιδιαίτερα με τα μαθηματικά, όσο και για τον κύριο Ματθαίου, αυστηρότατο Γυμνασιάρχη, που μόλις δυο μήνες τώρα είχε εμφανισθεί και φαίνεται ότι έδερνε και χαστούκιζε αρκετούς από τους μεγαλύτερους, κατά τη φήμη που είχε διαρρεύσει από τη Τετάρτη Γυμνασίου, που ένα από τα αγόρια γλυκοκοίταζε μια από τις συμμαθήτριες μας, ή έβγαιναν μαζί.

Κατά άλλη φήμη που μόλις μας διαδίδει η Στεφανία, κάποιος που ήθελε να παραμείνει ανώνυμος είδε τη συμμαθητριά μας και εκείνον, στον εξώστη του σινεμά Ρεξ, να αγκαλιάζονται στα σκοτάδια. «Καλά και είχε μάτια... νυχτερίδας ο αθεόφοβος ... ανώνυμος; Πως τους είδε;» ρώτησε ο Γιώργος. «Ξέρω γω; Μπορεί να τους είδε μετά; ... ξαναμμένους!» απαντάει εκείνη. «Και μη χειρότερα, είναι να μη σε δει κανείς έστω κι' αν δεν συμβαίνει τίποτα και να κυκλοφορήσουν τα μύρια όσα.»

Συμπλήρωσα εγώ, καθώς φτάναμε στο σχολείο κι'αρχίσαμε ν'ανεβαίνουμε τις σκάλες για τη συγκέντρωση κατά τάξη στη μεγάλη αίθουσα του ισογείου. Ήταν μια ομαλή μέρα και οι ώρες των μαθημάτων περνούσαν αρκετά ήσυχα εκτός από τα Λατινικά. Στο μάθημα ο Κώστας τιμωρήθηκε να γράψει πενήντα φορές την υποτακτική του ρήματος habere, που ήταν habeam,habeas κλπ και όχι haberem, haberes κλπ. που κάποιος άλλος του είχε ψιθυρίσει. Εγώ βέβαια, έχοντας μισοδιαβάσει, νόμιζα ότι ήταν habuerim, habueris κλπ. αλλά απέφυγα να ψιθυρίσω διότι δεν ήμουν σίγουρος.

Στο διάλειμμα τρώγοντας το κλασικό κουλούρι σε μια γωνιά της τσιμεντένιας αυλής ξαναρχίσαμε τη κουβέντα για τους προγόνους μας. Είπα ότι η Ισπανική οικογένειά μου εμφανιζόταν από το 1460 τότε άρχισαν να με κοροϊδεύουν αν και τους απέδειξα – διότι το είχα ψάξει στην εγκυκλοπαίδεια του Ελευθερουδάκη,- ότι και το «λίμπρο ντ' όρο» στα Ιόνια νησιά, κάπου την ίδια εποχή άρχιζε, άρα δεν μ' αφήνουν ήσυχο τους παρακαλώ; «Στο κάτω κάτω για όλους κάτι ισχύει και εγώ – τους είπα – εξακολουθώ να παραμένω περίεργος διότι για την Ελληνική πλευρά της οικογένειας δεν γνωρίζω ακόμα τίποτα. Πρέπει λοιπόν όλοι να ρωτάτε για να μάθετε και τους δυο γονείς σας, διότι μπορεί από τη μια να είναι κόμητες, ή μαρκήσιοι κι' από την άλλη... πειρατές, ή σφουγγαράδες ας πούμε, χωρίς αυτό να σημαίνει ότι η οικογένεια δεν είναι καλή, ή έχει λόγω καταγωγής πιθανά ελαττώματα.»

Γυρίσαμε στη Τάξη και ο Παναγιώτης με ρώτησε αν ήμουν καλεσμένος στο πάρτι του Κώστα του Σ. διότι είχαμε τέσσερις Κώστηδες συμμαθητές. Του απάντησα ναι, διότι εκτός των άλλων ήτανε και γείτονας στην οδό Αχαρνών. Συνεχίσαμε τη κουβέντα ενώ ο καθηγητής στο μάθημα των θρησκευτικών είχε αρχίσει τον ανιαρό μονολογό του σχετικά με κάποιο Ευαγγέλιο και τις κοινωνικές επεκτάσεις και προεκτάσεις του. Θέμα που ποσώς μας ενδιέφερε! Ήταν τόσο βαρετά όλα τα θέματα που προσπαθούσε να μας αναλύσει που όλοι τον βαριόντουσαν. Αυτό βέβαια, και τα βαρετά θέματα, με τα οποία συνεχώς ασχολείτο, δεν τον εμπόδισαν να εξελιχθεί σε καθηγητή Πανεπιστημίου.

Συνεχίζαμε τη κουβέντα με τον Παναγιώτη, που ήθελε να μάθει αν ο Κώστας είχε καλέσει και εκείνη την ωραία από την πιο κάτω από μας τάξη, ή όχι; Απάντησα κάπως ξεχασμένος λίγο πιο δυνατά: «Να σου πω την αλήθεια δεν έχω ιδέα γιατί ...» Και εκεί με διακόπτει ο βαρετός ... ιεροκήρυξ όπως άλλοι τον είχαν ονομάσει. «Και βεβαίως δεν έχεις ιδέα, αφού έχετε στήσει... κοζερί εσείς οι δύο, μήπως μπορείς να μου πείς για ποιό Ευαγγέλιο μιλούσα; «Κοιτάω από δω κοιτάω από κει, και ... νομίζω ότι διακρίνω την Ελένη στο βάθος της τάξης, αλλά στην ευθεία του ματιού μου, να κάνει με τα χείλια της: Λουκάς. «Το κατά Λουκά.» του απαντώ. «Ωραία! και τι λέει ο Ευαγγελιστής σε περίληψη και τι σας έλεγα εγώ; «Σας ομολογώ κύριε Δ. ότι δεν το έχω διαβάσει. Δεν νομίζω ότι έπρεπε να το είχα διαβάσει...»

«Και βέβαια, διακόπτει την πιθανή δικαιολογία μου, δεν είπα ότι έπρεπε να το ξέρεις απ' έξω! Αλλά όφειλες να άκουγες τα σχόλια μου και να κρατάς σημειώσεις, ώστε να πάρεις μια ιδέα. Εσύ όμως μαζί με τον φίλο σου έχετε άλλες προτεραιότητες. Η τιμωρία σας, λοιπόν, θα είναι να αντιγράψετε για το μάθημα της επόμενης Τρίτης όλο το Ευαγγέλιο! και οι δύο χωριστά! Και μετά να γράψετε δυο σελίδες περίληψη του περιεχομένου του! Τις περιλήψεις αυτές θα τις διαβάσετε στη τάξη με τα συμπεράσματά σας και τα σχόλια σας για το τι επεδίωκε ο Ευαγγελιστής! Και σημειώνω μην τολμήσετε να εμφανισθείτε χωρίς αυτή την εργασία, γιατί θα σας αναφέρω για αποβολή στο Γραφείο του κυρίου Ματθαίου. Καταλάβατε;» «Μαλιστα κύριε Δ.» Είπαμε και οι δυο σαν βρεγμένες γάτες. «Εσύ φταίς, είπα του Παναγιώτη αργότερα, διότι η μέν αντιγραφή θα μας φάει καμιά δυο ώρες, δεν είναι μεγάλο πρόβλημα. Η περίληψη όμως και τα σχόλια που γυρεύει πρέπει να είναι διαφορετικά. Προτείνω να συνεργαστούμε ώστε να μη γράψουμε τα ίδια.!» Συμφωνήσαμε και θα βρισκόμαστε τη Κυριακή το απόγεμα να εκτελέσουμε το... έργο της τιμωρίας.

Στο μεταξύ παρεμβολή το πάρτι του Κώστα, όπου για πρώτη φορά συναντήσαμε και κορίτσια από την παρακάτω τάξη και επί πλέον για πρώτη φορά χαμήλωσαν και τα φώτα, καθώς εκτός από το Μάμπο που συνεχιζε την επιτυχία του, μόλις άρχιζαν τα μπλουζ και άλλα σιγανά σλόου του Φράνκι Λέιν και του Τζόνυ Ράιη. Φαίνεται ότι την ωραία με τα πράσινα μάτια της παρακάτω τάξης την είχε αγκαζάρει και χόρευε συνέχεια κολλημένος απάνω της ο Κώστας.

«Εκμεταλλεύομενος το... γηπέδό του!» όπως είπα του Παναγιώτη, αφού έκανε το πάρτι σπίτι του και παρά τις προσπάθειες του τελευταίου δεν νομίζω ότι πέτυχε να χορέψει μαζί της. Εγώ είχα αντιληφθεί το μάταιο της προσπάθειας, αλλά προσπάθησα να διασκεδάσω άλλες κοπέλες που αν και δεν ήταν τόσο ωραίες, ήταν σχετικά, κατά τη κρίση μου, της Τρίτης Γυμνασίου, αξιόλογες. Έτσι εισχώρησα κι' εγώ στο σκοτεινό δωμάτιο όπου άλλοι δυο τρεις χόρευαν. Με τη μικρότερη παρακάτω Τάξη Μάρω, πρώτη φορά βρεθήκαμε τόσο κοντά και κολλημένοι ο ένας στον άλλο, ανταλλάζοντας χάδια και φιλιά συνοδεύομενοι από τους ήχους των τραγουδιών του Φράνκι Λέην, του Τόνυ Μπένετ, της Πάτι Πέιτζ και της Ροζ Μαρί Κλούνυ.

Μετά από δυο χορούς βγήκαμε στο σαλόνι και συναντήσαμε τον Παναγιώτη να πνίγει την απαγοήτευση του στο ημίγλυκο Κισσάμου, ενώ η Μάρω μου ζήτησε να της φέρω ένα Βερμούτ. Βρήκα ένα άσπρο Μαρτίνι ντράι, που πολύ μου άρεσε πήρα δυο ποτήρια, και της πρόσφερα το ένα.» Αυτό είναι πολύ ωραίο ευχαριστώ.» μου λέει. Παρακινάω τον Παναγιώτη να χορέψει τέλος πάντων και να σταματήσει να πίνει, εκείνος όμως βλέποντας την ωραία με τα πράσινα μάτια να βγαίνει μαζί με τον Κώστα από το σκοτεινό δωμάτιο τινάζεται σε στάση προσοχής και βλέποντας τον Κώστα να πηγαίνει προς την τουαλέτα, τη στιγμή που εξαφανίζεται, της ορμάει και προφανώς της ζητάει να χορέψουν.

Εγώ αποσύρομαι με τη Μάρω στο σκοτεινό δωμάτιο και συνεχίζουμε τα αγαπησιάρικά μας. Κάποια στιγμή περιμένω να τον δω στο σκοτεινό δωμάτιο, αλλά εκείνος δεν εμφανίζεται. Συνεχίζουμε το χορό και τα χάδια με τη Μάρω και μετά από ένα γρήγορο τραγούδι βγαίνουμε στο μεγάλο σαλόνι, όπου δεν υπάρχει Παναγιώτης... άφαντος! Ο Κώστας εξακολουθεί να σαλιαρίζει με την ωραία σε μια γωνιά, καθώς την έχει καθισμένη απάνω του και καπνίζουν και οι δυο! Τους πλησιάζω και ρωτάω μήπως τον είδανε. Ο Κώστας με πληροφορεί ότι έφυγε διότι μετά από όσα είχε πιει δεν αισθανόταν καθόλου καλά και μάλιστα τον βοήθησε να πάει στη στάση των ταξί, που βρισκόταν στη γωνία της Αχαρνών με τον Αγιο Παντελεήμονα, δίπλα στο σπίτι.

Δεν υπήρχε και περίπτωση για άλλο σχόλιο και αλλάξαμε κουβέντα. «Μάθαμε τα κατορθώματα σας με τον Παναγιώτη και τον θρησκευτικό...» μου λέει η ωραία. «Το κακό είναι ότι μας κατέστρεψε το απόγεμα της Κυριακής που πρέπει να αντιγράφουμε Ευαγγέλια... βοήθειά μας! και δεν είχαμε καμιά διάθεση για τέτοιου είδους εργασία.» Της απαντάω. «Πάμε να χορέψουμε με τραβάει η Μάρω.!» Εκτός από τον Παναγιώτη οι υπόλοιποι περάσαμε πολύ ωραία και ήταν ένα από τα πρώτα πάρτι που φορούσαμε μακριά παντελόνια, πίναμε βερμούτ και καπνίζαμε!

Ξύπνησα αργά την Κυριακή αλλά φαίνεται ότι οι δικοί μου μάλλον είχαν έρθει αργότερα από μένα, διότι κοιμόντουσαν μέχρι τις δώδεκα! Ευτυχώς ήταν, εκτός από τα μακριά παντελόνια, και η πρώτη φορά που είχα κλειδιά του σπιτιού πρώτα της εξώπορτας κάτω και μετά της πόρτας του διαμερίσματος.

Το σπίτι εκείνο το πρωινό ήταν μάλλον ανάστατο. Ο πατέρας θα έφευγε την άλλη μέρα για την Ιταλία, αεροπορικώς, να συναντήσει τον θείο Μίλτο, που βρισκόταν στη Ρώμη απεσταλμένος του Ναυτικού για τη παραλαβή του καταδρομικού «Εουτζένιο ντι Σαβόϊα» που μας έδιναν οι Ιταλοί για πολεμικές επανορθώσεις. και θα μετονομαζόταν ΕΛΛΗ. Μετά ο πατέρας θα πήγαινε στη Γερμανία, για συναντήσει φίλους του, που είχε όταν εργαζόταν προπολεμικά στην AEG. Η ένταξη στο στόλο του μεγάλου αυτού καταδρομικού απ' ότι είχα ακούσει από το θείο Μίλτο ήταν... ανόητη! Διότι στο Αιγαίο και στο Ιόνιο θα ήταν πολύ πιο χρήσιμα δυο ή τρία αντιτορπιλλικά, παρά ένα τέτοιο μεγάλο πλοίο. Η συζήτηση, όπως μας έλεγε εκείνος ένα βράδυ, για το αν χρειαζόμαστε βαριά μεγάλα πλοία, ή περισσότερα ευέλικτα μικρά είχε αρχίσει πριν από τον πόλεμο και συνεχιζόταν. Υπήρχε η σχολή των βαρέων πλοίων ακόμη και θωρηκτών, ή... αεροπλανοφόρων και η ρεαλιστική σχολή, όπως την έλεγε, των μικρών και εύελικτων πλοίων που θα ελίσσονται ανάμεσα στα διάφορα νησιά του Αιγαίου. Και βέβαια εγώ, λέει ο θείος, τα έγραψα όλα αυτά, εκείνοι όμως με διέταξαν να πάω και επιβλέψω τις μετασκευές και επισκευές του πλοίου ώστε να είναι ετοιμοπόλεμο. Όταν τους ρώτησα αν θα πολεμήσουμε στον... Ατλαντικό με είπαν αναιδέστατο και πάντοτε ότι εκδηλώνω ανυπακοή στις διαταγές των ανωτέρων μου. «Ενώ εσύ πάντοτε τους υπακούς!» Αστειεύτηκε ο πατέρας μου, ένα βράδυ πριν από την αναχώρηση του θείου, που είχε έρθει για να μας αποχαιρετίσει στην Αριστοτέλους.Η ρουτίνα του σχολείου συνεχιζόταν αλλά ίσως λόγω της άνοιξης οι διάφορες εκδηλώσεις είχαν πολλαπλασιαστεί. Έτσι στις 25 Μαίου είχε προγραμματιστεί εκδρομή στην Ανάβυσσο, που εγνώριζα από τρία χρόνια πριν. Το βράδυ όμως πριν από την εκδρομή, είχαν καλέσει, τρεις από μας σε πάρτι στο σπίτι μιας κοπελιάς από το Κολλέγιο του Ελληνικού. Πήγαμε στο πάρτι που αρκετά διασκεδάσαμε και πέρασε η ώρα, έτσι που γυρίσαμε πίσω στα σπίτια μας κοντά στις πέντε το πρωί. Με αρκετά βαρύ κεφάλι, διότι εκείνα τα γλυκά βερμούτ μου... καλλιεργούσαν πρωινό πονοκέφαλο, ξυπνάω και βλέπω το ξυπνητήρι που νόμιζα ότι το είχα βάλει στις εφτά, και τι να δώ είχε πάει ...έντεκα η ώρα. Πετάγομαι απάνω τρέχω στο μπάνιο και χωρίς καφέ ή γάλα, τηλεφωνάω στο Γιώργο, που ήταν το σπίτι του πιο κοντά.

///

Η ΕΚΔΡΟΜΗ ΣΤΗΝ ΑΝΑΒΥΣΣΟ

1950

Συμφωνήσαμε να περάσει και να μου χτυπήσει το κουδούνι να κατέβω. Χτυπάει το τηλέφωνο μόλις έκλεισα. «Και τι στο καλό φλυαρείς στο τηλέφωνο όλο το πρωί; «Ρωτάει ο Κώστας. Του εξηγώ τη κατάσταση. «Μην ανησυχείς και μένα με πήρε ο ύπνος, αυτά έχουν τα νυχτερινά... όργια...μου λέει, κοίταξε όμως, βρέθηκε εδώ ο θείος μου από τη Πάτρα και έχει μια μεγάλη Στουντεμπέικερ, του είπα τι πάθαμε και μου είπε ότι θα μας πάει μέχρι την Ανάβυσσο, διότι είναι καλεσμένος στο Σούνιο, έτσι θα πάμε με τη μεγάλη αυτοκινητάρα και θα γυρίσουμε με τους ... προλετάριους! Του είπα για το Γιώργο, δεν υπάρχει πρόβλημα μου απάντησε μια και ο Θείος είναι μόνος.»

Νάμαστε λοιπόν οι τρεις μας με την αυτοκινητάρα, να διασχίζουμε τα Μεσόγεια που πήγαινε ο δρόμος τότε – δεν υπήρχε παραλιακή το 50 – να φτάνουμε στο τεράστιο γήπεδο που είχαν καταντήσει οι αποξηραμένες αλυκές της Αναβύσου, όπου οι... .πρωϊνοί εκδρομείς συμμαθητές και συμμαθήτριες παίζαν βόλευ, ποδόσφαιρο και άλλες ... αθλοπαιδειές. Εκεί ήταν και ο συνοδός καθηγητής θρησκευτικών μαζί με τον άλλον των Ελληνικών που μας υποδέχτηκαν με: «Καλώς τους τους ξενύχτηδες και... λιμοκοντόρους.» Τότε δέχτηκανε καταιγισμό ερωτήσεων να αναλύσουν τον όρο λιμοκοντόρος. «Πως διάβολο καταφέρνει αυτός ο χριστιανός να γίνεται ανιαρός μ' αυτά που λέει; «Ρωτάει μια άλλη ωραία, η Κλειώ από τη τάξη μας, με παντελόνια μπλέ και και με μπλουζάκι με οριζόντιες κόκκινες και κίτρινες γραμμές, που άφηνε τα άφθονα προσόντα της να προκαλούν τη προσοχή του συνόλου των αρσενικών. Τα προσόντα αυτά τα απολαμβάναμε στις εκδρομές και τα πάρτι διότι στο σχολείο οι αυστηρές μπλέ ή μαύρες ποδιές τα... έκρυβαν. «Καλά επεμβαίνει ο Χρήστος – από τους επτανήσιους και το λιμπρο ντ' όρο. Ο όρος αυτός είναι οπωσδήποτε από τα Ιόνια και σημαίνει τον ξεπεσμένο κόμη, ή τον φτωχό, που ντύνεται επιδεικτικά ώστε να φαίνεται για κάτι παραπάνω απ'ότι είναι, από το λίμο ίσον λίμα, ή πείνα και το κόντες ή κοντόρος!!» «Έχω μια καλή ιδέα.» Τον διακόπτει ο Κώστας. «Και ποιά είν' αυτή;» ρωτάμε όλοι. «Αφορά μόνο στενό κύκλο, δεν μπορεί να εξαφανιστούμε όλοι!» «Πές μας χρυσόστομε τι εννοείς επί τέλους.» Του κολλάει ο Ρίκος.

«Εννοώ, συνεχίζει ο Κώστας, εσύ δεν έλεγες; Με κοιτάει ερωτηματικά ότι παρακάτω στο τέλος των Αλυκών έχει μια καταπληκτική αμμουδιά; Σας ρωτάω λοιπόν γιατί εμείς οι λίγοι εκλεκτοί δεν πάμε να κολυμπήσουμε; «Για πολλούς και διαφόρους λόγους απαντά η Κλειώ μαζί με τη Μάρω. Πρώτον μας είπαν ότι απαγορεύεται το κολύμπι , δεύτερον είναι Μάιος μήνας και η θάλασσα είναι κρύα και τρίτον δεν έχουμε μαζί μας, ούτε μαγιώ, ούτε πετσέτες και πως προτείνεις να το σκάσουμε ας πούμε εμείς οι πέντε χωρίς να μας πάρουν είδηση; «Όλ'αυτά είναι δικαιολογίες πολλά πράγματα μας έχουν πει ότι απαγορεύονται και αδιαφορούμε, απαντά εκείνος ατάραχος, όπως το κάπνισμα, δεν πρόκειται να κάτσουμε με τις ώρες στη θάλασσα. Θα κάνουμε μόνο μια βουτιά. Και όσο αφορά τα μαγιώ και τις πετσέτες υπάρχουν εσώρουχα και μαντήλια για να σκουπιστούμε και τέλος για τις δεσποινίδες μπορεί να κολυμπήσουν μακρύτερα εκεί που δεν θα τις... μολύνουμε με τα αδιάκριτα βλεμματά μας.» «Και αυτό είναι το καλύτερο, συμπληρώνω, διότι πάντα θα υπάρχει μια μακρινή μορφή, ή σιλουέττα που περιβάλλεται από μυστήριο! Όπως θα έλεγε και ο ποιητής! «Μωρέ που τα διάβασες αυτά; «Ρωτάει η Μάρω. «Λοιπόν, λέει ο Κώστας η ταβέρνα που θα φάμε σε δυο ώρες είναι από κει, σιγά, σιγά ένας ένας, ή δυο να προχωρούμε προς την αντίθετη κατεύθυνση μέσα στις Αλυκές, αν κανείς από τους καθηγητές φωνάξει, λέμε ότι πάμε βόλτα και αφήστε τις δικαιολογίες που θα τους γεννήσουν υποψίες.»

Έτσι κι'έγινε και πολύ βιαστικά: Έμπα γρήφορα στη θάλασσα, ρίξε ματιά στις κοπέλες, έβγα γρήγορα να στεγνώσεις, χάθηκε το σώβρακο του Κώστα Κ. Για να μας παραπονιέται ότι :» Με το χοντρό αυτό παντελόνι που φοράω, χωρίς σώβρακο, μου ξύνει τα αρχίδια.» «Καλύτερα Κώστα μου, του απαντάει ο Ρίκος, παρά να τα ξύνεις... μόνος σου! «Η κριτική των σωματικών χαρισμάτων των δυο κοριτσιών ακολούθησε αργότερα, τη Κυριακή το βράδυ, που μετά την αντιγραφή και περίληψη του Ευαγγελίου, (βοήθειά μας!) Είχαν έρθει όλοι στο σπίτι του Παναγιώτη. Και συμφωνήσαμε ότι η Κλειώ είχε στήθος σαν την Μαρτίν Καρόλ, και άλλες τροφαντές καμπύλες και χαρίσματα, ενώ η Μάρω ήταν πιο στο Ιταλικό στυλ της Συλβάνα Μάγκανο, γεμάτη προοπτικές προκλητικής ηδονής!

ΑΙΓΙΝΑ

Καλοκαιρινές διακοπές

1950

Τελειώναμε τις εξετάσεις για να πάμε στην Τετάρτη Γυμνασίου όταν οι δικοί μου ανακοίνωσαν ότι θα πάμε για διακοπές στην Αίγινα. Ξεκινήσαμε λοιπόν από τον Πειραιά, με το περίεργο πλοίο «Καλαμάρα», που είχε ένα τεράστιο άλμπουρο στη πλώρη, σαν ιστιοπλοϊκό. Ήταν λέει ιδιωτική θαλαμηγός πριν από το πόλεμο. Η θεία Μαρία πρόσφατα παντρεμένη με τον Κωνσταντίνο, έμεναν στο πατρογονικό του σπίτι στο Φάρο, δέκα λεφτά από τη πόλη. Εμάς μας είχαν βρει δυο δωμάτια στο δρομάκι πάνω από τον Στρατηγό, που ήταν η ταβέρνα – καφενείο- μπαρ – της περιοχής με τραπέζια έξω από το μαγαζί πάνω στη θάλασσα - παραλία, στην άκρη του χωμάτινου δρόμου του καταβρεχόμενου με θαλασσινό νερό, κάθε απόγεμα.

Πιο δεξιά βλέποντας τη θάλασσα, βρισκόταν ο Φάρος, μια άλλη ξύλινη ταβέρνα, που όπως έλεγαν ήταν πιο ακριβή από το Στρατηγό, όπου πήγαιναν για φαγητό οι μεγάλοι, μόνο αν είχαν να γιορτάσουν κάτι εξαιρετικό, όπως γενέθλια, και επέτειους. Τότε απόκτησα ένα ποδήλατο μεγάλο βαρύ και μαύρο, που δεν είχε φρένα παρά μόνο κόντρα με το πεντάλ, το μπροστινό φρένο δεν λειτουργούσε . Στο Στρατηγό και στη παραλία - αμμουδίτσα μπροστά, είχε συγκεντρωθεί αρκετά μεγάλη παρέα με δυο κορίτσια από το σχολείο μας στη παρακάτω τάξη, από μένα και άλλους γνωστούς, τακτικούς παραθεριστές, ή άλλους με σπίτι από πολλά χρόνια στην Αίγινα. Έτσι το πρωί κολυμπούσαμε μπροστά στο Στρατηγό και το βράδυ μικροί, μεγάλοι και διάφοροι άλλοι, μαζεύονταν στο ταβερνείο από σχετικά νωρίς, κατά τις οχτώ, όπου κάθονταν, ή περιδιάβαζαν και επανεμφανίζονταν, ή όχι, μέχρι και μετά τα μεσάνυχτα. Εμείς, η πιο νεολαία, περιοριζόμαστε σε διάφορες ποδηλατάδες μέχρι εκεί που άρχιζε ο ανήφορος στο χωματόδρομο για τον Μαραθώνα, ή για παγωτό στη πόλη. Ο πατέρας όπως και οι περισσότεροι κύριοι εργάζονταν στην Αθήνα. Ερχόντουσαν μόνο το Σάββατο το απόγεμα και ξανάφευγαν τη Κυριακή το βράδυ με το τελευταίο καράβι. Εκτός από κάποιο διάστημα, συνήθως είκοσι, ή και παραπάνω ημερών, που έπαιρναν την κανονική τους άδεια και πέρναγαν όλο το καιρό στην Αίγινα. Τότε κάναμε και τις περισσότερες εκδρομές.

***

Εκεί έμαθα, ή έγινε πιο γνωστός ο πολεμος της Κορέας, όπου συμμετείχε και Ελληνικό εκστρατευτικό Σώμα. Και έγινε πιο γνωστός διότι ο ανταποκριτής της εφημερίδας Καθημερινή, ο Τσιγάντες της γνωστής οικογένειας των ηρώων στρατιωτικών χάθηκε, δηλαδή μετά από μια σφοδρή αιματοβαμμένη μάχη με πολλές απώλειες θεωρήθηκε αγνοούμενος. Φαίνεται, όπως διαβάσαμε στην εφημερίδα, ότι έγιναν δυο ή τρεις συνεχόμενες μάχες για την κατάληψη και ανακατάληψη ενός λόφου που υπερασπίζονταν οι ολιγάριθμοι Έλληνες ενάντια σε χιλιάδες Κινέζους.

Αυτά και άλλες λεπτομέρειες, που δεν είχαν γραφτεί στις εφημερίδες, μας τις έλεγε ο ο Γιώργος Κ. δημοσιογράφος, που κολυμπούσαμε μαζί, στη μικρή πλαζ του Φάρου. Ο Γιώργος ήταν ένας πολύ καλός φίλος, που αν και μεγαλύτερος κάναμε αρκετή παρέα Έφυγε για λίγες μέρες, μας είπε, πηγαίνοντας για κάποια δουλειά στην Αθήνα. Γύρισε μετά από τρεις μέρες, παράγγειλε μετά το μπάνιο μπύρες και άρχισε να κερνάει όλο τον κόσμο στον Στρατηγό. Τον ρωτήσαμε τι τρέχει και μας απάντησε ότι η ίδια εφημερίδα που έχασε τον πολεμικό ανταποκριτή της, (Τσιγάντε), του έκανε πρόταση να τον στείλει στη θέση του. Άρχισε αμέσως μεγάλη συζήτηση να πάει, ή να μην πάει, διότι πόσο επικίνδυνο ήταν και γιατί δεν καθόταν ήσυχος. Εκείνος αποκρούει όλα τα επιχειρήματα να μην πάει, διότι μας είπε ότι είχε κάνει τη θητεία στους Λ.Ο.Κ, τις δυνάμεις καταδρομών, και ήξερε από τα πολεμικά. και τελικά πάντοτε ήταν υπέρ της περιπέτειας... .σαν νεότερος Χεμινγουέη!

Την προπαραμονή της αναχωρησής του από την Αίγινα μας έφερε το νέο ότι ο Τρούμαν αποστράτευσε τον Μακ Άρθουρ, που ήταν ο αρχιστράτηγος του πολέμου στην Κορέα, διότι ο στρατηγός επέμενε να χρησιμοποιηθούν πυρηνικά όπλα ενάντια στην Κίνα. Και ο Γιώργος ήταν πολύ απογοητευμένος διότι σκόπευε να ζητήσει από τον Στρατάρχη Μακ Άρθουρ μια αποκλειστική συνέντευξη, και τώρα που να τον βρεί αφού ο άλλος τον αποστράτευσε. «Ρε δε λές που γλυτώσαμε από ατομικό πόλεμο και μου λυπάσαι διότι έχασες τη συνέντευξη; «τον πρόγκηξαν οι περισσότεροι. «Αυτό ήταν το όνειρό μου, τώρα εδώ που τα λέμε καλύτερα που τον έδιωξε διότι φαίνεται ότι δεν αστειεύόταν ο Μακ Άρθουρ και προφανώς ήθελε να τελειώσει τον πόλεμο μια ώρα αρχήτερα.»

Τελικά έφυγε ο Γιώργος για την Κορέα. Από κει και πέρα διαβάζαμε τις ανταποκρίσεις του στην Καθημερινή σχεδόν κάθε μέρα. Ξανασυναντηθήκαμε μετά από αρκετά χρόνια και ακόμα θυμόταν το Στρατηγό και το Φάρο στην Αίγινα, που τόσο ωραία είχε περάσει. «Ευτυχώς εγώ επέζησα και δεν χάθηκα στην Κορέα, μας είπε τότε, να φανταστείτε ότι προσπάθησα να ψάξω να βρω κάποιο στοιχείο για τον εξαφανισμό του Τσιγάντε, ακόμα και μπόρεσα να έρθω σε επαφή μέσω φίλων Κινέζων με στρατόπεδα συγκεντρώσεως αιχμαλώτων. Βρήκα ακόμα και καταλόγους αιχμαλώτων πολέμου, δυστυχώς κανένα Ελληνικό όνομα αναμεσά τους, παρ' ότι ανεκάλυψα ορισμένα Τούρκικα, διότι και οι Τούρκοι είχαν εκστρατευτικό σώμα. Τελικά ευτυχώς ο Τσιγάντες επέστρεψε μόνος του μετά από οδυνηρή αιχμαλωσία.

Με ένα διαλυμένο λεωφορείο επισκεφτόμαστε το ναό της Αφαίας και κολυμπούσαμε στην καλύτερη αμμουδιά του νησιού, στην Αγία Μαρίνα. Η βάρκα με μηχανή μας πήγαινε από τη πόλη στη Πέρδικα και μετά στη Μονή για μπάνιο. Ο δρόμος προς τη Πέρδικα μετά το Μαραθώνα ήταν σε πολλά μέρη κακό μονοπάτι. Πρώτη φορά σε κάποιο φιλμ στο καλοκαιρινό σινεμά «Ακρογιάλι» ακούσαμε μαζί με αρκετά μεγάλη παρέα το τραγούδι Blue Moon, που έγινε μεγάλη επιτυχία από τότε. Εκτός από ορισμένα παιδιά που έμεναν σε σπίτια των γονιών τους, στην Αίγινα και είχαμε πάει δυο τρεις φορές σε κάποια εκδήλωση τύπου πάρτι, υπήρχε και πάρα πολύς παραθεριστικός κόσμος.

Από τα ωραία της Αίγινας ήταν οι παραλίες με τα φύκια, που ξερά όπως ήταν τους καλοκαιρινούς μήνες αποτελούσαν ιδεώδη ... στρώματα, όπου ξαπλωμένοι είτε χαζεύαμε το φεγγάρι, είτε προβαίναμε σε κακές... πράξεις, με πρόθυμες υπάρξεις. Δημιουργήθηκαν ειδύλλια που κράτησαν και δυο και τρία χρόνια, καθώς πολλά συνεχίζονταν τους χειμωνιάτικους μήνες στην Αθήνα. Η μεγάλη έννοια μας ήταν όταν σηκωνόμαστε από τα φύκια, να ξεσκονίζει ο ένας την άλλη, διότι αν επρόκειτο να εμφανισθούμε οπουδήποτε, ήταν φως φανάρι ότι είχαμε ξαπλωθεί στη παραλία και συνήθως είχαμε περάσει ωραία. «Όταν προτείνεις σε μια κοπέλα να πάμε περίπατο στη παραλία να δούμε το φεγγάρι σαν παράδειγμα, λέει ένας φίλος,δεν γνωρίζεις αν εκείνη έρχεται για σένα, για τον πανσέληνο, ή επιζητεί και άλλα.»

«Γι' αυτό επιβάλλεται η διερεύνηση, όσο είναι δυνατόν βέβαια, για να επιδιώξεις τη μεγάλη ευχάριστη έκπληξη, ή να αποφύγεις δυσάρεστη απαγοήτευση!» Αυτά όλα λέγονταν σε μεγάλη παρέα που πίναμε μπίρες και τρώγαμε σαγανάκι κεφαλοτύρι, που κάποιος επέμενε ότι ήταν το καλύτερο που είχε φάει στη ζωή του.

Άλλη φορά θυμάμαι ότι ξεκινήσαμε τέσσερις με ποδήλατα από το Φάρο προς την Περιβόλα για να φτάσουμε στο Μαραθώνα, όπου θα κολυμπούσαμε με το φως της πανσέληνου. Στον ανήφορο , κόψαμε ταχύτητα και προχωρήσαμε σπρώχνοντας τα ποδήλατα. Βλέπω πίσω μας τους άλλους δυο, τον Σπύρο και την Μαρία να σταματάνε. Εγώ με τη Μαργαρίτα προχωρούμε, φτάνουμε στη κορφή γυρνάμε να τους δούμε και εκείνοι ήταν άφαντοι! «Μα καλά, μου λέει, εκείνη γιατί εξαφανίστηκαν; Κάτω στη παραλία που πηγαίνουμε υπάρχουν αμέτρητες... ευκολίες να εξαφανιστείς μέσα στα καλάμια, ή στην αμμουδιά.» «Που να ξέρω; «, απαντάω, καθώς ανεβαίνω στο ποδήλατο και συνεχώς φρενάρω διότι ο κατήφορος γινόταν όλο και πιο ανώμαλος με πέτρες και χώμα ψιλό σαν πούδρα, που οι ρόδες χώνονταν μέσα. . Και ξαφνικά βλέπω τη Μαργαρίτα να πέφτει πλάγια, γιατί είχε βυθιστεί η μισή μπροστινή ρόδα μέσα στο αμμόχωμα. Σταματάω τρέχω πέντε μέτρα μπροστά, την βοηθάω να σηκωθεί. «Είσαι εντάξει; Χτύπησες, πονάς, πουθενά;» «Εντάξει είμαι αλλά πάμε πιο κει στην αμμουδιά πίσω από τα καλάμια μη τυχόν μας δει και κανείς γιατί πρέπει να βγάλω αυτά τα ρούχα, ευτυχώς φοράω το μαγιό από μέσα, αλλά θέλω να τα ξεσκονίσω γιατί αυτή η σκόνη – χώμα είναι πολύ χειρότερη από τα φύκια που με ξεσκόνιζες χτες το βράδυ.»

Προχωρήσαμε στην έρημη παραλία και κρυφτήκαμε σε μια στροφή. Η Μαργαρίτα έμεινε με το μαγιό και άρχισε να ξεσκονίζει φουριόζα τη φούστα και τη μπλούζα που είχε βγάλει. Εγώ έβγαλα το σορτσάκι και μένοντας με το μαγιό την κοίταξα· και της λέω: «Τέλειωσες το καθαριστήριο; Για μπάνιο ήρθαμε!...» «Όποιος έχει υπομονή θα λάβει και την αμοιβή του.» μου απαντάει και με πλησιάζει, πιανόμαστε από τα χέρια, μπλέκουμε τα δαχτυλά μας και μπαίνουμε στη θάλασσα, προχωρόντας σιγά, σιγά. «Και τι έγιναν οι άλλοι; Διότι εκεί που σταμάτησαν υπάρχει μια αμμουδίτσα, αλλά είναι γεμάτη αχινούς και όσο και να φέγγει η πανσέληνος δεν τους βλέπει καλά», μου λέει.

Τραβώντας το χέρι της πέφτει στη θαλασσα. «Αν μπορείς πιάσε με! «μου λέει με τα γελαστά γκρί μπλε μάτια της στο φως του πανσέληνου. Και έγινε δελφίνι. Άρχισα να τρέχω κι'εγώ οπωσδήποτε όχι με το ίδιο στυλ, αλλά αρκετά γρήγορα, ώστε να τη φτάσω καθώς είχε γυρίσει προς τη παραλία και βρέθηκε εγκλωβισμένη. Την έπιασα και τη αγκάλιασα από τη μέση: «Αν συνέχιζες προς το πέλαγος θα φτάναμε στο Αγκίστρι, γιατί βάλθηκες να καταρρίψεις το ατομικό σου ρεκόρ; «της είπα. «Γι' αυτό γύρισα, διότι έχω άλλες ιδέες για να σε κουράσω, εκτός από το ρεκόρ μου.» Φιληθήκαμε και προχωρήσαμε προς τη γωνιά με τα ξερά φύκια όπου πραγματικά με κούρασε, πάρα πολύ ευχάριστα όμως, πάντα με τους γνωστούς περιορισμούς του απαραβίαστου της παρθενίας.

Με τα κολύμπια παντός είδους, τα σινεμά, δυο τρία πάρτι, ή μάλλον χορευτικές συγκεντρώσεις, αρκετά φλέρτ και ειδύλλια πέρασε το πρώτο καλοκαίρι στην Αίγινα.

ΤΕΤΑΡΤΗ ΓΥΜΝΑΣΙΟΥ

1950 - 1951

Επιστροφή στις αρχές Σεπτεμβρίου στην Αθήνα. Το σχολείο θα άρχιζε στις 20 του μηνός. Καινούριο δωμάτιο τάξης. Από το δεξί παράθυρο βλέπαμε το άγαλμα του Κωνσταντίνου. Το πίσω παράθυρο έβλεπε στο τέλος της λεωφόρου Αλεξάνδρας προς τη Πατησίων. Είχαμε και νέα συστήματα!

Ο κύριος Μπερζάν, είχε εγκαταστήσει συσκεύες ανοιχτής ακρόασης από τις διάφορες τάξεις προς το γραφείο του. Έτσι παρακολουθούσε χωρίς οι καθηγητές, και οι μαθητές να έχουν ιδέα ότι εφάρμοζε το προφητικό 1984, του Όργουελ, όπως είπαν κάτι μεγάλοι της εβδόμης Γυμνασίου. Και εάν όλα ήταν ήσυχα και ο καθηγητής σήκωνε μαθητές να του πούνε το μάθημα, ή παρέδιδε, ή γινόταν κάποιο διαγώνισμα όλα ήταν καλά.

Συνέβη όμως και το αντίθετο με τον εξαίρετο καθηγητή που είχαμε της Φυσικής. Ο άνθρωπος ήταν καλός ερευνητής, ή κάτι σχετικό με την επιστήμη του, αλλά δάσκαλος σε τάξη απείθαρχων μαθητών, όπως είμαστε εμείς, δεν ήταν. Μόνο ο καθηγητής της τάξης μπορούσε να μας επιβληθεί και ένας, ή δυο άλλοι. Έτσι σε μια στιγμή που γινόταν μεγάλη φασαρία, άλλοι διαφωνούσαν με ότι έλεγε, άλλοι το είχαν ρίξει στο τρελό... τραγουδώντας, ακούγεται ο Κεραυνός του Μπερζάν μέσα από το μηχάνημα που ήταν εγκατεστημένο ψηλά στον τοίχο πάνω από τον πίνακα. Ή θα σταματήσετε, ή θα έρθω στη τάξη σας και θα σας αποβάλλω όλους για μια μέρα, παρακαλώ ησυχία! Και κύριε Ανδρικίδη μπορείτε να μου εξηγήσετε γιατί αυτή η αταξία και φασαρία. Ακολούθησε νεκρική ησυχία. και ο δυστυχής εκείνος απάντησε: Κύριε Μπερζάν θα σας εξηγήσω αργότερα στο γραφείο σας. Ευχαριστώ! απαντάει ο... κεραυνός, σας περιμένω!.

Η Τετάρτη ήταν η τάξη που έφυγε ο Κώστας Σ. ο γείτονας μου στην πάροδο της οδού Αχαρνών, στον Άγιο Παντελεήμονα. Πήγε λέει στο Κολλέγιο του Ψυχικού. Ήρθε όμως άλλος Κώστας που έμενε κάπου στο Μεταξουργείο. Μας τον φέρανε στη τάξη με γραβάτα και κοστούμι, που εμείς φορούσαμε μόνο στα πάρτι, ή τις εθνικές γιορτές. Εκείνος βέβαια καθόλα ατάραχος ήρθε με τη γραβάτα για τρεις μέρες και τη τέταρτη εμφανίστηκε με κάποιο πουλόβερ.

Από τις πρώτες μέρες φάνηκε ότι θα τα πηγαίναμε πολύ καλά, παρ' ότι στα μαθήματα ήταν τελείως κάτω από το σύνολο σχεδόν των αγοριών της τάξης. Ήταν καλός στη Γυμναστική, διότι ήταν πολύ δυνατός. Περνούσαμε τότε μια εποχή, που μαζεύομαστε στα σπίτια όταν έλειπαν οι γονείς, συνήθως στο δικό μου, για να παίξουμε... ξύλο! Εκείνος αντιμετώπιζε τρεις από μας με καταπληκτική ευκολία παρά τις προσπάθειες να τον ξαπλώσουμε ανάσκελα κάτω.

Τότε είχε αρχίσει να οργανώνεται από το σχολείο ομάδα ποδηλατικών ασκήσεων, για τις οποίες η εξάσκηση γινόταν δυο φορές την εβδομάδα στο γήπεδο στίβου του Πανελλήνιου, που ήταν κοντά, στο τέλος της Μαυροματαίων.Εκεί γυμναζόμαστε με τα ποδήλατα σε πολλά ακροβατικά, τρία, τρία ποδήλατα παράλληλα και εμείς πάνω στις σέλλες με το ένα πόδι, άλλοι με γραμμή μονή, να αλλάζουν διαδρομές σε σχήμα οχταριών – οι φορές που πέφταμε όλοι σαν ντόμινο ή μόνοι μας είναι αναρίθμητες! Επιστρέφαμε σπίτια μας με σκισμένα πόδια, χέρια, μούτρα, ξεραμένα αίματα. Στον Πανελλήνιο είναι που για πρώτη φορά θαυμάσαμε τις... δυνατότητες του Κώστα, όταν σ' ένα διάλειμμα των ασκήσεων εμφανίζεται ένας από τις μεγαλύτερες τάξεις του Γυμνασίου, δυο χρόνια μεγαλύτερος μας και του λέει: «Για έλα δω εσύ με τα κόκκινα μαλλιά, ναι εσύ! Για έλα δω, να σου τραβήξω μια σφαλιάρα, αλήτη...» Γυρνάει ο Κώστας, τον κοιτάει «Σε μένα μιλάς; «Ναι ρε αλήτη, που μ' έσπρωξες με το ποδήλατο όταν σε πέρναγα και κόντεψες να με ρίξεις κάτω.» «Για κάτσε, πλησιάζει ο Κώστας τον μεγαλύτερο, ούτε κατάλαβα, ούτε και σε έριξα κάτω, γιατί με βρίζεις στα καλά καθούμενα; Τον πλησιάζει ακόμα και ο άλλος πάει να σηκώσει το χέρι του να του ρίξει μια φάπα μ' ανοιχτή τη παλάμη στο κεφάλι του Κώστα. Ο Κώστας του αρπάζει το χέρι με τα δυο του χέρια τον τινάζει μπρος πίσω και τον τραβάει προς τα μπρος, βάζοντας του και μια τρικλοποδιά και ο μεγάλος σωριάζεται φαρδύς πλατύς μπρούμυτα στο χώμα. Σηκώνεται ξεσκονιζόμενος και ορμάει και πάλι να δείρει τον Κώστα. Επαναλαμβάνεται μιά από τα ίδια, καθώς του ρίχνεται με τα χέρια και το κεφάλι, πάλι δεν κατάλαβα πως, όλα γίνονταν τόσο γρήγορα, τον βλέπουμε ξαπλωμένο πάλι στο χώμα αυτή τη φορά... ανάσκελα. Τελικά επεμβαίνει ο γυμναστής που είχε περί πολλού – ο μόνος καθηγητής – τον Κώστα.

«Τι τρέχει εδώ;» «Τι έκανες Παπαδημητρίου;» ρωτάει τον μεγάλο, που σηκωνόταν πάλι ξεσκονιζόμενος, «Σκόνταψα κύριε Περίδη, λέει εκείνος στον Γυμναστή. Και εσύ; «Κωστάκη τι έκανες εδώ;» «Τίποτα! χαμογελάει ο Κώστας, απλώς κοίταγα πως κάνουνε οι μεγαλύτεροι τις διάφορες ασκήσεις.» «Μωρέ κανείς δεν παραδέχεται τι πραγματικά έκανε.. μου ψιθυρίζει ο Πέτρος, για τους δικούς τους... εγωϊστικούς λόγους.!»

Ο ΚΑΘΗΓΗΤΗΣ ΜΕ ΤΟ ΚΟΜΠΛΕΞ

Μετά τις ασκήσεις στον Πανελλήνιο γυρίζαμε στη τάξη μας. Εκεί ένα μεσημέρι μας έδωσαν τους ελέγχους με τους βαθμούς, που έπρεπε να υπογράψουν οι γονείς ότι έλαβαν γνώση. Ο καημένος ο καθηγητής της τάξης, ή δεν ήξερε τι του γινόταν, ή τα είχε μπερδέψει, ήταν όμως τόσο... σκορποχέρης στους χαρακτηρισμούς του, που καλά έκανα και δεν τον χώνευα. Ο ένας μαθητής, όχι μόνο δεν είχε ηγετικά προσόντα, αλλά και ούτε επρόκειτο να... αποκτήσει! «Μα τότε τι κάνει το σχολείο;» ρωτάει ο Κώστας Κ, που ήταν από τους καλούς μαθητές. «Το σχολείο, συνεχίζει, δεν πρέπει να καλλιεργεί τα ηγετικά προσόντα; Και δεν ξέρεις με αυτά μπορεί να γίνουμε κυβερνήτες, ή και... δικτάτορες; Ετσι δεν είναι;» ρωτάει τη παρέα.Η ανάλυση γινόταν στη διάρκεια ενός διαλείμματος με τους ελέγχους ανοιχτούς, που μόλις μας τους είχαν μοιράσει. «Και καλά εσείς διαμαρτύρεστε για τα ηγετικά προσόντα, εμένα που μου έγραψε ότι είμαι ανεπίδεκτος – τι θα πει αυτό;» – ρωτάει ο άλλος, ο Κώστας Σ. με τα κόκκινα μαλλιά, ο χειροδύναμος.» Και γιατί δεν κάνουμε ένα ερώτημα στις πρωϊνές συγκεντρώσεις αν η έλλειψη ηγετικών προσόντων σε νεαρή ηλικία αποτελεί μειονέκτημα, ή τυχόν πλεονέκτημα; Όπως και η πρόοδος με βήματα ή με άλματα, για να κουβεντιάζουμε μια βδομάδα.» Προτείνει ο Πέτρος. «Και ποιός θα εγκρίνει συζήτηση πάνω σε τέτοιο ερώτημα;» Ρωτάει ο Μάριος. Μας διακόπτει για δεύτερη φορά ο Κώστας ο χεροδύναμος. «Τι θα πει ανεπίδεκτος; Σας ρωτάω και σεις μου λέτε άλλα.» «Αυτός που δεν μπορεί με κανένα τρόπο να δεχτεί ότιδήποτε, στη προκειμένη περίπτωση να μην δέχεται να μάθει «Εξηγεί ο Κώστας Κ. «Και που το ξέρει αυτός; «Ξαναρωτάει ο Κώστας Σ.. «Θα το έμαθε μετά τη προσπάθεια που έκανε να σε... μορφώσει!» αστειεύομαι εγώ. «Με συγχωρείτε!» επεμβαίνει η Μαίρη που μας παρακολουθούσε.»Εγώ νομίζω ότι ο κύριος καθηγητής της τάξης μας βρισκόταν σε μεγάλες απαισιοδοξίες και έτσι νομίζω μας συγύρισε όλους.» «Ναι, αλλά άμα έχει τις κακές του, να κάθεται σπίτι του και όχι να γράφει αυτούς τους χαρακτηρισμούς, λέει ο Κώστας Κ. είμαι βέβαιος ότι όταν διαβάσει αυτά ο πατέρας μου, θα... προστρέξει στον κύριο Μπερζάν και θα του πει ότι μάλλον θα έπρεπε να αναθεωρήσει τη στάση του ο κύριος καθηγητής, ιδιαίτερα αν του αναφέρω και μερικά από τα σχόλια που μου λέτε.»

«Και δεν τα αντιγράφεις αν θέλεις, δεν νομίζω ότι θα υπάρξει κάποια αντίρρηση από εμάς εδώ, ή έχει κανείς αντίρρηση;» προτείνω και ρωτάω. Κανείς δεν είχε... Ο μπαμπάς του Κώστα πραγματικά πήρε τον κύριο Μπερζάν στο τηλέφωνο. Εκείνος με τη σειρά του τον πήρε πίσω σε δυο μέρες και του είπε ότι στον επόμενο έλεγχο θα διορθωθούν όλα.

Φαίνεται, του είπε, ο κύριος Μπερζάν ότι ο καθηγητής μας είχε κάποιο πρόβλημα με ορισμένους από μας, όχι βέβαια με τον γιο του, που προσπαθούσε να επιλύσει, χρησιμοποιώντας τους ελέγχους σαν εργαλείο μεταβολής των χαρακτήρων και προσπαθειών των μαθητών του! Σε άλλη συγκέντρωση είπαμε στον Κώστα Κ. που είχε μεσολαβήσει, να πει στον μπαμπά του ότι όλα αυτά είναι ανόητες δικαιολογίες,και εξακολουθούμε να εκφράζουμε το φόβο μας, ότι μάλλον ο τύπος είναι κομπλεξικός για διαφόρους λόγους και ξεσπάει σε μας. Ευτυχώς από του χρόνου στην Έκτη Γυμνασίου θα έχουμε μια κυρία για καθηγήτρια τάξης και θα απαλλαγούμε από αυτόν τον κομπλεξικό, όπως τελικά τον είχαμε χαρακτηρίσει οι περισσότεροι από μας, διότι υπήρχαν και εξαιρέσεις.

Είχαμε αρχίσει τις προετοιμασίες για μεγάλη συγκέντρωση που θα γινόταν στο τέλος του σχολικού χρόνου τον Ιούνιο του 1951 και περιμέναμε ... μόνο να καθορίσουμε την ημερομηνία αντίστοιχα με την απουσία... ποιων γονιών τη κρίσιμη βραδιά, για να ρυθμίσουμε τις απαραίτητες λεπτομέρειες: δίσκων, πικ απ, ποτών, φαγητών και διάφορες άλλες.

Ο ΠΟΙΗΤΗΣ ΝΙΚΟΣ ΚΑΒΒΑΔΙΑΣ

και ο Ισπανικός εμφύλιος

Ένα άλλο βράδυ είχε έρθει για φαΐ στο σπίτι ο ποιητής και καλός φίλος Κόλιας, γνωστός στην οικογένεια πριν από το πόλεμο. Είχα διαβάσει την ποιητική συλλογή του πρώτου του βιβλίου, που είχε θεωρηθεί μάλιστα και... ακατάλληλο από τον καθηγητή των Νεοελληνικών, διότι ασχολείτο μας είπε, με ναυτικούς κακοτράχαλους και διεστραμμένους, και των Μαραμπού τα σμήνη που πετούν προς τα δυτικά, καθώς τα πουλιά αυτά ήταν βλακώδη και... γρύλιζαν. Και επί πλέον επειδή, λέει, έγραφε για ουίσκυ, τζιν και μπίρα!

Ο ποιητής χρυσός τύπος, ήταν αξιολάτρευτος. Και σε μεγάλη φόρμα εκείνο το βράδυ, ώστε να ξεκινήσει μια από τις μεγάλες κουβέντες που είχα ακούσει μέχρι τότε στην Αριστότέλους 142, για την θολή γραμμή των οριζόντων του και άλλα ποιήματα, που είχα διαβάσει και μερικά τα ήξερα απ' έξω. Δεν ξέρω για ποιό ακριβώς λόγο ήθελε να μάθει κάτι για τη Βαρκελώνη. Η συζήτηση συνεχιζόταν τόσο στη διάρκεια όσο και μετά το φαγητό. Καθίσαμε στο τραπέζι και η Δέσποινα, προσωρινή παραδουλεύτρα, όπως ονομαζονταν τότε, έφερε τις πιατέλες με το φαί από τη κουζίνα και σερβιριστήκαμε σαλάτες, κεφτέδες και πατάτες τηγανητές στο ίδιο πιάτο. Ο πατέρας μας έβαλε και κρασί από μια μεγάλη νταμιτζάνα που κάποιος είχε φέρει πεσκέσι, όπως έλεγαν τα απρόσμενα καλούδια.

«Κάτι μου λέγανε, για κάποια μετάφραση του Ματωμένου Γάμου του Λόρκα και για το θρήνο του Ιγνάθιο Σάντσεθ Μεχίας, μα γνωρίζει ο Ν.Γ. ισπανικά; «Ρωτάει ο ποιητής. «Εδώ είναι Ελλάδα απαντάει ο πατέρας, και δεν είναι μόνο το του Τσαρούχη «ότι δηλώσεις είσαι» αλλά και ότι θέλεις... λές! Ούτε ο Ν.Γ. ούτε ο Α.Σ. που έχουν μεταφράσει Λόρκα, ξερουν

Ισπανικά. Είναι όμως τόσο εύκολο να βρεις όλα αυτά τα μνημειώδη έργα σε άλλες γλώσσες που γνωρίζεις και στις Ελληνικές περιπτώσεις, οι μεταφράσεις γίνονται από τα Αγγλικά, τα Γαλλικά και καμιά φορά από τα Γερμανικά. Η γλώσσα από όπου προήλθε η μετάφραση, πρέπει να αναφέρεται και κανείς δεν θα κακολογούσε, ή θα σχολίαζε, απλώς, όπως συμβαίνει στο εξωτερικό να έλεγε ότι χρησιμοποιήθηκε η μετάφραση του τάδε Γάλλου, ή Αγγλου κ.λ.π...»

«Ναι... μα τότε μπερδεύονται δικαιώματα άλλων κλπ. και άντε να βρεις την άκρη...» διακόπτει ο ποιητής και δεν σταματάει ... επί πλέον στη περίπτωσή μας... παριστάνουν ότι γνωρίζουν άλλη μια γλώσσα.» «Τώρα όσο αφορά τον Λόρκα, λέει η μητέρα μου, με τη πολιτική κατάσταση στην Ισπανία, είναι άγνωστο αν πληρώνει κανείς δικαιώματα στους κληρονόμους του. Νομίζω ότι υπάρχει κάποια αδερφή και οι θείοι του, που οπωσδήποτε δεν θα κινήσουν αγωγή για να πάρουν τα ποσοστά που δικαιούνται. Έστω και αν τα έργα παρουσιάζονται από το Εθνικό Θεατρο της Ελλάδος.» «Σωστή ζούγκλα δηλαδή, σαρκάζει ο ποιητής, τι καλά που μπαρκάρω μεθαύριο και αποφεύγω όλα τούτα. Θα βρίσκομαι σε τακτική γραμμή Πειραιά, Νάπολη, Γένοβα, Μασσαλία και επιστροφή, μέχρι τελειωτικής πλήξης!.» «Ταξιδεύεις με το ΙΩΝΙΑ ή το ΜΑΣΣΑΛΙΑ;» Ρωτάει Πατέρας. «Με το ΜΑΣΣΑΛΙΑ, και θα χαρώ πολύ να έρθετε παρέα, σας εγγυώμαι... άπληστη καλοπέραση και στα λιμάνια που θα σταθούμε. Και συ, γυρνάει σε μένα; γιατί δεν έρχεσαι μέχρι τη Μασσαλία; «Είναι μικρός ακόμα, άμα τελειώσει το σχολείο τότε είναι ο καιρός να ταξιδέψει.» Λέει η Μητέρα. «Τα βλέπεις; του λέω, με θεωρούν μικρό, που θα πάει όμως, οπωσδήποτε θα ταξίδευα μαζί σου.» Επιθυμία που εκληρώθηκε μετά έξι χρόνια και ευτυχώς ο Ν.Κ. ήταν ακόμα ασυρματιστής στο ΙΩΝΙΑ αυτή τη φορά και ταξιδέψαμε μαζί από Μασσαλία πίσω στον Πειραιά.

«Με ένδιαφέρει πολύ, μια περίοδος του Ισπανικού εμφύλιου συνεχίζει ο Ν.Κ. διότι με ένα Ελληνικό ποστάλι σαλπάραμε από το Ρότερνταμ για Βαρκελώνη, το 1937 με φορτίο χιλιάδων τουφεκιών και με τα πολεμοφόδια τους, που ήταν του Ελληνικού Καλυκοποιείου Πυριτιδοποιείου.Τα πουλούσε ο Μποδοσάκης έναντι απίθανου τιμήματος στις Ισπανικές Κυβερνητικές δυνάμεις. Υπήρχε κάποιο εμπάργκο των μεγάλων δυνάμεων να εμποδίζουν την αποστολή όπλων στους κυβερνητικούς. Βέβαια ο Φράνκο είχε εξασφαλισμένη πηγή από τους Ιταλούς και τους Γερμανούς.Το αστείο όμως είναι ότι και οι Ιταλοί έστελναν στον Φράνκο, Ελληνικά πυρομαχικά από την ίδια πηγή, του κυρίου Μποδοσάκη, που έβγαλε τεράστια περιουσία επωφελούμενος από τον Ισπανικό εμφύλιο. Αυτά μου τα επιβεβαίωσε ένας Ισπανός «μαρκόνι», που γίναμε φίλοι, όταν αποκλειστήκαμε στην Ουσουάϊα μια βδομάδα, από φοβερή θύελλα, που είχε αποκλείσει ολόκληρη τη Γη του Πυρός, στο νότιο άκρο της Αργεντινής.»

Γι'αυτό ήθελα να δω μήπως κάποιος ξέρει από τη Βαρκελώνη για τη παράδοση αυτού του υλικού και που πήγε; Στους κυβερνητικούς, ή στους Φρανκικούς; «Ασχετα από τη τραγική ειρωνεία, λέει ο πατέρας, όπου οι Ισπανοί Κυβερνητικοί και Φρανκικοί σκοτώνονταν με... Ελληνικά πυρομαχικά, νομίζω ότι γυρεύεις ψύλλους στ' άχυρα. Δεν είναι δυνατόν να μην έχουν καταστραφεί αυτά τα αρχεία στη διάρκεια του Ισπανικού εμφύλιου από βομβαρδισμούς, μάχες κλπ. Μόνο αν βρεις κάποιον επιζώντα, αυτόπτη μάρτυρα της αποβίβασης των εμπορευμάτων τότε ίσως... . Αλλά στο τέλος, μπήκε ο Φράνκο στη Βαρκελώνη καθαρίζοντας ουκ ολίγους. '» «Και όμως ήθελα να γράψω κάτι γι'αυτό.»Επέμενε ο ποιητής. Είχε περάσει η ώρα και η συνέχεια για τις ιστορίες του Ισπανικού Εμφύλιου, αναβάλλονται για τη μεθεπόμενη βδομάδα που θα επέστρεφε ο Ν.Κ. από το πρώτο μεταπολεμικό ταξίδι του στη Μεσόγειο. «Εδώ που τα λέμε κατέληξε η μαμά, υπάρχουν τόσα πολλά στη ταραγμένη εποχή εκείνου του πολέμου, που μόνο να τα αναλογιστεί κανείς, πόσο μάλλον να τα γράψει, χρειάζεται άπειρο χρόνο ίσως και παραπάνω από τη διάρκεια μιας ζωής. Τώρα, εγώ έχω ξαδέρφια στη Βαρκελώνη, μπορώ να ρωτήσω αν γνωρίζουν κανέναν από το λιμάνι για να δούμε αν μπορούν να μας πληροφορήσουν. Αλλά βέβαια δεν μπορώ να τους γράψω τέτοια πράγματα, διότι η λογοκρισία θα επέμβει και θα αντιμετωπίσουν ερωτήσεις, αν όχι τίποτα χειρότερο. Ας είναι, μόλις έρθουμε σε προσωπική επαφή ελπίζουμε να μάθουμε κάτι μέσω των γονιών μου, που θα ταξιδέψουν σε μια βδομάδα από τη Πάτρα για Βαρκελώνη. «Και με τη... φιλοσοφική αυτή κατάληξη, έλα Κόλια να αγκαλιαστούμε μέχρι την επόμενη φορά λέει ο πατέρας και προχωρεί όπως και ο Ν.Κ. προς την εξώπορτα. Έτσι πέρασε και άλλη μια ωραία βραδιά από τις πολλές που θα ακολουθούσαν.

Η ΜΕΓΑΛΗ ΣΥΓΚΕΝΤΡΩΣΗ ΤΗΣ ΧΡΟΝΙΑΣ

1951

Τις επόμενες μέρες όλη η ενεργητικότητα της τάξης ή μάλλον της παρέας αφιερώθηκε στη προετοιμασία του πάρτι, που θα ήταν και το τελευταίο της χρονιάς. Λίγο μετά τις διακοπές του Πάσχα. Το σπίτι από την Παρασκευή ήταν στη διαθεσή μας γιατί οι γονείς μου είχαν αναχωρήσει για τη Βόρεια Ελλάδα, όπου ο πατέρας θα επιθεωρούσε διάφορες Ιαματικές πηγές. Το Σάββατο ήταν το πρώτο Σάββατο του μηνός και δεν είχαμε σχολείο. Ο Κώστας ο χειροδύναμος, ή Κόκκινος, δεν ξέρω που το βρήκε αλλά κατάφτασε την Παρασκευή το απόγεμα κουβαλώντας ένα μικρό βαρέλι κρασί. «Καταπληκτική ρετσίνα από το Λιόπεσι! «το διαφήμισε και συνιστούσε να πιούμε μόνο αυτό και να παρατήσουμε τα βερμούτ και τα ημίγλυκα που θα έφερναν διάφοροι άλλοι.

Ο άλλος Κώστας Κ φέρνει τα περίφημα Τσέστερφιλντ, μια κούτα ολόκληρη, «Ρε είσαι με τα καλά σου; Ποιοι θα τα καπνίσουν όλα αυτά.;» Η αλήθεια είναι ότι ελάχιστοι είμαστε καπνιστές και αν καπνίζαμε ήταν μάλλον για φιγούρα παρά για οτιδήποτε άλλο. Μετά ο Παναγιώτης έφτασε κρατώντας με τα δυο του χέρια ένα μεγάλο ταψί με τυρόπιτα του φούρνου. Ο Γιώργος που ήρθανε μαζί ένα αντίστοιχο ταψί με σπανακόπιτα. Είμαστε ήδη συγκεντρωμένοι από νωρίς το απόγεμα της Παρασκευής στο σπίτι, μόνοι μας και προσπαθούσαμε να βάλουμε κάποια τάξη στη κουζίνα. Υπήρχαν ακόμα τυριά, τριών ειδών, αρκετά ζαρζαβατικά, που είχαν υποσχεθεί οι κοπέλες ότι θα τα έφτιαχναν σαλάτες, αλλά προς το παρόν καμιά δεν είχε εμφανιστεί. Κοιτάει ο Μιχάλης το ρολόι του και λέει: «Πάει εξήμιση η ώρα. Είχαν πει ότι θα ήταν εδώ από νωρίς στις πέντε. Έτσι θα έρχονταν σήμερα να βοηθήσουν θα φεύγανε νωρίς και θα κάθονταν αργά αύριο.» Μια και καθόμαστε προτείνει ο Ρίκος: Λέω να δοκιμάσουμε το κρασί του Κώστα από το Λιόπεσι και αυτά τα μακριά τσιγάρα τα... Τσέστερφιλντ.» Άνοιξα το μπουφέ και βρήκα μια μεγάλη καράφα που θα έπρεπε να έπαιρνε τουλάχιστο τρεις οκάδες κρασί.» Ωραία, λέω, χρειαζόμαστε χωνί, που στο καλό μπορεί να είναι; «Ψάχνουμε όλοι στη κουζίνα ενώ χτυπάει το κουδούνι και να'σου η Μαίρη με τη Νέλη και τη Στεφανία, κουβαλώντας διάφορα πακέτα. «Παναγία βοήθα! Που θα τα βάλουμε όλα αυτά; «φωνάζω. «Καλώστα, τα κορίτσια. Τι είναι όλα τούτα;» έκπληκτος και ο Κώστας...

«Δεν είπαμε ότι θα φέρουμε γλυκά, ψωμί, ημίγλυκο κρασί Κισσάμου και Βερμούτ;» Απαντάει η Νέλη. «Περάστε στη κουζίνα...» τους λέω. Εδώ όμως είχε δημιουργηθεί το αδιαχώρητο! Λοιπόν, να μοιράσουμε τα φαγητά όσα δεν χαλάνε να τα βάλουμε στο δωμάτιο εδώ, δίπλα στη κουζίνα. «Δικό σου δεν είναι το δωμάτιο;» ρωτάει η Στεφανία «Ναι, της λέω, αλλά δεν είναι ψυγείο και είχα σκοπό να το χρησιμοποιήσουμε για να χορέψουμε αν δεν φτάνει ο χώρος στο σαλόνι.» Ξαναχτυπάει το κουδούνι και εμφανίζεται η Μάρω με περισσότερα γλυκά, και ποτά. «Σας έφερα ουίσκυ, φωνάζει, έχετε δοκιμάσει ποτέ; «Κι' εγώ έλεγα να πιούμε τη ρετσίνα από το Λιόπεσι, επιμένει ο Κώστας. Το ουίσκυ μυρίζει σκοτωμένο κοριό! «Έχεις πιεί; σκοτωμένο κοριό; «Ρωτάω γελώντας. Γυρνάω στη Μάρω. «Δεν θάπρεπε να ξοδευτείς για το ουίσκυ γιατί ελάχιστοι από μας νομίζω ότι το γνωρίζουν.» «Κατ' αρχήν δεν ξοδεύτηκα, το... έκλεψα! Κάποιος είχε αφήσει τη μπουκάλα δυο μέρες τώρα, έξω από τη πόρτα του διπλανού μας διαμερίσματος. Οι άνθρωποι λείπανε ταξίδι στο εξωτερικό.» «Καλά και όποιος του το χάρισε δεν θα τον ρωτήσει πως του φάνηκε; «Μπορεί και να το ξεχάσει και εν πάσει περιπτώσει δεν με είδε κανείς να το παίρνω, ηρέμησε, ή μάλλον πιες μια γουλιά για να μας πεις τη γνώμη σου. «Μια στιγμή, πριν αρχίσουμε τις δοκιμές των ποτών θα ήταν καλύτερα να οργανωθούμε, που θα πάνε τα μεν φαγητά, που τα δε και που τα υπόλοιπα.» Η ταχτοποίηση και οι διάφορες ρυθμίσεις πήραν παραπάνω από μια ώρα. Οι περισσότερες κοπέλες έφυγαν, σε μια ώρα για τους γνωστούς λόγους.

Κάθισα δίπλα στο πικάπ και τακτοποιούσα τους δίσκους ενώ έπαιζε ένας μεγάλος τριαντατριάρης του Τζόνυ Ραίη, με το Little white cloud that cried. Συνέχισαμε με το κρασί ακούγοντας το Blue Moon με την Τζο Στάφορντ, σε σαραπέντε στροφές που το είχε στείλει ο αδερφός του Παναγιώτη από την Αμερική όπου σπούδαζε. «Έλα να δοκιμάσομε τα φώτα. «Μόλις που σουρούπωνε κατά τις οχτώ. Συστήνει ο Κώστας Κ. «Προτείνω να προχωρήσουμε μόνο με τις μικρές πορτατίφ λάμπες, σε ορισμένους συνδυασμούς, αφού σβήνουμε τα μεγάλα φώτα στο ταβάνι.» «Πως σας φαίνεται;» ρωτάμε τους έξι που είχαν απομείνει. «Εάν σβήσουμε και τη μικρή λάμπα εκεί στη μέση της βιβλιοθήκης, μένουμε μόνο με το φως του ραδιοφώνου απ' όπου παίζει το πικ απ. Αν υποθέσουμε ότι χορεύουν τέσσερα – πέντε ζευγάρια τότε ελαττώνεται το φως ακόμα περισσότερο,» λέει ο Γιώργος.

«Έχετε υπ' όψη ότι θα υπάρχει φως; στο διάδρομο που πάει προς τη κουζίνα και τη τουαλέτα, άρα φαίνονται εντάξει.» Του απαντάω. «Εγώ θα έλεγα, επεμβαίνει ο Κώστας Σ. ο χειροδύναμος, να κάνουμε μια... πρόβα τζενεράλε! «Είχαμε μείνει πέντε μόνοι, πίνοντας το κρασί από το Λιόπεσι, τρώγοντας κασέρι από τον μπακάλη και καπνίζοντας τα Τσέστερφιλντ, που μας έκαναν να βήχουμε σαν... παλιάλογα, όπως είπε ο Κώστας Κ, και συμφωνήσαμε.

Το επόμενο πρωί πήγα στον Τριχά – μπακάλη και αγόρασα μισή οκά κασέρι γιατί το βράδυ το είχαμε φάει σχεδόν όλο. Μπαίνοντας στο διαμέρισμα διαπίστωσα ότι το βαρέλι με το κρασί ήταν σχεδόν γεμάτο και το μπουκάλι του ουίσκυ παραπάνω από τα τρία τέταρτα, αν και δεν μου είχε κάνει καθόλου... καλή εντύπωση, ιδιαίτερα μετά τη διαφημιζόμενη γεύση του σκοτωμένου κοριού!

Είχα φτάσει στην εποχή που διάβαζα Ρώσους συγγραφείς. Διότι προ μηνών είχα τελειώσει το Πόλεμος και Ειρήνη του Τολστόι και απέφευγα την Άννα Καρένινα γιατί δεν μου... άρεσε το ονομά της. Στρογγυλοκάθισα λοιπόν σε μια πάνινη πολυθρόνα και με φόντο το τρούλο του Αγίου Παντελεήμονα, σκέτο γκρίζο μπετόν, την εποχή εκείνη, άρχιζα να αντιμετωπίζω την Ρωσική Αστυνομία, με τον Ντοστογιέφσκι στο... βιβλίο και πολύ είχα βυθιστεί στην ανάγνωση απ' όπου με ξεσήκωσε το τηλέφωνο. Έπρεπε λοιπόν να περάσω από την άλλη μεριά της τραπεζαρίας και να τρέξω στο χολ από όπου ακουγόταν το κουδούνισμα. Σήκωσα το ακουστικό της μαύρης Siemens συσκευής και απάντησα με εμπρός.» Τι εμπρός και πίσω, ακούω τον Άγγελο δεν μου λές τι ώρα έχεις πει στον κόσμο να έρθει; Γιατί έχω περιπλακεί με την Σοφίκα ο... κακός αδερφός, την απείλησε ότι αν αργήσει παραπάνω από τις εννέα και μισή, άκουσον, άκουσον, εννέα και μισή! θα εισβάλει στο πάρτι να την πάρει, τραβόντας την μέσα από όλο το κόσμο.» «Λοιπόν, απαντώ, θα πάρω τη Μάρω τον Κώστα και τη Μαίρη να έρθουν νωρίτερα. «Ευχαριστώ και το... απόγεμα λοιπόν!» Κλείνει ο Άγγελος και μια και βρισκόμουνα στο τηλέφωνο πήρα τους πιο εύκολους παρακαλώντας τους, να έρθουν νωρίτερα.

Μια και θ'αρχίζαμε νωρίς, σηκώθηκα,κατά τις πεντέ μιση από τη σιέστα.

Καταδύθηκα μέσα στο ζεστό μπάνιο νιώθοντας μεγάλη αγαλλίαση. Είχα ξυριστεί από πριν και βγαίνοντας από το μπάνιο περιλούστηκα με κολώνια 4711, που μου είχαν κάνει δώρο και την χρησιμοποιούσα μόνο στις συγκεντρώσεις με κορίτσια.

Ντύθηκα με άσπρο πουκάμισο, γραβάτα στενή, μπλέ με κίτρινες και κόκκινες οριζόντιες γραμμές και το σκούρο μπλέ κοστούμι.Δεν είχα καλά, καλά, προσέξει την ώρα, όταν χτύπησε το κουδούνι. Κοιτάω το ρολόι μου, ήταν εφτά. Προχωρώ από το δωμάτιό μου και πάω προς την εξώπορτα, την ανοίγω και να'σου η Μάρω με ένα έξωμο σχεδόν διαφανές μπλουζί και με φαρδιά φούστα σαν ομπρέλλα. Με φιλάει στο στόμα αφού μπαίνει και κλείνει τη πόρτα με το πόδι της. «Ήρθα νωρίτερα και περίμενα να σε βρώ ..γυμνό! Εσύ όμως είσαι βιαστικός μου φαίνεται.» «Συγγνώμη, την τραβάω μέσα στο σαλόνι, νομίζω ότι παραείναι νωρίς, εγώ περίμενα το βράδυ να σε βρω γυμνή, εσύ όμως είσαι μισόγυμνη με τους ώμους σου έξω και για να δώ... και προσπαθώ να αγγίξω με τα δαχτυλά μου πιο βαθιά μέσα στο ντεκολτέ της.» Με σπρώχνει: «Κάτσε ήσυχος τι είναι αυτά που πας να κάνεις;» «Συγγνώμη εσύ με περίμενες... γυμνό! Και σε πειράζει που εγώ προσπαθώ να αγγίξω λίγα από τα κάλλη σου;.» «Αφού ξέρεις ότι θα έρθουν και οι άλλοι σε λίγο και προς το παρόν δεν γίνεται τίποτα, ούτε να φιληθούμε...» «Γι' αυτό έχω αντιρρήσεις,» την τραβάω απάνω μου και τη φιλάω στο στόμα. και στεκόμαστε πολλή ώρα έτσι, ψάχνοντας με τις γλώσσες μας τους ουρανίσκους μέχρι που... χτυπάει το κουδούνι. «Κάτσε, μου λέει, να σε δώ, εσύ είσαι ΟΚ, εγώ πάω στο μπάνιο να φτιαχτώ. «

Ανοίγω τη πόρτα και ήταν πολλοί μαζί, ο Άγγελος με τη Σοφίκα, η Μαίρη, ο Γιώργος και οι δυο Κώστηδες. Σ. και Γ. Προχωρούν όλοι μέσα και κάθονται στο σαλόνι. Με ρωτάνε αν είμαι μόνος, όχι απαντώ, η Μάρω είναι στο μπάνιο.Με κοίταξαν πονηρά, σε στυλ, πότε πρόλαβες κιόλας, ευτυχώς βγήκε γρήγορα και από την εμφάνιση της φάνηκε ότι δεν ήταν δυνατόν να είχαν γίνει πολλά. «Νομίζω, τους λέω, ότι πρέπει να περιμένουμε να έρθουν όλοι για να βγάλουμε τα φαγητά, αλλά όποιος θέλει κανένα ορεκτικό μπορεί να πάρει από το τραπέζι.» Ξαναχτυπάει το κουδούνι και έρχονται άλλοι τρεις... μέχρι τις οχτώ που ήρθαν και οι υπόλοιποι, γίναμε τουλάχιστον είκοσι πέντε, σχεδόν, το σύνολο των καλεσμένων.

Βγήκανε τα φαγητά και συνεχιζόταν ο χορός. Ο Κώστας ο χειροδύναμος, άρχισε κάτι φιγούρες του Ροκ εντ Ρολ, που ανασηκωνόνταν οι φαρδιές φούστες με τα αποκαλούμενα φουρώ και καλλίπλαστα, όχι πάντοτε, γυναικεία πόδια και εσώρουχα φάνταζαν στιγμιαία στον αέρα.

Ο Γιώργος είχε παρασύρει τη Λένα στο δωμάτιο των γονιών μου, που υπήρχαν δυο κρεβάτια κολλημένα το ένα στο άλλο και με μισάνοιχτη τη πόρτα προς το χολ, ενώ τη φιλούσε, την έσπρωχνε για να τη ρίξει στο κρεβάτι. Δεν είδα τίποτα απ' αυτά διότι βρισκόμουν στη κουζίνα. Ξαφνικά όμως, μέσα στη γενική ευθυμία, βλέπω τον Ηλία, αδερφό της Νέλης, να έχει βγάλει ένα βιολί από τη θήκη του, ήταν της μητέρας μου, και να προσπαθεί να παίξει, στο διάδρομο. Φαίνεται ότι ο Μιχάλης, πειραχτήρι κατά τη συνήθεια του, τον οδηγεί στο δωμάτιο που πάνω στο κρεβάτι προσπαθούσε οι Γιώργος να κάνει ότι... μπορούσε με τη Λένα, όταν ξαφνικά ανοίγει διάπλατα η πόρτα και εμφανίζεται ο Ηλίας με το βιολί να ... τους παίζει σερενάτα! Έφτασα από τους τελευταίους, όταν ο Γιώργος έβριζε τον Ηλία να πάρει το βιολί και να το... βάλει ξέρει εκείνος που!

Η Λένα επιδιορθώνει τη μπλούζα και το φουρώ της που είχε ανασηκωθεί μέχρι τη μέση της και τους υπόλοιπους να έχουν σκάσει στα γέλια. Επεμβαίνω παίρνω το βιολί να το διασώσω και αφού το τακτοποίησα στη θήκη του, προσπαθούσα να το τοποθετήσω πάνω στο πορτ μαντώ και γι' αυτό σκαρφάλωσα πάνω σε ένα ψηλό σκαμνί, που βρισκόταν στο διάδρομο. Πάνω στην ώρα ξαναχτυπάει το κουδούνι και βλοσυρά, λέει καλησπέρα, ο αδερφός της Σοφίκας, που μπαίνει φουριόζος μέσα και τη βλέπει να χορεύει με κάποιον, ευτυχώς όχι με τον Άγγελο. Ορμάει διακόπτει το χορό και λέγοντάς της ότι είναι ώρα να πάμε σπίτι την παρασέρνει κυριολεκτικά προς τη εξώπορτα. «Καληνύχτα!» μου λέει, καθώς κατέβαινα από το σκαμνί που είχα ανέβει για να αφήσω το βιολί, εκεί που δεν θα ήταν εύκολο κάποιος άλλος... φιλόμουσος να το πάρει.

Εμφανίζεται ο Άγγελος από την τουαλέτα που είχε πάει αναζητώντας την Σοφίκα... γιατί είναι ώρα να φύγουν. Παρέχονται οι απαραίτητες εξηγήσεις και αποφασίζει να... μονάσει σε μια γωνιά δοκιμάζοντας ένα ποτήρι ουίσκυ. Η διασκέδαση συνεχίζεται τα φώτα χαμηλώνουν περισσότερο και η μουσική γίνεται όσο το δυνατό και πιο αργή.

Εκεί όπου ο Φράνκι Λέιν κραύγαζε κάτι για κάποια Μαρίνα, παρασύρω τη Μάρω προς το δωμάτιο μου, σβήνοντας συγχρόνως και το φως στο διάδρομο. Μισοκλείνω τη πόρτα και αρχίζουμε να φιλιόμαστε, να χαϊδεύομαστε και τέλος να πέφτουμε στο κρεβάτι μου, όπου της βγάζω τη μπλούζα κα μένει με το σουτιέν που προσπαθώ να ξεκουμπώσω. Και πάνω στι προσπάθειές μου που διακόπτονται από φιλιά και χάδια, ξαναχτυπάει το κουδούνι. Κάνω ότι δεν το άκουσα εκείνο όμως …ξαναχτυπάει. Σηκώνομαι, κουμπώνω και βάζω μέσα στο παντελόνι το πουκαμισό μου, που κρεμόταν απ' έξω και τρέχω στο διάδρομο για ν'ανοίξω τη πόρτα.

Στο ανοιγμά της… αντιμετωπίζω δυο μεσήλικες κυρίες: Η πρώτη ήταν η γειτόνισσα από το κάτω πάτωμα να παραπονεθεί για τη φασαρία. Η άλλη ήταν η μαμά της Στεφανίας για να την πάρει. Ανακτώ τη ψυχραιμία μου πλησιάζει για βοήθεια και ο Κώστας Κ. «Περάστε λέω στη μαμά της Στεφανίας, Κώστα, για δες που είναι η Στεφανία και του κάνω νόημα ν'ανάψει και κανένα φως μέσα, στο σαλόνι.» Απευθύνομαι στην άλλη: «Κυρία Βατάλα μου, ακούτε καμιά φασαρία; Μ'αυτή τη σιγανή και απαλή μουσική που παίζει τώρα; Μπορεί σε κάποια στιγμή και όχι για παραπάνω από τρία λεπτά να έγινε κάποια φασαρία, επί πλέον η ώρα είναι μόνο δέκα παρά τέταρτο. «Δεν είναι έτσι!, επιμένει η στρυφνή κυρία, έγινε μεγάλη φασαρία και θα συνεχίσετε… . μου φαίνεται! «Ακούστε κυρία μου εσείς νομίζετε ότι αυτή η μουσική τώρα είναι μεγάλη φασαρία και σας ενοχλεί, ας ρωτήσουμε και τη κυρία, που ήρθε να πάρει τη κόρη της, αν νομίζει ότι θα την ενοχλούσε η μουσική σε αυτή την ένταση. Κυρία Καλογεροπούλου, εσείς τι λέτε;» την ρωτάω και ευτυχώς εμφανίστηκε και η Στεφανία με πολλή επιμελημένη ενδυμασία, χωρίς τσαλακώματα ή άλλες ατέλειες… . «Εγώ μου απαντάει εκείνη, βρίσκω την παρούσα μουσική σε πολύ σωστά όρια και ομολογώ ότι δεν ακούω μεγάλη, ούτε και μικρή φασαρία «Ευχαριστώ! και γυρνάω στην άλλη: «Κυρία Βατάλα, αν επιμείνετε ότι κάνουμε φασαρία και μάλιστα όχι σε ώρα κοινής ησυχίας, τα παραπονά σας στο διαχειριστή της πολυκατοικίας, τον κύριο Καράπαυλο. Αλλιώς δεν έχετε κανένα δικαίωμα να διακόπτετε τη διασκέδασή μας. Καληνύχτα σας! «

***

Γυρνάω τη πλάτη μου και αρχίζω να συζητώ με την μαμά της Στεφανίας, λέγοντας τι ωραία που περάσαμε και πόσο η κόρη της μας είχε βοηθήσει να οργανώσουμε το πάρτι. Η διαμαρτυρόμενη είπε ένα ξερό καληνύχτα και έφυγε. Είπα και τις καληνύχτες στη Στεφανία και λέω στη Μάρω, που είχε έρθει και με αγκάλιασε. «Πάμε να χορέψουμε και μετά να συνεχίσουμε όπου είχαμε μείνει.» «Κάτσε πρώτα να καπνίσουμε ένα τσιγάρο, απ'αυτά τα μακριά και να πιούμε και ένα ουίσκυ. Κάτσε εδώ, μου λέει, σε μια καρέκλα στη γωνιά του χολ. «Πάω να τα φέρω.» Εμφανίζεται σε λίγο σβήνοντας τα φώτα που είχαν άναψει για τη μαμά της Στεφανίας, μου δίνει αναμμένο το τσιγάρο και μισό ποτήρι του νερού ουίσκυ. «Πίνει τρεις γουλιές και καπνίζει το Τσεστερφιλντ το... δικό της! «Άσε με, μου λέει, τραβώντας το χέρι μου από τον ώμο της, πάμε στο δωμάτιο σου.» Κάθεται στο κρεβάτι και πίνει κι' άλλο από το ποτήρι του ουίσκυ, που γρήγορα της το παίρνω από το χέρι και το ακουμπάω στο κομοδίνο, πριν την προλάβω, καθώς με το τσιγάρο στο χέρι πετάγεται προς το μπαλκόνι και ξερνάει τα πάντα από το φαγητό, ποτά, μέχρι φαντάζομαι, διότι δεν κοίταξα πολλές λεπτομέρειες, και το ουίσκυ, που προφανώς θα ήταν το κυρίως υπεύθυνο για την στομαχο-ανακατωσούρα. Γυρνάει και πάει προς τη κουζίνα. «Που πάς; Κάτσε, ξάπλωσε και θα σου φέρω ένα ποτήρι νερό.» της λέω. «Όχι πάω να πάρω το σφουγγαρόπανο νας καθαρίσω ότι έκανα εκεί. «Μη κάνεις κουταμάρες θα ρίξω ένα κουβά νερό και θα φύγουν όλα, ηρέμησε για λίγο.» Επιμένω εγώ. «Άσε με, σοβαρά. μου λέει, πάω στο μπάνιο να καθαριστώ και να πλύνω και τα δόντια μου. Θα σε δω μέσα.» Σηκώνομαι καθώς εκείνη πάει στο μπάνιο. Συναντώ τον Κώστα Κ. στο διάδρομο. «Έχουμε πρόβλημα;» ρωτάει, «Μάλλον, που οφείλεται στο ουίσκυ.» του απαντάω. «Γι' αυτό η μπουκάλα έχει σχεδόν αδειάσει.» μου λέει. «Καλά και ποιός το ήπιε;» ρωτάω. «Νομίζω ότι το περισσότερο το ήπιε η... καλή σου γιατί μόνο εκείνη είχε τη μπουκάλα κοντά της, όσο εσύ έκανες τον ωραίο με τις κυρίες, μαμά της Στεφανίας και τη... βάρβαρη γειτόνισσα από κάτω.» Προχωρώ στο σαλόνι όταν εμφανίζεται ξαφνικά η Μάρω, που ορμάει στη Νέλη και της τραβάει ένα χαστούκι!

Είδαμε και πάθαμε δυο τρεις από μας να την συνεφέρουμε διότι ήθελε να φύγει αμέσως. Τελικά συνήλθε σχετικά, αφού έφυγε η Νέλη, μου είπε ότι ... νόμιζε ότι ήθελα να τα φτιαξω με τη Νέλη και για να εξιλεωθώ πρέπει να την πάω σπίτι της με τα πόδια!

Της είπα ότι συμφωνώ και πάμε να φύγουμε, αν και δεν συνέβαινε τίποτα με τη Νέλη, αλλά η... εξιλέωση θα την ξεμεθούσε αν και περιλάμβανε την άνοδο ολόκληρης της Λεωφόρου Αλεξάνδρας και αριστερά Πανόρμου – συνέχεια ανήφορος – μέχρι το σπίτι της, στη οδό Λουίζας Ριανκούρ. Στο γυρισμό σκέφτομαι να πάρω ταξί, αλλά ψαχνόμενος ανακαλύπτω ότι πορτοφόλι και σκόρπια ψιλά είχαν απομείνει στο σπίτι. Έτσι επέστρεψα παίρνοντας τον ευτυχώς κατήφορο αυτή τη φορά της Αλεξανδρας και σε μισή ώρα κατέβηκα την Πιπίνου. Άνοιξα την εξώπορτα και ανέβηκα τα τρία πατώματα έξω από τη πόρτα του διαμερίσματος ακούγονται ήπιες μουσικές... Ανοίγω και βλέπω μόνο δυο άντρες, να κάθονται στο σαλόνι και τρεις στο χόλ, συζητούντες, καπνίζοντες και πίνοντες ότι προφανώς είχε απομείνει από τσιγάρα και ποτά. Μου διαβίβασαν τα παράπονα ότι δυο μαμάδες και ένας μπαμπάς θέλαν να με δουν, αλλά προφανώς ο Μιχάλης στα σοβαρά, τους εξήγησε ότι έπρεπε να συνοδεύσω δυο κοπέλλες σπίτια τους, διότι η μία είχε αδιαθετήσει – όχι ευτυχώς δεν ήταν του σχολείου μας - αλλά εξωσχολικές γνωριμίες μου. Την Δευτέρα στο σχολείο ενώ ο Ρίκος και άλλος ένας άρχισαν να συζητούν μεγαλοφώνως τα του πάρτι, επενέβη ο Γιώργος και συνέστησε...» σιωπηλή αντιμετώπιση των προχτεσινών πεπραγμένων στο πάρτι, διότι δεν ήταν σκόπιμο να ακουστούν τα σχόλια, για ποτά, τσιγάρα,όργια κλπ..» Ο Γιώργος τελικά είπε ότι και οι... τοίχοι (του σχολείου!) έχουν αφτιά.

Δεν ξέρω αν πραγματικά είχαν, αλλά δεν πέρασαν καλά, καλά δυο μέρες και ο νέος υποδιευθυντής με φωνάζει σε ένα διάλειμμα και μου αρχίζει μια κουβέντα περί ανέμων και υδάτων και καταλήγει: «Κοίταξε να δεις ακούγονται διαφορα για κάτι πάρτι που οργανώνετε στη τάξη σας. Δεν υπάρχει τίποτα το κακό, ξέρεις... είναι όμως καλύτερα να είμαστε προσεκτικοί, ιδιαίτερα σε ότι καταναλώνεται σαν ποτά, τσιγάρα και στις διαφόρες επαφές με τα κορίτσια...» Και φυσικά τον διαβεβαίωσα ότι όλα γίνονταν πολύ κόσμια στα δικά μας τα πάρτι και δεν υπάρχει λόγος κάποιας ανησυχίας.

Πέρασε και ο Μάιος και μπήκαμε στον Ιούνιο. Στην έδρα της τάξης βρισκόταν ο καθηγητής των αρχαίων και έλεγε διάφορα. Ήταν ζεστή μέρα, τα παράθυρα ανοιχτά, ο ήλιος έμπαινε πλάγια από το παράθυρο.

Μια αχτίδα του έπεφτε πάνω στο άνοιγμα από το λαιμό και παρακάτω της σκούρας μπλε ποδιάς της Μαργαρίτας, που την έσφιγγε στη μέση με μια φαρδιά ζώνη. Σκόπιμα άφηνε να φαίνονται αρκετά από το περιεχόμενο ενός ροζ σουτιέν από τη δεξιά μεριά. Με σκουντάει ο Παναγιώτης και μου δείχνει με το βλέμμα ... προς τα εκτιθέμενα κάλλη... Παρατηρώ και βλέπω ότι οι περισότεροι που κάθονταν σε κατάλληλη θέση μπορούν και... απολαμβάνουν το θέαμα. Μετράω πάνω από οχτώ αντρικά ζευγάρια μάτια να έχουν καρφωθεί στο μισοδιαφαινόμενο περιεχόμενο του ροζ σουτιέν. Και ο μεν Αρχαίος έλεγε διάφορα για τον Ξενοφώντα νομίζω, όταν χτυπάει η πόρτα και μπαίνει μέσα η Γραμματέας της Διεύθυνσης με κάποιο μήνυμα για τον καθηγητή από τον κύριο Μπερζάν. Και εκεί που όλα ήταν ήρεμα αν και διακόπηκε η ... ηδονοβλεψία μας, εκσφενδονίζεται ένα μολύβι και χτυπάει τη Γραμματέα, τη κυρία Έλλη στη... μύτη! Τινάζεται πάνω εκείνη, πετάγεται και ο καθηγητής που κάπως ήρεμα ζητάει συγγνώμη από την κυρία Έλλη κα μετά γυρνάει και λέει:» Όποιος, ή όποια πέταξε το μολύβι πρέπει σε πέντε λεπτά να το ομολογήσει, διαφορετικά όλη η τάξη θα στερηθεί το διάλειμμα και θα παραμείνει εδώ μέχρι το τέλος της ημέρας!» Γυρνάω να κοιτάξω γιατί από τη σειρά που καθόμαστε ο Παναγιώτης, ο Μιχάλης, ο Ρίκος και εγώ δεν είχαμε δει τίποτα, καμία κίνηση σχετική με πέταγμα μολυβιού.Η Μαργαρίτα τελικά κατάλαβε ότι την πολυκοιτάγαμε και μπροστά στη φασαρία του μολυβιού αποφάσισε να κουμπώσει άλλο ένα κουμπί προς τα άνω της ποδιάς και έτσι να περιορίσει πολύ τη θέα, προς τα εσώρουχα και τα κάλλη της. Άρχισε όμως η τιμωρία για το μολύβι. Αφού τέλειωσε η ώρα, χωρίς κανείς να ομολογήσει, έφυγε ο καθηγητής με διαταγή βέβαια εμείς να παραμείνουμε στη θέση μας. Τότε αρχίσαμε να ρωτάμε: Ποιος... κερατάς το πέταξε με τόση μαεστρία ώστε να είναι αδύνατο να ... εντοπισθεί; Στο τέλος ο Παναγιώτης που ήταν και εκλεγμένος Πρόεδρος της τάξης σηκώνεται και απεύθυνεται σε όλους μας. «Δεν μου λέτε, τι θα γίνει; Θα περάσουμε έτσι όλο το διάλειμμα; Και καλά αυτό δεν πειράζει! Αν δεν βρούμε όμως ποιος το έκανε θα υποστούμε και άλλα πολλά, όλοι μαζί; Χωρίς να φταίμε και μεταξύ μας, αυτή ήταν πράξη ανόητη, διότι η δυστυχής η κυρία Έλλη δεν έχει ποτέ φταίξει σε τίποτα, ούτε και έκανε τίποτα εναντίον μας. «Λοιπόν, τι θα γίνει; «Άκρα ησυχία και κανείς δεν αντιδρά...

«Για σταθείτε, επεμβαίνει ο Μιχάλης, μπορεί και να μην έγινε σκόπιμα το πέταγμα του μολυβιού. Ας πούμε ότι κάποιος έπαιζε με το μολύβι του και σε μια στιγμή του ξέφυγε και εκσφενδονίστηκε χτυπώντας την κυρία Έλλη. Αν είναι σωστή αυτή η εκδοχή, τότε άνετα ας ομολογήσει ο ... παίζων με τα μολύβια και να ζητήσει συγγνώμη για να τελειώσει αυτή η ιστορία. «Ο Κώστας Γ. γνωστός για την μανία του με τις θετικές επιστήμες και τη φυσική – είχε κατασκευάσει ραδιόφωνο, τηλέφωνο, ποδήλατο με μηχανή, ασύρματο και πολλά άλλα - προσφέρεται να λύσει το πρόβλημα λέγοντας ότι: «Αν κρίνουμε από τη τροχιά του μολυβιού, εγώ λέω ότι ήταν περίπου κάπως έτσι. Σηκώνεται ο Κώστας και στέκεται εκεί που στεκόταν η κυρία Έλλη, το μολύβι λοιπόν τη χτύπησε στη μύτη της και ήρθε από εκεί, που βρίσκονται όσοι και όσες κάθονται διαγώνια από δω.» Δείχνει μια ευρεία γωνία στην άλλη άκρη της τάξης. «Τότε, σηκώνεται ο Κώστας ο χειροδύναμος, και λέει, όλοι όσοι κάθονται από δω και πέρα είμαστε ύποπτοι!» Σηκώνει τα χέρια του και δείχνει δυο σειρές πίσω από μας που περιλαμβάνουν τουλάχιστον δέκα αγόρια και κορίτσια. «Μεγαλειώδης εφαρμογή της φυσικής των τροχιών και απίθανη κατάληξη στο ότι εμείς οι δέκα είσαστε ύποπτοι.» «Θα επρότεινα λοιπόν, σηκώνεται ο τρίτος Κώστας Κ. να πούμε στον καθηγητή ότι σύμφωνα με τις έρευνες και ... μελέτες μας ο... ύποπτος βρίσκεται ανάμεσα σ'αυτούς τους δέκα, να... κρατήσουν αυτούς μόνο και να μας αφήσουν εμάς τους υπόλοιπους να φύγουμε.» «Θα είσαστε τρελοί, πετάγεται η Μαργαρίτα, με κουμπωμένη τη ποδιά της μέχρι το λαιμό, τώρα, επί πλέον αν κάποιος έπαιζε με το μολύβι και εκείνο του ξέφυγε, μπορεί να ξέφυγε από οποιοδήποτε σημείο. Δεν πάει να πει ότι πέταξε ευθεία μπορεί να διέγραψε και καμπύλη...» «Αν όχι και ... οξεία γωνία..» Συμπληρώνει γελώντας ο Μιχάλης και συνεχίζει: «Μπορεί να ήταν και το ... μαγικό μολύβι!» Η ώρα περνούσε και ο ύποπτος δεν ομολογούσε. Ανοίγει η πόρτα και μπαίνει ο υποδιευθυντής: «Τα κάνατε πάλι τα ωραία σας!» μας λέει αντί καλημέρας,»Εσύ έλα μαζί μου!

Και ο εσύ ήμουν... εγώ. Αφού με περπατάει για λίγο στο διάδρομο προς το γραφείο του Μπερζάν,(για να με τρομάξει;) Με ρωτάει: «Ξέρεις ποιος το έκανε; Όχι απαντώ, αυτό συζητάγαμε, αλλά δεν ομολογεί ο υπεύθυνος.» «Εγώ λέω, να τους πεις ότι αν στο πουν εσένα και εσύ μετά σε μένα, μπορεί και να γλυτώσει την αποβολή. Πήγαινε λοιπόν και πές τους το.»

«Δεν κατάλαβα αν αυτό αναιρεί ότι μας είπε ο καθηγητής των Αρχαίων, εγώ τους το λέω, αλλά αμφιβάλλω αν θα ομολογήσει αυτός, που πέταξε το μολύβι; «Καλά, προσπάθησε όμως...» Και με συνοδεύει πίσω στη πόρτα της τάξης. Μπαίνω μέσα και τους τα λέω. «Και τι θα βγει μ'αυτό;» Ρωτάει ο Παναγιώτης. «Κατά τη γνώμη μου τίποτα. Αυτός όμως θέλει να κάνει το σπουδαίο! Και αν θέλετε τη γνώμη μου εγώ λέω, ας ομολογήσει όποιος είναι, να παραμείνουμε με τη πρώτη εκδοχή του καθηγητή μας των Αρχαίων και άστον άλλον να συνωμοτεί!.» «Ωραία απαντάει ο Παναγιώτης, λοιπόν, τότε περιμένουμε μετά το διάλειμμα να εμφανισθεί ο καθηγητής μας των Αρχαίων να δούμε αν γνωρίζει την επέμβαση του υποδιευθυντή και να του πούμε... εκτός αν εμφανισθεί στο μεταξύ ο πετών τα μολύβια...» Και ξαφνικά δυο λεπτά πριν λήξει το διάλειμμα, σηκώνεται ο Γιώργος και λέει: «Άει στο διάβολο, εγώ το πέταξα,και μάλιστα δεν σημάδευα την κυρία Έλλη, αλλά τον βλάκα τον Αρχαίο, χάλασε η... τροχιά όμως» Και κλείνει το μάτι του στον Κώστα Γ. «Και τι σκοπεύεις να πεις; Ότι τον σημάδευες επίτηδες, ή ότι έπαιζες και σου ξέφυγε; «ρωτάει ο Παναγιώτης και συνεχίζει: «Διότι μου φαίνεται ότι όπως είπε και ο Βασίλης από δω, αν πεις ότι σου ξέφυγε, τότε μετριάζεται η οποιαδήποτε ποινή που θα σου ρίξουν. Ασε που θα παίξει ρόλο και η... καθυστέρηση της ομολογίας. «Τι σημασία έχει, απαντά ο Γιώργος, έτσι κι᾽ αλλιώς, είτε με τη θεωρία της τροχιάς, είτε με καθυστέρηση θα ανακαλυπτόταν ποιός το πέταξε, λοιπόν άει στο καλό.» Και πραγματικά μπαίνει ο Αρχαίος, μας κοιτάει και εκεί που πάει κάτι να πεί σηκώνεται ο Γιώργος και ... ομολογεί! Η συνέχεια ήταν ότι απεβλήθη για μια μέρα, μόνο διότι δεν ομολόγησε αμέσως και δεν ανέλαβε το κόστος των πράξεών του αμέσως, όπως επιβάλλει το καθήκον!

ΤΟ ΚΑΛΟΚΑΙΡΙ ΚΑΙ ΠΑΛΙ ΣΤΗΝ ΑΙΓΙΝΑ

Το πολύγωνο στην Αθήνα 1951

Και αφού τέλειωσαν οι εξετάσεις αποχαιρετιστήκαμε γιατί όλοι και κάπου θα πήγαιναν. Ήταν κοντά δυο χρόνια που είχαν τελειώσει οι εχθροπραξίες και ο ανταρτοπόλεμος στην ύπαιθρο, παρ' όλ' αυτά ήταν δύσκολες οι μετακινήσεις γιατί δεν υπήρχαν δρόμοι. Οι σιδηρόδρομοι – ιδιαίτερα στη Πελοπόννησο – άρχισαν δειλά να λειτουργούν μέχρι Κόρινθο μόνο – ο κόσμος δεν είχε και μεγάλες επιλογές για διακοπές. Μόνο ακτοπλοϊκά μπορούσε άνετα ο κόσμος να επισκέπτεται το Βόλο, τη Θεσσαλονίκη και τη Νότια Πελοπόννησο από τον Πειραιά.

Η Αίγινα ήταν από τα κοντινότερα στη πρωτεύουσα νησιά, πιο κοντά από τις... μακρινές Σπέτσες, ή τις απόμακρες Κυκλάδες και για Κρήτη, Μυτιλήνη, ή Δωδεκάνησα, που μόλις πρόσφατα είχαν ενσωματωθεί επίσημα στην Ελλάδα, επρόκειτο πάντα για ταξίδια που απαιτούσαν τουλάχιστον ένα μερόνυχτο στο πλοίο.

Αυτή τη φορά αντί στο Φάρο, της Αίγινας κάποιος πρότεινε για νοίκιασμα ένα σπίτι στη Περιβόλα. «Λίγο πιο κει είναι, είπε, δεν είναι και τόσο μακριά. Το παιδί έχει το ποδήλατο» ... πάντα εκείνο το αρχαίο μαύρο χωρίς φρένα – και έτσι επειδή είχα... μεγαλώσει ήμουν αυτοκινούμενος. Το σπίτι στη Περιβόλα ήταν ψηλά σ' ένα ύψωμα, όπου κάτω από μιά ελιά είχα οργανώσει μεγάλη εγκατάσταση, που περιλάμβανε τέντα από κομμάτι καραβόπανου που βρήκα στη παραλία πεταμένο κι' ένα παλιό ράντζο. Εκεί ξάπλωνα το μεσημέρι διαβάζοντας μπρούμητα ότι μεγάλο βιβλίο έπεφτε στα χέρια μου. Είχαν τελειώσει οι Ρώσοι και είχα αρχίσει τους Αμερικάνους, με πρώτο τον Χεμινγουέη, που μετά το επικό «Για ποιόν χτυπά η καμπάνα.» πέρασα στο «Γέρο και τη θάλασσα», υπολόγιζα μεχρι το τέλος του καλοκαιριού να τον είχα διαβάσει όλο.

Πιο πέρα από τη Περιβόλα προς Μαραθώνα βρισκόταν ένα μοναχικό σπίτι πάνω στο λόφο, από όπου τη τρίτη μέρα που είχαμε εγκατασταθεί, εμφανίζεται ένα ομορφότατο κορίτσι που άκουγε στο όνομα Ακτή και παρακάλεσε αν είχαμε να της δανείσουμε λίγο γάλα. Και αφού πήρε το γάλα έφυγε.

∗∗∗

Απ' ότι είπε η μητέρα, φαίνεται ότι ήταν κόρη ενός καθηγητή πιάνου του Ωδείο Αθηνών. Και σε πρώτη φάση, λόγω βλακείας, ή και δειλίας μου, δεν κατάφερα να αρθρώσω και πολλά. Έστησα όμως ... ενέδρα και όταν ήρθε την άλλη μέρα να επιστρέψει το γάλα προετοιμασμένος της έπιασα κουβέντα... Έμαθα ότι δεν ανήκε στη παρέα του Φάρου, απ' όπου γνώριζε μόνο μια κοπέλα. Πήγαινε για μπάνιο στον Αγιο Βασίλη, στη μικρή παραλία της Περιβόλας και περίμενε το μπαμπά της από την Ιταλία, που ήταν ναυτικός, προσδοκώντας το ποδήλατο που της είχε υποσχεθεί. Τότε θα έβγαινε περισσότερο και βέβαια θα πηγαίναμε μαζί ποδηλατάδα, στο Μαραθώνα και πάρα πέρα, από το μέσα δρόμο προς τη πόλη, προς τις φυλακές και στα διάφορα χωράφια με φιστικιές πάνω στους Ασώματους. Στην αρχή γνωριστήκαμε περισσσότερο πηγαίνοντας μαζί για μπάνιο. Η παραλία ήταν στενή και με κατσάβραχα έξω, αλλά μέσα ήταν άμμος. Η Ακτή κολυμπούσε πολύ καλά διότι κάνανε μάθημα στο κολλέγιο των κοριτσιών στο Ελληνικό. Κάποιο απόγεμα πριν έρθει το ποδηλατό της, πρότεινα να πάμε μέχρι το Στρατηγό να συναντήσουμε την εκεί παρέα. Ανέβηκα στο ποδήλατο και εκείνη κάθισε πίσω στη σχάρα και μια και ο δρόμος ήταν ίσιος και δεν είχε ανηφοροκατηφόρες, φτάσαμε στο Στρατηγό, όπου μας έγινε υποδοχή, ρωτώντας με, που την βρήκα και ποιά είναι αυτή η... γοργόνα! Άρχισε να της αρέσει η παρέα και το επόμενο βράδυ πήγαμε στο σινεμά. Καθίσαμε δίπλα και άπλωσα το χέρι μου στους ώμους της όπως αρχίζαμε τότε τις σωματικές επαφές. Κατά τις δέκα και μισή που τέλειωσε η ταινία με την Ντόρις Ντέη να τραγουδάει το Tea for Two, ανεβήκαμε και οι δυο στο μαύρο ποδήλατο και ξεκινήσαμε για τη Περιβόλα . Αφού περάσαμε τον Στρατηγό και δεν συναντήσαμε κανένα από τη παρέα, που φαίνεται ότι μετά το φιλμ είχαν πάει στη πόλη για παγωτό, πρότεινα να σταματήσουμε για λίγο στα φύκια να απολαύσουμε τα ... άστρα, στον γεμάτο απ' αυτά ουρανό, διότι δεν είχε φεγγάρι και φαίνονταν όλα ξέχωρα και καθαρότατα. Ξαπλώσαμε λοιπόν στα φύκια και αφού κοιτάξαμε για λίγο τα άστρα γυρίσαμε και κοιταχτήκαμε και σχεδόν αμέσως φιληθήκαμε πολλή ώρα και μετά ξαπλώσαμε και προχωρήσαμε αρκετά, όχι όμως και ολοκληρωτικά, διότι: «Πρόσεχε, μου λέει: Είμαι παρθένα και δεν σκέφτομαι ακόμα να... πάψω να είμαι, ιδιαίτερα από τη πρώτη φορά που ξάπλωσα στα φύκια μαζί σου. Αυτό ξεχασέ το. Μπορεί ν' αγαπιόμαστε, αλλά αυτά είναι παιχνίδια του Γυμνασίου και όχι παραπάνω! Σε παρακαλώ!»

Ξαναφιληθήκαμε και λίγο μετά τα μεσάνυχτα ανεβήκαμε στο μαύρο ποδήλατο και την πήγα σπίτι της. Δώσαμε ραντεβού αύριο για μπάνιο. Οι υπόλοιπες διακοπές πέρασαν με μπάνιο ποδηλατάδες, ξάπλες στα φύκια και με την προκλητική Ακτή να επιμένει στην εκδηλωμένη και επαναλαμβανόμενη παρθενία της, εναρμονισμένη απόλυτα με το κοριτσίστικο περιβάλλον της εποχής. Πριν από το Δεκαπεντάυγουστο ήρθε και ο πατέρας για το δεκαπενθήμερο του. Τότε άρχισε κάτι συζητήσεις με τον Γενικό Γραμματέα του Τουρισμού, που είχε κι' αυτός σπίτι στην Αίγινα και μάλιστα στη Περιβόλα, περί του πως θα αναπτύσσονταν οι Ιαματικές πηγές της Ελλάδας και πως εσκόπευε να της επιθεωρήσει όλες στη σειρά, αρχίζοντας από τη Θράκη και κατεβαίνοντας προς τα Νότια. Γύρισε σπίτι κατά τις εφτά και φάνηκε πολύ ενθουσιασμένος με όσα αποφάσισαν για τον Τουρισμό. Τότε φάνηκαν να ανεβαίνουν τον ανήφορο η Μαρία με τον Κωνσταντίνο. Και αφού καθίσαμε και ανταλλάξαμε εντυπώσεις περί της κοινωνικής ζωής στο νησί, που θα πάμε για μπάνιο αύριο και άλλα ασήμαντα. Ρωτάει ο πατέρας τον Κωνσταντίνο. «Κοίταγα κάτι γραφτά του πατέρα μου και αναφέρει ότι το 1885 κηρύχθηκε επιστράτευση και κατετάγη στο τάγμα Κορίνθου με δυο από τους αδερφούς του. Ο ένας ήταν ο Ιωάννης, ο άλλος προφανώς ο Μιχαήλ, που πέθανε αργότερα, λοχίας στο Ναύπλιο. Μη σε ζαλίζω, λέει στον Κωνσταντίνο, το ερώτημα είναι ότι αφού κατετάγη το 1885, πως έδωσε εξετάσεις για το διδακτορικό δίπλωμα και πως μετεγράφη το 1888 στη Νομική Σχολή. Επί πλέον αναφέρει ότι συμμετείχε στην εκστρατεία της Θεσσαλίας όπου συμμετείχε στον ατυχή... εκείνο πόλεμο, που έληξε στις 14 Ιουνίου του 1886. Εγώ δεν ξέρω άλλο πόλεμο εκτός του 1897 και αυτός ήταν ατυχής, εσύ γνωρίζεις τίποτα παραπάνω;» Ο Κωνσταντίνος σκέφτηκε για μια στιγμή μασουλώντας μια ελιά, «Να σου πω, υπήρξε μια... περίεργη εισβολή το 1886, στη Θεσσαλία και ορισμένοι θερμόαιμοι μπήκαν στα τουρκικά εδάφη και είχαν και μερικές αρχικές επιτυχίες. Αντεπετέθηκαν οι Τούρκοι και συνέλαβαν κάπου 250 αιχμαλώτους για να τους περιφέρουν ρακένδυτους σε όλη τη Θεσσαλία, γελοιοποιούντες τους Έλληνες και τη πατρίδα τους. Υπ'όψη ότι το Κράτος, ή και ο πρωθυπουργός Τρικούπης, δεν είχαν ιδέα αυτής της ... αυθόρμητης επίθεσης, ούτε και κανείς από τη Κυβέρνηση, που όπως πάντα ασχολούνταν με τα κομματικά και όχι με τα καίρια και επείγοντα.

Αν και ο Τρικούπης αποκήρυξε αμέσως την επιχείρηση για να μη θυμώσουν οι μεγάλες δυνάμεις και μας αποκλείσουν τον Πειραιά για μια ακόμη φορά, πολλοί θερμοκέφαλοι έχασαν και τη ζωή τους! «Ας αλλάξουμε όμως κουβέντα, λέει ο πατέρας, σε μένα, διότι πρέπει να ψάξω να βρω κι'άλλα χαρτιά απ' αυτά που γράφει ο παππούς σου, μήπως και διαφωτιστούμε περισσότερο.»

Αλλάξαμε κουβέντα που γύρισε στα πολιτικά της εποχής: Αν ο Πλαστήρας θα σχημάτιζε κυβέρνηση και πως δεν αξιοποιούνταν η Αμερικάνικη βοήθεια που είχε ήδη αρχίσει …σύμφωνα με τον Κωνσταντίνο να … κακοδιατίθεται. Ήρθε και το κοτόπουλο με τις πατάτες και ακολούθησαν για μετά φαί επίσκεψη, οι γονείς της Ακτής ενώ εκείνη θα ερχόταν αύριο. Την παρέλαβα την άλλη μέρα και συνεχίσαμε τους περιπάτους με τα ποδήλατα, στα σινεμά και στα... φύκια.

Συνεχίσαμε να βλεπόμαστε με την Ακτή και στην Αθήνα στις αρχές Σεπτεμβρίου που επιστρέψαμε με διαφορά δυο ημερών. Ενα βράδυ είχαμε βγεί με μια φίλη της και με τον Κώστα Κ. που είχα ζητήσει να συμπληρώσει το κουαρτέτο. Στο γυρισμό από το καλοκαιρινό σινεμά που είχαμε πάει στην ΑΘΗΝΑ στην οδό Πατησίων, η Ακτή μας λέει: Ξέρετε πρέπει να πάμε την Λία σπίτι της.» «Και γιατί όχι;», απαντήσαμε και οι δυο. Που να ξέραμε τι μας περίμενε, μια και δεν είχαμε ιδέα που ήταν το σπίτι της. Πήραμε την Ιθάκης ίσια απάνω αφού περάσαμε τη πλατεία Αγίου Γεωργίου, διασχίσαμε τη Κυψέλης, συνεχίσαμε στην οδό Λευκάδος, διασχίσαμε την Κερκύρας και βγήκαμε στην ανηφορική οδό Καυκάσου. «Ποιός της έβγαλε το όνομα Καυκάσου; Άλλο δεν βρήκαν;» ρωτάει ο Κώστας. «Ακριβώς επειδή είναι τόσο ανηφορική την έβγαλαν έτσι! «Απαντάει η Ακτή. Από κει κι'απάνω, ανηφορικά προς τα δεξιά – δεν υπήρχαν τότε δρόμοι - όλη η περιοχή βρισκόταν στο λεγόμενο, άγνωστο γιατί, Πολύγωνο. Συνοικισμός από παράγκες χτισμένες με λαμαρίνες, χαρτόνια, πισόχαρτα και ότι άλλο υλικό μπορούσε κανείς να φανταστεί, όπως καδρόνια, χαρτόκουτα, κομμάτια από κόντρα πλακέ,εξείχαν από παντού, καθώς περπατούσαμε στα μονοπάτια ανάμεσα στα ανορθόδοξα αυτά κατασκευάσματα. Τα πλαστικά δεν είχαν εφευρεθεί.

***

Αυτές οι Φαβέλες, όπως μάθαμε αργότερα, ότι λέγονται στη... Βραζιλία, κάλυπταν μια περιοχή από όλη τη δεξιά μεριά της οδού Κερκύρας μέχρι τη Σχολή Ευελπίδων και συνέχιζαν πιο πάνω δεξιά πάνω στους λόφους από την ΄Ανω Κυψέλη προς Γαλάτσι.

Τρία ή τέσσερα χρόνια αργότερα, όλη η περιοχή είχε καθαρίσει και γεμίσει καινούριες πολυκατοικίες με μια ταχύτητα που ήταν αγνώριστη για τις Ελληνικές συνθήκες. Τόσο πολύ, ώστε ο Κώστας Κ. στις τελευταίες τάξεις του Γυμνασίου είχε οικογενειακώς μετακομίσει σε μια από τις νέες τότε (1954) πολυκατοικίες, απέναντι από τα κτίρια της Σχολής Ευελπίδων. Προς το παρόν όμως, συνοδεύοντας τη φίλη σπίτι της διασχίζαμε αυτόν, τον... ας ονομάσουμε, συνοικισμό. Είναι περίεργο αλλά μερικά χρόνια αργότερα, κάποιος θα φοβώταν να διασχίσει παρόμοια γειτονιά, τη νύχτα και ιδιαίτερα συνοδεύοντας κορίτσια. Τότε όμως, έστω και αν μας κοίταγαν διάφοροι, που κάθονταν απ' έξω από τις καλύβες - παράγκες τους, κανείς δεν είπε τίποτα το προσβλητικό, ούτε και απειλητικό, αντίστροφα οι περισσότεροι μας έλεγαν καλησπέρα. Ο Κώστας με κοίταξε και εγώ κοίταξα την Ακτή ερωτηματικά, διότι δεν χωρούσε στο μυαλό μας ότι η κοπελιά αυτή, που πρώτη φορά βγαίναμε μαζί, με τ' όνομα Λία, θα έμενε σε καμία απ' αυτές τις παραγκοκαλύβες. Δεν φαινόταν όμως τίποτα, που να μοιάζει σωστό σπίτι. Περπατούσαμε από τότε που βγήκαμε από την "ΑΘΗΝΑ" περίπου μισή ώρα. Υπολόγιζα ότι έπρεπε να είχαμε ξεπεράσει τα κτίρια της Σχολής Ευελπίδων, που δεν μπορούσα να δω, τα έκρυβαν οι παράγκες μερικές αρκετά ψηλές, για να προσανατολιστώ. Συνεχίζαμε βγαίνοντας από τα παραπήγματα και τις καλύβες σε ανήφορο πάνω σε κακοτράχαλο δρόμο γεμάτο νεροφαγιές,με κάτι χαμηλούς θάμνους δεξιά κι'αριστερά. Άρχισα να προσανατολίζομαι όταν κατάλαβα ότι ... επιχειρούσαμε ορειβασία στα Τουρκοβούνια. Και τελικά να'σου ένα πέτρινο μεγάλο σπίτι στη μέση του... πουθενά, σχεδόν πάνω στα Τουρκοβούνια στη πρώτη προς τους Αμπελοκήπους κορφή τους. Εκεί, φτάσαμε ταλαιπωρημένοι και μείναμε κατάπληκτοι από τη θέα, διότι βλέπαμε κάτω μακριά, την αρχή του Ψυχικού, με τις βίλλες και παραπέρα αριστερά, τη Φιλοθέη. και το Γαλάτσι, που υπήρχε ακόμα ένα νταμάρι. Καθήσαμε έξω στη μεγάλη βεράντα απολαμβάνοντας τη νυχτερινή με τα φωτάκια θέα από τους Αμπελοκήπους μέχρι την Πεντέλη.

Η Λία μας προσέφερε ένα ποτήρι νερό στον καθένα,για να ξαναβρούμε ...την αναπνοή μας, και μετά ένα άσπρο κρασί παγωμένο. Την ρωτήσαμε πως πηγαίνουν σ'αυτό το σπίτι; Πάντα απ' τον ίδιο δρόμο; Πάντα περπατώντας; Έχει άλλο δρόμο γι' αυτοκίνητο; Και η απάντηση της ήταν αρνητική: Ο πατέρας της δεν ήθελε να πηγαίνουν... αυτοκίνητα στο σπίτι του! Εκείνος κυκλοφορούσε με ποδήλατο, που για να φτάσει στο σπίτι το έσπρωχνε με τα χέρια διότι ο ανήφορος ήταν πάνω από ποδηλατικές δυνατότητες. (Σημείωση: δεν είχαν εφευρεθεί τα ποδήλατα με ταχύτητες, ούτε και τα Mountain bikes.) Και βέβαια από την Πατησίων είναι ο πιο σύντομος δρόμος, διότι δεν ήταν τόσο απότομος, όσο η άλλη μεριά – Κηφισίας - που έπρεπε να... αναρριχηθείς σε κάτι απότομες ανηφόρες απίθανης και σχεδόν... ανάποδης κλίσης. Η Λία πήγαινε στο Αρσάκειο στο Ψυχικό και έτσι αποκτήσαμε κι' άλλη φιλενάδα από άλλο σχολείο Βέβαια όπως είπαμε αργότερα με τον Κώστα, ποιος θα έκανε την... ορειβασία να την πάει σπίτι της, αν την καλούσαμε σε κανένα πάρτι, θα ήταν υπό συζήτηση, παρ'όλη την ορειβασία όμως, αποφασίσαμε ότι άξιζε τον κόπο. Απολαύσαμε το ποτήρι νερό κατ' αρχήν καθώς είμαστε καταϊδρωμένοι και μετά το άσπρο κρασάκι με κρακεράκια. Κουβεντιάσαμε αρκετά με τις κοπελιές και τελικά μαζί με την Ακτή, που έμενε στη Φωκίωνος Νέγρη, κατεβήκαμε από παραπλήσιο και όχι τόσο απότομο δρόμο για να την πάμε σπίτι της με τον Κώστα Κ.

Πλησίαζα οι μέρες που θα άνοιγε το Σχολείο και πολύ το διασκεδάσαμε με τον Κώστα Κ. σχολιάζοντας τον ποδαρόδρομο και την ορειβασία που είχαμε υποστεί.

ΠΕΜΠΤΗ ΓΥΜΝΑΣΙΟΥ 1951 - 1952

Απαγόρευση των πάρτι

Επιστροφή στο Σχολείο και στο ωραίο κτίριο της οδού Μαυροματαίων. Τα νέα όμως δεν ήταν, τουλάχιστον όπως μας φάνηκαν στην αρχή, ευχάριστα. Ο κύριος Μπερζάν ήταν άρρωστος και φαίνεται ότι πούλησε το σχολείο στον κύριο Μωραίτη, που σκόπευε να το μεταφέρει στο Ψυχικό. Όλες αυτές οι ειδήσεις ήταν οι πρώτες που ακούσαμε καθώς αρχίσαμε τα μαθήματα στην Πέμπτη Γυμνασίου. Και βέβαια ξεσήκωναν πολλά ερωτηματικά: Πως θα πηγαίναμε στο Ψυχικό; Που ήταν το κτίριο εκεί; Πότε θα πάμε να το δούμε; Η κυρία Μαρία Π. φιλόλογος και καθηγήτρια της τάξης μας, προσπαθούσε από τη πρώτη μέρα να ηρεμήσει τα... πάθη και να απαντάει στις πιο απίθανες ερωτήσεις. Έτσι εκτός από τα Αρχαία, και τα Νέα Ελληνικά που μας έκανε, προσπαθούσε να μας οργανώσει σε κοινότητα με ειδικά ενδιαφέροντα, ανάλογα με του καθενός τις δεξιότητες, αν υπήρχαν; ερωτηματικό εδώ! Και επειδή όπως ανέπτυξε ο άλλος καθηγητής που τον απολαμβάναμε μόνο στο μάθημα της ιστορίας, ο κύριος Οδυσσέας, που σαν καθηγητή τάξης θα τον είχαμε μόνο στην ογδόη, διότι δεν ασχολείτο με... ανώριμους μαθητές, όπως μας αποκάλεσε κάποτε στο... μάθημα της ιστορίας.

Εκείνος λοιπόν, όπως μας είπε σε μια εκδρομή, χωρίς να σηκώνει καμιά αντίρρηση, ότι σε ένα σύνολο το 25% είναι χωρίς καμιά δεξιότητα, άλλο 25% ήταν και είναι ηλίθιοι, το επόμενο 25% ελαφροΐσκιοτοι, ήτοι ελαφρώς συγχισμένοι, και μόνο το τελευταίο 25%, μπορεί να έχει κάποια δεξιότητα. Μερικοί απ' αυτούς τους τελευταίους κατέληγε, δεν διακινδυνεύουν ούτε ποσοστό της επιδεξιότητας, ή ταλέντου, που μπορεί να κατέχουν, ελάχιστοι μόνο απ' αυτό το τελευταίο 25%, μπορεί να γίνουν οι ηγέτες που είναι δυνατόν, αν δεν είναι τρελοί – βλέπε Χίτλερ, του αρέσει να μνημονεύει – που προσφέρουν καταστροφή, ή άλλοι – βλέπε Αϊνστάϊν, του αρέσει να επαναλαμβάνει – που προσφέρουν πολλά στην ανθρωπότητα. Παρ'όλ'αυτά τα περίεργα, ο κόσμος λειτουργεί κανονικά! Όπως το σχολείο λειτουργούσε άψογα, παρ' ότι ήταν το τελευταίο έτος που θα μέναμε στην Μαυροματαίων. Έτσι έγινε και η εκδρομή στην Κινέττα, που τότε θεωρείτο ... εξωτικός προορισμός.

Στο παλιό πράσινο λεωφορείο καθόμαστε στα πίσω πάντα καθίσματα έχοντας το... καθήκον να τραγουδάμε, τις περισσότερες φορές με συνοδεία από κιθάρες που έπαιζαν ο Ρίκος και Μιχάλης. Το τραγούδι ξεκίναγε σχεδόν μόλις μπαίναμε στο λεωφορείο και δεν ήταν πάντοτε ... κόσμιο! Σαν παράδειγμα ο Κώστας ο χειροδύναμος και ο Μιχάλης μας δίδασκαν το πιο σκληρά ρεμπέτικα της εποχής όπως τα «Όταν καπνίζει ο λουλάς εσύ δεν πρέπει να μιλάς...» «Έχασα τη γκόμενα και όλα τα επόμενα... ..» και άλλα ακόμα πιο... άγρια! Και όταν το λεωφορείο έτρεχε επειδή ήταν και ελαφρώς διαλυμένο και ακούγονταν πολλοί κρότοι από τριξίματα, χτυπήματα και από τη μηχανή δεν ξεσηκώναμε πολλές αντιδράσεις. Μια φορά όμως, σταματημένοι στην Λεωφόρο Αλεξάνδρας, και πριν ξεκινήσουμε, αρχίσαμε να τραγουδάμε τα "Σαράντα παληκάρια από τη Λειβαδιά», που στην αρχή δεν προκάλεσε καμιά αντίδραση. Όταν όμως συνάντησαν (τα παληκάρια) τον γέρο που ήταν... . ομοφιλόφυλος και άλλες παρακάτω παραφράσεις προκαλέσαμε... φρενιτιώδη κρίση του Θρησκευτικού. Καθώς είχε κατεβεί από το άλλο λεωφορείο της Τετάρτης Γυμνασίου, που συνόδευε, άρχισε να χτυπάει το πλάι του λεωφορείου με τις δυο παλάμες του ανοιγμένες – θα πρέπει να πονάνε τα δαχτυλά του – ήταν το σχόλιο κάποιου πιο ψύχραιμου!! – Τότε αντιδράσαμε άμεσα αρχίσαμε να τραγουδάμε ότι... «Χάσαμε και τη γκόμενα…και όλα τα επόμενα «και εκείνος δώστου να χτυπάει το λεωφορείο. Τελικά σταματήσαμε το τραγούδι και σωθήκαμε από τη βιαία σωματική επίθεση του, από τη καθηγήτρια μας, που μόλις επιβιβάστηκε στο λεωφορείο μας έκανε νόημα να σταματήσουμε. Όταν φύγαμε και βγήκαμε στην Ιερά Οδό τότε μόνο μας είπε. «Αφού τον ξέρετε γιατί δεν περιμένατε να φύγει και... τον ερεθίζετε κατ' αυτό το τρόπο. Κανένα πιο νόστιμο τραγουδάκι δεν έχετε στο ρεπερτόριο σας;;» Αμέσως ανταποκριθήκαμε με το «Όταν θα πάω κυρά μου στο παζάρι θα σ' αγοράσω ένα κοκοράκι!» Που συνεχίστηκε περίπου μισή ώρα γιατί αγοράσαμε μέχρι και ... κροκόδειλους!!" Φτάσαμε στη παραλία της Κινέττας με τα πολλά βότσαλα. Άκρα ερημιά στα μέσα Φεβρουαρίου με βροχή, ποιός είχε τη φαεινή ιδέα να διαλέξει αυτό τον προορισμό; Και γιατί άλλες τάξεις πήγαιναν αλλού;. Μάλλον μας θεώρησαν αμελητέους και μας έριξαν εδώ πέρα. Ενα εστιατόριο – ταβέρνα βρισκόταν στο 60ο χιλιόμετρο του παλιού δρόμου Αθήνας – Κορίνθου.

Εκεί φάγαμε κάτι μάλλον απαίσιες μπριζόλες με πατάτες τηγανιτές και ήπιαμε μια ρετσίνα που δεν πινόταν. Οπωσδήποτε, αυτή δεν ήταν από τις καλύτερες εκδρομές, συμφωνήσαμε, ότι ήταν αποτυχία, από άποψη καιρού, φαγητού, ποτού, μέσου συγκοινωνίας και ό.τι άλλο.

Μαζευτήκαμε το επόμενο βράδυ Κυριακή, για να γίνει η πρέπουσα ανάλυση της εκδρομής. Συμφωνήσαμε ότι για τους προορισμούς από εδώ και μπρος, πρέπει να έχουμε... γνώμη! Εν πάσει περιπτώσει θα δούμε από του χρόνου στο Ψυχικό τι θα κάνουμε. Τα κορίτσια δεν είχαν έρθει στη συγκέντρωση αυτή και μόνοι μας εφτά μαντράχαλοι στο σπίτι του Παναγιώτη, ακούσαμε λίγη μουσική και πήγαμε νωρίς για ύπνο.

Τη Δευτέρα το πρωί στην ειδική ώρα για τα ζητήματα τάξης τα είπαμε στη καθηγήτρια μας, που μας απάντησε ότι βρίσκει λογική την ιδέα μας, να έχουμε γνώμη για την εκδρομή, αφού βέβαια, μπορούμε να συγκεντρώσουμε διάφορα στοιχεία, ώστε να δικαιολογούμε γιατί εκείνο τον προορισμό και όχι άλλον. Μη φοβώσαστε έχουμε εδώ το τέρας της γεωγραφίας με δείχνει ο Μιχάλης . δεν πρόκειται να σας ... απαγοητεύσουμε.! «Τέρας είσαι και φαίνεσαι του είπα στο διάλειμμα τι ιδέες είν' αυτές που διαδίδεις;» «Καλά ντε δε σηκώνεις ούτε ένα αστείο;» Απάντησε εκείνος χαμογελαστός. Μαζί με τον Κώστα Κ και τον Παναγιώτη ψάξαμε κάτι αρχαίους τουριστικούς οδηγούς που ανακαλύψαμε άλλους στο σχολείο και άλλους στα σπίτια μας. Μετά, μεταφράσαμε διάφορα αξιοθέατα σημεία της Αττικής από τους προπολεμικούς -έκδοση... Γαλλική του 1932, Guide Bleus – La Grece, που δανείστικα από τον παππού μου και τελικά αποφασίσαμε να προτείνουμε για τη τελευταία εκδρομή φέτος, τα Βίλια και μετά τα Αιγόσθενα – Πόρτο Γερμενό. Και για του χρόνου να πάμε στον Κάλαμο και στο Αμφιαράειο μια και είχαμε ήδη επισκεφτεί την Ανάβυσσο.

Τα καθαρόγραψε όλα με το γνωστό του καλλιγραφικό στυλ ο Κώστας Κ και ετοιμαστήκαμε να παρουσιάσουμε την εθελοντική και μάλλον πρωτότυπη εργασία μας στην επόμενη συνεδρίαση της τάξεως που γινόταν τα εργάσιμα Σάββατα. Κάθε τόπος απ'αυτούς που διαλέξαμε περιλάμβανε χιλιομετρικές αποστάσεις, τα μνημεία, τη σημασία τους, την εποχή τους και ότι άλλο χρήσιμο στοιχείο είχαμε βρει.Όλα λοιπόν εξελίσσοντο αρκετά καλά και με τους ενδιάμεσους ελέγχους να μας κατατάσσουν σε μια μάλλον μέτρια, άλλα όχι και κακή τάξη.

Ο Μάιος βρισκόταν στην αρχή ηλιόλουστος και αισιόδοξος και ένα πρωί στη τακτική συγκέντρωση όλου του Γυμνασίου, ο κύριος Ματθαίος, αυστηρός Γυμνασιάρχης εξαπολύει απαγορευτικούς κεραυνούς, όπως γράφτηκε και στο περιοδικό του Σχολείου την ΠΕΝΝΑ, (το δεύτερο Ν δεν είχε... καταργηθεί ακόμα).

Απαγορεύονται!... διατάζει με ... διδακτορική φωνή, τα πάρτι γενικά, και οποιαδήποτε συγκέντρωση, που περιλαμβάνει περισσότερους από πέντε μαθητές, μαθήτριες, συμμαθητές, ή συμμαθήτριες, μιας, ή και περισσότερων τάξεων μαζί, όπου και εάν λαμβάνει χώρα, εάν δεν εκπληρούνται οι ακόλουθοι όροι:

1. Δεν έχει ζητηθεί και εγκριθεί σχετική άδεια από το Σχολείο, που θα αναφέρει την ώρα ενάρξεως και λήξεως του πάρτι.

2. Δεν παρίσταται καθηγητής που εντεταλμένος από το Σχολείο καθ΄όλην τη διάρκεια του πάρτι. (Εδώ βέβαια το σούσουρο μεταξύ όλων των τάξεων που στέκονταν σε τριάδες στην μεγάλη αίθουσα άρχισε να εντείνεται.) «Δηλαδή θα πλένει και τα... πιάτα πριν φύγει;» ψιθυρίζει ο Μιχάλης. Τον αγριοκοιτάει ο κ Σ. ο μαθηματικός, που στεκόταν πιο κεί. Δεν άκουσε, ευτυχώς, τι είπε.

3. Παρακαλώ ησυχία! Περιμένετε, πριν σχολιάζετε, ακόμα. Απαγορεύεται επίσης στα πάρτυ αυτά το χαμήλωμα των φώτων και η κατανάλωση τσιγάρων και οινοπνευματωδών ποτών, με εξαίρεσιν χαμηλής περιεκτικότητος αλκοόλ, κρασιού!

4. Όσοι παραβαίνουν τα παραπάνω θα τιμωρούνται με αποβολή μιας εβδομάδας. Τα μέτρα αυτά θα σας διανεμηθούν εγγράφως, ώστε με την υπογραφή τους να λάβουν υπ' όψιν και οι γονείς σας.

Ελπίζουμε ότι όλοι θα συμμορφωθείτε και θα περιοριστεί η παρούσα τάση ανεξέλεγκτων και χωρίς επίβλεψη συγκεντρώσεων, ή πάρτι, ιδιαίτερα στις τελευταίες τάξεις του Γυμνασίου, που αν συνεχίσει να αυξάνεται, χωρίς έλεγχο και επίβλεψη, θα βλάψει όχι μόνο εσάς τους ίδιους, αλλά και την άριστη φήμη που χαίρει το Σχολείο. Τέλος η παρούσα απαγόρευση ισχύει μέχρι το τέλος της σχολικής χρονιάς και του χρόνου στο Ψυχικό πλέον, θα ανανεωθεί, εφ' όσον εξακολουθούν να υφίστανται οι παρούσες συνθήκες.

Ακολούθησε η πρωινή προσευχή και διαλυθήκαμε οδεύοντας με σκυμμένα τα κεφάλια προς τις τάξεις μας. Μόλις κλείσαμε τη πόρτα άρχισε πανδαιμόνιο, είχαμε δέκα λεπτά πριν αρχίσει το μάθημα, διότι λόγω των δραστικών ανακοινώσεων ή ώρα είχε περικοπεί παρ᾽ότι φυσικά κανείς δεν τόλμησε να υποβάλει ερωτήσεις, ή και ... ζητήσει διευκρινήσεις. «Όπως και θα έπρεπε!», έβαλε τις φωνές ο Κώστας Γ. «Καλά τι μας περάσανε αιχμάλωτους πολέμου...» «Όχι μουζίκους δουλοπάροικους!» πλειοδοτεί ο Ρίκος.» Εγώ λέω ότι κάποιος είναι μεγάλο καθήκι και καρφώνει όσους διασκεδάζουν...» Σηκώνεται και δηλώνει ο Κώστας ο χειροδύναμος. «Δεν στα έλεγα εγώ, μη μιλάτε για όργια και ποτά και τσιγάρα...» προσθέτει ο Γιώργος, κοιτώντας εμένα. «Τα τσιγάρα, τα ποτά και τα ξενύχτια κλείσανε τα καλύτερα σπίτια...» σιγοτραγουδάει χαμογελώντας ο Χάρης. «Ωραία και τι θα κάνουμε λοιπόν;» Στη συνέχεια Σηκώνομαι κι᾽εγώ με τα οργανωτικά μου και λέω: «Μεθαύριο είναι Κωνσταντίνου και Ελένης έχουμε δυο πάρτι της Ελένης και του Κώστα και άλλα δυο των άλλων Κώστηδων, που είπαμε να τα μεταφέρουμε την παρά-άλλη βδομάδα, χρειαζόμαστε τέσσερις άδειες και τέσσερις καθηγητές, ή θα κατέβουμε στην παρανομία;»

Με τη λέξη παρανομία ανοίγει η πόρτα και μπαίνει η καθηγήτρια μας. «Γιατί θα παρανομήσεις;» με ρωτάει, αντί καλημέρας. «Σχήμα λόγου, απαντάω, έλεγα για την απόρριψη του τελεσίγραφου που έστειλε ο Κιουταχής στους πολιορκούμενους του Μεσολογγίου.» «Κάτσε κάτω και σταμάτα τα παραμύθια, κατ᾽ αρχήν ο Κιουταχής δεν έστειλε κανένα τελεσίγραφο, στην πολιορκία του Μεσολογγίου.! Δεύτερον δικαίωμά σου να μη θελεις να πεις γιατί θα παρανομήσετε και δικαίωμά μου να ρωτήσω για δεύτερη φορά γιατί μιλάγατε;» «Παρανομία ήταν και η... κήρυξη της Ελληνικής Επανάστασης το 1821!» πετάγεται ο Μιχάλης. Και συνεχίζει ...»Παρανομία είναι, και η αποχή από την εργασία σε περίπτωση απεργίας...» «Σταμάτα! τον κόβει η καθηγήτρια, όλο το σχολείο βράζει και από άλλες τάξεις ακούγονται και φωνές σχετικά με την ανακοίνωση για τα πάρτι και μόνο εσείς εδώ μιλάτε για... παρανομίες, λοιπόν γυρνάει πάλι σε μένα θα μου πεις τι ακριβώς και γιατί το λέγατε; «Ακούστε κυρία Π. μπορώ να σας πω εγώ τι έλεγα, όχι όμως και τι λέγανε οι άλλοι αυτό θα είναι... χαφιεδισμός.» «Πάντα έχεις και κάποια απάντηση, ωραία! Τι έλεγες εσύ λοιπόν; «Έλεγα ότι λόγω των περιοριστικών μέτρων για τα πάρτι ότι μπορεί να περάσουμε στη παρανομία!»

«Αυτό θα είναι παράνομο και θα υποστείς αποβολή μιας βδομάδας.» μου απαντάει κοφτά. «Μόνο αν μας πιάσουν, επιμένω εγώ και προς το παρόν, εμείς δεν έχουμε βαρυμένο σχετικό παρελθόν, ακόμα και ο κύριος Ματθαίου είπε ότι ιδιαίτερα όλα αυτά αφορούν τις μεγαλύτερες τάξεις του Γυμνασίου και όχι τις μικρές όπως εμείς...» «Εσείς είσαστε στη μέση, ούτε μικρή, ούτε μεγάλη, εμένα όμως δεν μου αρέσουν όλα τούτα περί παρανόμων πάρτι...» Μου απαντάει. «Όπως και στην ...ποτοαπαγόρευση στις Ηνωμένες Πολιτείες. «Προσθέτει ο Κώστας Κ. «Σταμάτα να λές κουταμάρες.» Τον κόβει η καθηγήτρια. «Μα και δω εφαρμόζεται η ποτοαπαγόρευση, επεμβαίνει η Μαίρη, όταν λέει να πίνουμε κρασί χαμηλής περιεκτικότητας σε οινόπνευμα... και ποιό είναι αυτό το κρασί; Θα πρέπει το σχολείο εκτός από τον καθηγητή να μας... προσφέρει και το... κρασί που να τηρεί τις προδιαγραφές του..» «Να σταματήσεις να είσαι αναιδέστατη! «Την μαλώνει η καθηγήτρια και συνεχίζει: «Μου φαίνεται ότι στο μυαλό σας κυριαρχεί η απαγόρευση και τίποτ' άλλο. Είναι όμως καιρός να παραβλέψουμε καμιά φορά μέτρα που μπορεί να φαίνονται αρκετά αυστηρά, δικαιολογούνται όμως από διάφορα γεγονότα που δεν αφορούν τη τάξη μας. Παρακαλώ φτάνει! Ας συγκεντρωθούμε , αν μπορούμε, στο μάθημά μας. Και για να τελειώσει αυτή η συζήτηση, όποιος έχει τη πρόθεση να κάνει πάρτι καλύτερα να έρθει και να μου το πει εκ των προτέρων, παρά να τρέχουμε αργότερα να σβήσουμε τις φωτιές...» «Λοιπόν, ο Ισοκράτης ήταν από τους πιο γνωστούς και δίκαιους ρήτορες της αρχαιότητας. Γυρνάει στον Κώστα Σ. Για πες μας ποια εποχή έζησε; «Και βέβαια καμιά απάντηση. «Ποιός το γνωρίζει; «ρωτάει όλη τη τάξη. Ο Κώστας Κ, ο Πέτρος, η Μαργαρίτα και εγώ. Σηκώνουμε τα χέρια μας. «Εσύ με την... παρανομία...» μου λέει «Από το 400 περίπου μέχρι το 338 π.Χ. νομίζω. «Εσείς οι υπόλοιποι συμφωνείτε που σηκώσατε τα χέρια σας; «ξαναρωτάει. Και ευτυχώς συμφωνούν και γλυτώνει μετά από την αναμιξη τόσων πολλών... ξερόλων ο Κώστας Σ.Συνεχίστηκε το μάθημα και πήραμε εργασία για το επόμενο, να αναλύσουμε έναν από τους λόγους του ρήτορα σε στυλ έκθεσης με αναφορές στον Χρυσό Αιώνα της Αθήνας και γενικότερα στη κοινωνική ζωή της Αθήνας τότε.

***

Και συνεχίζεται η αγανάκτηση στο διάλειμμα που ακολουθεί: «Αυτά όλα είναι ωραία και καλά, κανείς όμως δεν μας λέει πως διάβολο θα πάρουμε την άδεια και άμα δούν αυτή την εγκύκλιο, που πρέπει να υπογράψουν και οι γονείς, τότε ζήτω... που καήκαμε, δεν πρόκειται να μας ξαναβάλουν σε κανένα σπίτι ...» Λένε οι περισσότεροι. Είχαμε όμως και την πονηρή ιδέα ότι την εγκύκλιο για τα πάρτι δεν θα την συζητήσουμε, ούτε και τα πάρτι βέβαια, μέσα στο σχολείο ή στην αυλή. Διότι «μην ξεχνάτε», λέει ο Ρίκος. «Εδώ που βρισκόμαστε και οι τοίχοι έχουν αυτιά!» Και αμέσως κανονίσαμε ραντεβού, ούτε καν σε σπίτι... πίσω από το άγαλμα του Κωνσταντίνου, το απόγεμα στις 6, για να συζητήσουμε πως θα... υπερβούμε τους κανονισμούς και τις εγκυκλίους, και βέβαια πως θα κάνουμε το πάρτι το Σάββατο στις 20 του μηνός. «Μα καλά τι στο διάβολο έγινε και αγριέψανε έτσι τα πραγματα; «Ρωτάει ο Κώστας Κ. μόλις μαζευτήκαμε το απόγεμα πίσω από το άγαλμα του Κωνσταντίνου. «Οπωσδήποτε δεν προκαλέσαμε εμείς τη κατάσταση με τις αναφορές μας σε όργια που δεν έγιναν...» Λέω και κοιτάω το Γιώργο.» Εντάξει, με διακόπτει εκείνος, μπορεί τότε να μη σε ακούσανε, αλλά αν συνεχίζαμε κάποιος μπορεί να μας άκουγε.» «Εδώ δεν υπάρχει θέμα... ακουστικής, πετάγεται η Μαίρη, εδώ φαίνεται ότι κάποιοι γονείς διαμαρτυρήθηκαν, διότι βέβαια δεν διαμαρτυρήθηκαν οι... μετέχοντες στο πάρτι και μάλιστα στο σχολείο...» «Αλλά να κάποιος που έρχεται και μπορεί να μας διαφωτίσει, την διακόπτω: «Καλώστονε Παναγιώτη! Μια και έρχεσαι αργά, μήπως έμαθες τίποτα από τον αδερφό σου, που πάει στην Ογδόη, τι έγινε και φτάσαμε στα άκρα; «Λοιπόν ακούστε: ενημερωμένος ο Παναγιώτης. Ο αδερφός μου ήτανε σ' αυτό το πάρτι και μου είπε τι έγινε: Που λέτε, ήταν ένα Σάββατο...»Τον διακόπτουμε με τον Κώστα και τη Μαίρη πιο έντονα...» Ρε Παναγιώτη, πες μας το ζουμί και κόψε τις περιγραφές και βέβαια θα ήταν Σάββατο, τί άλλη μέρα να ήταν! πές μας επί τέλους.» «Λοιπόν, συνεχίζει εκείνος, είχαν σβήσει όλα τα φώτα και φαίνεται ότι χρησιμοποιήθηκαν και οι τρείς... κρεβατοκάμαρες του σπιτιού! Η μουσική έπαιζε ότι πιο σιγανό σε ρυθμό μπλούζ υπήρχε και η πλειοψηφία των παρισταμένων ασχολούνταν σε μάλλον... σεξουαλικές περιπτύξεις, αν όχι και κάτι παραπάνω, διότι ορισμένοι βρίσκονταν και οριζοντιομένοι στα κρεβάτια! . Όλα εξελίσσονταν ήσυχα και ωραία!

Διότι ο Αντώνης ο Μ. στο σπίτι του οποίου γινόταν το πάρτι, είχε διαβεβαιώσει τους καλεσμένους ότι οι γονείς του έλειπαν το Σαββατοκύριακο στο Ναύπλιο και θα επέστρεφαν την Κυριακή το απόγεμα. Όλα λοιπόν θα παρέμεναν ήρεμα, αν το αυτοκίνητο του πατέρα του Αντώνη δεν παθαίνει βλάβη και ακινητοποιείται κοντά στα Μέγαρα και η επισκευή του χρειαζεται πάνω από μια μέρα. Έτσι αποφάσισαν με τη μητέρα του Αντώνη να πάρουν ένα ταξί και να γυρίσουν σπίτι τους, ώστε την άλλη μέρα έστω και αν ήταν Κυριακή, να γυρίσουν να πάρουν το αυτοκίνητο.

Φτάνουν λοιπόν κατά τις μία και μισή μετά τα μεσάνυχτα, στο σπίτι τους, ανοίγουν με τα κλειδιάτους και... καταδύονται σε άκρατο σκοτάδι, που μυρίζει τσιγάρα και ποτά. Καθώς προσπαθούν να προχωρήσουν σκοντάφτουν πάνω σ᾽ ένα ζευγάρι που κυλιότανε στο πάτωμα παίζοντας ποιος, ή ποια... θα επικρατήσει από πάνω και μάλλον ημίγυμνο. Η μητέρα του Αντώνη βάζει τις φωνές και παθαίνει αυτομάτως... κρίση. Ο πατέρας ανάβει τα φώτα και βάζει και αυτός τις φωνές: «Έξω από το σπίτι αλήτες και παλιοπουτάνες !» και άλλα τέτοια... δημιουργικά!

Ο αδερφός μου βρισκόταν σ᾽ένα από τα μέσα δωμάτια, όταν εκείνος, η κοπέλα του και άλλοι δυο, στο ίδιο δωμάτιο, κατάλαβαν τι έγινε, έτρεξαν και το έσκασαν από τη πίσω πόρτα υπηρεσίας. Κουτρουβάλησαν τις σκάλες προσπαθώντας σύγχρονα να ντυθούν και με τις κοπέλες να φωνάζουν ότι ξέχασαν ορισμένα εσώρουχα στο δωμάτιο που βρίσκονταν... Ο αδερφός μου τις απέτρεψε να πάνε πίσω και φυσικά δύο σουτιέν και μία κυλότα προσκομίστηκαν στο γραφείο του Ματθαίου, την προηγούμενη Δευτέρα και καταλαβαίνετε τώρα γιατί από κει ξεκίνησε όλη η ιστορία, αφού υπήρχαν και αποδεικτικά στοιχεία των... οργίων! Εκείνες και άλλους δυο με τον αδερφό μου, που το έσκασαν μαζί από τη πίσω πόρτα δεν τους ανέφερε κανείς...» «Θα πρέπει να αγοράσουν οι κοπέλες καινούρια σουτιέν και κυλότες τότε! «είπε ο Ρίκος... «Καλά, το πρόβλημά μας δεν είναι αν θα αγοράσουν ή όχι , εμείς τώρα τι θα κάνουμε;» Ρωτάω «Έχει κανείς καμιά ιδέα; Θα πάμε να ζητήσουμε άδεια για τέσσερα πάρτι που προγραμματίζονται και οπωσδήποτε δεν θα μας δώσουν παρά μία, ή τι άλλο; «Ρωτάει στη συνέχεια ο Κώστας Κ. «Έχω μια ιδέα. «Τους λέω. «Κι᾽εγώ άλλη μία.» λέει ο Μιχάλης.

«Ωραία σας ακούμε: άρχισε εσύ Μιχάλη, «τον ενθαρρύνει η Μαργαρίτα χαμογελώντας του, με σημασία μάλιστα. «Το πράγμα είναι απλό! Ξύνει το κεφάλι του, η εγκύκλιος ισχύει μόνο αν κάνουμε πάρτι σε σπίτι μαθητού, ή μαθητρίας όχι όμως, σε σπίτι τρίτου! Έτσι προτείνω, το ένα από τα τέσσερα να το κάνουμε στο σπίτι του φίλου μου του Αντρέα στη Κυψέλη, που θα πει ότι είναι δικό του το πάρτι. Εκείνος πηγαίνει στο Πέμπτο Γυμνάσιο που δεν έχουν τέτοιες εγκυκλίους. Βέβαια μπορεί να μας κάνει ένα, όχι όμως και τέσσερα πάρτι. Τι λέτε; «Συμφωνούμε! απαντάμε όλοι. Σε ξένο σπίτι δεν έχουμε να συμμορφωθούμε με καμιά εγκύκλιο.» «Εκεί όμως, στο σπίτι του Αντρέα, ρωτάω, θα λείπουν οι δικοί του θα είμαστε μόνοι μας; «Και βέβαια, απαντάει ο Μιχάλης,λείπουν εδώ και ένα μήνα γιατί ο πατέρας του εργάζεται σε κάτι μεταλλεία στη Μεγαλόπολη και πήγε και η μητέρα του. Εκείνος ζει μόνος στο σπίτι και τρώει στη γιαγιά του που βρίσκεται στη πλατεία Αμερικής.» «Πολύ ωραία!» Συμφωνούμε. Διαφωνούν όμως τα κορίτσια. «Και τι θα πούμε σπίτι μας αν μας ρωτήσουν, που πάμε και μερικές θέλουν να έρθουν να τις πάρουν... .Ποιανού θα πούμε ότι είναι το σπίτι;» «Να πείτε ότι είναι του ξαδέρφου μου προτείνει ο Μιχάλης και ότι εκείνος κάνει πάρτι, φοβάμαι όμως ότι αν ορισμένοι γονείς είναι γεμάτοι ερωτήσεις, καλύτερα να μην έρθετε, ιδιαίτερα αν έχουν διαβάσει και την εγκύκλιο. «Καταλήγει ο Μιχάλης. «Που προτείνω, συμπληρώνω, εγώ να καθυστερήσετε να την παρουσιάσετε μετά το πάρτι, μια και δεν έχει κυκλοφορήσει ακόμα. «Η Μαίρη γυρνάει σ'εμένα.» Και η δική σου ιδέα ποιά ήτανε; Μήπως είναι καλύτερη; «Να σας πω, προτείνω να... μεταμφιέσουμε το πάρτι σε συγκέντρωση τάξης, που να γίνεται το μεσημέρι, δηλαδή θα πούμε ότι συνεδριάζουμε για ν'ανταλλάξουμε ιδέες για το καλό της τάξης! Αυτό θα το πούμε στους γονείς, όχι στη καθηγήτρια, ή στο σχολείο και λέω να μαζευτούμε κατά τις μία και να το τραβήξουμε μέχρι τις πέντε το απόγεμα. Δεν νομίζω ότι οι... πουριτανοί γονείς, ή το σχολείο είναι δυνατό να σκεφτούν ότι κάνουμε κακά πράγματα μέρα μεσημέρι. Έτσι μπορεί να εξυπηρετηθεί και το έτερο πάρτι.» «Για κάτσε ρε φίλε, ρωτάει ο Πέτρος,και πως θα χορεύουμε με το φως της ημέρας, χωρίς ίχνος από ημίφως, ή σκοτάδι; «Θα κλείσουμε τα παντζούρια θα τραβήξουμε και τις κουρτίνες και θα γίνει όσο είναι δυνατόν... ημίφως. Μπορούμε να βάλουμε και τίποτα, σαν χαρτόνι ή χοντρό ύφασμα ανάμεσα στο παράθυρο και τη κουρτίνα.» Του απαντάω.

«Ισως είναι κι'αυτό μια κάποια λύση, εσένα θα λείπουν οι γονείς σου το άλλο Σάββατο;» «Ναι απαντώ στον Παναγιώτη που ρώτησε. «είναι καλεσμένοι στην Αίγινα και οπωσδήποτε δεν θα ανησυχήσουν όταν τους πω ότι έχουμε κάτι ζητήματα της τάξης να συζητήσουμε και θα βρεθούμε το μεσημέρι.» Ελπίζω βέβαια να μη ... χαλάσει το καράβι... και γυρίσουν ξαφνικά...» Απαντάει εκείνος. «Βλέπετε συνεχίζω και καταλήγω, πιστεύουν και εκείνοι όπως και το σχολείο, ότι κακά πράγματα, όπως είπε κάποιος, δεν συμβαίνουν στη διάρκεια της ημέρας! Ενώ εμείς θα τα κάνουμε να... συμβούν! Και άστους να ενθουσιάζονται με τις εγκυκλίους τους.! «Εκτακτα, δηλαδή το πρόβλημα ελύθη, αλλά βέβαια για δυο από τα τέσσερα πάρτι που είχαμε υπ' όψη μας, τα άλλα δυο πότε θα γίνουν και που;.» Ρωτάει η Μαργαρίτα. «Να σας πω αποκρίνομαι, μπορούμε το ένα να το κάνουμε πάλι μεσημέρι, αν δούμε ότι το πρώτο πήγε καλά, αλλά θα πρέπει να γίνει σε τρεις εβδομάδες, διότι αν το πάμε συνέχεια, κάποιος τελικά μπορεί να ψυλλιαστεί τι κάνουμε. Θέλω να πω, κάθε Σάββατο μεσημέρι τα ίδια πάλι, έστω και αν οι γονείς δεν είναι σπίτι, είναι πολύ πιθανό κάποιος από τη πολυκατοικία κάτι να τους ρωτήσει: Τι συγκεντρώσεις είν' αυτές; Μέχρι που επίσης αν δεν μεσολαβεί αρκετό διάστημα μεταξύ των δυο μεσημεριών να ψυλλιαστούν και οι άλλοι γονείς ιδιαίτερα των κοριτσιών οπότε την πατήσαμε», καταλήγω. «Τότε μήπως μπορούμε να ψάξουμε να βρούμε κάποιον άλλο... ευεργέτη να μας παραχωρήσει κάποιο σπίτι, από άλλο βέβαια σχολείο. «Προτείνει ο Κώστας Γ. «Ώστε να δούμε αν μπορούμε να χωρέσουμε και το δικό μου το πάρτι; «Για κάτσε έχω μια ιδέα αλλά είναι μακριά... μπα δεν νομίζω ότι γίνεται...» μουρμουρίζει ο άλλος Κώστας, «Πάψε να μουρμουρίζεις και πες ότι έχεις να πεις διότι πέφτει νύχτα και πρέπει τα κορίτσια να φύγουν. «του λέω. «Να... απαντάει... σκέφτομαι, ότι ο ξαδερφός μου έχει ένα σπίτι άδειο στην Εκάλη, μέσα σ' ένα μεγάλο κήπο. Μπορεί να μας το παραχωρήσει για ένα μεσημέρι – απόγεμα, το μόνο είναι ότι πρέπει να κουβαλήσουμε όλα τα πράγματα: Εννοώ, φαγώσιμα και πόσιμα και επίσης καμιά κουβέρτα γιατί θα πρέπει να καθόμαστε... κάτω, δεν έχει... έπιπλα. Ή αν ο καιρός είνα καλός και λιακάδα μεσημέρι, καθόμαστε και στον κήπο, διότι κανείς δεν μπορεί να μας δει από το δρόμο.» «Και από συγκοινωνία τι γίνεται; «ρωτάνε οι περισσότεροι. «Έχει λεωφορείο κάθε μια μισή ώρα από τη πλατεία Κάνιγγος.» απαντάει και συνεχίζει:.

«Θα πάρουμε το λεωφορείο στις δώδεκα, θα είμαστε εκεί κατά τις μία και θα γυρίσουμε όποτε θέλουμε, από τις τρεις και μετά. Δεν υπάρχει λόγος να αναφέρουμε, το λέω για τις κοπέλες, που ακριβώς πάμε, μπορεί να πηγαίνουμε σινεμά νωρίς, δύο με τέσσερις, ή σε κάποιο σπίτι φίλων, ή ακόμη και ότι άλλο κατεβάσει το μυαλό σας... Πως σας φαίνεται; «Τέλειο! Απαντούμε όλοι. Τότε, χαμογελάει αυτό θα είναι για το πάρτι μου! Συμφωνήσαμε και πολύ υπερήφανοι που υπερβήκαμε τις εγκυκλίους και τις απαγορεύσεις, λύσαμε την ... ορθοσυνεδρίαση, πίσω από το αγαλμα του Κωνσταντίνου και διαλυθήκαμε ήσυχα, για να μην προκαλέσουμε και απορίες στο σχολείο, που ήταν απέναντι μας και όλο και κάποιος μπορεί να... κατασκόπευε, όπως είπε κάποιος Γυρίσαμε νωρίς στα σπίτια μας. Καθόμουνα σ' ένα μικρό γραφειάκι, που είχα στο δωμάτιό μου και προσπαθούσα να λύσω μια αρκετά περίπλοκη εξίσωση χωρίς κανένα αποτέλεσμα. Σηκώνομαι, πάω στο χόλ για να τηλεφωνήσω σε κάποιον από τους μαθηματικούς ξερόλες, να βοηθήσει, διότι η υπομονή μου είχε εξαντληθεί. Είχα μαζί ένα μπλοκάκι και μολύβι έτοιμος να προχωρήσω στην αντιγραφή της άσκησης... τηλεφωνικά. Πήρα τον Κώστα Γ.» Α... μου λέει, είναι δύσκολη αυτή η εξίσωση διότι περιέχει το αξίωμα του Μπλοκ που είναι ... . και αρχίζει μια μακριά ιστορία που δεν με ενδιέφερε καθόλου...» «Ρε Κώστα, πές μου πως προχωρώ: ημ2χ αν ημχ – συνχ = 1/5. ημ2χ =2ημχ συν χ ημχ=συνχ+1/5 ήτοι... Κινέζικα για μένα! Οι ιστορίες που μου λες δεν με αφορούν...» «Ναι αλλά αν δεν τις ξέρεις, αντιλέγει ο Κώστας, και σε ρωτήσει πως έφτασες σ' αυτά τα αποτελέσματα και δεν απαντήσεις θα καταλάβει ότι από κάπου το αντέγραψες...» «Ωραία τότε λέγε την ιστορία, τη γράφω κιόλας διότι θα την ξεχάσω.» Προχωρήσαμε λοιπόν για μισή ώρα στο τηλέφωνο και τελικά τα... έμαθα έτσι, που μπορούσα να αντιμετωπίσω την πιθανή ερώτηση. Μόλις τον ευχαρίστησα και ακουμπούσα το ακουστικό ξαναχτυπάει το τηλέφωνο. Ήταν η Μάρω: «Παναγία μου φλυαρία, πάω στοίχημα ότι μιλούσες με την Νέλη... Τι λέγατε τόση ώρα;!» «Σκηνή τηλεφωνικής ζηλοτυπίας θα μου κάνεις τώρα; Μιλούσα με τον Κώστα Γ. και μου έλυνε μια άσκηση, που είναι περίπλοκη και πρέπει τώρα να πάω να την καθαρογράψω, διότι είναι πρώτη ώρα μάθημα αύριο...» «Καλά, εγώ τέλειωσα τα μαθήματά μου και είπα να πάρω να δω τι κάνεις, έπαιρνα όλο το απόγεμα δεν απαντούσε κανείς, πού ήσουνα;» «Μα δε μου λές, δεν έχεις τίποτα άλλο να κάνεις;

Αφού ήξερες ότι είχαμε βγεί οι περισσότεροι της Τάξης και συνεδριάζαμε για το πως θα κάνουμε τα επόμενα πάρτι...» «Μα, είναι αλήθεια; Ρωτάει :Κυκλοφόρησε από το κολλέγιο του Ψυχικού, ότι εσείς του Μπερζάν κάνατε όργια και σας πιάσανε επ' αυτοφώρω γι' αυτό και σας απαγορεύουν πάρτι χωρίς παρουσία καθηγητών...» «Ρε Μάρω τι είναι αυτά; Κυκλοφορούν τα όργια τα δικά μας από το Κολλέγιο αρρένων στο θηλέων και ασχολούνται όλοι με το δικό μας σχολείο;» «Δεν πας μη σου πω, πού, απαντάει οργισμένη,εκείνοι κάνουνε τα πάρτι τους χωρίς όργια και τα καμωματά τα δικά σας.» « Δηλαδή πλησιάζει λεσβιακές επιθυμίες αφού κάνουνε τα πάρτι μεταξύ τους όλες κοπέλες και μάλιστα παρθένες όπως γνωρίζουμε!» Αποπειράθηκα να τη βάλω στη θέση της. «Σου είπα αγαπητέ μου, εκείνη αμετακίνητη στο σκοπό της, είσαι αισχρός και παραβλέπω όλες τι αηδίες που ξέρασες, πες μου όμως τι αποφασίσατε; Που θα γίνει το επόμενο πάρτι;» «Μάρω, περνάς για πολύ έξυπνη, αν νομίζεις ότι θα σου πω! Δεν σου λέω τίποτα, εκτός ότι το πάρτι θα γίνει το επόμενο Σάββατο και θα έρθω να σε πάρω να πάμε μαζί και μόνο τότε θα αποκαλύψω τον προορισμό και επίσης θα σε γυρίσω πίσω...» «Μήπως θα μου δέσεις και τα... μάτια με μαύρο...μαντήλι για να μην βλέπω που πάμε; «με ειρωνεύεται. «Πάψε τις ανοησίες, αλλά αν το μάθεις μετά, δεν μας πειράζει καθόλου, διότι θα είναι μια κι' έξω, για φέτος τουλάχιστον, μετά, δεν μπορούν να μας κάνουν τίποτα διότι δεν παραβαίνουμε την εγκύκλιο...» «Δηλαδή πως; «ρωτάει με γνωστή περιέργεια, η Μάρω. «Αυτό θα το μάθεις το Σάββατο.Πάντως έχε υπ' όψη σου ότι όλα θα είναι σύμφωνα με τους κανόνες του ... έγκριτου σχολείου μας!! «απαντώ κοφτά. «Καλά, αποκρίνεται, αν νομίζεις ότι θα σε παρακαλέσω να μου πείς, δεν σε παρακαλώ! Θα ιδωθούμε καθόλου τη βδομάδα πριν από το μυστηριώδες πάρτι; «ρωτάω. «Πές μου πότε μπορείς και οπωσδήποτε στις... διαταγές σου!» Μου απαντάει. «Ωραία τι λες για αύριο κατά τις τέσσερις στο Κήπο στη λίμνη, θ' ανέβω από το Φάληρο και μ' αρέσει να περπατάμε μέσα στο κήπο και στον Κήπο. Και μετά πάμε σινεμά. Είσαι; «Προτείνω. «Και βέβαια, είμαι! Στις τέσσερις λοιπόν.» μου απαντάει. Καθώς έκλεινα το τηλέφωνο ακούω το κλειδί στην εξώπορτα που ανοίγει και μπαίνει η μητέρα με κάτι πακέτα που φαίνονταν εδώδιμα ψώνια. «Καλησπέρα τι κάνεις, στο τηλέφωνο, πάλι κοριτσάκια;» Μου λέει χαμογελαστή.

«Καθόλου, αποκρίνομαι, πρόκειται για αγοράκια και μου λύνουνε ασκήσεις όπως μπορείς να δεις.» Και της δείχνω το σημειωματάριο με τις ασκήσεις και τα γραφτά του θεωρήματος... «Καλά, καλά σε πιστεύω, αλλά έχουμε πρόβλημα με την Ισπανία, και τα νέα δεν είναι καθόλου καλά από την Ελβετία...» «Αν καταλαβαίνω καλά, λέω. πρόκειται για τον αδερφό του παππού, που είναι εξόριστος στο Σεντ Γκάλεν, είναι καλά; «Όχι δεν είναι καθόλου καλά γιατί... πέθανε! Μου απαντάει, ήταν βλέπεις ο μεγαλύτερος, αδερφός. Η γυναίκα του έχει φτάσει στα σύνορα της Ισπανίας με τη Γαλλία, αλλά ακόμα δεν της δίνουν άδεια να πάει να δει και να μείνει με τα παιδιά της. Ελπίζω τελικά να τα καταφέρουνε.» «Τώρα τι θα κάνουμε; ρωτάω για ν' αλλάξω κουβέντα, προχτές λέγατε ότι θα πάμε για διακοπές σε κάποιο περίεργο νησί.» «Ο πατέρας σου έχει φαγωθεί να πάμε στη Κύθνο και μάλιστα στα Λουτρά, που το ξενοδοχείο και τις εγκαταστάσεις έχτισε ο Όθωνας και η Αμαλία.Με αρχιτέκτονα τον Τσίλερ.» Μου λέει η μητέρα. «Ελπίζω να μην έχουν μείνει όπως ήταν τότε... χασκογελάω. «Ο πατέρας σου ισχυρίζεται, χωρίς να έχει πάει, ότι του έχουν πει ότι είναι σε σχεδόν άριστη κατάσταση. Τελευταία το ξενοδοχείο και τα λουτρά επισκεύασαν οι ... Γερμανοί στη διάρκεια της κατοχής, διότι έστελναν εκεί τους τραυματίες του Ρωσικού μετώπου για ανάρρωση. Ή τουλάχιστον έτσι του είπανε. Ξεσήκωσε και τον θειό σου τον Μίλτο να έρθει και κείνος. Φαίνεται ότι τους έπιασαν τα... οικογενειακά αρθριτικά και θα κάνουν και οι δύο λουτρά. Εμείς καταλήγει η μητέρα, δηλαδή εσύ κι' εγώ, ελπίζω να βρούμε καμιά παρέα και να κάνουμε μπάνια στη θάλασσα. Το κακό είναι ότι δεν μπορούμε να πάμε πριν από τα τέλη Αυγούστου και...» «Μα στις 15 Σεπτεμβρίου πρέπει να είμαι σχολείο και μάλιστα στο καινούριο στο Ψυχικό, Δεν μπορεί να μην είμαι από την αρχή... Γιατί δεν πάμε νωρίτερα; «Λέω μουτρωμένος. Άκου Κύθνο, χάθηκαν τα άλλα νησιά; Ο πατέρας στο μεταξύ τηλεφώνησε ότι είχε μπλέξει και καλύτερα να μην τον περιμένουμε.»Άρα αναβάλλεται η περί των διακοπών συζήτηση.» σκέφτομαι μεγαλοφώνως. Πάω να διαβάσω λίγο και φωναξέ με όταν θα είναι έτοιμη η μακαρονάδα, λέω στη μητέρα. Που αφού άφησε το τηλέφωνο, ξαναπήγε στην κουζίνα να φτιάξει σαλάτα. Στο μεταξύ όμως το τηλεφωνο ξαναχτύπησε και πήγε το σήκωσε και άρχισε να μιλάει με κάποια φίλη της, την Ελένη.

Τελικά με καθυστέρηση μισής ώρας και βάλε σερβιρίστηκανε τα μακαρόνια, με σάλτσα ντομάτας και άλλες φιοριτούρες. Τρώγοντας, η συζήτηση πήγε πίσω στην Ισπανία, γιατί με είχε κυριεύσει και η περιέργεια τόσο για τον εμφύλιο, όσο και για την εξέλιξη της οικογένειας. «Θα πρέπει, κάποια άλλη φορά, να ρωτήσουμε και τον παππού, προτείνω, να μας πει και εκείνος για το πως σπούδασε και για τα κοντσέρτα που είχε δώσει στο Παρίσι, στη Μαδρίτη, στο Σαν Σεμπαστιάν και νομίζω, ότι κάτι μου είχε πει ότι είχε διευθύνει κάποια φιλαρμονική στην Αλεξάνδρεια και στη Σμύρνη. Υπάρχουν πουθενά όλα αυτά γραμμένα, ή κάποιο ημερολόγιο, ή κάτι τέτοιο; «Όχι, απαντά η μητέρα, πρέπει όμως να γραφτούν για να υπάρχουν.» «Και λοιπόν γιατί δεν τα γράφεις εσύ; «την ρωτάω. «Πρέπει να έχω καιρό...» «Και δεν έχεις;» Τη ρωτάω. «Όχι άμα τρέχω σαν τρελή με το Ωδείο στον Πειραιά και με τα Ισπανικά που σκέφτομαι να αρχίσω να διδάσκω.» «Καλά κατάλαβα, κανείς δεν ασχολείται γιατί όλοι είναι πολυάσχολοι σ' αυτή την οικογένεια! «Απαντάω επιτιμητικά. Που να ήξερα ότι τελικά όλα αυτά κι' ακόμα παραπάνω, θα κατέληγαν σε μένα. Αν βάλει κανείς και τις δυο οικογένειες Ιατρίδη και Μπουστίντουη μαζί, και λάβει υπ' όψη ότι κατά περίεργο τρόπο ήταν όλοι τους πολυγραφότατοι, ο θεός και η ψυχή του... ερευνητή! Το...μποστάνι έχει απ' όλα: Γράμματα, Θεατρικά έργα, μυθιστορήματα, διπλώματα, παράσημα, έπαινοι, επίσημα γεύματα σε Ανάκτορα, σε Θωρηκτά, Όπερες και βραβεία, κι' άλλα βραβεία, συμμετοχή σε διαγωνισμούς, διάσημοι και μη, μουσικοί, συγγραφείς, ποιητές, σκηνοθέτες, ηθοποιοί, ναύαρχοι, κυβερνήτες υποβρυχίων και αντιτορπιλικών, ταξίδια από τη γη του πυρός μέχρι το Βλαδιβοστόκ και οτιδήποτε γεωγραφικά αναμεσά τους...Όλα αυτά συνοδεύομενα από ογκώδη άλμπουμ φωτογραφιών όλων των μεγεθών και... τοπίων! Κοίταξα το ρολόι μου καθώς τελειώναμε το φαί. «Η ώρα είναι αργά, είπα και σηκώθηκα μεταφέροντας τη μεγάλη πιατέλα στη κουζίνα, πάω για ξάπλα και να διαβάσω»

ΕΛΕΓΧΟΙ ΒΑΘΜΟΛΟΓΗΣΗ ΕΞΑΜΗΝΟΥ

1952

Το επόμενο πρωί συνάντησα τον Γιώργο καθώς άνοιξα την εξώπορτα της πολυκατοικίας. «Καλημέρα, του λέω γιατί με παρακολουθείς; Είσαι της μυστικής υπηρεσίας; «Πολλά κέφια έχεις, μου απαντάει, πρωί,πρωί, μήπως επειδή θα πάρουμε ελέγχους σήμερα; «Μπα το είχα ξεχάσει διότι μετά από αυτό το ανόητο ΑΤΟΜΙΚΟΝ ΔΕΛΤΙΟΝ του Β᾽ Εξαμήνου δεν νομίζω ότι χρειάζομαι και επιβεβαίωση της... μετρίας μαθητικής επίδοσης μου! «Συνεχίσαμε να περπατάμε προς το Σχολείο. Είχα πάρει μαζί μου το τελευταίο ΔΕΛΤΙΟ για να το παραβάλλω με τους βαθμούς του Ελέγχου. Μπαίνουμε κατ᾽ ευθείαν στη μεγάλη αίθουσα. Παράταξη για την πρωινή προσεύχη και ανάπτυξη κάποιου, ανιαρού προφανώς, θέματος που... ξεχνάμε μέχρι το διάλειμμα. Ακολουθούν διαφόρων ειδών ερωτήσεις από μάλλον σπασίκλες όλων των τάξεων του Γυμνασίου, που θέλουν να κάνουν τους έξυπνους. Πολύ πιο κάτω από τις διανοητικές μας ικανότητες, όπως μου ψιθύρισε ο Πέτρος. Το κακό είναι ότι πρέπει να στεκόμαστε ορθοί, όταν θα μπορούσαμε να μην ακούμε όλα αυτά τα κοινότοπα καθιστοί, ή και ξαπλωμένοι. Σσσστ. μας αγριοκοιτάει η Μις Άλις των Αγγλικών, που ήταν κοντά μας. Τελικά τέλειωσε η ομιλία περί του ανάξιου περαιτέρω μνήμης, θέματος και πήγαμε στη τάξη μας. Διαβάζω, από ... διαστροφή όπως ανακοίνωσα στους διπλανούς από κάτω προς τα πάνω. Έτσι λοιπόν κάτω κάτω δεξιά γράφει Ολικός Βαθμός, 15 ξερό και ατόφιο, ούτε δεκαδικός ούτε τίποτα! Και ανεβαίνω στη στήλη αριστερά: ΓΥΜΝΑΣΤΙΚΗ Παύλα, γιατί λόγω του ποδιού μου είχα εξαιρεθεί. ΤΕΧΝΙΚΑ 13.Σχόλιο: βρε την κατσίκα! ΩΔΙΚΗ 16. Σχόλιο:Είμαι ... καλλίφωνος και όχι φάλτσος! ΙΣΤΟΡΙΑ 17. Σχόλιο: Γιατί με αδίκησε; Θα του ζητήσω τα ρέστα. ΓΕΩΓΡΑΦΙΑ 18. Σχόλιο: Μα κανείς δεν βάζει 20; Είναι γεγονός ότι... ξέρω περισσότερα από αυτόν! Τον καθηγητή εννοώ! ΦΥΣΙΚΑ 16. Σχόλιο: Πάλι καλά, περίμενα χειρότερα. ΜΑΘΗΜΑΤΙΚΑ 11. Σχόλιο: Δεν εβαζε τουλάχιστον κάτι παρά πάνω; Με είχε πιάσει να αντιγράφω όμως! ΓΑΛΛΙΚΑ 14.Σχόλιο: Είναι θέμα προφοράς. Δεν μπορώ το γγγ! ΑΓΓΛΙΚΑ 13. Σχόλιο: Τον κακό της τον καιρό. Θα διαμαρτυρηθώ! Όλες οι ασκήσεις που έχει βαθμολογήσει δεν έχω πέσει κάτω από 17. Τι είναι τούτο πάλι;. ΝΕΑ ΕΛΛΗΝΙΚΑ 16.

Σχόλιο: Έπρεπε να μου βάλει 18, αλλά εγώ φταίω που τον παίρνω στα σοβαρά. ΑΡΧΑΙΑ ΕΛΛΗΝΙΚΑ 13. Σχόλιο: Αν ξαναδεί ανάλυση του Ισοκράτη από μένα να πάει να... πνιγεί!. Και τέλος που στον έλεγχο είναι το πρώτο μάθημα βέβαια, ΘΡΗΣΚΕΥΤΙΚΑ 16. Σχόλιο. Δικό μου φταίξιμο! Πετάω τον έλεγχο μέσα στην τσάντα μου και φωνάζω, ενώ όλοι θαύμαζαν, ή βούρκωναν διαβάζοντας και σχολιάζοντας μεγαλοφώνως τους δικούς τους ελέγχους: «Πρόκειται για ...τερατουργηματική αδικία!» Καθώς κλείνω την τσάντα μου ξανά φωνάζω: «Αίσχος!» Φαίνεται ότι η πλειοψηφία συμφωνεί μαζί μου διότι ακούω πολλές επιδοκιμασίες: «Όπως: Έχεις δίκιο, δεν ξέρουν ούτε να βαθμολογήσουν! «Ο άλλος ωρύεται ότι πήρε στα Αγγλικά 14, ενώ έχει περάσει το Lower του Κέμπριτζ, η άλλη διαμαρτύρεται διότι γνωρίζει πολύ καλά την Ιστορία και δεν είναι δυνατό να πάρει μόνο 16. Ο καθένας φωνάζει, οργίζεται, διαμαρτύρεται, για το μακρύ του και το κοντό του. Και ανάμεσα στο χάος σηκώνεται και ο Κώστας Σ., ο χειροδύναμος και αναγγέλει ότι ο ελεγχός του γράφει ότι δεν προάγεται. Φαίνεται ότι στα περισσότερα μαθήματα εκτός από τη Γυμναστική είναι κάτω από τη βάση! Και στη διάρκεια αυτής της αναγγελίας, εκεί που ετοιμαζόμουνα να ρωτήσω αν υπάρχει κι' αλλος που δεν προάγεται, για να ξέρουμε που βαδίζουμε, ανοίγει η πόρτα και μπαίνει η καθηγήτρια της τάξης.

Κάθεται πίσω από το τραπέζι, που χρησιμεύει σαν έδρα, μας χαμογελάει και ρωτάει: «Λοιπόν πως σας φάνηκαν οι έλεγχοι; «Πετάγονται τουλάχιστον δέκα χέρια στο αέρα από τους 34 που είμαστε στην τάξη, έλειπαν δυο νομίζω. «Λοιπόν, απευθύνεται στον Παναγιώτη, τι έχεις εσύ να μας πείς; «Αδικία κυρία Π. μεγάλη αδικία, φαίνεται σαν γενική αδικία ...» «Άσε τη γενική για την οποία μπορεί να μιλήσουν κι'αλλοι, εσύ τι πρόβλημα έχεις; Νομίζω ότι οι βαθμοί σου είναι ικανοποιητικοί.» «Αν εσείς το λέτε αυτό ικανοποιητικό, με 11 και 12 στα Αρχαία και τα Νέα Ελληνικά, με 12 στα Γαλλικά και προς Θεού 16 μόνο στα Θρησκευτικά; Τι να σας πω; «Ενώ είναι εξαιρετικά... θρησκεύομενος!» ψιθυρίζω στον Κώστα Γ., που καθόταν δίπλα μου. Με πιάνει το μάτι της Κυρίας Π. «Ιατρίδη είσαι και αναιδέστατος, ποιός σου ζήτησε να σχολιάσεις;» «Κυρία Π. Δεν είπα τίποτα το κακό, είπα ότι είναι εξαιρετικά θρησκεύομενος και γι'αυτό το λόγο θα έπρεπε να μην πέσει τόσο στους βαθμούς των θρησκευτικών. Αφού τον... συναντώ κάθε Κυριακή μετά τη λειτουργία...»

«Δεν είσαι μόνο αναιδέστατος, αλλά και αδιόρθωτος θα μου γράψεις εκατό φορές τη φράση»: «Είμαι αναιδέστατος, αδιόρθωτος και υπόσχομαι να πηγαίνω στην εκκλησία κάθε Κυριακή!» «Μα εγώ, έχω καλό βαθμό στα Θρησκευτικά, εξανίσταμαι και δεν διαμαρτυρήθηκα γι' αυτό. Άλλού είναι οι αδικίες...» «Σου είπα σταμάτα γιατί θα έχεις κακά ξεμπερδέματα.» Προ της απειλής: «Μάλιστα! «λέω και σταματάω. Σκέφτομαι να ακούσω τα παράπονα όλων των άλλων και στο τέλος αν έχει μείνει χρόνος να της... ορμήσω, εκεί που νομίζει ότι το ξέχασα, ή παραιτήθηκα από τις διαμαρτυρίες μου, λόγω της τιμωρίας. Και τι δεν ακούστηκε στη συνέχεια: Ο καθένας επιμένει ότι μας αδικούν... κατάφωρα και δεν λαμβάνουν υπ' όψη τα ιδιαίτερα μορφωτικά μας... χαρακτηριστικά και άλλα παρόμοια! Μέχρι που ο Πέτρος που είχε σχεδόν άριστα και το μοναδικό 19 στα Μαθηματικά, διαμαρτύρεται διότι δεν του βάζουν 20. Δηλαδή, ρωτάει, «Τι πρέπει να γίνει; Απ'ότι ξέρω κανείς δεν έχει πάρει 20! Τι συμβαίνει; Και αντί 20 βάζουν 18 και 19 γιατί;» «Φαίνεται ότι έχει δοθεί γραμμή, λέει κάποιος, που δεν ήμουν εγώ, να μας κατεβάζουν το ηθικό και να μας... χειραγωγούν!...» «Ποιός το είπε αυτό; «Ρωτάει η Κυρία Π. και με κοιτάει. Διαμαρτύρομαι: «Γιατί με κοιτάτε; Εγώ δεν είπα τίποτα! «Μόνο από σένα προέρχονται συνήθως κάτι τέτοιες εξυπνάδες αλλά τώρα σε πιστεύω, γιατί σε πρόσεχα, όταν ακούστηκε αυτή η φωνή...» «Λοιπόν συνεχίζει, θυμωμένη, θα μείνετε όλοι εδώ μέχρι αυτός που το είπε αυτό να μας εξηγήσει επίσης τι σημαίνει χειραγώγηση! «Ε... λοιπόν, πετάγεται ο Κώστας Σ. ο χειροδύναμος, εγώ το είπα και επειδή δεν προάγομαι σας... χαιρετώ και φεύγω! Ρωτήστε κάποιον άλλον να σας πεί για την χειραγώγηση! Αντίο σας! «της λέει. και όπως ήταν όρθιος, παίρνει την τσάντα του παραμάσχαλα προχωρεί προς την πόρτα την ανοίγει, γυρνάει σε μας: «Γειά σας παιδιά!», μας αποχαιρετά, κλείνει τη πόρτα και πάει χάθηκε! Είχαν μείνει όλοι μ'ανοιχτό το στόμα, ακόμα και η Κυρία Π. που ξαναβρήκε πολύ γρήγορα τη ψυχραιμία της και «Ωραία λοιπόν ο κύριος Κώστας Σ. αποφάσισε να φύγει από το σχολείο, να δούμε τι θα πουν και οι γονείς του;» «Εμείς όμως συνεχίζουμε. Παναγιώτη, τι έλεγες για τα θρησκευτικά πριν επέμβουν οι αγαπητοί συμμαθητές σου και μάλιστα ο ένας να αποχωρήσει με... θεατρική δραματική έξοδο; «Ελεγα Κυρία ότι είναι αδικαιολόγητη αυτή η βαθμολογία διότι ιδιαίτερα τα θρησκευτικά είναι από τα... αγαπημένα μου μαθήματα.

«Ωραία τότε σημειωσέ το για το επόμενο μάθημα των θρησκευτικών, να ρωτήσεις τον κύριο Δ. και εκείνος είμαι σίγουρη ότι θα σου εξηγήσει που βρίσκονται, αν υπάρχουν οι ελλείψεις σου, στο μαθημά του.» «Ευχαριστώ.» απαντά ο Παναγιώτης. Ακολουθεί ο Πέτρος με το μόνιμο ερώτημα γιατί δεν βάζουν 20 για άριστα και κανείς δεν έχει βάλει βαθμό πάνω από 19. Εδώ η Κυρία Π. μας τα μπερδεύει προσπαθώντας να μας πείσει ότι: «Για το 20 πρέπει κανείς να είναι τέλειος σε όλες τις λεπτομέρειες του μαθήματος και ίσως γι' αυτό δεν μπαίνουν 20 μέχρι τώρα!» Θεωρώ τη δικαιολογία βλακώδη, για να μην πω τίποτα χειρότερο και γράφω, προσέχοντας να μη με κοιτάει η Κυρία, στο πίσω μέρος του πρόχειρου τετράδιου, που είχα μπροστά μου με κεφαλαία ΤΡΙΧΕΣ. Το δείχνω στον Κώστα Γ., που αναλαμβάνει να το κυκλοφορήσει ξαναγράφοντας το, σε ένα κομμάτι χαρτί, που κυκλοφορεί προς τα πίσω, όσο η Κυρία αναλύει γιατί δεν βάζουν 20. Εγώ κοντεύω να αποκοιμηθώ από τη βαρεμάρα ν' ακούω αυτό το τροπάριο… Κάποτε η Κυρία εδέησε να τελειώσει την αδικαιολόγητη… αιτιολογία, περί του γιατί δεν βάζουν 20 και συνέχισε με το μάθημα της ημέρας τα Νέα Ελληνικά. Στα ξαφνικά καθώς, δεν πρόσεχα καθόλου και βρισκόμουν αλλού, άκουσα ότι αναφερόταν στον Παπαδιαμάντη. Και όλα πήγαιναν καλά όταν σταμάτησε και ρώτησε πόσοι είχαν διαβάσει κάτι από αυτόν τον συγγραφέα. Σηκώθηκαν πέντε –έξι χέρια ανάμεσα σ' αυτά και το δικό μου. Με ρωτάει ποιά είν' αυτά που είχα διαβάσει της απαντώ ειλικρινά ότι ήταν η Φόνισσα και Το όνειρο στο κύμα. Αυτά ήξερα. «Και τίποτ' άλλο; «ρωτάει «Προς το παρόν όχι.» Απαντάω. «Γνωρίζεις ότι υπάρχουν ακόμα πάρα πολλά διηγήματα και ορισμένα αριστουργήματα, γιατί δεν συνεχίζεις να διαβάσεις περισότερα; «Διότι αυτή τη στιγμή τελειώνω μερικούς ξένους συγγραφείς και μετά μπορεί να επανέλθω στους Έλληνες.» Απαντάω μάλλον αναιδώς. Η Μαίρη είχε διαβάσει κάτι άλλο που της άρεσε πολύ, όπως το Άνθος του Γιαλού και τα Λιμανάκια και κάτι άλλα που τα είχα πηδήξει στο βιβλίο τα Άπαντα του Παπαδιαμάντη, διότι τα θεωρούσα… γλυκανάλατα! Οι άλλοι είχαν διαβάσει κάτι άλλο και αφαιρέθηκα πάλι σκεφτόμενος πως θα είναι στην Κύθνο. Ευτυχώς χτυπάει το κουδούνι και με προσγειώνει από τις φανταστικές μου περιηγήσεις στη ευχάριστη πραγματικότητα, διότι ήταν Σάββατο (όχι δυστυχώς το πρώτο του μηνός, που είναι αργία) αλλά το τρίτο που τελειώναμε στις μιάμιση.

Αδειάσαμε τη τάξη τρέχοντας και με το Γιώργο βγήκαμε στη Μαυροματαίων περπατώντας μαζί με τον Πέτρο. Ανέβηκα γρήγορα τα τέσσερα πατώματα, πηδώντας τα σκαλοπάτια δυο,δυο και έτρεξα να πλυθώ να αλλάξω. Λίγο αργότερα ήρθε και ο πατέρας και κάτσαμε οι τρεις μας με τη μητέρα να φάμε. Η αλλαγή των ρούχων μου προκαλεί σχόλια: «Και για που μου ετοιμάζεσαι τόσο νωρίς; Θα φύγεις αμέσως μετά το φαγητό, χωρίς να ξεκουραστείς καθόλου; «Ρωτάει η μητέρα «Δεν είμαι καθόλου κουρασμένος και έχω ραντεβού στις τέσσερις, μπορεί να πάμε σινεμά. «Ποιά είναι η τυχερή; Εκείνη με τα μακριά νύχια βαμμένα μπλέ; «ξαναρωτάει η μητέρα. Για την οποία, μαμά μου, η παράλειψη της σιέστα αποτελεί τουλάχιστον... κακούργημα και επί πλέον με οποιαδήποτε κοπέλα έβγαινα, εντόπιζε πάντα κάποιο πραγματικό, ή και φανταστικό ελάττωμα, όπως στη περίπτωση της Μάρως τα... μπλε νύχια. «Άστο παιδί ήσυχο, επεμβαίνει ο πατέρας, είναι Σάββατο απόγεμα και δεν έχει άλλη δουλειά...» «Καλά και είναι λόγος να βγαίνουν μέσ' το μεσημέρι χωρίς να αναπάυονται; «Φαίνεται ότι η σιέστα είναι κατάλοιπο της... Ισπανικής Αυτοκρατορίας! «Σχολιάζω. Ο πατέρας βάζει τα γέλια και της λέει «Αμα πας γυρεύοντας καλά στα λέει. Σου είπα να τον αφήσεις ήσυχο.» «Ωραία! απαντάει, εσείς οι δυο κάνατε κόμμα εναντίον μου... Πήγαινε παιδί μου στην γοργόνα με τα μπλέ νύχια και πρόσεχε μη σε... πνίξει! «Ξέρω καλό κολύμπι, θα είσαστε εδώ το βράδυ; «Μάλλον, προς το παρόν δεν έχει προκύψει τίποτα. Εσύ θα αργήσεις να γυρίσεις; Καλύτερα πάρε τα κλειδιά. «Έφαγα μισό μήλο και αναχώρησα πριν συνεχιστεί ο μάλλον ανόητος διαλογος. Ανέβηκα ίσια πάνω την Πιπίνου και έστριψα δεξιά την Πατησίων κατηφορίζοντας προς τη στάση Αγγελοπούλου. Πήρα το τραμ, το 2, Κυψέλη – Παγκράτι που θα με κατέβαζε στο Σύνταγμα, απ' όπου θα περπατούσα μέχρι την είσοδο του Εθνικού Κήπου στην Αμαλίας, που είχαμε ραντεβού με την Μάρω. Ήρθε και το τραμ, τρεις και μισή η ώρα ήταν άδειο, γιατί τα τρία τέταρτα του πληθυσμού, ακολουθούσαν στη σιέστα τη μητέρα.. Διαπιστώνω ότι η στάση του Πάρκου είχε μεταφερθεί, διότι πριν από την Χέυδεν είχαν σκάψει βαθύτατα ένα τεράστιο οικόπεδο που θα ήταν το νέο κτίριο του ΟΤΕ. Έφτασα στο Σύνταγμα όπου κατέβηκα και αφού κοίταξα το ρολόι μου, άρχισα να χαζεύω, διότι κατά συνήθειο κακό, έφτασα ένα τέταρτο νωρίτερα. Και γνώριζα ότι η Μάρω πάντα αργεί.

ΣΑΒΒΑΤΙΑΤΙΚΗ ΔΙΑΣΚΕΔΑΣΗ

1952

Αποφάσισα αντί εξύβρισης του εαυτού μου, να περάσω την ώρα, περπατώντας από το Σύνταγμα στο Ζάπειο και να περπατήσω μέσα από τον κήπο ώστε να βγώ από την έξοδο της Αμαλίας, όπου και το ραντεβού. Πραγματικά φτάνω στην Αμαλίας μέσα από τον κήπο στις τέσσερις και πέντε. Ενθουσιασμένος από τον εαυτό μου στήνομαι κάτω, από τους δεξιά όπως μπαίνεις, ψηλούς φοίνικες και περιμένω. Περιμένω και ακόμα περιμένω και μετά από αρκετό χρόνο που απέφευγα να κοιτάξω το ρολόι μου, θυμώνω και το... κοιτάω. Η ώρα που δείχνει είναι τέσσερις και είκοσι και η Μάρω άφαντη. Εδώ πλέον έχουμε υπέρβαση κάθε κανόνα καλής συμπεριφοράς. Τι κάνουμε τώρα; Και αποφασίζω. Ξαναβγαίνω στην Αμαλίας και κατευθύνομαι πάλι προς το Σύνταγμα που το περίπτερο στη γωνία Όθωνος είχε τηλέφωνο. Τηλεφωνώ λοιπόν στον αριθμό που ήξερα απ' έξω και ακούω το τηλέφωνο να χτυπάει, χτυπάει, χτυπάει και τέλος μια νυσταγμένη φωνή να απαντάει. «Η Μάρω είν᾽ εκεί παρακαλώ;»Μια στιγμή να κοιτάξω... ποιός την ζητάει;» Αντιλαμβάνομαι ότι ξύπνησα τη μητέρα της. Ζητώ συγγνώμη: «Αλλά ξέρετε κυρία Ζ, είχαμε ραντεβού στις τέσσερις και πάει πέντε παρά είκοσι...» «Κάτσε παιδάκι μου η κόρη μου είναι τρελή... μια στιγμή...» Περιμένω στο ακουστικό βρίζοντας από μέσα μου. Μετά από δυο λεπτά που μου φάνηκαν μισή ώρα, ξαναβγαίνει η μητέρα της στο τηλέφωνο για να με πληροφορήσει:» Ότι η κόρη της τρελή, ή όχι, μάλλον ξεχάστηκε και ... κοιμόταν! Τώρα ντύθηκε και τρέχει να πάρει ταξί για να έρθει το γρηγορότερο. Σου ζητάει εκ των προτέρων συγγνώμη και σε παρακαλεί να μη φύγεις, γιατί... έρχεται!» Ζητάω και γω συγγνώμη από τη μητέρα της που την ξύπνησα και την καθησυχάζω ότι δεν θα φύγω, αλλά μια και είναι Μάιος και ωραίος καιρός, θα περπατήσω λίγο... ακόμα, πάνω- κάτω στην πλατεία του Συντάγματος.

Τελικά η κυρία Μάρω εμφανίζεται μάλλον ξεχτένιστη να κατεβαίνει από ένα ταξί μπροστά στην είσοδο του Εθνικού Κήπου. Κάνω τον αδιάφορο καθώς τρέχει προς τον φοίνικα. «Χίλια συγγνώμη, δεν το ξέχασα – λαχανιασμένη - αλλά να... αφαιρέθηκα και με πήρε ο ύπνος. Τι πρέπει να κάνω για να με συγχωρήσεις; ρωτάει κοιτώντας με μάτια γεμάτα συγγνώμη αλλά συγχρόνως υποσχόμενα πολλά.» Σε απάντηση κοιτάω το ρολόι μου, κοιτάω εκείνη, λέγοντας :

«Η ώρα είναι πέντε και μισή και μόνο αν τρέξουμε μπορούμε να πάνε στο Αττικόν, που παίζει ένα γουέστερν,με τον Έρολ Φλυν, ή να πάμε στο Παλλάς που παίζει το Qwo Vadis με σειρά ολόκληρη από καλούς ηθοποιούς και... εκατομμύρια κομπάρσους..Λοιπόν, προτείνω, διάλεξε και πάρε.» «Μ' αυτά τα μούτρα που έχεις, αν δεν αλλάξεις, είναι καλύτερα να πάμε τώρα σινεμά, τουλάχιστον δεν θα είσαι υποχρεωμένος να μου μιλάς! «μου απαντάει. «Δηλαδή τι μούτρα θέλεις να... φορέσω όταν με στήνεις μια ώρα και εσύ κοιμάσαι. Να είμαι όλος χαμόγελο; Ή μάλλον να ακτινοβολώ από... ευτυχία; Λοιπόν πάμε σινεμά και ελπίζω σε δυο ώρες να είμαι... ομιλήσιμος! «Αποκρίνομαι κοφτά. Το φίλμ με τις ρωμαϊκές λεγεώνες, αυτοκράτορες, σκλάβους και άλλα... Ρωμαϊκά ήταν θεαματικότατο δεν ήταν όμως και υποψήφιο για όσα Όσκαρ το διαφήμιζαν... Οπωσδήποτε κάπως έφτιαξε το κέφι μου, αν και η Μάρω στη διάρκεια της παράστασης πήγε να μου πιάσει το χέρι, που το τράβηξα με ...σχετική οργή! Για να καταλάβει! Τελικά βρισκόμαστε στις οχτώ και μισή στην έξοδο του Παλάς, χωρίς συγκεκριμένο προορισμό.

Αρχίζω από την καθιερωμένη ερώτηση. «Τι ώρα πρέπει να είσai σπίτι για να δούμε τι μπορεί να οργανώσουμε, στο ενδιάμεσο μεταξύ οχτώ και μισή και.. ;» «Όχι μετά, δηλαδή, όχι... πολύ μετά τα μεσάνυχτα. Θα προτιμούσα να πάμε κάπου μόνοι μας, παρά να τηλεφωνήσουμε στους άλλους.» «Τότε, προτείνω, πάμε για νυχτερινούς ανοιξιάτικους περιπάτους! Προτείνω να πάρουμε το λεωφορείο και να πάμε στη Γλυφάδα, εκεί αφού περπατήσουμε στο δάσος, θα κάτσουμε να φάμε κεφτεδάκια σε μια καινούρια ταβέρνα, που πήγα με τον θειό μου μόλις την περασμένη εβδομάδα. Έτσι θα πάρουμε μετά το λεωφορείο και θα σε αφήσω στο Φάληρο, ενώ εγώ συνεχίζω.» «Μωρέ τι καταπληκτικό σχέδιο είν' αυτό; Γι' αυτό σ'αγαπάω. «Πετάγεται και με φιλάει στη γωνία της Βουκουρεστίου με την Πανεπιστημίου, ενώ περπατάμε προς την Ακαδημία, που βρισκόταν η αφετηρία των λεωφορείων για τη Γλυφάδα.. Μετά το Οφθαλμιατρείο τρέξαμε για το λεωφορείο που έφυγε αμέσως.Πλήρωσα τα εισιτήρια στον εισπράκτορα καθισμένο δεξιά της πίσω πόρτας του λεωφορείου που με πληροφόρησε ότι το τελευταίο από Γλυφάδα, επειδή είναι Σάββατο, φεύγει στις δώδεκα και μισή και το προηγούμενο στις δώδεκα παρά τέταρτο.

Συμφωνήσαμε ότι αυτό έπρεπε να πάρουμε στο γυρισμό. Κατεβήκαμε στη στάση Δικηγορικά απέναντι από το Ξενοδοχείο ΘΕΜΙΣ .

Περπατήσαμε κατά πάνω και δεξιά, μπήκαμε στο δάσος της Γλυφάδας, από κει πήραμε ένα μονοπάτι που απ' ότι θυμόμουνα πήγαινε κατ' ευθείαν σ'ένα δρόμο κοντά στο κέντρο. Στη μέση του μονοπατιού προς Γλυφάδα- κέντρο, υπήρχε ένα εκκλησάκι που γύρω γύρω είχε ένα τοιχάκι σαν πάγκο κάτω από τα πεύκα. Καθίσαμε και αρχίσαμε να φιλιόμαστε, καθώς χαιδευόμαστε. Σταματάω μια στιγμή διότι ακούω σουρσίματα, στο έδαφος, σηκώνομαι κοιτάω και πετάγεται ένας τρομαγμένος, πιο πολύ από μένα, γάτος. Σηκώνεται και η Μάρω και... μετακινούμεθα στην πίσω μεριά καθώς το τοιχάκι- παγκάκι περιτριγύριζε το εκκλησάκι. Έτσι βρεθήκαμε από την άλλη μεριά του μονοπατιού κι'αν περνούσε κανείς δεν θα μας έβλεπε. Την είχα ξαπλώσει στο τοιχάκι και προχωρούσα προσπαθώντας να ξεκουμπώσω το σουτιέν της που δεν μ' άφηνε. Κάτω από τη φούστα της μου έπιανε το χέρι και το τράβαγε. Αυτός ο αγώνας κρατάει αρκετή ώρα. Με τις γνωστές δικαιολογίες της: «Το ξέρεις ότι είμαι παρθένα και οπωσδήποτε δεν θα σου κάτσω εδώ στο ύπαιθρο, που από στιγμή σε στιγμή όλο και κάποιος μπορεί να εμφανιστεί! Επί τέλους κάτσε ήσυχα!. Σ'άφησα λίγο γιατί εγώ έφταιγα σήμερα, αλλ΄όχι και να μας ξεπαρθενέψεις και να μας καταστήσεις και εγκύους έξω από την... εκκλησία:! «Και που κολλάει ο πληθυντικός της... μεγαλειότητος; «Ρωτάω αφελώς, καθώς εξακολουθώ να επιχειρώ ανάμεσα στα μπούτια της με το δεξί μου χέρι. Τελικά το τραβάει με δύναμη και… αυτογρατσουνιέται με το δικό της νύχι, που σήμερα δεν ήταν μπλέ. Ορίστε τρέχουν αίματα! Βγάζω το μαντήλι μου και σταματάω την... αιμορραγία. «Ορίστε τα αποτελέσματα των... άσεμνων χειρονομιών σου!» Μου λέει «Τουλάχιστον, παρατηρώ, δεν είναι από το... ξεπαρθένεμα! «Είσαι γελοίος, μου χασκογελάει,πάμε να φύγουμε για τα κεφτεδάκια. «Σύμφωνα με το πρόγραμμα μετά τα κεφτεδάκια και δυο μπύρες πήραμε το λεωφορείο και σαν καλά παιδιά, εκείνη έφτασε σπίτι της στις δώδεκα και είκοσι και εγώ στις μία που όλα ήταν ήσυχα και ωραία. Η υπόλοιπη σχολική περίοδος μέχρι τις διακοπές εξελίχτηκε αρκετά ήρεμα, παρά τα τρία πάρτι που έγιναν... παράνομα χωρίς παρουσία καθηγητή.

Ένα στο σπίτι του ξαδέρφου του Μιχάλη, το άλλο μεταμφιεσμένο σε συνεδρίαση της τάξης το μεσημέρι σπίτι μου και το τρίτο στο σπίτι του ξάδερφου του Γιώργου, στην Εκάλη πάλι μεσημέρι- απόγεμα που είχε και τη μεγαλύτερη επιτυχία διότι είχαν... παρεισφρήσει,(ωραία λέξη αυτή) μαθητές και μαθήτριες από κατώτερες και ανώτερες κοντινές μας τάξεις. Μια και είμαστε στην προτελευταία μέρα του σχολικού έτους δεν υπήρχε χρόνος για περαιτέρω κουτσομπολιά, καθώς όλοι όδευαν προς διακοπές, ή για άλλες ασχολίες, όπου οι τοίχοι δεν... είχαν αφτιά όπως εκείνοι του Σχολείου.

ΤΟ ΝΕΟ ΣΧΟΛΕΙΟ ΣΤΟ ΨΥΧΙΚΟ

1952

Μας δόθηκαν και λεπτομέρειες για το νέο Σχολείο, με οδηγίες ότι τα λεωφορεία θα ξεκινάνε όλα από το άγαλμα του Κωνσταντίνου. Με τον Κώστα Κ. είχαμε αρχίσει τις ποδηλασίες και πηγαίναμε μέχρι το τέρμα Πατησίων, τη Νέα Ιωνία, το Ηράκλειο και μέχρι τη Κηφισιά. Αποφασίσαμε λοιπόν μια μέρα των διακοπών να πάμε στο Ψυχικό από το Γαλάτσι και να εξερευνήσουμε, πρώτα το Ψυχικό και μετά να ανακαλύψουμε που είναι και πως είναι το καινούριο Σχολείο.

Έβγαλα το ποδήλατο από τη πίσω μικρή, σιδερένια πόρτα της πολυκατοικίας, που άνοιγε στην οδό Πιπίνου 51. Το παρκάριζα σε μια αποθηκούλα στο τέλος της σκάλας υπηρεσίας, και ξεκίνησα να πάω στην Κοδριγκτώνος να πάρω τον Κώστα, που ήταν έτοιμος και βολτάριζε προς την Αχαρνών. Ξεκινήσαμε λοιπόν, έχοντας αποφασίσει να μην πάμε από την Πατησίων, διότι είχε κίνηση, αλλά από τους μέσα δρόμους μέχρι τον Άγιο Λουκά, όπου θα ανεβαίναμε προς Γαλάτσι. Πήραμε λοιπόν την Αριστοτέλους, διασχίσαμε την Αγίου Μελετίου, συνεχίσαμε Ιεροσολύμων και βγήκαμε στη Σκοπέλου, που αργότερα μετονομάστηκε σε Λέλας Καραγιάννη, διότι εκεί ήταν το σπίτι της ηρωίδας της αντίστασης,εναντίον των Γερμανών, συνεχίσαμε Λευκωσίας μέχρι τον Άγιο Ανδρέα . Καθίσαμε λίγο εξηγώντας στον Κώστα Κ. ότι εκεί ήταν το σπίτι του Παππού μου, στην οδό Κνωσού. Από εκεί πήραμε τη μακριά οδό Πάτμου και στη διασταύρωση με τη Σκιάθου, στρίψαμε δεξιά, ανηφορίσαμε, διασχίζοντας την Πατησίων και φτάσαμε στο Γαλάτσι. Από το τέλος της Σκιάθου πήραμε ένα αδιαμόρφωτο δρόμο που μας έβγαλε σε ότι εξελίχτηκε αργότερα στην Λεωφόρο Γαλατσίου, που κάθε άλλο παρά λεωφόρος ήταν το 1952. Αρχίσαμε με άσφαλτο και τελικά καταλήξαμε σε χωμάτινες κορδέλλες που αποφασίσαμε να τις ανεβούμε πεζή ... στηριζόμενοι στα ποδήλατα μας. Τελικά προχωρήσαμε και αφήνοντας στα δεξιά μας ένα λατομείο, φτάσαμε στη κορφή από όπου πιάσαμε την άσφαλτο της 28ης Οκτωβρίου. Στη πρώτη πλατεία που συναντήσαμε κάναμε αριστερά την οδό Δαβάκη, που μας έβγαλε στην Αγίου Δημητρίου και στη γωνία της διασταύρωσης με την οδό Παπαναστασίου υπήρχαν κήποι.

***

Σ'αυτή τη γωνία ακριβώς άρχιζε ένας διαγώνιος δρόμος - είσοδος που οδηγούσε στο κτίριο του νέου Σχολείου. Πρέπει να ήταν παλιό αρχοντικό, η είσοδος του κήπου κατέληγε σε μεγάλη πλατεία. Στο βάθος υπήρχαν οι μαρμάρινες σκάλες στην είσοδο και από τις δυο μεριές που ανέβαιναν σ'έναν εξώστη με κορινθιακές κολώνες, αν δεν απατώμαι, στηρίζοντας το μπαλκόνι του δεύτερου πατώματος από πάνω. Στην είσοδο από το δρόμο δεν είχε τοποθετηθεί η πύλη που μπήκε αργότερα. Φτάσαμε στην πλατεία της εισόδου,κατεβήκαμε από τα ποδήλατα και αποφασίσαμε, μια και δεν βλέπαμε κανέναν και η μεγάλη πόρτα εισόδου στο μεγάλο κτίριο ήταν κλειστή, να κάνουμε μια βόλτα γύρω από το κτίριο. Αφήσαμε τα ποδήλατα και αρχίσαμε από δεξιά, όπως βλέπαμε την κεντρική είσοδο κατεβαίνοντας ένα επίπεδο. Εκεί βρισκόταν ένα γήπεδο μπάσκετ υπό κατασκευή, παρακάτω ένας άλλος χώρος. Μετά το γήπεδο βγήκαμε στην πίσω μεριά του κτιρίου που συνόρευε με ένα δασάκι. «Πολλοί θα ήθελαν να εξαφανίζονται εδώ για τσιγάρο, ή άλλες ασχολίες», μου λέει ο Κώστας. Συνεχίσαμε στο πίσω μέρος του κτιρίου. «Εδώ μάλλον χτίζουνε τουαλέτες.» μου λέει ο Κώστας. Μετά συναντήσαμε έναν τοίχο, που απέκλεισε τη δυνατότητα να... περικυκλώσουμε το κτίριο. Έπρεπε να ξαναγυρίσουμε πίσω μπρός. Καθώς βγαίνουμε στην πλατεία εμπρός από την είσοδο, βλέπουμε ένα κοριτσάκι νόστιμο, αλλά μικρότερο από μας στην ηλικία, μ'ένα ποδήλατο να παρκάρει και να χαζεύει και εκείνη το κτίριο. Μας βλέπει, την βλέπουμε και λέμε συγχρονισμένα καλημέρα. «Γειά σας, από που ερχόσαστε; «ρωτάει «Εμείς από την Αθήνα και εσύ; «Αντιρωτάει ο Κώστας. «Εγώ μένω εδώ δίπλα και του χρόνου θα πάω στην Τρίτη Γυμνασίου σε αυτό το σχολείο. Εσείς; «Εμείς θα πάμε στην έκτη Γυμνασίου απαντάω με τη σειρά μου. Και συστήνομαι. Μετά λέω και το όνομα του Κώστα.» «Α χάρηκα πολύ. Με λένε Αλίκη Σ. Για πέστε μου πως είναι το σχολείο και οι καθηγητές; Είσαστε πολλά χρόνια σ' αυτό το σχολείο; Μήπως ξέρετε ποιόν θα έχω καθηγητή; «Και αρχίσαμε τη συζήτηση προσπαθώντας να την κατατοπίσομε για το τι πιθανόν να αντιμετώπιζε. Καθώς αποχαιρετιόμαστε. «Γιατί δεν πάτε από την Κηφισίας; μας ρωτάει, είναι πολύ πιο εύκολα, ιδαίτερα άμα κόψετε δρόμο και βγείτε στην Αλεξάνδρας από Πανόρμου, που είναι χωμάτινη και δεν έχει πολλά αυτοκίνητα.»

Πραγματικά την πήγαμε σαν ... ιππότες σπίτι της, που μας είπε ότι όταν κάνει πάρτι θα μας καλέσει. Τότε χάσαμε άλλη τόση ώρα εξηγώντας τα των πάρτι και των καθηγητών που έπρεπε να ήταν παρόντες... Τελικά την αποχαιρετίσαμε δίνοντας ραντεβού για τον Σεπτέμβριο, μια και την άλλη εβδομάδα θα έφευγε για την Καλαμάτα, όπου πέρναγε η οικογένεια τις διακοπές στης γιαγιά της το σπίτι. Πολύ αξιόλογο κορίτσι συμφωνήσαμε με τον Κώστα Κ. και ακολουθώντας τη συμβουλή της κατεβήκαμε από Κηφισίας – Πανόρμου - Αλεξάνδρας και φτάσαμε πολύ νωρίτερα απ' ότι περιμέναμε μια και ο περισσότερος δρόμος ήταν κατήφορος Είχαμε ξεθαρέψει με τα ποδήλατα και προχωρήσαμε μέχρι Εκάλη πάλι από τους πίσω δρόμους από το Μαρούσι – Μαγκουφάνα και βγαίναμε στην Κάτω Κηφισιά. Από εκεί ανηφορίζαμε στο ''Μιλάνο'' που ήταν γνωστό και καλό ζαχαροπλαστείο, πάνω στη Κηφισίας και τρώγαμε ένα ωραιότατο μιλφέγ, πίναμε δυο ποτήρια νερό και ξανακατεβαίναμε στην Αθήνα. Με τις ποδηλατάδες και με λίγες εξόδους έφτασε κι' η ώρα που έφυγε και ο Κώστας για διακοπές και έμεινα μόνος, διότι οι περισσότεροι ήταν σε διακοπές από τα μέσα Ιουλίου και μετά.

ΔΙΑΚΟΠΕΣ ΣΤΗ ΚΥΘΝΟ

Χταπόδια, Πέρδικες, Ψάρια και Σεξ

1952

Τελικά μετά από πολλά σούρτα φέρτα για μπάνιο στη Πικροδάφνη στο Παλιό Φάληρο, καταφέραμε να φύγουμε στα τέλη Αυγούστου για τα Λουτρά της Κύθνου. Και οποία έκπληξη! Ταξιδεύαμε με τον γνωστό σκυλοπνίχτη τη ''Μοσχάνθη''. Εκτελούσε μια φορά τη βδομάδα το δρομολόγιο Πειραιάς - Κέα – Κύθνος (Λουτρά και Μέριχας) – Σίφνος – Σέριφος – Κίμωλος - Μήλος. Στο ταξίδι προς τα Λουτρά όπου φτάναμε την ακατανόμαστη ώρα, τρεις το πρωί, μητέρα και πατέρας, με καθησύχασαν, ότι είχαν μιλήσει με τον κύριο Μωραίτη και θα ήμουν δικαιολογημένος να πήγαινα μετά από μια βδομάδα, από τότε που άρχιζε το σχολείο. Έτσι χωρίς να κοιμηθεί κανείς, στην καμπίνα που βρώμαγε, φτάσαμε στις τέσσερις το πρωί στα Λουτρά. Εδώ έπρεπε να αποβιβαστούμε με το γνωστό τρόπο, πηδώντας στις βάρκες, που μας πήγαιναν στην παραλία, καθώς δεν υπήρχε προβλήτα να πλευρίσει το πλοίο. Οι βάρκες ανεβοκατέβαιναν, στη φουσκοθαλασσιά και πηδήξαμε ή μας ... πηδήξανε από το πλοίο μέσα στις βάρκες, χωρίς κανένας να πέσει στη θάλασσα, γεγονός πάντοτε αξιοθαύμαστης αποβίβασης τότε, στα Ελληνικά νησιά.

Αφου βγήκαμε σώοι εμφανίστηκε, στον μικρό ξύλινο μώλο του ψαρολίμανου, στην άκρη του φυσικού κόλπου, ο θείος Μίλτος, με κάποιαν αξιόλογο κυρία, που μας την σύστησε λέγοντας ότι είχαν μείνει άγρυπνοι για να μας... υποδεχτούν. «Γι' αυτό φαινόσαστε κομμένοι ...» τους πετάει η μητέρα που δεν χαριζόταν σε κανένα.. Δύο άνθρωποι του ξενοδοχείου πήρανε τις βαλίτσες και τους ακολουθήσαμε πεζή. Το ξενοδοχείο που μόλις είχε ονομαστεί Ξενία, ενώ παλιά λεγόταν ''Των Λουτρών'', φαινόταν πολύ ωραίο και είχα δικό μου δωμάτιο με βεράντα σαν παράρτημα σουίτας, που στη μεγάλη κρεβατοκάμαρα έμεναν οι δικοί μου. Όπως μας είπαν ήταν ένα από τα έργα του Ερνέστου Τσίλερ, του ίδιου που είχε χτίσει το Πανεπιστήμιο και πολλά άλλα εντυπωσιακά κτίρια στην Αθήνα και στον Πειραιά. Για να αφεθεί στην παρακμή και την αισθητική καταστροφή του με μπετόν προσθήκες αργότερα και τελικά να κλείσει.

Ήταν η μόνη μέρα που μείναμε ξάγρυπνοι, καθώς πήγαμε κατ' ευθείαν για καφέ και πρωινό, μια και η ώρα είχε πάει έξι και μισή. Αφού τέλειωσε το πρωινό πήγαμε στα δωμάτια για να ... φρεσκαριστούμε να φορέσουμε τα μαγιώ και να πεσουμε στη θάλασσα Πραγματικά η θαλασσα ήταν ώραία και δεξιά από κει που κάναμε μπάνιο, υπήρχε άλλη αμμουδιά που συνδεόταν με τα λουτρά με ένα παραθαλάσσιο μονοπάτι. Ήταν ο όρμος της Αγίας Ειρηνης, όπου είχε χρησιμέψει και σαν τόπος εξορίας σε περιόδους δικτατορίας, για πολλούς πολιτικούς, που όταν δεν άρεσε η φάτσα τους, ή τα λεγόμενα τους, στους εκάστοτε δικτάτορες, τους έστελναν εκεί.

Ο πατέρας συνάντησε και άλλους γνωστούς και φίλους αναμεσά τους και ένας πολύ καλός άνθρωπος ντόπιος, που είχε γράψει και την ιστορία του νησιού. Επίσης άλλος από την Αθήνα γνωστός, που ήταν κυνηγός και μας κάλεσε να πάμε μαζί του για κυνήγι. Η μόνη διασκέδαση λοιπόν ήταν τα μπάνια. Επειδή είχαμε αρχίσει να πλήττουμε... θανάσιμα, κάθε μέρα τα ίδια, φρόντισε ο θείος Μίλτος και βρέθηκε βάρκα με πανί. Και έτσι αρχίσαμε να εξερευνούμε το νησί, παραθαλάσσια Εκτός από τον Μέριχα που ήταν στην άλλη πλευρά υπήρχε από την από δω πλευρά των λουτρών, η Παναγία η Κανάλα, απ'όπου διακρίναμε τη Χώρα πάνω ψηλά στο λόφο.

Σε πρώτη φάση ξεκινάμε ο πατέρας, ο θείος Μίλτος και εγώ προς τον βορρά για να δούμε ... από κάτω ένα θαυμαστό κάστρο, που ήταν ψηλά σε απόκρημνα βράχια στο βορειότατο άκρο του νησιού. Πηγαίνοντας με το πανί είδαμε και ένα ώραίο μικρό κόλπο που αποφασίσαμε ότι ήταν ιδεώδης για μπάνιο και ψαροντούφεκο. Αφού λοιπόν φτάσαμε κάτω από το κάστρο, που ήταν σαν κρεμασμένο ψηλά σε απόκρημνα από τη θάλασσα βράχια, επιστρέψαμε στον ήρεμο κολπίσκο προφυλαγμένο από τους βόρειους και βορειοανατολικούς ανέμους. Στην γαλήνια μπλε – πράσινη θάλασσα, προσαράζουμε τη βάρκα στη παραλία αφού είχαμε κατεβάσει τα πανιά και μπαίνουμε στη θάλασσα. Ο θείος και εγώ με ψαροντούφεκα και ο πατέρας να μας χαζεύει με μια μάσκα. Καθώς πλησιάζουμε κάτι βράχια που μετά την άμμο έκλειναν την αριστερή πλευρά του όρμου, βλέπω ένα χταπόδι που τρυπώνει σε μια τρύπα του βράχου.

Κοιτάω γύρω και βλέπω ότι οι άλλοι δυο κολύμπαγαν καμιά εικοσαριά μέτρα μακριά, βουτάω στα τρία μέτρα περίπου και ξαναβλέπω το χταποδι χωμένο στη βαθιά τρύπα του βράχου. Του ρίχνω με το χοντρό βέλος και το χτυπάω. Αφού γεμίζει ο τόπος μαύρα μελάνια, προσπαθώ να το τραβήξω αδύνατο. Ήταν ακούνητο, προφανώς κολλημένο στο βράχο. Κρατάω το ψαροντούφεκο που είναι δεμένη η άκρη του βελους, αναδύομαι και φωνάζω τούς άλλους. Έρχονται κοντά, τους εξηγώ τη κατάσταση. «Καλά, λέει, ήρεμα ο θείος Μίλτος, κατεβαίνω να το χτυπήσω και εγώ. Με τα δυο ακόντια μέσα του τι θα κάνει; Θα βγεί!» Βουτάει λοιπόν και αργεί να αναδυθεί ενώ ο πατέρας στο μεταξύ με ρωτάει «Πόσο μεγάλο είναι; «Εκεί που πάω να του απαντήσω αναδύεται ο θείος και λέει: «Πρόκεται περί... θηρίου... Το χτύπησα και εγώ και παρ' όλο ότι είναι καρφωμένο με δυο ακόντια δεν ξεκολλάει, παρ' όλα τα τραβήγματα που έκανα.» «Και τι προτείνετε εσείς οι ειδικοί για να εξοντώσουμε αυτό το... κράκεν; «αστειέυεται ο πατέρας. Ο θείος σκέφτεται για λίγο, «Σπουδαία ιδέα! χαμογελάει.Θα ρίξουμε τη βάρκα στη θάλασσα, θα δέσουμε τις πετονιές από τα δυο ακόντια, που είναι καρφωμένα στο χταπόδι απάνω στη πλώρη της βάρκας και θα τραβήξουμε κουπί! Τι θα κάνει; Θα ξεκολλήσει, εκτός άν θελήσει να το βγάλουμε κομμένο σε κομμάτια! Απ' ότι μπόρεσα να καταλάβω, μας λέει, είναι μεγαλούτσικο κάνα δυο οκάδες, ή και παραπάνω, άρα να προσέξουμε μη μας κολλήσει πάνω στα χέρια μας, δεν είναι δηλητηριώδες, άλλα πονάει και αφήνει κακά σημάδια για αρκετό καιρό» ' «Ωραία, λέει ο πατέρας, η...ανάλυσή σου, πάμε να φέρουμε τη βάρκα. Τραβάει τη βάρκα από την αμμουδιά, ανεβαίνουμε απάνω. Εσύ κάτσε μπροστά με τα ψαροντούφεκα με διατάζει ο θείος, εμείς θα τραβάμε κουπί. Αρχίζει η... επιχείρηση!».

Οι δυο τους να τραβάνε κουπί και εγώ κρατάω τα ψαροντούφεκα με τις πετονιές από τα ακόντια που είναι καρφωμένα στο χταπόδι. Η βάρκα παραμένει ακούνητη σαν να έχει ρίξει άγκυρα, ενώ οι δυό τους εξακολουθούν να ιδρώνουν τραβώντας κουπί. Πρέπει να πέρασαν τουλάχιστον πέντε λεπτά, οπότε αισθάνομαι να λασκάρει η μία και σε λίγο και η άλλη πετονιά. «Προσοχή!» φωνάζω,» νομίζω ότι βγαίνει!» Δευτερόλεπτα αφ' ότου είχαν σταματήσει να τραβάνε κουπί, από τότε που τους φώναξα, βλέπω ένα πλοκάμι ν'ανεβαίνει στη πλώρη της βάρκας και μετά κι' άλλο, που ακολουθούν άλλα... τρία!

Στο τέλος ολόκληρο το χταπόδι καρφωμένο με τα δυο ακόντια, που τα ανεμίζει πάνω κάτω απειλητικά και μπλεγμένο στις πετονιές τους, ανεβαίνει και μας κοιτάει άγριο από τη πλώρη της βάρκας. Επειδή εγώ δεν έχω ξανα-αντιμετωπίσει τέτοιο θηρίο πέφτω αμέσως στη θάλασσα. Εκείνο προχωρεί πρός τους άλλους, κατεβαίνοντας από την υπερυψωμένη πλώρη μέσα στη βάρκα.» Ψυχραιμία!» φωνάζει ο θείος, «Σπρώξε και εσύ να βγάλουμε τη βάρκα έξω, από κεί θα το αναλάβω εγώ!» Σπρώχνω τη βάρκα πατώντας στο ένα μέτρο νερό που είχαμε βγεί, βοηθάει και ο πατέρας, που κατέβηκε στη θάλασσα. Ο θείος κοιτάει το χταπόδι και εκείνο ξαναχύνει μελάνι, λερώνει και τη βάρκα. «Είδατε πόσο με φοβάται; «Μας ρωτάει... υπερήφανα. Καθώς το θηρίο τον πλησιάζει, σηκώνει το κουπί, που το έβγαλε από το σκαρμό και το χτυπάει στο κεφάλι με συνέπεια το χταπόδι να τυλιχτεί γύρω από την άκρη του κουπιού. Μόλις το σιγούρεψε πετάει το κουπί με το χταπόδι απάνω του, τα βέλη και τα ψαροντούφεκα, όλα μαζί ένα σωρό, στη αμμουδιά, όσο μακρύτερα μπορούσε. Σπρώχνουμε, προσαράζουμε τη βάρκα και τρέχουμε οι τρεις όπου βλέπουμε το χταπόδι έτοιμο να εγκαταλείψει τις... αγκαλιές με το κουπί και να προσπαθεί να πάει προς τη θάλασσα. Εκεί επεμβαίνουμε και ενώ το κρατάμε από τα καρφωμένα στο σώμα του ακόντια ακίνητο, ο θείος του βαράει το κεφάλι με μια πέτρα και μάλλον το σκοτώνει. Το χταπόδι μετά χτυπήθηκε στο βράχο πάνω από εξήντα φορές διότι τα χτυπήματα είναι ανάλογα του βάρους του, όπως μας είπε ο θείος. Ακολούθησε ξεσαλιάρισμα αφού το τρίψαμε στο βράχο. Και έτσι ήταν έτοιμο για φαΐ. Το κυνήγι αυτό για το χταπόδι ήταν ένα από τα περιπετειώδη γεγονότα των διακοπών στην Κύθνο. Ακολουθούν όμως και άλλα. Όπως το κυνήγι της πέρδικας στο κάστρο της Οριάς Κύθνου. Ο Αλέξανδρος Δ. ήταν φίλος και γνωστός του πατέρα και φανατικός κυνηγός. Μας ξεσήκωσε λοιπόν για μεγάλη περιπετειώδη εκδρομή. Εμείς, πατέρας, μητέρα και εγώ θέλαμε να δούμε το κάστρο στην βόρεια ακτή του νησιού, αυτό που είχαμε δει από κάτω μετά το ακρωτήριο Κέφαλος, εκεί που τελειώνει το νησί, ερειπωμένο να στέκεται πάνω στα απόκρημνα βράχια. Είχε χτιστεί από τον Ναύαρχο της Αραγώνας το 1292 πάνω σε αρχαίες οχυρώσεις, διότι από το 1207, οι Βενετοί σύμμαχοι με τους Αραγωνέζους, με έδρα τη Νάξο, δούκες, ή μαρκήσιοι Σανούδου, εξουσίαζαν σχεδόν όλες τις Κυκλάδες για τουλάχιστον τριακόσια χρόνια.

Μετά, το κάστρο το πήραν για λίγο οι Τούρκοι, όταν είχαν κυριαρχίσει σχεδόν σε όλες στις Δυτικές Κυκλάδες. Το αποκαλούν κάστρο της Ωριάς, όπως και πολλά άλλα κάστρα σε όλη την Ελλάδα. Ο Αλέξανδρος είχε πληροφορηθεί ότι πηγαίνοντας στο κάστρο βρίσκονταν περδικοτόπια, διότι το έδαφος είναι βραχώδες και πετρώδες, όπου στο ελάχιστο πράσινο μέσα στις πέτρες, βόσκουν οι πέρδικες. Για να φτάσουμε εκεί πάνω θα έπρεπε να περπατήσουμε τουλάχιστον δυό ώρες. Οργανώθηκε λοιπόν ολόκληρο... καραβάνι που αποτελούσαν τρεις γάιδαροι, με κρεμασμένα πάνω τους τα απαραίτητα φαγητά, νερό, και το τουφέκι με τα πυρομαχικά του Αλέξανδρου.

Ξεκινήσαμε από τη μικρή πλατεία των Λουτρών στις εννιά το πρωΐ. Πήραμε τον χωματόδρομο που οδηγούσε στη Χώρα για λίγο και σε μια διασταύρωση μ' ένα μονοπάτι στρίψαμε δεξιά. Ο δρόμος συνεχιζόταν ανηφορικός. Η μητέρα ανέβηκε στον ένα γάιδαρο και οι κύριοι με παρότρυναν ν' ανέβω στον άλλο, μια και τα συμπαθητικά ζώα περπάταγαν ξεκούραστα και μάλλον ευχαριστημένα. Εγώ βέβαια απάντησα ότι θα καβαλήσω τον γάιδαρο όταν κουραστώ, διότι προς το παρόν ήμουνα ξεκούραστος. Συνεχίσαμε λοιπόν το δρόμο που όταν τέλειωσε ο ανήφορος βρεθήκαμε να περπατάμε πάνω σε μια κορυφογραμμή. Κι' από τις δυο πλευρές απολαμβάνουμε καταπληκτική θέα της άγριεμένης από το μελτέμι θάλασσας και μακριά αριστερά, όπως ισχυρίζεται ο Αλέξανδρος, όταν ο καιρός είναι καλός μπορείς να δεις την Ύδρα, ενώ τώρα επικρατούσε η θολούρα του ανέμου. Πίσω μας βλέπαμε κάτω τα τελευταία σπίτια των Λουτρών και μακριά στον ορίζοντα τη Σύρο. Προχωρήσαμε λοιπόν άλλη μιά ώρα περίπου, όταν διακρίναμε ένα μικρό εκκλησάκι. Στο μικρό προαύλιο του, δέσαμε τους τρεις γαϊδάρους. «Από εδώ και πέρα, είπε ο Αλέξανδρος, είναι καλύτερα να περπατήσουμε, το Κάστρο θα φανεί σε ένα τέταρτο προς τα εκεί, δείχνοντας τον βορρά, θα μου επιτρέψετε όμως, να βαδίσω πρώτος και να με ακολουθήσετε σε είκοσι λεπτά, διότι μπορεί να χρειαστεί να πυροβολήσω κατά πίσω και δεν θέλουμε κανένα δυστύχημα. Αν ακούσετε πυροβολισμό πάει να πεί ότι βρήκα τις πέρδικες. Μείνετε πίσω μέχρι ν' ακούσετε την σφυρίχτρα, που έβγαλε από την τσέπη του, και σφύριξε για δοκιμή. Μόλις ακούσετε τη σφυρίχτρα, τότε μπορείτε να βαδίσετε προς το κάστρο για να το επισκεφτούμε μαζί.»

Καθίσαμε λοιπόν στον εξωτερικό χτιστό πεζούλι – κάθισμα, με πλάτη το ιερό και περιμέναμε. «Και πως έχτισαν αυτό το κάστρο πάνω στο γκρεμνό θυμάσαι, ρωτάει ο πατέρας, που το είχαμε δει από κάτω; Πως στο καλό κουβάλησαν τις πέτρες και όλα αυτά απο τούτο το μονοπάτι.» «Να σου πώ, αποκρίνομαι, από πέτρες και βράχια δεν νομίζω ότι αντιμετώπιζαν έλλειψη. Όπως βλέπουμε στο γύρο η πρώτη ύλη είναι άφθονη.» «Και εξ άλλου επεμβαίνει η μητέρα, δεν γνωρίζω, αν αυτό το κάστρο είχε χρησιμοποιηθεί καθόλου για πολεμικές επιχειρήσεις...» «Και τότε γιατί το έχτισαν, για φιγούρα; «ρωτάω. «Όχι, λέει ο πατέρας μπορεί να ήτανε η κατοικία του Δούκα, ή του Κόμη Άρχοντα του νησιού, που προτιμούσε να είναι ασφαλής σε περίπτωση επιδρομής από πειρατές ή άλλους εχθρούς. Ας μην ξεχνάμε ότι στα μέσα του 1500, ο Χαϊρεντίν Μπαρμπαρόσα αρχιπειρατής της Μεσογείου και Ελληνικής μάλιστα, όπως λένε, καταγωγής, είχε επιτεθεί, σκοτώσει και πάρει χιλιάδες σκλάβους σε όλη τη Μεσόγειο, από τις Ισπανικές ακτές, μέχρι τις Κυκλάδες, καταστρέφοντας και μέρη της Σικελίας, Σαρδηνίας, Κάτω Ιταλίας και την Αίγινα. Γι' αυτό και έχτιζαν τα κάστρα σε τέτοια απρόσιτα σημεία, όσο ψηλότερα μπορούσαν πάνω σε λόφους και βουνά...» Δεν πρόλαβε να συνεχίσει και ακούσαμε αρκετά κοντά δυο απανωτές τουφεκιές και άλλες τρεις σε λίγα λεπτά. Αρκετά πουλιά με το χαρακτηριστικό θόρυβο, που χτυπάνε οι πέρδικες τα φτερά τους, περνάνε δεξιά μας κατευθυνόμενα προς τη θάλασσα. Σε λίγο ακούσαμε και τη σφυρίχτρα και ξεκινήσαμε προς το κάστρο που φάνηκε από μακριά σαν ένα ερείπιο. Μισές επάλξεις πεσμένες, τοίχοι με τους ογκόλιθους που ήταν χτισμένοι να έχουν κατρακυλίσει στον γκρεμνό δεξιά κι' αριστερά και άλλες καταστροφές του αρχικού κτίσματος. Αντικρίζουμε τον Αλέξανδρο να κρατάει στα χέρια του τέσσερις σκοτωμένες πέρδικες... είπαμε συγχαρητήρια και μετριόφρων όπως απεδείχθη, είπε ότι θα μπορούσε να είχε σκοτώσει και άλλες, αλλά τα πουλιά ήταν εξυπνότερα και αντί να πετάξουν ευθεία, πέταξαν κατά κάτω, που ακόμα και αν τα χτύπαγε ήταν αδύνατο να τα πιάσει τόσο απόκρημνα που ήταν. «Έτσι, λυπούμαι. μας λέει, αλλά θα προσφέρω μόνο τον μεζέ απόψε, που αν έρθουν και οι άλλοι δεν είναι καθόλου... χορταστικός.» Μετά από την εξέταση των σκοτωμένων πουλιών, που είχαν ένα φτερωμα γκρί με ρίγες σαν γάτες, προχωρήσαμε μέσα από ανώμαλα κατσάβραχα προς την είσοδο του κάστρου.

«Εδώ θα έπρεπε να ήταν η πύλη στην κεντρική αυλή. «Βλέπετε, μας λέει ο Αλέξανδρος, εδώ στο πλάϊ θα υπήρχε ο αρμός που έμπαινε η πύλη και πιο πάνω λίγο το βαθούλωμα του βράχου που έμπαινε η μεγάλη ξύλινη μπάρα. Από την άλλη μεριά της πύλης δεν έχει απομείνει τίποτα. Ας προχωρήσουμε μόνο με μεγάλη προσοχή διότι υπάρχουν πολλά ανοίγματα στο γκρεμνό, που μάλλον θα χρησιμοποιούνταν για τις αποχετεύσεις του κάστρου. «. «Ήταν λοιπόν ένα πολύ καλό παρατηρητήριο και μπορούσε κανείς από δω να βλέπει και να αναφέρει οποιαδήποτε κίνηση καραβιού προς τα κοντινά νησιά, αλλά και προς όλες τις Δυτικές και Κεντρικές Κυκλάδες. «Λέει ο πατέρας, καθώς προχωρούσαμε στο εσωτερικό και σταματήσαμε σ' ένα σημείο που αντιμετωπίσαμε τον γκρεμνό στο απόλυτο, απόκρημνο βάθος του. «Εδώ φαίνεται ότι σχεδόν το μισό κάστρο έχει... . πέσει στη θάλασσα! Καλά, δεν το είχαν υπολογίσει; Ή με τον καιρό διαβρώθηκαν τα βράχια, καθώς αντιμετωπίζουν το βοριά και όλες τις χειμωνιάτικες θύελλες;» Το ερώτημα είναι, συνεχίζει η μητέρα, η κατολίσθηση αυτή έγινε στη διάρκεια της λετουργίας του κάστρου, ή μετά ακόμα και την σύγχρονη εποχή; «Κι' αν τους πεις ότι πρέπει να αναστηλωθεί, θα σου απαντήσουν ότι δεν υπάρχουν πιστώσεις για να αναστηλώσουν όλα τα μεσαιωνικά ερείπια της Ελλάδας που είναι αναρίθμητα. «Λέει ο Αλέξανδρος και συνεχίζει. «Προτείνω να γυρίσουμε στο εκκλησάκι όπου και να ανοίξουμε τις προμήθειες μας και να τσιμπήσουμε για να στηλωθούμε, πάει μία η ώρα. Αφού ξαποστάσουμε λίγο, να ξεκινήσουμε για το γυρισμό ώστε να φτάσουμε στα Λουτρά κατά τις τέσσερις με την ανεσή μας.» Επιστρέψαμε στο εκκλησάκι. Εκεί συνεχίστηκε η κουβέντα για τη τύχη του κάστρου. «Έτσι που καταστρεφόταν καθημερινά, είναι ζήτημα αν θα στέκεται ολόκληρο την επόμενη δεκαετία, απεφάνθη ο Αλέξανδρος. Και να το αναφέρουμε, ή όχι καμιά αξία δεν θα έχει.» Μετά από τα σάντουιτς με τυρί φέτα και σαλάμι, με δυο ωμές ντομάτες και ελιές, αφού ήπιαμε αρκετό νερό, πήραμε το δρόμο της επιστροφής.

Φτάσαμε στα Λουτρά κατά τις τεσσερσήμισυ και αφού περάσαμε από την ταβέρνα για να αφήσουμε τις πέρδικες να ψηθούν σαν μεζές για να τις φάμε πριν, ή μετά, από το προχτεσινό χταπόδι που θα μαγειρεύοταν βραστό με μακαρονάκι.

Ανεβήκαμε στο ξενοδοχείο για να κάνουμε ένα ντους και η μητέρα βέβαια την σιέστα της, ενώ εγώ μετά το ντους πήρα το καλάμι, που είχαμε ετοιμάσει με τον πατέρα να πάω για ψάρεμα. Πέρασα άλλη μια φορά από τη ταβέρνα για να πάρω δολώματα, κάτι μικρές γαρίδες και αθερίνα, και προχώρησα στην ξύλινη προβλήτα. Κάθισα χάμω με τα πόδια μου να κρέμονται πάνω από τη θάλασσα. Δόλωσα το αγκίστρι και έριξα την πετονιά, που κρεμόταν από το καλάμι με ένα κόκκινο φελλό, στη μέση περίπου της πετονιάς, που επέπλεε στη θάλασσα. Τη στιγμή που θα βυθιζόταν σημαίνει ότι κάποιο ψάρι είχε πιαστεί. Περιμένω λοιπόν, περιμένω, δεν είχα πάρει και ρολόι, διότι φοβόμουνα μη το βρέξω. Και ακόμα περιμένω, χρονικό διάστημα που μου φάνηκε μεγάλο, ο ήλιος έπεσε και είχε αρχίσει να σουρουπώνει. Ξαφνικά βλέπω όλο το φελλό να χάνεται και κάτι να μου τραβάει το καλάμι. Αντιστέκομαι και προσπαθώ να το τραβήξω πίσω, αλλά εκείνο δεν κούναγε. Εμφανίζεται ευτυχώς πάνω στην ώρα, ο θείος Μίλτος, με βλέπει αγωνιζόμενο, «Δώς το μου.» μου λέει, Πιάνει το καλάμι και κάνει διάφορες κινήσεις δεξιά, αριστερά, πάνω, κάτω και τελικά μου αφήνει το καλάμι. «Κράτα το», μου λέει, και πιάνει την πετονιά, τη σηκώνει απάνω και την βγάζει έξω με ένα τεράστιο σαργό που μου φάνηκε θηρίο. Ξαγκιστρώνει το ψάρι και το σκοτώνει πάει να το βάλει σε ένα τενεκεδάκι που είχα για τα... ψάρια δεν... χωράει.» Μωρέ μπράβο ανεψιέ, από νωρίς εξασφαλίζεις το φαΐ σου, άξιος συγχαρητηρίων. Προτείνω συνεχίζει να το πάμε στη ταβέρνα γιατί φαίνεται ότι θα έχουμε καλό φαΐ το βράδυ, με το χταπόδι!» «Και τις πέρδικες.» συμπληρώνω. Ζυγίσαμε το ... θηρίο. Ήταν μια οκά και διακόσια πενήντα δράμια.

Μετά το βραδυνό φαγοπότι είμαστε όλοι οι... εκδρομείς αρκετά κουρασμένοι και περπατήσαμε πίσω στο ξενοδοχείο, όπου κοιμήθηκα σχεδόν μόλις έπεσα στο κρεβάτι. Κάποτε ξύπνησα και κατάλαβα ότι πρέπει να ήταν πολύ αργά. Κοίταξα στο διπλανό δωμάτιο οι δικοί μου είχαν φύγει.

Σεξουαλικό απολαυστικό διάλειμμα

Πάω στο μπάνιο να κάνω ντους μετά ξυρίζομαι και τυλιγμένος σε μια πετσέτα από τη μέση και κάτω βγαίνω στο δωμάτιο που είχα αφήσει ανοιχτή τη πόρτα. Εκείνη τη στιγμή ανοίγει, χωρίς να χτυπήσει, η πόρτα προς το διάδρομο του δωματίου και μπαίνει μια ασπροντυμένη νεαρή και ροδαλή καμαριέρα. Με κοιτάει, την κοιτάω. Αφήνει πάνω στο κρεβάτι τις καθαρές πετσέτες που κρατούσε με πλησιάζει και μου πιάνει τα δυο χέρια. Αντιστέκομαι αλλά φοβάμει μήπως πέσει και η πετσέτα από τη μέση μου. «Έλα μου λέει να... παλέψουμε! «Αφήνω το δεξί μου χέρι και την σπρώχνω λίγο, καθώς όμως την προσέχω καλύτερα, βλέπω τα πρώτα δυο κουμπιά. του σαν φόρμα ολόσωμου άσπρου φορέματος ξεκούμπωτα, δεν φοράει σουτιέν και δυο μεγάλα καλοσχηματισμένα στήθια με προκαλούν.» «Για κάτσε, της λέω, και προσπαθώ να την ακινητοποιήσω, πως θέλεις να παλέψουμε; «Έτσι, απαντάει, δίνοντας μου μια σπρωξιά, με πετάει στο κρεβάτι και πέφτει μπρούμητα απάνω μου, τώρα για να δούμε είσαι δυνατός; «Αφού λοιπόν προκαλούμαι χωρίς ίχνος ντροπής την αρπάζω και την γυρίζω στο πλάι ξεκουμπώνοντας και τα υπόλοιπα κουμπιά της άσπρης φορεσιάς και βεβαιώνομαι ότι ούτε απο κάτω φοράει τίποτα. Εκείνη μου τραβάει τη πετσέτα που ακόμα είχα μπροστά μου και μένω γυμνός με εμφανή σημεία αυξανόμενης στύσης. Με κοιτάει και με σπρώχνει να ξαπλώσω ανάσκελα. Τότε ανεβαίνει απάνω μου και ενώ με αυνανίζει πιάνει το χέρι μου και χώνει το μεγάλο μου δάχτυλο στο μουνί της. Εκτός από κάτι μικρά Αχ..αχ..οοχ, δεν επικοινωνεί... λεκτικά, ενώ βλέπω τα αξιόλογα στήθια της να τρίβονται στο πρόσωπό μου. Βέβαια δεν πήρε και πολύ χρόνο, και πολύ γρήγορα εκσπερματώνω. Εκείνη σηκώνεται και γυρνάει με κάτι σαν αθώα, γαλάζια μάτια και ρωτάει: «Σου άρεσε; «Και βέβαια, απαντάω, αλλά ήταν λίγο, δεν μου λές μόνο με το χέρι το κάνεις;» «Και βέβαια, απαντάει, αφού είμαι παρθένα! «Πιάνει το πέος μου και αρχίζει να το ερεθίζει μέχρι να επανέλθει σε στύση πολύ γρήγορα και πάλι τα ίδια, με παραλλαγή ότι εκείνη είναι ξαπλωμένη ανάσκελα . Εδώ το απολαμβάνω για περισσότερο χρόνο.

Προχωράει σε κάτι σφιξίματα και κουνήματα. Θα ήθελα πάντα όλες οι παρθένες να ήταν σαν και τούτην εδώ! Τελειώνει και η δεύτερη φορά και ξαπλώνουμε παράλληλα αλληλοχαϊδεύομενοι.

«Δεν μου είπες ούτε το ονομά σου πως σε λένε; «Μαντώ, μου απαντάει, και εσένα ξέρω ότι σε λένε Βασίλη, δουλεύω μόνο το καλοκαίρι εδώ, το χειμώνα μένω στη Σύρο όπου πηγαίνω σχολείο και εργάζομαι στο μεγάλο ξενοδοχείο εκεί.» «Ωραία απαντώ και εκτός από την χειροκίνηση τι άλλο ξέρεις; «Γυρνάει και κάθεται απάνω μου καθώς ήμουν ξαλωμένος, πιάνει το πέος μου, το οδηγεί μέσα της από πίσω και αρχίζει να ανεβοκατεβαίνει μέχρι που χύνω και για άλλη μια φορά, αυτή τη φορά μέσα στον κώλο της.» «Πάμε να πλυθούμε και θα σου δείξω κι' άλλα! «Μου λέει. Πάμε και οι δυο στο μπάνιο πλενόμαστε, σκουπιζόμαστε και χουφτώνει το πέος μου και τραβώντας το με σπρώχνει στο κρεβάτι.» Ξάπλωσε και θα σου δείξω. Μου λέει. Ενώ γονατίζει στο πάτωμα και αρχίζει να με γλείφει αναμεσα στα πόδια μου για να καταλήξει στα αρχίδια μου, που τα γλείφει επιμελέστατα: Πρώτα το ένα και μετά το άλλο. Αυτό κρατάει αρκετό χρόνο και συνεχίζει γλείφοντας το πέος μου από το πλάι και από κάτω προς τα πάνω. Τέλος το βάζει στο στόμα της και αρχίζει να το πιπιλάει με τη γλώσσα της με κυκλικές κινήσεις. Αλλάζει στάση και καταπίνει όλη τη κεφαλή του πέους ρουφώντας συγχρόνως, που με κάνει να πλησιάζω στην εκσπερμάτωση. Το καταλαβαίνει και σταματάει. Το βγάζει από το στόμα της και το σφίγγει κοιτώντας το. Περιμένει λίγο και μετά το ξαναβάζει στο στόμα της όσο πιο βαθειά εισχωρεί. Πρέπει να έχω μπεί στο λαρύγγι της, σκέφτομαι, αλλά καθώς ανεβοκατεβάζει το στόμα της κάθε φορά και με σφίγγει τότε φτάνω στο σημείο που μόλις ξεσφίγγει το πέος μου χύνω και πάλι. «Σ' άρεσε; «Ρωτάει, ενώ έχει γυρίσει, πιάνω το κώλο της και σφίγγοντας, εισχωρώ με τα δαχτυλά μου από το αιδίο στο κώλο της και πάλι τα ίδια. «Και ρωτάς; απαντάω, είχα πολύ καιρό να νιώσω κάτι τέτοιο αλλά το κάνεις τόσο ωραία, που δεν υπάρχει όμοια σου!» «Ευχαριστώ, μου λέει, αν θέλεις… ααχχ σε παρακαλώ … συνέχισε γιατί έρχομαι… και με περιλούζει με τα υγρά της. Θα έρχομαι κάθε πρωί να το κάνουμε γιατί πολύ μου αρέσεις. «Αρχίζει πάλι να ... κάνει ασκήσεις στο πέος μου ενώ μου πιάνει το χέρι και κατευθύνει το μεγάλο μου δάχτυλο στο αιδοίο της και μου δείχνει πως πρέπει να την ερεθίζω. Οταν τελειώσαμε, σηκώθηκε πήγε και πλύθηκε στο μπάνιο, φόρεσε την άσπρη φόρμα και:» Τώρα δουλειά, θα φτιάξω το κρεβάτι σου και θα σε δω αύριο, την ίδια ώρα. «Καθώς φορούσα το μαγιό μου της λέω: «Δεν είναι δυνατό να βρεθούμε κα κανένα βράδυ; Όλο πρωινή θα σε βρίσκω; «

«Θα είναι πολύ δύσκολο, απαντάει, διότι βλέπεις, μένω σε μια θειά μου, που της μαγειρέυω κάθε βράδυ. Και δεν θελω να μας δει κανείς μαζί έξω, διότι θα κυκλοφορήσουν πολλά. Ενώ εδώ κανείς δεν μας βλέπει και έχω όσο καιρό θέλω να σε απολαμβάνω! «Φόρεσα το μαγιό μου την αγκάλιασα και την φίλησα στο στόμα. Λίγο αργότερα βρέθηκα στο δρομάκι που οδηγούσε στη παραλία. Σκεφτόμουνα το περί παρθενίας ταμπού και που αυτό οδηγεί τις κοπέλες όταν... βράζει το αίμα τους.

Έπεσα στη θάλασσα για να σβήσω ότι υπόλειμμα ερεθισμού μου είχε απομείνει. Η θάλασσα όμως ήταν ζεστή διότι τα ιαματικά νερά αναβλυζαν στην παραλία. Και όπως έλεγαν έκαναν καλό και θεράπευαν από αρθριτικά μέχρι γυναικολογικά και άλλα προβλήματα υγείας, αφού τα χρησιμοποιούσαν όχι μόνο οι Αρχαίοι Έλληνες αλλά και οι Ρωμαίοι.!

Συναντησα την οικογένεια με τους φίλους τους που παρατήρησαν ότι το έριξα στον ύπνο για τα καλά και καλά κάνω και ξεκουράζομαι γιατί από την άλλη βδομάδα θα πήγαινω στο Ψυχικό... μακριά (!) με το λεωφορείο κάθε μέρα. Άκόμα θεωρούσαν το Ψυχικό μακριά σαν να ήταν... εξοχή.

Κάναμε άλλες δυο εκδρομές στη Χώρα και στον Μέριχα, το άλλο λιμάνι που μας φάνηκε κάπως πιο ανεπτυγμένο από τα λουτρά και στην Κανάλα που τότε ήταν ένας μικρός ψαροοικισμός.

Οι συνευρέσεις με την Μαντώ και τις τρυφερές, αξιολογότατες πάνω και κάτω καμπύλες της, συνεχίστηκαν για άλλες τρεις, ή τέσσερις μέρες την επόμενη εβδομάδα πριν αναχωρήσουμε. Ομολογώ ότι θα μου έλειπε αυτή η... .ταχτική σεξουαλική προπόνηση και εκτόνωση και της το είπα. «Αν έρθω στην Αθήνα για λίγες μέρες θα μπορούσαμε να ιδωθούμε;» Ρωτάει ξαφνικά. Και γιατί όχι; Απαντάω. Βέβαια αν ερχόταν όταν έλειπαν οι δικοί μου δεν υπήρχε πρόβλημα. Φαντάσου όμως σκέφτηκα να την παρουσιάσω σε κανένα πάρτι, η Μάρω θα μου βγάλει τα μάτια και όλοι οι αρσενικοί θα πάθουν από τη ζήλια. Απάντησα: «Φυσικά ότι αν με ειδοποιούσε λίγες μέρες πριν, είμαι βέβαιος ότι κάτι θα οργανώσω για να περάσουμε ωραία» Το τελευταίο... πρωΐ, που θα έφευγα την άλλη μέρα νομίζω ότι κατά-εξαντληθήκαμε αμοιβαία από τις οχτώμιση μέχρι το μεσημέρι.

***

Έφτασε λοιπόν η απερίγραπτη ΜΟΣΧΑΝΘΗ στις δυόμιση το πρωί. Φύσαγε ένας σφυριχτός αέρας όλο το βράδυ και οι βάρκες σκαμπανέβαζαν στα πλαϊνά του πλοίου, που μέχρι να πατήσουμε τη σκάλα είδαμε και πάθαμε. «Έπρεπε να συντονιστούμε με το κύμα!», αναπτύσσει ο θείος την ναυτική άποψη, που ταξίδευε μαζί μας. Συντονιστήκαμε λοιπόν και καταφέραμε να ανεβούμε στο πλοίο και από εκεί στο σαλόνι – τραπεζαρία. Το πλοίο κούναγε ακόμα και αγκυροβολημένο.Σκέψου τι θα γίνει μόλις βγούμε έξω από το λιμάνι .

Η μητέρα πάει να ξαπλώσει οδηγούμενη από τον πατέρα που δεν ζαλίζεται «Όπως όλοι οι άντρες στην οικογένεια μας!» κομπάζει ο θείος Καθήστε σ'ένα τραπέζι και θα γυρίσω λέει ο πατέρας. Καθόμαστε με τον θείο, ο οποίος θέλει να φάει και να πιεί! Το γκαρσόνι που τον γνωρίζει από το ναυτικό του λέει ότι η κουζίνα είναι κλειστή διότι με αυτή τη θάλασσα από τη Σίφνο και απάνω κανείς δεν ήθελε να φάει. Τώρα τι γίνεται; Παραγγέλει λοιπόν τυρί, σαλάμι, σαρδέλες κουτί και ντοματοσαλάτα. Επίσης τρεις μπύρες. Ξεκινάει το πλοίο και μόλις καβατζάρει το ακρωτήριο, αρχίζει ένα κούνημα που έπρεπε να κρατιόμαστε στο τραπέζι, ευτυχώς βιδωμένο στο πάτωμα για να μην φύγουμε και πέσουμε στους πλαϊνούς τοίχους. Εμφανίζεται και πάλι ο καμαρότος – γκαρσόνι: «Θέλετε ακόμη ότι παραγγείλατε κύριε Πλοίαρχε; «Και βέβαια! Και γρήγορα μάλιστα!». Φεύγει το γκαρσόνι και εμφανίζεται ο πατέρας συγκρατούμενος από τα τραπέζια και τις διάφορες κολώνες που υπήρχαν στη τραπεζαρία. Και ενώ τα κύματα σκάγανε στα χοντρά κρύσταλλα του σαλονιού, μετά από πέντε λεπτά εμφανίζεται και πάλι το γκαρσόνι με τα πιάτα μέσα σ' ένα ειδικό δίσκο ... θαλασσοταραχής με ψηλά τοιχώματα που δεν επέτρεπε στο περιεχόμενό του να πέσουν κάτω. Τον αφήνει στο τραπέζι και οι άνδρες της οικογένειας Ιατρίδη αρχίζουν την πολύ σοβαρή ασχολία να πίνουν και να τρώνε. Τότε, ο θείος Μίλτος, μας ανέπτυξε την θεωρία ότι μία μπύρα ισοδυναμεί σε θερμίδες, ή σε θρεπτική αξία με ένα αβγό τηγανιτό, δύο μπύρες μέ μια μερίδα παστίτσιο,τρεις μπύρες με ένα χοντρό φιλέτο, όπως τα ψήνουν στην Γαλλία!! «Κατ'αρχήν, θέλουμε και άλλη μπύρα γιατί είμαστε νηστικοί! Εν πάσει περιπτώσει, μπράβο είσαι εξαιρετικός,» λέει στο γκαρσόνι, που έφερε τις μπύρες που κρατούσε στα χέρια του.

«Λοιπόν, προτείνει, καλύτερα να τις πίνουμε από το μπουκάλι, διότι τα κουνήματα αγριεύουν και από τα ποτήρια θα χυθούν. Μετά γυρνάει στον πατέρα μου, μην ανησυχείς τούτο είναι γερό σκαρί και αντέχει... πριν από την Ελληνική Ακτοπλοία είχε εξυπηρετήσει πολλά λιμάνια στη Βαλτική και τη Βόρειο θάλασσα. Ήταν πρώτα Αγγλικό και μετά Δανέζικο!» «Τώρα μας καθησύχασες!» Απαντάει ο πατέρας. «Αυτό όμως υπερβαίνει την... ομαλή εκτέλεση του δρομολογίου,» λέει ο θείος αλλάζοντας ύφος, μετά από δεύτερο υπόκωφο γδούπο στα ύφαλα του πλοίου.» Πάω στη γέφυρα να δώ τι κάνει ο καπετάνιος. Είναι γνωστός μου. Καθίστε εδώ και θα γυρίσω να σας πω.» «Μου φαίνεται, λέει ο πατέρας, ότι παρά τα όσα μας είπε για το... ασφαλές πλοίο, μετά από όλο αυτό το κούνημα, τον καταποντισμό, με τα κύματα να ξεπλένουν όλο το πλοίο και τους υπόκωφους γδούπους τελικά... ανησύχησε.» Δεν πέρασαν ούτε δέκα λεπτά και νά ο θείος επιστρέφει χαμογελαστός. «Λοιπόν φαίνεται ότι επεκράτησε η... επιφυλακτική λογική. Ο καπετάνιος έχει αποφασίσει να ποδίσει στη νότια ακτή της Τζιάς, όπου πλησιάζουμε τώρα.» «Ωραία , λέω, καλά που είναι Σάββατο και δεν θα χάσω κι' άλλη μέρα από το σχολείο..» Φαίνεται ότι πλησιάζαμε το αραξοβόλι μας και η... συνεδρίαση διεκόπη για μια ακόμη φορά, από τον ήχο της άγκυρας που έπεφτε στη θάλασσα και η χοντρή σιδερένια αλυσίδα της χτύπαγε το φινιστρίνι στη πλώρη απ'όπου κατρακυλούσε με ορμή πέφτοντας στη θάλασσα.

Αφήσαμε το θείο και κατεβήκαμε με τον πατέρα στην καμπίνα για να αντικρίσουμε τημητέρα σηκωμένη και ρωτώντας γιατί σταμάτησε το πλοίο και τι θά γίνει. Αφού την ενημερώσαμε ανεβήκαμε απάνω για καφέ, ώστε να ξυπνήσουμε για καλά.. Φαίνεται ότι ο καιρός απο την άλλη πλευρά της Τζιάς εξακολουθούσε με θυελλώδης ανέμους.Τελικά το απόγεμα ήρθαν τα καλά νέα: ότι το βραδάκι ο καιρός θα πέσει και ο καπετάνιος θα επιχειρήσει να πάει προς τον Πειραιά, διότι άμα μπει στο Σαρωνικό, ο Βοριάς δεν είναι τόσο δυνατός. Τελικά φτάσαμε στο Πειραιά στις έξι το πρωϊ αρκετά ταλαιπωρημένοι και άγρυπνοι για δυο νύχτες. Αφού αποχαιρετίσαμε τον θείο που πήγαινε κατ' ευθείαν στη βάση των Ναυτικών Σχολών στον Σκαραμαγκά, και είχε τηλεφωνήσει να έρθουν να τον πάρουν, πήραμε ένα ταξί και φτάσαμε στην Αριστοτέλους 142 αρκετά γρήγορα.

Αφού άνοιξα τα ελάχιστα πράγματα που είχα σε μια μικρή υφασμά-

τινη βαλίτσα, ταχτοποίησα διάφορα βιβλία και άλλα πράγματα στο δωμά-
τιό μου και μετά πήγα να κάνω ντούς, διότι θεώρησα ότι στις εφτά η ώρα,
Κυριακάτικο πρωϊνό, θα ήταν πολύ πρόστυχο ν' αρχίσω τα τηλεφωνήματα
στούς συμμαθητές, και φίλους για να ρωτήσω τι γίνεται.

Το σχολείο είχε αρχίσει πριν μια ολόκληρη βδομάδα – και έπρεπε
να πληροφορηθώ, πως ήταν, τι επρόκειτο να γίνει και άλλες χιλιάδες λε-
πτομέρειες. Περίμενα όμως μέχρι τις δέκα το πρωί. Πήγα στην ΕΒΓΑ της
γειτονιάς να πάρω γάλα, γιαούρτια και κάτι μπισκότα που ήθελε η μητέρα.
Ο δικός μας γαλατάς, ο Φακούνης, την Κυριακή ήταν πάντα κλειστός.

ΣΤΟ ΨΥΧΙΚΟ. ΕΚΤΗ ΓΥΜΝΑΣΙΟΥ

1952 - 1953

Γύρισα από την ΕΒΓΑ με τα ψώνια, τα άφησα στο τραπέζι της κουζίνας, έτρεξα στο τηλέφωνο, είχα ήδη ανεβαίνοντας τις σκάλες υπολογίσει ποιον θα έπερνα πρώτο. Ο Κώστας Κ. λοιπόν, με κατατόπισε ότι βρισκόμαστε σε μια τάξη του παλιού κτιρίου, που δεν είχαμε δει από μέσα, όταν είχαμε πάει με τα ποδήλατα. Και όσο ο καιρός είναι καλός η πρωϊνή συγκέντρωση γινόταν έξω, σε μια μεγάλη ταράτσα που κάλυπτε το χώρο της προσωρινής μεγάλης αίθουσας, που ήταν από κάτω. Εδώ μας ανακοινώθηκε επίσημα ο θάνατος του Καρόλου Μπερζάν, του ιδρυτή του Σχολείου μας. Γνωρίζαμε ότι ήταν άρρωστος για δυο – τρία χρόνια, μάλιστα την τελευταία φορά που τον είχαμε δει πάνω στην μαρμάρινη σκάλα της Μαυρομματαίων στην πρωϊνή προσευχή, μας φάνηκε εξαιρετικά αδύνατος και καταβλημένος. Φαίνεται ότι είχε ήδη μεταβιβάσει το Σχολείο στον κύριο Μωραΐτη, ίσως γνωρίζοντας ότι δεν θα τα κατάφερνε να ανέβει στο Ψυχικό. Ο τίτλος όμως του Σχολείου εξακολούθησε όπως και πριν σαν Πρότυπο Λύκειο Αθηνών. Το νέο ήταν θλιβερό για πολλούς που γνώριζαν προσωπικά τον Μπερζάν και ανάμεσα σ' αυτούς και ο παππούς μου Πέπες, που ήταν φίλος του από τότε που είχε έρθει ο Μπερζάν στην Ελλάδα από την Ελβετία. Αρκετά αργότερα και αφού εμείς είχαμε αποφοιτήσει ονομάστηκε Σχολή Μωραΐτη. Ρώτησα για μαθήματα και επειδή φάνηκε απ' ότι μου έλεγε ήταν λίγο περίπλοκα, ιδιαίτερα τα μαθηματικά και η τριγωνομετρία, καλύτερα να συναντιόμαστε το απόγεμα να μου δείξει. Μετά πήρα τον Πέτρο, μου επιβεβαίωσε ότι είπε ο Κώστας Κ και πρόσθεσε ότι η μεταφορά με τα λεωφορεία από το άγαλμα του Κωνσταντίνου γίνεται κάτω από πολύ διασκεδαστικές συνθήκες και τα γέλια που κάνουν δεν περιγράφονται. Συμφωνήσαμε να έρθει κι' αυτός το απόγεμα, ώστε να βοηθήσει και να εμφανιστώ πανέτοιμος τη Δευτέρα στο Σχολείο. Μετά από το δεύτερο τηλεφώνημα έκανα... ανάπαυση! Πήγα στο δωμάτιό μου και τακτοποίησα τετράδια και βιβλία που είχα πάρει από τις αρχές Σεπτεμβρίου πριν φύγουμε για την Κύθνο. Αφού ταχτοποιήσα τα πάντα όσο μπορούσα καλύτερα, σκέφτηκα ότι ήρθε η ώρα να πάρω και την Μάρω τηλέφωνο. Εδώ αντιμετωπίζω πρωτόφαντη... κρυάδα με παρατηρήσεις όπως: «Ότι εδέησα να τηλεφωνήσω χωρίς να της έχω στείλει μια κάρτα, γιατί δεν ήταν άξια... βέβαια (πικρόχολα) για γράμμα.»

Είχε δίκιο! Δεν μου πέρασε από το μυαλό, όπως της είπα, ότι για δεκαπέντε μέρες που έλειπα θα έπρεπε να ξεκινήσουμε αλληλογραφία, λες και ταξίδευα στην Αμερική. Φαίνεται ότι αυτή η δικαιολογία δεν έπιασε και συνέχισε να κάνει την... .παγωμένη! Εξήγησα ότι μόλις είχα μπει στο σπίτι... έτρεξα να της τηλεφωνήσω και περίμενα να δείξει τουλάχιστον κάποιο ενδιαφέρον για το πως πέρασα... . Εκεί έγινε θηρίο και κόντεψε να με... φάει, λέγοντας ότι ενδιαφέρεται, όσο ενδιαφερόμουν και εγώ, που εξαφανίστηκα διακόπτοντας κάθε επαφή. Και εν πάσει περιπτώσει, καταλήγει, ότι δεν πρόκειται να με δει πριν από το επόμενο Σάββατο. Σκεφτόμενος ότι, όπως είχε πει κάποιος μεγάλος ποιητής, ''άβυσσος η ψυχή της γυναίκας'', είπα:» Καλά δεν θα σε δω νωρίτερα; «Όχι! Είμαι πολύ απασχολημένη...» Παίρνω τον Παναγιώτη που έχει διασυνδέσεις με την άλλη φίλη της να με διαφωτίσει. Εδώ αρχίσαμε άλλη κουβέντα, και ξεχάσαμε ολότελα τη Μάρω, μια και εκείνος είχε γυρίσει δέκα μέρες πριν από την Τήλο, άγνωστο στα 1950, νησί στα Δωδεκάνησα, περίπου όπως και η Κύθνος στις Κυκλάδες και με έπιασε μονότερμα για τις περιπέτειες του, τα ψαρέματα, τις βόλτες με καΐκια, τεράστια ψάρια και καλαμάρια και το νησί, τέλεια πρωτόγονο. Δεν τον άφησα κι'εγώ, που του είπα όλες τις ιστορίες με το ΜΟΣΧΑΝΘΗ, τη βάρκα, το χταπόδι και τη Μαντώ, που δεν προχώρησα σε αναλυτικές περιγραφές, διότι η μητέρα μου πηγαινοερχόταν συγυρίζοντας και ταχτοποιώντας έπιπλα και βιβλία. Εξήγησα στον Παναγιώτη ότι τα υπόλοιπα ήταν ακατάλληλα για... ανηλίκους και θα του τα... αναλύσω στο Σχολείο.

Πήγα να τηλεφωνήσω και στην Μαίρη από την τάξη μας, αλλά η μητέρα με πλησίασε με αγριωπό ύφος, λέγοντας ν'αφήσω το τηλέφωνο, διότι περιμένει τηλεφώνημα και δεν έχω άλλη δουλειά να κάνω; Εκτός από τηλεφωνήματα; Έτσι ανέβαλα τα υπόλοιπα για αργότερα όταν θα πηγαίνανε για σιέστα. Τότε τραβούσα το τηλέφωνο από το χολ στο σαλόνι, έκλεινα τη πόρτα, ώστε να μεσολαβούν τρεις πόρτες από το τηλέφωνο μέχρι το δωμάτιο της και δεν ακουγόμουν.

Το απόγεμα ήρθαν οι Κώστας Κ. και ο Πέτρος που με κατατόπισαν για το νέο σχολείο, τον τρόπο μεταφοράς και ένα σωρό λεπτομέρειες, που έλυναν τις διάφορες απορίες μου.

Μας πήρε τουλάχιστον ένα δίωρο για να λύσουμε τα διαφορα προβλήματα της τριγωνομετρίας που ήταν νέο μάθημα και ακόμα οι δυο τους, που ήταν πολύ καλύτεροι από μένα στα μαθηματικά, αντιμετώπιζαν αρκετές δυσκολίες. Αφού λύσαμε τα προβλήματα και μου είπαν πώς να συνεχίσω, έφυγαν. Κάθισα άλλη μια ώρα γράφοντας τα... τριγωνομετρικά, που μου είχαν πει. Μετά έφαγα μόνος μου διότι οι δικοί μου είχαν βγει. Ακολούθησε ύπνος βαθύς από νωρίς, λόγω της αγρυπνίας της προηγουμένης.

Και έτσι στις εφτάμιση το πρωί βρίσκομαι στη εξώπορτα της Αριστοτέλους περιμένοντας τον Γιώργο, που είχε τηλεφωνήσει το βράδυ ότι θα περνούσε να με πάρει. Αφού είπαμε τις καλημέρες μας, με κοιτάει καλά, καλά και μου λέει :» Δεν ξέρω αν το έκανες επίτηδες, αλλά με αυτή τη μαυρίλα θα ξεχωρίζεις από όλους τους άλλους στη τάξη, αν όχι στο σχολείο.» Φτάσαμε γρήγορα στο παλιό σχολείο όπου στην απέναντι πλατεία του αγάλματος του Κωνσταντίνου περίμεναν τα κίτρινα λεωφορεία. Ήταν τα παλιά της Εταιρείας Πάουερ που λίγα χρόνια πριν εκτελούσαν διάφορες συγκοινωνίες στην Αθήνα. Ήταν φαρδιά και πολύ χαμηλά και εκεί μπροστά πάνω από το παρμπρίζ, που έγραφαν παλιότερα τον προορισμό τους, έγραφαν Πρότυπο Λύκειο Αθηνών. Ανεβήκαμε σ'εκείνο που είχε απ' έξω τον αριθμό 5 και 6, δυο τάξεων. Αναγνώρισα τα ίδια πράσινα, σαν πέτσινα καθίσματα μάλλον ταλαιπωρημένα, όπου είχα καθίσει, πριν ακόμα πάω σχολείο.» Φαίνεται ότι όλος αυτός ο στόλος αγοράστηκε για τίποτα. «Είπε ο Κώστας Γ. «Μα αυτά δεν κυκλοφορούσαν για χρόνια;..» τον ρώτησα. «Ακριβώς γι' αυτό το λόγο τα πήρανε για τίποτα. Κάτσε και να δεις πως πηγαίνουν στον ανήφορο της Αλεξάνδρας, αγκομαχούνε και βγάζουν μαύρους καπνούς από τις εξατμίσεις τους. «Ξεκίνησε λοιπόν το λεωφορείο αφού γέμισε από συμμαθήτριες και συμμαθητές και της Πέμπτης τάξης γιατί νομίζω ότι έπαιρνε 48 καθιστούς και 20 όρθιους, όπως έλεγε, και η παλιά πινακίδα του. Όταν φτάσαμε στον ανήφορο της Σόνιας κατάλαβα τι εννοούσε ο Κώστας Γ. χαζεύοντας τον μαύρο καπνό που άφηνε πίσω. «Μου φαίνεται, λέω, ότι πρόκειται για προπέτασμα καπνού. !» «Εσύ είσαι σωστός αράπης μαύρος σαν τον καπνό και θα έπρεπε να σου αρέσει...» Πετάγεται μια κοπελιά από την Πέμπτη τάξη κοιτώντας με προκλητικά.

Γυρνάω την βλέπω και μια και δεν ήξερα το ονομά της της λέω: «Πολύ στα ποιητικά σου είσαι πρωινό της Δευτέρας, αρχή της εβδομάδας. Εύχομαι να σου πάει καλά η εβδομάδα! «Με ξανακοιτάει και αποκρίνεται: «Όρεξη έχεις για... κοινωνική συνομιλία πρωί, πρωί; Εγώ λέω να αναβάλουμε τη συνομιλία μας για αργότερα. «Αν και εσύ ξεκίνησες συμφωνώ και αράπης, ή όχι, στη διαθεσή σου όποτε θέλεις.» Την ειρωνεύομαι. Γύρισα στους δικούς μου συμμαθητές που άρχισαν να με κοροϊδεύουν μέχρι να φτάσαμε στο σχολείο, τι μαύρος και αράπης, τι επιτυχίες θα έχω με την... μαυρίλα μου και άλλες... αηδίες όπως τους είπα.

Μετά από ημίωρο... ταξίδι διότι το λεωφορείο είχε και άλλη... δυσκολία μετά τη στροφή από Αλεξάνδρας προς την Κηφισίας, έξω από το σινεμά Άνεσις, που ξαναφούμαρε όποιον ερχόταν από πίσω. Ο οδηγός με στυλ, απομονωμένος στο μπροστινό κουβούκλιό του, οδήγησε το όχημα στο στενό δρόμο προς την είσοδο του κήπου και της πλατείας μπροστά στο κτίριο του Σχολείου και πάρκαρε δίπλα στο προηγούμενο όμοιο αδέρφι λεωφορείο, που κατέβαζε άλλους μαθητές.

Κατεβήκαμε και εκεί μας περίμενε η κυρία Π.καθηγήτρια τάξεως που φυσικά με ξεχώρισε και δεν μπορούσε παρά να συνεχίσει το αστείο λέγοντας: «Αχά! έχουμε και ... Αφρικανούς βλέπω, νέους μαθητές. «Χα, χά,» άρχισαν να γελάνε όλοι οι παρόντες...» Δεν στα είπα εγώ; «μου πετάει, καθώς περνούσε από δίπλα μου η άλλη από την Πέμπτη Γυμνασίου. «Ευχαριστώ για το καλωσόρισμα έρχομαι κατ᾽ ευθείαν από άγνωστα Ελληνικά νησιά και δεν είμαι Αφρικανός!.»

Προχωρήσαμε ανεβαίνοντας μια σκάλα στην έκταση πάνω από τη μεγάλη αίθουσα σαν βεράντα, όπου όσο ήταν καλός ο καιρός θα γινόταν η πρωϊνή προσευχή, ενημέρωση, απορίες, αναπτύξεις και συζητήσεις θεμάτων και ό,τι άλλο σημαντικό . Εκεί παραταχτήκαμε χαλαρά κατά τάξη και πριν εμφανιστεί ο κύριος Μωραίτης στο υπερύψωμα που υπήρχε στην άκρη της βεράντας προς το κτίριο του σχολείου, άρχισε το γνωστό σούσουρο από χαμηλόφωνες συνομιλίες. Και όπως είμαστε κοντά στην Πέμπτη τάξη ρωτάω το φίλο μου τον ΄Αγγελο να μου πεί τό όνομα εκείνης που με είχε αποκαλέσει αράπη, μαύρο. «Δίκιο είχε, μου απαντάει!» «Ωραία, πες μου όμως το ονομά της.» Το ονομά της είναι Μπέττυ μου απαντάει από Ελισσάβετ. Θέλεις και άλλες λεπτομέρειες;»

«Όχι τώρα, ευχαριστώ.» Απαντώ. Διότι εκείνη τη στιγμή έμπαινε ο Μωραίτης, που άρχισε να μας αναπτύσσει για τα σχέδια του νέου Σχολείου με νέες τάξεις και αίθουσες, που θα άρχιζαν να λειτουργούν από του χρόνου. Το σχέδιο των νέων κτιρίων που θα αντικαταστήσουν το υπάρχον κτίριο σταδιακά, φαινόταν πάρα πολύ μακροχρόνιο, αλλά ρεαλιστικό. Και εκείνη τη στιγμή σκέφτηκα ότι μέχρι να ολοκληρωθεί, εμείς θα έχουμε φύγει. «Αυτό είναι κρίμα!» μου ξέφυγε, αρκετά φωναχτά. «Ποιός το είπε αυτό;» Ρωτάει ο Μωραίτης. «Εγώ κύριε Μωραίτη.» σηκώνω το χέρι μου.» Και γιατί θα είναι κρίμα; «Γιατί εμείς δεν θα έχουμε την ευκαιρία να απολαύσουμε όλες αυτές τις ευκολίες που είπατε. Δεν είναι κρίμα; «Φαίνεται ότι επειδή μας ήρθες μαύρος,μαύρος σε πιάσανε οι νοσταλγίες... εκ των προτέρων, Ιατρίδη, εν πάσει περιπτώσει και όσοι τελειώσετε και φύγετε θα βρούμε κάποιο τρόπο ίσως με την ίδρυση ενός συλλόγου αποφοίτων να μείνετε συνδεδεμένοι με το σχολείο και τελικά να μπορέσετε τουλάχιστον να...απολαύσετε τη τελική μορφή του. Εν πάσει περιπτώσει έλα στο γραφείο μετά την προσευχή να σου δείξω ολόκληρη τη μακέττα. Σε περιμένω. «Έγινες και μεταφορέας μηνυμάτων αφού θα είσαι ο μόνος που θα δείς τη μακέττα.» με πειράζει κάποιος. «Τι λογοδιάρρια είναι αυτή; «Παρατηρεί ο κύριος Α. καθηγητής Νεοελληνικών, τον Παναγιώτη. «Δεν είναι η ώρα να εκφράζεις τις απόψεις και τα ζηλιάρικα αισθήματά σου. «Τ' ακούς; «του κάνω νόημα.Αφού τελειώσαμε με προσευχές και ανακοινώσεις πάω στο γραφείο του Μωραίτη που μου δείχνει την μακέτα. Πραγματικά ήταν πολύ εντυπωσιακή και ρώτησα διάφορες λεπτομέριες. Δεν παρέλειψα να του πω ότι, αν έκρινε σωστό, να βάλουν τη μακέττα σε κάποιο σημείο που θα μπορούσαν όλοι να τη βλέπουν. Με ευχαρίστησε για την ιδέα μου και μου είπε ότι θα εξετάσουν την δυνατότητα. Δυστυχώς, τελειωμένο το σχολείο, το είδα μετά το θάνατο του Μωραίτη, διότι βρέθηκα στο εξωτερικό για περισσότερο από 35 χρόνια.

Έφτασα στη τάξη που είχα ρωτήσει από πριν που βρισκόταν. Χτύπησα τη πόρτα και μπαίνω στο μάθημα των Νέων Ελληνικών, που με υποδέχεται ο καθηγητής με μία από τα... ίδια. «Μαύρος, μαύρος, σωστός αράπης. Λοιπόν, νομίζω ότι την Τετάρτη θα μας έχεις γράψει πώς τα πέρασες στις διακοπές σου, που κράτησαν μεγάλο χρονικό διάστημα και τις εντυπώσεις σου με ιδιαίτερη αναφορά πως τα κατάφερες να μαυρίσεις τόσο πολύ.»

«Μάλιστα, απαντώ, πρέπει να λάβετε υπ' όψη σας ότι οι διακοπές δεν ήταν τόσο μακροχρόνιες όπως είπατε, διότι άρχισαν μόλις πριν είκοσι μέρες. Η υπόλοιπη μαυρίλα προέρχεται από τον Σαρωνικό, το καλοκαίρι.» «Ωραία τότε θα μας πεις τις εντυπώσεις σου και σε ποιό νησί ήσουνα; «Στην Κύθνο».ξαναλέω. «Που είναι στις δυτικές Κυκλάδες, αυτό το ξέρω λέει ο δάσκαλος, αλλά παρά κάτω δεν ξερω τίποτα γι' αυτό το νησί, έτσι λοιπόν θα μας τα γράψεις όλα, δεν θα αφήσεις τίποτα απ' έξω.» «Μάλιστα.» ξανα-απαντώ, χωρίς να πώ τίποτα παραπάνω διότι η συζήτηση αυτή είχε αρχίσει να με εκνευρίζει. Στο διάλειμμα είπα στους φίλους του στενού κύκλου για τη περιπέτεια με την Μαντώ. «Αυτό δεν πρέπει να παραλείψεις να το γράψεις, όπως είπε ο κύριος καθηγητής και με λεπτομέρειες μάλιστα! «Λέει ο Γιώργος. «Και ιδιαίτερα μια θεωρητική άποψη για την... ανάπτυξη του παρθενικού συνουσιασμού.» συνεχίζει ο Παναγιώτης. «Είσαστε γελοίοι και τρελοί που θα γράψω τέτοια πράγματα. Αυτά είναι μόνον προφορικά και για τους πολύ ολίγους. Πάω να πάρω ένα κουλούρι.»

Και φεύγω. Ο κυρ Γιωργης είχε μετακομίσει με τα κουλούρια του στο νέο Σχολείο, όπου έμεινε μέχρι που πήρε σύνταξή, το 1962. Κι' αυτός από το προσωπικό που έμεινε στο σχολείο πάνω από τριάντα χρόνια.. «Με τυρί παρακαλώ, γυρνάω πίσω βλέποντας την Μπέττυ, «είδες, της λέω, τι μου έκανες;» Παίρνω το κουλούρι και συνεχίζω πριν το δαγκώσω «από το λεωφορείο άρχισες και με γρουζούσεψες. Μου φορτώθηκε να γράψω και... τουριστικό οδηγό για το νησί που πήγα διακοπές και άλλα στοιχεία και για όλα αυτά φταις εσύ, γιατί από σένα ξεκίνησε όλη η ιστορία.» «Μου φαίνεται ότι είσαι λίγο παρανοϊκός και προληπτικός, αποκρίνεται, επειδή είπα ένα αστείο το έδεσες κόμπο ότι σε γρουσούζεψα; Αντιθέτως! Σε έκανα να ξεχωρίζεις, αφού είσαι από τους πολύ ολίγους, που είχαν τη τύχη και το προνόμιο να δεις την μακέττα και να συνεχίζεις λόγω χρώματος να... επιπλέεις...» «Σαν φελλός! «προσθέτει ο Άγγελος, που πήγαινε και εκείνος για κουλούρι. «Αυτό το είπε ο Άγγελος και όχι εγώ... διακόπτει η Μπέττυ...» «Και λοιπόν που θα συνέχιζα να επιπλέω; Και παράβλεπε τον Άγγελο. Που θα επέπλεα; Για πες μου.» «Στη θάλασσα φυσικά που αλλού;» Σαν πολύ περιπλεκτικά είναι όλα αυτά, δεν πάμε παρακάτω; Της λέω.» «Από κει είναι η αυλή των κοριτσιών δεν επιτρέπεται! «Εδώ μόνο μιλάμε, επειδή είμαστε στα όρια. Check point Charlie. Sie verlassen yezt West Berlin.»

Συμπληρώνει σε άπταιστα Αγγλογερμανικά ο Αλέξης, που έφτασε κι'εκείνος για κουλούρι.» Είσαστε όλοι πολύ επηρεασμένοι από τον Τρίτο Άνθρωπο...» λέει η Μπέττυ. «Εκείνος ήταν στη Βιέννη και όχι στο Βερολίνο! «Διορθώνει ο Άγγελος. «Όχι!, διαφωνεί ο Αλέξης. Είχε... περάσει και από το Βερολίνο! Σαν Τρίτος Άνθρωπος. «Καλά θα σας δω αργότερα και φεύγω, κοιτώντας την Μπέττυ, εμείς πότε θα τα πούμε; «Θα σου πω αύριο το πρωί απαντάει,όταν κατεβαίνεις από το... λεωφορείο! Εγώ έρχομαι με το ποδήλατο, στο Σχολείο,μόνο άμα μένω στη θεία μου στην Αθήνα, παίρνω το λεωφορείο.»

Το Φαγητό το μεσημέρι στο Σχολείο 1952

Φτάσαμε στο μεσημέρι. Διάλειμμα για φαγητό. Εδώ ήταν για μένα η πρώτη φορά. Ή έπρεπε να τρως το φαγητό του σχολείου που χρεωνόταν κάτι αρκετά ακριβό, ή έπρεπε να κουβαλάς, μαζί σου ένα τενεκεδάκι με δυο πατώματα, που είχε ότι σου έδιναν από το σπίτι, όπως σφιχτά αβγά, κεφτεδάκια, καμιά ντομάτα και ψωμί. Έσχατη διαφυγή, να φέρεις σημείωμα, ότι πήγαινες στη θεία, ή θείο σου να τρως;. Όπως οι πανέξυπνοι συμμαθητές μου με είχαν πληροφορήσει, η συνωμοσία λειτουργούσε τέλεια. Και εγώ μεν είχα θείο και θεία στο Ψυχικό, που συνήθως έλειπαν το μεσημέρι και δεν είχαν ιδέα, ούτε φαντάζομαι και τη διάθεση, να με τραπεζώνουν, παρ' όλ' αυτά όμως είχα τη διεύθυνση.

Έτσι έπεισα τον πατέρα μου να μου υπογράψει το σχετικό σημείωμα. Και μαζί με άλλους πέντε, (εφωδιασμένους με παρόμοια σημειώματα) κατεβαίναμε το δρόμο προς την Κηφισίας. Εκεί, είχαμε ανακαλύψει ένα ταβερνάκι, που δεν φαινόταν από τη λεωφόρο, στο δεύτερο στενό του δρόμου προς την Αγία Βαρβάρα. Καθόμαστε οι καλοί σου , παραγγέλναμε μπριζόλες, ή κεφτέδες σαλάτες και αν θυμάμε καλά μαζί με τις μπύρες που πίναμε, πληρώναμε τις μισές δραχμές απ' ότι πλήρωναν οι νομοταγείς – χωρίς βέβαια μπύρα - στο Σχολείο. Καμιά φορά, ιδιαίτερα τις Παρασκευές, παραπίναμε... μπύρες και οι περισσότεροι κάπνιζαν και κάνα δυο τσιγάρα μετά το φαγητό. Σαν μη καπνιστής τους είχα προειδοποιήσει ότι κάποτε θα πάθουμε ζημιά διότι γυρίζοντας σχολείο θα μυρίζουν τσιγάρα και κάποιος θα ψυλλιαστεί. Εκείνοι μου απάντησαν ότι και η μπύρα που έπινα μυρίζει. Τους απάντησα ότι δεν μυρίζει όπως το τσιγάρο, και επειδή τρώω, δεν μυρίζει καθόλου, καλού κακού μετά τη μπύρα έπινα και δυο ποτήρια νερό. Καμιά φορά πίνοντας και λίγο παρά πάνω, γυρίζαμε στο μάθημα με μεγάλα κέφια. Και εάν είχαμε κανένα εύκολο μάθημα είχε καλώς. Αν όμως μετά το φαγητό είχαμε Μαθηματικά, ή Φυσική, τα πράγματα ήταν δύσκολα. Επείσαμε τον Κώστα Γ. που ήταν τότε Πρόεδρος της τάξης, να υποβάλει όσο πιο ... σεβάσμια μπορούσε το αίτημα στον κ. Μωραίτη, ώστε μετά το φαΐ να μην μας βάζουν δύσκολα μαθήματα διότι είμαστε πάνω στη... χώνεψη! Φαίνεται ότι το αίτημα διατυπώθηκε αλλά τίποτα δεν έγινε. Ο Κώστας Γ. μας είπε ότι τον άκουσαν δυο καθηγητές και ο Μωραίτης με μεγάλη προσοχή, δεν του είπαν όχι, αλλά ότι θα το εξετάσουν και θα του πουν. Βέβαια πέρασε μία, πέρασαν δύο βδομάδες, πέρασαν τρεις, και απάντηση, ή αλλαγή, δεν εφαρμόστηκαν. «Δηλαδή μας δουλεύουν!» Φωνάξαμε δυο τρεις, που μας στοίχισε κάποια γραπτή τιμωρία. Αυτή ήταν πρώτη αυτή μέρα στο Σχολείο μετά τις διακοπές.Γύρισα σπίτι όπου ανεκάλυψα ότι ήμουν μόνος, και αρκετά μπαφιασμένος. Κάθισα στο δωμάτιο μου στο μικρό γραφειάκι που είχε μια βιβλιοθήκη από πάνω, διάβασα και έγραψα ότι ήταν απαραίτητο για το σχολείο. Τότε άκουσα την εξώπορτα να ανοίγει και σαν να μπαίνουν πολλά πρόσωπα. Βγήκα από το δωμάτιο να εξακριβώσω τι γίνεται.

ΤΟ ΝΑΤΟ

και οι συζητήσεις των Μεγάλων

1952

Ο πατέρας και η μητέρα είχαν έρθει με τον Σταύρο, τον Δημήτρη, τη γυναίκα του, τον Κωνσταντίνο και την Μαρία και άλλη μια κυρία που δεν γνώριζα. Κουβάλαγαν αρκετά πακέττα με φαγητά. Και αφού η μητέρα πήγε στη κουζίνα να φτιάξει σαλάτες, οι άλλοι γέμισαν το σαλόνι και ο πατερας σερβίρισε διάφορα τερψιλαρύγγια, όπως τα έλεγε. Και αφού όλοι τσίμπισαν από τα μεζεδάκια που είχαν φέρει και απλώσει πάνω στο τραπέζι της τραπεζαρίας, κάθισαν και άρχισαν την κουβέντα. Απ' ότι κατάλαβα οι μεν ήταν υπέρ και οι άλλοι κατά της εισόδου της Ελλάδας στο ΝΑΤΟ. «Και μην ξεχνάτε, λέει ο Δημήτρης, ότι μπήκαμε ή μάλλον γίναμε δεκτοί συγχρόνως με τους Τούρκους. Και πως τα καταφέραμε και μπήκαμε κι'εμείς και δεν μείναμε απ'έξω ο μεγάλος Θεός της Ελλάδας το γνωρίζει.» «Και εδώ που τα λέμε τι μπορούμε να περιμένουμε από αυτή την είσοδο; «ρωτάει ο Κωνσταντίνος. «Δηλαδή θα μέναμε ξερό παλούκι, μόνοι μας, ή θα προσχωρούσαμε στο μπλοκ των άλλων, εκτός από την Τουρκία, γειτόνων μας; «αντιρωτάει ο πατέρας.

Κάτι είχα ακούσει για το ΝΑΤΟ αλλά δεν είχα διαβάσει καμιά εφημερίδα πιο κάτω από τους μεγάλους τίτλους, που επιβεβαίωναν ότι: Η Είσοδος της Ελλάδος στο Βορειοατλαντικό Σύμφωνο ήταν πραγματικότητα. «Αυτό που δεν καταλαβαίνω εγώ, διακόπτει ο Σταύρος, είναι γιατί το λένε Βορειοατλαντικό; Ούτε εμείς, ούτε η Τουρκία έχουν καμιά σχέση με τον Ατλαντικό Ωκεανό, θα έπρεπε να είχαμε ζητήσει από κοινού με τους Τούρκους τους Ιταλούς και τους Γάλλους, να αλλάξει η ονομασία και να περιλαμβάνει και τη Μεσόγειο, όπως επί παραδείγματι Ατλαντικό-Μεσογειακό Σύμφωνο.» «Γράψε γράμμα στην Καθημερινή, ή μάλλον στη Γραμματεία του ΝΑΤΟ στο Παρίσι» τον πειράζει ο Δημήτρης. «Το ερώτημα θα έπρεπε να ήταν, γιατί αυτή η συμμετοχή μας είναι καλή για την Ελλάδα και όχι αυτές οι μικρολεπτομέρειες που συζητάτε.» Λέει η άλλη κυρία που δεν γνώριζα, ανάβοντας ένα μακρύ Αμερικάνικο τσιγάρο. «Εδώ λένε, ότι ενώ είχε υπογραφεί το σύμφωνο, τον περασμένο Οκτώβριο στο Παρίσι, μόλις τώρα πρόκειται να επικυρωθεί και μάλιστα τον Δεκέμβριο, που μας έρχεται. Άρα φαίνεται ότι το συζήτησαν και μάλιστα είμαι σε θέση να γνωρίζω ότι πήραμε κάτι παραπάνω από ότι περιμέναμε.»

Λέει ο Δημήτρης, με ύφος που υπονοεί ότι ξέρει περισσότερα απ' ότι αφήνει να γνωστοποιηθούν. «Τότε, αποκρίνεται ο Κωνσταντίνος, τι είναι όλα αυτά τα κρυφά οφέλη που θα αποκομίσουμε σαν Έθνος; Εγώ επιμένω ότι η καθυστέρηση οφειλόταν στις αντιδράσεις της Τουρκίας και καμιά σχέση δεν είχαν με τις δικές μας διαπραγματεύσεις, που δεν νομίζω ότι έχουμε τη δυνατότητα διπλωματική, ή άλλη, όχι να προβάλουμε, αλλά ούτε να... αρθρώσουμε! «Σιγά, κάλμα, επεμβαίνει ο πατέρας, έχει κανείς άμεσες πληροφορίες από την διπλωματική μας υπηρεσία, ή όλα αυτά είναι σχόλια αργοσχόλων όπως νομίζω.» «Συγγνώμη, για να ξεκινήσουμε από την αρχή, μπαίνει στην κουβέντα και η μητέρα, το ερώτημα είναι αν η είσοδος της Χώρας μας στο ΝΑΤΟ μας ωφελεί, ή όχι; Από εδώ πρέπει να ξεκινήσουμε και η απάντηση να είναι ένα ναι, ή ένα όχι. Τα υπόλοιπα, αν διαπραγματευτήκαμε, και πως, ή αν μας καθυστέρησαν οι Τούρκοι είναι λεπτομέρειες. Βέβαια εάν κάποιος γνωρίζει κάτι παραπάνω, και δεν μας το λέει μια και αφού έχει υπογραφεί το πρώτο πρωτόκολλο, δεν πρόκειται να μας βγάλουν εξω, άρα προς τι η... μυστικοπάθεια; Τι παραπάνω πήραμε, αν πήραμε, κύριε Δημήτρη, για να κρίνουμε και εμείς οι πληβείοι! «Γνωρίζω διάφορα από τις επαφές μου με το Υπουργείο Εξωτερικών που δεν μπορώ να κοινοποιήσω!» απαντάει εκείνος, που είχε ξεκινήσει τη συζήτηση.» «Με το συμπάθιο», του μπαίνει ο Κωνσταντίνος, «αφού στο είπανε εσένα θα πρέπει να το έχουν πει και παρακάτω, ομολογώ ότι δεν καταλαβαίνω τι σε έχει πιάσει και παριστάνεις τον μυστηριώδη...» Δεν προλαβαίνει να τελειώσει τη φράση του ο Κωνσταντίνος καλά, καλά και του ρίχνεται και ο Σταύρος: «Ή πρόκειται περί μεγάλης κουταμάρας και σε κοροϊδεύουν, ή αν υπάρχουν πλεονεκτήματα για την Ελλάδα θα τα δημοσιεύσουν αύριο – μεθαύριο, άρα αν γνωρίζεις και δεν μας λες με την... κακία σου θα μείνεις, αν δεν γνωρίζεις τότε, πες μας ότι νόμιζες ότι υπήρχαν αυτά τα οφέλη, ή πλεονεκτήματα, ή όπως αλλιώς τα ονομάζουν. Λοιπόν θα μας πεις... Χρυσόστομε μας έσκασες ή όχι; Οπότε και αλλάζουμε κουβέντα.» «Καλά ντε, μην με βαράτε όλοι μαζί», σηκώνεται ο Δημήτρης και αφού γεμίζει το ποτήρι του με ούζο γυρνάει στους λοιπούς σαν να βγάζει λόγο:

***

«Γνωρίζετε ότι ο Α.Φ. ο Πρέσβης, είναι φίλος, τελειώσαμε μαζί το 1ο Γυμνάσιο στην Πλάκα, αυτός λοιπόν μου είπε, ότι περιληφθήκαμε και στο χρηματοδοτικό πρόγραμμα του ΝΑΤΟ, που σημαίνει ότι επί πλέον από τις επανορθώσεις του δόγματος Τρούμαν και του σχεδίου Μάρσαλ θα υπάρξει και άλλη πηγή χρηματοδότησης. Αυτό έγινε με την υπογραφή ξεχωριστού πρακτικού που ενσωματώθηκε στο αρχικό σύμφωνο εισδοχής της Ελλάδας. «Καλά και γιατί μας έκανες τον μυστήριο;» Τον ρωτάνε τρεις μαζί. «Ήθελα να σας κάνω τον σπουδαίο, αλλά εσείς κοντέψατε να με φάτε. Λοιπόν είναι καιρός, ν'αλλάξουμε κουβέντα, τι νομίζετε ότι θα γίνει στις εκλογές που έρχονται; «Αύριο μεθαύριο ορκίζεται Υπηρεσιακή Κυβερνήση με τον Κιουσόπουλο και φαίνεται ότι ο Πλαστήρας δεν είναι πολύ καλά στην υγεία του. Είναι καιρός να σταματήσει αυτό το γαϊτανάκι. Από το 1950 είχαμε πέντε έξι κυβερνήσεις και Υπουργούς να αλλάζουν, σαν πουκάμισα, τώρα βλέπω να έρχεται ο Παπάγος και μάλλον θα βγει με μεγάλη πλειοψηφία και έτσι μπορεί να κρατήσει για αρκετά χρόνια μια σταθερή κυβέρνηση...» Κάθεται ο Δημήτρης ανάβοντας τσιγάρο από το κουτί του με τον ΑΣΣΟ Παπαστράτου. Από κει και μετά άρχισε μια περίπλοκη πολιτική συζήτηση που ανακάτεβε το Παλάτι, τη Βασίλισσα και πολλές εκδοχές για το τί θα γινόταν μετά τις εκλογές, εάν ακόμη ο Παπάγος ήταν ικανός να τα βγαλει πέρα, με όλα τα φοβερά προβλήματα που ήταν γεγονός ότι αντιμετώπιζαν οι Έλληνες, ιδιαίτερα στην επαρχία. Η κουβέντα επεκτάθηκε και τελικά περιεπλάκη ακόμα περισσότερο σε σημείο που νύσταξα και μια και είχα να πάω σχολείο την επόμενη, ζήτησα συγγνώμη, είπα καληνύχτα, αποσυρόμενος στο κρεβάτι μου. Εκεί αφού διάβασα ένα κεφάλαιο από το Χωραφάκι του Θεού του Έρσκιν Κάλντγουελ αποκοιμήθηκα.

ΔΕΥΤΕΡΗ ΜΕΡΑ
ΣΤΗΝ ΕΚΤΗ ΓΥΜΝΑΣΙΟΥ

1952

Στη διαδρομή του λεωφορείου από το άγαλμα του Κωνσταντίνου στο Σχολείο, πηγαίνοντας να καθίσω στα πίσω καθίσματα, που έβλεπα διαφόρους της τάξης μου, καθώς προχωρώ στο διάδρομο, σκουντάω κάποιαν που είχε γυρισμένη την πλάτη της μιλώντας στο πίσω κάθισμα.

Πάω να πώ συγγνώμη και εκείνη που δεν ήταν άλλη από την Μπέττυ, μου λέει: «Εξαίρεση... σήμερα με έχεις ... μαζί σου. Δεν είπαμε ότι θα σου πω σήμερα; Που τρέχεις να πας αλλού: Κάτσε εδώ να σου πω. «Κάθομαι λοιπόν αφού εκείνη μετακινήθηκε στη θέση δίπλα στο παράθυρο. Την κοιτάω στα μάτια που διαπιστώνω ότι είναι γκρί, γαλάζια και την ρωτάω: «Πάλι εδώ είσαι; Μου... ξενοκοιμάσαι τελευταία; Λοιπόν περιμένω να ακούσω όλος αυτιά, τι θα μου πεις; «Σκύβει και βγάζει μέσα από τη τσάντα της ένα βιβλίο, και μου το δίνει ρωτώντας αν το έχω διαβάσει. Το βιβλίο ήταν πανόδετο και απ' έξω δεν είχε κανένα τίτλο, το ανοίγω, βλέπω ότι είναι Γαλλικό και γυρνώντας την πρώτη σελίδα διαβάζω L'Amant du Lady Chatterly par D.H. Lawrence. Την ξανακοιτάω αφού κλείνω το βιβλίο. «Το έχω διαβάσει στο πρωτότυπο Αγγλικά και – χαμογελάω – πολύ μου άρεσε! Εσύ όμως, συνεχίζω, δεν ντρέπεσαι λιγάκι να το κουβαλάς στη σχολική σου τσάντα; Άσε που στην Αγγλία είναι ακόμα απαγορευμένο και το διάβασα σε Αμερικάνικη έκδοση. Και ξέρεις βέβαια, ότι αν σε δει κανείς από τους καθηγητές εδώ θα βρεις το μπελά σου! Αυτό βρήκες να κουβαλήσεις στο σχολείο; Και γιατί Γαλλικά παρακαλώ; Δεν ξέρετε Αγγλικά;» Τη ρωτάω χαμηλόφωνα και ψιθυριστά για ευνόητους λόγους. Λίγο πριν ξεκινήσει το λεωφορείο περνάει ο Άγγελος, τι ψιθυρίζετε συνωμοτικά εσείς οι δυο; Και μετά την ερώτηση κάθεται στην από πίσω μας κενή θέση. Την κοιτάω, με κοιτάει, της ψιθυρίζω στο αυτί: «Δεν νομίζω ότι θα σε προδώσει ο Άγγελος είναι καλός φίλος.» Συμφωνώ, μου λέει μεγαλόφωνα. Τελικά ξαναρωτάει ο Άγγελος: «Με ποιόν συμφωνείς με τον Βασίλη, ή γενικά;» «Ακουσε να δεις γυρνάω πίσω, συζητάμε για απαγορευμένα βιβλία, που ακριβώς γι' αυτό το λόγο δεν είναι δυνατό να μιλάμε ξεφωνίζοντας, αυτά ψιθυρίζαμε, έχεις διαβάσει τη Λαίδη Τσάτερλυ;» «Τωωωρα!» Απαντάει ο Άγγελος. «Ας συνεχίσουμε τον διάλογό μας» λέω στην Μπέττυ. «Και εσύ Άγγελε, άκουγε, αλλά μην παριστάνεις τον κατάπληκτο και χαμηλόφωνα να συμμετέχεις στη κουβέντα!!» «Συμφωνώ.» λέει και εκείνος. «Συμφωνούμε και οι τρεις.» Εγκρίνω και εγώ.»Λοιπόν, για πες μας Μπέττυ, το έχεις διαβάσει όλο το βιβλίο και τι σου άρεσε περισσότερο; Ο επιστάτης κηπουρός ή, η ωραία ανικανοποίητη κυρία...» Που την ικανοποιούσε αρκετά τακτικά ο επιστάτης και με τι τρόπο;.» συμπληρώνει ο Άγγελος. «Βλέπω ότι είσαστε και οι δυο ενήμεροι και εγώ που νόμιζα...» μας χαμογελάει η Μπέττυ. «Εμείς είμαστε, μπορείς να πεις... ξερόλες, γι' αυτό δεν μας ξεφεύγει τίποτα, ιδιαίτερα από την μοντέρνα λογοτεχνία, εσύ όμως δεν νομίζεις ότι είσαι αρκετά ... ανώριμη, όπως θα έλεγε και ο καθηγητής μας ο κύριος Οδυσσέας, να διαβάζεις τέτοια μυθιστορήματα; Ενώ θα έπρεπε να ασχολείσαι με τις αδερφές Μπροντέ, ή τον Ντίκενς; Και καταλήγω, νομίζω ότι δεν βρισκόμαστε σε κατάλληλο χώρο και χρόνο, για αναλύσουμε το περιεχόμενο αυτού του βιβλίου. Συμφωνείτε; «Ο Βασίλης έχει δίκιο, λέει ο Άγγελος, που σου ήρθε η ιδέα να κουβαλάς αυτό το βιβλίο μαζί σου, στο σχολείο και να θέλεις και συζήτηση για το περιεχόμενό του, που θα απαιτήσει αρκετή ώρα...» «Ορίστε που στρίβουμε στους Αμπελοκήπους, δεν προλαβαίνουμε για τίποτα...» Επικυρώνω. «Εγώ ήθελα να σε ρωτήσω και εσένα στρίβει προς τον Άγγελο, ακουμπώντας το λαιμό της, μάλλον ηθελημένα στο στόμα μου, (αισιοδοξώ εγώ!) αν γνωρίζατε το έχετε διαβάσει και ποιά η γνώμη σας Επί πλέον άν όσα τα σεξουαλικά αναφέρονται είναι εφαρμόσιμα! «Ανταλλάζουμε βλέμμα με τον Άγγελο σε ερωτηματικό ύφος: Τι λέει αυτή εδώ; Και σαν μεγαλύτερος απαντώ: «Και γιατί να μην είναι εφαρμόσιμα; Για να το γράφει ο συγγραφέας πάει να πει ότι τουλάχιστον εκείνος το έχει εφαρμόσει, αν και το Βρετανικό κλίμα ακόμα και το καλοκαίρι, δεν γνωρίζω αν ευνοεί παρόμοιες καταστάσεις. Εννοώ, τουλάχιστον για τα περιγραφόμενα σε εξωτερικούς χώρους... Επίσης σε άλλο βιβλίο του ίδιου συγγραφέα, σχετικά με τα επαρχιακά θέατρα στην Αγγλία, πάλι έχει κάτι παρόμοιες σκηνές, αλλά αυτή τη φορά στο εσωτερικό.» «Καλά πόσα έχεις διαβάσει; «ρωτάει η Μπέττυ, «Αρκετά!» Απαντάω. Αν και μόνο αυτά τα δυο είχα διαβάσει, που τα είχα βρει στη βιβλιοθήκη της θείας μου, διότι σπίτι κανείς δεν μίλαγε Αγγλικά. Τα είχα διαβάσει μερικά απογέματα, που είχα μείνει μόνος στο σπίτι της που έμενε με τους παππούδες στη πλατεία

Βάθη.» Λοιπόν, λέει ο Άγγελος, μια και φτάσαμε στο Σχολείο, καλύτερα να προσγειωθούμε μέχρι την επόμενη φορά.

Ξανακοιτάω αυτή τη φορά τα γκριζομπλέ μάτια και ρωτάω. «Και πότε με το καλό θα ξανασυζητήσουμε διότι δεν νομίζω ότι είπαμε και τίποτα παρά μόνο προχωρήσαμε σε ένα κατατοπιστικό αναγνωριστικό διάλογο!» «Τι ωραία που τα λές, μπορείς να μαγέψεις και κανένα... νήπιο, μου απαντάει, εκείνη, καθώς σηκώνεται για να κατεβεί από το λεωφορείο, στο διάλειμμα στα κουλούρια.» Σηκώνομαι κι' εγώ. «Και μη χειρότερα!» μου λέει ο Άγγελος, προσπερνώντας με για να κατεβεί. Καταφτάνουν και οι συμμαθητές από τα πίσω καθίσματα «Πολύ τον γόη μας παριστάνεις με τα μικρά κοριτσάκια. «αρχίζουν το δούλεμα... «Την κατάφερες; Ή μάλλον τι κατάφερες;» Τους είπα να με αφήσουν ήσυχο και αν μπορούν ας κάνουν και εκείνοι το ίδιο... αλλιώς να σταματήσει η κουβέντα. Όταν καθίσαμε στη τάξη ο Πέτρος με ρωτάει πριν αρχίσει το μάθημα: «Τι βιβλίο ήταν αυτό που σου έδειχνε;» «Δε μου λές, του απαντώ, περισκόπιο είχες από τα πίσω καθίσματα και είδες το βιβλίο;» «Όχι, μου απάντησε, αν είχα δεν θα σε ρώταγα, είδα το βιβλίο, αλλά όχι τον τίτλο, ή τα περιεχόμενά του.» «Ήταν μια Γαλλική μυθολογία, του απάντησα. Εκείνος απάντησε με μορφασμό, που σήμαινε ότι δεν το έχαψε με τίποτα.Στο διάλειμμα λοιπόν πάω για κουλούρι και με πλησιάζει η Μπέττυ, πάντα μέσα στη μαύρη ποδιά υποχρεωτική στα κορίτσια και σφιγμένη με μια ζώνη στη μέση, για να προβάλλονται τα από πάνω από τη μέση χαρίσματα, με ρωτάει :» Ξέρεις που μένω;» «Όχι, ούτε ξέρω και το τηλεφωνό σου...» και με διακόπτει ενώ πήγαινα να συνεχίσω: «Λοιπόν προτείνω να σου πω και το τηλέφωνο, ώστε μεθαύριο το Σάββατο να περάσεις να με πάρεις με το ποδήλατο σου, να βγάλω και εγώ το δικό μου και να πάμε ποδηλατάδα στα... δάση! «Έκτακτα, ενθουσιάζομαι, αλλά δεν το δείχνω, συμφωνώ, πού είναι όμως το σπίτι σου και το τηλέφωνο; «Εδώ!» Μου λέει και μου δίνει ένα χαρτί με διεύθυνση και τηλέφωνο. Διαβάζω και βλέπω ότι το σπίτι της είναι στη Φιλοθέη. «Είσαι πάνω από τη πλατεία μετά το κολλέγιο, νομίζω ότι ξέρω το δρόμο, κάποιος άλλος γνωστός δεν έμενε εκεί;» Τη ρωτάω.»Ο Πήτερ, μου απαντάει, αλλά έφυγε για την Αμερική...» «Σωστά της λέω, ωραία λοιπόν, θα είμαι εκεί κατά τις 11 το πρωί; Σου πάει; Σε ποια δάση έχεις όμως σκοπό να πάμε; Διότι από εκεί κοντά, είναι μόνο τα Τουρκοβούνια όπου βράχια υπάρχουν, δάση όμως όχι.» «Μα όλα τα ξέρεις;» Βγάζει τα μαλιά της που φυσούσε ο αέρας από τα μάτια της, με κοιτάει και απαντάει.

«Κατ' αρχή ναι. Η ώρα είναι εντάξει. Μπορούμε να πάμε κατά την

Μαγκουφάνα και από κεί στον Κόκκινο Μύλο που έχει και ένα ποταμάκι...
«Ωραία μπορεί και να κολυμπήσουμε, αστειεύομαι...» «Και αυτό το ξέρεις;
Θα καταντήσεις μονότονος άμα μεγαλώσεις!» μου χαμογελάει κοροϊδεύ-
οντας. «Δεν είπα ότι το ξέρω, κοντά στον Κόκκινο Μύλο, γνωρίζω μια με-
γάλη συκιά, που το καλοκαίρι έχει μεγάλα βασιλικά σύκα. Του χρόνου θα
σε πάω να κόψουμε όσα θελουμε διότι είναι στο τέλος του μονοπατιού που
δεν πάνε και πολλοί.» «Ωραία, συμφωνεί και με διορθώνει,αυτή την εποχή
δεν έχει σύκα, αλλά αν πάμε πιο πάνω μπορεί να βρούμε κούμαρα.»

Πήραμε τα κουλούρια μας και χωρίσαμε προς τις ξεχωριστές αυ-
λές μας.

ΜΑΘΗΜΑ ΙΣΤΟΡΙΑΣ

1952

Στο μάθημα που ακολούθησε, της Ιστορίας, άρχισε ο κύριος Οδυσσέας να ρωτάει τις πιο απίθανες ερωτήσεις, που οπωσδήποτε δεν υπήρχαν μέσα στο ανιαρότατο και εγκεκριμένο βιβλίο της Ιστορίας των Μεσαιωνικών χρόνων. Που άρχιζε από την ήττα των Αράβων από τον Πιπίνο τον βραχύ: Στο Πουατιέ; Και συνεχίζει με αδιάκοπες ερωτήσεις «Πού βρίσκεται και πως ονομάζεται σήμερα το Πουατιέ;» Εδώ βρήκα πεδίο δόξας λαμπρόν. Αφού δεν απάντησε κανείς και ετοιμαζόταν να βάλει τις φωνές, σηκώνω το χέρι μου αφού περίμενα σκόπιμα. «Εσύ το ξέρεις; Και γιατί δεν το λές τόση ώρα; Πες το επί τέλους. «Βρίσκεται στη Γαλλία και ονομάζεται ακόμα Πουατιέ «Σωστά!» εγκρίνει ο Οδυσσέας. Και άλλη ερώτηση: «Ποιός κατείχε τότε την σημερινή Ισπανία;» «Να απαντήσω εγώ;» τον ρωτάω» Ξέρει κανένας άλλος;» Κοιτάει όλη τη τάξη καμιά απόκριση. «Ωραία, πές τους!» μου λέει. «Οι Άραβες από το Βασίλειο της Γρανάδας απαντώ.» «Σε ρώτησα εγώ να μου πείς από ποιο Βασίλειο; Να μάθετε όλοι να απαντάτε μόνο σε ότι σας ρωτάνε και όχι να επεκτείνεστε άσκοπα σε κάτι που μπορεί να αποτελεί την... επόμενη ερώτηση. Κάτσε κάτω!». Κάθομαι κάτω και αποφασίζω να μην ξανασηκώσω το χέρι μου και άστον να τρώγεται με τα ρούχα του. Συνεχίζει το μάθημα και άρχισε να μας λέει για τους Οστρογότθους και τους Βησιγότθους και γιατί τους λέγανε έτσι. Κάποιος απάντησε ότι οι Οστρογότθοι έρχονταν από την Ανατολή και οι Βησιγότθοι από τη Δύση, που μερικά τον ικανοποιήσε. Αν και απόλυτη ικανοποιήση κανείς δεν μπορούσε να του προσφέρει! Αποφάσισε μάλιστα να συνεχίσει τις ερωτήσεις, που κατ'αυτόν δεν τις ήξερε κανείς, ή σχεδόν κανείς.» Πως λέγεται το Νοτιοδυτικό Άκρο της Ισπανίας από αρχαιοτάτων χρόνων μέχρι σήμερα;» «Οι στήλες του Ηρακλέους.» απαντά κάποιος. «Σωστά!

για την απώτατη αρχαιότητα, μετά όμως;» Σηκώνω πάλι το χέρι μου. Με κοιτάει καλά, καλά, κοιτάει και την τάξη. Δεν υπάρχει άλλος... εθελοντής; «Λέγε, με διατάζει. Λοιπόν; «Στην νεότερη αρχαιότητα Γάδειρα μετά παρεφθαρμένα προς τα Ισπανικά Γάδες, από όπου διεφθάρη σε Κάντιθ, υπάρχει όμως και παρερμηνεία.» «Και ποιά είναι αυτή; «. «Η ονομασία Γάδειρα, Γάδες, Κάντιθ αφορούν το ίδιο λιμάνι; Ή την άλλη ονομασία Στήλες του Ηρακλέους αφορά κατά τη γνώμη Ισπανών Ιστορικών, το Γιβραλτάρ, που στα Αραβικά σημαίνει κάτι που έχει να κάνει με στήλες, ή κολώνες.»

«Όλα καλά και άγια, μου απαντάει, χαμογελώντας, τη γνώμη των Ισπανών Ιστορικών που τη βρήκες; Για να την διαβάσω και εγώ!» «Έχουμε σπίτι μια επίτομη Ισπανική Εγκυκλοπαίδεια, εκεί νομίζω ότι το διάβασα.» «Νομίζεις, ή το διάβασες; «Επιτρέψτε μου να σας πω μεθαύριο, αφού το επιβεβαιώσω.» «Άρα μπορεί και να μην είναι έτσι, μήπως και οι Ισπανοί ιστορικοί έκαναν λάθος; «Ευτυχώς χτύπησε το κουδούνι και τέλειωσε το μάθημα γρήγορα, διότι με τις ερωτήσεις του είχε αρκετά εκνευρίσει όλη την τάξη όπως επεδίωκε και τελικά και εμένα, που παρ'όλο ότι το διασκέδαζα είχα σκυλοβαρεθεί. Βέβαια δεν παρέλειψε πριν κλείσει τη πόρτα φεύγοντας να μου... υπενθυμίσει να κοιτάξω και τα ονόματα των Ισπανών Ιστορικών...

Μόλις έκλεισε την πόρτα και πριν μπεί ο μαθηματικός μου ριχτήκανε αρκετοί βρίζοντας, ότι κάποτε έπρεπε να σταματήσω να κάνω τον ξερόλα και γιατί προκαλώ τον κύριο Οδυσσέα, διότι αν δεν απαντούσα θα ήταν όλοι πολύ καλύτεροι. Τους απάντησα τη στιγμή που είδα τη φιγούρα του μαθηματικού στο θολό τζάμι της πόρτας.» Η περιφρονησή μου προς απαντησή σας! «τους είπα! Και νόμιζα ότι τους αποστόμωσα. Μου απάντησαν τον κακό μου τον καιρό και να σταματήσω να παριστάνω την... Μαρία Αντουανέτα! Δεν κατάλαβα τη σχέση!

Οπωσδήποτε προσγειωθήκαμε τάχιστα γιατί ο μαθηματικός είχε την φαεινή ιδέα να κάνει πρόχειρο διαγώνισμα και αφού έγραψε μια.. παρδαλή, κατά την δική μου ερμηνεία εξίσωση στον πίνακα, μας είπε ότι εάν η λύση της είναι εύκολη, θα πρέπει να προχωρήσουμε αμέσως στην καταγραφή των υπολοίπων στοιχείων, που θα μας δώσουν το γεωγραφικό πλάτος της Αθήνας! Αφού οι περισσότεροι σταυροκοπηθήκαμε για την ασχετωσύνη της πρότασης, λέω οι περισσότεροι, διότι ορισμένες μαθηματικές... ιδιοφυίες όπως ο Κώστας Γ. ο Πέτρος αλλά και ο Κώστας Κ. χαμογελούσαν. Γύρισα στον Ρίκο και του λέω:» Αυτοί θα ξέρουν το γεωγραφικό πλάτος της Αθήνας και νομίζουν ότι έχουν πιάσει τον Πάπα από ξέρεις που." «Και δεν είναι και κανένας τους... καθολικός!» μου απάντάει. «Εμείς όμως τι κάνουμε;» «Σταματείστε να μιλάτε εσείς οι δυο και γράφετε.» Μας διατάζει ο δάσκαλος.

ΑΝΤΙΓΡΑΦΗ ΣΤΑ ΜΑΘΗΜΑΤΙΚΑ

1952

Στη συνέχεια μας καρφώνει με το βλέμμα του, ο μαθηματικός. Σκύβουμε πάνω στην κόλλα και λίγο από δω, λίγο απο κει, λύνουμε την εξίσωση και επί πλέον επιβεβαιώνουμε ότι έχουμε το σωστό αποτέλεσμα, αφού είδαμε το ίδιο στο γραπτό του Πέτρου. Τώρα βέβαια ποιά είναι τα υπόλοιπα στοιχεία που θα μας δώσουν το ζητούμενο γεωγραφικό πλάτος; «Να πάμε σε μέντιουμ να μας το πεί...» Χαριτολογεί ο Μιχάλης. Ακούγονται παρακάτω ψίθυροι στην άλλη σειρά που συνορεύει με τα κορίτσια. «Πρόκειται περί διεστραμμένης μαθηματικής ασχετότητας! Ωχ αδερφέ βαρέθηκα.» Θυμώνει ο μαθηματικός, που ακούει τα μισά και ευτυχώς όχι το διεστραμμένη. «Άκουσε να δεις Γιώργο, αν δεν μπορείς άφησε το γραπτό όπως είναι μια και έλυσες την εξίσωση πλησιάζεις το δεκαπέντε, δεν υπάρχει κανένας λόγος για περαιτέρω σχόλια!» Την ώρα που συνδιαλεγόταν με τον Γιώργο, σημάναμε βοήθεια με τον Ρίκο και μας πασάρανε ένα σκονάκι, προερχόμενο από την Μαργαρίτα, με άλλη μια εξίσωση που σε μας τους δυο, μάλλον αδαείς, μας φαίνονταν σανσκριτικά. Αφού όμως τα αντιγράψαμε σ' ένα πρόχειρο χαρτί, είδαμε ότι κατέληγαν σε κάτι αριθμούς και ψηφία που προφανώς θα ήταν το γεωγραφικό πλάτος της Αθήνας. Αρχίσαμε να κουτσογράφουμε, αντιγράφοντας από το σκονάκι και τελικά συμφωνήσαμε συνομωτικά ότι πρέπει να κάνουμε και κάποιο λάθος.Διότι μια και η λύση της εξίσωσης εξασφάλιζε δεκαπέντε και λίγο παραπάνω, με κάποιο λαθάκι θα είμαστε εντάξει!Έτσι αποφασίσαμε, ο Ρίκος να παραλείψει το τελικό αποτέλεσμα γράφοντας μόνο το μήκος και όχι το πλάτος και εγώ να μην καταλήξω στο πλάτος αλλά λίγο πριν να κάνω μια αφαίρεση αντί πρόσθεση. Εξακριβώσαμε ότι το αποτέλεσμα ήταν περίπου έτσι και ανάμεσα στους τελευταίους δώσαμε τις κόλλες μας. Ο μαθηματικός τις κοίταξε και μου λέει; «Αν πρόσεχες λίγο περισσότερο θα είχες καταλήξει στο σωστό αποτέλεσμα, πάντως δεν είναι κακή η προσπάθεια.» Γυρνάει μετά στον Ρίκο: «... μα για το Θεό αφού έφτασες μέχρι εδώ δεν μπορούσες να σκεφτείς ότι το α+ωΧΡ14 = 48 και μου γράφεις 52; Απρόσεκτος, απρόσεκτος! Με λίγη παραπάνω προσοχή θα είχες φτάσει στο σωστό συμπέρασμα. Εδώ τιμωρείται η απροσεξία παρ' όλα αυτά και πάλι διαπιστώνω σωστή προσπάθεια.»

Πολύ ευχαριστηθήκαμε και μεις με την πρόοδο και την... προσπάθεια! Κατεβαίνοντας τις σκάλες για διάλειμμα, λέω στο Ρίκο: «Πάμε τώρα να ευχαριστήσουμε τους σωτήρες μας και ιδιαίτερα την Μαργαρίτα διότι οι άλλοι απλώς μας επιβεβαίωσαν το αποτέλεσμα, δεν μας είπαν πως διάβολο έφτανες σ' αυτό.» «Που πάτε; «μας σταματάει ο καθηγητής των Νέων Ελληνικών που εκτελούσε χρέη σκοπού – φρουρού, ανάμεσα στην αυλή των αγοριών και των κοριτσιών. Είχαμε προετοιμαστεί και κρατούσα ένα πάκο χαρτιά και ο Ρίκος μια τεράστια εγκυκλοπαίδεια τον τόμο Χριστός – Ωκεανός, που είχε πάρει από τη βιβλιοθήκη του σχολείου για ένα λεπτό... όπως είχε πει στον βιβλιοθηκάριο. «Μια μικρή συνεργασία για το νέο τεύχος του περιοδικού είμαστε στην συντακτική επιτροπή μαζί με την Μαργαρίτα Π. και πρέπει να της δώσουμε κάτι συνεργασίες και να μας επιστρέψει κάτι άλλες.» «Καλά περάστε.» Προχωράμε με ύφος σοβαρό ανάμεσα στα κορίτσια, που μας κοιτάνε με ύφος: Τι θέλουνε αυτοί οι... παρείσακτοι εδώ; Βρίσκουμε τη Μαργαρίτα και ο Ρίκος με κλωτσάει, γυρνάω, «Τι έπαθες; «Πρόσεχε αυτός μας παρακολουθεί, από μακριά μεν, αλλά κοιτάει..» «Πρόσεχε, λέω, με τη σειρά μου στη Μαργαρίτα, ήρθαμε να σε ευχαριστήσουμε που μας έσωσες στα μαθηματικά, αλλά ο καθηγητής που βλέπεις πίσω, μας... παρακολουθεί. Έχεις τίποτα χαρτιά μαζί σου;» «Κατ' αρχήν σας έσωσα, γιατί περιμένω και εσείς να με σώσετε στην Ιστορία και τα Αρχαία, κατά δεύτερο, που ακούστηκε να κουβαλάω χαρτιά μαζί μου στο διάλειμμα; Δώστε μου αυτά που έχετε εσείς και θα σας τα φέρω πίσω αύριο, και έτσι θα έχετε την ευκαιρία να κάνετε τους ωραίους στην αυλή μας κάθε μέρα!» «Και τι θα κάνω εγώ με την εγκυκλοπαίδεια; «ρωτάει ο Ρίκος. «Άνοιξε την κάνοντας ότι ψάχνουμε κάτι και μετά την κλείνουμε και πάρτη πίσω!» Του απαντάει εκείνη. Ακολουθούμε την συμβουλή της. Μας πλησιάζουν και άλλες συμμαθήτριες, γεμάτες περιέργεια ρωτάνε: «Μα τι κάνετε εδώ;» λέει η μία από την ομάδα, που μας πλησιάζει:» Νομίζουμε, τόση ώρα που σας βλέπουμε, ότι... συνωμοτείτε! «Πρώτη και καλύτερη να σχολιάσει, η Μαίρη από τη δική μας τάξη και η Μπέττυ πάντα περίεργη από την Πέμπτη. «Κορίτσια αφήστε μας ησύχους έχουμε... μυστική αποστολή! «Λέει ο Ρίκος και νομίζει ότι τις αποστόμωσε. «Κάτι είχαμε να πούμε για το περιοδικό στην Μαργαρίτα, προς τι ο πανικός; «Τους λέω και Φεύγουμε χωρίς τα χαρτιά, αλλά με την εγκυκλοπαίδεια.

///

ΑΓΓΛΙΚΑ ΑΝΤΙ ΓΑΛΛΙΚΩΝ

1952

Συνεχίσαμε με το μάθημα των Γαλλικών, όπου ακολουθούν άλλα παρατράγουδα. Ο Σταύρος είχε βάλει στην τσάντα του το λάθος βιβλίο, δηλαδή το Αγγλικό και όχι το Γαλλικό. Εκεί λοιπόν που του ζητάει ο καθηγητής να πάρει το βιβλίο και να σηκωθεί στο μάθημα να μας διαβάσει κάποιον από τους μύθους του La Fontaine, προχωρεί υπερήφανος, στέκεται μπροστά στον πίνακα και ανοίγει το βιβλίο. Κοιτάει το κείμενο και κάνει διάφορους μορφασμούς.» Λοιπόν;Λέειοκοντός, στρογγυλοπρόσωπος, φαλακρός, καθηγητής, στη σελίδα... ανοίγει το δικό του βιβλίο, που είχε πάνω στο τραπέζι της έδρας... τριάντα δυο.» Ο Σταύρος ανοίγει, το λάθος βιβλίο, στην ίδια σελίδα... .και μένει άφωνος. «Λοιπόν διάβασε μας επί τέλους... . Να σε βοηθήσω αρχίζει από εκεί που λέει... Le petit cheval marche dans la foret... Εμπρός συνέχισε!». Κοιτάει ο Σταύρος σαν υπνωτισμένος και...» Fox hunting is a cruel sport and there is ...» Τον διακόπτει ο καθηγητής:» Τί είναι αυτά που λές; Αυτά είναι Αγγλικά, τι βιβλίο έχεις εκεί; Για να δω; «Πλησιάζει και του παίρνει το βιβλίο. Δεν ντρεπέσαι να έρχεσαι στο μάθημα των Γαλλικών με το... Αγγλικό βιβλίο. Που είναι το Γαλλικό;' «Μια στιγμή να το βρώ, του απαντάει και προχωρεί πίσω στο θρανίο του όπου ψάχνει στην τσάντα του, δεν φαίνεται να το βρίσκει όμως. «Δεν πειράζει Σταύρο, τον πειράζει ο Παναγιώτης, πρόσεχε μην πάρεις το... Ιταλικό! «Σταματείστε τα ανόητα αστεία!» προσπαθεί ο καθηγητής να επιβάλει την τάξη στην ανακατωσούρα που προέκυψε, ανάμεσα σε σχόλια και κοροϊδίες του τύπου: «Σταύρο, πες του την προσευχή Γαλλικά, ή τα Χριστουγεννιάτικα τραγούδια Αγγλικά!» «Σιωπή!» Πλέον άκρως εκνευρισμένος ο δάσκαλος, γυρνάει στον Σταύρο. «Έξω, έξω από την τάξη! Να περιμένεις μέχρι το τέλος του μαθήματος να πάμε στο γραφείο του κυρίου Μωραΐτη.

Έξω είπα! «Από το τέρμα της τάξης ακούγεται: L'un part, l'autre arrive... με αρκετά καλή Γαλική προφορά, που ήταν το λάθος του καλαμπουριτζή, διότι ελάχιστοι, όχι πάνω από τρεις, είχαν τόσο καλή προφορά. Και ο καθηγητής,αντιδρά άμεσα: «Πετρίδη, Γιαννόπουλε και Κορυζή, όλοι τιμωρία να αντιγράψετε εκατό φορές τον πρώτο μύθο του Λα Φοντέν, εκτός αν μας πει ποιός από σας παριστάνει τον αστείο!» Εκείνη τη στιγμή ξανακούγεται πάλι από την ίδια μεριά το Allons enfant de la patrie... «Επί τέλους σταματείστε!» ωρύεται ο καθηγητής.

Ο πρώτος των τριών σηκώνεται και λέει:»Εγώ είπα το πρώτο, αλλά όχι το δεύτερο!» «Τίποτα! Έξω και εσύ και ποιός είπε το Allons enfants... ποιός το είπε; Έξω και αυτός, όλοι και οι τρείς έξω!' Γυρνάω στον Παναγιώτη «Πρόκειται για πανικό.» του ψιθυρίζω. «Χειρότερα, μου απαντάει: Tempete! Με σιρκονφλέξ, κοινώς... θύελλα!» Το μάθημα διαλύθηκε και αφού τιμώρησε τους τρεις με την καλή Γαλλική προφορά, βγήκε νωρίτερα από την τάξη για να πιάσει τον Σταύρο να τον πάει στον Μωραίτη.

«Άλλη μια χαριτωμένη φθινοπωρινή μέρα πέρασε.» Φιλοσοφεί ο Παναγιώτης στο λεωφορείο που γυρνάγαμε στο άγαλμα του Κωνσταντίνου. «Τι απέγινε με τον Σταύρο δεν τον είδα να μπαίνει στο λεωφορείο; «Ρωτάει στο τέλος, «Τον εκράτησαν για... όμηρο, αστειεύεται ο Ρίκος, αν δεν συμμορφωθούμε και εμείς θα τον... εκτελέσουν το πρωί! «Μπα, μάλλον θα έφυγε μόνος του και έρχεται με την συγκοινωνία.» Λέει ο Πέτρος. «Μα αυτό απαγορεύεται, πως τον άφησαν; «ρωτάει η Μαίρη. «Συγκρατείστε την περιέργεια σας μέχρι αύριο το πρωί, τότε θα μάθουμε, αλλά και τώρα όταν φτάσουμε σπίτι μπορούμε να του τηλεφωνήσουμε.» Προσπαθώ να κλείσω την ανιαρή συζήτηση αλλά μάταια. Σχεδόν όλο το λεωφορείο με τις τάξεις Έκτη και Πέμπτη Γυμνασίου ασχολιόταν με το τι έγινε ο Σταύρος και άρχισε μια περαιτέρω ανταλλαγή από ανόητα αστεία.

Τελικά επεμβαίνει ο συνοδός καθηγητής των Φυσικών και μάλλον θυμωμένα, μας παρακαλεί να σταματήσουμε αυτή την ιστορία και ιδιαίτερα τα σχόλια για τον καθηγητή των Γαλλικών! Γύρισα σπίτι κατά τις πέντε και μισή. Πάλι δεν υπήρχε κανείς. Προχωρώ στο δωμάτιό μου για διάβασμα. Με διακόπτει το τηλέφωνο. Είναι η Μάρω που με επιθύμησε – λέει – και πότε θα ιδωθούμε; Και γιατί δεν την πήρα, όπως είχα πει και άλλα διάφορα. Απαντάω ότι μόλις μπήκα,, έχω πάρα πολλά να διαβάσω και θα την πάρω αύριο που είναι Παρασκευή και δεν έχουμε το απόγεμα σχολείο. Ηρεμεί κάπως και παύει να ρωτάει γιατί δεν την πήρα και τελειώνει με το «θα τα πούμε αύριο.» Και πάλι την ώρα που πάω να ακουμπήσω το ακουστικό ξαναχτυπάει το τηλέφωνο και είναι η Μπέττυ που θέλει να της πω, ποια είναι η Αγγλική – Αμερικάνικη έκδοση της Λαίδης Τσάτερλυ.

Επαναλαμβάνω για δεύτερη φορά ότι το βιβλίο είναι στο σπίτι της θείας μου και δεν το έχω εδώ,ούτε και θυμάμαι τον εκδοτικό οίκο απ' έξω. Απαγοητευμένη ρωτάει αν έχω τίποτα άλλο να της πω. Επαναλαμβάνω και πάλι ότι μόλις μπήκα! Ευτυχώς ανοίγει με το κλειδί η πόρτα και μπαίνει ο θείος Μίλτος με άλλους τρεις, μάλλον ναυτικούς.» Δεν μπορώ να σου μιλήσω άλλο, ήρθε κόσμος και θα τα πούμε αύριο.» λέω γρήγορα στην Μπέττυ και το κλείνω. Δεν ξεφεύγω από τα βλέμματα της μάνας μου, που δεν αντέχει να μη σχολιάσει ότι όλο στο τηλέφωνο βρίσκομαι, ενώ θα έπρεπε να διαβάζω.

Χαιρετίζω τους υπόλοιπους και εξαφανίζομαι πρόσκαιρα για να πάω να διαβάσω. Ενώ οι τρεις τακτοποιούνται στο σαλόνι. Από το δωμάτιό μου με μισάνοιχτη την πόρτα ακούω πολλά σούρτα φέρτα στη κουζίνα, που συνορεύω με μια μεσοτοιχία και υψηλόφωνες κουβέντες στο σαλόνι που δεν διακρίνω περί τίνος συζητούν. Επιταχύνω τη συγγραφή - δυο σελίδες – ESSAY στα Αγγλικά και διαβάζω επιτροχάδην το μάθημα των Νέων Ελληνικών που περιείχε μια ανάλυση ενός διηγήματος του Καρκαβίτσα. Συνεχίζω και διαβάζω γράφω, σβήνω και ξαναγράφω κάτι ασκήσεις χημείας, που ενώ φαίνονται πανεύκολες με δυσκολεύουν. Τελικά νομίζω ότι μάλλον τα κατάφερα. Κοιτάω το ρολόι μου και βλέπω ότι όλα αυτά μου πήραν κοντά μια ώρα. Συνεχίζω για να λύσω και την απορία του κυρίου Οδυσσέα στην Ιστορία, κατεβάζοντας την επίτομη Ισπανική Εγκυκλοπαίδεια, να βρω ποιοι ήταν αυτοί οι Ισπανοί Ιστορικοί. Ανοίγω τον βαρύτατο, τουλάχιστον τρεις οκάδες τόμο και ψάχνω στο Γιβραλτάρ. Διακρίνω ένα μακρότατο άρθρο με πολύ ψιλά γράμματα και κάτι ονόματα, περί τα δέκα με δεκαπέντε εκατοστά μακρύ έκαστον, Ισπανοί γαρ. Τα αντιγράφω και νομίζω ότι τέλειωσα τα μαθήματα. Καιρός είναι να πάω μέσα στο σαλόνι να ακούσω διάφορα που απασχολούν τους μεγάλους και να ... διευρύνω την εγκυκλοπαιδική μου μόρφωση! Μπαίνω μέσα από την ανοιχτή πόρτα και κάθομαι σ' ένα μικρό καρεκλάκι ενώ ακούω κάποιον στην αρχή να λέει ότι:»Οι στρατάρχες είναι με τ' απάνω τους!»

Η ΑΠΟΣΤΡΑΤΕΙΑ ΤΟΥ ΘΕΙΟΥ ΜΙΛΤΟΥ ΚΑΙ ΟΙ ΣΥΖΗΤΗΣΕΙΣ ΤΩΝ ΜΕΓΑΛΩΝ

Πολλά ακατάλληλα για ανηλίκους.

Δεκέμβριος 1952

Εκείνο το βράδυ στις 20 του μηνός σαν κεραυνός μας χτύπησε η είδηση της αποστρατείας του θείου Μίλτου, αυτεπάγγελτη και απροσδόκητη. Πολλές συζητήσεις προηγούμενα ανέφεραν για την τιμητική αποστρατεία και προαγωγή του στο βαθμό του υποναυάρχου. Όπως μας είπε όμως ο ίδιος, παρ' ότι αισθανόταν και ήταν δημοφιλής επεκράτησαν οι εχθροί του και όχι οι φίλοι του, στα ανώτατα κλιμάκια. Μάλιστα έναν από αυτούς που διέδιδε ιστορίες της άσεμνης συμπεριφοράς του με μία κόμησσα, τον είχε... δείρει ο θείος στην Μέση Ανατολή! Και ο άλλος του το φύλαξε! Ετοιμαζόταν να φύγει μακριά εκτός Ελλάδος, όπως έλεγε, και η πρώτη του δουλειά ήταν σαν πλοίαρχος προσωπικού - ύπαρχος - δεύτερος, όπως μετέφραζε το Staff Captain στο υπερωκεάνειο NEPTUNIA, που ταξίδευε στην Αμερική και στην Αυστραλία. Μας αποχαιρέτισε και λέγοντας ότι θα περάσουν πολλά χρόνια για να ξαναγυρίσει. Έφυγε εκείνο το απόγεμα από την Αριστοτέλους 142, διότι δεν ήθελε να δει κανένα απ' όσους περίμεναν οι δικοί μου το βράδυ. Καλύτερα λέει ο πατέρας να μην τους πούμε τίποτα, άσε να το μάθουνε από τις εφημερίδες αύριο. Και αργότερα συνεχίστηκαν οι συζητήσεις με τους φίλους, που ήρθανε σχεδόν όλοι μαζί.

Φαίνεται όπως έλεγε ο Σταύρος ότι στην Αμερική βγήκε ο Αϊζενχάουερ με αντιπρόεδρο κάποιον Νίξον και εδώ βγήκε ο Παπάγος με αντιπρόεδρο τον φίλο σου, απευθύνεται στον πατέρα μου, τον Στεφανόπουλο, που είναι συμπατριώτης σου από τον Πύργο. «Τώρα σωθήκαμε, αποκρίνεται ο πατέρας... αυτοί ούτε που μας αναγνωρίζουν, παρά μόνο για ρουσφέτια διορισμών. Αν δε μιλήσεις και στον πατέρα μου, θα σου πει ότι εξ αιτίας της οικογένειας αυτής έχασε το παράσημο, που οι Στεφανόπουλοι της εποχής, πρόγονοι των παρόντων, παρά τις σχέσεις των δύο οικογενειών: Παπακροντηρόπουλου, Ιατρίδη και Στεφανοπουλαίων προτίμησαν να τιμήσουν τον προπάππου του σημερινού πολιτικού εχθρού τους, τον Γ. Παπανδρέου, που προερχόταν απο την Αχαΐα και όχι από την Ηλεία όπως εμείς.» «Δε βαριέσαι, συμπληρώνει ο Κωνσταντίνος, μην τους λυπάσαι. Αυτοί, όπως και όλοι οι σημερινοί πολιτικάντηδες, το μυαλό τους βρίσκεται συνεχώς στο ρουσφέτι και στα σημειωματάκια που στέλνουν σε διάφορους δημόσιους, υπαλλήλους για διορισμούς.

Έτσι τακτοποιούν αυτούς που υποσχέθηκαν ότι θα τους ψηφίσουν!» «Ελπίζω στην Αμερική να μην προχωρούν στην οδό των... ρουσφετίων όπως εδώ, και έτσι ο εκεί στρατάρχης να μην φάει τα μούτρα του, όπως φοβούμαι ότι θα πράξει ο εδώ.! «Και α προ πό, λέει η μητέρα μου, έγραψε ο Δημήτρης από το Παρίσι ένα βρομερό γράμμα που είναι καλύτερα να μη διαβαστεί, διότι νομίζω ότι είναι εκτός κάθε ορίου. Και μετά συνεχίζει για τον Παπάγο το νέο Υπουργό Παιδείας και άλλα αδιάφορα.» Η βραδιά συνεχίστηκε και πάλι βαρετή για μένα και έτσι απεχώρησα στο δωματιό μου. Είχα εντυπωσιαστεί με το βρομερό γράμμα και σε πρώτη ευκαιρία, τρεις μέρες μετά, όταν βρέθηκα μόνος στο σπίτι, έψαξα τα συρταράκια του μικρού γραφείου, στο σαλόνι, βρήκα το αποκληθέν... βρομερό γράμμα και άρχισα να το διαβάζω

Φιλτάτη Ιουλία,

Μόλις ελήφθη προσφιλής σας 8ης τρ. Και μόλις η Α.Μ μας ειδοποίησεν ότι είχε επιστολήν από Ρ. Διατί η Ρ. παραπονείται; δεν της έγραψα ειλικρινώς αυτό που αισθάνομαι δι᾽ αυτήν (ήγουν καύλαν απροσμέτρητον) θα προσέκρουα εις το θρησκευτικόν και το Κοκο-ερωτικόν της συναίσθημα. Εφ᾽ ω, προτιμώ να σιωπήσω, restant consume par l'accavlement! Χθές, Μεγάλην Παρασκεύη, των Δυτικών το Δόγμα, μετέβημεν εις τον ναόν του Αγίου Ευσταθίου (βοήθειάν σας,) όστις είναι μεγαλοπρεπέστατον κτίσμα του ΙΣΤ αιώνος (νεογοτθικού ρυθμού) και ακούσαμεν τα κατά Ιωάννην Πάθη του Ιωάννου Σεβαστιανού Βάχου, από ορχήστραν εγχόρδων (συμπεριλαμβανομένων viole l'amour,luth,continuo κλπ.) χορωδίαν και σολίστ. Δυστυχώς πάντα ταύτα δεν ήσαν ΑΑΑ (Ο Φιλοκτήτης μάλλον τα καταφέρνει καλύτερα)

Πλην μας απεζημίωσεν το Orgue, (μέγα, βαρύγδουπον, υποβλητικώτατον) όπερ επαιάνισεν εκλεκτά τεμάχια του Βάχου και ιδίως το θεσπέσιον Aus Tiefer noth, με συνοδείαν δέκα τρομπονίων!

Όντως γκιουζέλ πράμα! Ρίγος μας κατέλαβεν ώς εκ της υψηλής μουσικής και αρίστης εκτελέσεως και το υποβλητικού περιβάλλοντος.

Σήμερον μετέβημαν εις την Foire de Feraille, ήτις λαμβάνει χώραν κατ᾽ έτος και δεν είναι παρά εν τεράστιον Γιουσουρούμ και της πιο απίθανης αντικαρίας.

Μεθ᾽ ημών ήτο και η κ. Α.Μ. (γυνή συμπαθεστάτη, αλλ᾽ ελαφρώς βιδάτη και πάσχουσα από ερωτικόν παραλήρημα.) ήτις προέβη εις ικανάς αγοράς παλαιών βιβελώτων,πολύ χαριτωμένων και σφόδρα ευθυνών (και ημείς ηγοράσαμεν διάφορα πράγματα, αντί τιμών γελοίων). Πλην η πτωχή Α., πάσχουσα από χρονίαν αφηρημάδαν επιταθείσαν τελευταίως, λόγω παρισινού περιβάλλοντος, ανοίξεως και ελλείψεως πέους (εγώ ο κακομοίρης της επρότεινα να της το κάνω για λόγους υγείας! Αλλ᾽αυτή ακόμα κάνει τα κορδελάκια της) κατάφερε να λησμονήσει εις καφενέν τινά την φωτογραφικήν της μηχανήν και εις ταξί την τσάντα της με 7.000 φράγκα και άλλα πολύτιμα αντικείμενα. Κατεστεναχωρήθη η δυστυχής και ημείς μετ᾽ αυτής. Δια να διασκεδάσωμεν μετέβημεν εις Μονμάρτρην, όπου κράχτης τις, μας επρότεινεν, αντί 6.000 φράγκων συνολικώς (275.000 δρχ.) να ίδωμεν το θέαμα ανδρών,γυναικών και εφήβων συνουσιαζομένων ομαδικώς κατά φύσιν και παρά φύσιν και η μεν Ν. εδίσταζε, να ίδη το θέαμα τούτο. Η δε Α. μάλλον επεθύμη να το απολαύση. Εγώ όμως ηρνήθην φοβηθείς μήπως το θέαμα εξαγριώσει εις το έπακρον την ήδη άκρως κεκαυλωμένην Α. οπότε είτε θα επετίθετο και θα με εβίαζεν κατά τρόπον ανάρμοστον, είτε θα μας εγκατέλειπε, ίνα παραδοθή εις τινά εκ των τεραστιοπεοφόρων αραπάδων, οίτινες αντί 1500 φργκ.(150.000 δρχ) είναι πρόθυμοι να βατεύσουν και την πλέον απαίσιαν γραίαν.Και όλ᾽ αυτά τα πάθαινε η... άτακτος διότι αργοπορεί να δεχθει την εκ φιλικής προαιρέσεως πηγάζουσαν προτασίν μου περί ρυθμίσεως των ψυχοδιανοητικών ανωμαλιών της, δια της συνουσίας. Ειπέ τω οθελικώ συζύγω σου ότι η εγκατασπορά μας εις τας υπερεπτακοσίας πηγάς της Ελλάδος προς αποφυγήν πονηρών επαφών μεταξύ μας είναι τουλάχιστον βλακώδης! Εάν ηθέλαμεν να να εξέλθωμεν τους οφθαλμούς μας θα περιμέναμεν: 1) να πάθωμεν το συκώτιον μας και 2)να μεταβώμεν προς θεραπείαν εις Πλατύστομον ίνα κλπ. Αχ! τούτο δεν εγένετο ότε τα υπατά μας έχαιρον άκρας υγείασεν Αθήναις... Τώρα πλέον είναι αργά!

Όθεν αυτός ο μικρός ματαιόδοξος ας χάση και την στερνήν ελπίδα ότι ο Κ. θα του αποτετικώσει την σύζυγον! Φίλος είναι, θυσία θα γίνω γι᾽ αυτόν. Μα ότι άλλο εκτός από αυτό ! Μα τον Δία! προτιμώ να τον τετικώσω αυτόν διότι είναι μπάνικος ακόμα! Πάντως μην στεναχωρηθείς, προσφιλής μου Ιουλία εκ των ανωτέρω.

Αντικειμενικώς κρίνων την κατάστασιν σε διαβεβαιώ πως η μπογιά σου περνάει ακόμα. Λόγου χάριν ο Κόλιας πολύ ευχαρίστως θα σε εβάτωνεν. Μικρό τό έχεις αυτό; Χαίρε Δημήτρης.

Το ξαναδιάβασα για δεύτερη φορά πριν το τοποθετήσω όπως ήταν στο μικρό συρτάρι του γραφείου. Σκέφτηκα τότε ότι οι μεγάλοι, που ακόμα τους αναφέραμε και στο σχολείο σαν μεγάλους, αναπτύσσονταν και δικτυόνωνταν με ότι αυτή η κατάσταση επιφυλάσσει στον καθένα και κάθε μία. Υπήρχε, εξ άλλου όπως φαίνεται, διάχυτη σεξουαλικότητα γενικά σε όλο τον κόσμο, ή ήταν εξαίρεση αυτή και μόνο η παρέα; Με όλα αυτά που έγραφε ο ΜΚ, εγώ λέω όχι, δηλαδή δεν πρόκειται για εξαίρεση. Έτσι είναι ο κόσμος! Καιρός να αρχίσω να διαβάσω τα βιβλία του, που τα περισσότερα με αφιερώσεις κοσμούσαν την βιλιοθήκη. Και έτσι άρχισα να διαβάζω όλα τα από τον ΜΚ γραφόμενα, αρχίζοντας ανάποδα, όπως μου είπε κάποιος, μάλλον εχθρός του, την μύηση μου στη γενιά του 30. Δεν εμπιστεύτικα σε κανένα ότι αφομοίωσα από την ανάγνωση αυτού του γράμματος, παρά μόνο πολλά χρόνια αργότερα σε μια κοπέλα, που ήταν και εκείνη ερωτευμένη, από… μακριά με διαβεβαίωνε, με τα… γραφόμενα μόνο, του συγγραφέα. Και κατέληξα ότι η κόρη του μπορεί να είχε και κάποιο δίκιο, μόνο που η διαφήμιση και προβολή των περιπετειών του πατέρα της και με άλλες κυρίες δεν καταλάβαινα σε τι την, ή τον ωφελούσε.

Πλησιάζαμε το Πάσχα. Πηγαίναμε στην εκκλησία τη Μ. Πέμπτη με τα δώδεκα Ευαγγέλια, και ορισμένοι από τους συμμαθητές μένανε πολλές ώρες. Στον Επιτάφιο και την Ανάσταση πηγαίναμε στην Κνωσού στούς παππούδες. Οι τελετές απέναντι από τη μικρή αρχαία εκκλησία του Άγιου Ανδρέα ήταν πολύ πιο συμμαζεμένες από τον Άγιο Παντελήμονα. Εκτός από την γιαγιά, μητέρα του πατέρα, κανείς άλλος δεν ήταν εξαιρετικά θρήσκος σε όλη την οικογένεια.

ΤΟ ΜΑΘΗΜΑ ΤΩΝ ΘΡΗΣΚΕΥΤΙΚΩΝ ΚΑΙ Η ΑΝΤΙΔΡΑΣΤΙΚΗ ΣΥΝΩΜΟΣΙΑ ΜΑΣ

1952

Και ίσως λόγω της... αθρησκείας μας άρχισε άλλη ιστορία στο μάθημα των θρησκευτικών, όπου ήρθε νέος καθηγητής. Ήταν... ωραιοπαθής. Σωστός Νάρκισσος. Φορούσε συνήθως ένα κοστούμι μπλέ ανοιχτό, που ταίριαζε με τα μάτια του και μάλλον το γνώριζε! Κάνοντας διάφορους μορφασμούς για να τονίσει τα χαρακτηριστικά του όμορφου προσώπου του – λές και τους είχε προβάρει μπροστά στο καθρέφτη σπίτι του -, όπως είπε η φαρμακόγλωσσα του Πέτρου. Στο μάθημα του άρχιζε να αναλύει διάφορες φιλοσοφίες, μάλλον της κακιάς ώρας, πάντα καρφώνοντας τα γαλανά του μάτια, στις πιο νόστιμες κοπέλες που είχαμε στην τάξη μας. Φαίνεται ότι το ίδιο συνέβαινε και στις άλλες τάξεις. Μετά το μάθημα, αναλύαμε τις παρατηρήσεις μας. Ρωτάγαμε τις γνώμες, των κοριτσιών και από τις μικρότερες τάξεις, για να εξακριβώσουμε και από κει τις αντιδράσεις. Άλλες κοπέλες τον έβρισκαν γλυκανάλατο, άλλες ωραιοπαθή, άλλες προτιμούσαν να ανταποκρίνονται στις γαλάζιες ματιές του και να τον περιπαίζουν! Η περιέργεια μας είχε φτάσει σε ψηλά επίπεδα για να δούμε τι στο καλό είχε να μας ξεφουρνίσει σχετικά με την φιλοσοφία του Χριστού και των Ευαγγελίων, όπως βαρύγδουπα μας ανήγγειλε στην εισαγωγή του πρώτου μαθήματος, σαν να επρόκειτο για προγραμματικές δηλώσεις!

Αποφασίσαμε να του μπούμε κανονικά και έτσι ανοίξαμε εγκυκλοπαίδειες, την Αγία Γραφή και ότι άλλο σχετικό βρήκαμε, ώστε να τον αντιμετωπίσουμε μια κι' έξω και να μας βάζει υποφερτούς βαθμούς χωρίς να ανησυχούμε. Τουλάχιστον στη δική μας... συμμορία, των εφτά. Και στο κάτω,κάτω, αν θέλει να επιμένει να κάνει τον ωραίο στα κορίτσια, ας τον κάνει και ας μας αφήσει στην ησυχία μας. Έτσι μετά μανίας διαβάζοντας την Παλαιά Διαθήκη, βρήκα όλα αυτά τα φριχτά που περιγράφονται, από αιματοχυσίες , θυσίες, αιμομιξίες και δεν συμμαζεύεται, μετά παραβάλλοντας διάφορες διηγήσεις των Ευαγγελίων ψάξαμε με τον Κώστα Κ. και τον Άγγελο από την πέμπτη Γυμνασίου να βρούμε εάν υπάρχουν ιστορικές αναντιστοιχίες σε αυτά που γράφουν τα Ευαγγέλια και στην ιστορική πραγματικότητα.

Τελικά είχαμε καταντήσει να διαβάζουμε... περισσότερο για το μάθημα των θρησκευτικών παρά για οποιοδήποτε άλλο!

«Ρε παιδιά... - απευθύνεται ο Κώστας Γ. σε πέντε από μας, καθισμένους ένα απόγεμα γύρω από ένα μεγάλο τραπέζι στο σπίτι του, που απάνω του αναπαύονταν στοίβες τόμων: ολόκληρη η Αγία Γραφή, τρεις εγκυκλοπαίδειες, εξ ων δυο Ελληνικές και μία ξένη, η Μπριτάνικα - ... μήπως μελετάμε ότι ακριβώς θέλει ο κύριος Κ... ! Το σκεφτήκαμε για λίγο αλλά η διαγραφόμενη επιτυχία μας ότι θα τον βγάλουμε... λάθος επεκράτησε.

Φτάνει και ο Μιχάλης με ένα τεράστιο τόμο Γερμανικής Έκδοσης, που περιείχε όλες τις Μετεωρολογικές συνθήκες από την πρώτη δεκαετία του αιώνα μέχρι το 147 μ.Χ, όταν οι Ρωμαίοι κατέλαβαν την Ελλάδα. «Λοιπόν, το βρήκα, μας λέει , πως θα υποβάλουμε αφελείς τάχα μου ερωτήσεις. Όταν αρχίσει να μας λέει για τον Απόστολο Παύλο στην Αθήνα, που είπε στην Πνύκα περί του Αγνώστου Θεού, εμείς βασιζόμενοι σε αυτό τον τόμο, θα του αποδείξουμε ότι την ημέρα εκείνη και μάλιστα όλη τη βδομάδα, έβρεχε... .κατσικοπόδαρα! Άρα, ή ήταν κάπου μέσα, ή ότι είπε, το είπε άλλη μέρα, και η ημερομηνία δεν είναι βέβαια. Προτείνω να περιοριστούμε στον Απόστολο Παύλο, μια και περιηγήθηκε αρκετά στην Ελλάδα από τους Φιλίππους στο Βορρά μέχρι την Αθήνα και την Κόρινθο στο Νότο αλλά και άλλα μέρη γι' αυτό τον ονόμασαν Απόστολο των Εθνών ..» «Ωραία ιδέα,συμφωνήσαμε όλοι!» «Είναι όμως αρκετή;»' διερωτήθηκε ο Παναγιώτης. «Δηλαδή, σηκώθηκε όρθιος, εντάξει, η ημερομηνία δεν συμπίπτει είναι όμως αυτό αρκετό για να τον... τρομάξουμε; Εγώ θα έλεγα να ψάξουμε και παρακάτω.» «Σαν που δηλαδή;»ρωτάει ο Ρίκος, «Μήπως στα φιλοσοφικά του περί αγνώστου Θεού και του ανθρώπου που υπακούει στη Θεία Δύναμη και άλλες τρίχες απ' αυτά που λέει; «ρωτάει ο Δημήτρης, «Δηλαδή πως θα γίνει αυτό; «απορώ αφελώς. «Μη μου πείτε, διακόπτει ο Πέτρος ότι θα αρχίσουμε τώρα να ερευνούμε και τα φιλοσοφικά κείμενα, λες και δεν έχουμε άλλα μαθήματα να διαβάσουμε; Και να τρέχουμε να εξακριβώνουμε αν είναι αλήθεια ότι μπαρούφα μας λέει αυτός ο Δον Ζουάν; «Για σταθείτε!» επεμβαίνει ο Πέτρος,» είπαμε να βρούμε τα ιστορικά λάθη.»

«Έχουμε ήδη το πρώτο, όπως τις καιρικές συνθήκες, νομίζω ότι αν συγκεντρωθούμε και σε ότι άλλο συνέβαινε σύγχρονα εκείνες τις εποχές, ίσως μπορέσουμε να καταρρίψουμε ορισμένες υποθέσεις που παρουσιάζονται σαν ιστορικά γεγονότα από τις γραφές και τα Ευαγγέλια. Έτσι θα είμαστε αρκετά μελετημένοι ώστε να τον αποστομώσουμε!» «Εγώ έχω και άλλη ιδέα,» λέει ο Ρίκος, «όλη αυτή την ιστορία περί θαυμάτων που άνετα μπορεί να ερμηνευτεί σαν ομαδική παράκρουση, ή υποβολή ιδεών και άλλα σχετικά, κάποιος να αναλάβει την μελέτη αυτών των θαυμάτων ιδιαίτερα των πιο απιθάνων». «Λοιπόν, λέει ο Κώστας Γ. που ήταν και Πρόεδρος της τάξης, προτείνω αφού συμφωνούμε όλοι, να συγκεντρωθούμε στις ημερομηνίες, τα θαύματα, και ότι άλλο ύποπτο ιστορικά και να τα πούμε την επόμενη Παρασκευή!» Σήμερα είναι Τρίτη, μέχρι την Παρασκεύη έχουμε αρκετό καιρό να διαβάσουμε και συγκεντρώσουμε ότι μας φαίνεται ύποπτο.»

Διαλύθηκε η συνεδρίαση και φύγαμε με την ιδέα των... ανιστόρητων Ευαγγελιστών να κυριαρχεί στις ερευνητικές μαθητικές μας δραστηριότητες! Άλλοι συμμαθητές προσέτρεξαν σε εγκυκλοπαιδικές πηγές , άλλοι στην Αγία Γραφή, άλλοι στην Αποκαλυψη του Ιωάννου, άλλοι σε κάτι πρωτοχριστιανικά κείμενα και τέλος όταν ξαναβρεθήκαμε την Παρασκεύη, ο Γιώργος μας εμφάνισε κάτι Αγγλικά κείμενα του Νεύτωνος. Ρίξαμε μια ματιά και επιβεβαιώσαμε ότι εκτός από αρκετά Ελληνικά κείμενά του, τα Αγγλικά του Νεύτωνος, ήταν αρκετά παρά... πάνω από τα δικά μας. «Καιρός να βάλουμε στη θέση της και την Μις Άλις,» είπε ο Κώστας Κ. που του είχε βάλει κακό βαθμό στα Αγγλικά. «Για σταθείτε, τους λέω, όποιος καθηγητης μας βάζει κακό βαθμό θα μετετραπούμε σε... ιερά εξέταση και θα τον αποστομώνουμε, με τις τρομακτικές μας γνώσεις, που, προς το παρόν μάλλον δεν είναι σε αρκετά υψηλό επίπεδο;» «Για στάσου, πετάγεται ο Πέτρος, αυτό μπορεί να βοηθήσει και τον αγώνα μας εναντίον του θρησκευτικού. Διότι ο Νεύτων μεταξύ άλλων, έχω διαβάσει ότι έγραψε πολλές ιστορίες για τον Αντίχριστο, που θα επικρατήσει όταν έρθει η συντέλεια του κόσμου!» «Το μόνο που ξέρω είναι ότι ανακάλυψε τη βαρύτητα μ' ένα μήλο που του έπεσε στο κεφάλι!» Συμπληρώνει ο Γιώργος. «Πολλά μήλα έχουν σχέση με την ανάπτυξη της... ανθρωπότητας, όπως ο απαγορευμένος καρπός που έδωσε το φίδι στην Εύα, το μήλο με το βέλος στο κεφάλι του Γουλιέλμου Τέλου και η βαρύτητα του Νεύτωνα.» Συνεχίζει τη συμπλήρωση των... ιδεών, ο Παναγιώτης.» Όλα καλά, το προπατορικό μήλο, αν ήταν μήλο, ο Νεύτωνας, πάει στο καλό επιβεβαίωσε τη βαρύτητα! Ο Γουλιέλμος Τέλος με το μήλο στο κεφάλι και το βέλος που το τρύπησε τι επιβεβαίωσε; Ιδού το ερώτημα! Τους, ή νομίζω ότι... τους αποστομώνω.» «Όπου ακούς πολλά ... μήλα, βάσταγε μικρό καλάθι! «Γελάει ο Γιώργος... η συζητήσή μας εκτροχιάστηκε τέλεια. Γι' άλλο μαζευτήκαμε και άλλα λέμε, προτείνω να επανέλθουμε στα θρησκευτικά και στο υπ' όψη έργο! «' «Καιρός να σας επαναφέρω στη τάξη, προσθέτει και ο Κώστας Γ. Και σας γνωρίζω ότι ο Απόστολος των Εθνών στους Έλληνες παραλείπει την περιτομή, όπως την δίδασκε στους άλλους, καθώς οι προγονοί μας ούτε ν' ακούσουν δεν ήθελαν για τέτοιου είδους επεμβάσεις. Τώρα για ποιά έθνη μιλάμε εκτός από τρία; Ενώ τα πρώτα μ.Χ. χρόνια υπήρχαν και πολλά άλλα. Να μια πρώτη ερώτηση;» Και πραγματικά όσο και εάν ψάξαμε σε πολλά σημεία δεν βρήκαμε απαντήσεις επίσης όπως ποιες επιστολές του Παύλου ήταν αυθεντικές, ποιες όχι και ποιοι και πότε έγραψαν τις μη αυθεντικές; Καταλήξαμε επίσης στο συμπέρασμα ότι επρόκειτο περ'ιι παγκοσμιοποιημένου μάλλον συνοδοιπόρου της κοινοκτημοσύνης, δηλαδή πρωτόγονου... κομμουνιστή! Τα διδάγματά του εκεί απέβλεπαν, συμφωνήσαμε. Ίσως και γι' αυτό υπέφερε αρκετές φυλακίσεις στην Αντιόχεια και στη Ρώμη, μέχρι που τον σκοτώσανε και μάλιστα, άγνωστον πως. . «Φαίνεται επίσης ότι λόγω της Εβραϊκής Αυστηρής Ορθοδοξίας, αν ζούσε σήμερα, θα φορούσε ψηλό καπέλλο με μακριά μαλλιά και γένια! Σαν αυτούς που βλέπουμε από φωτογραφίες στην Αμβέρσα, στο Βέλγιο! Τέλος νομίζω η επιμονή στα διδάγματά του ότι μέσω του Χριστού καταλύονται όλοι οι φραγμοί καθώς μας γράφει στην προς Γαλάτας επιστολή: «ούκ ένι Ιουδαίος, ουδέ Έλλην, ούκ ένι δούλος, ουδέ ελεύθερος. Ούκ ένι άρσεν ή θήλυ, πάντες γαρ υμείς εις έστε εν Χριστώ.» «Αν αυτό δεν σημαίνει ότι όλοι δια μέσου του Χριστού είμαστε ίσοι, αυτό δεν είναι, ή όχι; «ρωτάει ο Κώστας Γ.δεν σταματάει: «Νομίζω ότι έχουμε μαζέψει αρκετά, αν προσθέσουμε και κανά δυο μετεωρολογικά, τότε είμαστε εντάξει, μήπως βρήκε κανείς ημερομηνία του θανάτου του Παύλου; Διότι έχουμε τη γέννηση γύρω στα 10 μ.Χ, αλλά δεν βρίσκω ημερομηνία θανάτου. Και μπορεί να μας ρωτήσει μια και θα εμφανιστούμε σαν ... καλά μελετημένοι!»

«Φτάνει πια μπαφιάσαμε! «λέει ο Γιώργος και συμφωνήσαμε όλοι. «Καιρός να βγούμε για καμιά βόλτα, πάμε για παγωτό;»Προτείνει κάποιος. Κλείσαμε τα βιβλία και αναχωρήσαμε κατεβαίνοντας την Ευελπίδων από το σπίτι του Κώστα Κ. και στρίβοντας δεξιά την Κερκύρας για τη Φωκίωνος Νέγρη, που τα εκεί ζαχαροπλαστεία μας γνώριζαν από μικρούς. Καθίσαμε στην αριστερή πλευρά όπως κατεβαίναμε τη πλατεία, που ήταν στενόμακρη και στη μέση το νερό κύλαγε στα ρυάκια, που τα είχαν αποκαταστήσει, μετά την κατοχή για να τα σταματήσουν λίγο αργότερα.

Η Φωκίωνος Νέγρη με τα ζαχαροπλαστεία της και δυο ή τρεις ταβέρνες και μπαρ ήταν σημείο συγκέντρωσης νεολαίας και όχι μόνο, σιγά, σιγά είχε αρχίσει να γίνεται και τόπος συνάντησης καλλιτεχνών και ηθοποιών. Πολλές φορές και αργότερα σαν φοιτητές δίναμε ραντεβού στο τότε πολιτισμένο περιβάλλον της πλατείας, που μόνο πλατεία δεν ήταν παρά, θα μπορούσε κάποιος να την ονομάσει λεωφόρο περιπάτου, μετά πάρκου στη μέση! Ήταν δυνατό να είχε εξελιχθεί όπως η Ράμπλα της Βαρκελώνης, είχε πει κάποιος, λίγα χρόνια αργότερα, όταν είχαμε αρχίσει να ταξιδεύουμε στο εξωτερικό. Γύρισα σπίτι κατά τις δέκα ως συνήθως δεν βρήκα κανένα και έτσι αποφάσισα να τηλεφωνήσω στην Μάρω που είχαμε καιρό να μιλήσουμε. Αρχίσαμε λοιπόν μια τηλεφωνική συνομιλία περί παντός του επιστητού και πολύ πέραν τούτου. Αρχίζοντας από τα καθημερινά που αφορούσαν τα αντίστοιχα σχολεία μας και τις διάφορες περιπέτειες στις τάξεις μας, συνεχίσαμε σχολιάζοντας τα βιβλία που διαβάζαμε και τι σκοπεύαμε να κάνουμε αύριο Σάββατο, που θα συναντηθούμε. Εμείς του Μωραΐτη, είχαμε πρώτο Σάββατο του μηνός ενώ τα κολλέγια θηλέων και αρρένων λόγω Αγγλοσαξωνικής επίδρασης δεν λειτουργούσαν κάθε Σάββατο. Την προειδοποίησα ότι μόλις ακουστεί το κλειδί της επιστροφής των δικών μου να μπαίνει στην εξώπορτα θα την έκλεινα. Κοίταξα το ρολόι μου και η ώρα είχε πάει μία το πρωί. Στις μιάμιση αφουγκράστηκα το κλειδί στην έξώπορτα και αφού ανταλλάξαμε τηλεφωνικά φιλιά έκλεισα το ακουστικό και έτρεξα να βάλω τις πυτζάμες μου πέφτοντας ταχύτατα στο κρεβάτι.

ΑΝΑΒΟΛΗ ΤΗΣ ΜΑΡΩΣ
ΠΡΟΣ ΟΦΕΛΟΣ ΤΗΣ ΜΠΕΤΤΥΣ
ΜΕ ΤΟ ΠΟΔΗΛΑΤΟ

1952

Όταν ξύπνησα το πρωί, κατά τις εννιά θυμήθηκα ότι χτές το βράδυ Παρασκεύη που μιλούσα με την Μάρω δεν της είπα ότι δεν θα μπορούσα το Σάββατο διότι είχαμε κανονίσει ... ασκήσεις με το ποδήλατο. Έτσι θα της έλεγα. Με την Μπέττυ ήταν πιο ελκυστική η κατάσταση, αφού ήταν άγνωστο τι θα γινόταν... .αν γινόταν! Η Μάρω ήταν κάτι το γνωστό και σκέφτηκα να πάρω τον Κώστα τον Κ στο τηλέφωνο να συζητήσω το πρόβλημα. Και όπως ήταν επόμενο μου είπε, ότι εκείνος πολύ ευχαρίστως με αναπληρώνει στη Μάρω, εάν συμφωνούσα να του την παραχωρήσω για... πάντα! Και φυσικά διαφώνησα. Τότε μου είπε:»Εισαι αχόρταγος, λαίμαργος και αφού μου παριστάνεις τον γόη και τον... μαχαραγιά, βρέστα μόνος σου!»

Μετά από ημίωρη σκέψη και έπειδή είχα αρκετό καιρό να δω τη Μάρω, αφού ήπια το γάλα με καφέ και έφαγα μια φρυγανιά με βούτυρο και μέλι, πλύθηκα κάτω από το ντους. Τηλεφώνησα στην Μπέττυ. Αφού είπαμε καλημέρες πριν πεί τίποτα, περιέγραψα με τα μελανώτερα χρώματα την υποτιθέμενη ασθένεια της γιαγιάς μου. Μου απάντησε ότι της προκαλώ μεγάλη αναστάτωση διότι την Κυριακή είχε κανονίσει κάτι άλλο με τις φιλενάδες της, αλλά για μένα θα... θυσιαζόταν και τελικά... ναι! Ας το κάνουμε τη Κυριακή. Έκλεισα και κρατώντας το ακουστικό πήρα τη Μάρω Να συναντηθούμε μου λέει στη στάση του Μπάτη στο Παλιό Φάληρο που την βόλευε, διότι το σπίτι της ήταν δυο δρόμους πάνω από τη παραλία και από κει αποφασίζουμε που θα πάμε και τι θα κάνουμε μια και είχαμε όλη την ημέρα στη διάθεσή μας... Και αφού καλημέρισα και αποχαιρέτισα με τη μία, τους δικούς μου που σηκωνόντουσαν βιαστικά διότι ο πατέρας ήθελε να πάει στο γραφείο, εργάζονταν τότε τα Σάββατα. Πήρα το τραμ μέχρι το Σύνταγμα το Νούμερο 3 και εκεί άλλαξα στο 10 Σύνταγμα – Καλλιθέα

– Τζιτζιφιές – Παλιό Φάληρο, που πήγαινε μέχρι το Έντεν. Μετά από μια ώρα κατέβηκα στη στάση του Μπάτη, οι καμπίνες για τα θαλάσσια μπάνια δεν είχαν ανοίξει ακόμη.

***

Εκεί με περίμενε η Μάρω, ντυμένη στα εκδρομικά της, με καρώ μπλέ και μπορντώ παντελόνια και με πουλόβερ πράσινο κασμήρ, που το τέλειωνε στο λαιμό της σ' ένα μαντήλι κι' αυτό πράσινο. Το σύνολο ήταν εξαίσιο όπως της είπα αφού ακροχειλοφιληθήκαμε. «Ακούω ιδέες, πως θα περάσουμε τη μέρα μας! «Και με πιάνει από το χέρι καθώς αρχίζουμε να περπατάμε στο χωματομονοπάτι που πήγαινε παράλληλα με τη θάλασσα από τον Μπάτη μέχρι το Έντεν όπως το λέγαμε και όχι Εδέμ, όπως επεκράτησε αργότερα. Στο τέλος του Έντεν υπήρχε ένα ρέμα και στη δεξιά του πλευρά ένα μονοπάτι, που οδηγούσε κατά πάνω μακριά από τη θάλασσα. Πήραμε λοιπόν αυτό το ερημικό μονοπάτι, χωρίς να έχουμε και καμιά ιδέα που θα βγαίναμε, ενώ συζητάγαμε για το πως περάσαμε τις διακοπές μας και επίσης τι βιβλία διαβάσαμε, ή θα διαβάζαμε. Προχωρώντας κάνα δυο χιλιόμετρα φτάσαμε σ' ένα φαρδύ χωματόδρομο που έστριβε δεξιά προς τη θάλασσα. «Έχεις καμιά ιδέα με ρωτάει που βγαίνει αυτός ο μεγάλος δρόμος; «Μάλλον στη θάλασσα κοντά στον Άλιμο, από κει είναι εύκολο να περπατήσουμε προς τη Γλυφάδα, ή να συνεχίσουμε αυτό τον άλλο χωματόδρομο και να βγούμε αφού στρίψουμε δεξιά πάνω από το αεροδρόμιο προς τα Σούρμενα.» Τώρα, αν πάμε προς τα εκεί θα βγούμε πάνω από τη Γλυφάδα και θα έχουμε ωραία θέα. Θα πρέπει όμως να περπατήσουμε κατεβαίνοντας προς το κέντρο. Εκεί θα μπορέσουμε να καθίσουμε σε κανένα ταβερνάκι, ή στο κέντρο σε κάποιο ζαχαροπλαστείο.» «Σε πόση ώρα μπορούμε να κάνουμε όλα αυτά; «ρωτάει. «Σε δυο ώρες το πολύ και με ξεκουραστική ανάπαυση στο δάσος, κάτω από ένα μεγάλο πεύκο.» «Που οπωσδήποτε το έχεις παραγγείλει ειδικά για μας!» Μου σφίγγει το χέρι και ανέμελα συνεχίζουμε πιασμένοι χεράκι, χεράκι να περπατούμε σαν να μη συμβαίνει τίποτα. Η αλήθεια είναι ότι βρισκόμαστε σε τέλεια ερημιά και ησυχία, που σπάνια διέκοπτε ο θόρυβος από κανένα αεροπλάνο, που προσγειωνόταν, ή απογειωνόταν από το Ελληνικό. Χάζευα και απαριθμούσα τους τύπους των αεροπλάνων, που ήταν τα περισσότερα στρατιωτικά και μάλιστα Ντακότες- DC 3. Που και που εμφανιζόταν κανένα μεγαλύτερο, όπως ήταν τότε τα DC4 ή ακόμα τα DC6B που μάλλον πήγαιναν στο εξωτερικό. Και περπατώντας αρχίσαμε την κουβέντα για το πόλεμο στην Κορέα και πόσο σύντομα τελείωσε. Είπαμε και για το Ντιέν Μπεν Φού που έπεσε, όπως μου είπε για να προκαλέσει τον θαυμασμό μου.

«Είσαι από τα πολύ λίγα κορίτσια, που μπορεί κανείς να κρατήσει μια σοβαρή συζήτηση για τη διεθνή κατάσταση, πράγμα πολύ σπάνιο σήμερα. «' «Και εσύ δεν πας πίσω. «Μου χαμογελάει. «Ναι μα εγώ δεν είμαι κορίτσι. Τα αγόρια κατά τεκμήριο είναι πολύ πιο ενημερωμένα από τα κορίτσια. «Αποκρίνομαι. «Τώρα θέλεις να σου πω ότι τα λές πολύ ωραία! «Με αγκαλιάζει και με φιλάει ενώ μπαίνουμε μέσα στο δάσος πάνω από την Ανατολική πλευρά του αεροδρομίου. «Ευτυχώς να το μεγάλο πεύκο, δείχνω, που θα καθίσουμε για να ξεκουραστούμε και να φιληθούμε.» Την τραβάω από τη μέση και καθόμαστε. Ερημιά γύρω, μόνο ένα σκυλί μας κοίταξε από μακριά και γάβγισε δυο τρεις φορές. Και τότε συνεχίσαμε τις διαχύσεις και περιπτύξεις μας, που πάντοτε σταματούσαν στο σημείο, που προέκυπτε κίνδυνος εκπαρθένευσης όπως επέμενε. Προσπάθησα βέβαια να της πω ... περιγραφικά όσο... αναίμακτα μπορούσα, ότι υπάρχουν και άλλοι τρόποι, ώστε να μη θιγεί το παρθενικό στοιχείο. Πετάγεται απάνω κατεβάζοντας την ανασηκωμένη μπλούζα της, και οργισμένη με αποκαλεί χυδαίο και διεστραμμένο, γουρλώνοντας από θυμό τα μάτια της, με αυτά που υπονοώ και ότι αυτά δεν συμβαίνουν ανάμεσα σε πολιτισμένα άτομα διαφορετικών φύλων. «Και που να'ξερες! «Απαντάω: «Συμβαίνουν και παρά-συμβαίνουν, άλλο αν εσύ θεωρείς αυτές τις... πρακτικές, διαστροφές, πάντως συμβαίνουν και συνέβαιναν τουλάχιστον από την κλασική αρχαιότητα, τους Ρωμαίους και πολλές μεταγενέστερες περιόδους μέχρι σήμερα, άπειρα τα δείγματα και οι τρόποι...» Με κοίταξε καλά καλά, καθώς ξανακαθόταν.» Και θέλεις να συμβούν αυτά... τέλος πάντων, όλοι αυτοί οι τρόποι κάτω από το... πεύκο; Θα είσαι τρελός! Άσε που μπορεί να εμφανισθεί και κανένας.» «Δηλαδή κούκλα μου, θέλεις να μου πεις ότι αν βρεθείς σε ιδιωτικό χώρο ... καλά φυλασσόμενο... όπως το δωμάτιό μου, στο σπίτι μου θα μπορούσαμε να επιχειρήσουμε κάτι παρόμοιο; «Είσαι αηδιαστικός και αν συνεχίσεις με αυτές τις ιδέες θα πρέπει να πούμε αντίο εδώ και τώρα! Και λάβε υπ' όψη σου ότι δεν είμαι πουριτανή, αλλά όλα αυτά και άλλα πολλά, θα τα υποσχόμουν σε αυτόν που θα παντρευτώ και αφού έχει πρώτα σύμφωνα με τη φύση ικανοποιηθεί από μένα. Τότε μπορεί! Όχι όμως πριν! Σήκω και πάμε προς τη παραλία στο ταβερνάκι.» Βγήκαμε στην αρχή της Βούλας στο πλαϊνό δρόμο του Ασκληπείου και κατεβήκαμε προς τη θάλασσα.

Λίγο πιο πέρα από τη στροφή του Ασκληπείου συνέχιζε για λίγο ένας χωματόδρομος που κατέληγε σε μονοπάτι, δίπλα στη παραλία. (Δεν υπήρχε η παραλιακή.) Στην αρχή του μονοπατιού οι Γερμανοί είχαν χτίσει ένα πολυβολείο με ενισχυμένο μπετόν, που ο δαιμόνιος ντόπιος, τέως ψαράς, νυν επιχειρηματίας, το είχε μετατρέψει σε ψαροταβέρνα. Μετά από περίπατο δυο και βάλε ωρών καταλήξαμε εκεί που αν θυμάμαι καλά το ονόμαζε Σμαράγδι. Καθίσαμε σ' ένα τραπέζι πάνω στο χώμα και παραγγείλαμε μαρίδες, καλαμαράκια, πατάτες τηγανιτές και χόρτα του βουνού. Όπως πάντα οι κουβέντες μας με τη Μάρω ήταν πολύ ενδιαφέρουσες ή τουλάχιστον έτσι εγωϊστικά θεωρούσαμε και οι δυο ότι ... ήτανε! «Με άλλα λόγια, μου λέει, ο εγωϊσμός ξεχειλίζει από τα μπατζάκια μας! «Σαν δεν ντρέπεσαι, αποκρίνομαι, και μετά μου λές ότι το μυαλό μου πάει συνεχώς στο πονηρό!» «Και που να δεις, συνεχίζει η Μάρω, μας είχαν πάει εκδρομή με το σχολείο, πάνω από τη Βούλα σ' ένα λόφο, εκεί υπάρχει ολόκληρη εγκατάσταση με δωμάτια, μεγάλες βάσεις για κανόνια και από το ύψωμα αυτό, όπως μας εξήγησε ο καθηγητής που ήτανε μαζί μας, οι Γερμανοί είχαν τον έλεγχο όλης της ακτής, από το αεροδρόμιο μέχρι τη Βουλιαγμένη. Πρέπει η εγκατάσταση αυτή, αν υπάρχει ακόμη, διότι είχανε κατασκευάσει και δρόμο που έφτανε εκεί πάνω. Απορώ πως δεν έχει γίνει και εκεί ταβέρνα.» «Βλέπεις η γενιά η δική μας που είμαστε του πολέμου παιδιά, ακόμα θυμάται και αναλύει τα σχετικά πρόσφατα γεγονότα, για να μη μιλήσουμε για τα Δεκεμβριανά και τον Συμμοριτόπολεμο. Αλλά, πολύ το ρίξαμε στα ιστορικά και τα πολεμικά, της χαμογελάω, είσαι ενήμερη και πάντα ενημερώνεσαι...» «Κάτσε να πληρώσω για να φύγουμε, γιατί πάει πέντε η ώρα και μου είπες ότι πρέπει να είσαι στο σπίτι σου πριν από τις εφτά.» Πλήρωσα το λογαριασμό και σηκωθήκαμε. Περάσαμε το χωματόδρομο και πήραμε τον πρώτο δρόμο δεξιά που ήταν παράλληλος της λεωφόρου προς τη Βούλα, που περνούσε το λεωφορείο. Και τι δεν είπαμε εκείνο το απόγεμα, για την Ευρωπαϊκή Ένωση Χάλυβος και Άνθρακος που επρόκειτο, απ' ότι είχαμε διαβάσει, να μετατραπεί στην Ευρωπαϊκή Κοινότητα των αρχικών έξι χωρών. «Βλέπεις, μου σφίγγει το χέρι καθώς περπατούσαμε χεράκι, χεράκι προς το τέρμα της Βούλας, εμάς μας έχουν απ' έξω, όπως και πολλά άλλα κράτη της Ευρώπης. Είναι μόνο τα Βιομηχανικά Κράτη και η συμφωνία του Ντε Γκωλ με τον Αντενάουερ, για να μη γίνει κι' άλλος Γαλλογερμανικός πόλεμος.

Εσύ τι νομίζεις, με ρωτάει, υπάρχει περίπτωση να γίνουμε ποτέ μέλη σ' αυτές τις Ηνωμένες Πολιτείες της Ευρώπης;» «Εγώ νομίζω, αποκρίνομαι, ότι είναι θέμα ηγετών όπως αυτοί οι δυο της Γαλλίας και της Γερμανίας, εμείς εδώ δεν έχουμε κανέναν αυτού του βεληνεκούς όπως είπε ο πατέρας μου.» «Το βεληνεκές, είναι ωραία λέξη, μου λέει, δεν νομίζω ότι είναι απαραίτητο, διότι οι ηγέτες των έξι αυτών κρατών δεν έχουν όλοι παρόμοιο βεληνεκές με τους δυο πρώτους. Επί πλέον η Ιταλία, σαν ιδρυτικό μέλος αλλάζει κυβερνήσεις κάθε τόσο σαν πουκάμισα, εκεί όμως υπάρχει κράτος, όχι ηγέτης.» Σιγά, σιγά με την κουβέντα φτάσαμε στο τέρμα των λεωφορείων Βούλας, που ήταν στο κέντρο του τότε μικρότατου προαστείου. Σε μια ώρα εκείνη κατέβηκε στο Μπάτη, αφού φιληθήκαμε κόσμια και συνέχισα για την Ακαδημία, απ'όπου πήρα το τραμ 3 για τη στάση Αγγελοπούλου.

Όταν ανεβηκα στο διαμέρισμα, πάλι έλειπαν οι δικοί μου και χτύπησε το τηλέφωνο. Ήταν η Μάρω για να δει πως έφτασα. Την... καθησύχασα ότι έφτασα σώος δεν με βίασε κανείς, ούτε και εγώ... επιτέθηκα σε καμιά κοπέλα, αν και με είχαν... προκαλέσει κάτι κοριτσάκια σχετικά. «Είσαι σαχλός και βλάξ, μου ρίχνεται, εγώ ρωτάω από ενδιαφέρον και εσύ με κοροϊδεύεις. Και δεν μου λές, συνεχίζει, τι θα κάνεις αύριο; Γιατί έλεγα να ιδωθούμε, μπορεί να ανέβω στην Αθήνα...» «Αύριο θα είνα πολύ δύσκολο γιατί το πρωί έχει πει ο πατέρας μου ότι θέλει να πάμε σε κάποιον γνωστό του και πρέπει να πάω μαζί του.» «Ωραία, λοιπόν φιλάκια, να με σκέπτεσαι και να με ονειρεύεσαι κόσμια και όχι όπως συνηθίζεις! «Καληνύχτα να είσαι καλά. Και πότε την ρωτάω σου είπα με ποιό τρόπο σε ονειρεύομαι;» «Μου το είπες έμμεσα, όταν μου προτείνεις τις διάφορες παρά φύσει δραστηριότητες, είναι βέβαιο ότι θα τις έχεις ονειρευτεί! Τρέχα και κάνε ένα κρύο ντούς.μου προτείνει η Μάρω, Φιλιά.» Και μου το κλείνει.

Η Μπέττυ και η ποδηλατάδα

Ξεκινάω λοιπόν, στις εννιά και μισή το πρωϊ με τους δικούς μου να με προτρέπουν να γυρίσω πριν από τις εφτά, διότι το βράδυ θα έρθει μεγάλη παρέα και πρέπει να είμαι πίσω για να βοηθήσω.

Βγήκα με το ποδήλατο ακολουθώντας την Ιωάννου Δροσοπούλου, αυτή τη φορά, μέχρι τη Γαλατσίου και από κεί τους γνωστούς ανήφορους με τα πόδια σπρώχνοντας το ποδήλατο. Τελικά από τη πίσω μεριά του κολλεγίου πήρα τον κατήφορο που με έβγαλε στην οδό Εθνικής Τραπέζης όπου και το σπίτι της Μπέττυς.

Μόλις έφτασα και πριν σταματήσω, εμφανίστηκε καβάλα στο ποδήλατό της ελαφρότατα ντυμένη με μπλουζάκι αθλητικό που τόνιζε όλα όσα έπρεπε αρκετά, και με τζην παντελόνι πράσινο σκούρο. «Μπράβο, μου λέει, έφτασες στην ώρα σου! Τώρα μου επιτρέπεις να σε πλοηγήσω εγώ.

Σου έχω και έκπληξη θα κάνουμε και Αγγλοσαξωνικό πικ νικ! Έχω προβλέ-ψει ακόμα και ποτά.» Το βλέμμα μου έπεσε σ' ένα μεγαλούτσικο δέμα που είχε στη σχάρα του ποδηλάτου της.

Ξεκινήσαμε γρήγορα και περάσαμε τα σίδερα που ακόμα υπήρχαν τα υπολείμματα της γραμμής του τρένου, που πήγαινε στο Λαύριο και επειδή οι γραμμές διέσχιζαν την Κηφισίας, η τοποθεσία είχε ονομαστεί «Σίδερα." Η Μπέττυ, καθώς πότε πήγαινα πίσω της, πότε πλάι, μου φαι-νόταν τελείως διαφορετική από ότι το σχολείο με τη μπλέ σκούρα ποδιά. Γελαστή, ολόφρεσκη, αθλητική, γεμάτη ζωή και χιούμορ όπως παρατήρη-σα και της είπα. Μάλλον χάρηκε και μετά από μια ώρα, είχαμε φτάσει στο σημείο που ο δρόμος με πολλές κορδέλλες στο τέλος διχαζόταν. Αριστερά πήγαινε προς Μενίδι - Πάρνηθα και δεξιά προς Τατόι και πάλι Πάρνηθα, αλλά ψηλότερα και δεξιά από το Μενίδι. Αριστερά του δρόμου υπήρχε το ρέμα του Κόκκινου Μύλου, με νερό σαν μεγάλο ρυάκι, το περάσαμε με τα ποδήλατα περπατητά μέσα από το ρέμα, ισορροπώντας πάνω σε κάτι βρα-χάκια και βγήκαμε στην άλλη όχθη όπου συνέχιζε ένα στενό χωματομο-νοπάτι. Σταθήκαμε για λίγο και συνεχίσαμε προς τη κορφή του υψώματος από όπου είχαμε αρκετή θέα της Πάρνηθας αριστερά και του δάσους στο Τατόι δεξιά.

***

«Εδώ είμαστε, χαμογελάει, καθώς αφήνει το ποδήλατο κάτω και λύνει το πακέττο από τη σχάρα, όπως βλέπεις έχουμε ωραία θέα και μπο-ρούμε να βλέπουμε αρκετά μακριά, αν εμφανιστεί κανείς με ... κακές προ-θέσεις!» «Και γιατί να έχει κακές προθέσεις;» Την ρωτάω, «στην περιοχή των ανακτόρων, με όλα τα περιπολικά που περάσαμε. Δεν νομίζω ότι είναι περιοχή όπου θα δρούσαν οι κακοί! «Έχεις δίκιο, απαντάει, διότι είμαστε αρκετά κοντά, αν και το Βασιλικό κτήμα δεν φαίνεται από εδώ. «Έχεις πάει καθόλου να το δεις;» Με ρωτάει. «Εννοείς απ' έξω; Βέβαια και μέχρι εκεί που αφήνει η χωροφυλακή, διότι παρά πέρα δεν επιτρέπεται, γιατί, το έχεις δει εσύ; «Όχι, έλα τώρα, μου δείχνει ένα πλάτωμα, να κάτσουμε και να ανοίξουμε τις προμήθειές μας.» Άρχισε να ανοίγει το δέμα απ' όπου έβγαλε μια μεγάλη χάρτινη πετσέτα που άπλωσε στα χορτάρια και απά-νω της αράδιασε δυο μεγάλα σάντουιτς με τυρί και ζαμπόν, που τα είχε φτιάξει μόνη της, όπως περηφανεύτηκε, στη συνέχεια μια κονσέρβα κα-βούρι ρώσικη, που δεν άντεξα να την ρωτήσω αν την ... είχε ψαρέψει η ίδια. Μου απάντησε ότι είμαι σαχλός και ακολούθησε ο εμπλουτισμός του

χάρτινου τραπεζομάντηλου με μεγάλη ντομάτα μικροσκοπικές αλατοπι-περιέρες, δυο μανταρίνια, ένα τερμός, με καφέ ζεστό, όπως είπε και ένα μισό μπουκάλι κονιάκ "Μαρτελ" για να βάλουμε στον καφέ μας, διότι έτσι συνηθίζεται στην Νότια Γαλλία και στην Ισπανία. Είχα τις αντιρρήσεις μου γιατί να το πιούμε όλο αυτό δεν θα μπορούμε να γυρίσουμε ... απάνω στο ποδήλατο. Με καθησύχασε λεγοντάς μου ότι ο καφές εξουδετερώνει το οινόπνευμα! Γι' αυτό στη Γαλλία και την Ισπανία πίνουνε καφέ με κονιάκ σχεδόν πάντα το... πρωϊ. Η Μπέττυ ήταν πολυταξιδεμένη σε Ρώμη, Παρί-σι, Λονδίνο και Νέα Υόρκη. Στις σχετικές ερωτήσεις μου εξήγησε ότι είχε γεννηθεί στην Νέα Υόρκη, και μετά ο πατέρας της, στέλεχος μεγάλης δ
ιε-θνούς εταιρείας, είχε μετατεθεί πρώτα στο Λονδίνο, όπου πρωτοπήγε σχο-λείο, μετά στο Παρίσι και τελικά στη Ρώμη, από όπου τον μετέθεσαν στην Αθήνα, όπου βρίσκεται η έδρα της Εταιρείας για όλη τη Μέση Ανατολή. Έτσι είχε ταξιδέψει μαζί του και στην Ισπανία και στην Ιταλία. Όλα αυτά ήταν άκρως γοητευτικά για τον επαρχιώτη εμένα, που δεν είχα ταξιδέψει εκτός της Χώρας. Την παρακάλεσα να μου περιγράψει τουλάχιστον ένα προορισμό, όπως τη Ρώμη, μια και ήταν η τελευταία πόλη, που είχε μείνει πριν γυρίσει στην Ελλάδα.

Βέβαια πήγαινε πάντα σε Αγγλικά Σχολεία και έκανε παράλληλα Ελληνικά, στο σπίτι. Έτσι δεν είχε και πολλές δυσκολίες από την Τετάρτη Γυμνασίου που ήρθε στο δικό μας σχολείο. «Κάτσε να σου δείξω,» λέει, καθώς ανοίγει το τερμός και γεμίζει ενα τσίγκινο ποτηράκι με καφέ. Το αφήνει κάτω και μετά ξεβιδώνει το καπάκι του Μαρτέλ και ρίχνει μια γεν-ναία δόση στο ποτηράκι που ξεχειλίζει. «Αυτό είνα για σένα.» Μου δίνει το ποτηράκι, που το αφήνω αμέσως κάτω γιατί καίει. «Τώρα θα φτιάξω και το δικό μου.» Επαναλαμβάνει την ιεροτελεστία και το σηκώνει, καθώς το κρατάει «Στην υγειά μας! «καθώς χτυπάει.. τσινγκ το δικό μου... .Πίνουμε λίγο και αφού φάγαμε και το σάντουιτς ήταν όλα πολύ ωραία. Νομίζω ότι ήταν η πρώτη φορά που έπινα καφέ τόσο ... οινοπνευματώδη!

Συζητήσαμε πάρα πολλά αφού τέλειωσε την σύντομη περιγραφή - περιήγηση της Ρώμης, στολισμένη με πάρα πολλά υποκειμενικά της σχό-λια, που με έκαναν να καταλάβω πολλά. Πίνουμε και δεύτερο καφέ επίσης ενισχυμένο, βλέπω τα μάγουλά της να κοκκινίζουν και σκέφτομαι ότι κάτι πρέπει να γίνει, προχωρώντας, αλλά πως; Στον επόμενο – τρίτο - καφέ καθώς μου δίνει το τσίγκινο ποτηράκι, αγγίζει το μαγουλό της στο δικό μου και τότε αφήνοντας κάτω το ποτηράκι την τραβάω και την φιλάω απαλά στο μάγουλο. Αυτό ήτανε, γύρισε και με φιλάει στο στόμα καθώς ξαπλώνει απάνω μου και ανταποδίδω το φιλί. Αλλά πάλι ενώ είχε μείνει με το σουτιέν αφού μόνη της είχε βγάλει το μπλουζάκι δεν μ'αφήνει να το ξεκουμπώσω. Συνεχίζουμε τα φιλιά με χάδια και τριψίματα. Στην προσπάθεια μου να ξεκουμπώσω το τζην που φορούσε αντέδρασε κόβωντας κάθε προσπάθεια με ένα: «Αυτό δεν γίνεται! Σταμάτα!» Ήταν από εκείνα τα τζην που... θωρακίζουν... παρθένες, αδιαπέραστο από... οτιδήποτε. «Να προσέχεις, λέει. ξαναμμένη, διότι αυτά που κάνεις μπορεί να καταλήξουν σε τίποτα κακό...» «Νόμιζα ότι απολαμβάνουμε κάτι, γιατί το χαλάς; «της απαντάω, «Διότι αν το... παρα-απολαύσουμε θα έχουμε ιστορίες και προς το παρόν δεν πρόκειται να σε αφήσω να κάνεις τίποτα παραπάνω. Ούτε από τη πρώτη φορά που βγαίνουμε όπως τώρα, ούτε και τις επόμενες. Δεν είμαι από αυτές που θεωρούνται της «μιας νύχτας». Θέλω πάρα πολλές νύχτες για να ενδιαφερθώ, ώστε να αφήσω εσένα, ή όποιον άλλον να με... ικανοποιήσει. Που θα είναι και η πρώτη φορά!

Εδω είμαστε σκέφτομαι και σίγουρα είναι πολύ... νωρίς για να προτείνω την άλλη παρά φύσει ικανοποίηση, διότι εκεί θα με... χτυπήσει αν όχι τίποτα χειρότερο! Μαζέψαμε τα του πικ νικ υπόλοιπα, και τα βάλαμε μέσα σε δυο χάρτινες σακούλες που είχε φέρει γι' αυτό το σκοπό ώστε να τα πετάξει στα σκουπίδια σπίτι της. Αποφασίσαμε και γυρίσαμε από άλλο δρόμο συνεχίζοντας προς την Πάρνηθα και στρίβοντας αριστερά στο Μενίδι, βγήκαμε στην Νέα Ιωνία απ' όπου ανηφορίσαμε από κάτι μονοπάτια δίπλα στις γραμμές του τρένου. Κατεβαίνοντας από τα ποδήλατα σταθήκαμε λίγο στη γωνιά του δρόμου, πριν απο το σπίτι της όπου μου είπε ότι πέρασε πολύ ωραία και την επόμενη φορά, όταν θα λείπουν οι δικοί της, θα καλέσει τον Άγγελο και την Μαίη σπίτι της, για πάρτι... περιορισμένου αριθμού προσώπων! «Θα μπορούμε οι τεσσερίς μας να περάσουμε ένα ωραίο απόγεμα, ή και βράδυ,» μου είπε, καθώς αποχαιρετιόμαστε.Τελικά με έσπρωξε μακριά της λέγοντας ότι κάποιος ερχόταν και καλύτερα να εξαφανιστώ. Χαρούμενος από τη νέα γνωριμία – περιπέτεια και ότι υποσχόταν, οδήγησα προς την Κηφισίας και κατέβηκα άνετα την κατηφόρα της Αλεξάνδρας για να φτάσω σπίτι σε τρία τέταρτα της ώρας.

///

ΟΙ ΠΟΛΙΤΙΚΕΣ ΚΑΙ ΑΛΛΕΣ ΣΥΖΗΤΗΣΕΙΣ ΤΗΣ ΕΠΟΧΗΣ

Όταν έφτασα είχαν αρχίσει οι προετοιμασίες για τη συγκέντρωση μετά φαγητού, όπως την ονόμασε ο πατέρας. Για να είναι τα πράγματα πιο άνετα και καλώς παρουσιασμένα είχαν έρθει ενισχύσεις υπηρετικού προσωπικού από την πλατεία Βάθη: Η περίφημη για τα κεφτεδάκια της Βαγγελιώ, με την ξαδέρφη της μόνιμη υπηρεσία στο σπίτι των παπούδων και της θείας Μαρίας Όλα λοιπόν είχαν ταχτοποιηθεί και είμαστε έτοιμοι για την εισβολή των... βαρβάρων, αστειεύοταν ο πατέρας. Στο μεταξύ κατάφερα ένα γρήγορο ντους, για να ξεκολλήσω από πάνω μου τους ιδρώτες και τις σκόνες της ποδηλασίας. Η μητέρα με ρώτησε που και με ποιαν ήμουνα και της απάντησα στο... δάσος με νεράϊδες. Ωραίος τρόπος αυτός... με αγριοκοίταξε.

Μετά από λίγο άρχισαν να καταφτάνουν οι καλεσμένοι και μετά από τις καλησπεροχαιρετούρες κάθισαν στην τραπεζαρία και στο συνεχόμενο σαλόνι σε διάφορες καρέκλες, πολυθρόνες, στον μικρό με τη ψάθινη πλάτη καναπέ, στο ντιβάνι και σε διάφορα καρεκλάκια που υπήρχαν στο χόλ. Το νέο της ημέρας ήταν η ανακωχή που υπογράφτηκε στην Κορέα από τον ΟΗΕ και τη Βόρεια Κορέα. Το κράτος αυτό θα συνέχιζε χωρισμένο στα δύο μέχρι που να... ξαναρχίσουν να πολεμάνε, όπως ειρωνικά αναφέρει ο Σταύρος. Το άλλο νεο ήταν ότι ο Κρούτσεφ όπως λεγόταν τότε, ανακοίνωσε ότι και η Ρωσία, ή μάλλον η ΕΣΣΔ κατέχει πλέον και βόμβα υδρογόνου.

Εδώ ξεκίνησε μια συζήτηση που δεν φαινόταν να έχει τέλος, καθώς η άποψη που υποστήριζε ο Δημήτρης, ήταν ότι έτσι είναι καλύτερα διότι θα έχουμε ισορροπία δυνάμεων και δεν μπορεί να αρχίσει ένας από τους δυο τις πολεμικές ενέργειες, αφού ξέρει ότι ο άλλος θα του ανταποδώσει το χτύπημα με τα ίδια μέσα.Ο θείος Τάκης διαφώνησε, λέγοντας ότι με όλα αυτά τα πυρηνικά όπλα μπορεί να ξεφύγει κανένα και να πέσει απάνω μας.» Μη φοβάσαι τον διακόπτει ο Κωνσταντίνος ένα τέτοιο όπλο κοστίζει περισσότερο από όλη την Ελλάδα, κανείς δεν θα το σπαταλήσει απάνω μας!

Στο μεταξύ άρχισαν να σερβίρονται τα περίφημα κεφτεδάκια με κάποιο αθώο Σαββατιανό κρασάκι από τα Μεσόγεια και δυο μπουκάλια ούζο, που μερικοί το προτιμούσαν από το κρασί.

Χτύπησε το κουδούνι για άλλη μια φορά και εμφανίζεται ο Γιώργος Κ., ο δημοσιογράφος που είχε γυρίσει από την Κορέα την προηγούμενη βδομάδα, όπως είχαμε διαβάσει στην εφημερίδα. Ξέσπασε μεγάλη υποδοχή για τον... ονομασθέντα ήρωα, που απίθωσε στο τραπέζι της τραπεζαρίας μια μεγάλη πιατέλα τυλιγμένη με λαδόχαρτο που απεκαλύφθη ότι ήταν ... τσίροι μαρινάτοι. Βέβαια δεν γλύτωσε τη καζούρα: Ότι τους έφερε από τη... Κορέα, γιατί τα εκεί στρατεύματα δεν έτρωγαν τέτοια ψάρια. Ή μήπως του τα έδωσαν οι... Κινέζοι για να τον... δωροδοκήσουν ώστε να τους... αδειάσει τη γωνιά και διάφορα άλλα. Του είπαμε ότι τον διαβάζαμε όποτε εμφανιζόταν η ανταπόκρισή του στην εφημερίδα και πολύ θα θέλαμε να μας έλεγε και κάτι ξεχωριστό από τα μη γραφέντα στον τύπο. Πριν αρχίσει τις διηγήσεις αφού θερμοχαιρετιθήκαμε, τον ρώτησα αν κατάφερε να πάρει τη συνέντευξη από τον Μακ Άρθουρ. «Δυστυχώς είχε απολυθεί! Διότι ήθελε να ρίξει ατομική βόμβα.» «¨Με ένα εκατομμύριο σκοτωμένους που θα ...απέδιδε η βόμβα, θεωρεί ο στρατάρχης σου ότι θα έλυνε το θέμα; Για το Θεό, ρε Γιώργο, τι είναι αυτά που λές; «Απορεί και εξανίσταται ο Σταύρος.» Να σου πω έτσι το είχε θέσει το ζήτημα λέγοντας ότι θα είχε σώσει πολλές ζωές Αμερικανών και των συμμάχων τους, που με όποιο άλλο τρόπο και αν συνέχιζε την επίθεση δεν θα μπορούσε να τους διατηρήσει ζωντανούς! «Απαντάει ο φίλος δημοσιογράφος. «Αφού έτσι κι' αλλιώς υπέγραψαν ανακωχή, καλύτερα ο θερμόαιμος στρατάρχης σου να πάει σπίτι του, παρά να αρχίσει από τώρα τη χρησιμοποίηση αυτών των φοβερών όπλων, που όπως είδαμε στην Ιαπωνία, τι καταστροφή και πόσα θύματα προκαλούν.» Κλείνει την συζήτηση η θεία Μαρία. Και μετά από διακοπή της συζήτησης ακολούθησε γενναία επίθεση από όλη την ομήγυρη στους τσίρους, που θεωρήθηκε το τέλειο μεζεδάκι για το ούζο, ξανακαθίσαμε τρώγοντας τις σαλάτες και τα υπόλοιπα κεφτεδάκια. Μετά από λίγο κατέφτασαν πατάτες, ροδαλές και όπως πρέπει τηγανισμένες. Ο Γιώργος συνέχισε κοντά μισή ώρα να μας περιγράψει πόσο σκληροί και ακατανόητοι ήταν οι Κινέζοι. Είχε βρεθεί σε μια από τις επιθέσεις εναντίον του Ελληνικού Σώματος. «Αλλά αυτό που έκανε τρομακτική εντύπωση ήταν η μανία με την οποία επιτίθενται κατά κύματα και αδιαφορούν τελείως για όσους πέφτουν νεκροί γύρω τους.

«Και ειλικρινά σας λέω, τόνιζε με τη ψιλή φωνή του, ότι στο λόφο που υπερασπίζουν βαριά πολυβόλα, ελαφρύ πυροβολικό και πολλά ατομικά όπλα, κύματα επιτιθεμένων προσπαθούν να περάσουν ανάμεσα σε φράγμα από βλήματα και σφαίρες. Το αποτέλεσμα είναι να πέφτουν κάτω χτυπημένοι, άλλος μπρούμητα, άλλος ανάσκελα, άλλος στα γόνατα, ή στο πλάι. Μετά έρχονται από πίσω άλλα ανθρώπινα κύματα, που πατάνε απάνω στους νεκρούς και τους τραυματίες και πέφτουνε κάτω κι' αυτοί με τη σειρά τους. Το λόφο υπεράσπιζαν κάπου εξακόσιοι Έλληνες και αφού αυτοί οι κίτρινοι διάβολοι – όπως τους λέγανε – οπισθοχώρησαν και σταμάτησαν να έρχονται σαν φουσκωμένη θάλασσα, εκτιμήσαμε ότι πρέπει να ήταν ξαπλωμένοι εκεί μπροστά μας περίπου τρεις χιλιάδες νεκροί. «Άναψε τσιγάρο και γύρισε στον Δημήτρη: «Διερωτώμαι αν κάποιος συγγραφέας από το συνάφι σας, θα μπορούσε να περιγράψει κάτι παρόμοιο, διότι είναι κρίμα αυτές οι φοβερές σκηνές να μην παραμείνουν για την ιστορία.» «Και γιατί δεν στρώνεσαι εσύ να τις περιγράψεις; Από πένα έχεις απ' ότι όλοι μπορούμε να επιβεβαιώσουμε διαβάζοντας τις ανταποκρίσεις σου. Γιατί γυρεύεις άλλους που δεν θα είναι και τόσο αυτόπτες όσο εσύ; «Πολύ σωστά τα λέει ο Δημήτρης γιατί ψάχνεις αλλού, όταν κατέχεις τα γεγονότα και την πένα; «Του λέει και ο πατέρας. Σε λίγο ξεχάστηκε η Κορέα και ξεκίνησε άλλη μεγάλη συζήτηση γιατί ο Παπάγος μετά τις κερδισμένες εκλογές προετοίμαζε επίσημο ταξίδι στην Ιταλία, που θα θεωρηθεί η νέα εποχή στη σχέση των δύο χωρών, ιδιαίτερα διότι, όπως έγραφαν οι εφημερίδες ήταν και ο νικητής του πολέμου με την Ιταλία. «Τώρα από που και ως πού βγήκε νικητής συχνάζοντας στα σαλόνια της Μεγάλης Βρετανίας στη διάρκεια του πολέμου, μόνο ένα έθνος σαν το Ελληνικό μπορεί να το χωνέψει και να το διαφημίζει! «Ειρωνεύεται ο Κωνσταντίνος. «Νομίζω ότι μια φορά πήγε μέχρι τα Γιάννενα, επεμβαίνει ο Τάκης, και μετά επισκέφτηκε το μέτωπο.» «Φαίνεται ότι θα ήταν... πολύ διακριτικός...» ειρωνεύεται και ο Δημήτρης. «Καλά και τι θέλατε να πάει στην πρώτη γραμμή και να επιτεθεί με τη ξιφολόγχη; Τι ανοησίες είναι αυτές πού λέτε; «προσπαθεί ο Σταύρος να τους επαναφέρει στη λογική. Γενικά οι περισσότεροι, μου φάνηκε ότι ήταν εναντίον του Παπάγου για λόγους που δεν θέλανε να αναφέρουν.

«Και στο κάτω κάτω, λέει ο Γιώργος, ποιός άλλος θα μπορούσε να μαζέψει όλους αυτούς σαν επιτελείο, που προσπαθεί και κατά κάποιο τρόπο, μάλλον πετυχαίνει να βάλει τη χώρα να σταθεί στα πόδια της. Ορίστε ο Στεφανόπουλος στην Αμερική κατάφερε και θα αυξήσει τη βοήθεια του σχεδίου Μάρσαλ. Ο υφυπουργός του, ο Αβέρωφ, στην Ευρώπη προχωράει στην υποστήριξη της Γερμανίας να επαναεξοπλιστεί, αποβλέπει έτσι στην αύξηση των εξαγωγών μας προς τη χώρα αυτή, που ανεξάρτητα από τις εχθρότητες του παρελθόντος, έστω και αν υπάρχουν αντιδράσεις, θα εξελιχθεί στην οικονομική ατμομηχανή της Ευρώπης. «Δηλαδή βρισκόμαστε ανάμεσα στον Παπάγο και τον Παπανδρέου, κακό που μας βρήκε!» Κουνάει το κεφάλι της η Λέλα, φίλη της θείας Μαρίας. Κανείς άλλος δεν υπάρχει; Ο μάλλον γερασμένος στρατάρχης και ο νεότερος αλλά όπου φυσάει ο άνεμος, πρώτος μετακατοχικός Πρωθυπουργός! Αλί και τρισαλί κακομοίρα Ελλάς.» «Και ποιός θα ήτανε καλύτερος μια και προς το παρόν δεν έχουμε κανεναν μεγάλο Βενιζέλο και όχι τον... βραχύ γιό του, ούτε και από την άλλη παράταξη κανένα που να πλησιάζει έστω τον Χαρίλαο Τρικούπη!» Επεμβαίνει η μητέρα μου.»Τότε όμως αγαπητή μου Ιουλία, απαντάει στη μητέρα ο Δημήτρης, θα είχαμε ... πτωχεύσει, όπως κατάφερε ο ευνοούμενός σου πρωθυπουργός! Ο Τρικούπης. «Και μην ξεχνάτε, προσπαθεί να κλείσει τη συζήτηση ο Σταύρος, ότι οι ηγέτες αντανακλούν τις προτιμήσεις των υπηκόων τους. Αφού βγήκε με τέτοια πλειοψηφία με τις 243 έδρες στη Βουλή των 300, τι θέλετε και προχωρείτε εκ των υστέρων σε κριτική; Πάω στοίχημα ότι αν ψηφίζαμε εδώ μέσα, όπως είμαστε τώρα, πάλι την ίδια πλειοψηφία θα διαπιστώναμε, άρα προς τι οι διαφωνίες και η κριτική;» «Διότι, όπως είπε και ο Αριστοτέλης, εάν δεν με απατά η μνήμη μου, οι Έλληνες, σαν Έλληνες πρέπει πάντοτε να αμφιβάλλουν!» Απαντάει ο Γιώργος. «Εννοείς Γιώργο, να αμφιβάλλουμε, όχι να αμφιβάλλουν οι... άλλοι για χάρη μας. «Συμπληρώνει ο πατέρας. Αυτό το αμφιβάλλουμε και ο Αριστοτέλης που το είπε, αν το είπε, μου άρεσε πολύ περισσότερο από την υπόλοιπη κουβέντα και προσπάθησα να το κρατήσω σε κάποια γωνιά του μυαλού μου για να το χρησιμοποιήσω σε πρώτη ευκαιρία στο σχολείο.

✳✳✳

Βγήκα μια στιγμή για ένα ποτήρι νερό στη κουζίνα και όταν επέστρεψα η συζήτηση είχε πάρει άλλο δρόμο και η κριτική της Κυβέρνησης συνεχιζόταν, αλλά αυτή τη φορά για το Κυπριακό. Γενική διαπίστωση με ελάχιστες αντιρρήσεις, ήταν ότι η ανακίνηση αυτού του ζητήματος δεν ήταν της παρούσης και κακώς ο στρατάρχης δέχτηκε να προβάλει το θέμα. Προς το παρόν βέβαια όλα ήταν μάλλον ήσυχα, αλλά ο Γιώργος από τις επαφές του με την Βρετανική Πρεσβεία, είχε πληροφορίες ότι οι φασαρίες από Ελληνικής πλευράς θα κλιμακωθούν, χωρίς να υπάρξει ορατή λύση, διότι όχι μόνο οι Βρετανοί είναι τελείως αντίθετοι με οποιαδήποτε ευνοϊκή αντιμετώπιση, αλλά ούτε που θα λάβουν υπ' όψη τους όποια διαμαρτυρία. Τότε συνεχίστηκε η συζήτηση με επιχειρήματα υπέρ και κατά της Ένωσης με τη Κύπρο, ή της παραμονής του νησιού στο καθεστώς της Βρετανικής αποικίας. Οι αντιρρήσεις ήταν πολλές, με πρώτο επιχείρημα αν ρώτησε κανείς τους Κυπρίους, θέλουνε, ή δεν θέλουνε εκείνοι την Ένωση. «Ύστερα από τόσα χρόνια κάτω από Βρετανική Διοίκηση είναι δυνατό να θέλουν να γίνουν μια Ελληνική πεντηκοστή Νομαρχία; Άσε που η Ελληνική γραφειοκρατία, σε παραβολή με το Βρετανικό Δίκαιο που εφαρμόζουν, θα τους κάνει να... απομακρυνθούν όσο μπορούν περισσότερο από την μητέρα Ελλάδα.» Λέει ο Κωνσταντίνος. Και υποστηρίζει την αποψή του, ασταμάτητος: «Ότι είχε πάει, πριν ένα χρόνο, για δουλειά της Εθνικής Τραπέζας που εργαζόταν στο Νομικό τμήμα και είχε μείνει κατάπληκτος από τη διαφορά στη διοικητική οργάνωση του νησιού, σε παραβολή με την Ελλάδα.» «Αυτό συμβαίνει, του απαντάει ο Δημήτρης, διότι το Αγγλοσαξωνικό Δίκαιο, όπως γνωρίζεις, αλλά το λέω για τους άλλους, είναι εθιμικό και δεν υπάγεται σε κώδικες, όπως οι Ναπολεόντειοι, που επιβλήθηκαν σε όσα κράτη πέρασε ο Ναπολέων, που να ... μην πέρναγε! Διότι αυτός μεταξύ άλλων κακών θεωρώ ότι είναι ο... ιδρυτής της γραφειοκρατίας με τους κώδικές του και ότι άλλο επέβαλε!» Άλλοι όμως είχαν αντιρρήσεις λέγοντας ότι και επί Βυζαντίου υπήρχαν Κώδικες, που εφαρμόζονταν από παλιότερα και από την Ρωμαϊκή Αυτοκρατορία, πολύ πριν εμφανισθεί ο Ναπολέων.

***

«Μπορεί να ήταν κι' έτσι, αλλά, συνεχίζει ο Δημήτρης, παρά τους κώδικες που λέτε, δεν υπήρχε τέτοια και τόση γραφειοκρατία, παρά μόνο νομίζω για εκκλησιαστικά θέματα, όπως παραχωρήσεις εκτάσεων με χρυσόβουλα αυτοκρατόρων, που ήταν πολύ περιορισμένα. Αν σκεφτείτε σήμερα πόσα νομοθετήματα όχι μόνο με τη μορφή Νόμων αλλά και Βασιλικών Διαταγμάτων, Υπουργικών Αποφάσεων και ότι άλλο κανονιστικό έγγραφο, εκδίδονται καθημερινά, σας πάω στοίχημα ότι τα αντίστοιχα στην Κύπρο δεν είναι παραπάνω από το ένα έβδομο των Ελληνικών». Λοιπόν, καταλήγει ο Δημήτρης: «Οι Κύπριοι θα πρέπει να είναι μεγάλοι θαυμαστές του... Μαζώχ, για να επιθυμούν αυτή τη γραφειοκρατική μετατροπή τους. «Κάποιος κάτι πήγε να πει για τα Δωδεκάνησα και εκεί ο Δημήτρης τον κατακεραύνωσε. «Μα τι είναι αυτά που λές, οι Ιταλοί, όπως και οι Γάλλοι και οι λοιποί της Ευρώπης, που κατά τον ένα ή άλλο τρόπο είχαν κατακτηθεί από τον Ναπολέοντα. Καμία σχέση με την Κύπρο!.» «Δεν υπάρχει τίποτε πιο εποικοδομητικό να πούμε; Επεμβαίνει η μητέρα, από τον Παπάγο αρχίσατε στη Κύπρο και τη γραφειοκρατία, καταλήξατε και σας ομολογώ ότι δεν βλέπω πως όλα αυτά θα πετύχουν να λύσουν τα προβλήματα που αντιμετωπίζει κάθε ένας από μας στην καθημερινή ζωή. Άλλες ιδέες δεν έχετε; «Σαν τι ιδέες; «ρωτάνε οι περισσότεροι. «Μήπως μας περνάς για μάγους που με το ραβδί μας θα διαγράψουμε μια τροχιά και θα γίνουν όλα ωραία και αρμονικά όπως στις παραμυθένιες χώρες των αδελφών Γκριμ, ή κάτι παρόμοιο;» ρωτάει ο Τάκης «Να σου πω, αρχίζει ο Γιώργος, καταλαβαίνω τι λέει η Ιουλία, δυστυχώς όμως είμαστε, ή μάλλον έτσι αισθάνομαι εγώ, ελαφρά καταπιεσμένοι, από όλα αυτά τα πρωτόφαντα νέα. Βλέπετε μέχρι τώρα είμαστε ρυθμισμένοι στην κατοχή, πείνα πόλεμο, ανταρτοπόλεμο, Κορέα, Αμερικάνικη βοήθεια και πάει λέγοντας. Είναι μια από τις πρώτες φορές μετά από πολλά χρόνια που αντιμετωπίζουμε κάτι που αρχίζει: Μια ειρηνική εποχή. Και μέχρι να ρυθμιστούμε σ'αυτήν θα περάσει αρκετός χρόνος που πάντα θα επηρεάζεται από τα φαντάσματα του παρελθόντος. «Αυτό μοιάζει με έργο κάποιου Σκανδιναβού, Στρίνμπεργκ, ή Ιψεν, σχολιάζει ο Σταύρος, αλλά δεν συμφωνώ.» Και συνεχίζει: «Ουαί και αλίμονο αν το ανθρώπινον ον αργεί τόσο πολύ να αντιδράσει σε οτιδήποτε, επειδή είμαστε ρυθμισμένοι, όπως στη κατοχή, Δεκεμβριανά κλπ, πάει να πει ότι τα ... Σκανδιναβικά φαντάσματα θα μας καταδιώκουν επ' άπειρον; Νομίζω πολύ παρατραβηγμένη αυτή η διαπίστωση. Και στο κάτω, κάτω εσύ Γιώργο, μπορεί να νιώθεις καταπιεσμένος όπως είπες, μετά την Κορεάτικη εμπειρία σου, που πραγματικά, σου βγάζω το καπέλο, πρέπει να ήταν τραυματική. Και η ομηρία του Αντρέα από τους κατσαπλιάδες ήταν άλλη πιο τραυματική κατάσταση. Τα φαντάσματα λοιπόν αυτά υπάρχουν και πρέπει να υπάρχουν χωρίς να ξεχαστούν. Από εδώ όμως μέχρι να μας καταπιέζουν, όπως οι Γερμανοί στην κατοχή, δεν νομίζω ότι είναι ή, μάλλον ότι πρέπει να είναι η σωστή τακτική που πρέπει να ακολουθήσουμε. Κλείστε τα όλα μέσα σε ένα ντουλάπι, όπως θα έλεγαν οι Βρετανοί και αντιμετωπίστε το σήμερα. Όταν έχετε την αίσθηση της ανάγκης να... συναντήσετε την καταπίεση, ανοίξτε το ντουλάπι και αναλογιστείτε τα του παρελθόντος, και αν θέλετε τη συμβουλή μου μην καθίσετε πολύ μπροστά στο ανοιχτό ντουλάπι, διότι λίγη ανάμνηση – αναπαράσταση- από οτιδήποτε το τραυματικό θα ωφελήσει, αλλά πολλή, μπορεί και να βλέψει.» «Μωρέ τι είσαι εσύ; Τον διακόπτει ο πατέρας, σωστός ψυχίατρος – ψυχαναλυτής, που είναι της μόδας τελευταία στην Εσπερία, δηλαδή σε όλες τις Δυτικές Χώρες απ' ότι διαβάζω. Πολύ βαθυστόχαστα όλα αυτά που μας λές. Συνταγή που θεραπεύει πάσαν νόσον, ή μαλακίαν, ανοίγετε το ντουλάπι την βάζετε μέσα. Το ανοίγετε θυμόσαστε και το ξανακλείνετε, διότι αν το αφήσετε πολύ ανοιχτό μπορεί και να σας βλάψει. Δηλαδή να κρυώσετε από το ρεύμα! «Και άλλα σουρεαλιστικά ακούστηκαν στη συνέχεια μέχρι που ο Σταύρος καθώς σηκώθηκε να πάει προς το τραπέζι όπου βρισκόταν η καράφα με το κρασί γύρισε αντιμετωπίζοντας την ομήγυρι και λέει: «Χαράστον πού έχει δολλάρια, διότι μέσα στη νύχτα και συγκεκριμένα στις 9 προς 10 Απριλίου, θα είχε διπλασιάσει τις δραχμές του. «Φαίνεται ότι ήταν επτασφράγιστο μυστικό η υποτίμηση της δραχμής, είμαι σε θέση να σας... διαφωτίσω, συνεχίζει ο Δημήτρης, ότι ούτε τα Ανάκτορα εγνώριζαν τίποτα σχετικό. Το εγνώριζε μόνο ο Πρωθυπουργός -Στρατάρχης και ο Μαρκεζίνης σαν Υπουργός Συντονισμού που εφαρμόζει το μέτρο, με τη σύμφωνο γνώμη βέβαια των Αμερικανών.» «Και είμαστε βεβαιοι ότι οι Αμερικάνοι δεν το εσφύριξαν σε κάποιους φίλους τους;» ρωτάει μάλλον ειρωνικά ο Κωνσταντίνος. Σκεφτόμουνα να πάω να τηλεφωνήσω στη Μάρω, όταν είπαν όμως τη λέξη υποτίμηση, που είχα ακούσει και στο σχολείο μια βδομάδα πριν, μια και δεν είχα ιδέα περί τίνος πρόκειται αποφάσισα να καθίσω και να... διευρύνω τις γνώσεις μου.

Έτσι τέντωσα τα δυο αυτιά και ακούω, καθαρότατα τον Τάκη να αναφέρει σαν να διάβαζε σχετικό εγχειρίδιο τα πλεονεκτήματα της υποτίμησης. Αντιμετωπίζει όμως την κριτική των υπολοίπων, που ενώ παραδέχονται μέρος των λεγομένων του, διαφωνούν με τα υπόλοιπα. «Ωραία, πραγματικά, πρώτος ο Σταύρος, θα αυξήσουμε τις εξαγωγές μας, που αποτελούνται από αγροτικά προϊόντα, διότι καμιά άλλη βαριά βιομηχανία προς το παρόν δέν διαθέτουμε. Θα περιοριστούν οι εισαγωγές διότι, ότι εισάγομε και μάλιστα αρκετά από τα απαραίτητα προϊόντα, παράδειγμα το πετρέλαιο, θα διπλασιαστεί η τιμή του. Πάνε περίπατο και τα ταξίδια μας στο εξωτερικό, όπου πλέον μόνο κροίσοι μπαμπάδες θα μπορούν να στέλνουν τα παιδιά τους για σπουδές. Εντάξει θα αυξηθεί ο Τουρισμός διότι θα γίνουμε φτηνότεροι από την Ιταλία, όχι όμως και από την Ισπανία, όπου η ισοτιμία του δολλαρίου αυτή την εποχή αντιστοιχεί σε 100 πεσέτες και όχι 30 δραχμές. Κι' αυτό το πλεονέκτημα ισχύει μόνο για την Ιταλία και μερικές άλλες χώρες της Ευρώπης ή της Μεσογείου αν θέλεις...» «Επ... σιγά, επεμβαίνει ο πατέρας, δεν νομίζω ότι 1 δολλάριο στοιχίζει 100 πεσέτες, που τα βρήκες αυτά Σταύρο; «Στην Ναυτεμπορική, που παίρνουμε κάθε μέρα στο Γραφείο. Η Μαρία ίσως μπορεί να μας το βεβαιώσει μια και εργάζεται στη Πρεσβεία.» Γυρνάνε όλοι στη Μαρία.Το δολλάριο βεβαιώνει εκείνη ισοδυναμεί με 60 και όχι 100 πεσέτες και δεν αλλάζει η τιμή του. Προς το παρόν μετά τη δική μας υποτίμηση των 30 δραχμών στο δολλάριο μία δραχμή αντιστοιχεί σε δύο πεσέτες. Άρα δεδομένης της τουριστικής κίνησης προς την Ισπανία, που είναι τουλάχιστον πενταπλάσια της αντίστοιχης προς την Ελλάδα, διότι αυτοί εκεί άρχισαν από τα μέσα της δεκαετίας του 40, να προβάλουν τη Χώρα τους για τουρισμό, ενώ εμείς δεν νομίζω ότι έχουμε αρχίσει τίποτα το αξιόλογο ακόμα, επί πλέον δε, είναι και φτηνότεροι. Δεν μένει λοιπόν παρά να συμφωνήσω με τον Σταύρο ότι ο Τουρισμός προς την Ελλάδα δεν πρόκεται να αυξηθεί σημαντικά.» «Να πας να τα πεις αυτά στον κύριο Μαρκεζίνη που διαρρηγνύει τα ιμάτιά του ότι θα αυξηθεί και ο Τουρισμός.» παρατηρεί ο Γιώργος. «Ίσως να εννοεί τον Τουρισμό από την Αμερική. Για τον Αμερικάνο με το δολλάριο στις 30 δραχμές οπωσδήποτε θα είναι φτηνότερα, όπως και για τους Βορειοευρωπαίους. «επιμένει ο Σταύρος. «Πάλι τα ίδια, αποκρίνεται ο πατέρας, φτηνότερα θα είναι, αλλά εδώ το θέμα που συζητάμε είναι ότι αλλού, είναι, ή θα είναι φτηνότερα;

Και κατά συνέπεια το όφελος της υποτιμήσεως επιδρά ελάχιστα στον τουρισμό. Ότι υπάρχουν πλεονεκτήματα υπάρχουν και θα τα δούμε στην ανάπτυξη της Χώρας που θα ακολουθήσει την υποτίμηση. Τώρα βέβαια για να επαναφέρω τη συζήτηση με το ερώτημα αν πλούτισαν διάφοροι που γνώριζαν εκ των προτέρων την υποτίμηση, θα τους αντικρίσουμε στο μέλλον υποδυόμενους:

1. τους κληρονόμους πλουσίων συγγενών που... πέθαναν (;) στο εξωτερικό.

2. τους πλουτίσαντες από μεγάλες επιχειρήσεις... του εξωτερικού (;).

3. τους εμφανιζόμενους σαν ιδιοκτήτες μεγάλων εκτάσεων που αγόρασαν και καταπάτησαν ισχυριζόμενοι ότι κληρονόμησαν από... αγνώστους συγγενείς.

4. τους αυτοαποκαλούμενους βιομήχανους, που όλοι ξέρουμε πως καθιερώθηκαν στο χώρο της βιομηχανίας, κατάληστεύοντας πιστώσεις του σχεδίου Μαρσαλ.

5. τους αυτοαποκαλούμενους εφοπλιστάς, που προσπαθούν να εξυπηρετήσουν την Ελληνική Ακτοπλοία με πλοία ναυπήγησης προ του πρώτου πακοσμίου πολέμου και που λόγω ανεπάρκειας τους, φαλήρουν σε τακτικά χρονικά διαστήματα. Θέλετε κι' άλλα;

Ο πατέρας νόμιζε ότι τους αποστόμωσε αλλά όλοι είχαν κάτι να πούν και ακολούθησε μια φασαρία όπου μιλούσαν όλοι μαζί.

«Σταματείστε έβαλε τις φωνές ο Δημήτρης, κάνετε σαν... Έλληνες! Μην μιλάτε όλοι μαζί, ώστε να ακούμε ο ένας τον άλλον. Αλλιώτικα θα υπερισχύσει ο πιο... βαρύτονος και έτσι δεν θα βρούμε καμιά άκρη στα σοβαρότατα αυτά θέματα, που συζητάμε. Και η Ελλάς πολλά θα... χάσει.» Το τελευταίο το είπε γελώντας.

Προσπάθησα και πάλι να σηκωθώ διότι είχα αρχίσει να βαριέμαι Εκείνοι όμως ανένδοτοι συνέχιζαν. «Είδες όμως τι λέει στην εφημερίδα ότι με την υποτίμηση αυτή θα προσελκύσουν ξένες επενδύσεις και επίσης θα επαναπατριστούν Ελληνικά κεφάλαια που βρίσκονται στο εξωτερικό. Γελάει σαρκαστικά ο Κωνσταντίνος, λέγοντας:

«Εγώ όμως θα ήθελα να μας πει ο κύριος Μαρκεζίνης, ποιά είναι αυτά τα κεφάλαια και πότε... εκπατρίστικαν; Ώστε τώρα να... επαναπατριστούν. Πότε πρόλαβε η κακομοίρα Ελλάς μόλις βγαίνοντας από τον Ανταρτοπόλεμο να αποκτήσει κεφάλαια και επί πλέον να τα στείλει στο εξωτερικό; Αυτό είναι το ερώτημα.» «Μήπως εννοούν κεφάλαια Ελλήνων, που βρίσκονταν στο εξωτερικό πριν από τον πόλεμο; Για σκέψου το αυτό!» τον ρωτάει η Λέλα. «Δηλαδή από πότε; αντιρωτάει Κωνσταντίνος, Και πότε υπήρχαν τόσα κεφάλαια εδώ για να σταλούν στο εξωτερικό; Πριν από τον πόλεμο μιλάμε μόνο για ξένες Εταιρείες που ήταν εγκατεστημένες εδώ, όπως η Πάουερ και η Ούλεν, τις συγκοινωνίες και την ύδρευση της Αθήνας. Και βέβαια δεν μιλάμε γι' αυτά τα κεφάλαια, που νόμιμα έχουν εξαχθεί.» «Τότε, με συγχωρείτε επεμβαίνει ο Δημήτρης, αν εξαιρέσουμε τους Έλληνες εφοπλιστές που μηδαμινά κεφάλαια είχαν εδώ και που αποζημιώνονται με τα "λίμπερτυς" από τους Αμερικανο-άγγλους, για ποιούς τελικά μιλάμε; «Αυτό ρώτησα και εγώ.» Λέει ο Κωνσταντίνος. «Γράψε ένα γράμμα στην Καθημερινή να ρωτάς ποια είναι τα κεφάλαια που εννοεί ο κύριος Υπουργός Συντονισμού ότι θα επαναπατριστούν;» Συνιστά η μητέρα . «Και νομίζεις ότι θα το δημοσιεύσουν; Ποιός τολμάει να παίζει με τη φωτιά; «ρωτάει ο Τάκης. «Λοιπόν αλλού ξεκινήσαμε και αλλού καταλήξαμε. Διακόπτει τον Τάκη, ο Δημήτρης. Εγώ ήθελα να σας πω ποιοι δεν γνώριζαν για την επερχόμενη υποτίμηση και μεταξύ αυτών ήταν και τα Ανάκτορα. Και μάλιστα γνωρίζω ότι ο ίδιος ο Βασιλιάς έκανε σχετική παρατήρηση στον Μαρκεζίνη, ο οποίος του απάντησε ότι ο Πρωθυπουργός το εγνώριζε και νόμιζε ότι εκείνος έπρεπε να τον ενημερώσει.!» «Τρία πουλάκια κάθονται, διακόπτει με τη σειρά του ο Σταύρος, εμείς από τα κεφάλαια που χάθηκαν, φτάσαμε στο γιατί δεν διεδόθη ευρύτατα, ότι θα υποτιμηθεί η δραχμή, ώστε να πλουτίσουν μερικοί ακόμη και να ... εκπατρίσουν και άλλα κεφάλαια, ώστε με την... επόμενη υποτίμηση να τα... επαναπατρίσουν και πάλι!» Είχα αρχίσει να σκυλοβαριέμαι διότι εκείνο το βράδυ αφομοίωσα... τόνους γενικής μόρφωσης! Απεσύρθην λοιπόν στο δωμάτιό μου αφού ενημέρωσα με νοήματα τη μητέρα για να μη διακόψω τον... ειρμό κάποιου που αγόρευε. Την άλλη μέρα είχα σχολείο και έπρεπε να κοιμηθώ νωρίς.

ΤΑ ΑΤΟΜΙΚΑ ΔΕΛΤΙΑ ΤΟΥ ΣΧΟΛΕΙΟΥ

1953

Στα τέλη Μαΐου πρόκειται να μοιράσουν τα λεγόμενα Ατομικά Δελτία, που δεν περιλάμβαναν βαθμολόγηση. Η καθηγήτρια της τάξης έπρεπε να απαντήσει περιγράφοντας και αναφέροντας διάφορες... πνευματικές και άλλες ιδιότητες του μαθητή.

Φτάσαμε λοιπόν στη τάξη. Αντιλαμβανόμαστε ότι διάφοροι είναι τρακαρισμένοι, δηλαδή έχουν... τρακ, διότι τα δελτία αυτά, πρέπει να υπογραφούν από τους γονείς. Πριν αρχίσει η διανομή, μερικοί από μας είχαμε αντιγράψει τα σχετικά στοιχεία του προηγούμενου δελτίου, που αφορούσε το πρώτο εξάμηνο Οκτωβρίου – Ιανουαρίου, ενώ αυτό που θα παίρναμε σήμερα, ήταν του δευτέρου εξαμήνου μέχρι 31 Μαΐου. Και αφού μας τα μοίρασε η καθηγήτρια τα ανοίξαμε και αρχίσαμε να τα διαβάζουμε και φυσικά ακολούθησε μεγάλη φασαρία μετά στο διάλειμμα, διότι πλην δακτυλομετρούμενων εξαιρέσεων, κανείς δεν ήταν... ικανοποιημένος, όπως περιγραφόταν ο εαυτός του!

Είχα μαζί με το Γιώργο και τον Παναγιώτη, αντιγράψει τα προηγούμενα του πρώτου εξαμήνου για να δούμε τις διαφορές.

Τα περιώνυμα αυτά δελτία κατέγραφαν... αν είναι δυνατόν, τις παρακάτω ιδιότητες του κάθ-ενός - μιας.

Α. ΠΝΕΥΜΑΤΙΚΑΙ ΚΑΙ ΨΥΧΙΚΑΙ ΙΔΙΟΤΗΤΕΣ

Β. ΚΟΙΝΩΝΙΚΑΙ ΙΔΙΟΤΗΤΕΣ

Γ. ΜΑΘΗΤΙΚΑΙ ΙΔΙΟΤΗΤΕΣ

ΕΙΔΙΚΑΙ ΠΑΡΑΤΗΡΗΣΕΙΣ, σαν τα παραδείγματα που ακολουθούν:

Α. Εξάμηνο: Θα μπορούσε να είναι πολύ καλύτερος άν ήθελε να αξιοποιήσει τις ικανότητες που έχει.

Β. Εξάμηνο: Έχει αναμφισβήτητα πολλές ικανότητες. Θα πρέπει όμως να συνηθίσει να εργάζεται περισσότερο και συστηματικώτερα για να αξιοποιήσει τις ικανοτητές του!

Μετά από την ανάγνωση των αντίστοιχων στοιχείων του Γιώργου και του Παναγιώτη αποφασίσαμε να παραβάλουμε, ιδιαίτερα τους χαρακτηρισμούς και ότι μας φαινόταν εξαιρετικά περίεργο.

«Καλά και που τη βρήκε τη συμπεριφορά εκτός μαθήματος, καλή συνήθως, τούτο σημαίνει ότι κάποτε δεν ήταν καλή;» «Και που το ξέρει;» Ρωτάει ο Γιώργος,που μου βάζει μετρία; «Μας παρακολουθούν και εκτός μαθήματος και πως; «Και μετά συνεχίζει: «Εδώ σε θέλω, και γράφει μετά: αντίδραση είς τας ποινάς: Αρνητική! Δηλαδή τι ήθελε να είναι; Εσάς τι σας έχει βάλει;» «Η πρέπουσα και η φυσιολογική! «Είχε γράψει για τον Παναγιώτη και εμένα. «Και ποιά είναι αυτή; Δηλαδή σου βάζει τιμωρία και αντιδράς φυσιολογικά, που λογικά πρέπει να είναι αρνητικά, η όχι; «ρωτάει ο Ρίκος και φωνάζει: «Έτσι θα μας τρελάνει αυτή η κατάσταση και οι χαρακτηρισμοί!»

Είπαμε στον Κώστα Γ. που ήταν Πρόεδρος της τάξης να ρωτήσει εάν ήταν δυνατό να μας δοθεί κάποια ώρα μαζί με την καθηγήτρια, για να μας εξηγήσει τις παραπάνω και πολλές άλλες απορίες μας, σχετικά με ότι μας είχε χαρακτηρίσει. Συνεννοήθηκε με τον Κώστα Γ. η καλή καθηγήτρια, και μας διαβίβασε ότι δεν έχει καμιά αντίρρηση να συζητήσει για τους χαρακτηρισμούς της, με κάθε έναν και κάθε μία από μας, όμως όχι με όλους μαζί, διότι στο κάτω κάτω αυτά ήταν προσωπικά στοιχεία του κάθε ενός – μιας! Δεν ήταν γενικές διαπιστώσεις..

Το μεσημέρι στην ταβέρνα της Αγίας Βαρβάρας μετά από αρκετές μπύρες συμφωνήσαμε ότι καλό θα ήταν να δώσουμε τόπο την οργή και να ξεχάσουμε τους χαρακτηρισμούς, μια και την εβδομάδα που ερχόταν είχαμε εξετάσεις για να πάμε στην εβδόμη Γυμνασίου. Και μετά θα απολαμβάναμε τις διακοπές μας. Γυρίσαμε στο μάθημα που φαίνεται ότι στο τέλος του χρόνου οι παρακλητικές εισηγήσεις μας είχαν εισακουστεί. Η… βαριά Φυσική είχε αντικατασταθεί από τη Γεωγραφία. Έτσι αρκετοί, της μπύρας βοηθούσης, στα πίσω θρανία θορυβούν... ροχαλίζοντας, που προσπαθήσαμε να διακόψουμε, όσοι από μας ήταν ξύπνιοι, για να μην έχουμε πάλι χαρακτηρισμούς μετρίας παρακολούθησης και αφοσιώσεως στο μάθημα.

Ο Ρίκος κατάφερε κλωτσώντας τον Νίκο να τον σταματήσει και άλλοι ανέλαβαν το ρόλο να καλύψουν την έκπληξη του... βιαία αφυπνισθέντος που εκδηλώθηκε με: «Τι θέλεις ρε, και με κλωτσάς στο καλάμι τόση ώρα;» «Για πές μου Νίκο, τι ακριβώς λέγαμε για τα ποτάμια τώρα; «Ρωτάει σκοπίμως ο καθηγητής. «Κάτι για τον Δούναβι, κύριε Μ. δεν παρακολούθησα απο την αρχή...»

«Ούτε και από το... τέλος, φαίνεται, διερωτώμαι αν σωστά σε κλωτσάει ο φίλος σου στο καλάμι μήπως και ξυπνήσεις... Ποιός λοιπόν είναι ο μεγαλύτερος ποταμός του κόσμου;» Ο Νίκος χαζεύει δεξιά και αριστερά, κάποιος ψιθυρίζει... ο Αμαζόνιος! Το ακούει, το επαναλαμβάνει και είναι λάθος, διότι ο μεγαλύτερος, μακρύτερος σε μήκος ποταμός του κόσμου είναι ο Νείλος στην Αφρική. Όπως ξαναλέει ο καθηγητής.» Και εν πάσει περιπτώσει έχουμε την απόδειξη ότι δεν παρακολουθείς το μάθημα! Κατόπιν της διαπιστωμένης ανεπάρκειας: «Την επόμενη Παρασκεύη θα έχουμε πρόχειρο διαγώνισμα και παρακαλώ να κάνετε επανάληψη της ύλης του δευτέρου εξαμήνου διότι ο βαθμός θα υπολογιστεί στον τελικό, με τον οποίον θα προαχθείτε στην εβδόμη.»

ΑΝΤΙΘΡΗΣΚΕΥΤΙΚΕΣ ΠΡΟΕΤΟΙΜΑΣΙΕΣ!

Προγραμματισμός διακοπών

1953

Ευτυχώς χτύπησε το κουδούνι και ετοιμαστήκαμε για αναχώρηση. Στο λεωφορείο είχαμε καθίσει πέντε στη σειρά στο τελευταίο κάθισμα, όπου σε χαμηλόφωνη συνεδρίαση για να μην ακούει ο καθηγητής, που καθότανε μπροστά, συζητάμε για το πάρτι που θα έκανε στο τέλος του έτους ο Παναγιώτης. Η απαγόρευση των πάρτι χωρίς άδεια και παρουσία καθηγητή, εξακολουθεί να ισχύει. Ότι πάρτι γινόταν ήταν ... παράνομο! Ο Παναγιώτης είχε την ελπίδα ότι αφού το πάρτι θα γινόταν τρεις μέρες αφού θα είχε κλείσει το σχολείο, δεν θα... εφαρμόζονταν οι κανονισμοί. Εξ άλλου είχε και πολλούς – ες, καλεσμένους από άλλα σχολεία, άρα δεν υπήρχε λόγος να ζητηθεί άδεια και να παρίσταται καθηγητής. Συμφωνήσαμε οι άλλοι τέσσερις που καθόμαστε δίπλα, ότι η λύση αυτή ήταν παραλλαγή απ' όσες είχαμε σκεφτεί νωρίτερα. «Λοιπόν, λέει ο Παναγιώτης, είσαστε καλεσμένοι του Σταμάτη του Αγγελίδη, που πηγαίνει στο Πειραματικό και καθώς είναι αρκετά... κοσμικός έχει καλέσει πολύ κόσμο. Και έτσι όσοι συζητάγαμε σπίτι με τους γονείς μας, είπαμε ότι το άλλο Σάββατο θα πηγαίναμε στο πάρτι του Σταμάτη του Αγγελίδη, που βέβαια οι γονείς μας δεν γνώριζαν.

Διαφαινόταν όμως ένα λαμπρό καλοκαίρι. Διότι οι δικοί μου είχαν αποφασίσει να πάμε για μια εβδομάδα στη Μύκονο, που είχε αρχίσει να προβάλλεται, σαν νησί που σύχναζαν καλλιτέχνες παντός... είδους : Ζωγράφοι, συγγραφείς, ποιητές, σκηνοθέτες και άλλοι.

Και μετά να συνεχίσουμε στις αρχές Αυγούστου, για καμιά δεκαπενταριά μέρες στη Δυτική Πελοπόννησο όπου ο πατέρας είχε και δουλειά στις Ιαματικές Πηγές της Κυλλήνης και του Καϊάφα. Και στο νησί και στις δυο περιοχές υπήρχαν λέει θαυμάσιες αμμουδιές.

Πάντα ενθουσιαζόμουνα να πηγαίνω σε καινούρια μέρη. Την επόμενη μέρα που ήταν Πέμπτη, μου θύμισε η Μπέττυ καθώς κατέβαινα από το λεωφορείο, ενώ εκείνη ερχόταν με το ποδήλατό της, τη συγκέντρωση σπίτι της το Σάββατο, με τον Άγγελο και τη Μαίη και να μην ξεχάσω να φέρω τον μεγάλο τριαντριάρη δίσκο με τον Νατ Κινγκ Κόουλ Εσπανιόλ, που της είχα πει στο τηλέφωνο ότι αγόρασα. Το απόγεμα μετά το Σχολείο κατέβηκαμε όλοι στη Μαυρομματαίων και πηγαίνοντας με τον Γιώργο, τον Πέτρο και τον Κώστα προς τα σπίτια μας αρχίσαμε να χτυπάμε τα κεφάλια μας, διότι είχαμε ξεχάσει ότι αύριο έπρεπε να αντιμετωπίσουμε τον θρησκευτικό. «Το βράδυ, προτείνω, να τελειοποιήσουμε το σχέδιο τηλεφωνικά.!» «Θα προλάβουμε;» Ρωτάει ο Κώστας.» Καλά ντε, μη κάνεις έτσι, έχω κρατήσει σημειώσεις και θα τις ετοιμάσω το απόγεμα, σε σχετικό σκονάκι για να το μοιράσω στους …συνωμότες και να μπερδέψουμε τον... όμορφο σε σημείο που να μη μπορεί να απαντήσει.» Απαντάει ο Πέτρος.

Κατεβήκαμε τη Πιπίνου με το Γιώργο και εκεί που ήταν έτοιμος να στρίψει την Αριστοτέλους να συνεχίσει για το σπίτι του, μου λέει: «Ξέρεις είναι καλύτερα να έρθω απάνω μαζί σου να παραβάλουμε σημειώσεις για τον θρησκευτικό.» «Σωστά... ωμίλησες, του απαντώ, έλα πάμε απάνω και ετοιμάσου για τη μελέτη των Αγίων Γραφών, βοήθειά μας! «Δεν μου έφτανε το αστείο, αλλά το επανέλαβα στον πατέρα μου, που έφευγε για το γραφείο, που μου είπε να σταματήσω τις βλακείες και είμαι πολύ μικρός για να ειρωνεύομαι τις Άγιες Γραφές! Και με το Γιώργο ξεσκονίσαμε όλες τις λεπτομέρειες. Συμφωνήσαμε ότι το πρωί, στο λεωφορείο θα κάναμε μια γρήγορη επανάληψη.

ΟΙ ΘΡΗΣΚΕΥΤΙΚΕΣ ΜΑΣ ΑΠΟΡΙΕΣ

1953

Ο καθηγητής ξεκίνησε κατά τη συνήθεια του, το μάθημα,ατάραχος λέγοντας Καλημέρα σας! Μετά προσαρμόζει το γνωστό απλανές γαλάζιο βλέμμα του και αναζητά ανταπόκριση από τα θηλυκά της τάξης. Ύστερα συνεχίζει μια... αμπελοφιλοσοφία περί των πρωτο - χριστιανικών κειμένων. Τότε μου δίνεται η ευκαιρία να σηκώσω το χέρι και να εκφράσω τη μεγάλη μου... απέχθεια για την Παλαιά Διαθήκη, διερωτώμενος γιατί τέτοια φριχτά κείμενα (!) δεν έχουν απαγορευθεί, ενώ λογοκρίνονται κάποια τολμηρά μυθιστορήματα. «Μα πρόκειται για κείμενα θρησκευτικά περί της γέννησης του κόσμου και χρόνια τώρα αναγνωριζόμενα από όλες τις εκκλησίες και θρησκείες.» Μου απαντάει. «Ε, όχι και από όλες, επιμένω εγώ. Δεν αναγνωρίζονται από τους Μουσουλμάνους, ούτε τους Ινδουϊστάς απ' ότι γνωρίζω και διαφόρους άλλους. Κατά τη γνώμη μου, λέω,πολύ δικαίως! Τόσα αμαρτήματα, όπως βασανισμοί, παιδεραστία, αιμομιξία, εκδικητικές καταστροφές και ότι άλλο περιέχει η Παλαιά Διαθήκη δεν νομίζω ότι υπάρχουν όλα μαζί σε κανένα άλλο βιβλίο!» Προσπαθεί σε απάντηση ο δόλιος καθηγητής να μας πείσει ότι πήραμε τη Παλαιά Διαθήκη ... λάθος και ότι αυτά που περιγράφονται είναι για την εκπαίδευσή μας και άλλα παρόμοια. Και μετά από ένα μακρύ μονόλογο με ρωτάει.» Επείσθεις τώρα ότι δεν είναι έτσι όπως τα περιέγραψες; «Λυπούμαι, απαντώ: «Αλλά όχι! «Υποσχέθηκε ότι στο επόμενο μάθημα θα μου φέρει κάποιο βιβλιο που θα με πείσει ότι έχω λάθος. Μετά συνέχισε παρακάμπτοντας τις Γραφές στα Ευαγγέλια και τελικά έφτασε στον Απόστολο Παύλο.

Τώρα του μπήκαν, κατά το σχέδιο, οι άλλοι: «Ηταν πραγματικά ορθόδοξος Εβραίος; Με γένια και μαλλιά και αν ήταν σήμερα θα φορούσε

ψηλό καπέλλο και μαύρη... ρενδικότα; «Και γιατί απέφυγε να προπαγαν-
δίσει στους Έλληνες την περιτομή; «Γιατί κάθισε ένα ολόκληρο εξάμηνο
στη Κόρινθο;» «Γιατί οι μισές από τις επιστολές του, λένε ότι είναι πλαστές;
«Και γιατί ακόμα δεν έχει ξεκαθαριστεί ο θανατός του;» «Τον αποκεφάλι-
σαν επειδή ήταν Ρωμαίος πολίτης, ή τον σταύρωσαν ανάποδα όπως εφάρ-
μοζαν στους Χριστιανούς;» Εδώ αντέδρασε και προσπάθησε να απαντήσει
στις καταιγιστικές ερωτήσεις με την ανάπτυξη για τον Απόστολο, και τι
είπε στους Αθηναίους. Τότε επεμβαίνει ο Μιχάλης λέγοντας ότι δεν μπορεί
να είπε τέτοιο πράγμα στην Πνύκα, διότι έβρεχε συνέχεια μια βδομάδα και
ακολούθησαν πλημμύρες σε όλη την Αττική, την εποχή εκείνη. «Και εάν
τα είπε όλα αυτά γιατί δεν τα έγραψε εκείνος ο ίδιος κάπου;» Ρωτάει κατά
το σχέδιο ο Παναγιώτης . Εδώ άρχισε άλλη μακρυγορία από τον όμορφο
καθηγητή και ευτυχώς χτύπησε το κουδούνι.

Είδαμε ότι φωναξε τον Κώστα Γ. και άρχισε στο διάδρομο, έξω από
την τάξη, να συζητάει και να χειρονομεί μαζί του. Καθώς πηγαίναμε για
το μεγάλο διάλειμμα, απομακρυνθήκαμε. Χαμογελούσαμε πονηρά αφού
βγήκαμε στην αυλή και είμαστε πολύ ευχαριστημένοι με τους εαυτούς μας
! Σε λίγο μας έφτασε και ο Κώστας Γ, που μας είπε ότι ο «ωραίος», του
εξέφρασε τα παράπονά του:Στο κάτω κάτω, του είπε σαν Πρόεδρος της
τάξης που ήτανε να μας διαβιβάσει: Ότι δεν αντιλαμβάνεται κάτι που να
δικαιολογεί την συμπεριφορά μας αυτή. Δεν μας καθοδηγεί στραβά, διότι
αυτή είναι η ύλη που πρέπει να έχει διδάξει μέχρι το τέλος του χρόνου
και αυτό προσπαθεί να κάνει . Παρακαλεί λοιπόν τον Κώστα Γ. να μας
εξηγήσει την προσπάθεια που κάνει και εάν υπάρχουν άλλα θέματα, θα
είναι πολύ ετυχής να τα συζητήσουμε μαζί, ακόμα και έξω από τις ώρες του
μαθήματος. Έτσι νομίζει ότι μπορούμε να βρούμε μια αμοιβαία αποδεκτή
λύση. «Να του πεις να μην φλερτάρει τόσο έντονα και απαράδεκτα τις
κοπέλλες.» Απευθύνεται ο Πέτρος στον Κώστα. «Αυτό να του το πεις εσύ!
Μη λέτε κουταμάρες!Τα απαράδεκτα και τα έντονα φλέρτ δεν μπορούν να
αποδειχτούν!» Απαντάει ο Κώστας. «Εγώ προτείνω και επιμένω, να του
πεις ότι μας τα είπες όλα αυτά, αλλά θα το σκεφτούμε και πές του, ότι
μάλλον θα συμφωνήσουμε, σε ... πως το είπε... αμοιβαία αποδεκτή λύση.
Ακούστε, συνεχίζω, αυτή νομίζω ότι είναι η καλύτερη διπλωματική λύση,
διότι διαφορετικά, τι θα του κάνουμε; Δεν μπορούμε και πολλά ! Τώρα
αν ορισμένες φορές διαφωνούμε, ή δεν συμφωνούμε δικαιολογημένα, σε
διάφορα σημεία και ... τέρατα του μαθήματος, αυτό θα πρέπει να το δεχτεί!
«Πολύ ωραία τα λές, χαμογελάει σαρδώνεια ο Γιώργος, δηλαδή να του
μπαίνουμε όταν εκείνος το παρακάνει με τις κοπέλλες, αυτό δεν εννοείς;

«Είσαι θηρίο, του απαντώ, ελπίζω και οι άλλοι να το κατάλαβαν ότι αυτή θα είναι η έννοια της αμοιβαίας αποδεκτής λύσης; «Και πως θα... υπονοήσω όλα αυτά, λέγοντάς του ότι είπες πριν;» ρωτάει ο Κώστας Γ.» Να του τα πεις λίγο αλατοπιπερωμένα, αναφέροντας ότι καμιά φορά είναι και το στυλ, ή το ύφος που λέγονται ορισμένα πράγματα, που υπάρχει μικρή πιθανότητα να προκαλούν κάποιες αντιδράσεις. Και σταμάτα εκεί.» προτείνει ο Πέτρος. Συμφωνεί και ο Παναγιώτης καταλήγοντας: «Νομίζω ότι ωραιοπαθής είναι, αλλά όχι και τόσο βλάξ, ώστε να μην καταλάβει ιδιαίτερα τα του ύφους. Αρκετά με τον κύριο Κ. μας έφαγε και το μισό διάλειμμα! Η... υπεραπασχόληση μαζί του βλάπτει.»

ΣΤΟ ΣΠΙΤΙ ΤΗΣ ΜΠΕΤΤΥΣ ΣΤΗ ΦΙΛΟΘΕΗ.

1953

Φεύγοντας Σάββατο, το βραδάκι από την Αριστοτέλους, τηλεφώνησα στον Άγγελο ότι θα είμαι στο τραμ 3, Πατήσια – Αμπελοκηποί, θα κάθομαι στο πλάι δεξιά, ήταν νωρίς ακόμα για να έχει συνωστισμό και έχω πάρει μαζί μου τον Νατ Κινγκ Κόουλ και ένα μπουκάλι Βερμούτ Μαρτίνι, ντράι, πράσινο.

Βρεθήκαμε σε ένα εικοσάλεπτο στο τραμ, καθώς ανέβηκε από τη μεσαία πόρτα με μια σακούλα που περιείχε κάποιο μπουκάλι. Μέχρι τους Αμπελοκήπους τα είπαμε. Πρώτα για τον θρησκευτικό και τα καμώματα του και μετά για το τι θα κάνουμε με τις κόρες που μας περιμένανε, γιατί και η Μαίη κατοικούσε στα σύνορα του Ψυχικού με τη Φιλοθέη κάτω δεξιά από το κολλέγιο, στην πλατεία Δροσοπούλου. Κατεβήκαμε στους Αμπελοκήπους και περιμέναμε αρκετή ώρα το λεωφορείο για το Χαλάνδρι. Θα κατεβαίναμε στην επόμενη στάση από το κολλέγιο για να περπατήσουμε μέχρι την πλατεία Δροσοπούλου, όπου έμενε η Μαίρη και από κει να περπατήσουμε μέσα από το άλσος στο σπίτι της Μπέττυς, στην οδό Εθνικής Τραπέζης. Συμφωνήσαμε ότι στο γυρισμό αν ήταν πιο αργά από τις έντεκα θα μοιραζόμαστε ένα ταξί που θα βρίσκαμε στην Κηφισίας.

Φτάσαμε αρκετά γρήγορα γιατί η κίνηση ήταν πολύ περιορισμένη. Φαίνεται ότι η Μαίη μας περίμενε και όταν μας είδε κατέβηκε τα πέντε σκαλοπάτια από την είσοδο του σπιτιού της. Σε δέκα λεπτά είμαστε στο σπίτι της Μπέττυς. Εκείνη μας οδήγησε στο υπόγειο μέσα σ' ένα μακρύ και μεγάλο δωμάτιο, το παλιό πλέι ρουμ, που έπαιζε με τις αδερφές της όταν ήταν μικρές και τώρα είχε διαμορφωθεί σε ένα ευρύχωρο λίβινγκ ρουμ, όπου μπορούσε να δοθεί και χορός, όπως σχολιάσαμε με τον Άγγελο. Σε μια γωνιά στο βάθος στην άλλη άκρη ήταν τοποθετημένος ένας καναπές με πορτοκαλί κάλυμα με δυο αντίστοιχες πολυθρόνες. Δυο λάμπες με πόδι κι' αυτές με πορτοκαλιά αμπαζούρ και στη γωνιά ένα πικάπ μέσα σ'ένα μεγάλο έπιπλο ραδιόφωνο Ζήμενς. Η Μπέττυ έσβησε τα μεγάλα σπότς στο το ταβάνι και μείναμε στο ημίφως των δυο αμπαζούρ. «Πολύ ωραία πορτοκαλιά ραψωδία!» σχολιάζει ο Άγγελος. Εγώ προχωρώ προς την άλλη άκρη όπου υπάρχει μια σεβαστών διαστάσεων βιβλιοθήκη με πάμπολλα βιβλία.

«Εδώ είναι που φυλάς τα σέξυ σου βιβλία;» ρωτάω την Μπέττυ. «Καλέ τι εννοεί αυτός; «ρωτάει η Μαίη. «Όχι αγαπητέ μου, απαντάει, η Μπέττυ, διότι μπορεί να τα δούνε οι μεγαλύτερες αδερφές και κάποιος από τους γονείς μου. Τα σέξυ τα έχω στο δωματιό μου απάνω που δεν πρόκειται να σας το δείξω σήμερα.» «Ωραία, συμφωνώ χαμογελώντας, τότε να βάλουμε το δίσκο του Νατ Κινγκ Κόουλ,να ανοίξουμε αυτό το ντράι βερμούτ, εκτός άν έχετε άλλες προτιμήσεις και ας αρχίσουμε να χορεύουμε...» «Σιγά, σιγά, ηρεμήσατε!» Απαντάει, η Μπέττυ:» Πρώτον, νηστικό αρκούδι δεν χορεύει!. Δεύτερον θα με βοηθήσει η Μαίη να φέρω από την κουζίνα μερικά μεζεδάκια που έχω ετοιμάσει, δεν μπορούμε να πίνουμε αγγλοσαξωνιστί ξεροσφύρι και γιατί φέρατε αυτό το βερμούτ και το κρασί, αφού δόξα τον θεό έχουμε ένα σωρό ποτά εδώ; Λοιπόν, πάμε να φέρουμε τα υπόλοιπα και μετά μπορούμε να χορεύουμε όσο θέλετε.» «Κάνει να καπνίσουμε;» ρωτάει ο Άγγελος. «Και βέβαια κάνει, εφ'όσον κρατήσετε και για μας τσιγάρα.»Απαντάει φεύγοντας για την κουζίνα η Μαίη. Πέρασε ένα τέταρτο και είχε δημιουργηθεί ωραία ατμόσφαιρα. Η Μπέττυ έσβησε τη μια από τις δυο λάμπες με τα πορτοκαλιά αμπαζούρ, ώστε να χορεύουμε άνετα χαϊδεύομενοι στα σκοτάδια, ανταλλάζοντας ελάχιστες λέξεις και πολλά χάδια και φιλιά. Τα πολύ σιγανά μέχρι ακινησίας μπλούζ ακολούθησαν κάτι πιο γρήγορα τραγούδια, όπως το That's amore με τους Dean Martin – Frank Sinatra και το Three coins in the fountain πάλι με τον Sinatra, για να συνεχίσουμε με τον Nat King Cole Espanol. Ενώ ο Άγγελος είχε εξαφανιστεί με την Μαίρη,κάπου στα σκοτεινά βάθη του τέως πλέι ρουμ, παρέσυρα την Μπέττυ και καθίσαμε στη σκοτεινή γωνιά του καναπέ. ... «Είσαι λοιπόν τόσο ξεχωριστή όπως νομίζω, που δεν σε απασχολεί κανένα πρόβλημα;» Ρωτάω, καθώς καθόμαστε αγκαλιασμένοι στον πορτοκαλί καναπέ. «Αυτό πρέπει να το μάθεις μόνος σου και κάτω από ορισμένες συνθήκες. Απαντάει, ανοιγοκλείνοντας τα γκριζομπλέ μάτια της και οπωσδήποτε όχι από την πρώτη, ή δεύτερη φορά που βγήκαμε, ή μείναμε μαζί, διότι φαντάσου τι θα λέγατε μεταξύ σας, τόσο κουτσομπόληδες που είσαστε, εσείς τα αγόρια. Όλο το σχολείο είναι ενημερωμένο για το ποιές είναι εύκολες από τα κορίτσια και ποιές δύσκολες.» Την ξαναφιλάω στο στόμα, έτσι δεν μπορεί να μιλήσει, για αρκετή ώρα, συγχρόνως σκέφτομαι τη σωστή απάντηση.

Σταματάω το φιλί και κοιτώντας την στα μάτια από πολύ μικρή απόσταση, λέω: «Κατ' αρχήν ο Άγγελος και εγώ δεν κομπάζουμε για τις κατακτήσεις μας, ούτε και σχολιάζουμε ποιες είσαστε εύκολες ή δύσκολες, άρα νομίζω ότι αυτά που είπες δεν μας αφορούν. Από που όμως, σου ήρθαν αυτές οι ιδέες, που φαίνεται ότι αφορούν αγόρια που συναναστρεφόσουνα, ή μήπως και βγαίνεις μαζί τους ακόμα και να τα παραβάλεις με εμένα;» «Πάμε τώρα να χορέψουμε γιατί το τραγούδι αυτό μ' αρέσει πολύ.» Με διακόπτει χωρίς να απαντήσει. Το τραγουδι ήταν το Because of you με τον Tony Bennet, που συνεχίστηκε με το γρήγορο Come on to my home με την Rose Marie Clooney. Χόρευαν και ο Άγγελος με την Μαίρη και μετά κι' άλλο τραγούδι με τους Four Aces, το Heart and Souls, καθίσαμε όλοι τώρα μαζί στον καναπέ πίνοντας τα ποτά μας και τσιμπώντας τα μεζεδάκια, που ήταν πολύ ωραία και συγχαρήκαμε την Μπέττυ. Τα κορίτσια ήθελαν να βγούμε και την Κυριακή διότι μετά ακολουθούσε η τελευταία εβδομάδα μαθημάτων και διαγωνισμών και θα ξανασυναντιόμασταν... θερμά, μετά από δέκα περίπου μέρες, εκτός που θα βλεπόμαστε... ψυχρά στο σχολείο.

«Υπάρχει πάντα ο... σκόπελος Μάρω» Είπα αργότερα, όταν μείναμε μόνοι με τον Άγγελο... ενώ οι κοπέλες πήγαν στην κουζίνα.

«Ομοίως με την Σοφίκα και εγώ!» μου απαντάει.,Πρέπει να το συζητήσουμε . «Άσε να το συζητήσουμε στο λεωφορείο.» Προτείνω. «Όχι, δεν γίνεται, πρέπει να τους απαντήσουμε εδώ και τώρα!»Μου λέει. «Τότε θα τηλεφωνήσουμε αύριο αντίστοιχα στην Μάρω και την Σοφίκα λέγοντας ότι είμαστε απασχολημένοι όλη τη Κυριακή στο Σχολείο για κάποιο σχέδιο και δεν θα μπορέσουμε να τις δούμε.» Προτείνω. «Και αν πάμε πουθενά και πέσουμε απάνω τους;» Αμφιβάλλει ο Άγγελος. «Τότε... χάσαμε! Δεν βλέπω άλλη λύση.και ξαναπροτείνω: Να προσπαθήσουμε να πάμε προς βορρά, στα βόρια προάστεια, Εκάλη, Κηφισιά και να απομακρυνθούμε από τα νότια όπου πιθανόν να βρίσκονταν η Μάρω και η Σοφίκα. «Τι συνομωτείτε εσείς οι δυο;» Ρωτάει η Μπέττυ καθώς ερχόταν με ένα πιάτο, γεμάτο κομμένα φέτες, μήλα. «Που να πάμε αύριο, τι κέφια έχετε για σινεμά;» Απαντά ο Άγγελος «Η να πάμε βόλτες στα βόρια προάστεια και για παγωτό στην Κηφισιά;» Λέω εγώ. Τελικά αποφασίσαμε όλοι μαζί για τα βόρεια.

Αργότερα αφού πήγαμε την Μαίη σπίτι της, ή ώρα πλησίαζε μεσάνυχτα, βγήκαμε στη Κηφισίας και βρήκαμε το ταξί που μας γύρισε σπίτια μας. Σχεδιάσαμε καλύτερα τι θα λέγαμε στις άλλες κοπελιές για το άλλοθι της Κυριακής και πολύ ευχαριστημένοι κοιμηθήκαμε τον ύπνο των... ψευτών!

Το άλλο πρωί ξεκινήσαμε για τα ψηλά βουνά των βορείων προαστείων όπως στα αστεία λέγαμε με τα κορίτσια. Κατεβαίνοντας από το λεωφορείο στον Πλάτανο από όπου πήραμε το δρόμο περπατητά για το Κεφαλάρι, μέσω Αλωνίων, όπως είπα, μια και είχα περάσει ένα καλοκαίρι εκεί, όταν βγήκα από το νοσοκομείο προ οχτώ ετών.

ΟΙ ΔΙΑΓΩΝΙΣΜΟΙ

1953

Φτάσαμε έτσι στην εβδομάδα των... παθών. Εδώ εφαρμόστηκαν για πρώτη φορά νέα συστήματα από τη διεύθυνση. Προς αποφυγήν (!) της αντιγραφής οι διαγωνισμοί θα γίνονταν στην μεγάλη αίθουσα συγκεντρώσεων, όπου και το θέατρο. Εδώ υπήρχε άπειρος χώρος με τα καθίσματα - θρανία τοποθετημένα τουλάχιστον ενάμιση μέτρο το ένα απ᾽το άλλο.Θα ήταν απαγορευτικό να αντιγράψουμε. Έτσι... νόμιζαν! Είναι δυνατό να ισχύσει απαγόρευση που να καλύπτει την χρησιμοποιήση μύριων όσων τρόπων αντιγραφής; Ηταν γνωστές οι δυνάμεις και αδυναμίες μας στα διάφορα μαθήματα. Και βάσει οργανωμένου σχεδίου είμαστε πανέτοιμοι: Οι καλοί στα θετικά μαθήματα, Μαθηματικά, Φυσική,κλπ. Θα βοηθούσαν τους άλλους στα θεωρητικά όπως Αρχαία, Νέα Ελληνικά, Ιστορία κλπ. Και... αντίστροφα!

Στη Φυσική είχα το μεγάλο πρόβλημα, διότι στα δίμηνα μου είχε βάλει εφτά στο ένα και 8 στο άλλο κάτω από τη βάση. Έπρεπε λοιπόν να πάρω τουλάχιστον 15, ώστε να βρεθώ στη βάση. Για το συγκεκριμένο διαγώνισμα είχα διαβάσει του... σκασμού! Μελέτησα σε τρεις μέρες, όσο δεν είχα διαβάσει όλο το χρόνο. Η τοποθέτησή μας στα θρανία - καρέκλες ήταν για κάθε μάθημα διαφορετική. Στη περίπτωση της Φυσικής, βρέθηκα ανάμεσα σε δυο κοπέλες εκ των οποίων η Μαίρη ήταν καλή στο μάθημα, η Λίτσα όμως χειρότερη από μένα. Μας δόθηκε το θέμα, μια περίπλοκη άσκηση, που κατά...διαβολική σύμπτωση την είχα σημειώσει και μάθει σχεδόν απ᾽ έξω, από τις σημειώσεις που κρατούσε ο... σπασίκλας Κώστας Κ. στο μάθημα. Άρχισα λοιπόν με μεγάλη εμπιστοσύνη να γράφω με σχέδια και βέλη για τα διάφορα σύμβολα και ότι περίτεχνο είχα απομνημονεύσει. Με κοίταγε η καθηγήτρια με απορία. Σε όλες τις συνεχείς βόλτες της περνούσε δίπλα μου για να εξακριβώσει αν χρησιμοποιώ σκονάκια, ή αντιγράφω από τη Μαίρη, που ήταν αργότερη από μένα, αλλά πολύ μεθοδική. Και αφού τέλειωσα περίμενα να τελειώσει και η Μαίρη για να ρωτήσω το αποτέλεσμα, αν συμπίπτει με το δικό μου. Της κάνω νόημα περιμένουμε και οι δυο, όταν η καθηγήτρια είναι απασχολημένη με δυο συμμαθητές έξι σειρές από μας και ρωτάω: «Είναι πραγματικά 245 τόνοι αερίου που μένουν στο θάλαμο; «Μωρέ μπράβο θηρίο, ναι! Τότε τι φώναζες ότι θέλεις βοήθεια; «ρωτάει η Μαίρη.

«Θα σου πω μετά.» σπεύδω να ψιθυρίσω,Διότι η καθηγήτρια άρχισε και πάλι να κατευθύνεται προς το μέρος μας. Θριαμβεύτης λοιπόν σηκώνομαι και της δίνω τη κόλλα, δεύτερος μετά τον Κώστα Κ. Την κοιτάει καλά καλά, κοιτάει ερωτηματικά και μένα και ρωτάει: «Είσαι σίγουρος ότι τόσο γρήγορα τέλειωσες; Έχεις ακόμη αρκετή ώρα για να ξαναδείς το γραφτό σου.» Το ξανακοιτάει στο τέλος της δεύτερης σελίδας που είναι το αποτέλεσμα και ξανακοιτάει τις πράξεις.» Μπράβο! λέει, δεν περίμενα τέτοιο καταπληκτικό γραπτό από σένα, πώς και τα κατάφερες τόσο καλά;» «Μα διάβασα πολύ κυρία Κ. και να σας πω την αλήθεια με βοήθησε και ο Κώστας Κ. που ήταν καλός μαθητής γιατί μελετήσαμε μαζί λύνοντας διάφορες παρόμοιες ασκήσεις.» «Μπράβο πολύ καλά πρέπει να τον συγχαρώ και εκείνον που σε. ..μελέτησε όπως πρέπει, είδες λοιπόν... άμα θέλεις μπορείς να γίνεις μαθητής του άριστα;» «Έκτακτα! Είπα αργότερα στον Κώστα Κ., την εντυπωσίασα λέγοντας ότι με ... μελέτησες και από... τα χέρια σου βγήκα άριστος μαθητής! «Δεν πας να κουρεύεσαι!» μου απαντάει, «τι θέλεις και με ανακατεύεις αφού σωστά έγραψες διότι το ήξερες.» Το συμπέρασμα ήταν ότι μου έβαλε βαθμό 19 στο διαγώνισμα και έτσι ο τελικός βαθμός που πέρασα Φυσική στην εβδόμη ήταν 11.1/2 δηλαδή πάνω από τη βάση.

Στην Ιστορία είχαν αρχίσει να με ρωτούν πολλοί και πολλές για διάφορες ημερομηνίες εισβολής των Κελτών στους Δελφούς και αν οι Βησιγότθοι επιτέθηκαν στην Κεντρική Ευρώπη, ή στην Ιβηρική Χερσόννησο. Σε μια στιγμή ο αυστηρός Οδυσσέας, έφυγε, διότι τον κάλεσαν στη Διεύθυνση κατεπειγόντως, ο βοηθός νέος καθηγητής κοίταγε αλλού, μάλλον γιατί βαριότανε, τότε βοήθησα όσους μπόρεσα, ακόμη και πέντε σειρές παρακάτω που περίμεναν ημερομηνίες, κυρίως, αλλά και απαντήσεις για διάφορα θέματα των ερωτήσεων. Ξαναγύρισε ο αυστηρός Οδυσσέας και έπεσε πάλι μεγάλη ησυχία. Ενώ είχα τελειώσει, σε ένα τέταρτο, έκανα πως ξαναδιάβαζα και διόρθωνα το γραφτό ξανακοιτώντας το, διότι η Μαργαρίτα που καθόταν δίπλα μου, δηλαδή σε απόσταση ενάμιση μέτρο, ήθελε βοήθεια σε διάφορα θέματα. Πλησιάζει ο καθηγητης, ρίχνει ένα βλέμμα στο γραφτό μου, το παίρνει στα χέρια του, κοιτάει τη τρίτη σελίδα, το αφήνει στο θρανίο και μου λέει: «Αφού έχεις τελειώσει και μάλιστα λίαν επιτυχώς, γιατί δεν πάς έξω στον καθαρό αέρα, αλλά μου κάθεσαι εδώ.Και συνεχίζει:

«Ελπίζω μόνο για ... ηθική συμπαράσταση στους πάσχοντες συμμαθητές σου, και όχι βοήθεια άλλου... είδους, που καλόν είναι να αποκλειστεί, διότι θα χάσεις και εσύ βαθμούς! Λοιπόν μου κάνεις τη χάρη να μας αφήσεις τώρα; «Απλώς κύριε Οδυσσέα, ξαναδιάβαζα το γραφτό μήπως έχω παραλείψει, ή και πιθανόν να διορθώσω κάτι...» Με διακόπτει, «Άσε τις εξυπνάδες και πήγαινε! Το γραπτό είναι για δεκαοχτώ...» Τον διακόπτω εγώ τώρα: «Με συγχωρείτε, αλλά γι' αυτό καθόμουνα μήπως και θα μπορούσα να πάρω είκοσι...» «Το έχουμε πει ότι το είκοσι είναι μόνο του... Θεού! Απαντάει απότομα και συνεχίζει Το δεκαεννιά των... Αγίων. Μόνο το δέκαοχτώ είναι των θνητών! Άρα η παραμονή σου εδώ δεν πρόκειται να σου αποδώσει κι' άλλες μονάδες, πήγαινε λοιπόν!» Σηκώνομαι και φεύγω κλείνοντας την πόρτα πίσω μου. Έρχεται και ο Κώστας Γ. αμέσως μετά, μαζί με τον Παναγιώτη και συζητάμε για τα αποτελέσματα.» Έχουν μείνει πολλοί με απορίες που περίμεναν ότι θα τις έλυνες.» λέει ο Παναγιώτης. «Αφού είδες τι έγινε, τι μπορούσα να κάνω μένοντας μέσα; «Να σου πω, επεμβαίνει ο Κώστας Γ. έπρεπε να γράφεις πιο σιγά, ώστε να καλύπτεις την ώρα, όχι να έχεις τελειώσει και να χαζεύεις ποιόν θα εξυπηρετήσεις;» «Κάνε το καλό στου διαόλου το χωριό! «Απαντάω. Καθώς περνούσε ή ώρα βγήκαν κι' οι άλλοι, ελάχιστοι όμως με κατηγόρησαν γιατί... με έφυγε ο καθηγητής νωρίς.

Μας έμενε και η τελευταία εβδομάδα όπου στο τελος της είχαμε καθορίσει το περίφημο πάρτι. Μετά τους διαγωνισμούς τα μαθήματα συνεχίστηκαν κανονικά για μια βδομάδα. Συναντηθήκαμε με τον Άγγελο για να δούμε τι θα γινόταν στο πάρτι του Παναγιώτη με ποιά θα πηγαίναμε και τι θα αποκάναμε με τις διπλές κοπέλες, που... νομίζαμε ότι είχαμε. Εκεί που ήλπιζα ότι η Μάρω μπορεί και να μην προσκληθεί από τον Παναγιώτη. Έρχεται χαζοχαρούμενος ο Κώστας Κ. και μας είπε ότι η αδερφή του είχε συζητήσει με την Μάρω, διότι πήγαινε και εκείνη στο κολλέγιο, τι θα φορούσαν στο πάρτι και ότι η Μάρω περίμενε ότι ο Παναγιώτης, ή εγώ θα την προσκαλούσαμε. Και για να διπλασιαστεί η ατυχία η Σοφίκα είχε μάθει από τον αδερφό της για το πάρτι και βέβαια περίμενε ο Άγγελος να την καλέσει. Τώρα τη βάψαμε ήταν το συμπέρασμα μετά από μακριά συζήτηση με τον Άγγελο. «Βλέπεις καμιά λύση;» Τον ρωτάω ,

«Να σου πω, αστειεύεται, η μόνη θα ήταν να μην πάμε εμείς!» Το ακούει ο Παναγιώτης και μας εξυβρίζει, αποκαλώντας μας: «Γελοίους, ερωτύλους που σκεφτόμαστε με το πέος μας και όχι με το μυαλό μας και άλλα... διακοσμητικά αυτού του είδους.» Βρε αδερφέ δεν πειράζει θα τις απασχολήσουμε εμείς!» πετάγεται ο Κώστας Κ. «Επεμβαίνει και ο Μιχά-λης: «Νομίζω ότι είναι ολίγον εγωϊστικόν να μας παριστάνετε τους Μωα-μεθανούς με τις ... πολλές γυναίκες!» Φύγαμε από την αυλή, διότι αυτά λε-γόνταν στο διάλειμμα και ανεβαίνοντας προς την τάξη κοντοστεκόμαστε με τον Άγγελο στον εξώστη της ξύλινης σκάλας και του λέω:» Τώρα μην εκνευριστείς, σκέφτομαι μονολογώντας, αν τους λέγαμε την αλήθεια...» με διακόπτει: «Σε ποιές εννοείς στις δυο καινούριες, ή στις δυο παλιές, ή και στις... τέσσερις;»

ΤΟ ΠΑΡΤΙ ΣΤΟΝ ΠΑΝΑΓΙΩΤΗ

1953

Το πρόβλημα των πολλαπλών... .συντρόφων μας είχε λυθεί και μάλιστα τηλεφωνικά με τη Μάρω, που μου εδήλωσε, αφού άκουσε την αλήθεια, ότι δεν θέλει να με ξαναδεί, δεν πρόκειται να μου μιλήσει ποτέ στη ζωή της, και δεν πρόκειται να έρθει στο πάρτι! Η Σοφίκα είπε στον Άγγελο κάτι μεταξύ τον κακό του το καιρό και τι παληάνθρωπος που ήταν και θα έρθει στο πάρτι, όχι μόνο για να μας μπει στο μάτι, αλλά περισσότερο για να δει από κοντά ποιές και τι... είδους είναι αυτές οι... τσούλες - καλλονές που μας έχουν ξεμυαλίσει!

Το Σάββατο λοιπόν καταφτάσαμε στο σπίτι του Παναγιώτη, όπου στο σκοτεινό δωμάτιο χωρίς κανένα φως χορεύαμε και χαιδεύομαστε ενώ στο άλλο δωμάτιο και το χολ έχουν χαμηλό φωτισμό για να βλέπουμε που είναι τα ποτά, τα φαγητά και τα τασάκια. Είχε πέσει μεγάλη επιδημία, όπως κάποιος είπε, καπνίσματος. Μετά από μισή ώρα άναψαν τα φώτα και άρχισαν τα ροκ με πρώτο βέβαια το Round the Clock, που μόλις είχε κυκλοφορήσει ο δίσκος και λόγω του ρυθμού το παίξαμε πέντε φορές. Και πάλι ο Dean Martin επανερχόταν με το Money burns a hole in my pocket δυο τρεις φορές. Η Μπέττυ είχε πολύ μεγάλα κέφια και με φαρδύ φουρώ θριάμβευε στα ροκ. Η Σοφίκα από την άλλη μεριά απέφυγε, όσο ήταν δυνατό, διότι το σπίτι δεν ήταν μεγάλο, τόσο τον Άγγελο όσο και εμένα. Από την άλλη το ντύσιμό της ήταν άκρως προκλητικό με μπλούζα στηριζόμενη στούς ώμους της αφήνοντας βαθύτατο ντεκολτέ και φαρδιά φούστα, που όταν χόρεψε με τον Κώστα Σ. και εκείνος άρχισε διαφορα αεροπλανικά κόλπα να μας επιτρέψει να δούμε ότι τα εσωρουχά της πάνω και κάτω ήταν πράσινα! Και βέβαια δεν μπορούσαμε να αποφύγουμε το σχόλιο ότι ήταν κορίτσι των πράσινων... αγρών. Μετά τον αεροπλανικό χορό πάλι απέφυγε να μας μιλήσει και κάθισε στα γόνατα του Κώστα Σ. προχωρόντας σε χάδια και άλλες επαφές. Η Μπέττυ ξεκολλάει από πάνω μου καθώς χορέυαμε στο πολύ σφιχτό και μου λέει: «Δεν ξέρω ποιά είναι η κοπέλα αλλά μας δίνει ιδέες για χρώματα εσωρούχων, εσένα τι θα σου άρεσε;» «Μα τι ερώτηση είναι τούτη; Εγώ θα προτιμούσα… χωρίς και άν ήταν οπωσδήποτε μεγάλη ανάγκη ας είναι μπλέ σκούρα.!»

***

«Να σου πω, μου απαντάει, χωρίς εσώρουχα… αν το εφάρμοζε αυτή η δεσποινίς, θα γελάγαμε αρκετά, διότι θα χτυπιόντουσαν τόσο τα απάνω στήθια της στον αέρα, όσο και τα κάτω χοντρά μπούτια της, για να μην προχωρήσω σε περισσότερες ανατομικές λεπτομέρειες. Εκτός βέβαια, συνεχίζει, εκτός… αν αυτά είναι που σε προκαλούν… . σε στυλ φλαμανδικής σχολής, χοντρές γυναίκες δηλαδή! «Όχι δεν με προκαλούν αν και νομίζω ότι υπερβάλλεις, δεν είναι και Ρούμπενς η κυρία, ίσως με λίγη δίαιτα να γίνει και ωραία…» Με διακόπτει η Μπέττυ: «Γιατί δεν το συνιστάς λοιπόν; «Ενώ με κοιτάζει περιπαιχτικά «Νομίζω, της χαμογελάω και εγώ, ότι για να διακόψω αυτή τη σαχλή συζήτηση προτείνω να πάμε για ένα ποτό στο άλλο δωμάτιο, ξε-αγκαλιαζόμαστε και προχωράμε έξω από το σκοτάδι προς το ημιφωτεινό δωμάτιο. Εκεί συναντήσαμε τον Γιώργο, που προσπαθούσε να ανοίξει ένα μπουκάλι κρασί, με κάποιο ανοιχτήρι που δεν δούλευε και ο Παναγώτης έφερε μια σακοράφα και ανέλαβε να τρυπήσει και βγάλει το φελλό. Ούτε όμως και αυτό το σύστημα δούλεψε. Ώσπου ο Κώστας Κ. άνοιξε ένα κουτί με εργαλεία που έφερε ο Παναγιώτης και βρήκε μια μεγάλη βίδα και ένα αντίστοιχο κατσαβίδι. «Ορίστε!» μας λέει υπερήφανος, απλά πράγματα: «βιδώνεται εδώ τη βίδα και μετά με μια τανάλια που βρήκα την τραβάτε και πρόκειται για το τέλειο τιρμπουσόν.» «Εφ᾽ όσον βέβαια έχεις μια μεγάλη βίδα ένα κατσαβίδι και μια τανάλια, ή πένσα για να βγάλεις το φελλό…» απαντά ο Γιωργος. Κατά τις έντεκα και μισή χτύπησε το κουδούνι. Κάποιος είχε έρθει να πάρει την Μαίρη.

Ο Παναγιώτης άναψε αμέσως όλα τα φώτα στο χολ και έτσι όταν άνοιξε την εξώπορτα τα φώτα ήταν σχεδόν εκτυφλωτικά, ή εμείς έχουμε συνηθίσει στο σκοτάδι, μου λέει κάποιος. Τότε λέει και η Μπέττυ ότι ήθελε να είναι σπίτι της πριν από τις δώδεκα, έτσι μαζί με τη Μαίη και τον Άγγελο κατεβήκαμε και τις πήγαμε με ταξί. Ξαναγυρίσαμε στον Παναγιώτη, όπου είχαν μείνει μόνο άντρες. Επανήλθε και πάλι ο Κώστας Σ. επιμένοντας να πάμε στο μπουρδέλο, επίσκεψη που αναβάλαμε για το φθινόπωρο μια και από αύριο και μέσα στη βδομάδα οι περισσότεροι αναχωρούσαν για διακοπές.

ΜΥΚΟΝΟΣ

1953

Το ταξί μας πήρε από την Αριστοτέλους και κατέβασε όλη την οικογένεια στον Πειραιά, όπου σε μια από τις προβλήτες ήταν αραγμένο με το πλάι, το ΑΓΓΕΛΙΚΑ της Ατμοπλοίας Τυπάλδου. Κατάμαυρα βαμμένο, με ξύλινα υπερκατασκεύασματα. Στο πλοίο έπρεπε ν' ανεβούμε από μια παλιά ξύλινη με σκαλοπάτια δεμένα με σκοινιά, αρκετά απότομη και ανηφορική σκάλα. Ανεβήκαμε και περάσαμε σ' ένα σαλόνι, που ήταν όλο ξύλινα, τέως γιαλισμένα, χωρίσματα. Από τη μια μεριά για την πρώτη θέση και από την άλλη για τη δεύτερη, ενώ η τρίτη θέση ήταν μόνο έξω στο κατάστρωμα και σε κάτι σκεπασμένα με τέντες μέρη, στο πίσω μέρος του πλοίου. Μια και το ταξίδι γινόταν σε έξι – οχτώ ώρες την ημέρα, δεν χρειαζότανε καμπίνα. Έτσι ξεκινήσαμε στις δέκα το πρωΐ, αντί στις εννιά – εμείς είχαμε πάει από τις οχτώ. Το δρομολόγιο Σύρο – Τήνο – Μύκονο – Ικαρία – Σάμο. Η παρέα ήταν άλλες δυο κυρίες με τις κόρες τους. Θα έμεναν στη Μύκονο όλο το καλοκαίρι. Είχαν πείσει τη μητέρα ότι ήταν όλα τόσο ωραία, φτηνά και γραφικά, που δεν υπήρχε άλλο παρόμοιο νησί. Μετά από τέσσερις ώρες φτάσαμε στη Σύρο, όπου το καράβι γέμισε από άντρες γυναίκες και παιδιά, που πουλούσαν λουκούμια και χαλβαδόπητες. Αυτό το είδος γλυκού το είχα ξαναφάει πηγαίνοντας στην Πάρο. Αγοράσαμε και άλλες τρεις για το υπόλοιπο ταξίδι. Σε μια ώρα φτάσαμε στην Τήνο, όπου εκεί δεν πλεύρισε το πλοίο και η αποβίβαση γινόταν από τη απότομη σκάλα και το κλασικό πήδημα στις βάρκες που είχαμε μάθει από το Μοσχάνθη, στην Κύθνο και στην Πάρο. Τελικά φτάσαμε στη Μύκονο, όπου φύσαγε ένα μέτριο μελτέμι τίποτα το εξαιρετικό, το καράβι όμως έπρεπε να γυρίσει για να προφυλάξει τις βάρκες που ήρθαν από την υπήνεμη μεριά. Και πάλι ακολούθησε το γνωστό πήδημα από τη σκάλα στη βάρκα.

Τα δυο κορίτσια η Ρίτα και η Ελένη, κόντευαν να σκάσουν διότι δεν πήγαν στις τουαλέτες του πλοίου, που τις έβρισκες από τη βρώμικη μυρουδιά. Φαίνεται όμως ότι οι γυναικείες ήταν σε χειρότερα χάλια από τις αντρικές και επί πλέον... βουλωμένες.Μόλις βγήκαμε από τη βάρκα στο μώλο, έτρεξαν στην πρώτη ταβέρνα. Φαίνεται ότι το ... έθιμο αυτό, ήταν αρκετά γνωστό στους ντόπιουςκαι τους βαρκάρηδες.

Διότι η Ατμοπλοία Τυπάλδου δεν φημιζόταν για τα πολύ καθαρά και όπως αποδείχτηκε αργότερα, ούτε και αξιόπλοα καράβια.

Και αφού πήγαμε στα δωμάτιά μας, που είχε νοικιάσει ο κύριος της μια κυρίας, που έμενε στο νησί όλο το καλοκαίρι, πλύναμε τα χέρια μας και ξαναγυρίσαμε σε μια από τις ελάχιστες ταβέρνες στη μέση του λιμανιού. Καθώς αργήσαμε, οι μόνιμοι στο νησί είχαν φάει όλα τα φρέσκα ψάρια, έτσι αρκεστήκαμε σε ντομάτες γεμιστές που ήταν, λέει, τοπικό προϊόν. Εκεί άρχισαν οι μεγάλοι να προγραμματίζουν διάφορες εκδρομές και περίπατους στα αξιοθέατα. Αύριο θα πηγαίναμε για μπάνιο στη Μεγάλη Άμμο, που ήταν η κοντινότερη στη Χώρα αμμουδιά. Μεθαύριο οι κυρίες επέμεναν, όχι μόνο να πάμε στη Δήλο, αλλά να μείνουμε εκεί το βράδυ, γιατί θέλανε να δούνε την ανατολή του ήλιου από τη κορφή του βουνού της Δήλου, τον Κύνθο. Αναγκαστικά με επιστράτευσε η μητέρα να την συνοδεύσω μια και ο πατέρας έφυγε και θα ξαναρχόταν το άλλο Σαββατοκύριακο για να μας πάρει πίσω στην Αθήνα. Και βέβαια εδήλωσα από την αρχή:» Εγώ το πρωί δεν ξυπνάω ν' ανεβώ στο βουνό, διότι η ανατολή εκεί, δεν θα ήταν διαφορετική από την ανατολή στη Μύκονο, ή σε οποιοδήποτε άλλο νησί, βουνό ή χωράφι και δεν βλέπω το λόγο να ταλαιπωρούμαι!»

Έτσι με μια μεγάλη μηχανοκίνητη βάρκα ξεκινήσαμε και φτάσαμε στη Δήλο. Εκεί η μία κυρία γνωριζόταν με τον φύλακα του μικρού μουσείου, που σε μερικούς τρελούς, σαν και μας, νοίκιαζε μια ή δυο κουβέρτες, που άπλωνε κάτω στο πάτωμα ενός παραρτήματος του μουσείου για να ξαπλώσουν το βράδυ. Και το πρωί θα προσφέρει έναν καφέ, αγνώστου είδους και προέλευσης, αλλά... στη Δήλο κάνε όπως οι Δήλιοι, λέει η μητέρα...» Ίσως γι' αυτό έφυγαν και δεν έμεινε κανείς πλέον! ...» συμπληρώνω . «Καληνύχτα σας λοιπόν και ξυπνήστε με, μετά την ανατολή... !» Λέω στις κυρίες και δεσποινίδες. Ξάπλωσα με μια κουβέρτα με το πουκάμισο και το παντελόνι μου φορεμένο, διότι καμιά από τις κυρίες και δεσποινίδες δεν είχε αλλάξει, αλλά η ταλαιπωρία για την ταλαιπωρία, τους μουρμούρισα.

Η Ρίτα και η Ελένη με σνόμπαραν σε αφόρητο σημείο και γι' αυτό στο τέλος αποφάσισα να μην τους απευθύνω το λόγο και να απαντάω μόνο αν με ρωτάνε κάτι και όσο πιο μονολεκτικά μπορώ! Με ξύπνησαν, νομίζω σκόπιμα, καθώς σηκώνονταν το ξημέρωμα για να πάνε να θαυμάσουν την ανατολή από τη κορφή του Κύνθου.

Τότε βρήκα ευκαιρία, όσο έλειπαν, να πάω στον πρωτόγονο νιπτήρα και τουαλέτα, που βρισκόταν στην εξωτερική πλευρά του Μουσείου, να πλυθώ και να συγυριστώ. Μετά έκανα τις βόλτες μου στα αρχαία με την καθοδήγηση του αγουροξυπνημένου φύλακα. Όταν επιστρέψαμε,από την ξενάγηση είδαμε τις κυρίες και δεσποινίδες να κατεβαίνουν από άλλο μονοπάτι και να τρέχουν στην μοναδική τουαλέτα. Ύστερα από λίγο και περιμένοντας τη μεγάλη βάρκα, ο φύλακας μας προσέφερε τον καφέ και ένα κομμάτι ψωμί και όλο αυτό κόστισε κάτι μηδαμινές δραχμές κατ' άτομο. Και έτσι είδαμε και τη Δήλο το σούρουπο, νύχτα και το πρωί. Τις υπόλοιπες μέρες πηγαίναμε για μπάνιο με βάρκες, ή και καΐκια. Η πρώτη παραλία ήταν ο Άγιος Στέφανος με άσπρη ωραία διάφανη άμμο. Μετά την επόμενη μέρα με άλλο καΐκι καταπλεύσαμε στον Ορνό, που ήταν άλλη καταπληκτική αμμουδιά. Εκεί κολυμπάγαμε και παίζαμε στη θάλασσα, πάντα τα κορίτσια να με σνομπάρουν. Ότι έλεγα ξίνιζαν τα μούτρα τους!

Το μεσημέρι γυρνάγαμε να πάμε για φαγητό στην ταβέρνα. Μετά οι κυρίες μαμάδες έπρεπε να τηρήσουν τη σιέστα και έτσι περιδιαβάζαμε με τις κοπέλες παρά τον σνομπισμό τους, καταδέχονταν για λίγο, να κρατήσουν κάποια συνομιλία μαζί μου, για λίγο όμως. Σ' ένα από τα περιδιαβάσματα αρχίσαμε μεγάλο καβγά, διότι υποστήριζα ότι το Τσιπίδο στην Πάρο, ήταν πολύ γραφικότερο της Μυκόνου και ας λένε ότι θέλουν. Η αλήθεια είναι ότι με πανσέληνο, κατά τη γνώμη μου βέβαια, το Τσιπίδο ήταν αχτύπητο, ενώ εδώ τα πράγματα ήταν λίγο στριμωγμένα και έπρεπε κανείς να ανεβεί ψηλά πάνω από τη πόλη ανηφορίζοντας σε ένα κακοτράχαλο δρόμο και τότε ίσως να ήταν γραφική η χώρα της Μυκόνου. Προσπαθούσα να τους πω ότι σε όλα τα Κυκλαδονήσια τα άσπρα σπίτια, τα καλντερίμια,οι πλατείες με την ιδιαίτερη αρχιεκτονική ήταν σχεδόν παντού τα ίδια. Εκείνες τίποτα δεν καταλάβαιναν και όταν τους είπα ότι αφού δεν έχουν πάει πουθενά αλλού στις Κυκλάδες, γιατί δεν ακούνε και μια άλλη γνώμη από κάποιον που έχει επισκεφτεί και μερικά νησιά, έγινε το σώσε: «Πως τολμάω να λέω τέτοιες ασυναρτησίες αφού και πριν από τον πόλεμο ακόμα, ποιητές και συγγραφείς είχαν εξυμνήσει τη Μύκονο για τη γραφικότητά της» Δογματίζει η Ελένη. «Πιθανώς, διότι όπως και εσείς, τους απαντώ, δεν είχαν πάει πουθενά αλλού!»

Ο καβγάς συνεχίστηκε σχεδόν ένα ολόκληρο τετραήμερο διότι δεν εννοούσαν να ακούσουν τίποτα και φερόντουσαν σαν άλογα με παρωπίδες, όπως τους είπα τυχαία, διότι πέρασε ένα κάρο με ένα άλογο που τις φορούσε! Φαίνεται ότι παραπονέθηκαν στις μαμάδες τους, διότι η μητέρα μου είπε, ότι δεν υπάρχει λόγος να επιμένω να επιβάλω τη γνώμη μου αφού εκείνες δεν θέλουν.» Δεν θέλουν να ακούσουν διότι οι αντιρρήσεις τους στηρίζονται μόνο στον αέρα. Είναι τελείως αμόρφωτες, αδιάβαστες και αγενείς! «Ωραία τις συγύρισες.» μου λέει. «Επί πλέον συνεχίζω, αν και δεν έχουν ιδέα για τι μιλάνε είναι πνεύματα αντιλογίας!» Η μητέρα επέμενε ότι δεν είναι δυνατόν, διότι οι οικογένειες ήταν πολύ διαβασμένες και ήταν αδύνατο τα κορίτσια αυτά να έχουν ελάχιστες γνώσεις και τέτοια συμπεριφορά.

Από παρέα δηλαδή δεν πέρασα καθόλου ωραία αυτές τις έξι μέρες. Το μόνο αξιομνημόνευτο γεγονός συνέβη ένα μεσημέρι που είχε δυναμώσει το μελτέμι και ξέσπαγε στην παραλία και στο λιμάνι, ενώ πλησιάζαμε για να φάμε στην ταβέρνα, που για προστασία από τον ήλιο είχε μια μεγάλη τέντα απλωμένη πάνω από τον κόσμο που έτρωγε. Ο αέρας όμως, φαίνεται ότι άρχισε ''καρεκλάτος'' αλλά δυνάμωνε για να καταλήξει ''τραπεζάτος'' κατά κάποιον περαστικό, Μυκονιάτη. Έτσι καθώς πλησιάζαμε από εκεί που μας είχε αφήσει το καΐκι στην άλλη μεριά του ψαρολίμανου, είδαμε ότι από το διπλανό στη ταβέρνα καφενείο, ο αέρας άρχισε να παίρνει τις καρέκλες, που ξεπετάγονταν στο μικρό μαγαζάκι που ήταν απέναντι. Καθώς δυνάμωνε ο αέρας άρχισε να παρασύρει και τα σιδερένια τραπεζάκια, που έβγαζαν ένα θόρυβο σα να σημαίνουν επίθεση με πολλά τούμπανα. Οι καθισμένοι στην ταβέρνα δεν έδιναν, κακώς, όπως απεδείχθει, σημασία και νόμιζαν ότι κάτω από την τέντα ήταν ασφαλείς. Το ίδιο νόμιζε και ο καταστηματάρχης που θα έπρεπε να γνώριζε καλύτερα. Καθώς λοιπόν πλησιάζαμε και εκεί που η Ρίτα άρχισε να τρέχει πίσω από το ψάθινο καπέλο της που το πήρε ο αέρας, βλέπουμε το πρωτόφαντο θέαμα: Η τέντα να σηκώνεται ψηλά από τον αέρα αποκαλύπτοντας όλους όσους έτρωγαν από κάτω, που φαίνονταν πολύ χαζοχαρούμενοι, τσουγκρίζοντας ποτήρια του κρασιού, ή ούζου, και τσιμπώντας μεζεδάκια, ή προσπαθώντας να κόβουν με το μαχαίρι σκληρές μπριζόλες. Ξαφνικά όμως, άλλο ρεύμα Μυκονιάτικου άνεμου χτυπάει με βία και ρίχνει την τέντα πάνω στους… καθώς απολαμβάνουν το μεσημεριανό τους.

Εδώ αρχίζει η κωμωδία διότι η τέντα ανασηκώνεται εδώ κι᾽ εκεί παίρνοντας μορφές… φαντασμάτων, επειδή οι από κάτω φυλακισθέντες προσπαθούσαν να... ξαναβγούν στο φως του ήλιου. Δυο, τρείς, λοιπόν που κάθονταν έξω, έξω, βγήκαν και προσπάθησαν να σηκώσουν την τέντα πάλι ψηλά, ολόκληρη, ο δραπέτης του Αιόλου, όμως άνεμος, επεμβαίνει ορμητικά με νεότερη ριπή και τους παίρνει την τέντα απο τα χέρια, για να την μεταφέρει πιο μακριά. Έτσι... αποκαλύπτονται οι από κάτω, απ᾽τους όποίους οι περισσότεροι ήταν πασαλειμμένοι με σάλτσες, μακαρόνια , πιλάφια και ότι άλλο είχε το μενού της ημέρας.

«Και τώρα τι κάνουμε;» ρωτάει η Ρίτα, που είχε γυρίσει με το καπέλο της φορεμένο και δεμένο γερά με δυο κορδόνια κάτω από το σαγόνι της. Θα περιμένουμε να καθαρίσουν και μετά θα φάμε; Πλησιάζουμε λοιπόν στην τέντα που κατέρρευσε και ρωτάμε τον καταστηματάρχη. Μας απαντάει ότι θα είναι έτοιμος σε μια ώρα, διότι πρέπει να σηκώσει και τυλίξει τη τέντα, να καθαρίσει τα τραπέζια και αν δεν μας πειράζει να κάτσουμε στον ήλιο, μια και η τέντα αποσυρόταν και για να την ξαναστήσουν πρέπει να περάσει καμιά βδομάδα. Τι να κάνουμε; Αποδεχόμεθα την προσφορά, ευτυχώς όλοι είχαμε κάτι τεράστια ψάθινα καπέλα και ο ήλιος ναι μεν ήταν του Ιουλίου, το μελτέμι όμως ελάττωνε τις θερμαντικές του ιδιότητες . Έτσι καθίσαμε σε καρέκλες που περιμαζέψαμε από το γύρω διότι ο αέρας συνέχιζε να τις... σκορπίζει παντού. Μόλις σηκωνόταν κάποιος, ο άνεμος και όχι κάποιος... υπηρέτης του έπαιρνε τη καρέκλα! Τελικά φάγαμε κατά τις τέσσερις το απόγεμα. Μας ταλαιπώρησε επίσης η βιασύνη των κυριών, που ήξεραν ότι θα έχαναν τη σιέστα, διότι έπρεπε στις έξι να συναντήσουν κάποιον συγγραφέα, που είχαν ραντεβού. Οι άλλες δυο μέρες πέρασαν πάλι με εκδρομές με το καΐκι σε κάτι απάτητες και ανώνυμες αμμουδιές, προφυλαγμένες από το μελτέμι, στα νότια του νησιού, που ή θάλασσα ήταν σαν λίμνη, καθώς δεν φυσούσε καθόλου και η έλειψη ανθρώπινου ίχνους ήταν εντυπωσιακή. Η Ελένη είχε πάρει μαζί τερμός με νερό και σάντουιτς και έτσι φάγαμε στην αμμουδιά κολυμπώντας όλη την ημέρα μέχρι το απόγεμα. Ήρθε και ο πατέρας, έμεινε δυο νύχτες και το Σάββατο φύγαμε τα χαράματα με το ΑΙΓΑΙΟ. Πλοίο καλύτερο από το ΑΓΓΕΛΙΚΑ, ίσως διότι ήταν νύχτα και οι τουαλέτες δεν βρώμαγαν τόσο πολύ, όσο στο άλλο πλοίο της ίδιας Ατμοπλοίας.

Φτάσαμε στην ώρα μας, έξι το πρωΐ στον Πειραιά, γεγονός απρόσμενο, για πλοίο της γραμμής να φτάνει ακριβώς στην ώρα του, παρά το μελτέμι που φύσαγε ακόμη και στην Αθήνα. Θα μέναμε για πέντε μέρες και μετά θα πηγαίναμε για τη δυτική Πελοπόννησο στις αρχές Αυγούστου. Τηλεφώνησα σε κορίτσια και αγόρια μήπως βρω κανέναν. Οι περισσότεροι όμως έλειπαν και ο Παναγιώτης που βρήκα και μιλήσαμε στο τηλέφωνο, έφευγε αύριο. Βρήκα την Ακτή που έφευγε την επόμενη μέρα με το παράπονο γιατί δεν πάω στην Αίγινα, που είχαμε περάσει τόσο ωραία.

Τελικά πήρα το ποδήλατο δυο μέρες μετά, και πήγα μόνος μου μέχρι την Κηφισιά από τους πίσω δρόμους, σταματώντας στο Ηράκλειο και τη Λυκόβρυση, επιστρέφοντας από την Κηφισίας, χωρίς να βρω κανένα γνωστό στην Κηφισιά, παρ' ότι έκανα αρκετές βόλτες στο Κεφαλάρι και στα γνωστά ζαχαροπλαστεία με τα πόδια σπρώχνοντας το ποδήλατο.Πέρασαν άλλες τρεις μέρες σκέτης πλήξης που διαβάζοντας σαν να ήταν μυθιστόρημα, τέλειωσα το Χρονικό του Μορέος. Εφοδιασμένος με το ήδη δανεισμένο Η Φραγκοκρατία στην Ελλάδα του William Miller. A History of Frankish Greece (1204 – 1566). Πρώτη έκδοση London 1908 by John Murray. Albemarle Street W 1, μια και θα πηγαίναμε στα μέρη, που παλιά είχαν κατακτήσει και αποικήσει οι Φράγκοι και παρά τον όγκο του βιβλίου θα το έπαιρνα μαζί μου.

ΚΥΛΛΗΝΗ – ΔΥΤΙΚΗ ΠΕΛΟΠΟΝΝΗΣΟΣ

1953

Ο πατέρας πήγαινε για επιθεώρηση στις Ιαματικές Πηγές της Κυλλήνης, Καϊάφα και στο Κουνουπέλι (όνομα και πράμα από τα κουνούπια). Ξεκινήσαμε με το επίσημο αυτοκίνητο του ΕΟΤ, με τον καλαμπουριτζή οδηγό, τον Πάτροκλο. Το αυτοκίνητο μια τεράστια χακί οχτακύλινδρη PACKARD, ανήκε παλαιότερα σε κάποιον στρατιωτικό του σχεδίου Μάρσαλ, που την είχε αφήσει στη Χώρα φεύγοντας και είχε παραχωρηθεί στον Οργανισμό. Πρώτη φορά μπαίνω σε τόσο μεγάλο αυτοκίνητο. Κάθομαι με τη μητέρα και χωρούσε τουλάχιστον άλλους δυο στο πίσω κάθισμα. Ο πατέρας κάθισε μπροστά. Ανάμεσα σ' εκείνον και τον Πάτροκλο υπήρχε μεγάλο κενό . Η μηχανή βγάζει ένα βαρύ-χοντρό γουργουρητό και ξεκινάει αφού φορτώσαμε στο πορτ μπαγκάζ δυο βαλίτσες, που ο Πάτροκλος τις δένει με ειδικά λαστιχένια πιαστήρια, για να μην σούρνονται εδώ κι' εκεί, στον αχανή χώρο, όπου παρ' όλο ότι είχε και ένα δικό του σάκκο, φαινόταν σαν... σπηλιά χωρίς τέρμα.

Κατεβαίνουμε την Πιπίνου μέχρι Αχαρνών και από κει παίρνουμε την Αχαρνών αριστερά, καθώς περνάμε τη Βάθη και από τη Μάρνη, μέσα από το Μεταξουργείο βγήκαμε στην Ιερά Οδό μέχρι το Δαφνί. Αυτή ήταν η έξοδος της πρωτεύουσας προς την Πελοπόννησο. Περάσαμε την Ελευσίνα και παραθαλάσσια φτάσαμε στο Μεγάλο Πεύκο, όπου σταματήσαμε για καφέ. «Για να δυναμώσουμε! λέει ο Πάτροκλος, διότι θα περάσουμε τη Κακιά Σκάλα.» Στα Μέγαρα μπήκαμε σ' ένα χωματόδρομο που θα γινόταν ο πρώτος περιφερειακός των Μεγάρων. (Ακολούθησαν άλλοι τρεις!) Μετά, ανηφορίσαμε προς την Κακιά Σκάλα όπου το βαρύ αυτοκίνητο έτρεχε μεγαλοπρεπώς στο δρόμο, με τους γκρεμούς προς τη θάλασσα αριστερά μας. Έπρεπε όμως να σταματήσουμε τουλάχιστον τρεις φορές, διότι κάτι μεγάλα στρατιωτικά "Τζέιμς" δεν μπορούσαν να περάσουν και έπρεπε, στη μια περίπτωση να κάνουμε όπισθεν να βρούμε κάποιο πλάτωμα και σε άλλη να κάνουν εκείνα τα θηρία πίσω, ώστε να βρούμε άνοιγμα στο δρόμο, που ήταν μισοκατεστραμμένη άσφαλτος, για να διασταυρωθούμε. Ο Ισθμός μόλις είχε ανοίξει και τα κατεστραμμένα βαγόνια, που είχαν ρίξει μέσα για να τον φράξουν οι Γερμανοί όταν υποχωρούσαν, τα είχαν ανασύρει και στέκονταν χωρίς πλαϊνά, ή άλλα χωρίς ταβάνια, στο πλάι της πρόχειρης γέφυρας, που περάσαμε ακούγοντας πολλούς κρότους από τα σίδερα που ήταν συναρμολογημένη. Φτάσαμε στην Κόρινθο όπου στην Κεντρική Πλατεία σταματήσαμε για άλλο καφέ, διότι για φαί μεσημεριανό θα σταματούσαμε, λέει, στο Αίγιο που θα βρισκόμαστε περίπου στα μισά της διαδρομής. Μετά το φαγητό στο Αίγιο, συνεχίσαμε αργά και σταθερά προς την Πάτρα. Εκεί δεν σταματήσαμε, αν και ο πατέρας ήθελε ν'ανάψει κερί στον ομώνυμο του ναό, που τον είχαν βαφτίσει και προστάτη της πόλης, άλλα και της Σκωτίας γι' άγνωστους λόγους Περάσαμε τα περίχωρα της Πάτρας, το Μιντιλόγλη και το στενό δρόμο προς την Κάτω Αχαΐα. Θαυμάσαμε την ισχύ της μηχανής καθώς αν και κολλήσαμε σε μια νεροφαγιά, λίγο περισότερο γκάζι πάτησε ο Πάτροκλος και το αυτοκίνητο ξετινάχτηκε σαν να το τσίμπησε αλογόμυγα. Φτάσαμε στα Λεχαινά από όπου βγήκαμε από την, ο θεός να την κάνει Εθνική Οδό, και προχωρήσαμε στα ... ενδότερα προς το Κάστρο, χωριό που ονομάστηκε (τι πρωτοτυπία!) Κάστρο, το είχαν χτίσει οι Βιλλαρδουίνοι στην κορφή του λόφου, καθώς δέσποζε πάνω στο χωριό, αλλά και σ' όλη τη Χερσόννησο της Κυλλήνης. Προστάτευε έτσι τη περιοχή από την Κάτω Αχαία, μέχρι τις παραλίες της Αμαλιάδας. Πηγαίνοντας ξανακολλήσαμε σε κάτι λάσπες στην είσοδο του χωριού, όπου το αυτοκίνητο περικυκλώθηκε από ξυπόλητα παιδιά, όχι παραπάνω από δώδεκα χρονών, με τα χέρια απλωμένα ζητώντας ελεημοσύνη. Ο Πάτροκλος με τον πατέρα είχαν ξαναπεράσει από εδώ, έβγαλαν καραμέλες, αγορασμένες χύμα, από κάποιο μπακάλικο στο Αίγιο και διερωτόμουνα γιατί, και άρχισαν να τις μοιράζουν.» Καλά, γιατί είναι ξυπόλητα; «ρωτάω αφελώς.» Διότι δεν έχουνε παπούτσια και μάλλον πεινάνε επί πλέον.» Απαντάει ο πατέρας. «Έπρεπε να είχες πάρει σοκολάτες να τους δώσεις, που είναι θρεπτικές.» λέει η μητέρα. «Αυτό θυμίζει τη Μαρία Αντουανέτα που δεν είχαν ψωμί και συνιστούσε παντ΄εσπάνι.» Λέω εγώ. «Καλησπέρα κύριε Διευθυντά, λέει στον πατέρα, από το κατεβασμένο τζάμι του αυτοκινήτου ένας αξιωματικός της Χωροφυλακής, που εμφανίστηκε ξαφνικά, καλώς ήρθατε, θα μείνετε σε μας εδώ, ή πάτε κάτω στα λουτρά;...» «Καλώς σας βρήκα απαντάει, όχι πάμε κάτω και αύριο θα έρθω να δω τον Πρόεδρο της Κοινότητας ... πές του ότι πέρασα και θα έρθω αύριο το πρωί.» Μας κατεύοδωσε με ένα "καλό δρόμο και θα σας δούμε αύριο". Συνεχίσαμε σε κάτι απότομες κορδέλλες, που κατέβαιναν από το Κάστρο για τα Λουτρά. Ο δρόμος ήταν άθλιος και γεμάτος λακούβες, είχε αρχίσει να σουρουπώνει.

Η PACKARD όμως, αντιμετώπιζε τα πάντα χωρίς στεναγμούς και με την καταπληκτική ανάρτηση της δεν νιώθαμε και πολύ όλες τις λακούβες, νεροφαγιές, χαντάκια, και σε ορισμένα μέρη περνόντας μέσα από ξεραμένους χειμάρρους. Τελικά ύστερα από ταξίδι εφτάμιση ωρών φτάσαμε στην είσοδο της λουτρόπολης Κυλλήνη, ή στα Λουτρά όπως είναι γνωστά. Υπάρχει και άλλη Κυλλήνη - λιμάνι!. Περάσαμε το δάσος με τους ευκαλύπτους, φυτεμένους πριν από τον πόλεμο για να αποξηρανθούν τα έλη που υπήρχαν εκεί και καταλήξαμε σ᾿ ένα κτίριο, που ήταν το λεγόμενο Διοικητήριο.

Αντίκρυ του είχε ένα άλλο, το κτίριο του επιστάτη διευθυντή, με ξενώνα από τρία δωμάτια. Εκεί θα μέναμε. Ο επιστάτης με τον βοηθό του, είχαν ετοιμάσει φαγητό στο Διοικητήριο, αφού πήγαμε στο δωμάτιο, πλύναμε τα χέρια μας και κατηφορίσαμε. Ο πατέρας άρχισε να συζητάει για τα θέματα της λουτροπόλης και αφού φάγαμε καθίσαμε για λίγο και μετά πήγαμε να κοιμηθούμε με αναμμένα τα κατόλ, σε όλο το κτίριο, διότι τα έντομα εδώ ήταν επιθετικότατα και μάλιστα σε σχηματισμό... σμήνους, μόλις έβγαινες έξω από την ευεργετική μυρουδιά του κατόλ. Το πρωί ξυπνήσαμε νωρίς από τη... ζέστη. Πρέπει να ήταν παραπάνω από 36 βαθμούς, όπως είπε ο επιστάτης του κτιρίου. Πήγα μαζί με τον πατέρα κατηφορίζοντας, στο κτίριο της πηγής, όπου γίνονταν οι θεραπείες με εισπνοές διότι τα νερά αυτά έκαναν καλό σε όλο το αναπνευστικό σύστημα . Μετά γυρίσαμε πίσω, πήραμε τη μητέρα και περπατήσαμε προς την παραλία, όπου η τεράστια κιτρινοκόκκινη αμμουδιά ήταν πραγματικά εντυπωσιακή. Το Ιόνιο ήταν σαν λίμνη, απόλυτη γαλήνη, ή και λιπαρά, όπως λέγουν στο ναυτικό, είπε ο πατέρας. Μπήκα στη θάλασσα και βέβαια με τη ζέστη που έκανε δροσίστηκα κάπως, αλλά μετά από ελάχιστο χρόνο μπορούσες να καθίσει μέσα στη θάλασσα επ᾿άπειρον. Είπε ο πατέρας ότι καλύτερα αύριο να πηγαίναμε στον Καϊάφα, διότι μεθαύριο θα ήταν δεκατέσσερις Αυγούστου και δεν θα μπορούσε να κάνει καμιά δουλειά. Μετά το μπάνιο επιστρέψαμε στον ξενώνα όπου υπήρχαν ντούς. Απαλλαγμένοι από τα αλάτια μπήκαμε στο αυτοκίνητο - ο Πάτροκλος θα ήταν μαζί μας για άλλες πέντε μέρες – και ξεκινήσαμε για το Κάστρο. Εκεί, όσο ο πατέρας ήταν απασχολημένος εγώ και η μητέρα ανεβήκαμε στο κάστρο που ήταν πραγματικά εντυπωσιακό.

Ήταν το τρίτο μεγάλο μεσαιωνικό κάστρο που έβλεπα, μετά το Παλαμήδι και την Ακροκόρινθο, διότι το άλλο της Ωριάς στην Κύθνο, ήταν ένα σωστό ερείπιο. Εδώ σώζονταν ακόμα οι μεγάλες αίθουσες όπου οι Φράγκοι άρχοντες έδιναν δεξιώσεις μετά από τους αγώνες με τα κονταροχτυπήματα. Τα υπνοδωμάτια απάνω ήταν ανοιχτά χωρίς ταβάνια διότι έλειπαν πάμπολλες πέτρες, παραλληλόγραμμες από τους εσωτερικούς ιδιαίτερα τοίχους του κάστρου. Στην ατμόσφαιρα αυτού του κάστρου ξαναζωντάνευε η Πριγκηπέσσα Ιζαμπώ, του Τερζάκη, η τελευταία των Βιλλαρδουίνων. Όπως μας είπαν αργότερα, μετά το μεσαίωνα οι κάτοικοι του χωριού χρησιμοποιούσαν τις έτοιμες τετραγωνισμένες πέτρες για να χτίσουν τα σπίτια τους, αφού έβρισκαν έτοιμα οικοδομικά υλικά κομμένα στα μέτρα τους. Έθιμο, που όπως παρατήρησα, δεν αφορούσε μόνο τα μεσαιωνικά κάστρα, αλλά αρχαία θέατρα, Ναούς και Στάδια σε διάφορα μέρη της χώρας! Και επίσης ότι άλλο αρχαίο κτίριο, χτισμένο με πέτρες, ή μάρμαρα σωστά κομμένα και αλφαδιασμένα, χρησιμοποιήθηκαν στην ανέγερση, ιδιωτικών,και δημόσιων κτιρίων σε όλη την Νότια Ελλάδα.

ΟΙ ΣΕΙΣΜΟΙ ΣΤΑ ΙΟΝΙΑ.

1953

Έφτασε το απόγεμα - σούρουπο, στις δεκατρείς Αυγούστου και εκεί που καθόμαστε στη βεράντα του Διοικητηρίου και πίναμε καφέ, νιώθουμε το έδαφος να κινείται μια πάνω, μια κάτω και πλάγια. Μέσα στα δωμάτια κάδρα πέφτουν, ένα μικρό ράφι με βιβλία καταρρέει σκορπίζοντας τα στο πάτωμα. Σηκώνεται ο πατέρας και λέει:» Καλύτερα να βγούμε πιο έξω.» Κατεβαίνοντας τα δυο σκαλιά στο δρόμο αντικρίζουμε τα σύρματα του ηλεκτρικού να κουνιόνται μπρός πίσω, σαν να επρόκειτο κάποιος να πηδήξει... σκοινάκι, αν δεν ήταν τόσο ψηλά. Εκεί που προχωρούσαμε ακολουθεί άλλη δόνηση και ένας τεράστιος ευκάλυπτος ξεριζώνεται και πέφτει σιγά, σιγά με τεράστιο σουσούρο των κλαδιών του, που ακολουθεί γδούπος, καθώς οριζοντιώνεται και κλείνει το δρόμο σαν οδόφραγμα. Ευτυχώς βρισκόμαστε σε μια απόσταση περίπου είκοσι μέτρων από εκεί που έπεσε. Οι μικροδονήσεις όμως συνεχίζονταν, τα κτίρια αν και προπολεμικά στέκονταν χωρίς καμιά ζημιά. Ο πατέρας λέει στους παρευρισκόμενους, που ήταν ο επόπτης της πηγής, ο βοηθός του ηλεκτρολόγου, και άλλοι τρεις εργάτες που εμφανίστηκαν από το Κτίριο του ξενώνα, καθώς επισκεύαζαν ένα υπόστεγο. «Ελάτε να πιάσουμε αυτό το δέντρο και να το τραβήξουμε ώστε να ανοίξει ο δρόμος. «Κύριε διευθυντά, τον διακόπτει ο επόπτης, δεν νομίζετε ότι είναι πολύ μεγάλο και δεν είμαστε αρκετοί...» «Ελάτε να δοκιμάσουμε να δούμε» επιμένει ο πατέρας. Δοκιμάζουμε λοιπόν... κοντά δεκα άτομα να τραβήξουμε, ή σπρώξουμε τον τεράστιο είκοσι μέτρα μακρύ και με διάμετρο ένα μέτρο κορμό, όπως είπε κάποιος. Αποτέλεσμα μηδέν! Σπρώχναμε με όλη μας τη δύναμη το τεράστιο δέντρο ούτε που κουνιότανε. Άρχισαν τότε οι διάφορες προτάσεις. Να το κόψουμε, λέει κάποιος, έχουν στο χωριό κάτι μεγάλα δασοπονικά πριόνια. Όχι, αντιλέγει άλλος, στο Βαρθολομιό έχουν ένα τρακτέρ, που είχαν αφήσει οι Γερμανοί, εκείνο μπορεί να τραβήξει το δέντρο. Οι λιγοστοί κάτοικοι, εργάτες και άλλο προσωπικό της λουτρόπολης που στο μεταξύ μαζεύτηκαν στο γύρο, συνεχίζουν να προτείνουν διάφορες ιδέες για να τραβήξουμε το δέντρο. Κάποιος πήγε και έφερε ένα χοντρό σκοινί σαν κάβο καραβιού και προσπαθούσε να τον περάσει κάτω από τον κορμό του πεσμένου δέντρου για να τον τραβήξουν όλοι μαζί, καθώς το κοινό αυξανόταν όσο περνούσε η ώρα και συνεχίζονταν οι δονήσεις.

Και ενώ αυτοί πέρναγαν το χοντρό σκοινί κάτω από το δέντρο, εμφανίζεται η PACKARD με τον Πάτροκλο στο τιμόνι, που παρκάρει σε μια απόσταση πέντε μέτρα από το δέντρο, κατεβαίνει από το αυτοκίνητο, πλησιάζει το μαζεμένο πλήθος και λέει στον πατέρα.» Κύριε Διευθυντά, επιτρέψατέ μου, να συστήσω την... επέμβαση του αυτοκινήτου.Νομίζω ότι αν δέσω τον κάβο στην ειδική ρυμούλκα που έχει το θηρίο αυτό από πίσω και σπρώχνουν συγχρόνως οι πολλοί φίλοι εδώ, είναι ζήτημα πέντε λεπτών να μετακινήσουμε το δέντρο και να το αφήσουμε εδώ στο πλάι μέχρι να αποφασίσετε τι θα το κάνουμε, ο δρόμος όμως θα ανοίξει.» Συμφωνεί και ο πατέρας σπρώχνουν λίγο κάτι μεγάλες πέτρες που ήταν στην άκρη του δρόμου για να κάνουν χώρο για το δέντρο και αρχίζει η επιχείρηση: Βγάζει ο Πάτροκλος το κεφάλι του από το παράθυρο του οδηγού και φωνάζει:» Με το τρία: Ένα, δύο, τρία.» και μαρσάρει, ενώ ο υπόλοιπος... λαός σπρώχνει. Τα λάστιχα του αυτοκινήτου αρχίζουν να βγάζουν σπίθες, σπινάροντας στον τσιμεντένιο δρόμο, το δέντρο δεν κινείται, παρά μόνο λίγα εκατοστά.» Πάτροκλε, σταμάτα θα κάψεις τα λάστιχα και τη μηχανή αν συνεχίσεις έτσι.» «Αφήστε κύριε διευθυντά, απαντάει εκείνος, άλλη μια προσπάθεια, έχετε δίκιο μπορεί να μη χρειάζεται τόσο απότομα.» Σηκώνει το χέρι του προς το πλήθος που ακουμπάει πάλι με ανοιχτά χέρια τον πεσμένο κορμό.» Άντε, παιδιά, δύναμη. Πάμε με το τρία «Επαναλαμβάνεται η προσπάθεια και τώρα πραγματικά αρχίζει να κουνιέται ο κορμός μέχρι που μεσολαβεί άλλος ένας σεισμός, δεν ξέρω αν... βοήθησε στο σπρώξιμο, ή όχι, αλλά το πεσμένο δέντρο προχώρησε ακόμα τρία μέτρα, όπου και σταμάτησε, το σπρώξιμο λόγω σεισμού. Ο δρόμος είχε μισοανοίξει, δηλαδή πέρναγε ένα μικρό και στενό αυτοκίνητο. Τελικά προχωρήσαμε και στην τρίτη, ή τέταρτη προσπάθεια και ο δρόμος άνοιξε. Είχε πέσει η νύχτα αλλά απέντναντι είχε αρχίσει να φωτίζει ο ορίζοντας παράξενα. Φαίνεται ότι από τους σεισμούς φούντωσαν οι πυρκαγιές στη Ζάκυνθο, αλλά και στην Κεφαλλονιά. Κατηφορίζουμε προς την παραλία να δούμε καλύτερα. Απέναντι από την Κυλλήνη ήταν η Ζάκυνθος, που φαινόταν καθαρά σαν να φλέγεται από πυρκαγιές όλη η πόλη. Δεξιότερα καθώς κοιτάμε από την παραλία φαίνονται παρόμοιες φλόγες από την Κεφαλλονιά, αλλά όχι με τόσες λεπτομέρειες όσες από τη Ζάκυνθο καθώς βρίσκεται αρκετά μακρύτερα.

Επιστρέφουμε όλοι στο Διοικητήριο, τηλεφωνάει ο πατέρας στο χωριό Κάστρο, εκεί έχουν πέσει ορισμένα σπίτια που ήταν χτισμένα με λασπότουβλα, όπως είπαν, αλλά δεν υπάρχουν θύματα. Στο μεταξύ από το ραδιόφωνο αρχίζουν οι ειδήσεις να αναφέρουν ότι μεγάλες σεισμικές δονήσεις έπληξαν όλα τα Ιόνια νησιά από τη Λευκάδα και νότια, όπου μαίνονται πυρκαγιές και υπάρχουν αναρίθμητα προς το παρόν θύματα. Πλοία του Βασιλικού Ναυτικού, και αρματαγωγά, μεταφέρουν στρατιωτικές μονάδες με όλα τα απαραίτητα μηχανήματα για την παροχή βοήθειας στα θύματα.» Εδώ χρειάζεται πολύ μεγαλύτερη βοήθεια, αν συνεχίζει αυτή η πυρκαγιά στην Ζάκυνθο και θεός ξέρει τι θα γίνεται στη Κεφαλλονιά», λέει ο επόπτης. Στη συνέχεια πριν από το φαΐ ανεβήκαμε ψηλότερα στην έξοδο της Λουτρόπολης, προς το χωριό του Μάχου, από όπου βλέπαμε όλες τις πυρκαγιές της Ζακύνθου αλλά και αρκετές στην Κεφαλλονιά. «Πρέπει να περιμένουμε να δούμε τι θα γίνει, είπε ο πατέρας και αύριο Πάτροκλε, να ξεκινήσουμε πρώτα στο Κάστρο και μετά να πάμε στον Καϊάφα να δούμε αν εκεί έχουν ζημιές και αν χρειάζονται τίποτα, που μπορούμε να μεσολαβήσουμε στα κεντρικά στην Αθήνα. Έτσι κι'αλλιώς μια και περνάμε από τον Πύργο καλό είναι να ρίξουμε μια ματιά και στην Ολυμπία, μήπως έχουν ζημιές και εκεί, που μπορεί να είναι χειρότερες αν έχουμε τουρίστες τραυματίες." Οι μικρό-δονήσεις συνεχίζονταν, αλλά όχι τόσο μεγάλες σαν εκείνες που έκαναν τα δέντρα να ξεριζωθούν.

Ξεκινήσαμε το επόμενο πρωί. Η μητέρα δεν ήρθε μαζί μας. Στο δρόμο βρήκαμε κι' άλλα πεσμένα δέντρα, πρώτα στο Κάστρο, μικροζημιές είχαν πάθει μερικά από τα παλιότερα σπίτια του χωριού. Τα πιο σύγχρονα ήταν απείραχτα. Αφού ο πατέρας συναντήθηκε και μίλησε για λίγο με τον Πρόεδρο της Κοινότητας, ο Πάτροκλος και εγώ ήπιαμε καφέ στο μικρό καφενείο του χωριού. Τελικά μετά από μισή ώρα βγαίνει ο πατέρας από το γραφείο της Κοινότητας που ήτανε στη Κεντρική πλατεία και μπαίνει στο αυτοκίνητο. «Πάμε να φύγουμε, λέει, πρώτα να περάσουμε από το Βαρθολομιό, τη Γαστούνη να ρίξουμε μια ματιά και στην Αμαλιάδα για να καταλήξουμε στον Πύργο. Στο μεταξύ τηλεφώνησα στην Αθήνα, όπου μου είπαν ότι προκλήθηκε μεγάλος πανικός, διότι τα μέτρα που έλαβε το Ναυτικό δεν επαρκούν!»

Συνεχίσαμε λοιπόν περνώντας από τα χωριά Βαρθολομιό, Γαστούνη. Σε κάθε χωριό σταματούσαμε έξω από το σταθμό της Χωροφυλακής. Ο πατέρας έμπαινε μέσα και ζητούσε πληροφορίες, που τις έγραφε σε ένα μικρό σημειωματάριο που κουβαλούσε πάντα μαζί του. Υπήρχαν και σ'αυτά τα χωριά αρκετές σοβαρές ζημιές. Συνεχίσαμε έτσι μέχρι τον Πύργο. Εδώ ο πατέρας πήγε στη Νομαρχία Ηλείας, από τα ελάχιστα εντυπωσιακά κτίρια, που είχαν απομείνει διότι τα περισσότερα είχαν ή γκρεμιστεί, ή καεί, από Γερμανούς, ή στον εμφύλιο.

Εκεί μάθαμε ότι στα Ιόνια νησιά κατάφταναν πλοία του Ισραηλινού, Βρετανικού και Αμερικάνικου στόλου της Μεσογείου για να βοηθήσουν στη συγκέντρωση των επιζώντων, την περίθαλψη και την διατροφή τους. Επίσης στην εκκαθάριση των ερειπίων και στη ταφή των νεκρών. Φαίνεται ότι η βοήθεια με Ελληνικά μέσα ήταν τελείως ανεπαρκής, όπως είπε ο ξαδερφός του πατέρα, που έμενε στον Πύργο και ήρθε μαζί μας στην Ολυμπία, διότι είχε πολύ καιρό να μας δει. «Να φανταστείς, Αντρέα, έλεγε στον πατέρα, ότι ακόμα και κυβερνητικές εφημερίδες έχουν αρχίσει να γελοιοποιούν την κυβέρνηση γράφοντας ότι απεδείχθη ανίκανη να αντεπεξέλθη σε τέτοια καταστροφή. «Μα καλά Αντώνη, απάντησε ο πατέρας αν πρόκειται για τέτοια βιβλική καταστροφή, όπως λένε, τότε πως θα μπορούσε οποιαδήποτε κυβέρνηση να αντιμετωπίσει την κατάσταση; Εδώ στην Ολυμπία,μας είπαν, ότι ναι μεν ο σεισμός έγινε αισθητός, αλλά προς το παρόν, ευτυχώς, δεν υπάρχουν ζημιές.» Υπήρχε και τουριστική χωροφυλακή που γνώριζαν τον πατέρα και ο ενωματάρχης προχώρησε σε πλήρη αφήγηση, πότε ένιωσαν το σεισμό και πως μετά είχε επισκεφθεί, πρώτα το μεγάλο ξενοδοχείο των ΣΠΑΠ, που είχαν χτίσει λίγο πριν από τον πόλεμο οι Σιδηρόδρομοι Πελοποννήσου και μετά τα δυο τρία μικρότερα και διαπίστωσε ότι δεν υπήρξαν ζημιές και σχετικά είχε τηλεγραφήσει στην Νομαρχία Ηλείας και στη Γενική Δεύθυνση Τουριστικής Αστυνομίας στην Αθήνα. Πήγαμε λοιπόν στο εστιατόριο του ξενοδοχείου ΣΠΑΠ για μεσημεριανό. Ο ξάδερφος του πατέρα από τον Πύργο και εμείς οι δυο.

Εδώ αποφάσισε ο πατέρας να μείνουμε το βράδυ, για να πάμε πρωί, πρωί στον Καϊάφα. Διαφορετικά θα έπρεπε να κοιμηθούμε στον Καϊάφα, όπου θα φτάναμε στα σκοτεινά και δεν θα μπορούσε να δει ότι ήθελε στην εγκατάσταση της Ιαματικής Πηγής παρά μόνο το πρωί.

Μετά το φαΐ τηλεφώνησε στην Κυλλήνη που του πήρε περίπου μισή ώρα για να καταφέρει να συνδεθεί και ενημέρωσε τη μητέρα ότι θα επιστρέφαμε αύριο το απόγεμα. Βέβαια άκουσε τα γνωστά: «Γιατί φεύγετε έτσι; Πως θα κοιμηθείτε χωρίς πιτζάμες; Δώσε στο παιδί ένα πουλόβερ...» και άλλα παρόμοια. Ο Πάτροκλος επωφελήθηκε και ρώτησε τον πατέρα, αν συμφωνεί, να πάει να δει τους δικούς του στην Αμαλιάδα, και θα ερχόταν στις οχτώ το πρωί να μας πάρει να συνεχίσουμε για τον Καϊάφα.

Το απόγεμα πήγαμε περίπατο στα αρχαία, αλλά δυστυχώς το μουσείο ήταν κλειστό. Κατά τις οχτώ μας αποχαιρέτησε ο ξάδερφος, που πήρε το τρένο για τον Πύργο και εμείς, δηλαδή ο πατέρας και εγώ, αφού περπατήσαμε λίγο πήγαμε για φαΐ σε μια ταβέρνα, που έψηνε ένα θεσπέσιο κοντοσούβλι, σπεσιαλιτέ Ολυμπίας. Νωρίς, νωρίς. Το πρωΐ στις εφτά, ξυπνήσαμε και ο Πάτροκλος μας περίμενε στην έξοδο του ξενοδοχείου από τις εφτά και μισή. Στην ώρα μας ξεκινήσαμε και φτάσαμε στον Καϊάφα, οδηγώντας πάνω σ' ένα φριχτό χωματόδρομο, γεμάτο νεροφαγιές και ξεραμένους χειμάρρους, κατά τις εννιά και μισή. Εκεί κάναμε μια βόλτα γύρω από τη λίμνη και μετά ακολούθησα τον πατέρα στα... έγκατα των εγκαταστάσεων του ζεστού νερού, μυρίζοντας το θειάφι, με την απαίσια μυρουδιά κλούβιου αβγού, που μας ακολουθούσε σε όλη την επίσκεψη. Τελειώσαμε τη βόλτα στην έξοδο της λιμνοθάλασσας προς την παραλία με την ίδια χρυσοκρίτρινη άμμο της Κυλλήνης και πολλους αμμόλοφους στη σειρά. Μετά μπήκαμε στην PACKARD και πήραμε το δρόμο της επιστροφής για την Κυλλήνη. Δεν σταματήσαμε πουθενά και έτσι φτάσαμε αρκετά νωρίς, βρίσκοντας τη μητέρα να σηκώνεται μόλις από τη σιέστα και να πίνει τον καφέ της, στη βεράντα του ξενώνα. Το βράδυ είχαν έρθει από το χωριό διάφοροι γνωστοί, που είχαν και τελευταία νέα του σεισμού, που ευτυχώς δεν τους είχαν επηρεάσει καθόλου, αλλά επειδή οι μικροσεισμοί συνεχίζονταν σε ακανόνιστα διαστήμαστα φοβώνταν.

Το άλλο πρωί αμέσως μετά τον δεκαπεντάυγουστο αφού τηλεφώνησε ο πατέρας στην Αθήνα, αποφάσισε ότι μάλλον θα έπρεπε να γυρίσουμε. Έκρινε ότι λόγω της κατάστασης έπρεπε να βρισκόταν στη θέση του.

***

Φύγαμε αφού είχαν αποφασίσει ότι του χρόνου το Πάσχα θα πηγαίναμε να το περάσουμε εκεί και επειδή κρέμασα μεγάλα μούτρα - εγώ ήλπιζα κάτι σαν την Αίγινα, για λόγους παρέας - μου υποσχέθηκαν ότι θα προσκαλούσαν τα ξαδέρφια, ή και άλλούς φίλους, από το σχολείο αν ήθελαν να έρθουν μια και υπήρχε χώρος.

Επιστρέψαμε στην Αριστοτέλους 142 ενώ η αναστάτωση από τους σεισμούς στα Ιόνια βρισκόταν στο αποκορύφωμά της. Φαίνεται ότι παρά τα μέτρα που λαμβάνονται καθημερινά και τις επιφυλακές που είχαν ενεργοποιηθεί, η καταστροφή ήταν τόσο μεγάλη που η Ελληνική Πολιτεία μόνη, ήταν αδύνατο να αντεπεξέλθει. Ο στρατάρχης -πρωθυπουργός και η, από τότε ανεπαρκέστατη, διοίκηση, μάλλον είχαν κολλήσει, ή και σε διαφόρους τομείς βρισκόταν σε πλήρη διάλυση. Η βοήθεια από τους ξένους στόλους και λοιπούς εθελοντές έπαιζε μεγάλο ρόλο και οι ανταποκρίσεις στις Ελληνικές εφημερίδες ήταν κάθε άλλο παρά ευνοϊκές για την Κυβέρνηση.

ΕΒΔΟΜΗ ΓΥΜΝΑΣΙΟΥ- ΑΘΗΝΑ

Φθινόπωρο 1953

Οι εφημερίδες ανακοίνωναν συνεχώς ειδικούς εράνους αλλά και φόρους, για τους σεισμοπλήκτους. Ακρίβαιναν έτσι πάμπολλα προιόντα από τσιγάρα, ποτά, μέχρι και τα γραμματόσημα. Από την άλλη μεριά ο υπερδραστήριος, όπως οι εφημερίδες έγραφαν, Υπουργός Δημοσίων Έργων, Κωνσταντίνος Καραμανλής είχε πάει τρεις φορές στη Ζάκυνθο, στο Αργοστόλι και Ληξούρι στην Κεφαλλονιά για να επιβλέψει προσωπικώς, τη σχεδιαζόμενη ανοικοδόμηση.

Συγχρόνως, όπως έγραφε η Καθημερινή, που έφερνε ο πατέρας σπίτι, ο Ναύαρχος, Λόρδος Μαουντμπάτεν με μοίρα του Βρετανικού στόλου της Μεσογείου και ο Αμερικανός Ναύαρχος, που επέβαινε σε ένα αεροπλανοφόρο με ελικόπτερα, μάλλον πρωτόφαντα για την εποχή, βοηθούσαν και προσέφεραν περισσότερα, απαραίτητα εφόδια.

Στις 15 Σεπτεμβρίου άρχισε και το σχολείο. Βρεθήκαμε σε άλλο, λίαν μοντέρνο περιβάλλον, όπως το χαρακτήρισαν μερικοί, διότι πάνω από τη μεγάλη ταράτσα που σκέπαζε τη μεγάλη αίθουσα, χτίστηκε δεύτερος όροφος με δώδεκα, μεγάλες και εύαερες αίθουσες διδασκαλίας. Η κάθε μια με διαστάσεις 6X7 μέτρα, με μεγάλους πίνακες, εξαερισμό και θέρμανση. Επίσης ξηλώθηκε η στενή ξύλινη σκάλα, που οδηγούσε στον όροφο στη δυτική πλευρά του κεντρικού κτιρίου και αντικαταστάθηκε από από μια πλατιά και μαρμάρινη σκάλα,που ενώνει πια και τους τρεις ορόφους και βοηθάει την άνετη κυκλοφορία. Στο ισόγειο προστέθηκαν εγκαταστάσεις κουζίνας με αποθήκες, ψυγεία και άλλα απαραίτητα μηχανήματα, για τη λειτουργία κανονικού εστιατορίου, τελειοποιήθηκε επίσης το γήπεδο μπάσκετ και προστέθηκαν, δυο γήπεδα βόλευ στον ανατολικό περίβολο, και τέλος, τέλειωνε η σκηνή του θεάτρου στη μεγάλη αίθουσα.

Μετά την πρωινή προσευχή και τα σχετικά καλωσορίσματα καταλάβαμε ότι είχαμε και περίπου οχτώ καινούριους συμμαθητές από τους οποίους οι τέσερεις από το κολλέγιο για το γνωστό λόγο της επί πλέον τάξης εκεί, άλλα δυο κορίτσια κι' άλλους δυο, που ο ένας έμεινε για πολύ λίγο, διότι δεν νομίζω ότι καταλάβαινε και πολλά, ο άλλος ήταν Γιουγκοσλάβος αρκετά συμπαθής, και ο τρίτος ήταν ο Βάκης.

Τέλειωσαν τα προκαταρκτικά: Προσευχή, προγραμματισμός πρωινού τέταρτου, θέματα ομιλιών και πήγαμε στη καινούρια αίθουσα της τάξης μας. Ο καθηγητής αργούσε να εμφανιστεί ένεκα η χαλαρότητα της πρώτης μέρας και έτσι το είχαμε ρίξει στην κουβέντα. Συζητώντας για διακοπές, μόνο τότε μας αποκάλυψε ο Γιώργος, ότι βρισκόταν στην Κεφαλλονιά, στη διάρκεια των σεισμών, με τον αδερφό του, που ήταν η πατρίδα του μπαμπά τους. Και ούτε αυτός είχε ακόμα καταλάβει, πως είναι ακόμα ζωντανός.

Φαίνεται όπως μας διηγόταν, ότι μετά τη πρώτη μικρή δόνηση, ο πατέρας του, που ήξερε από σεισμούς, τους πήρε και άρχισαν να τρέχουν από το Ληξούρι που έμεναν, πάνω στο δημόσιο δρόμο, προς το Αργοστόλι. Στη μεγάλη όμως δόνηση που ακολούθησε, είδαν το δρόμο να ανοίγει μπροστά τους σε χαντάκια και ρήγματα με βάθος από δυο έως τέσσερα μέτρα, τότε ο πατέρας του παρότρυνε να προχωρήσουν προς τα ψηλά, παρά το ότι από την πλαγιά έπεφταν πέτρες και χώματα. Όπως αποδείχτηκε είχε δίκιο, διότι αν είχαν μείνει στο δρόμο θα τους είχαν θάψει οι πολλές κατολισθήσεις, ή θα είχαν πέσει σε κάποιο από τα ρήγματα που ανοίγονταν κάθε τόσο. Τελικά φαίνεται ότι έφτασαν σε κάποιο επίπεδο μέρος που άρχιζε το δάσος, εκεί δεν φαίνονταν ούτε ρήγματα, ούτε κατολισθήσεις. Έμειναν λοιπόν κάτω από ένα δέντρο μέχρι το άλλο πρωί, διότι οι σεισμοί είχαν αρχίσει το μεσημέρι και συνεχίζονταν με συνεχείς δονήσεις μέχρι το βράδυ, όταν σταμάτησαν να είναι τόσο έντονες. Με το πρώτο χάραμα και με μεγάλη προσοχή πήραν πάλι το δρόμο και έφτασαν με τα πόδια στο Αργοστόλι, όπου η καταστροφή ήταν απερίγραπτη. Οι Ισραηλινοί και Εγγλέζοι ναύτες που είχαν φτάσει πρώτοι από τα συνεργεία διάσωσης, είχαν αρχίσει να σκάβουν τα ερείπια, απ' όπου ανέσυραν πολλά πτώματα και ελάχιστους επιζώντες σε κακή κατάσταση. Πέρασαν άλλες δυο μέρες σε κάποια από τις σκηνές που είχε φέρει και μοίραζε το Ελληνικό Ναυτικό και μετά μπήκαν στο πρώτο πλοίο, που τους έβγαλε στη Πάτρα, διότι στην

Κυλλήνη λιμάνι, είχαν γίνει αρκετές καταστροφές από τους σεισμούς, και δεν μπορούσε να πλευρίσει πλοίο. Μόνο με τα ρούχα που φορούσαν για τρεις μέρες έφτασαν στην Αθήνα.

****

Τότε μόνο έμαθαν ότι ευτυχώς οι συγγενείς τους στο Ληξούρι είχαν όλοι επιζήσει, αλλά υπήρχαν εκατοντάδες νεκροί σε όλο το νησί. Οι περισσότεροι από τις πυρκαγιές και καταπλακωμένοι από τις καταρρεύσεις των σπιτιών. Και όμως μας είπε τελειώνοντας, στο Αργοστόλι το μόνο κτίριο που έμεινε απείραχτο ήταν η Εθνική Τράπεζα, που είχε κτιστεί το 1932, με αντισεισμική όμως κατασκεύη.

Κατάφτασε ο νέος καθηγητής τάξεως ο κύριος Γιώργος Αλισανδράτος, ή Βαλές, όπως ήταν το παρατσούκλι του, που του είχε κολλήσει μια από τις παλιές μεγάλες τάξεις. Ο άνθρωπος πολύ καλοπροαίρετος, αλλά που να τα βάλεις με τα θηρία. Όταν άκουσε ότι ο Γιώργος ήταν από τη Κεφαλλονιά διακήρυξε ότι ήταν πατριώτης του και πρέπει να γράψει όλες τις εμπειρίες του από τους σεισμούς, αλλά και πως ήταν πριν το νησί. Έτσι όλη η τάξη μας θα έπρεπε να βοηθήσει την επιτροπή που ετοίμασε το σχολείο για βοήθεια στους σεισμοπαθείς. Στην αρχή ότι μαζεύαμε από τον έρανο και συγκέντρωση διαφόρων ειδών θα κατευθυνόταν ιδιαίτερα σε μια ομάδα μικρών παιδιών, από τη Ζάκυνθο και την Κεφαλλονιά, που είχαν μείνει ορφανά και στεγάζονταν στο ίδρυμα πρόνοιας στη Βούλα.

Είχε προγραμματιστεί μάλιστα επίσκεψη από αντιπροσωπεία κάθε τάξης του Γυμνασίου στη Βούλα, με ότι απαραίτητα είδη είχαν ανάγκη οι εκεί μικροί ορφανοί σεισμοπαθείς. Έτσι με τα μαθήματα να αρχίζουν στις νέες τάξεις, αλλά ιδιαίτερα με την βοήθεια προς τους σεισμοπαθείς, ξεκίνησε το σχολικό μας έτος 53-54 στην εβδόμη Γυμνασίου, που επρόκειτο να εξελιχθεί σε χρόνο λίαν περιπετειώδη και ευχάριστο...

Βρισκόμαστε λοιπόν σε μια από τις τάξεις του νέου κτιρίου, ευρύχωρη, ευάερη και ευήλια! Αυτό δεν σημαίνει ότι η νέα τάξη, διαμόρφωσε καλύτερους μαθητές και ιδιαίτερα πιο προσεκτικούς, ολιγότερον καλαμπουριτζήδες, ή και επιδειξιομανείς. Εξακολουθούσαμε να συμπεριφερόμαστε σαν... ταραχοποιά στοιχεία και ότι άλλο σχετικό μας είχαν αποκαλέσει οι διάφοροι καθηγητές, που υπέφεραν και προσπαθούσαν να διορθώσουν την αλεπάλληλα εξωτερικευόμενη ανάρμοστη συμπεριφορά μας. Μας ανακοίνωσαν ότι θα έβγαινε καινούριο περιοδικό ο ΕΦΗΒΟΣ που θα αντικαθιστούσε την ΠΕΝΝΑ.

***

Και ενώ ετοιμαζόμαστε να διαμαρτυρηθούμε διότι η ΠΕΝΝΑ, βρισκόταν στα χέρια των ολίγων της Η΄Γυμνασίου, μας αποστομώνουν με το επιχείρημα ότι καταρτίζονται Συντακτικές Επιτροπές από κάθε τάξη. Τότε εκλέγομαι μαζί με την Μαργαρίτα, από τους συμμαθητές μας σαν εκπρόσωποι της Τάξης και είμαστε ευτυχείς! Συγκροτείται η Γενική Συντακτική Επιτροπή από όλες της τάξεις του Γυμνασίου και ανακαλύπτουμε στη πρώτη συνεδρίαση, παρουσία και του κ. Μωραΐτη, ότι η Η΄Γυμνασίου εκπροσωπείται από τέσσερις μαθητές! Εμείς η Ζ και η ΣΤ από δύο και οι υπόλοιπες τάξεις του Γυμνασίου από έναν. Φυσικά διαμαρτυρόμασε και εναντίον της Η΄. και για την... αντιδημοκρατική εκπροσώπηση των μικρότερων τάξεων. Μας απαντούν οι κ.κ Μωραΐτης και Αλισανδράτος ότι είναι δικαίωμα της μεγάλης άρχουσας τάξης του Γυμνασίου να έχει περισσότερους εκπροσώπους. Και ότι με υπομονή, του... χρόνου θα φτάσουμε και εμείς και τον παράχρονο οι της ΣΤ.στην κορυφή!. Συνεννοηθήκαμε με την Μαργαρίτα και με τα κορίτσια της ΣΤ. και προχωρήσαμε σε σχόλια ότι η Συντακτική Επιτροπή αυτοεκλέγεται Ελέω Θεού! όπως οι Μονάρχες!!! Και χαρακτηριστήκαμε για άλλη μια... φορά σαν αναιδείς! Τελικά είπαμε να δώσουμε τόπο στην οργή, αλλά να προσέχουμε και να υποστηρίζουμε τα γραπτά πρώτα από τις δικές μας και μετά από τις άλλες τάξεις. Από την άλλη διαπιστώθηκε ότι στην Συντακτική Επιτροπή συμμετείχαν 8 κορίτσια και μόνο 3 αγόρια. Το συζητήσαμε μετά από εισήγηση των αγοριών της Η. Τάξης. Και πάλι μας απάντησαν ότι δεν μπορεί να επικαλούμεθα τη δημοκρατία για τους αριθμούς και να γινόμαστε περίεργοι για το... φύλο που εκπροσωπείται, αφού όλοι είχαν εκλεγεί από τις τάξεις τους. Ομολογώ ότι δεν κατάλαβα καθόλου αυτόν τον συλλογισμό και τους το είπα. Τότε μου μπαίνει μια μεγάλη της Ογδόης, κάνοντας, χωρίς να είναι, την έξυπνη, και με αποκαλεί... βραδύνοα! Καλύτερα βραδύνους, απαντάω, παρά ύπουλη... δικτατορίσκος, επανερχόμενος στην αριθμητική σύνθεση. Επεμβαίνει ο καθηγητής διότι ο Μωραΐτης είχε φύγει και μας σταματάει λέγοντας να ηρεμήσουμε και να ξανασυζητήσουμε το θέμα στην επόμενη συνεδρίαση διότι πέρασε η ώρα.

***

Επιστρέφουμε στη τάξη όπου κάποιος από τους καινούριους είχε φέρει μαζί του κάτι αμπούλες υδροθείου που όταν έσπαγαν, γέμιζαν βρώμα υδρόθειου - χειρότερη από κλούβιο αβγό- και κάλυπταν ολόκληρη τη τάξη. Είχαν χρησιμοποιηθεί τότε και αλλού, σε θέατρα, διαλέξεις κλπ.

Μπαίνει λοιπόν ο καθηγητής στο μάθημα της Γεωγραφίας και βλέπω τον Γιάννη από τους νέους συμμαθητές να σηκώνει το χαλί, αφού από κάτω πρέπει να ήταν, που δεν την είδα, η αμπούλα της βρωμούσας, όπως ήταν το άλλο όνομα τους, που προφανώς ήταν ήδη σπασμένη. Ο δύστυχος καθηγητής στην αρχή νόμισε ότι κάποιος είχε φάει φασολάδα και... αμόλαγε πορδές. Η μπόχα όμως σιγά, σιγά εξαπλώνεται σε όλη τη τάξη. Η Μαίρη νομίζω, σηκώνεται και λέει: Κύριε Μ. ή πρέπει να ανοίξουμε κανένα παράθυρο, παρά τη βροχή και το κρύο, ή να βγούμε από την τάξη, δεν μπορούμε να συνεχίσουμε το μάθημα σ' αυτό το περιβάλλον.

Ανοίγουμε λοιπόν τα τρία παράθυρα και την πόρτα να γίνει ρεύμα και να απαλλαγούμε από την μπόχα. Εκείνη την ώρα περνάει απ' έξω ο κ. Τσούρης, ο υποδιευθυντής, που κοντοστέκεται, διότι τον αρπάζει και εκείνον η μπόχα. Μπαίνει μέσα από την ανοιχτή πόρτα, κοιτάει τον κ. Μελέντη, τον καθηγητή και του λέει: «Θα επρότεινα αν συμφωνείτε κ. Μελέντη να βγεί όλη η Τάξη έξω αμέσως και να τιμωρηθεί με αποβολή ο αναίσθητος που έφερε την αμπούλα του υδροθείου! Όλη ή Τάξη να παρακολουθήσει μαθήματα το πρώτο Σάββατο του μηνός Δεκεμβρίου, αντί της καθιερωμένη αργίας. Και μάλιστα με πλήρες ωράριο! Περάστε αμέσως... έξω όλοι!»

Σηκωνόμαστε λοιπόν και βγαίνουμε στο διάδρομο, ενώ ο υποδιευθυντής, σαν... λαγωνικό, μπαίνει με τον καθηγητή από πίσω του μυρίζοντας και προχωρεί προς τα εκεί, από που έρχεται η πιο έντονη μυρουδιά. Φτάνει στο σημείο, σηκώνει το χαλί και προσεχτικά με χαρτομάντηλο, που βγάζει από την τσέπη του σακακιού του, μαζεύει το... πειστήριο του εγκλήματος. Το τυλίγει προσεκτικά σε άλλο άσπρο χαρτί. «Εσείς, απευθύνεται σε μας, να περάσετε μέσα και ακυρώνω το διάλειμμα!» Διότι χτύπαγε το κουδούνι, εκείνη τη στιγμή.

Περνάει η ΣΤ.Τάξη, που βρισκόταν στη διπλανή αίθουσα πηγαίνοντας για διάλειμμα, μας βλέπουν να μπαίνουμε στην αίθουσα, από όπου εξακολουθούσε να βγαίνει η μπόχα.

Με κοιτάει ο Αγγελος που ήταν στην ΣΤ. και ρωτάει:» Τα καταφέρατε πάλι; Μυρίζετε... άσκημα και βρομερά! «Οι άλλοι της ίδιας τάξης χασκογέλαγαν με τη μυρουδιά και με την αταξία, που είχαμε πάντα το ταλέντο να εκδηλώνουμε. Και αρχίσαμε πάλι μία από τα ίδια: Όποιος το έκανε να αναφερθεί στο γραφείο του υποδιευθυντή, έλειπε ο Μωραΐτης, μέχρι το τέλος των μαθημάτων σήμερα! «Έχει κανείς ιδέα ποιός το έκανε;» Ρωτάμε δυο τρεις. Προφανώς αυτός που αγόρασε την αμπούλα, που δεν είναι και κάτι που πωλείται, παρά σε ορισμένα μαγαζιά, απαντούν άλλοι. «Ναι, αλλά τι θα αποκάνουμε;»ρωτάει ο Βάκης. Περπατώντας με το Γιώργο και τον Πέτρο προς τα σπίτια μας συζητούσαμε για το ποιός μπορεί να ήταν ο κακός. Και οπωσδήποτε συμφωνήσαμε ότι μάλλον κάποιος από τους καινούριους, έπρεπε να είναι. Τους είπα ότι εγώ είδα τον Γιάννη να σηκώνει το χαλί για να βγούν οι... μυρουδιές, αλλά δεν τον είδα να τοποθετεί την αμπούλα. Έφτασα σπίτι όπου διηγήθηκα την ιστορία και βρέθηκα μπροστά σε έκπληξη αφού η μητέρα, μου είπε ότι ο κ. Αλισανδράτος θα έρθει για φαΐ το βράδυ, διότι είχαν να συζητήσουν κάτι λογοτεχνικά θέματα και δεν είχε καμιά σχέση με μένα. «Τα γνωρίζει αυτά που μου λές; «ρωτάει ο πατέρας. «Είμαι βέβαιος ότι ο άλλος καθηγητής και ο υποδιευθυντής θα του τα έχουνε πει, διότι εκείνη την ώρα δεν ήταν στο σχολείο. Ούτε και ο Μωραΐτης ήταν, γι' αυτό επενέβη ο υποδιευθυντής που δεν νομίζω ότι θα βοηθήσει στη κατάσταση. Θα ήταν πολύ διαφορετικά αν ο Μωραΐτης και ο Αλισανδράτος ήταν στο Σχολείο την ώρα της μυρουδιάς!»

Και έτσι να'σου ο Αλισανδράτος για φαγητό περπατώντας από το Βοτανικό, που ήταν το σπίτι του, ως στην Αριστοτέλους. Αφού χαιρετιστήκαμε και τα είπαμε άρχισε μια φιλολογική κουβέντα με τη μητέρα μου, που βάστηξε περίπου μιά ώρα. Και τέλος όταν τέλειωσαν με ρωτάει: «Τελικά είσαστε πάλι τιμωρία το Σάββατο, διότι αυτός που το έκανε δεν πρόκειται να ομολογήσει καθαρά και αντρίκια ότι το έκανε, αλλά σας τραβάει όλους μαζί στο κατήφορο. Και εσείς με κακώς εννοούμενη αλληλεγγύη δεν πρόκειται να αναφέρετε τον υπεύθυνο.» «Για σταθείτε κ. Αλισανδράτο, και ποιός σας είπε ότι γνωρίζουμε ποιος είναι υπεύθυνος;» «Και γιατί πρέπει να είναι γνωστός σε όλους, ή έστω σε μερικούς από μας; «Καλά όταν πρόκειται για μια τόσο μεγάλη αταξία δεν το συζητάτε μεταξύ σας: «

«Καθόλου απαραίτητο, σας θυμίζω τη περσινή περίπτωση με ένα μολύβι που εκτοξεύτηκε εναντίον της κυρίας Έλλης. Κανείς εκτός από εκείνον που του ξέφυγε από τα χέρια, καθώς... έπαιζε δεν είχε δει τίποτα! Σας δίνω το λόγο της τιμής μου, ότι εγώ, τουλάχιστον και άλλοι τρεις που το συζητήσαμε δεν γνωρίζουμε. Τώρα για όλους τους άλλους δεν μπορώ να μιλήσω.» «Πολύ διαφωτιστικά όλα αυτά! «' μου απαντάει...» Εν πάσει περιπτώσει, θα δούμε από αύριο στο Σχολείο πως θα εξελιχθεί η κατάσταση. «Καταλήγει ο Αλισανδράτος και αλλάζει κουβέντα σχετικά με την υποχρεωτική διδασκαλία της καθαρεύουσας και γιατί ταλαιπωρούνται οι μαθητές, δάσκαλοι και γονείς και εμφανίζεται ατέλειωτη παραγωγή... αγράμματων μαθητών. Και που να ήξεραν οι μακαρίτες, που συζητούσαν τότε, σε τι όγκο παραγωγής αγραμμάτων θα καταλήγαμε σήμερα. Συνεχίστηκε όμως η βραδιά στο μπαλκόνι της Αριστοτέλους με ενδιαφέρουσα συζήτηση για την κατάσταση της Ελληνικής Παιδείας, ενώ στο μυαλό μου παρέμενε η υπόθεση του υδρόθειου.

Στο λεωφορείο για το σχολείο το επόμενο πρωί, ξανασυζητήσαμε το θέμα όσο και την δυνατότητα να εξαιρεθούν από την τιμωρία του Σαββάτου, όσοι μπορούσαν να αποδείξουν ότι δεν είχαν καμιά σχέση με το επεισόδιο. Οι της Έκτης τάξης μας πήραν στο ψιλό και κορόιδευαν, κομπάζοντας, ότι όταν αυτοί κάνουν καζούρα κανείς δεν τιμωρείται, παρά μόνο ο ένοχος και πόσο δειλοί είμαστε που δεν αναλαμβάνει κανείς την ευθύνη για το συμβάν. Τους απαντήσαμε να μας αφήσουν ησύχους και αν βρεθούν σε παρόμοια κατάσταση, τότε να μας μιλάνε. Όταν βρεθήκαμε κατά τάξη στην πρωινή συγκέντρωση ο Μωραΐτης δεν ανέφερε άμεσα το περιστατικό παρά μίλησε με παραβολές – όπως ο... Κύριος - καθώς είπαν διάφοροι βρομοστόματοι, όπως τους αποκαλέσαμε, επειδή ήταν της μόδας οι... βρόμικες μυρουδιές! Είπε ότι η ανάληψη ευθύνης είναι κύριο συστατικό των ανεπτυγμένων ατόμων σε μια κοινωνία και πρέπει να είμαστε έτοιμοι να αντιμετωπίσουμε παρόμοιες καταστάσεις στην επόμενη φάση της ζωής μας.

Δεν υπήρχε άλλη ομιλία εκείνο το πρωινό της Παρασκευής και ο Αλισανδράτος μας είπε ότι μας αφήσει ένα τέταρτο μόνους μας, μήπως και τελικά εμφανιστεί ο ένοχος και αποφύγουμε το Σάββατο.

Στην Τάξη, ύστερα από πέντε λεπτά ξέσπασε πανδαιμόνιο, διότι σηκώθηκα πρώτος και είπα, ότι είδα ποιός σήκωσε το χαλί για να βγεί η μπόχα από την σπασμένη αμπούλα και είμαι σχεδόν βέβαιος ότι αυτός που σήκωσε το χαλί, οπωσδήποτε θα γνωρίζει ποιός ήταν και ο προμηθευτής του υδρόθειου. Τους τόνισα ότι δεν έχω σκοπό να μαρτυρήσω κανένα, αλλά νομίζω ότι για το καλό της τάξης καλόν θα ήταν να δηλώσουν, ποιοί είναι οι υπεύθυνοι μήπως και γλυτώσουμε το Σάββατο που – κατέληξα – είμαι βέβαιος ότι και οι υπόλοιποι θα επιθυμούσαν πολύ. Σηκώνεται και ο Κώστας.Γ, πρόεδρος της τάξης και παρακαλεί όσους συμφωνούν να σηκώσουν τα χέρια. Και... όλοι σηκώνουν τα χέρια. Μετά από αυτό ο Προεδρός μας... συγχύζεται και λέει ότι μιλάμε στον τοίχο, αφού κανείς και μάλιστα ο ένοχος δεν αντιδρά. Και συνεχίζει ότι εκείνος και όσοι είναι βέβαιοι ότι δεν είχαν καμιά σχέση με το σπάσιμο της αμπούλας θα αρχίσουν από αυτόν που σήκωσε το χαλί. Και σε απάντηση της ερώτησης από πολλούς:» Πως θα τον βρούμε;» «Είναι απλό απαντά – σωστό τέρας ψυχραιμίας – συμφωνείτε ο Ιατρίδης να μας πει ποιός είναι αυτός που σήκωσε το χαλί; Και όταν μας το πει να απαλλαγεί από οποιαδήποτε κατηγορία ότι είναι μαρτυριάρης; Εάν όλοι συμφωνούμε τότε ας προχωρήσουμε, ποιοί συμφωνούν;» Σηκώνονται πάλι όλα τα χέρια εκτός από τον Γιάννη που λέει συγχυσμένος :» Εγώ σήκωσα το χαλί, αλλά ούτε έφερα την αμπούλα, ούτε και την πάτησα για να σπάσει!» Κανείς δεν κινείται και αυτή τη στιγμή ανοίγει η πόρτα και μπαίνουν μέσα ο Μωραΐτης και ο Αλισανδράτος. Βλέπουν τον Κώστα .Γ. όρθιο, άγνωστο αν άκουσαν την ερώτηση του και απευθύνονται σ΄αυτόν. Λοιπόν σαν Πρόεδρος της τάξης έχεις νεότερα; «Μερικώς! απαντάει εκείνος, δηλαδή, έχουμε έναν υπεύθυνο που σήκωσε το χαλί, ώστε η δυσάρεστη μυρουδιά να ξεχυθεί στη τάξη. Αλλά δεν έχουμε τον υπεύθυνο που έφερε την αμπούλα και την έσπασε...» «Και ο υπεύθυνος που την έφερε δεν παρουσιάζεται;» ρωτάει ο Μωραΐτης. Όχι προς το παρόν, μάλιστα αυτό ακριβώς ρωτούσα όταν μπήκατε μέσα στη τάξη. Θα ήταν επί τελους διατεθειμένος να αναλάβει την ευθύνη του; «Και λοιπόν; Ποιός είναι; «ρωτάει ο Αλισανδράτος. Ακολουθεί σιωπή για αρκετό διάστημα.

***

«Μήπως θα έπρεπε να σας αφήσουμε για αλλο ένα δεκάλεπτο να αποφασίσει αυτός ο κύριος να εμφανιστεί γιατί με την καθυστέρηση που προβάλλει έχετε υπ' όψη σας ότι η τιμωρία του Σαβατου παραμένει για όλη τη τάξη και πλέον δεν πρόκειται να ακυρωθεί, είτε ομολογήσει, είτε όχι.!Έχετε δέκα λεπτά στη διαθεσή σας, Πάμε πάλι «λέει ο Μωραΐτης στον Αλισανδράτο και βγαίνουν και οι δυο από τη τάξη. «Τώρα τη βάψαμε, λέει ο Γιώργος, είτε ομολογήσει είτε όχι, αύριο εδώ θα είμαστε.» «Αυτό όμως δεν είναι σωστό φωνάζουν μερικοί και ακούγεται περισσότερο ο Ρίκος: «Αφού μας είπαν ότι αν ομολογήσει οι υπόλοιποι δεν θα τιμωρηθούν, τώρα γιατί το αλλάζουν; «Για τον απλούστατο λόγο ότι δεν μπορούμε να παίζουμε τη κολοκυθιά το μισό πρωϊνό! «απαντά η Μαργαρίτα. «Και επί πλέον εμφανιζόμαστε τέλεια ανεπρόκοποι και αδύνατον να εμφανιστούμε σοβαροί και υπεύθυνοι συμπληρώνει ο Κώστας Κ. Πετάγεται και ο Βάκης, ένας από τους καινούριους, που είχαν έρθει από το κολλέγιο.» Για σταθείτε, λέει, γιατί ο Γιάννης δεν μας λέει ποιός είναι ο άλλος; «Εγώ μαρτυριάρης δεν γίνομαι! «, απαντάει εκείνος. «Τότε υπάρχει και άλλος τρόπος, συνεχίζει ο Βάκης, αν δεν φανερωθεί, φεύγοντας το απόγεμα, θα σε σπάσουμε στο ξύλο όλοι εμείς, μέχρι να μας πεις ποιός είναι και μετά θα σπάσουμε και εκείνον στο ξύλο, ώστε να φτάσετε με μαυρισμένα μάτια σπίτι σας. Διαλεξτε και πάρτε! Ελπίζω οι υπόλοιποι να συμφωνείτε μαζί μου.» «Αν και είμαστε κατά της βίας, νομίζω ότι είναι κι' αυτό μια κάποια λύση, έτσι δεν φτάνει που χάσαμε το Σάββατο, τουλάχιστον θα… παίξουμε ξύλο! Κάτι είναι κι' αυτό.» καταλήγει μοιρολατρικά ο Παναγιώτης. Επί τέλους, πετάγεται ο Σπύρος Γ. ένας από τους καινούριους. «Εγώ είμαι που έφερα το υδρόθειο και το έσπασα, είσαστε όμως εκβιαστές, καθώς μας κοιτάει περιφρονητικά, είσαστε μαρτυριάρηδες, ρουφιάνοι και σπιούνοι.» Πετάγεται ο Γιώργος με τον Βάκη απάνω και απεύθυνονται σε μας, «Νομίζετε ότι έφτασε η ώρα να αρχίσουμε το ξύλο από τώρα; Ποιούς αποκαλείς ρουφιάνους; Ηλίθιε! Που τολμάς να ταλαιπωρείς ολόκληρη τάξη και μας ζητάς και τα ρέστα. Μακάρι να σε αποβάλουν για πάντα από το σχολείο να απαλλαγούμε από ένα καθάρμα σαν και σένα.» Ανοίγει και πάλι η πόρτα και μπαίνει το γνωστό ντουέτο.

***

Πριν πουν ότιδήποτε σηκώνεται ο Σπύρος και ομολογεί, ότι αυτός είναι ο προμηθευτής που είχε την ιδέα και μόνο διέταξε τον Γιάννη να σηκώσει το χαλί.Πριν σχεδόν τελειώσει του λέει ο Μωραίτης: «Αποβολή για μια εβδομάδα αρχίζοντας από την επόμενη Δευτέρα, που θα έρθεις στο Σχολείο μαζί με τον πατέρα σου και τότε θα δούμε τι θα απογίνει. Και εσύ απευθύνεται στο Γιάννη τρεις μέρες αποβολή από τη Δευτέρα που θα έρθεις μαζί με τον πατέρα σου. Τα υπόλοιπα: δηλαδή η τιμωρία της τάξης, για αύριο παραμένει, διότι θα έπρεπε να υπήρχε ανεπτυγμένη περισσότερο η συλλογική ευθύνη. Συνεχίστε κύριε Αλισανδράτο το μάθημα σας. Και θυμωμένα κοφτά: Σας χαιρετώ! «

Πραγματοποιεί θεατρική έξοδο και ο Αλισανδράτος κάθεται πίσω από το τραπέζι της έδρας και μετά από αρκετό διάστημα λέει.» Αυτά δεν είναι σωστά πράγματα και λυπούμαι που πληρώνονται από όλους ενώ φταίνε ελάχιστοι. Αλλά πρέπει να καταλάβετε ότι δεν είναι δυνατό να ταλαιπωρείται ο κύριος Μωραίτης και όλοι εμείς και εσείς, έπειδή δύο μαθητές αποφάσισαν να μας εμπαίξουν!» Εκεί καθώς πραγματοποιεί παύση δευτερολέπτων σηκώνονται πέντε χέρια ζητώντας το λόγο. «Εεεπ σιγά! ένας, ένας!» μας λέει. Και οι τέσσερις διαμαρτυρόμαστε γιατί πρέπει να έρθουμε το Σάββατο, αφού μας είχαν πει ότι αν παρουσιαστούν οι υπεύθυνοι, η ομαδική τιμωρία θα είχε ακυρωθεί. «Όλοι τα ίδια έχετε να πείτε; «μας ρωτάει, αφού άκουσε τον πρώτο. «Όχι εγώ ήθελα να κάνω μια ερώτηση σχετικά με το σημερινό μάθημα...» λέει ο Κώστας Κ. «Ας τελειώσουμε με τη τιμωρία και μετά θα συνεχίσουμε το μάθημα, λοιπόν ο κύριος Μωραΐτης είχε δίκιο, διότι πρέπει να αναλαμβάνεται η ευθύνη αμέσως, ή μέσα σε κάποιο εύλογο χρονικό διάστημα και όχι μετά, από Θεός ξέρει, σε τι καταναγκασμό φτάσατε για να τους κάνετε να ομολογήσουν. Ίσως και ο τρόπος υποψιάζομαι της αυτοδικίας, που είμαι βέβαιος ότι επιλέξατε, να μην ακούγεται σωστός, εν πάσει περιπτώσει, ότι έγινε, έγινε, ελπίζω να μη υπάρξουν επαναλήψεις παρόμοιων γεγονότων. Αν τυχόν υπάρξουν στο μακρινό μέλλον ελπίζω πρέπει να είσαστε έτοιμοι να αναλάβετε και τις ευθύνες. Τώρα ας συνεχίζουμε στο μάθημα των Νέων Ελληνικών. Είχαμε αναλύσει κάτι από τον Καρκαβίτσα από τα Λόγια της πλώρης, λοιπόν για πές μου...»

Και έτσι το πρώτο Σάββατο του Νοεμβρίου μόνο η τάξη μας στο λεωφορείο και μετά στο σχολείο μόνοι μας, χωρίς άλλες τάξεις το φέραμε βαρέως. Αποφασίσαμε να... διαλύσουμε τη τάξη και να την μεταμφιέσουμε σε κλειστό καφενείο! Βάλαμε λοιπόν όλες τις καρέκλες πάνω στα θρανία και σε ορισμένα μέρη δυο δυό. Έτσι περιμέναμε τον ατυχή δάσκαλο καθώς στεκόμαστε ορθοί από πίσω σαν οχυρωμένοι.

Εξηγήσαμε στον ατυχή χημικό ότι αυτό ήταν μια μορφή διαμαρτυρίας διότι άδικα μας φέρανε σχολείο, ενώ δεν είχαμε κάνει τίποτα κακό σαν τάξη, αλλά κανείς δεν λάμβανε σοβαρά υπ' όψη τις διαμαρτυρίες μας. Σε ερώτηση μέχρι πότε θα διαμαρτυρόμαστε; Απαντήσαμε: Οόολο το Σάββατο! Και βέβαια το «όοολο» αυτό κόστισε... κι' άλλο ένα Σάββατο μαθήματα και έτσι το 1953 μετά τον Νοέμβριο, δεν απολαύσαμε κανένα πρώτο Σάββατο του μηνός! Εμφανίστηκε και σκίτσο στο περιοδικό ΕΦΗΒΟΣ με την Τάξη Εβδόμη σε στυλ...καφενείου υπό μετακόμιση!

ΕΚΔΡΟΜΗ ΣΤΗ ΠΑΡΝΗΘΑ

1953

Στις 21 Νοεμβρίου αντικρίσαμε το πράσινο λεωφορείο του ΚΤΕΛ Αττικής με έδρα τις Αχαρνές, όπως έγραφε στο πλάι, κοινώς Μενίδι, να μας περιμένει στις οχτώ το πρωϊ στο άγαλμα του Κωνσταντίνου. Εκεί επιβιβαζόμαστε όλοι και όλες με χοντρά ρούχα, σκούφους, κασκόλ, αρβύλες, γαλότσες και ό,τι ενάντια στο κρύο. Θα είχε χιόνι απάνω στην Αγία Τριάδα, όπως μάθαμε ότι λεγόταν η πλατεία πριν από τη κορφή. Άρχισαν τα γνωστά τραγούδια με συνοδεία τις δυο κιθάρες του Ρίκου και του Μιχάλη, όπου νομίζω ότι είχε προστεθεί και ένα ακορντεόν.

Αφού βγήκαμε από το δρόμο των Αγίων Αναργύρων πήραμε την ευθεία που έβγαζε στους πρόποδες του βουνού. Εκεί έγινε στάση γιατί ο Αλισανδράτος θεώρησε ότι ήταν ώρα για καφέ και προετοιμασία της ανάβασης, από τις κορδέλλες πάνω στη πλαγιά του βουνού. Προειδοποιήσε ότι όσοι ζαλίζονται καλύτερα να κάτσουν μπροστά, πρόταση που πυροδότησε αντιρρήσεις. Διάφοροι εκτός από εμάς τους εφτά που τραγουδάγαμε τα... άσεμνα τραγούδια και καθόμαστε πίσω πίσω, στο μεγάλο κάθισμα για έξι και στις αμέσως μπροστά από το μεγάλο κάθισμα θέσεις, για να αισθανόμαστε άνετα! Δηλώσαμε ότι δεν ζαλιζόμαστε με... τίποτα! Και δεν μετακινούμαστε!

«Πρόσεχε να δεις πως θα κιτρινίσουν και θα αρχίσουν τον εμετό!» Προειδοποιεί ο Παναγιώτης. «Και πως το γνωρίζεις;» Τον ρωτάμε καθώς καθόμαστε όλοι μαζί και οι έξι, στο μεγάλο πίσω κάθισμα. «Κοιτάχτε και βλέπετε. «Στην ογδόη στροφή – φουρκέτα της ανόδου στην Πάρνηθα, αντιλαμβανόμαστε ότι κάποιο κορίτσι πιο μπροστά μάλλον ξερνάει, γιατί από το λίγο που μπορούμε να δούμε, σπεύδει ο Φώντας με ένα τερμός και μάλλον κάτι της λέει και αφού παίρνει τη χάρτινη σακούλα, με το περιεχόμενο του εμετού, της δίνει να πιεί νερό μ'ένα τσίγκινο ποτηράκι. Στο μεταξύ ο Ρίκος με τον Μιχάλη τραγουδάνε κάτι για λιμάνια και φουρτούνες που αντιμετωπίζει όρθιος ο καπετάνιος.

Σύγχρονα κοιτάμε και κοροιδεύουμε τον Παναγιώτη, που εξακολουθεί να είναι προσηλωμένος στο σβέρκο της Μαργαρίτας και της Μαίρης που κάθονται μπροστά του και που θα τις έκανε να ξεράσουν! Εκείνος ατάραχα γυρνάει μας κοιτάει και δηλώνει: «προσέξτε στην επόμενη στροφή.»

Φτάνουμε λοιπόν στην επόμενη στροφή, όπου ο δρόμος ήταν ανασκαμμένος και έπρεπε το λεωφορείο να κάνει μανούβρα μια έμπρος και δυο, ή τρεις φορές πίσω για να συνεχίσει. Εκεί λοιπόν σαν από το... μαγικό του Παναγιώτη; ή από το μπρος – πίσω του λεωφορείου, παρατηρώντας και το χάος του γκρεμνού από το πλάι, περισσότερο από φόβο παρά από τις στροφές και οι δυο μαζί, σαν συγχρονισμένες, η Μαργαρίτα και η Μαίρη παίρνουν τα χάρτινα σακουλάκια, βήχουν, ξεροβήχουν και ακολουθεί η εκβολή των καφέδων, που είχαν πιεί στους πρόποδες του βουνού. «Δεν σας τα είπα εγώ;» Οι χειρονομίες και οι μορφασμοί δεν έγιναν στα κρυφά και έδωσαν αφορμή στον καθηγητή των θρησκευτικών να γυρίσει από το κάθισμά του και να ρωτήσει:» Τι συμβαίνει Ζωγράφε; Γιατί κάνεις όλα αυτά τα καραγκιοζιλίκια;» «Τίποτα κύριε Κ. κάτι αστεία κάναμε με τα παιδιά πιο πίσω που τραγουδάνε.» «Και πρέπει να γίνεσαι γελοίος κοτζά... μαντράχαλος; Και μη χειρότερα! «Μονολογεί ο καθηγητής και αμέσως σπεύδει προς τα κορίτσια να δει πως μπορεί να βοηθήσει. Του άρεσαν, ακούσαμε να απεύθυνεται στη Μαργαρίτα τα εκδρομικά ρούχα που φορούσε και άλλες κουταμάρες. Για να αποσπάσει, είπε αργότερα, την προσοχή της, μη τυχόν και... ξανακάνει εμετό. Τελικά αντικρίσαμε το χιόνι που ήταν στρωμένο και σε αρκετό ύψος ανάμεσα σε πέντε, ή δέκα εκατοστά όπως και ... πάλι διαφώνησαν σαν ειδικοί ο Κώστας με τον Μιχάλη.

Ακολούθησε πορεία προς το παλιό σανατόριο που θα το μετέτρεπαν όπως μας είπαν σε σε ξενοδοχείο. Λίγο παραπάνω προχωρήσαμε προς μια αεροπορική βάση που ήταν περικλεισμένη με συρματόπλεγμα διότι άλλοι... ειδικοί, όπως ο Πέτρος, γνώριζαν ότι εκεί υπήρχαν πύραυλοι για την αντιαεροπορική προστασία της Αθήνας! «Δηλαδή; «ρωτάει αφελέστατα ο Γιάννης, «όταν το εχθρικό αεροπλάνο κατεβεί χαμηλά να πολυβολήσει τη πόλη θα του ρίξουν πύραυλο, που μπορεί να χτυπήσει και κανένα σπίτι;» «Αποστολόπουλε επί τέλους! Πάψε να λες βλακείες!», επεμβαίνει ο

Αλισανδράτος, «Οι πύραυλοι χτυπούν προς τά πάνω όχι προς τα κάτω. Και χτυπούν το αεροπλάνο πριν κατεβεί τόσο χαμηλά...» Γυρνάω προς την Μαίρη:»Αισθάνεσαι καλύτερα; «ρωτάω από καλωσύνη.»Άν νόμιζες ότι ο φίλος σου είχε μαγικές ιδιότητες και... εσύ τι να σου πώ, είσαστε γελοίοι!» Αρχίσαμε άλλο καβγά λεγοντας της ότι παρεξηγεί τα πάντα.

Μετά από πορεία κοντά μια ώρα ο θρησκευτικός μας οδήγησε από άλλο μονοπάτι στο μικρό ταβερνο- καφενείο, όπου απ'έξω υπήρχε μεγάλο πλάτωμα. Αφήσαμε τα σακίδια και ότι κρατούσαμε και αρχίσαμε ένα φοβερό χιονοπόλεμο όπου συμμετείχαν και οι καθηγητές. Μετά από άλλη μια ώρα καταλήξαμε μέσα στο καφενό-ταβερνείο που ζεσταινότανε από μια ξυλόσομπα. Καθίσαμε σ'ένα μακρύτατο τεράστιο ξύλινο τραπέζι για να απολαύσουμε μια αχνίζουσα φασολάδα με ελιές και τυρί φέτα, από τη στάνη στον Άγιο Μερκούριο, και σαλάτες από το μποστάνι που είχε στο Μενίδι, όπως μας διαφήμισε ο ταβερνιάρης... Στην επιστροφή νωρίς το απογεμα είμαστε όλοι ευχαριστημένοι.

Συνεχίστηκαν λοιπόν τα μαθήματα στην εβδόμη Γυμνασίου με πολλές παραλλαγές στα γνωστά μας θέματα και με λιγότερες... αταξίες. συγκεντρώσεις; Είχαμε αρχίσει να σοβαρεύουμε, νομίζω – όσο ήταν... δυνατόν, αλλά φαινόταν ότι όλους τους απασχολούσε ο μελλοντικός προσανατολισμός για σπουδές. Τα φλέρτ και τα συνεπακόλουθα ειδύλλια συνεχίζονταν όσο και τα διάφορα πάρτι και συγκεντρώσεις. Στις αρχές Δεκεμβρίου καθώς, ένα Σάββατο απόγεμα, σχεδόν όλοι περίπου δέκα άντρες της τάξης, είμαστε συγκεντρωμένοι στο σπίτι του Κώστα Κ. στο Κολωνάκι, κατάφτασε ο Κώστας Σ. που είχε φύγει όπως είδαμε από το σχολείο με την τότε δραματική έξοδο του, καθώς χαρακτηρίστηκε ανεπίδεκτος μαθήσεως. «Καλησπέρα σας, μας λέει, ανάβοντας τσιγάρο, λοιπόν, συνεχίζει μετά από τρεις ρουφηξιές, θα πάμε στο μπουρδέλο ή όχι;» «Να το κανονίσουμε...» Απαντάει ο Παναγιώτης. «Σας είπα, αποκρίνεται με ύφος άντρα που ξέρει ότι οι καλύτερες μέρες είναι μεσοβδόμαδα Τετάρτη, ή Πέμπτη.» «Να το κανονίσουμε λοιπόν για την άλλη βδομάδα.» Λέει ο Κώστας και συνεχίζει:» Λοιπόν την Πέμπτη στις οχτώ το βράδυ. Ραντεβού απ' έξω, Μάρνη 35, όποιος πάει πρώτος περιμένει τους άλλος για να μπούμε όλοι μαζί.»

ΣΤΟ ΜΠΟΥΡΔΕΛΛΟ

1953

Πέρασαν οι πρώτες μέρες της βδομάδας αρκετά γρήγορα παρ' ότι είχαν μεσολαβήσει τρία πρόχειρα διαγωνίσματα στη Φυσική, στα Νέα Ελληνικά και στα Αρχαία. Επίσης για την Παρασκευή 26 Ιανουαρίου είχε προγραμματιστεί ένα πρωϊνό για επίσκεψη στο θεάτρο του Διονύσου, στην Ακρόπολη και στην Πνύκα. Την Πέμπτη λοιπόν, μετά από διάφορα τηλεφωνήματα, διότι οι μισοί το είχαν ξεχάσει, βρεθήκαμε έξω από το μπουρδέλο της οδού Μάρνη. Είχα περάσει πολλές φορές απ' έξω, καθώς βρισκόταν στο δρόμο από το σπίτι των παππούδων στη πλατεία Βάθη προς την 3ης Σεπτεμβρίου. Μαζευτήκαμε εφτά από μας. Οι υπόλοιποι τρεις δεν εμφανίστηκαν και αφού τους περιμέναμε ένα τέταρτο, ανοίξαμε τη πόρτα με πρώτο τον Κώστα Σ.κατεβήκαμε τρία σκαλοπάτια και μπήκαμε στο χόλ – σαλόνι. Καπνός από τσιγάρα γέμιζε την ατμόσφαιρα μέχρι το ταβάνι: Πηχτός και μπλε! Στο γύρο σε αναπαυτικές, ή και πάνινες πολυθρόνες κάθονταν οι «κυρίες».Η περιγραφή κάθε μιας, μπορούσε να γεμίσει μια σελίδα. Πρέπει να ήταν δέκα ή δώδεκα, που δεν διακρινόταν καλά στο ημίφως, που προερχόταν από λάμπες με κόκκινα – μπορντό αμπαζούρ, πάνω σε τραπεζάκια, με τασάκια γεμάτα σβησμένες γόπες ή και αναμμένα τσιγάρα στις τέσσερις γωνιές του δωματίου...

Προχωρεί λοιπόν ο Κώστας Σ. και αρχίζει να χαριεντίζεται με δυο απ'αυτές. Η μία φορούσε ένα πράσινο φουστάνι με άνοιγμα μπροστά, που καθώς περπατούσε φαινόταν η κυλόττα που φορούσε: χρώμα κόκκινη. Το ίδιο χρώμα είχαν και τα μαλιά της: κόκκινα, κατακόκκινα. Η άλλη φορούσε κάτι μεταξύ μπουρνούζι για μπάνιο και ρόμπα, ανοιχτή μπροστά, ώστε να φαίνεται σχεδόν ολόκληρο το στήθος της, χωρίς σουτιέν και μόνο μια κυλόττα σε χρώμα δέρματος Προφανώς κάτι τους είπε. Τότε πλησιάζουν οι δυο κυρίες και η μία μας λέει: «Ελάτε να σας πάρουμε όλους! Κάθε μια θα πάρει τρεις από σας!» «Και εγώ, χασκογελάει η άλλη πιο προκλητική, θα πάρω τέσσερις.» «Ελάτε να μοιραστούμε!» λέει ο Κώστας. «Καλά πως θα πάμε όλοι μαζί;» Ρωτάει ο Γιώργος, συμφωνώ και εγώ.» Μην ανησυχείτε.» λέει εκείνη που είχε καθορίσει ο Κώστας ότι θα έρχόταν με μας τους τρεις. Αφού μας είπε ότι τη λέγανε Ρούλα:» «Ελάτε , ελάτε.» λέει ... '»Πάμε». Ξεκινάει λοιπόν εκείνη μπροστά και εμείς οι τρείς, ο Γιώργος, ο Παναγιώτης και εγώ από πίσω της.

Ανεβαίνουμε μια μικρή σκάλα, στα αριστερά του σαλονιού μπαίνουμε σ'ένα στενό διάδρομο, στο δεύτερο πάτωμα του σπιτιού και ανοίγει μια μεγάλη πράσινη πόρτα και βρισκόμαστε όλοι σ' ένα δωμάτιο.» Κλείσε τη πόρτα!», λέει στον τελευταίο που ήταν ο Παναγιώτης. Εδώ υπήρχαν τρεις καρέκλες και αναμεσά τους ένα τραπεζάκι, ένα μεγάλο κρεβάτι με κακοστρωμένα σεντόνια, μάλλον καθαρά. Στον τοίχο αριστερά από το κρεβάτι υπήρχε ένας νιπτήρας και μέσα του, πάνω από τη τρύπα της αποχέτευσης μια μεγάλη πλάκα πράσινο σαπούνι. Από πάνω ένα τενεκεδένιο ντεπόζιτο με μικρό βρυσάκι καρφωμένο με δυο καρφιά στον τοίχο, από αυτά που υπήρχαν στα νησιά. Δίπλα, χαμηλά υπήρχε ένα τσίγκινο μπιντέ με σιδερένια πόδια και άλλη μια πλάκα πράσινο σαπούνι. Μια πετσέτα κίτρινη, ύποπτης καθαριότητας αφημένη απάνω του. Και αφού η κυρία Ρούλα βγάζει το πράσινο φουστάνι που φορούσε, μένει με το σουτιέν και τη κυλότα. «Έλα, ρωτάει, ποιός θα έρθει πρώτος; «και λέγοντας αυτά ξαπλώνει στο κρεβάτι. «Έλα εσύ! «απευθύνεται στον Παναγιώτη, ο οποίος πλησιάζει και αρχίζει να βγάζει το παντελόνι του. Ο Γιώργος κι' εγώ καθόμαστε στις καρέκλες και χαζεύουμε με περιέργεια πως και τι θα γίνει. Ανεβαίνει λοιπόν ο Παναγιώτης στο κρεβάτι από το πλάι και γυμνός από τη μέση και κάτω, ενώ από πάνω φοράει πουκάμισο και πουλόβερ – είναι Γενάρης και το δωμάτιο παγωμένο - προσπαθεί να της βγάλει το σουτιέν πρώτα, που τα καταφέρνει με δυσκολία, παρ'όλο που εκείνη από κάτω του δεν φέρνει καμιά αντίσταση. Μετά της βγάζει, ή μάλλον την βοηθάει να βγάλει και τη κυλότα της. Και τότε μας κοιτάει, τον κοιτάμε και εμείς και προφανώς την εισχωρεί, ενώ δεν μπορούμε να δούμε τι συμβαίνει, διότι εμείς βλέπουμε μόνο τον γυμνό πισινό του να κινείται πάνω κάτω. Δεν περνάνε ούτε δυο λεπτά και στα γρήγορα τραβιέται έχοντας τελειώσει, κατά την ορολογία της κυρίας Ρούλας. Κατεβαίνει από πάνω της και από το κρεβάτι. «Πήγαινε να πλυθείς, του λέει, στο νιπτήρα κεί. Να τον πλύνεις με το πράσινο σαπούνι μέσα έξω!» Σηκώνεται κι' εκείνη γυμνή, που όπως είπε ο Γιώργος αργότερα, αν δεν ήταν πουτάνα θα ήταν αρκετά νόστιμη, πηγαίνει στο μπιντέ και μ' ένα κανάτι χύνει λίγο νερό και κάνει πως πλένεται, μετά σκουπίζεται και λέει: «Ελάτε ποιός από σας θα είναι ο δεύτερος; «Κοιτάει ο Γιώργος εμένα και εγώ ανταποδίδω το κοίταγμα και τελικά σηκώνομαι: πάω εγώ; ρωτάω και προχωρώ. Ενώ ο Παναγιώτης ντυνόταν, εγώ γδυνόμουνα. .

Και ανεβαίνω κατά τον ίδιο τρόπο στο κρεβάτι, πιάνω λίγο τα αρκετά γεμάτα στήθια της και ενώ αρχίζω να αντιλαμβάνομαι αξιοσέβαστη στύση, προχωρώ για να εισχωρήσω, καθώς έχει ορθάνοιχτα τα πόδια της και μόλις μπαίνω μέσα της εξαφανίζεται η στύση και συρικνώνεται το όργανο για τον απλούστατο λόγο ότι κρύωσε. Το μουνί της ήταν σαν... παγωνιέρα, ήταν και Γενάρης και οπωσδήποτε είχε πλυθεί, ή πασσαλειφτεί με κρύο νερό. Μετά από δυο, τρεις προσπάθειες της λέω: «Φτάνει δεν θα μπορέσουμε σήμερα.» «Καλά, απαντάει, όταν ξανάρθεις θα σου κάνω έκπτωση! «Ο Γιώργος σηκώνεται και λέει: «Λυπάμαι αλλά εγώ, ούτε που θα αποπειραθώ, δεν είμαι στα κέφια μου σήμερα. Και πριν προλάβω να ντυθώ σηκώνεται από τη καρέκλα και τρέχει προς τη πόρτα.

Φύγαμε μαζί με τον Παναγιώτη αφού τακτοποιήσαμε τους λογαριασμούς στο ταμείο. Και συναντήσαμε τους άλλους απ' έξω. «Δηλαδή αποτύχατε στη πρώτη σας... εξόρμηση! «μας λέει αργότερα ο Κώστας όταν καθήσαμε στο ζαχαροπλαστείο στη πλατεία Κυριακού. «Δεν ήξερα ότι πρέπει να προπονηθώ με μια... κολώνα πάγο, για προσπάθησε κι' εσύ να τον χώσεις μέσα σε οτιδήποτε παγωμένο και θα μου πεις τι θα γίνει!» Απαντάω. «Ο Παναγιώτης ήταν πρώτος και έπεσε στα... ζεστά... συνεχίζει ο Γιώργος, είναι γεγονός όπως συμβαίνει και στη θάλασσα που το πράμα σου εξαφανίζεται στα κρύα νερά «Ασε που θεός ξέρει, τι μικρόβια μπορείς να γεμίσεις από τέτοιες επαφές, συνεχίζει ο Κώστας Γ. Εκείνη έκανε πως πλενόταν αλλά με τα βρώμικα νερά από το κανάτι στο μπιντέ, Χριστός και Παναγία! «Και που να σας πω... τελικά δεν φχαριστήθηκα καθόλου, λέει ο Ρίκος πας, ανεβαίνεις στο κρεβάτι, η δική μας δεν ήθελε να βγάλει και το σουτιέν, δια της βίας σχεδόν την αναγκάσαμε να το βγάλει και μετά ανέβα πάνω της, χώστον μέσα της και αν δεν είχα πολύ καιρό να τραβήξω μαλακία έχυσα, αλλιώτικα λόγω συχαμάρας τίποτα δεν θα έκανα.» «Δηλαδή, λέει ο Κώστας Σ. που μας είχε προτρέψει να πάμε, εσείς μου θελετε μεγάλη καλοπέραση, με ζεστά νερά και παρφουμαρίσματα, αυτά όμως δεν γίνονται με ένα πενηντάρικο! Γίνονται, αλλά θέλουν πολλά λεφτά. Μέχρι και δυο χιλιάδες δραχμές τη φορά, έτσι μου έχουν πει!».

***

Και καταλήγει: «Αν πληρώσεις τόσα, έχεις ζεστά και μυρωδάτα... μουνιά, τρεχάμενα νερά και άλλες πολυτέλειες...» «Τότε, προτείνω, αν δεν έχουμε τόσα λεφτά να μην επαναλάβουμε την επίσκεψη αυτή.» «Άσε, λέει ο Κώστας Σ., θα κοιτάξω σε άλλη γειτονιά, στα Εξάρχεια, μου είπαν ότι υπάρχουν κάτι μικρές, που το κάνουν μόνο για χαρτζηλίκι, δεν είναι μόνιμες πουτάνες σε μπουρδέλο. Εκεί θα πρέπει να περάσουμε καλά.» «Λοιπόν όταν τις βρεις άσε να τις δούμε κι' εμείς πρώτα και μετά αποφασίζουμε, μη τυχόν βρεθούμε προ ... άλλων εκπλήξεων...» Απαντάει ο Γιώργος. «Αρκετά η πουτανοκουβέντα και η ώρα πάει δέκα κι'αύριο έχουμε Ακρόπολη και τα πέριξ, λοιπόν πάμε τώρα να φύγουμε και όταν βρεθούν οι καλές, μικρές και ...μυρωδάτες, τότε ξαναπηγαίνουμε.» Μας καληνυχτίζει φεύγοντας ο Παναγιώτης.

ΞΕΝΑΓΗΣΗ ΑΚΡΟΠΟΛΗ, ΘΕΑΤΡΟ ΔΙΟΝΥΣΟΥ, ΠΝΥΚΑ

1954

Τέλη Ιανουαρίου του 54 είχε προγραμματιστεί η επίσκεψη στα αξιολογότερα αρχαία μνημεία της Αθήνας, όπως τα περιέγραψε ο κύριος Αλισανδράτος. Ευχαριστημένοι που γλυτώσαμε μια μέρα στη Τάξη και μάλλον με κάποιο ενθουσιασμό μπήκαμε στο λεωφορείο του σχολείου στο άγαλμα του Κωνσταντίνου, που διέσχισε το κέντρο της Αθήνας και μας ... απόθεσε έξω από το θέατρο του Διονύσου. Προχωρήσαμε τον ανήφορο και βρεθήκαμε στην ορχήστρα του θεάτρου όπου καθώς απολαμβάναμε την Γεναριάτικη λιακάδα, ο κύριος Αλισανδράτος άρχισε την ξενάγηση – επιμόρφωσή μας. «Βλέπετε, μας λέει, ότι ευνοεί ο καιρός, διότι φαίνεται ότι συμπέσαμε με τις αλκυονίδες μέρες, που πάντα αυτή την εποχή... διακόπτει ξαφνικά, και φωνάζει:» Εσείς εκεί κάτω για πλησιάστε και αφήστε τις σαχλαμάρες.» Γυρνάω καθώς περίμενα ν'ακούσω για τις αλκυονίδες και βλέπω ότι ο Ρίκος με τον Μιχάλη κάτι σκαρώναν, λίγο πιο μακριά από μάς. Φάνηκε ότι κάτι το ιδιαίτερο συζητούσαν, ή σχεδίαζαν. Ζητώντας μετριόφρωνα συγγνώμη, είπαν ότι θέλουν να υποβάλουν ερωτήσεις. «Να περιμένετε να τελειώσω ότι πρέπει να σας πω για το θέατρο και μετά μπορείτε όπως και όλοι οι άλλοι να κάνετε όσες ερωτήσεις θέλετε.» Τους απάντησε με ύφος που δεν σήκωνε άλλες κουβέντες. Ακούσαμε λοιπόν ότι αυτό ήταν το μεγαλύτερο θέατρο στην αρχαία Αθήνα, πότε άνοιξε και πως βρισκόταν ακόμα αρκετά επιχωματωμένο. Όταν τέλειωσε άρχισαν οι ερωτήσεις: Στην αρχή κάποιος ρώτησε:» Γιατί δεν το αναστηλώνουν μια και θα χωρούσε δεκάξι χιλιάδες κόσμο και χρησιμοποιούν για παραστάσεις το «Ωδείο Ηρώδου του Αττικού» που είναι πολύ πιο μικρό και στο κάτω, κάτω ήταν Ρωμαϊκό και όχι Ελληνικό; «Απάντησε ο δάσκαλος μας ότι του Ηρώδου του Ατικού βέβαια ήταν Ρωμαϊκό, αλλά βρισκόταν σε καλή κατάσταση καθώς ήταν αρχικά επιχωματωμένο και είχαν σωθεί οι κερκίδες και τα καθίσματα του, και γενικά ήταν πολύ καλύτερο για το κοινό, κατάσταση που εδώ, όπως βλέπετε θα έπρεπε να γίνουν τεράστια έργα για να μπορέσει να λειτουργήσει. Μετά ο Μιχάλης σήκωσε το χέρι του και ρώτησε αυτό που ήθελαν να ρωτήσουν και σκεφτόντουσαν όταν συζητούσαν ιδιαιτέρως με τον Ρίκο:

«Είναι δυνατό να προχωρήσουμε από την κορυφή του θεάτρου και να πάμε γύρω, γύρω την Ακρόπολη; «Για δέστονε τι σκαρφίστηκε, είμαι σίγουρος ότι για κάτι άλλο συνωμοτούσαν...» Μου σιγοψιθυρίζει ο Βάκης. Και βέβαια συμφωνώ... «Όχι, απαντά ο Αλισανδράτος προς το παρόν δεν είναι δυνατό, γιατί κι'άλλοι είχαν την ίδια επιθυμία, αλλά η Αρχαιολογική υπηρεσία δεν το επιτρέπει προς το παρόν. «Σ.Σ (Δεν μπορώ να συγκρατηθώ και να μη σημειώσω ότι ... εκείνο το παρόν εκράτησε μέχρι το τέλος του αιώνα κι'ακόμα παραπάνω, για να γίνει προσπελάσιμος ο περίπατος γύρω από το βράχο της Ακρόπολης).

Μετά από αρκετές ερωτήσεις και απαντήσεις, ακόμα και την παρατήρηση του Γιώργου, ότι υπήρχε και άλλο μεγαλύτερο αρχαίο θέατρο στο Θορικό, που όπως είχε διαβάσει χωρούσε είκοσι χιλιάδες θεατές... Θύμωσε ο Αλισανδράτος σαν να μην μας έλεγε καλά το μαθημά του, και του είπε ότι εκείνος μίλησε για θέατρο της Αθήνας ενώ το Θορικό ήταν στην Αττική μεν, αλλά ακόμα και με την Αρχαία διοικητική διαίρεση βρισκόταν στο Δήμο Λαυρεωτικής, και τέλειωσε με την ερώτηση προς όλους μας: ποιός ξέρει που είναι ο Δήμος αυτός σήμερα; «Αυτό είναι πανεύκολο μου ξεφεύγει.» «Ωραία μου απαντάει εσύ το ξέρεις, ποιός άλλος όμως το γνωρίζει; «Εγώ!» λέει ο Μιχάλης.»Από τους είκιοσιοχτώ μόνο δυο το γνωρίζουν; Θα πρέπει να μιλήσω στον καθηγητή σας της Ιστορίας...» Απαγοητευμένος ο Αλισανδράτος. «Εκτακτα! ψιθυρίζει και πάλι ο Ρίκος, θα γίνει... δασκαλοκαβγάς!» «Εν πάσει περιπτώσει είναι το Λαύριο σήμερα, που τότε χρειαζόταν μια ολόκληρη μέρα ταξίδι για να φτάσεις από την Αθήνα. Καλύτερα όμως να συνεχίσουμε και προχωρούμε για ν'ανεβούμε πάνω στην Ακρόπολη... Θα δούμε απ' έξω το Ωδείο του Ηρώδου του Αττικού που πρέπει να γνωρίζετε ότι ήταν σκεπασμένο, δηλαδή είχε ξύλινη σκεπή για να γίνονται παραστάσεις όλο το χρόνο. «Μετά καθώς περπατούσαμε την χωματένια Οδό του Διονυσίου του Αεροπαγίτου, ο Αλισανδράτος στα κέφια του, μας ρώτησε πόσοι από μας είχαν επισκεφτεί την Ακρόπολη και ανακάλυψε μετά... φρίκης! όπως είπε... ότι μόνο οχτώ από τους είκοσι-εννιά την είχαν επισκεφτεί...»Πάλι καλά,» μονολόγησε, διότι μπορεί να ήταν και περισσότεροι, οι τελείως αμόρφωτοι!»

Προχωρήσαμε τον ανήφορο φτάνοντας στα προπύλαια όταν αρχίσαμε ν'ανεβαίνουμε τα μεγάλα σκαλοπάτια μέχρι το χώρο που συγκεντρωθήκαμε μπροστά στον Παρθενώνα.

Από εκεί άρχισε άλλη ξενάγηση από την αρχαιολόγο που είχε ειδοποιήσει ο Αλισανδράτος να μας ξεναγήσει, στον Παρθενώνα , στο Ναό της Απτέρου Νίκης, στο Ερέχθειο και στις Καρυάτιδες, που η μία, μαζί με τη μισή και παραπάνω ζωφόρο του Παρθενώνα διακοσμούσαν το Βρετανικό Μουσείο. Μας εντυπωσίασαν η έλλειψη ευθείας γραμμής στο δάπεδο του Παρθενώνα και η σχεδίαση των κιόνων. Συνεχίσαμε στο μουσείο της Ακρόπολης που ήταν χτισμένο μέσα στο βράχο,και στα υπόλοιπα μνημεία. Άλλοι παρακολουθούσαν την ομιλία, άλλοι κι' άλλες χάζευαν και έκαναν ότι άκουγαν με προσοχή, ενώ δυο τρεις είχαν εξαφανιστεί.

«Καλά!» ρωτάω τον Κώστα Κ. καθώς η αρχαιολόγος έκανε διάλειμμα για ερωτήσεις και απαντούσε στην Μαργαρίτα για κάτι που δεν άκουσα... «Πού είναι ο Παναγιώτης με τον Ρίκο; Δεν τους βλέπω πουθενά...» «Μην ανησυχείς μου απαντάει, δεν... πηδήξανε από το βράχο... αλλά πήγανε να καπνίσουνε, φαίνεται ότι ούτε ο ιερός βράχος δεν τους αποθαρρύνει από το συχαμερό αυτό έθιμο! «Βρε αδερφέ κι΄ εγώ καπνίζω που και που, αλλά εδώ πάνω θα μου ήταν ομολογώ λίγο δύσκολο...» «Ναι αλλά αυτοί είναι χαρμανιασμένοι...» Απαντάει ο Κώστας Γ. που μας πλησίασε.

Λίγοι από μας, μαζεύτηκαμε για ανάπαυση σε μια γωνιά στη βορεινή πλευρά της Ακρόπολης, απ' όπου χαζέψαμε την ... αχανή Αθήνα όπως είπε κάποιος. «Αχανής μπορεί να είναι, αλλά όπως βλέπετε υπάρχουν ακόμα αρκετές εκτάσεις με πράσινο, ώστε ... καταλαμβανοντάς τες , όπως συνηθίζεται, να επεκτείνεται, μπετονοποιούμενη, η πόλη!» Αυτά είπε ο Αλισανδράτος και δεν άντεξα να προσθέσω: «Ότι αυτά που μας λέει είναι απαισιόδοξη ποιητική μαντεία!» «Αυτό είναι βαρύ και σουρεαλιστικό μου απαντάει ... δεν ξέρω τι διαβάζεις τελευταία, αλλά πρέπει να ξέρεις ότι είναι αδύνατο, βλέποντας την μεταβαλλόμενη σταδιακά άποψη πέντε συνεχή χρόνια, μετά από κάθε επίσκεψή μου στο βράχο, να μη διαπιστώνω την επέκταση της αχανούς αυτής πόλεως! Και αυτό είναι διαπίστωση και όχι απαισιόδοξη ποιητική μαντεία όπως την περιγράφεις.»

«Πάμε τώρα να φύγουμε διότι πρέπει να επισκεφτούμε το λόφο του Φιλοπάππου κα μετά την Πνύκα!». Κατεβαίνοντας τα σκαλοπάτια των προπυλαίων προχωρήσαμε προς τον λόφο του Φιλοπάππου, όπου το μόνο σημαντικό που μάθαμε ήταν ότι το μνημείο, μάλλον κακόγουστο, κατά τη γνώμη μας, είχε αναγερθεί προς τιμήν του Γάϊου Ιούλιου Αντίοχου Φιλοπάππου, κάπου γύρω στο 170μ.Χ . Αφού απολαύσαμε τη θέα ξεκινήσαμε να κατηφορίσουμε από τον Αγιο Δημήτριο τον Λουμπαρδιάρη προς την Πνύκα, κάνοντας αριστερά στο χωμάτινο μονοπάτι. Υπ' όψη ότι δεν είχαν γίνει τα έργα της διαμόρφωσης του τοπίου από τον Πικιώνη, που έγιναν αργότερα.

Βλέπαμε το λόφο των Νυμφών, όπως μας είπε ο Αλισανδράτος ότι λεγόταν και το Αστεροσκοπείο στην κορφή του. Καταλήξαμε στην Πνύκα, απ' όπου διασχίσαμε την οδό Αποστόλου Παύλου για να πάμε στον Άρειο Πάγο, όπου καθίσαμε στους εκεί βράχους και μας έγινε ολόκληρη ανάλυση για τους λόγους και τις υποθέσεις που αποφασίζονταν εκεί προ Χριστού και μετά φτάσαμε και στον Απόστολο των Εθνών . Μόλις αναφέρθηκε το ονομά του ξεκίνησε ο Μιχάλης με τις …μετεωρολογικές παρατηρήσεις του, που έκαναν απίθανη την εκφώνηση του λόγου του και εγώ μετά, με τις ιστορικές μου παρατηρήσεις: Όπως ότι ο Απόστολος δεν μας τα περιέγραφε και πολύ καλά... .εκφράζοντας τις αντιρρήσεις μου για τα πρωτότυπα, ή όχι των επιστολών του. Και καταλήγω: «Στο κάτω κάτω, εδώ μπροστά μας ανοίγεται ο τεράστιος πολιτισμός του Χρυσού Αιώνα της Αθήνας και γενικά της Ελλάδας. Ποιά σχέση μπορεί να έχει αυτός ο Απόστολος με όλα αυτά που βρίσκονταν εδώ, πολύ πριν γεννηθεί αυτός και οι οπαδοί του!» «Μα έδώ, μου ρίχνεται ο Αλισανδράτος, για πρώτη φορά ακούστηκε από αυτούς που λές τους πολιτισμένους του Χρυσού Αιώνα ότι υπήρχε ο άγνωστος Θεός, τι είναι αυτά που λές; «Προφανώς δεν γνώριζε την προϊστορία με τον θρησκευτικό. «Είναι απαράδεκτα αυτά που λες,συνεχίζει, δηλαδή δεν πιστεύεις στον Χριστιανισμό; Και λατρεύεις τους Δώδεκα Θεούς; «Δεν γλυτώνει την απάντησή μου: «Αλλο ο Χριστιανισμός και άλλο οι Απόστολοι και η υποτιθέμενη διδασκαλία τους. Και εδώ που τα λέμε δεν λατρεύω κανένα και στο τέλος οι δώδεκα θεοί κακοί δεν ήτανε...»

«Δεν νομίζω με διακόπτει, ο καθηγητής,ότι ο χώρος είναι κατάλληλος για παρόμοιες συζητήσεις μπορούμε όμως στο σχολείο να αφιερώσουμε μια ώρα, να συζητήσουμε τις προτάσεις σου, αν έχεις παρόμοιες και αν συμφωνούν και οι υπόλοιποι... Συμφωνείτε; «ρωτάει γενικά τους άλλους. «Να συμφωνήσουμε σε τι; αντιρωτάει η Μαργαρίτα, αν είμαστε υπέρ του Δωδεκάθεου και εναντίον του Χριστιανισμού, ή αν δεν είναι αυτό, ποιό θα ήταν το ερώτημα; «Για πες μας λοιπόν εσύ, που είσαι ο έξυπνος, ποιό θα ήταν το ερώτημα;» Και με κοιτάει αυστηρά. «Το ερώτημα θα ήταν, απαντάω, εάν οι επιστολές, όπως έχουν και επαναλαμβάνω, όπως έχουν, είναι δυνατόν να αποτελούν θέσφατα, που κανείς δεν επιτρέπεται να αμφισβητήσει, αυτό θα ήταν το πρώτο. Το δεύτερο θα ήταν ειδικότερα για τον Απόστολο Παύλο ποιες επιστολές και πόσες είναι αυθεντικές, ποιες όχι, και επί πλέον εάν ιστορικά επαληθεύονται όλα αυτά τα διδάγματα;.» «Ώστε όλα αυτά!; Μόνον!» Με κοιτάζει ο Αλισανδράτος μάλλον με απορία και βέβαια ότι άλλο προκύψει από τη συζήτηση... λοιπόν ακούστε όλοι, συνεχίζει, για το επόμενο μάθημα των Νέων Ελληνικών θα γράψετε μια έκθεση όπου θα αναλύσετε τη σημασία τους αλλά και την εντύπωση που σας προκάλεσαν οι αρχαιότητες και τα μνημεία που επισκεφτήκατε, όπως και τα πιθανά ερωτηματικά που προέκυψαν για την καθεμιά και τον καθένα. Και βέβαια παρακαλώ μη... γράψετε όλοι τα ίδια, διότι τότε δεν θα μπορέσουμε να συζητήσουμε! Λοιπόν την επόμενη Τρίτη στο μάθημα θα φέρετε αυτή την έκθεση – ανάλυση και την άλλη Παρασκευή, αφού τις διαβάσω, διορθώσω και απομονώσω τα ερωτήματα, που προκύπτουν, συλλογικά από όλους, θα αφιερώσουμε την επόμενη ώρα σε συζήτηση!» Απ' ότι κατάλαβα, καταλήγει,θέλετε να γυρίσετε σπίτια μόνοι σας. Όποιος θέλει ας έρθει μαζί μου στο λεωφορείο, που επιστρέφει στο άγαλμα του Κωνσταντίνου και τους υπόλοιπους, σας χαιρετώ». Τον ευχαριστήσαμε και μόλις εξαφανίστηκε άρχισαν, όλοι σχεδόν, να με βρίζουν για την έξτρα εργασία που τους φόρτωσα με τις ιδέες μου. «Και εάν δεν έλεγα τίποτα νομίζετε ότι εκείνος δεν θα μας έβαζε να γράψουμε κάτι για την επίσκεψη; Είσαστε αφελείς!» απαντάω. Και τώρα πάμε για το ταβερνάκι πίσω από τον Άγιο Αθανάσιο του Θησείου, που έχει ωραία παϊδάκια και πατάτες τηγανητές. Ποιός έρχεται;» Εφτα ή οχτώ με ακολούθησαν τρία κορίτσια και τα υπόλοιπα αγόρια .

Αλλοί ερωτύλοι τύποι, όπως τους περιέγραψε ο Ρίκος, έφυγαν πηγαίνοντας σινεμά στη παράσταση τέσσερις με έξι. Έτσι έφυγαν, αρμοδίως... ζευγαρωμένοι, όπως είπε ο Μιχάλης, η Μαργαρίτα με τον Πέτρο, η Μαίρη με τον Βάκη κι' άλλοι δυο που ξεχνάμε..

Εμείς συνεχίσαμε τον κατήφορο και καταλήξαμε στη γνωστή ταβέρνα για παϊδάκια. πατάτες τηγανιτές και μπύρες. «Και τώρα ηρεμήσατε μέχρι τα μέσα Φεβρουαρίου, δεν υπάρχει άλλη έξοδος, ούτε και προβλέπεται τίποτα το συνταρακτικό.» «Τάδε έφη Μιχαήλ ο προφήτης», κορόιδεψε ο Ρίκος. Τρώγωντας με τα χέρια τα παϊδάκια και τσιμπώντας τις πατάτες τηγανιτές, πίνοντας σύγχρονα μπύρες ΦΙΞ, διασκεδάζαμε ... ικανοποιητικά. Όπως διαπίστωσε ο Κώστας Κ. Συμφωνησαμε ότι εμείς θα πηγαίναμε σινεμά αύριο, Σάββατο. «Θα με βοηθήσεις να γράψω αυτή την εργασία μια και εσύ είσαι ο υπαίτιος;» με ρωτάει η Λία. «Θα είναι μεγάλη…ευχαριστησή μου, πότε όμως μπορούμε να βρεθούμε; Γιατί το Σαββατοκύριακο είμαι τρομακτικά πολυάσχολος και ...» «Επίτρεψέ μου να σε διακόψω, κι' εγώ είμαι πολυάσχολη, έλεγα τη Δευτέρα μήπως μετά το σχολείο μπορούμε να βρεθούμε κάπου.» «Προσέξτε μη σας παρακουράσουν οι ιδιωτικές σας ασχολίες! «ξανακοροϊδεύει ο Ρίκος. «Εσύ κοντεύεις να αποκτήσεις τον τίτλο του επίσημου... γελωτοποιού της Τάξεως μας...» του λέω, δεν σταματάς ποτέ; «Αν σταματήσω θα βασιλέψει μεγάλη κατήφεια...» απαντάει. «Δεν βλέπω κανέναν να είναι κατηφής, επεμβαίνει ο Παναγιώτης, αντίστροφα περνάμε πολύ ωραία, πιάσε άλλο ένα παϊδάκι.» ζητάει από τον Μιχάλη. Συνεχίσαμε την παϊδακοφαγία μέχρι τις τέσσερις το απόγεμα, όταν ήρθε η ώρα να πάμε σπίτια μας. Μόλις έφτασα σπίτι, άδειο από γονείς και υπηρεσία, κάθισα και τέλειωσα κάτι ασκήσεις τριγωνομετρίας και έγραψα κάποιο essay στα Αγγλικά. Δεν είχα καλά, καλά τελειώσει όταν χτύπησε το τηλέφωνο. Τρέχω στο χολ να το πιάσω και ακούω την ιδιαίτερη φωνή της Μπέττυ να παραπονιέται ότι την έχω εγκαταλείψει και ούτε την κοιτάω στα διαλείμματα και περίπου άλλα πέντε λεπτά γρίνια. «Είσαι με τα καλά σου; ρωτάω. Αφού όπως γνωρίζεις τρέχαμε όλη την ημέρα στις Ακροπόλεις, χτές δεν σου μίλησα και συμφωνήσαμε να πάμε στην Εκάλη τη Κυριακή; Γιατί προκαλείς σκηνές χωρίς κανένα λόγο;»

FROM HERE TO ETERNITY

1954

Η Μπέττυ συνεχίζει: «Να... σκεφτόμουνα για αύριο το βράδυ να πηγαίναμε σινεμά, ήθελα οπωσδήποτε να δω το From here to Eternity με τον Μπαρτ Λάνκαστερ και την Ντέμπορα Κερ υπάρχει μια σκηνή στην αμμουδιά που φαίνεται ότι είναι μοναδική. Παίζουν επίσης και οι Μοντγκόμερι Κλιφτ και Φρανκ Σινάτρα σε δεύτερους ρόλους, μου είπαν ότι είναι καταπληκτική ταινία. «Τι λες πάμε;» «Βρε, προχτές δεν μου είπες ότι δεν μπορείς το Σάββατο, απαντάω εκνευρισμένα, και γι'αυτό θα βγούμε τη Κυριακή; Πότε άλλαξες ιδέες ή, ο εραστής σου σε παράτησε;» «Πάψε να λές βλακείες... αφού γνωρίζεις ότι εραστή δεν έχω! Εκτός αν θέλεις να υποβάλης.. υποψηφιότητα για τη θέση!» Νομίζει ότι με βάζει στη θέση μου. «Ηρέμησε, την διακόπτω,και αποκρίνομαι:. Πρώτον σύμφωνοι! «Πάμε στο Πάλλας, προτείνω,που είναι πιο ... ευρύχωρο,από το Αττικόν έτσι θα σου περάσει κα η γρίνια.» «Ωραία! Συμφωνεί η Μπέττυ, θέλεις να βρεθούμε πριν κατά τις έξι, για να πάμε οχτώ με δέκα; Ή να πάμε μετά πουθενά;» «Ωραία προτείνω να βρεθούμε στις εφτάμιση στο Πάλλας και μετά πάμε στο μπαράκι, που έχει ανοίξει μια βδομάδα τώρα στη Φωκίωνος Νέγρη, όπου φτιάχνει νόστιμα μεζεδάκια ή αποφασίζουμε και τα ξαναλέμε πριν από το φιλμ.» Είπαμε τις καληνύχτες μας και υποσχέθηκα ότι από αύριο θα την... κοιτάζω στο διάλειμμα.

Το πρωί καθώς περπατάγαμε με το Γιώργο το γνωστό δρομολόγιο για να πάρουμε το λεωφορείο συναντάμε την Μαρία της Τάξεώς μας, που έμενε στην οδό Κοδριγκτώνος και μας λέει, «Είδα χτές, ένα καταπληκτικό έργο: «Από εδώ στην αιωνιότητα» κα-τα-πλη-κτι-κό! Τι ηθοποιοί τι σκηνικά, τι... ασύλληπτο ! Το καλύτερο έργο της τελευταίας δεκαετίας τουλάχιστον.» «Λέω να πάω σήμερα, απαντάω, διότι μου το έχουν συστήσει σαν πολύ καλό, εσύ όμως λές ότι είναι υπεράνω όλων...» «Καλά πήγαινε και άμα το δεις μου λες...» Φτάσαμε στην αυλή του Σχολείου όπου καθώς κατεβαίναμε από το λεωφορείο ακούμε και άλλα σχόλια για το έργο αυτό, από πολλούς και διαφόρους. Καταλήγουμε στο συμπέρασμα ότι το μισό σχολείο θα ήταν σήμερα το απόγεμα – βράδυ, ή στο Πάλλας, ή στο Αττικόν.

ΤΑ ΕΙΣ... –ΜΙ ΑΝΩΜΑΛΑ ΡΗΜΑΤΑ

1954

Τα μαθήματα όμως συνεχίζονταν στην Τάξη. Αφού περάσαμε την τριγωνομετρία αρκετά καλά, και τα Αρχαία πολύ κακά, διότι έγινε το χάος με τα εις ... μι καταλήγοντα ανώμαλα ρήματα, όπως δείκνυμι, ίστημι, δίδωμι, τίθημι και πάει λέγοντας. Για πες μας λοιπόν, Ανδρικίδη πως κλίνεται η υποτακτική του δείκνυμι; Ρωτάει ο Αρχαίος τον... έκπληκτο, μπροστά στην ερώτηση Σταύρο. «Στην ενεργητική, ή την παθητική φωνή;» αντιρωτάει εκείνος, προσπαθώντας να κερδίσει χρόνο. Και στις δύο! ανταπαντάει ο καθηγητής, βέβαιος ότι ο Σταύρος ήταν αλλού, όπως βεβαίωνε το έκπληκτο ύφος του. «Δείξω και εδεικνύμην.» Απαντάει. Έξαλλος ο καθηγητής : «Θα έρθω εκεί να σου... δείξω! Τι είναι αυτά που λες; Σε ρώτησα την υποτακτική και μου απαντάς με τον *μέλλοντα* της ενεργητικής και τον *παρατατικό* της *παθητικής*... άλλα άντ' άλλων δηλαδή. Ποιός το ξέρει λοιπόν; Επαναλαμβάνω την υποτακτική του δείκνυμι.» Πολλά χέρια, σχεδόν η μισή τάξη, στον αέρα. Ωραία η Ανδρεοπούλου: «Στην ενεργητική δεικνύω, δεικνύης , δεικνύη και στην παθητική δεικνύωμαι, δεικνύει δεικνύεται ,...» «Πολύ ωραία εγκρίνει ο δάσκαλος, αλλά συνεχίζει! «Και ο αόριστος; Ρωτάει εμένα. «Εδειξα, έδειξας, έδειξε και στην παθητική εδείχθην, εδείχθης, εδείχθη «Κατάλαβε ότι από δική μας μεριά δεν.. παίζουμε και συνέχισε προς τους αδύνατους στα Αρχαία και τι ασυναρτησίες εξεμαίευσε με τις ερωτήσεις δεν περιγράφεται. Ιδιαίτερα όταν φτάσαμε στο ίστημι με απαρέμφατον: στήνναι με περισπωμένη και δύο νν, αν αγαπάτε τον θεό! Και μετοχή: στάς, στάσα. Μέλλων: στήσω.Αόριστος: εστησάμην, και Μέλλων παθητικός:Στήσομαι. Αν πεις και παρακείμενος: Εΐστήκειν, εΐστήκει... «Περίπου σαν... φιστίκι!» ψιθυρίζει ο Ρίκος, που ευτυχώς δεν ακούγεται από τον καθηγητή. Φαίνεται ότι ο Αρχαίος μας βρισκόταν σε... έξαρση, επέμενε και προχωρούσε ακάθεκτος σε άλλα περίεργα ρήματα, που σε μια στιγμή τον έχασα, κι'εγώ, καθώς ζητούσε τι χρόνος και τι ρήμα είναι το δος, δότω, και το δούναι, επίσης το τίθεσθαι, ο θέμενος και σταματημό δεν είχε. Έπιασα μερικά, αλλά ορισμένα καθώς ρωτούσε έτσι, έξω από κάθε κείμενο ήταν πραγματικά, για πολύ προχωρημένους και επίσης όπως είπαμε μόλις έφυγε, ποιός μα τον θεό! Θα ρωτάει τι είναι ο... θέμενος και ποιανού ρήματος, όπως και το δότω.

Αντίστοιχα όμως το δούναι με περισπωμένη ήταν γνωστό από το δούναι και λαβείν και δεν μπορούσε να ήταν άλλου ρήματος παρά του... δίδωμι! «Βρε τι τραβάμε και δεν το μαρτυράμε!» Καταλήγει αναστενάζοντας ο Βάκης, όπως πάντα, όποτε περνάγαμε κάποια δύσκολη ώρα, είτε με ανώμαλα, ή ομαλά ρήματα, με δύσκολες ασκήσεις,ή με πρόχειρα διαγωνίσματα στη φυσική και γεωγραφία ή και με μυστήριες ερωτήσεις από τον κύριο Οδυσσέα της Ιστορίας.

Καθώς βγαίναμε βλέπω την Μπέττυ στημένη μπροστά στο λεωφορείο μας. Της κάνω νόημα θα σε δω στις στις εφτάμιση. «Ναι, απαντάει, τρέχα θα χάσεις το λεωφορείο σου».

Συμμορφώνομαι με τις υποδείξεις και πηδάω στο λεωφορείο, καθώς ο οδηγός και ο συνοδός θρησκευτικός με αγριοκοιτάζουν. Προχωρώ και κάθομαι πίσω στο μεγάλο κάθισμα που: «Καλά που σου φυλάξαμε θέση καθώς μας παριστάνεις τον Ρωμαίο... .τα κανονίσατε;» ρωτάει ο Μιχάλης και συνεχίζει μη μου πεις ότι θα πάτε και εσείς στο Πάλλας, ή στο Αττικόν να απολαύσετε την ... απόσταση προς την αιωνιότητα! «Μια και πάνε όλοι γιατί να μην πάμε και εμείς; Κακό είναι; τον ρωτάω. Έφτασα σπίτι, όπου βρήκα τους γονείς έτοιμους για Σαββατοκύριακο κάπου δεξιότερα της Καρδίτσας, όπου τα Λουτρά Πλατυστόμου, θα επέστρεφαν τη Δευτέρα το βράδυ. Είπα καλό ταξίδι καθώς κυριολεκτικά τους πρόλαβα στην εξώπορτα, προχώρησα και όπως η μητέρα μου δήλωσε υπήρχε σπανακόπιττα στο ψυγείο, τυρί κασέρι και πορτοκάλια και να φάω τα φρούτα διότι έχουν... βιταμίνες. Απάντησα: «Μάλιστα!»

Έτρωγα ένα κομμάτι της σπανακόπιττας μέσα σ'ένα πιάτο στην κουζίνα όταν χτύπησε το τηλέφωνο. Ο Άγγελος από την έκτη, με τη κλασική ερώτηση: «Θα πας κι' εσύ στο Πάλλας ή στο Αττικόν;» «Αφού το ξέρεις τι με ρωτάς... .θέλετε να έρθετε παρέα; «Ναι κοίτα η Μπέττυ σου, τα είπε με την Μαίη μου και κατέληξαν στο γιατί δεν πάμε όλοι μαζί; Είπα κι'εγώ ότι δε θα σε πειράξει, μια που όλο το σχολείο θα είναι εκεί... δυο παραπάνω δεν θα κάνουνε τη διαφορά.!» «Αλλά δεν σε παίρνω γι' αυτό, πρέπει να κανονίσουμε τι θα κάνουμε μετά, διότι η ιδέα σου να πάμε στο μπαράκι στη Φωκίωνος, καλή είναι, όμως θα εκτεθούμε περισσότερο του Πάλλας και δεν θα απολαύσουμε τη παρέα μας, όπως αν περνούσαμε κάπου οι τεσσερίς μας...»

«Δηλαδή τι προτείνεις; Υπάρχει συγκεκριμένο σχέδιο; ρωτάω και συνεχίζω; Που αλλού να πάμε; Σε ταβέρνα; Εκεί είναι που θα τα χάσουμε με την πολυκοσμία είναι και Σάββατο βράδυ. Να σου πω, Άγγελε, εγώ θα είμαι μόνος, οι δικοί μου πάνε κάπου στην Κεντρική Ελλάδα, αν το επρότεινα στη Μπέττυ θα μου έλεγε όχι, αν όμως έρθουμε και οι τέσσερις μπορούμε άνετα να απομονωθούμε στο άδειο σπίτι. Η μουσική υπάρχει, βέβαια από φαγητό και ποτό κάτι πρέπει να κάνουμε και προφταίνουμε;» «Μα δε μου λες,με διακόπτει ο Άγγελος, αν βγούμε και κάνουμε ψώνια τώρα, όπως τίποτα τυροπιτάκια και άλλα μεζεδάκια και κρασί, ή βερμούτ και τα φτιάξουμε όλα αυτά και οι κυρίες, μας πουν όχι, τι κάνουμε;» «Σωστά τα λές, απαντάω, κοίτα, θα πάρω την Μπέττυ τώρα και θα τη ρωτήσω πως της φαίνεται η ιδέα, αν την θεωρήσει καλή τότε να πάρει την Μαίη να της το πει και εάν εκείνη συμφωνήσει, τότε να σε πάρει τηλέφωνο να στο πεί. Τότε θα με πάρεις εσύ να κανονίσουμε πως θα πάμε για ψώνια αμέσως, ώστε να γυρίσουμε, να ντυθούμε και να πάμε στο Πάλλας.» «Μωρέ, μπράβο αγαπητέ μου, απαντάει ο Άγγελος σπαταλάς το... οργανωτικό σου ταλέντο σε μικροπράγματα...» «Καλά άσε τις κουταμάρες, τώρα, λέω κλείσε, για να γίνουν τα τηλεφωνήματα.!»

Μετά από λίγο ξαναχτυπάει το τηλέφωνο και να'σου η Μπέττυ: «Τι συνωμοσία είναι αυτή που άκουσα ότι ο φίλος σου προτείνει στην φίλη μου; Από μπαράκι στη Φωκίωνος θα βρεθούμε στο άντρο του... θηρίου; Απροστάτευτες κόρες; Για κάνε μου το πιο λιανά; «ρωτάει χωρίς διακοπή. «Τι είναι αυτά τα τραγικά περί θηρίων - απαντώ και σε ευχαριστώ, α προπό - απλώς είπαμε ότι εδώ θα είμαστε πιο άνετα να συζητήσουμε, να χορέψουμε, να πιούμε και να τσιμπήσουμε, χωρίς καμιά πονηρή υστεροβουλία και στο κάτω, κάτω πρόσκληση είναι στο χέρι σου να μην τη δεχτείς! «Καλά ντε, μη μας δείρεις κιόλας, αποκρίνεται, ούτε ένα αστείο δεν σηκώνεις. Εντάξει λοιπόν, τελικά συμφωνώ, διότι μετά το σινεμά είμαι σίγουρη ότι πολλοί θα θέλουνε να πάνε σε μπαράκια, ή ταβέρνες και αρκετά που τους βλέπουμε καθημερινά, θα τους δούμε και στο σινεμά φτάνει πια!» «Αρα δεχόσαστε την πρόσκληση; «ρωτάω «Είναι δυνατό να αρνηθούμε; Σ' αγαπάω γιατί είσαι χαζός.» μου χαριεντίζεται . «Πολύ κολακευτικό! Ευχαριστώ, απαντάω , στις εφτάμιση στη γωνία Βουκουρεστίου και Πανεπιστημίου έξω από του Ζόναρς.»

Όπως κρατούσα το ακουστικό συνεχίζω και γυρνάω τον κύκλο με τους αριθμούς του μαύρου τηλεφώνου Ζήμενς, επιλέγοντας τον πενταψήφιο αριθμό του Αγγελου και του... επιτίθεμαι: «Εκτός του ότι μου διακόψατε... το μεσημεριανό μου, τώρα πρέπει να το τελειώσω γρήγορα για να έρθω σε σένα, ώστε να εκδράμουμε μαζί σαν... νοικοκυρούλες για ψώνια! Λοιπόν τρώω την τελευταία μπουκιά και κατεβαίνω για να πάμε σε μπακάλικα, και ποτοπωλεία, ή και όπου άλλου είναι απαραίτητο, την ώρα που έρχομαι, εσύ καταστρώνεις το πλάνο γιατί όπως είπαμε στη στρατηγική είσαι και σύ καλός.» «OK Chief , at your orders! Θα κατέβω, όταν ακούσω το κουδούνι.» Συνατηθήκαμε και φύγαμε από το σπίτι του και κατευθυνθήκαμε στο μπακάλικο που υπήρχε στην οδό Ιουλιανού, όπου αγοράσαμε τα απαραίτητα που τα κουβάλησα σπίτι και τα στρίμωξα στη παγωνιέρα. Η ώρα είχε προχωρήσει και το μόνο που απόλαυσα πριν από την επόμενη έξοδο για το σινεμά, ήταν το μπάνιο μέσα στη ξεχειλισμένη μπανιέρα για πλήρη χαλάρωση.

Γυρίσαμε μετά το Πάλλας κατά τις δέκα και μισή στο σπίτι όπου άνοιξα την εξώπορτα με το κλειδί μου και μπήκαμε μέσα.Πριν μετακινηθούμε προς τη κουζίνα προχώρησα και άναψα το ραδιόφωνο και το πικάπ με δώδεκα δίσκους στη σειρά προσεχτικά επιλεγμένους, όπως χασκογέλασαν οι κοπέλες. Αφού σερβιριστήκαμε τα μεζεδάκια, τα ποτά, κρασιά και βερμούτ, καθίσαμε για να κάνουμε ανασκόπηση του έργου, αλλά και των γνωστών που συναντήσαμε. Πριν απ'αυτό ξεκινάει ο Άγγελος με... Inside Information, που όπως είπε, μας αποκαλύπτει: «Η περίφημη σκηνή στην αμμουδιά με τον Μπαρτ Λάνκαστερ και την Ντέρμπορα Κερ φαίνεται ότι είχε αυστηρότατα λογοκριθεί από την Αμερικάνικη λογοκρισία... Τη στιγμή λοιπόν, συνεχίζει, που θηλυκοί θεατές εμφανίζουν συμπτώματα άκρου ξελιγώματος, ενώ οι αρσενικοί άκρου ερεθισμού, είχε - η σκηνή εννοώ – συνέχεια! Ο Μπαρτ Λάνκαστερ συνεχίζει και γδύνει τουλάχιστον μέχρι τη μέση, την συμπρωταγωνίστριά του αποκαλύπτωντας και... χειριζόμενος τα επάνω κάλλη της! «Πού τα βρήκες όλα αυτά; Νομίζω ότι τα βγάζεις από το κεφάλι σου..» Τον αντιμετωπίζει η Μαίη. «Εγώ νομίζω ότι σπάνια επεμβαίνει η Αμερικάνικη λογοκρισία, «αμφιβάλλει και η Μπέττυ.

***

«Αυτό δεν είναι αλήθεια, επεμβαίνω, διότι έχω διαβάσει ότι απαγορεύεται να δείχνουν άντρα και γυναίκα, ούτε και αντρόγυνο στο ίδιο κρεββάτι, έστω και ντυμένους, μόνο να κάθονται στο... κρεβάτι και ποτέ... ξαπλωμένους! Πόθεν η πηγή των πληροφοριών σου Άγγελε;» «Ορίστε λοιπόν.» Τραβάει από τη τσέπη του σακακιού του ένα Γαλλικό περιοδικό με τίτλο CINE του Δεκεμβρίου 1954, όπου υπήρχε η σχετική αλογόκριτη φωτογραφία με ένα ολόκληρο άρθρο από κάτω να περιγράφει πόσο οπισθοδρομική είναι η Αμερικάνικη λογοκρισία, ενώ στη Γαλλία δεν υπήρχαν τέτοιου είδους σεμνοτυφίες κλπ. Οι υπόλοιποι τρεις διαβάσαμε προσεχτικά το Γαλλικό άρθρο και κοιτάξαμε από κοντά την αποκαλυπτική φωτογραφία. «Μου φαίνεται ότι οι δυο πρωταγωνιστές περάσανε πολύ ωραία, ιδιαίτερα αν είχε και συνέχεια η σκηνή μεταξύ τους... αργότερα.» Σχολιάζω, καθώς σηκώθηκα να φέρω κι' άλλα ποτά, να γεμίσω τα άδεια ποτήρια που είχαν απομείνει ξερά, μετά από αυτές τις... φοβερές αποκαλύψεις. «Από την άλλη μεριά ευκαιρίας δοθείσης, συνεχίζει ο Άγγελος θα ήταν αξιόλογη η επανάληψη αυτής της σκηνής στα... καθ' ημάς!» «Ευτυχώς που είναι Ιανουάριος, διότι διαφορετικά θα μας έτρεχε ο Αγγελος στις παραλίες να... προβάρει τη σκηνή φαντάζομαι την... αλογόκριτο! «Διακόπτει η Μπέττυ την Μαίη και «Να το έχουμε υπ' όψη μας για το καλοκαίρι μακριά από ερημικές ακτές, όταν είναι παρών ...» «Γνωρίζω ορισμένες κατάλληλες παραλίες στην Αίγινα και κάτι άλλες που μου έχουν πει απέναντι από τις Σπέτσες.» προσθέτω. «Αυτό το διάβασες στο Γαλλικό περιοδικό, εδώ στις εφημερίδες οι κριτικοί δεν λένε τίποτα; Δεν θα έπρεπε να γίνει γνωστό;» ρωτάει η Μπέττυ. «Εδώ δεν έχει γίνει γνωστό στην Αμερική και στην Αγγλία, διότι η Ντέμπορα Κερ είναι Αγγλίδα, και θέλεις να γίνει γνωστό στην Ελλάδα;» απαντάει ο Άγγελος. «Να σου πω, άλλη μια απόδειξη της αμορφωσιάς που επικρατεί. Οι κριτικοί του κινηματογράφου έπρεπε να το είχαν υπ' όψη τους, δυο κριτικές που διάβασα δεν αναφέρουν τίποτα σχετικό. Άρα εμείς το γνωρίζουμε και όπως είπα, επιμένω εγώ: Ανυπομονώ να το εφαρμόσω!» «Να μείνεις με την ανυπομονοσύνη σου! Μου απαντουν και οι δυο κοπελες. Και για να αλλάξουμε κουβέντα και να κάνουμε μια απαρίθμηση πόσους από το σχολείο είδαμε στο σινεμά; Εγώ μέτρησα περίπου τριάντα από τις διάφορες τάξεις του Γυμνασίου, εσείς πόσους;» Ρωτάει η Μαίη. Εγώ λέω γύρω στους πενήντα.» λέει ο Άγγελος.

«Καλά μόνο ένα κουτσομπολιό: είδατε την συμμαθήτριά σου, λέει στον Άγγελο, η Μαίη, την ψηλή, με εκείνο τον ωραίο της ογδόης πως εμφανίζονται έτσι; Κολλημένοι, χαϊδεύομενοι, από πάνω και από κάτω, μόνο ο Θεός ξέρει τι θα κάνανε στα σκοτεινά αφού στα... φωτεινά συμπεριφέρονται σαν να είναι στη κρεβατοκαμαρά τους. Δεν ντρέπονται λιγάκι;»

«Το γεγονός είναι ότι έτσι που συμπεριφέρονται είναι άκρως προκλητικοί και φοβάμαι ότι θα σχολιαστούν παρά πέρα, διότι δεν είμαστε μόνο εμείς οι σοκαρισμένοι, αλλά και πολλοί άλλοι και μάλιστα από τις ίδιες τάξεις του σχολείου μας, εσύ Άγγελε τι λές μια και είναι συμμαθήτριά σου.;» ρωτάει η Μπέττυ. «Τι να πω κι' εγώ; Πραγματικά ότι κάνουμε σε ιδιωτικούς χώρους είναι και μένει μεταξύ μας, αυτή όμως εμφανίζεται ασυγκράτητη... τι να σας πω; Σάμπως κι' αυτός ήταν καλύτερος; Εγώ θα της την έκοβα την όρεξη για τέτοια χάδια μπροστά σε μεγάλο κοινό...» «Φαίνεται ότι του αρέσουν και εκείνου, συμπληρώνω, και δεν μου λέτε δεν φτάνει προς το παρόν; Πάμε να χορέψουμε και τραβάω την Μπέττυ προς την τραπεζαρία με μόνο το ελάχιστο φως του ραδιοφώνου και του πικ απ. Αγκαλιαζόμαστε, ελαφρότατα λικνιζόμαστε στους ήχους των ΠΛΑΤΕΡΣ με το Only you. Αφού φιλιόμαστε για αρκετή ώρα, μου ψιθυρίζει. «Δε μου λές σε πιά ερημική ακτή έχεις σκοπό να με πάς το καλοκαίρι για να προβάρουμε ότι είδαμε εννοώ στη φωτογραφία όχι στο λογοκριμένο σινεμά; «Πολλές ερημικές ακτές θα ήταν... υποψήφιες, αλλά έχω ιδέα, γιατί δεν δοκιμάζουμε πρώτα στη... ξηρά, προτείνω στο κρεβάτι μου, που είναι στο επόμενο δωμάτιο...» Προσπαθώ να την οδηγήσω καθώς υποτιθέμενα χορεύουμε, προς την πόρτα της τραπεζαρίας... Με σταματάει. «Εγώ είπα το καλοκαίρι όχι τώρα, γιατί κάνει κρύο και μπορείς να με ζεσταίνεις καθώς χορεύουμε πάντα... κάθετα! και όχι οριζόντια! «Συνεχίζουμε για λίγο και βλέπω τον Άγγελο σε παρόμοια προσπάθεια κάτι να ψιθυρίζει στην Μαίη. Αντιμετώπιζαν το ίδιο πρόβλημα! Στο μεταξύ δεν τολμούσα να κοιτάξω το ρολόι μου, διότι κάτι μου έλεγε ότι είχαν περάσει προ πολλού τα μεσάνυχτα. Και πραγματικά η Μαίη το αντιλαμβάνεται πρώτη, σταματάει, αποσυμπλέκεται από τον Άγγελο σχεδόν φωνάζοντας : «Ξέρετε ότι έχει πάει μία η ώρα και θα έχουμε ιστορίες;» Αυτό ήταν! Διαλύεται η ατμόσφαιρα, σταματάει, καθώς τελειώνει ο τελευταίος δίσκος από τη δωδεκάδα που είχε στοιβαχτεί στο πικάπ, σαν να ήταν ρυθμισμένη και η μουσική.

Η Μπέττυ τρέχει και τηλεφωνεί στον δικό της ταξιτζή, που θα τις πήγαινε και τις δυο στο Ψυχικό – Φιλοθέη... «Και ραντεβού αύριο για την Εκάλη» μου λέει, καθώς μου σφίγγει το χέρι πριν κατρακυλήσει στις σκάλες του διαμερίσματος μαζί με την Μαίη. «Τι είχες Γιάννη... τ' είχα πάντα ! Όπως λέει και η παροιμία, μονολογεί ο Άγγελος» «Εξ άλλου σαραντά πέντε Γιάννηδες ενός κοκόρου γνώση, σουρεαλιστική η απάντηση μου... σχετικά με τους Γιάννηδες, που δεν έχουμε παρά τον Γιάννη στη τάξη σου, προτείνω να τελειώσουμε αυτή τη μπουκάλα του Ντράι Μαρτίνι και μετά να κοιμηθούμε.»

Περίπατοι και κρυφτό στα Χιόνια. Ακολουθεί Υψηλόν Τέϊον 1954

Ξύπνησα κατά τις εννιά το πρωί και αντιμετώπισα τον κακό καιρό που ψιλόβρεχε, ή ψιλοχιόνιζε, ή κάτι τί ανάμεσα στα δυο. Στην Εκάλη θα το έχει στρώσει, σκέφτομαι, πίνοντας το γάλα με καφέ και τρώγοντας μια φρυγανιά με βούτυρο και μέλι. Αφού έγιναν όλα τα απαραίτητα στο μπάνιο, ντυμένος πλέον με εκδρομικά ρούχα και αντίστοιχα πουλόβερ, έπιασα το τηλέφωνο. «Εδώ έχει περίπου πέντε εκατοστά χιόνι... τι λες θα πάμε παραπάνω; «Με ρωτάει η Μπέττυ που της τηλεφώνησα πρώτα. «Πήρες την Μαίη; «Ναι και μου είπε ότι είναι ΟΚ για εκδρομές στον... παγωμένο βορρά, πως όμως θα πάμε; Εσείς μπορείτε να πάρετε το λεωφορείο από την Κάννιγγος αλλά πως θα βρεθούμε;» «Θα δώσουμε ραντεβού στο τέρμα της Εκάλης, που θα σας φέρει το γνωστό ταξί μετά τους περιππάτους μας θα μας πάρει από κει κάποια ώρα που θα συμφωνήσουμε να σας αφήσει σπίτια σας και μετά να μας γυρίσει στα δικά μας.» Έτσι οργανωθήκαμε και οι δυο μας με τον Άγγελο, πήραμε το λεωφορείο μέχρι το τέρμα της Εκάλης. Μετά δέκα λεπτά φάνηκε το ταξί με τις κοπελιές, που εμφανίστηκαν με εκκεντρικές ενδυμασίες, σκούφους μάλλινους και ότι άλλο αντίστοιχο, που με προκάλεσε να σχολιάσω ότι και στο Γκστάατ ακόμα, θα γύρναγαν πολλά βλέμματα απάνω τους. Είπαμε στο ταξί να γυρίσει κατά τις τέσσερις, ή μάλλον νωρίτερα διορθώνει η Μπέττυ:» Διότι έχω... σχέδιο.» Λέει.και καθώς ανεβαίνουμε τον ανήφορο από το τέρμα της Εκάλης προς την βόρεια πλαγιά της Πεντέλης μέσα στο πευκόδασος μας αποκάλυψε το...σχέδιο. Έτσι είχε φροντίσει να προσφέρει... στεγνωτήριο με High Tea, όπως το λένε στην Αγγλία, ώστε να ζεσταθούμε διότι μεταξύ άλλων περιλαμβάνει, κονιάκ, καφέ και άλλα θερμαντικά.

Μετά από αυτή την θερμαντική πρόσκληση, αρχίσαμε τον χιονοπόλεμο ώστε να βραχούμε, παρά τα αδιάβροχα τζάκετ, τα πουλόβερ και τα καπέλλα. Μετά τα παιδιά που... κρύβονταν μέσα μας, όπως προσφυώς είπε η Μπέττυ, αποφασίσαν να παίξουν κρυφτό!

Τέλος μετά από μεγάλο περίπατο ακολουθήσαμε άλλο δρόμο για να γυρίσουμε στο τέρμα της Εκάλης, διότι με όλα τα «παίγνια δια τα παιδία,» όπως είπε η Μαίη, ή ώρα πέρασε και άρχισε να χιονίζει για τα καλά. Καθίσαμε λίγο στην πλατεία όταν μετά από λίγα λεπτά εμφανίστηκε το ταξί που μας απόθεσε στο σπίτι της Μπέττυ. «Εγώ νόμιζα ότι μόνο οι δικοί μου έλειπαν τακτικά, ενώ βλέπω ότι τα ίδια συμβαίνουν και σε σένα...» της είπα. «Αυτή τη φορά ο πατέρας μου βρίσκεται στην Κύπρο και πήρε και τη μαμά μαζί και έτσι εδώ βρίσκομαι με την υπηρεσία, που όπως είναι Κυριακή, έχει έξοδο και θα γυρίσει αργά το βράδυ. Στο μεταξύ βγάλε τα χοντρά ρούχα να στεγνώσουμε και ότι είναι βρεμένο και εμείς πάμε να προετοιμάσουμε το High Tea. Άπλωσέ τα εδώ, μπροστά στο μεγάλο καλοριφέρ και θα φέρω και ένα αερόθερμο...» Πειράζει να στεγνώσουμε τις κάλτσες μας, ρωτάει ο Αγγελος. «Οποία απρέπεια!» σχολιάζω, διότι με τις χοντρές μπότες, που φορούσα οι δικές μου ήταν στεγνές. «Οποίος εγωϊσμός! «μου απαντάει, Επειδή οι δικές σου είναι στεγνές, όλοι οι άλλοι στάχτη να γίνουν! «Καλέ, απλωσέ τες πάνω στο καλοριφέρ να στεγνώσουν, μην τον ακούς, το μόνο είναι που θα μείνεις ξυπόλητος γιατί δεν έχω παντόφλες στο νουμερό σου...» λέει η Μπέττυ, λες να κρυώσεις περισσότερο; ...» «Άσε να σου βρω ένα ζευγάρι παλιές κάλτσες για να κυκλοφορείς ... μέχρι να στεγνώσουν οι δικές σου. Πάμε Μαίη...» ¨Ηρθε και το High Tea από την κουζίνα, καθισμένοι στην παχιά άσπρη φλοκάτη μπροστά στο τζάκι, που μόλις είχε ανάψει με μεγάλη πραγματικά ευκολία η Μπέττυ. «Πως δουλεύει αυτό το μαρκούτσι; «ρωτάει ο Αγγελος, στη θέα ενός μακριού σίδερου με ξύλινη λαβή, απ' όπου ξεκίναγε ένα καλώδιο, που το έβαλε η Μπέττυ στη πρίζα και μετά ακούμπαγε τη σιδερένια άκρη στο ξύλο, που ήτανε στο τζάκι και άρχισε αμέσως να καίγεται. «Είναι ηλεκτρικό και το έφερε ο πατέρας μου από τη Γαλλία, έτσι δεν χρειαζόμαστε δαδιά, εφημερίδες και άλλα προσανάμματα που προκαλούν βρομιές.» «Πρώτη φορά μου βλέπω κάτι τέτοιο!» ομολογώ και εγώ.

Και έτσι συνεχίσαμε το απόγεμά μας ευχάριστα με ωραία μουσική και μια ολόκληρη ανάλυση – χωρίς αντίστοιχες επιδείξεις, δυστυχώς - όπως συμφωνήσαμε με τον Άγγελο - του μυθιστορήματος του Λώρενς, που απασχολούσε πολύ την Μπέττυ: «Τον Εραστή της Λαίδη Τσάτερλυ» Πήγε κι' εφερε το Γαλλικό αντίτυπο της και άρχισε να διαβάζει - χωρίς να κοκκινίζει – όπως σχολιάσαμε οι υπόλοιποι τρεις, μερικές από τις... περιγραφικές κινήσεις του ... εραστή στο κήπο και τι εκανε με τα λουλουδάκια! «Και μετά μου λέτε – αφού περίμενα να τελειώσει - ότι δεν θέλετε να προχωρήσουμε σε σχετικές... αναπαραστάσεις για να δούμε αν ανταποκρίνονται στην πραγματικότητα τέτοιες σκηνές, ή είναι αποκυήματα της... νοσηρής φαντασίας του συγγραφέα;» «Ακουγόσαστε σαν δίσκος που κόλλησε, πρώτα έχουμε τις σκηνές στη παραλία και τώρα έχουμε τη Λαίδη Τσάτερλυ, και μη χειρότερα, ή εξελισσόσαστε σε σεξομανείς, ή είσαστε ήδη και έχετε ανάγκη θεραπείας!» Μας περιπαίζει η Μαίη. «Δεν είμαστε καλά; Φωνάζω. ,Εσείς ξεκινήσατε με τούτο το βιβλίο, τουλάχιστον για το φίλμ, βρέθηκε ο Άγγελος να ...ενημερώνεται για την εξέλιξη του Γαλλικού κινηματογράφου, γι' αγνώστους σε μας λόγους, και έτσι βρέθηκε με το περιοδικό, εσείς όμως θέλετε να συνεχίσετε με το πιο τολμηρό βιβλίο που κυκλοφορεί πρόσφατα.» «Νομίζω ότι υπάρχουν και παλαιότερα εξ ίσου τολμηρά...» λέει η Μπέττυ. Η συζήτησή συνεχίστηκε σε παρόμοιους τόνους μέχρι τις οχτώμιση που αποφασίσαμε ότι έπρεπε να φύγουμε ένεκα το σχολείο αύριο.Ευτυχώς οι δικοί μου δεν είχαν γυρίσει ακόμα και έτσι κάθισα να ταξινομήσω την τσάντα μου, πρώτα για αύριο και μετά να κοιτάξω τις πολλές... εκκρεμότητες που είχα αφήσει αδιάβαστες από την περασμένη Παρασκευή. Ανακαλύπτω ότι η δυσχέρεια ήταν στα μαθηματικά όπου κάτι περίεργες ασκήσεις με αλγεβρικές παραστάσεις προκαλούσαν απλώς την... περιέργεια μου! Ξανακαταφεύγω στα τηλεφωνήματα των καλών στα μαθηματικά και μου εξηγούν, όσο είναι δυνατόν, να εξηγηθούν τηλεφωνικά. Έτσι τουλάχιστον για την πρώτη ώρα που ήταν τα μαθηματικά ήμουν σχετικά ημιέτοιμος. Ποιός είχε αυτή την ιδέα να βάλει τα μαθηματικά πρώτη ώρα, Δευτεριάτικο;

ΚΑΤΑΡΓΟΥΝΤΑΙ ΤΑ ΜΕΤΡΑ
- ΑΔΕΙΕΣ ΓΙΑ ΤΑ ΠΑΡΤΙ

1954

Κάποιος από την ογδόη στο πεντάλεπτο διάλειμμα μεταξύ των μαθημάτων άνοιξε τη πόρτα της Τάξης μας και φώναξε..» Παιδιά καταργήθηκαν τα μέτρα για τα πάρτι! «Και μετά έκλεισε τη πόρτα και εξαφανίστηκε. «Δηλαδή δεν θα χρειάζεται καθηγητής παρών και άδεια; Τί λέει αυτός; Τι έγινε;» Ο καθηγητής που μπήκε για τη Γεωγραφία ερωτηθείς δεν είχε ιδέα. Στο διάλειμμα λοιπόν κάποιος κυκλοφόρησε με αντίγραφο της εγκυκλίου που θα μας μοιραζόταν κατά την έξοδο το απόγεμα. Την πήραμε λοιπόν χάρη στις... γνωριμίες με δυο τρεις από την ογδόη, που την είχαν... κλέψει από τον πολύγραφο του Σχολείου σε αρκετά αντίγραφα :Να μη σας δουν ότι την έχετε!: μας είπαν . Φύγαμε προς τα πευκάκια από την άλλη μεριά του σχολείου και κάτσαμε πεντ' έξι από μας να την διαβάσουμε. Έγραφε λοιπόν:

Και ακολουθείται η ορθογραφία του 1954: Ο κανονισμός του Λυκείου για τα πάρτυ άλλαξε. Ούτε καθηγητής θα παρευρίσκεται ούτε ειδική άδεια θα απαιτείται από το Γραφείο. Αυτή η τροποποίηση θα χαροποιήσει μερικές ομάδες μαθητών, ενώ αντιθέτως θα δυσαρεστήσει μερικούς γονείς. Αυτό όμως ήταν παραίτητο. Το σχολείο δεν μπορούσε να φέρη την ευθύνη για ότι συμβαίνει στο σπίτι του καθενός! Πολλές φορές βρισκόταν στη δύσκολη θέση να μην επιτρέψη μερικά πάρτυ, ή και ν' αποβάλη μαθητάς που είχαν σκοπό να κάνουν πάρτυ χωρίς άδεια. Στη περίπτωση βέβαια που θα υπάρξουν δυσκολίες στο ζήτημα της αρνήσεως των γονέων να εγκρίνουν κάποιο πάρτυ, ή άλλη σχετική εκδήλωση, τότε η διεύθυνση θα βρίσκεται στη διαθεσή τους να βοηθήση εφ' όσον χρειαστεί ιδιαίτερη πρωτοβουλία.

«Και δε μου λέτε ποιοί είναι αυτοί οι γονείς που θα δυσκολευτούν να εγκρίνουν το πάρτι του γιού ή της κόρης τους και θα ... αναφερθούν στο σχολείο;» Ρωτάει ο Βάκης. «Κανείς, ελπίζω από τους δικούς μας», λέει ο Παναγιώτης. «Εγώ νομίζω, λέει ο Μιχάλης, ανήκω στην ομάδα που θα ... χαροποιηθεί.! Αν σκεφτεί κανείς όλες τις μανούβρες που κάναμε για να αποφύγουμε τις σχετικές άδειες.» «Ένα ξέρω εγώ, λέει ο Κώστας Κ. Η Τάξη μας δεν εφάρμοσε ποτέ καμιά απαγόρευση, άρα είμαστε εντάξει!» «Αυτό που δεν καταλαβαίνω, λέω με ύφος, είναι ποιός έγραψε αυτή την εγκύκλιο διότι είναι ασύντακτη!

Πως είναι δυνατό να αποβάλη μαθητάς που είχαν... σκοπό να κάνουν πάρτι χωρίς άδεια και βέβαια αφού τους απέβαλαν δεν θα το έκαναν; Τιμωρείται δηλαδή η πρόθεση και ποιός το... μυρίστηκε ότι είχαν σκοπό;» «Μυστήρια πράγματα!» σχολιάζει ο Βάκης. «Έχω την εντύπωση λέω, ότι η απαγόρευση αφορούσε παλιότερες μεγαλύτερες από μας Τάξεις...» και κουνάω το κεφάλι μου κρατώντας την εγκύκλιο, που βλέποντας τον γυμναστή να πλησιάζει την τσαλακώνω και τη χώνω στη τσέπη μου. «Τι κάνετε εδώ;» ρωτάει εκείνος, «Όπως βλέπετε συζητάμε για τα εγκόσμια! «του απαντάει ο Βάκης... «Εξακολουθείς να είσαι αναιδέστατος... γιατί καθόσαστε εδώ και δεν πηγαίνετε στην αυλή,όπου βρίσκονται όλοι οι άλλοι;» Σηκώνεται ο Κώστας Γ. και λέει: «Πάμε παιδιά, εδώ είναι φαίνεται απαγορευμένος χώρος να κάθεται κανείς.» Σηκώθηκαν όσοι καθόνταν χάμω και οι υπόλοιποι που είχαμε μείνει ορθοί και κινηθήκαμε προς την αυλή των αγοριών. Λοξοδρόμησα και πήγα προς την καντίνα για να πάρω ένα κουλούρι. «Εσύ που πάς;» ρωτάει, διότι μας ακολουθούσε. «Αν μου επιτρέπετε, πάω να πάρω ένα κουλούρι γιατί πεινάω.» «Καλά πήγαινε!» μου λέει. «Και μη χειρότερα, μονολογώ τώρα δεν θέλουμε άδεια για τα πάρτι, αλλά θα χρειαζόμαστε για να κινούμεθα μέσα στο προαύλιο του σχολείου, ή για να πάρουμε κουλούρι.» «Τι μουρμουρίζεις;» με ρωτάει; Ευτυχώς δεν είχε ακούσει μια και κυριολεκτικά τα έλεγα σχεδόν από μέσα μου. 'Οτι πεινάω και ξεχάστηκα καθήμενος σε απαγορευμένα μέρη. Μπορώ να πάω να πάρω το κουλούρι;» «Εξαφανίσου!» με διατάζει. Και ακολούθησε τους άλλους πέντε που φεύγανε σαν οργανωμένη ομάδα! Γυρνάω με το κουλούρι και συναντάω τον κύριο Οδυσσέα της ιστορίας, που του χρόνου θα ήταν καθηγητής της τάξης μας, αφού θα είμαστε στην Ογδόη. «Που πάς ;» με ρωτάει κι' αυτός. «Μα καλά, με συγχωρείτε, τι πάθατε όλοι σας; Με ρώτησε και ο κύριος Ε. ο γυμναστής, ένα λεπτό πριν και του ανέφερα ότι πηγαίνω να πάρω κουλούρι, τώρα εσείς με ρωτάτε που πάω και σας λέω ότι πήρα το κουλούρι και το τρώω, είναι αρκετό αυτό;» «Τι τρόπος είναι αυτός; Ωραία σε ρώτησε ο κυριος Ε. που πάς, ή μάλλον ερώτησε όλους εσάς που σαν μια ομάδα, μισοί καθόσαστε χάμω και άλλοι όρθιοι και συζητάγατε.» «Λοιπόν, συζητάγαμε, δεν συνωμοτούσαμε να ρίξουμε τη κυβέρνηση, ή να προχωρήσουμε σε... επανάσταση! Για το Θεό και εσείς τα ίδια, δεν θα ήθελα να σας πω ότι αυτό μπορεί να αποκληθεί αδικαιολόγητη παρενόχληση...»

«Α έτσι το λές; Και που βρήκες την παρενόχληση; Είναι στα καθήκοντά μας να ενδιαφερόμαστε να γνωρίζουμε τι κάνετε και πως σκέφτεστε.» «Σαν τον μεγάλο αδερφό του Όργουέλ.» του απαντώ. «Α! Ώστε διαβάζεις και Όργουελ εκτός από τα Ισπανικά;» «Δεν μου λέτε κύριε Οδυσσέα, τώρα έτσι στο μεταξύ μας, πως προέκυψε ξαφνικά όλο αυτό το ενδιαφέρον; Ή, υπάρχει κανένας ιδιαίτερος λόγος για όλες αυτές τις παρακολουθήσεις και τις επακόλουθες ερωτήσεις;» «Να σου πω, πάντα μεταξύ μας, όχι για περαιτέρω χρήση, πρέπει να επικρατήσει πειθαρχία διότι διαπιστώθηκε κάποια χαλάρωση μετά τα Χριστούγεννα.» «Και θα τη πληρώσουμε εμείς; Δεν βλέπω να έχουμε χαλαρώσει, ούτε και έχουμε εκδηλώσει σημεία απειθαρχίας μετά τις γιορτές.» «Ήρεμα!» με διατάζει σε στρατιωτικό ύφος, κανείς δεν κατηγόρησε κανένα, αλλά πρέπει να επικρατήσει τάξις και ασφάλεια.» Απομακρύνθηκε και προχώρησα προς τις σκάλες για να μπώ στην τάξη, κάνοντας το σταυρό μου!.

Ο ΛΟΡΔΟΣ ΜΠΑΫΡΟΝ
'Η ΒΥΡΩΝ...ΑΣ

1954

«Στις αρχές του μήνα τι σημαντική ημερομηνία θα γιορτάσουμε; Εννοώ μεγάλο ιστορικό γεγονός!» Ρωτάει μετά την καλημέρα ο Αλισανδράτος. Του παρόντος ή του παρελθόντος ρωτάει κάποιος, που δεν είδα ποιός ήτανε. «Όταν λέω ιστορικό, αυτόματα μιλάμε για το παρελθόν!» Τον αποστομώνει ο καθηγητής. «Λοιπόν; Ποιό ήταν το γεγονός; «Η Ελληνική Επανάσταση του 1821.» λέει ο Σταύρος . «Μόνο που έπεσες ένα μήνα έξω! Ελπίζω να γνωρίζετε ότι κηρύχτηκε Μάρτιο και όχι Φεβρουάριο.» Αρχίζει και θυμώνει ο Αλισανδράτος. Είχα αρχίσει να σπάω το κεφάλι μου αλλά δεν μου ερχόταν τίποτα, ξαφνικά μου ήρθε. Σηκώνω το χέρι μου. «Ωραία για πες μας λοιπόν το γεγονός;» «Ο θάνατος του Λόρδου Μπάϊρον στο Μεσολόγγι.» απαντώ «Κοντά είσαι, αλλά δεν πρόκειται για τον θάνατο του Λόρδου, τι άλλο έγινε; «Ξαναρωτάει ο Αλισανδράτος. «Η πολιορκία και η έξοδος από τη πόλη.» Ξανάαπαντώ. «Επί τέλους πρέπει να βγάζουμε την αλήθεια με την... τανάλια! «Καταλήγει ο καθηγητής. '» Και τι θέλετε να κάνουμε με την πολιορκία, την έξοδο και τον Λόρδο; «ρωτάει ο Παναγιώτης. «Προτείνω να παρουσιάσουμε μια εργασία με το χρονικό της πολιορκίας και την έξοδο σε δυο βδομάδες, που σχεδόν θα συμπίπτουν οι ημερομηνίες.» Και ακάθεκτος ο καθηγητής συνεχίζει: «Λοιπόν πρέπει να γίνει η παρουσίαση στο πρωινό, μπροστά σε όλο το Γυμνάσιο. Θα έχουμε μισή ώρα στη διάθεσή μας. Καλύτερα θα ήταν να συμμετέχουν αρκετοί ώστε να γίνει σωστή και εντυπωσιακή η παρουσίαση, από κορίτσια και αγόρια.» «Εγώ θα κάνω το Λόρδο Μπάϊρον! «πετάγεται ο Πέτρος. «Και σε τι οφείλεται αυτή η προτίμηση;» ρωτάει ο Μιχάλης,» ο ρόλος θα μου πήγαινε καλύτερα...» «Λόγω... αγγλομάθειας!» επεμβαίνω. «Όχι, γιατί ήταν άρρωστος ο Λόρδος και θα πρέπει να είμαι ξαπλωμένος...» Συνεχίζει ο Πέτρος. «Σταματείστε αυτές τις ανοησίες και σκεφτείτε σαν υπεύθυνοι μαθητές «Συνέλθετε. Επί τέλους! Λοιπόν αύριο, μετά την εργασία για την επισκεψη που κάναμε στην Ακρόπολη, την Πνύκα κλπ. που απλώς θα μου δώσετε, θα πρέπει να έχετε έτοιμο και ένα σχέδιο με συνεργασία από όλη τη τάξη πως θα παρουσιάσουμε το ένδοξο αυτό γεγονός. Ποιοι θα είναι καλύτερο να αναλάβουν τους διάφορους ρόλους αλλά και τι μορφή προτείνετε να πάρει η παρουσίαση;

«Επιτρέπεται;» τον διακόπτει ο Κώστας Γ. «να χρησιμοποιήσουμε τον προβολέα διαφανειών; γιατί έτσι θα μπορούμε να κάνουμε σύγχρονα με την αφήγηση και προβολή διαφόρων εικόνων που έχω δεί σε κάτι εγκυκλοπαίδειες και ιστορικά βιβλία» «Ακούστε, προστάζει ο Αλισανδράτος, όλα αυτά να τα συζητήσετε μεταξύ σας, όχι στη τάξη και στις ώρες των μαθημάτων, στο διάλειμμα, ή το απόγεμα. Δεν είναι του παρόντος. Λοιπόν τώρα συνεχίζουμε με το άλλο διήγημα του Παπαδιαμάντη... »

Και συνεχίστηκε το μάθημα των Νέων Ελληνικών... . Μέχρι που έφτασε η ώρα του φαγητού. Τότε ζητήσαμε την άδεια να μείνουμε στη τάξη για να συζητήσουμε το σχέδιο του Μεσολογγίου, για λίγο είπαμε. «Καλά και πως θα μείνετε νηστικοί;» ρωτάει ο Αλισανδράτος. «Θα πάρουμε κανένα κουλούρι, γιατί αν φάμε πολύ δεν θα μπορέσουμε να σκεφτούμε πάνω στη... χώνεψη!» Του απαντάει ο Ρίκος «Παρακαλώ σταματείστε τις αηδίες, μέχρι εδώ καλά τα πήγαμε. Εγώ θα έλεγα να αποφασίσετε ποιοι θα ασχοληθούν περισσότερο, διότι δεν είναι δυνατό ολόκληρη ή τάξη να παρουσιάσει το θέμα! Λοιπόν εγώ σας χαιρετώ και κοιτάξτε να συμφωνήσετε σε κάτι αξιόλογο.» «Θα πεινάει και αυτός!» λέει ο Γιώργος. Και ακολουθεί πεντάλεπτο χάους, διότι ο καθένας ήθελε να κάνει κάποιον, ή κάτι στο... Μεσολόγγι!. Τελικά αφού ακούστηκαν πολλά και διάφορα σαν «Αντε ρε Μπουμπουλίνα, κάτσε κάτω και πάψε να λες βλακείες.» «Αυτή δεν ήταν στο Μεσολόγγι», επεμβαίνω και εγώ! Ο Μιχάλης άρχισε να τραγουδάει σε στυλ λαϊκού παραδοσιακού: «Του Κίτσου του Τζαβέλλα, ή Μόρφω η γυναίκα..» «Εγώ θα κάνω εκείνον τον Μοναχό, πως τον λέγανε; Που ανατίναξε την εκκλησιά, ή μπαρουταποθήκη ήτανε;... με όλους τους ανήμπορους γέρους μέσα..» Λέει και αυτοπροτείνεται ο Κώστας Κ. «Εκτακτα! έχουμε τον... Λόρδο – ξαπλωμένο - και τον άλλον που ανατινάχτηκε τι άλλο μας έμεινε; «ρωτάει ο Κώστας Γ. και συνεχίζει: «... Μήπως θα έπρεπε να βάλουμε κάποια τάξη εδώ πέρα; Οπως πάμε θα συζητάμε όλο το απόγεμα και στις δυόμιση έχουμε γεωγραφία. Λοιπόν προτείνω σαν Πρόεδρος της τάξης να σου αναθέσω και με κοιτάει, το ιστορικό μέρος, δηλαδή ονόματα, ημερομηνίες, και λοιπά σε μια σελίδα!. Προτείνω επίσης να περιοριστείς σε πέντε το πολύ πρόσωπα που θα πρέπει να εμφανιστούν, ή να ακουστούν μόνο οι φωνές τους.»

«Τώρα παρακάτω, γυρνάει στον Μιχάλη: Εσύ ψάξε να δεις τι μπορεί να γίνει με φωτογραφίες κλπ.» «Μάλιστα κύριε σκηνοθέτα!» σηκώνεται και υποκλίνεται ο Μιχάλης! «Εσύ τι λες; με ρωτάει, πόσοι μπορούν να εμφανιστούν;» «Τώρα η ιστορία είναι λίγο πολύ γνωστή, αλλά θα διαβάσω λεπτομέρειες το βράδυ και αύριο μπορεί να είμαι περισότερο κατατοπισμένος. Απαντώ. Θα το κάνουμε μοντέρνο και ότι προκύψει με τα ρούχα τα καθημερινά μας. Ακούστηκαν τα μύρια όσα για την επιλογή των κοριτσιών και τελικά κατάληξα να τους πω: «Εγώ, επιμένω και σας λέω αφήστε μέχρι αύριο το πρωί να κάνω ένα πρόχειρο σχέδιο:Για να καταλήξουμε σε κάποιο μικρό κείμενοι σε στυλ μονόπρακτου!» Και έτσι τέλειωσε, πριν της ώρας της, η σύσκεψη γι'αυτό το ζήτημα. Φύγαμε οι πέντε με... θείες-ους στο Ψυχικό,τρέχοντας για την ταβέρνα, διότι είχε περάσει κοντά μισή ώρα από τη μιάμιση, που είχαμε για φαγητό. Ανάμεσα σε μπύρες, κεφτεδάκια, μπριζόλες, σαλάτες και πατάτες τηγανιτές, συνεχίσαμε την κουβέντα περί πολιορκίας και εξόδου, κατεβάζοντας λαμπρές ιδέες, που θα εφαρμόζαμε από αύριο αν ήταν δυνατόν.Γύρισα το βράδυ και άρχισα να ψάχνω, την εγκυκλοπαίδεια του Ελευθερουδάκη και μετά ξεφυλλίζοντας τον σχετικό με την πολιορκία τόμο της ιστορίας της Ελληνικής Επαναστάσεως του Δ. Κόκκινου, σημειώνωντας σ'ένα πρόχειρο τετράδιο διάφορα στοιχεία, όπως ονόματα, ημερομηνίες σε χρονολογική σειρά. Τότε έφτασαν οι δικοί μου, εκφράζοντας απορία και έκπληξη, όπως είπαν, με αυτή την άκρα επίδειξη ερεύνης και μελέτης, που με είχε... κατακυριεύσει στα ξαφνικά. Άρχισα να εξηγώ τους λόγους όταν χτυπάει το τηλέφωνο και βέβαια ήταν για μένα και δή η Μπέττυ... «Καλησπέρα τι κάνεις;» Καθώς η μητέρα με αγριοκοίταζε οικτίροντας με, για το λόγο ότι κατ'εκείνη πολύ λίγο κράτησε η μελέτη και... συνεχίζεται το τηλέφωνο. «Καλά είμαι!» «Καταλαβαίνω ότι δεν μπορείς να μιλήσεις γι' αυτό σε φιλώ και σου εύχομαι όνειρά γλυκά.» Και κλείνει το τηλέφωνο. «Ωραία, την έκοψες απότομα!» σχολιάζει η μητέρα. Τότε έγραψα πρόχειρα το σημείωμα για το Μεσολόγγι, έκλεισα την ιστορία και κρατάω τον τόμο Α του Ελευθερουδάκη για την Ακρόπολη. Μου πήρε δυο ώρες για να τελειώσω όλη την ανάλυση, αλλά τουλάχιστον ήμουν πανέτοιμος. Η ώρα είχε πάει εννιά και η μητέρα φώναξε για φαγητό.

///

ΟΙ ΣΥΝΗΘΕΙΣ ΣΥΖΗΤΗΣΕΙΣ ΤΩΝ ΜΕΓΑΛΩΝ

1954

«Είδατε τι γίνεται στο Παρίσι;» ακούω να ρωτάει ο Κωνσταντίνος καθώς μπήκα στο σαλόνι όπου καθόνταν δυο τρεις γνωστοί. Προφανώς όσο ήμουν στο δωματιό μου, είχαν έρθει με τη Μαρία, που θα ήταν στην κουζίνα, βοηθώντας για το φαί.» Τι γίνεται;» αντιρωτάει ο πατέρας. «Σκοτωμοί συνεχώς, βόμβες και σαμποτάζ από τους Αλγερινούς που θέλουν να ανακηρυχτούν ανεξάρτητοι από τη Γαλλία.» «Δηλαδή τον αγώνα της ανεξαρτησίας που συνεχίζουν στο Αλγέρι τον μεταφέρουν στη μητρόπολη; Διότι στην Αλγερία υπάρχει αντάρτικο κανονικό της υπαίθρου και των πόλεων, αλλά στη Γαλλία πρόκειται για τυφλά χτυπήματα που σκοτώνουν κόσμο και κοσμάκη..» «Α, το κουδούνι, θα είναι ο Σταύρος.. «λέει ο πατέρας, σηκώνεται: «Πάω ν' ανοίξω.» Ο Σταύρος μετά τα καλωσορίσματα κάθισε και συνέχισαν την κουβέντα για το Αλγέρι. Τα τελευταία νέα απο το Παρίσι που ζούσε ο γαμπρός του Σταύρου, ο μαέστρος, ήταν ακόμα χειρότερα. Φοβόντουσαν να βγούν το βράδυ, να πάνε στο θέατρο, ή στο σινεμά, διότι εκεί βάζανε βόμβες οι Αλγερινοί, ή και συνεργάτες τους Γάλλοι. Έτσι είχαν σκοτωθεί αρκετοί ακόμα και γυναικόπαιδα. «Καλά και πότε προβλέπεται ότι θα σταματήσει αυτή η κατάσταση; Γιατί έτσι που πάνε μπορεί να συνεχίζουν επ' άπειρον, αφού οι Γάλλοι δεν έχουν σκοπό να φύγουν από την Αλγερία.» καταλήγει ο Κωνσταντίνος. Ευτυχώς άλλαξαν θέμα, διότι είχα αρχίσει να πλήττω θανάσιμα, μια και καθόμουνα εκεί, διότι επρόκειτο κάποτε να φάμε ότι μαγειρευόταν στην κουζίνα. Πήγε ο πατέρας και έφερε ένα πιάτο με φέτα κασέρι και σαλάμι για μεζέ, μέχρι να γίνει το φαί. Εμφανίστηκε και η Μαρία με τη φίλη της τη Ζωή. Τα νέα που έφερνε η Ζωή ήταν ότι διάβασε πως έγιναν πρώτες δοκιμές για το αντισυλληπτικό χάπι για τις γυναίκες στην Αγγλία και φαίνεται ότι στο τέλος της δεκαετίας θα είναι διαθέσιμο ακόμα και στα περίπτερα, έγραφε κάποια Ελληνική εφημερίδα... «Όχι και από τις πολύ σοβαρές!» Προσθέτει ο Κωνσταντίνος, «Διότι όλα καλά, πως διάβολε θα το πουλάνε στα περίπτερα; «Όπως πουλάνε και τα προφυλακτικά,» λέει ο Σταύρος.» «Δε ντρεπόσαστε! Κουβέντα που ανοίξατε μπροστά στο παιδί «λέει η Μαρία καθώς έμπαινε και προφανώς είχε ακούσει τα... αντισυλληπτικά έξω από τη πόρτα... . «Μωρέ μακριά αυτιά έχεις εσύ.» της λέει ο Σταύρος. Στο μεταξύ θυμώνω, κοιτάω γύρω και σχολιάζω αναιδώς:

«Πού είναι το παιδί που λέτε; Μας έχουν πει για τα προφυλακτικά στο σχολείο, αλλά ομολογώ ότι αυτό το αντισυλληπτικό ακούγεται πολύ ενδιαφέρον...» «Σαν δεν ντρέπεσαι λιγάκι....» μου αγριεύει η θεία Μαρία. «Γιατί να ντραπώ αφού είμαι ενήμερος της αναπαραγωγικής διαδικασίας του ανθρωπίνου είδους...» «Αυτά συμβαίνουν όταν τον στέλνεις σε... προοδευτικό σχολείο ! «ειρωνεύεται ο Σταύρος.και συνεχίζει κοιτώντας με «... και δεν μας λες; Με ρωτάει,»Πως θα αξιοποιήσεις τη πληροφορία για τα γυναικεία αντισυλληπτικά; «Πρώτη φορά το ακούω και δεν έχω σκεφτεί ακόμα πως θα αξιοποιήσω την πληροφορία όπως με ρωτάς, διότι οπωσδήποτε, μια και δεν είναι διαθέσιμα νομίζω ότι η πληροφορία είναι... αναξιοποιήτος!» «Καλά σου λέει το παιδί, εσύ δηλαδή πως θα αξιοποιούσες αυτή τη πληροφορία; ρωτάει ο Κωνσταντίνος, «Μια και χάπια προς το παρόν δεν υπάρχουν.» «Μωρέ κουβέντα που βρήκατε και συνεχίζετε..» «Εγώ φταίω, λέει η Ζωή, το είπα απλώς σαν πληροφορία, μια και υπάρχει ολόκληρο άρθρο σε σοβαρή εφημερίδα, όπως το ΕΘΝΟΣ, και όχι σε καμιά από τις μη σοβαρές όπως είπατε πριν.» Από εδώ άρχισε ολόκληρη συζήτηση για το ποιές εφημερίδες είναι, ή θεωρούνται σοβαρές και ποιες... ελαφρών δραστηριοτήτων (!) όπως τις ονόμασε ο Σταύρος, για να εμπλακεί σε μακριά διαλογική συζήτηση με τον πατέρα, που ήταν άνθρωπος των δυο εφημερίδων την ημέρα: Μια πρωϊνή που ήταν η Καθημερινή και μια απογευματινή που ήταν το Έθνος. Και έμεινα πάντα με την απορία: Πότε προλάβαινε και τις διάβαζε;.Διότι το πρωί αγόραζε την Καθημερινή πηγαίνοντας στο γραφείο, όπου την ξεφύλλιζε για να μην του ξεφύγει τίποτα το... συναρπαστικό. Την έφερνε πίσω σπίτι, ενώ στο γυρισμό αγόραζε και το Έθνος, (τότε οι απογευματινές έβγαιναν στην ώρα τους), που διάβαζε μετά το φαΐ πριν από τη σιέστα του. Καμιά φορά διάβαζε και το βράδυ όταν βρισκόταν σπίτι. Με τούτα κα με τ' άλλα πέρασε άλλη μια συνηθισμένη βραδιά με περισσότερα σχόλια για την κατάσταση στη Κυβέρνηση και πως ο Παπάγος και το επιτελείο του, κατευθύνουν την χώρα σε σωστό δρόμο όπως διαπίστωνε ο Σταύρος.

Την άλλη μέρα συνεχίστηκε η ρουτίνα του Σχολείου με εξαίρεση την προετοιμασία της... Εξόδου του Μεσολογγίου, που όταν παρουσιάστηκε στις αρχές Φεβρουαρίου προξένησε αρκετές, ή μάλλον πολλές και καλές εντυπώσεις σε όλο το σχολείο.

Ιδιαίτερα εκτιμήθηκαν, τόσο οι προβολές από τις σχετικές διαφάνειες, όσο και οι διάλογοι των κυρίων ηρώων, με ιδιαίτερα αναγνώριση του αφηγητού που ζωντάνευε ακόμα παραπάνω τη παρουσίαση όπως ανέφερε και ο κύριος Μωραίτης. Και τι ήθελε ο χριστιανός να με επαινέσει; Οι επιπτώσεις των επαίνων ήταν η καζούρα που δέχτηκα από σχεδόν όλο το Γυμνάσιο με σχόλια όπως: Α... νάτος ο αφηγητής, ο ζωτανεύων και τους πεθαμένους, ανέστησε και τον... Λάζαρο! και ότι άλλη σχετική αηδία από ανάγωγους, αγράμματους και αστοιχείωτους αγροίκους! Όπως τους ονόμασα. Το απόγεμα του Σαββάτου πήγαμε σινεμά με την Μπέττυ, που μου είπε ότι στη δική της τάξη, την πέμπτη Γυμνασίου, έλεγαν ότι αποζητάω προβολή για τον εαυτό μου και γι’ αυτό... προκαλώ, ώστε να μου απονέμονται έπαινοι! Απάντησα κα μη χειρότερα!

«Και εσένα ποιά είναι η γνώμη σου;» τη ρωτάω, καθώς προχωρούσαμε να μπούμε στον κινηματογράφο ΡΕΞ, που έπαιζε το Διακοπές στη Ρώμη (Roman Holiday) με την Όντρευ Χέμπορν και τον Γκρέγκορυ Πεκ. «Μην τους ακούς, απαντάει , απλά σε ζηλεύουν, και τους εκνευρίζεις γιατί σε θεωρούν ξερόλα.» «Καλά και στις μικρότερες τάξεις τι τους ενδιαφέρει; Ούτε τους ανταγωνίζομαι ούτε και τους πήρα τίποτα.

Μπήκαμε στο σινεμά και καθίσαμε κάπως μπροστά, την αγκάλιασα με το δεξί μου χέρι και απολαμβάναμε το άκρως ρομαντικό φίλμ, ενώ εκείνη μου έλεγε διάφορα για τη Ρώμη και τα αξιοθέατα της, φιληθήκαμε σχετικά κόσμια... Έφτασε το διάλειμμα, άναψαν τα φώτα και αντιλαμβανόμαστε ότι καθόμαστε μπροστά από άλλο ζευγάρι του σχολείου μας, που ήταν η Μαίρη, η συμμαθήτρια μου και ο φίλος αγαπημένος της από την ογδόη. «Το έχετε ρίξει στα πολύ ρομαντικά!» λέει εκείνη. «Σας άρεσε μέχρι τώρα;» ρωτάει εκείνος.

«Να σας πω η Μπέττυ έχει ζήσει στη Ρώμη και έτσι είναι ακόμα πιο ενδιαφέρον για κείνη» απαντώ.» Τότε για πές μας Μπέττυ, ρωτάει εκείνος, η πόλη είναι τόσο ωραία, όσο φαίνεται στην ταινία εδώ;» «Και βέβαια είναι, απαντάει, και σε ορισμένες εποχές είναι ακόμα καλύτερη όπως την άνοιξη, ή το φθινόπωρο.» Ανταλλάξαμε και άλλες κουβέντες για τη Ρώμη, την Οντρευ Χέμπορν και το φιλμ.

Έσβησαν τα φώτα και αυτή τη φορά δεν αγκαλιαζόμαστε αλλά κρατιόμαστε από το χέρι . Όταν τέλειωσε το φιλμ σηκωθήκαμε και «Κάτι στη... σεμνοτυφία το ρίξατε.» μας λέει η Μαίρη καθώς έφευγαν, έτσι που δεν πρόλαβα να απαντήσω. «Τώρα μας δουλεύει κι' αυτή, μου λέει η Μπέττυ. Και τώρα που θα πάμε;» Καταλήξαμε στο μπαράκι της Φωκίωνος Νέγρη, όπου συναντήσαμε άλλους δυο από την τάξη της. Δεν νομίζετε ότι είσαστε αρκετά μικροί για να πίνετε και να καπνίζετε; Τους αστειεύομαι. Ο ένας μου προσφέρει τσιγάρο, τεράστιο Ντάνχιλ με φίλτρο, που πρώτη φορά το έβλεπα. Αφού παραγγείλαμε τα βερμούτ για τα παιδιά, το ούζο για μένα, αρχίσαμε τη συζήτηση για το σχολείο, τους καθηγητές, τα μαθήματα και ότι άλλο σχετικό μέχρι τις έντεκα το βράδυ, όταν σηκωθήκαμε να φύγουμε. Βγαίνοντας πέφτουμε απάνω στον Κώστα Σ. που δεν ήταν πλέον στο σχολείο μας, αλλά κάναμε τακτικά παρέα, «Εγώ έρχομαι και σεις φεύγετε; Ελάτε να σας κεράσω ένα ποτό...» «Πρέπει να πάω την Μπέττυ σπίτι της και μένει στο Ψυχικό, λέω, είναι ήδη αργά...» «Ελάτε να πιείτε το ποτό που σας κερνάω και μετά θα σας πάω εγώ στο σπίτι της γιατί έχω αυτοκίνητο, πόσο θα μας πάρει από δω; Το πολύ είκοσι λεπτά.» «Εσύ τι λές, ρωτάω την Μπέττυ, θέλεις;» «Μόνο με τον όρο ότι θα πιούμε μόνο ένα ποτό και μετά θα μας πάς, Κώστα, με το αυτοκίνητο σου σπίτι!» «Εντάξει , έγινε.» Ξαναμπαίνουμε μέσα και πίνουμε κι'άλλο ποτό . Κα μετά έρχεται η ώρα να μπούμε στο αυτοκίνητο, που ήταν ένα Βόλβο Β18, από τα πρώτα που κυκλοφορούσαν στην Αθήνα. Ο Κώστας μας πήγε αρκετά γρήγορα στο Ψυχικό όπου είπαμε καληνύχτα στην Μπέττυ και φύγαμε μόλις έκλεισε τη πόρτα της βίλλας.

«Και τώρα, μου λέει, πάμε πίσω στο μπαράκι, διότι δεν θα πάμε να κοιμηθούμε Σαββατόβραδο από τις έντεκα και μισή;» «Σωστά εμίλησες!» συμφωνώ και επιστρέφουμε στο μπαράκι. Μας βλέπει ο μπάρμαν, ένα πολύ καλό παιδί 'Ετσι θα τα πίνετε χωρίς γυναίκα;» «Γιατί έχεις καμιά να μας βρείς; ρωτάει ο Κώστας,» Έ όχι είπαμε ν᾽ανοίξουμε μπαρ μη γίνουμε και νταβατζήδες! Μας έφτιαξε και κάτι μεζεδάκια που ταίριαζαν στα ποτά μας. Φύγαμε κατά τις μία το πρωί έχοντας επιλύσει πάμπολλα προβλήματα τόσο σημαντικά, που τα... ξεχάσαμε γρήγορα.

Τη Κυριακή ανέβηκα στο Ψυχικό η Μαίη δεν μπορούσε και με τον Άγγελο πήραμε την Μπέττυ και κάναμε μια βόλτα μεταξύ Φιλοθέης και Ψυχικού γιατί ο καιρός δεν επέτρεπε ποδήλατα, μια και πότε ψιλόβρεχε, πότε έβρεχε πιο δυνατά. «Ολες τις μέρες της βδομάδας είχαμε καλοκαιρία και φτάνει η Κυριακή και έχουμε αυτή τη μαυρίλα, τώρα είμαστε σαν φυλακισμένο Λέει μελαγχολικά η Μαίη.

«Το ξέρεις ότι το Σάββατο που έρχεται θα πάμε ημερήσια εκδρομή στον Κάλαμο και τους Αγίους Αποστόλους, εκεί βρίσκεται και το Αμφιαράειο.» Μου λέει στο λεωφορείο του γυρισμού ο Άγγελος. «Στον Κάλαμο και στους Αγίους Αποστόλους μου έχουν πει ότι έχει ωραίο ψάρι. Αλλά το Αμφιαράειο τι είναι;» τον ρωτάω. Απ' ότι ξέρω είναι αρχαίο θέατρο και θα μας πει ο Αλισανδράτος για τον θεό Αμφιάραο, θα είμαστε και οι δυο τάξεις μαζί.» Ανεβήκαμε μαζί στο σπίτι του Άγγελου που ήταν στην οδό Πατησίων μεταξύ Μουσείου και Πάρκου, για να μου δανείσει ένα Αγγλικό βιβλίο σχετικό με τη μάχη της Κρήτης. Πήρα το βιβλίο και περπάτησα για το σπίτι από το γνωστό δρομολόγιο Πατησίων – Χέυδεν –3ης Σεπτεμβρίου – Πιπίνου – Αριστοτέλους, που έφτασα κατά τις οχτώ. Είχα διαβάσει και ταχτοποιήσει τα του σχολείου από το Σάββατο το απόγεμα και έτσι μια και δεν είχα τι να κάνω ρίχτηκα στην ανάγνωση του βιβλίου που μόλις είχα δανειστεί.

Η εβδομάδα αυτή που κατάληγε στις 16 Φεβρουαρίου μέρα της εκδρομής πέρασε αρκετά γρήγορα και σχετικά… αναίμακτα όπως καλαμπούρισε ο Μιχάλης λέγοντας ότι δεν είχαμε προβλήματα, δεν είχε αποβληθεί κανείς, δεν είχε ούτε… καν, τιμωρηθεί κανείς! Τα μαθήματα διεξάγονται κανονικώς και ήρεμα, δήλωσε ο Παναγιώτης, περίπου σαν… ουδέν νεότερον από το δυτικόν μέτωπον… Νομίζω ότι θα εκτονωθούμε στην εκδρομή και έτσι δεν θα γίνουν… πολλές αταξίες όλο τον Φεβρουάριο. Στο μεταξύ είχε αρχίσει μια διαφήμιση της πολυήμερης εκδρομής, που θα γινόταν το Πάσχα στην Κωνσταντινούπολη. Και πάλι φάνηκε ότι το σχολείο ήταν λίγο μπροστά από την εποχή του.

Πολυήμερες εκδρομές είχε γίνει μία, με δυο, ή τρεις διανυκτερεύσεις, στην Ολυμπία, που είχαμε συμμετάσχει όταν είμαστε στην Έκτη Γυμνασίου και αρκετά μικροί για να καταλάβουμε τι γινόταν. Φαίνεται ότι οι μεγαλύτεροι της Εβδόμης, Ογδόης είχαν εξαφανιστεί κάπου κοντά στις όχθες του Αλφειού ποταμού, ενώ εμείς βρισκόμαστε από νωρίς στα κρεβάτια μας τέσσερις μαζί στα μεγάλα δωμάτια που είχε το τότε ξενοδοχείο των ΣΠΑΠ. Η πολυήμερη όμως για την Κωνσταντινούπολη ήταν ατμοπλοική απο τον Πειραιά και αρκετά ακριβή διότι περιλάμβανε τα πάντα.

Ο Προϋπολογισμός πολλών γονέων το 1954 δεν ήταν σχεδιασμένος να αντιμετωπίσει παρόμοια έξοδα. Έτσι από τη δική μας τάξη μόνο ο Χάρης, βρέθηκε να μπορεί να αντιμετωπίσει, ή μάλλον ο μπαμπάς του, αυτό το έξοδο. Υπήρχαν και άλλοι αποτρεπτικοί λόγοι της συμμετοχής μας όπως το ατμοπλοϊκό ταξίδι με τούρκικο καράβι και δυο ή τρεις νύχτες στη θάλασσα πάει έλα.

ΕΚΔΡΟΜΗ ΣΤΟ ΑΜΦΙΑΡΑΕΙΟ
ΑΓΙΟΥΣ ΑΠΟΣΤΟΛΟΥΣ

1954

«Έτσι καλούμεθα να... απολαύσουμε το Αμφιαράειον και όχι την Αγία Σοφία!», καλαμπούρισε ο Μιχάλης. Το Σάββατο στις 16 Φεβρουαρίου με τις κιθάρες των Ρίκου και Μιχάλη και ένα ακορντεόν, που έπαιζαν εναλλάξ με τη κιθάρα, ξεκινήσαμε με το γνωστό μας στυλ , μέσα στο λεωφορείο του ΚΤΕΛ Αττικής για τον Κάλαμο. Από κει θα πηγαίναμε στο Αμφιαράειο, στα Αρχαία και μετά θα καταλήγαμε στους Αγίους Αποστόλους για αθλοπαιδειές και φαγητό.

Ακολουθήσαμε το δρόμο από την Ραφήνα προς Μαραθώνα - χωριό και μετά πήραμε το στενό δρόμο για την παραλία του Ευβοϊκού που περνούσε μέσα απο πευκόφυτες εκτάσεις και αμπέλια. Τα τραγούδια έδιναν και έπαιρναν παρά την μάταια προσπάθεια του Αλισανδράτου να διακόψει την... ρεμπέτικη, κατά πλειοψηφία, μουσική. Όταν πλησιάσαμε στον Κάλαμο, το λεωφορείο έκοψε ταχύτητα περνώντας μέσα από το χωριό, επανήλθε ο Αλισανδράτος με φωνές: «Επί τέλους σταματείστε! Διότι πρέπει να ακούσετε που πηγαίνουμε και τι πρόκειται να δείτε, έτσι είναι πιο άνετα, παρά να τρέχουμε μιλώντας ανάμεσα στα αρχαία.» Σταμάτησε λοιπόν το τραγούδι και άρχισε να μας λέει. Για τον Αμφιαράειο που ήταν όχι μόνο μάντης, αλλά ακόμα ήρωας και επίσης ο ένας από τους επτά, επί Θήβαις, κατά τον Αισχύλο. Εμφανίζεται όμως και στις Φοίνισσες του Ευριπίδη. Κατά τον μύθο, ο Δίας τον είχε κάνει αθάνατο, παρ' ότι αυτός και οι εφτά απέτυχαν να καταλάβουν τη Θήβα. «Δεν ήταν βλέπεις και οι εφτά υπέροχοι...» διακόπτει κάποιος μνημονεύοντας γνωστό γουέστερν φιλμ! «Είναι δυνατόν να σταματήσετε τις ανοησίες; Ντροπή σας! Συνεχίζω και παρακαλώ όχι κι' άλλες ανόητες διακοπές.» Σημειώσατε ότι κάθε τέσερα χρόνια, από το 338 π.Χ και μετά γίνονται γιορτές προς τιμήν του Αμφιαράου, που περιλαμβάνουν μουσικούς και γυμναστικούς αγώνες. Ο Αριστοφάνης μάλιστα σε κωμωδία με τον τίτλο «Αμφιάρεως» δίνει τη πρώτη μαρτυρία για την ύπαρξη του ιερού, που σημειωτέον ήταν ένα από τα δέκα περίπου Αμφιαράεια, κατασπαρμένα σε όλη την Ελλάδα. «Μου φαίνεται ότι έχει πάρει φόρα και δεν τον σταματάει τίποτα!» μου ψιθυρίζει στο αυτί ο Παναγιώτης. «Κάτσε και θα τον συγγυρίσω...» του απαντάω.

Σηκώνω το χέρι μου. Το βλέπει και με ρωτάει καθώς το λεωφορείο έκανε μια όπισθεν μανούβρα για να περάσει μια στενή στροφή μέσα στον Κάλαμο. «Τι έχεις να ρωτήσεις ελπίζω σχετικό με ότι σας περιγράφω. «Και βέβαια, σχετικότατο μάλιστα! Από που προέρχεται αυτό το όνομα Αμφιάραος, μήπως από την Αίγυπτο;» «Τι σχέση έχει η Αίγυπτος; με όλα αυτά που σας λέω; Δεν θα το άνεφεραν όλοι οι Αρχαίοι συγγραφείς αν είχε σχέση με την Αίγυπτο; Αφού σας είπα ότι τον τιμούσαν σε όλη σχεδόν τη Νότια Ελλάδα, από τι αρχές μάλιστα του πέμπτου αιώνα, τι... κουταμάρες είναι αυτές άκου την... Αίγυπτο, που σου ήρθε; Αγανακτεί ο καθηγητής. Έχεις ακούσει τίποτα σχετικό και δεν το γνωρίζω;» «Όχι, απλώς, απαντάω, σκέφτηκα ότι το όνομα Αμφιάραος μου θυμίζει κάτι από τους Φαραώ της Αιγύπτου και έφτασα στο συμπέρασμα ότι μια και ήταν σύγχρονοι οι Αγύπτιοι και υπήρχαν σημεία επηρεασμού στην Μινωϊκή και Μυκηναϊκή περίοδο, μήπως ήταν Αιγυπτιακή θεότητα που υιοθέτησαν οι Έλληνες.» «Αυτό είναι ωραίο για μυθιστόρημα επιστημονικής φαντασίας, αλλά όχι εμπεριστατωμένη ιστορία. Ποιά είναι η σχέση του Αμφιάραου με τους Φαραώ; Επειδή και οι δυο λέξεις έχουν... Φι; Και μη χειρότερα! Το ξέρουμε πως έχεις υπεραναπτυγμένη φαντασία μα ετούτο εδώ υπερβαίνει κάθε προηγούμενο! Λοιπόν, θυμωμένα συνεχίζω ότι σας έλεγα και παρακαλώ παραβλέψατε τις φαντασιώσεις του προλαλήσαντος.»

Δεν μπόρεσε να πει πολλά γιατί φτάσαμε στον αρχαιολογικό χώρο όπου το θέατρο και τα άλλα μνημεία του Αμφιαράειου και συνέχισε μόλις κατεβήκαμε από το λεωφορείο αρχίζοντας από τις ανασκαφές, που έγιναν από το 1884 και συνεχίστηκαν μέχρι το 1929. «Κι' εγώ έλεγα να του πω... λέει ο Μιχάλης ..»Τι Αμφιάραος, τι Φαραώ ή... Αμφαραώ, ακόμα και η Νεφερτίτη είχε Φι!»

Ακολούθησε μια λεπτομερειακή ξενάγηση που όσο πέρναγε η ώρα τόσο λιγότεροι παρακολουθούσαν τα λεγόμενα, βγήκαν και φωτογραφίες, όπου άλλοι χάζευαν τη... φύση, άλλοι γελούσαν με διαφορα αστεία και μόλις πέντε, ή έξι ακούγαμε... σχετικά με κάποια προσοχή, προσδοκούντες το τέλος της μαρτυρίας που έλεγε ο καθηγητής του Παυσανία και του Στράβωνα, μήπως σύγχρονα τελειώσει κα το δικό μας... μαρτύριο.

***

Δεν υπήρξε και καμία αντίδραση γιατί ποιός θα τολμούσε να τα βάλει με όλους τους Αρχαίους που επιβεβαίωναν τα λεγόμενα του Αλισανδράτου. «Μια και η απόπειρά σου να... εμπλέξεις τους Αιγυπτίους... απέτυχε!» Μου ψιθυρίζει η Μαίρη.» Τι να σου κάνω, της απαντώ, που δεν είχα διαβάσει σχετικά, καθώς είχα περιπλακεί πρώτον με το Μεσολόγγι και σύγχρονα με την Ακρόπολη, Πνύκα, ώστε να μη μείνει καιρός ψαξίματος και για το Αμφιαράειο.»

Ξαναμπήκαμε στο λεωφορείο μετά την πολύωρη επιστημονική διάλεξη για τους Αγίους Αποστόλους. Εδώ υπήρχε και γήπεδο ποδοσφαίρου και βόλευ, όπου αποφασίσαμε να ασκηθούμε πριν από το φαί. Στο μεταξύ είχαν έρθει και οι εκδρομείς της Έκτης και όπως είμαστε πολλοί άλλοι το έριξαν στο βόλευ, άλλοι στο ποδόσφαιρο. Πέρασε κι' άλλη μια ώρα όταν με ορθάνοιχτές τις ορέξεις μας, οδηγηθήκαμε στην ψαροταβέρνα, όπου ακολούθησε σωστό χάος. Άλλοι ήθελαν κρέας και όχι ψάρι, εδώ όμως είναι ψαροταβέρνα και δεν υπήρχαν παϊδάκια ούτε μπριζόλες. Ενώ υπήρχε αφθονία από μαρίδες, αθερίνες, σαργούς, τσιπούρες, λαβράκια,στείρες, συναγρίδες και τα περισσότερα από τα είδη που παράγει οι Ευβοϊκός. Διότι, όπως εξήγησε ο της Φυσικής, το έντονο ρεύμα του κόλπου δεν υπάρχει πουθενά αλλού στην Ελλάδα, και παρασύρει πολλά ψάρια: Εξι ώρες στην κατεύθυνση βορρά – νότος και μετά τις επόμενες έξι ώρες νότος – βορράς...» Και ασφαλώς τα δεύτερα θα είναι πιο νόστιμα,» συμπληρώνει ο Βάκης... διότι πήγαινε έλα, θα έχουν... νοστιμέψει, άρα πρέπει να ξέρουμε αν αυτά που θα παραγγείλουμε είναι τα μέν ή τα... δε.» «Η βλακεία συνεχίζεται ακούω... Ντροπή σας! τίποτα το πιο ενδιαφέρον δεν έχετε να συζητήσετε;» Επεμβαίνει ο Αλισανδράτος. «Ποταμοί αιμάτων... εχύθησαν για την ελευθερία του λόγου...» λέει κάποιος από την Εκτη, καθώς καθόμαστε στο μακρύ τραπέζι. «Άλλο ελευθερία και άλλο ανοησία...» του απαντάει και ρωτάει αμέσως μετά «Ποιός είναι αυτός ο έξυπνος ;» «Τώρα κοντεύουμε να βρούμε και το μπελά μας» ψιθυρίζει ο Πέτρος. «Και τι σχέση έχει αυτός με μας; 'ρωτάω. «Εσείς είσαστε οι έξυπνοι που αγωνίζεστε για την ελευθερία του λόγου; Αρκετές ανοησίες δεν ξεστομίσατε σήμερα; «Ααα... για σταθείτε κύριε Αλισανδράτο, εξανίσταμαι, όλα τα κακά εμείς τα λέμε και τα εκφράζουμε;

Εμείς δεν είπαμε τίποτα προσπαθώντας εδώ να τακτοποιηθούμε, αυτός ο... υπέρ της ελευθερίας του λόγου φαίνεται ότι είναι από την Έκτη και όχι από μας.» «Μαρτυριάρη, προδότη και άλλα τέτοια χαριτωμένα μου καταλογίζουν διάφοροι από την Έκτη...» Το κακό σας τον καιρό που πάτε να μας φορτώσετε τα λεγομένά σας, τέτοιες αηδίες δεν ξεστομίζουμε ποτέ!» «Είναι... ίδιον της κατωτέρης πνευματικής σας κατάστασης...» τους ρίχνετε ο Μιχάλης. «Εν πάσει περιπτώσει επί τέλους ποιός είπε αυτό της ελευθερίας του λόγου; Από την Έκτη; «επιμένει ο Αλισανδράτος. Κανείς δεν μιλάει άκρα ησυχία... Και το άσχετο: ο Παναγιώτης απευθυνόμενος στο γκαρσόνι που στεκόταν από πάνω του: «Παρακαλώ μια αθερίνα, μια μπύρα, καλαμαράκια και πατάτες τηγανιτές.» «Εσύ σιωπή! του λέει ο Αλισανδράτος. καμιά κουβέντα! Πριν απαντήσει ο υπέρ της ελευθερίας του λόγου.» Ο Μιχάλης ατάραχος, απευθύνεται και εκείνος στο γκαρσόνι...»Εκτός από τις αθερίνες, μια μαρίδες και ένα σαργό... και που είσαι και δυο μπύρες παρακαλώ!» «Θα σταματήσετε επί τέλους!» Έξαλλος ο Αλισανδράτος. «Εγώ νομίζω ότι ήρθαμε εδώ για να φάμε, του μπαίνει ο Γιώργος, από την άλλη μεριά του τραπεζιού και στο κάτω κάτω, όπως σας είπαμε ο υπέρ της ελευθερίας του λόγου είναι από την Έκτη και όχι από μας. Εμείς πεινάμε!» Ναί! ¨Ολοι μαζί:» Πεινάμε, πεινάμε και θέλουμε να φάμε...» «Σιωπή! Επί τέλους ποιος το είπε. και κοιτάει το άλλο τραπέζι που κάθονταν οι περισσότεροι της έκτης αν και αρκετοί είχανε καθίσει μαζί μας.» Εσείς δεν είσαστε που μας κάνατε παρατηρήσεις και μας είπατε την άλλη φορά ότι όταν εσείς κάνετε αταξίες αμέσως ο υπεύθυνος ομολογεί, ενώ μας κοροϊδεύατε δυο μήνες πριν;» Τους προσβάλλω κι' εγώ.»Εσύ είσαι ο ξερόλας και να κάτσεις κάτω!» Μου απαντάει κάποιος απο την έκτη, και τώρα αγριεύω. «Κατ' αρχήν κάθομαι στη καρέκλα εκτός αν είσαι θεόστραβος και δεύτερον σηκώνομαι και αν σου βαστάει έλα να με βάλεις να... κάτσω.» «Τώρα τι θα κάνουμε εξ αιτίας μιας βλακείας, ή ενός καλαμπουριού θα έχουμε εμφύλιο πόλεμο η έκτη εναντίον της εβδόμης;» Σηκώνεται ο Άγγελος λέγοντας αυτά και σαν μαέστρος κουνάει και τα δυο του χέρια στον αέρα προσπαθώντας να καταπραϋνει τους πιό θερμόαιμους, που ήταν έτοιμοι να έρθουν στα χέρια.

***

«Και εσύ, μου λέει, μη ρίχνεις λάδι στη φωτιά. Λοιπόν ποιός το είπε; Άντε να τελειώνουμε γιατί όπως λένε οι φίλοι μας της εβδόμης εδώ Πεινάμε... Πεινάνε και θέλουμε να φάμε.» Τελικά απεσοβήθη όπως πολύ παραστατικά είπε ο Ρίκος, ο... εμφύλιος και καθίσαμε να φάμε, αφού στο μεταξυ ο ένθερμος υποστηρικτής της ελευθερίας του λόγου, εμφανίστηκε ζητώντας συγγνώμη αν είχε ενοχλήσει με την αναφορά του. Το ψαρο - φαγητό συνεχίστηκε για άλλες δυο ώρες.

Επιστρέψαμε στο άγαλμα του Κωνσταντίνου κατά τις εφτά το απόγεμα. Οι μέρες είχαν αρχίσει να μεγαλώνουν και έτσι σχεδόν με το φως της ημέρας φτάσαμε σπίτια μας. Το Σαββατοκύριακο δεν φαινόταν να υπάρχει άλλη διασκέδαση στον ορίζοντα, έτσι περιοριστήκαμε σε σινεμά. Η Μπέττυ είχε φύγει με τους δικούς της για όλο το Σαββατοκύριακο στη Θεσσαλονίκη. Έτσι μαζί με το Γιώργο και τον Βάκη, πήγαμε στο Αττικόν να δούμε την Ανταρσία του Κέιν με τον Μάρλον Μπράντο και πολύ μας ενθουσίασε η ιστορία των ναυαγών, που οι απόγονοί τους ζούνε ακόμα σε κάποιο απόμακρο νησί του Ειρηνικού Ωκεανού. Μετά το σινεμά πήγαμε στο μπαράκι της Φωκίωνος Νέγρη, όπου συναντήσαμε τον Κώστα Σ. και μείναμε καλαμπουρίζοντας μέχρι τις μία το πρωΐ. «Ξέρετε τι μας λείπει;» ρωτάει ο Γιώργος. «Τι μας λείπει; Δεν ξέρουμε.» απαντάμε. «Ένα καλά οργανωμένο πάρτι! Από τότε που καταργήθηκαν οι άδειες και η παρουσία καθηγητών έπεσε... σκορβούτο! κανείς δεν κάνει πάρτι.» «Φαίνεται ότι είμαστε πολύ απασχολημένοι και δεν έχουμε καιρό για ... μικροπράγματα όπως τα πάρτι» Απαντάει ο Παναγιώτης. «Τρίχες! συνεχίζω εγώ, τώρα μπαίνουμε στις απόκριες. Ετσι έχουμε μεγάλες και πολλές ευκαιρίες. Στις 5 Μαρτίου έχουμε τον χορό του σχολείου των μεταμφιεσμένων. «Σωθήκαμε... θα χορέψουμε Ελληνικούς χορούς και θα πιούμε πορτοκαλάδα και στις δέκα θα μας ξαποστείλουν σπίτι μας. Αν αυτό το αποκαλείται διασκέδαση...» Απαισιόδοξος ο Μιχάλης.

Ο ΙΠΠΟΛΥΤΟΣ ΤΟΥ ΕΥΡΙΠΙΔΗ

1954

«Έχετε υπ' όψη σας,» μας λέει ο Αλισανδράτος, «την επόμενη Δευτέρα στο σχολείο, ότι πριν από τους χορούς και τις αποκριές θα πάμε στην παράσταση του Ιππόλυτου του Ευριπίδη στο Εθνικό θέατρο.» Και αμέσως άρχισαν οι αντιρρήσεις: «Μα ο Ευριπίδης δεν είναι ο πιο απαισιόδοξος από όλους τους τραγικούς;» ρωτάει η Μαργαρίτα. «Ωχ τι θά πάθουμε!» μονολογεί ο Μιχάλης... Ο Αλισανδράτος ανένδοτος: «Δεν πρόκειται να επεκταθώ τώρα, θα σας πω όμως μερικά πράγματα για το έργο πριν πάμε, για να μην πέσετε στα δύσκολα από την αρχή!» Μας καθησυχάζει. «Βρε τι πάθαμε!» επαναλαμβάνει ο Μιχάλης ψιθυριστά. «Πόσοι από σας έχετε πάει στο Εθνικό;» ρωτάει. ο καθηγητής. Καμιά δεκαπενταριά χέρια σηκώνονται από το σύνολο των εικοσί εννιά. «Καλό σκορ! «λέω, πριν εκείνος τελειώσει το μέτρημα. «Και ποιος σε ρώτησε;» Με κατσαδιάζει. «Νόμιζα ότι ήταν φανερό για όλους και το θεώρησα ικανοποιητικό, δεν μπορώ να μην κρύψω τον ενθουσιασμό μου.» Απαντώ. «Ακόμα μια φορά, δεν ξέρω αν με κοροϊδεύεις, ή τα λες σοβαρά, ορισμένα απ'αυτά που λές;» Προτίμησα να μην απαντήσω διότι θα οδηγούμεθα σε άλλα... πεδία,όπως είπα ψιθυριστά στον Πέτρο.

Περί τα τέλη Φεβρουαρίου στο μάθημα των Αρχαίων σε συνδυασμό με το μάθημα των Νέων Ελληνικών, άρχισε η διδασκαλία για την τραγωδία Ιππόλυτος, που επρόκειτο να παρακολουθήσουμε την παράσταση στο Εθνικό. Και όταν έγινε γνωστό στους δικούς μου, αλλά και άλλους γονείς προέκυψαν πολλών ειδών αντιρρήσεις. Η πιο έντονη ήταν η απαισιοδοξία και ο μισογυνισμός του Ευριπίδη. Είχα ακούσει για την απαισιοδοξία αλλά δεν είχα ιδέα του μισογυνισμού. Το συζητήσαμε στη παρέα μας και με τα κορίτσια της τάξης μας, αλλά με τη Μπέττυ και άλλα κορίτσια μικρότερων τάξεων. Οι περισσότεροι, κορίτσια και αγόρια δεν είχαν ιδέα. «Και γιατί ο καθηγητής σας διάλεξε αυτό το έργο και δεν σας πάει πουθενά αλλού;» Ρωτάει πρώτη και καλύτερη η μητέρα μου. Και απαντώ μακρυγορώντας: «Καλέ έτσι που αντιδράτε κάνετε σαν να μας πήγαινε σε... καμπαρέ με στριπ τηζ, φίλος σας είναι, πάρτον στο τηλέφωνο και ρώτα τον. Στο κάτω κάτω είναι τόσο φοβερό; Και συνεχίζω: Δεκαεφτά ετών μαντράχαλοι και κοπέλες, που σε άλλα χρόνια είχαν ήδη γεννήσει από τρία παιδιά, η κάθε μία, θα σοκαριστούν επειδή διαπραγματεύεται το έργο άνομα πάθη, πόθους, μίση και έρωτες και εγώ δεν ξέρω τι άλλο..» «Τέλειωσες τη διατριβή σου; Ρωτάει η μητέρα και συνεχίζει, θα του τηλεφωνήσω μπορεί να υπάρχει και άλλος λόγος. Και που το ξέρεις εσύ, μου ρίχνεται αφού της έδωσα την ευκαιρία, ότι κορίτσια δεκαεφτά ετών είχαν κάνει από τρία παιδιά! δηλαδή είχαν αρχίσει στα δεκατρία; Αυτά σας μαθαίνουν σ΄αυτό το προοδευτικό σχολείο; Δεν είμαστε καθόλου καλά, νομίζω!» «Δεν φταίει κανείς άλλος, φταίμε εμείς που προσπαθούμε με μεγάλους κόπους και προσπάθειες να ... μορφωθούμε.! απαντώ. Εδώ έληξε η πρώτη συζήτηση με τους γονείς, αν και ο πατέρας μου δεν ανησύχησε καθόλου, λέγοντας ότι το σχολείο ξέρει τι κάνει και νομίζει ότι η παρακολούθηση μιας τραγωδίας όσο και ... πληκτική αν είναι, θα μας κάνει... καλό!

Μεγάλη παρέα, καμιά δεκαπενταριά, το Σάββατο το απόγεμα, για να πάμε σινεμά. Από τη δική μας τη Τάξη, από την Έκτη και η Μπέττυ με μια συμμαθήτριά της από την Πέμπτη . Όταν τέλειωσε το φιλμ «ο Αμερικάνος στο Παρίσι» με τον Τζην Κέλλη, την Λεσλί Καρόν και τον Ζωρζ Γκεταρύ - είχαμε όλοι αποφασίσει να το ξαναδούμε, διότι δυο χρόνια πριν, που το είδαμε για πρώτη φορά, είμαστε... μικροί - καθίσαμε σε κάποιο ζαχαροπλαστείο στη Φωκίωνος, παραγγέλοντας Άις κρημ σόδα, που τελευταία ήταν της μόδας. Εκεί άρχισε η συζήτηση για τον Ιππόλυτο, που αφορούσε μόνο τη δική μας τάξη. Μετά τα καλαμπούρια ότι εμείς είμαστε ώριμοι και πάμε, ενώ δεν πρέπει να πηγαίνουν οι μικρότεροι, άρχισαν οι διαφωνίες. «Και εγώ σας λέω ότι θα πλήξουμε... θανάσιμα, άσχετα του πόσο καλά γνωρίζουμε το μύθο. Πολλοί μου έχουν πει ότι ο Ευριπίδης ήταν ο πιο πληκτικός και από τον Αισχύλο και από τον Σοφοκλή.» «Εντυπωσιακή η μόρφωσή σας δεσποινίς, περιπαίζει ο Μιχάλης, την Μαίρη, και δεν μου λέτε; Την ρωτάει: από που προκύπτει ότι είναι τόσο πληκτικός;» «Όλοι το λένε!'» απαντάει η Μαίρη και συνεχίζει η Μαργαρίτα «Και εμένα μου έχουν πει ότι είναι και μισογύνης και κακολογεί στις τραγωδίες του τις γυναίκες, που της θεωρεί κατώτερα όντα, ίσως να ήταν και ομοφυλόφιλος, τότε εξηγείται.» «Μωρέ εδώ βρισκόμαστε σε κύκλο... σοφών γυναικών που γνωρίζουν τα πάντα, λέει ο Παναγιώτης, και γυρνάει σε μένα, εσύ ο ξερόλας δεν γνωρίζεις τίποτα παραπάνω.

«Ομολογώ ότι έχω ακούσει αυτά και ακόμα περισσότερα, είμαι τελείως απροετοίμαστος διότι ούτε εγκυκλοπαίδεια άνοιξα μέχρι τώρα για το θέμα αυτό, ούτε και το έργο γνωρίζω. Μόλις χτές έψαξα και βρήκα το βιβλίο με τη παράλληλη προς το πρωτότυπο κείμενο μετάφραση, που έχει στη συλλογή των αρχαίων συγγραφέων, ο πατέρας μου. Δεν πρόλαβα με όλα αυτά τα φοβερά μαθήματα και τους πρόχειρους διαγωνισμούς που συνεχίζονται να το διαβάσω. Θα είμαι σε θέση να απαντήσω από... Δευτέρας, διότι το Σαββατοκύριακο θα διαβάσω, όχι όλο το έργο, αλλά τουλάχιστον τον πρόλογο του μεταφραστού. Έτσι δεν θέλω να παραδεχτώ τους χαρακτηρισμούς του μισογύνη, ομοφυλόφιλου, πληκτικού, ή ότι άλλο.» «Δηλαδή θα έχετε κανονικό ντημπέητ, ή πως το λένε αυτό Ελληνικά με τον Αλισανδράτο; «ρωτάει η Μπέττυ.» Αυτό... το λέμε συζήτηση, ή αντιπαράθεση μετά λογομαχίας, αλλά και να έχουμε, εσείς δεν θα είσαστε παρόντες, άρα θα μάθετε από μεταγενέστερες διηγήσεις τι έγινε.» «Ωραία, τότε αναβάλλετε η συζήτηση μια και δεν νομίζω ότι ενδιαφέρει και τους άλλους, που δεν είναι στη τάξη μας.» καταλήγει ο Κώστας Γ. «Όχι διαφωνούμε ... φωνάζουν δυο τρεις από την Έκτη και την Πέμπτη, ... διότι θα ήταν χρήσιμο να ξέρουμε πως το αντιμετωπίσατε, ώστε όταν φτάσουμε στην εβδόμη και μας προκύψει... τραγωδία να ξέρουμε πως θα αντιδράσουμε.» «Μωρέ μπράβο! αυτό είναι που αποκαλώ μελλοντικό μακροχρόνιο σχεδιασμό, ή Αγγλικά "forward long term planning " χαμογελάει ο Κώστας Κ. «Εντάξει θα σας πούμε, περιμένετε όμως για να...γνωρίζουμε τι θα σας πούμε! «Τελειώνει τη κουβέντα ο Γιώργος.

Η Κυριακή ξημέρωσε με βροχές και αστραπές. Μετά από διάφορα τηλεφωνήματα ελήφθη η απόφαση να παραμείνουμε μέσα εκτελώντας τα σχολικά μας καθήκοντα διαβάσματος, μελέτης κλπ Και τέλος αν ο καιρός άνοιγε να... ξανατηλεφωνιόμαστε για να αποφασίσουμε που θα συναντηθούμε, αν συναντηθούμε (!)

Το μεσημέρι έχοντας τελειώσει όλα τα μαθήματα άνοιξα τον Ιππόλυτο[2] του Ευριπίδου, όπως έγραφε ο τίτλος της σειράς των απάντων αρχαίων Ελ-

---

2   *Ευριπίδου Ιππόλυτος. Αρχαίον Κείμενον Εισαγωγή-Μετάφρασις-Σημειώσεις Αθαν. Χ. Παπαχαρίση. Επιστημονική Εταιρεία των Ελληνικών Γρασμμάτων ΠΑΠΥΡΟΣ – 1945)*

λήνων συγγραφέων του εκδοτικού οίκου Πάπυρου. Διαβάζω τη πρώτη παράγραφο της εισαγωγής και συγχρόνως κοιτάω και έξω από το παράθυρο για να εξακριβώσω ότι δυστυχώς η καταρρακτώδης βροχή συνεχίζεται και σταματημό δεν έχει.

Στο σπίτι είμαι ολομόναχος οι δικοί μου είναι εκτός Αθηνών για το Σαββατοκύριακο και έχω αρχίσει να... πλήττω πριν φτάσω στη τρίτη σελίδα. Η σκέψη μου απομακρύνεται από την τραγωδία και διερωτώμαι μήπως, καλόν θα ήταν, να καλέσω μερικούς φίλους για το απόγεμα. Αποφασίζω όμως να επιμείνω άλλη μια ώρα, ως τις δύο, στη προσπάθεια κατανόησης του Ιππόλυτου και μετά να τηλεφωνήσω, αξιοποιώντας την ιδέα μου, περί συγκεντρώσεως σπίτι. Ετσι...με κόπο επιμένω, και περιληπτικά καταλήγω ότι: Ο Ιππόλυτος ήταν γιός του Θησέα και μιας Αμαζόνας, που προφανώς προτίμησε να παραμείνει... ανώνυμη. Ο ωραίος λοιπόν νεανίας Ιππόλυτος, βρίσκει, μας λέει ο μεταφραστής από τα Αρχαία Ελληνικά, τη χαρά του (!;) κυνηγώντας μαζί με τη θεά της παρθενίας στα ... παρθένα (υποθέτω εγώ) δάση. Έλα ντε όμως, που από ψηλά από το κατασκοπείο, είδος ναού στην Τροιζήνα, τον κιαλάρει η Αφροδίτη, που ενώ τον προσκαλεί, ή και προκαλεί, όχι βέβαια για παρθενικούς περιπάτους, αλλά (υποθέτω πάλι) για... άγριο σεξ, μια και η θεά αυτή επιδιδόταν σε πολλές σεξουαλικές... ασκήσεις. Εκείνος την αγνοεί! Και η θεά, που δεν συγχωρεί να την παραβλέπουν οι ωραίοι νεανίες, οργίζεται και καταστρώνει σχέδιο για την εξόντωσή του.

Γι'αυτό και για άλλους λόγους η ποιήτρια Σαπφώ απέδωσε στηνΑφροδίτη, τον χαρακτηρισμό δολοπλόκος. Δεν αρκείται όμως η... σέξυ Θεά στο ύπουλο σχέδιο, αλλά υποκινεί τη Φαίδρα, τη γυναίκα του Θησέα, να ερωτευτεί τον προγονό της, τον Ιππόλυτο! Φλογίστηκε(!) με τα νιάτα του, μας λέει ο μεταφραστής και ζαρώνει το ανθηρό κορμί της μέρα με τη μέρα, αφού μαραζώνει από τον ανεκπλήρωτο έρωτά της. Και τελικά απελπισμένη η Φαίδρα οδηγείται στην αυτοκτονία.

Ο Θησέας οργίζεται κι' αυτός από το θανατό της, θεωρεί τον Ιππόλυτο υπεύθυνο – προφανώς κάτι είχε μυριστεί και ζητάει από τον Ποσειδώνα να θανατώσει τον Ιππόλυτο. Ο θεός της θάλασσας κάποια υποχρέωση είχε στον Θησέα και έτσι προσπαθεί να πνίξει μέσα σε μια θύελλα τον Ιππόλυτο. Αυτός περίπου είναι ο μύθος στην περίληψή του. Και το έργο αρχίζει με την ψυχογραφική απεικόνιση της Φαίδρας, που ενώ αποκαλύπτει το μυστικό του ερωτά της, αποφασίζει να πεθάνει.

Η βάγια – τροφός- ακόλουθός της, την πείθει να μην πεθάνει, αλλά θα προσπαθήσει να την γιατρέψει δίνοντας της διάφορα βότανα, που θα σβήσουν τον παράνομο έρωτα, παρά την επιμονή της Αφροδίτης.

Φαίνεται ότι τα βότανα δεν γιατρεύουν τον πόθο και η βάγια κατά κάποιο τρόπο αποφασίζει σαν καλύτερη λύση να αποκαλύψει τον έρωτα της μητριάς, στον προγονό της. Και εδώ αποκαλύπτεται όλος ο μισογυνισμός του Ευριπίδη, παρουσιάζοντας τον Ιππόλυτο οργισμένο και έξω φρενών, να ξεφωνίζει πως δεν υπάρχει μεγαλύτερη θεοτική κατάρα από τις γυναίκες και άλλα πολλά εναντίον του θηλυκού γένους! Ο μονόλογος χαρακτηρίζει τον Ευριπίδη σαν μισογύνη. Η Φαίδρα βέβαια είναι από την Κρήτη, όπως και το καράβι που την έφερε. Ο χορός, που την συνοδεύει από την αρχή της αφιξής της στην Τροιζήνα, στο παλάτι του Θησέα, διηγείται όλα τούτα. Η Φαίδρα όμως δεν αντέχει άλλο και τελικά μέσα στο καράβι που επιστρέφει απαγχονίζεται. Στο χέρι της όμως κρατάει γράμμα που κατηγορεί τον προγονό της για την κατάληξη που πήρε ο ανεκπλήρωτος έρωτάς του για την μητριά του.

Ο Θησέας διώχνει τον Ιππόλυτο από την Τροιζήνα με άλλο καράβι, που σχεδόν βυθίζεται από τη θύελλα που προκάλεσε, κατά το σχέδιο, ο Ποσειδώνας, και μισοπεθαμένος εκβράζεται ο Ιππόλυτος σε κοντινή παραλία. Στο μεταξύ η θεά Αρτεμις εμφανίζεται στον Θησέα και τον βεβαιώνει ότι ο γιός του ήταν αθώος και η Φαίδρα έγραψε συκοφαντίες στο γράμμα της αυτοκτονίας της. Και καταλήγει ότι όλα αυτά ήταν το θέλημα της Αφροδίτης, διότι η Άρτεμις δεν μπορούσε να επέμβει βάσει του νόμου των θεών. Εμφανίζεται μετά το ναυάγιο και ο Ιππόλυτος υποβασταζόμενος από τους βοηθούς του και παραπονιέται για την κατάρα του πατέρα του και την αδιαφορία του Δία. Μονάχα ο θάνατος θα τον λυτρώσει. Γίνεται όμως το θαύμα, ο Ιππόλυτος δεν πονάει πια και γαληνεύει γιατί του μίλησε η θεά που λατρεύει, η Αρτεμις. Τώρα μόλις μαθαίνει ότι η καταστροφή προήλθε από την Αφροδίτη. Τελικά συμφιλιώνεται και πεθαίνει στην αγκαλιά του πατέρα του.

Ο Παυσανίας στον 2ο αιώνα μ.Χ περιγράφει ότι βρήκε το σπίτι του Ιππόλυτου και τον ναό της Αρτέμιδος της Λυκείας. Επίσης το ναό της κατασκοπίας, ή κατασκοπείο της Αφροδίτης, πάνω από το στάδιο του Ιππόλυτου στην Τροιζήνα. Σύμφωνα με το θρύλο οι κάτοικοι της Τροιζήνας έβλεπαν τον Ιππόλυτο, όπως αναφέρει ο Παυσανίας, τις νύχτες, και στη γειτονική Επίδαυρο, ακόμα και στην Ιταλία που άποικοι από την Τροιζήνα κατοικούσαν στη περιοχή Αρικία (Αρέτσο), να οδηγεί το άρμα του στον ουρανό, σαν λαμπερός ηνίοχος.

Πρόκεται για τον αστερισμό του Ηνίοχου. Το έργο παίχτηκε πρώτη φορά στο θέατρο του Διονύσου κατά τα Διονύσια του 428 π.Χ. όπου ο Ευριπίδης πήρε το πρώτο βραβείο.

Στην Αρχαία Τροιζήνα τώρα, σημερινό Γαλατά, απέναντι από τον Πόρο μέχρι τα υψώματα του όρους προς το Κρανίδι,εκεί που βρίσκονται μικρά χωριά και οικισμοί, φαίνεται ότι γεννήθηκε ο Θησέας, αλλά και ο Ιππόλυτος. Κανείς δεν μας λέει πως και γιατί ήρθε η Φαίδρα από την Κρήτη, την έφερε ο Θησέας πριν; Ή μετά την ιστορία του Μινώταυρου; Αποφάσισα ότι αρκετά μπάφιασα μ' αυτή την ιστορία και μια και είχα τελειώσει όλα τα μαθήματα, πριν αρχίσω τα τηλεφωνήματα ήρθε η ώρα να βάλω και λίγη μουσική. Έψαξα τους σαρανταπεντάρηδες δίσκους και τοποθέτησα στο πικάπ στη σειρά: Platters, Only you , Great Pretender. Ray Charles, A fool for you. Ain't that a Shame, Red Sails in the Sunset, Fats Domino. Mr Sandman, Cordettes. Folsom Prison Blues, Johnny Cash. Μόλις έπεσε ο πρώτος δίσκος και η μουσική ακούστηκε στο διαπασών, σχημάτισα τον αριθμό της Μπέττυς, απομακρυνόμενος απο τα μεγάφωνα του ραδιοφώνου.

«Καλησπέρα, τέλειωσες τα μαθηματά σου σαν καλό κορίτσι;» «Εγώ έχω τελειώσει προ πολλού, αλλά τι ακούω;Έχεις πάρτι μόνος σου, ή διασκεδάζεις με πολλές άλλες;» «Έχω πάρτι μόνος μου! Διερωτώμαι αν θα ήθελες να με συνοδεύσεις... δηλαδή να έρθεις εδώ να γίνουμε δυο.»

Μετά από δυο ώρες είχαμε μαζευτεί καμιά δεκαριά και τα κορίτσια αποφάσισαν ότι θέλανε να φτιάξουν πάλι το περίφημο εκείνο Χάι Τη. Εμείς αρχίσαμε να φωνάζουμε ότι προτιμούμε καφέδες και όχι τσάι όντας Έλληνες και όχι Εγγλέζοι.Και βέβαια άρχισε η συζήτηση για τον Ιππόλυτο και τι είχα βρεί , Τους είπα ότι είχα εξακριβώσει μέχρι εκείνη την ώρα και ότι δεν περίμενα και άλλες ανακαλύψεις, θεωρώντας ότι ήταν υπεραρκετά όσα έμαθα. Τότε μου ζήτησαν να τους κάνω περίληψη για να ξέρουν και εκείνοι όταν αρχίσει ο Αλισανδράτος να γνωρίζουν από που θα τον... διορθώσουν! Επέμενα ότι εκείνος μπορεί να μην είχε τις ίδιες πηγές όπως τα σχόλια του μεταφραστή του Πάπυρου, αλλά κάτι πιο ψαγμένο και πιο θεωρητικό. Επικράτησε σχετικό χάος.

Μετά ... σοβαρευτήκαμε και είπαμε ότι ήταν καιρός να αρχίζουμε να χορεύουμε, διότι το απογευματινό τέλειωνε γρήγορα, κατά τις εφτά και μισή, καθώς αύριο είχαμε σχολείο κλπ. «Πολλά γνωστά και τετριμένα!» λέει η Μπέττυ, καθώς με αποχαιρετούσε φεύγοντας μαζί με τους με ελαφρά φιλάκια.

Τη Δευτέρα το πρωί αφού είχαμε περάσει σκόπελους στα μαθημάτων, στα μαθηματικά, φυσική, ιστορία, ήρθε και η σειρά του Ιππόλυτου. Φάνηκε από την αρχή ο Αλισανδράτος... καλύτερα προετοιμασμένος από εμάς. Έτσι αφού μας είπε τι ώρα θα πάμε στην απογευματινή παράσταση της Πέμπτης για την οποία το λεωφορείο θα μας πάρει από το άγαλμα του Κωνσταντίνου στις πέντε το απόγεμα και μετά την λήξη της παράστασης κατά τις οχτώ θα επιστρέψει.Κανονίσε και τις λεπτομέρειες. Όπως ότι τα κορίτσια θα φορούσαν γκρί φούστες- όχι πολύ στενές!- διότι κάπου είχε γίνει σχετική παρατήρηση με μπλέ σκούρα πουλόβερ και εμείς σκούρα μπλέ κατά προτίμηση σακκάκια με γκρίζα φανελένια παντελόνια και μπλέ γραβάτα. Μετά άρχισε να μας αναπτύσσει το μύθο και το θεατρικό έργο που το μόνο σημείο διαφωνίας που τόλμησα να εκδηλώσω ήταν για τα... όρια της Τροιζήνας.

Τότε ανακατεύτηκαν και οι Κώστηδες Γ. και Κ. που ρώτησαν αν γνώριζε ο Αλισανδράτος, η επωνυμία Γαλατάς για το απέναντι του Πόρου ψαροχώρι ήταν αρχαία; Ή είχε σχέση με το γάλα;! «Ίσως ο Ιππόλυτος να έπινε εκεί το γάλα του όταν ήταν... μικρός.» προσθέτει ο Σταύρος. Ο Αλισανδράτος έκανε το σταυρό του και αρκέστηκε να πεί: «Και μη χειρότερα, τέτοιες ανοησίες από ανεπτυγμένους ανθρώπους δεν έχω ξανακούσει... άκου εκεί, το γάλα του Ιππόλυτου. Λοιπόν σοβαρευτείτε επί τέλους: Όλο το επιχείρημα του Ευριπίδη με το έργο αυτό ήταν ότι ήθελε να δείξει και να παρουσιάσει τα ανθρώπινα πάθη και πράξεις πως εξελίσσονται προς το κακό και φυσικά πως τιμωρούνται από τους θεούς αν παραβούν ορισμένους κανόνες.» Κάπου εκεί όταν μας ρώτησε: «Τι έχουμε να παρατηρήσουμε επενέβησαν με ... δύναμη τα κορίτσια ...προεξαρχούσης – όπως ο Αλισανδράτος διαπιστώνει, της Μαργαρίτας - με σκοπό να εξιχνιάσουν τον μισογυνισμό του Τραγικού και πως αυτός εκδηλώνεται στο έργο, από τη περίληψη που είχαν υπ’ όψη τους.

***

Ακολούθησε και μέτρια καζούρα, όταν η Μαρία είπε ότι όλα τα κακά, κατά τον Ευριπίδη, τα έφεραν στο κόσμο οι γυναίκες. Διακόπτει ο

Μιχάλης με πονηρό χαμόγελο «Εμμ... άδικο είχε;» «Σε παρακαλώ μη διακόπτεις με εξυπνάδες!» τον σταματάει ο Αλισανδράτος, διότι φάνηκε ότι είχε τη διάθεση να συνεχίσει λέγοντας κι' άλλα εναντίον των γυναικών. Η συζήτηση όμως για τον μισογυνισμό του Ευριπίδη επεκτάθηκε και σε άλλα πεδία. Τότε άρχισε να με τρώει η γλώσσα μου. Τους άφησα λοιπόν να προσπαθούν να ερμηνεύσουν τον μισογυνισμό και ξεστόμισα την ερώτησή μου περί του κακού αποτελέσματος του μισογυνισμού, ελπίζοντας ότι θα τους ... συνταράξω! Κανείς όμως περιλαμβανομένου και του Αλισανδράτου δεν φάνηκε να σοκάρεται, αντίθετα μερικοί είπαν «ΑΑαα... αυτό ήθελα να πω κι' εγώ! «Και βέβαια είναι πιθανό ότι αυτό θα έλεγαν και εκείνοι, αλλά εγώ το είπα πρώτος!» Ακολούθησε σχετική συζήτηση μέχρι το τέλος της ώρας, με τη κατάληξη ότι είμαστε πολύ καλά κατατοπισμένοι και βέβαια θα ακολουθήσουν τα συμπεράσματα την Παρασκευή μετά τη παράσταση της Πέμπτης, αφού δούμε το έργο.

Τραγικά λιτή μας φάνηκε η παράσταση στο Εθνικό, όπως είχαμε συμφωνήσει όλοι μας νωρίς στο διάλειμμα, όταν πήγαμε στο μπαρ του θεάτρου και ήπιαμε πορτοκαλάδες, για να... αντέξουμε στη συνέχεια της παράστασης. Φεύγοντας, στο λεωφορείο ο Γιώργος τα είχε βάλει με την ηθοποιό που έκανε τη Φαίδρα... «Μα για το θεό, αυτό δεν ήταν παράσταση ήταν... γηροκομείο! Αν είναι δυνατό, αυτή η ... μπαμπόγρια να έχει ορμές για τον προγονό της; Έπρεπε να ήταν τουλάχιστον είκοσι χρόνια νεότερη! Ο μόνος που φαινόταν σωστός για την ηλικία του ήταν ο Θησέας, ώριμος άντρας, όπως έπρεπε να είναι...» «Εμένα μου άρεσαν τα κόκκινα βελούδινα καθίσματα και τα θεωρεία στο θέατρο!», είπε ο Ρίκος

Τα μετέφερα όλα αυτά στους δικούς μου.» Αυτά όλα είναι παρατηρητικές εντυπώσεις!» μου απαντούν οι γονείς μου το βράδυ που γυρίσαμε από τη παράσταση. Η συζήτηση εξακολούθησε στη Τάξη την Παρασκευή με μεγάλη συμμετοχή και ενδιαφέρον, τόσο που αποφασίστηκε να προετοιμάσουμε μια ομιλία κάποιο πρωινό για όλο το Γυμνάσιο, αναλύοντας τις εντυπώσεις , που μας δημιούργησε η παράσταση αυτή και το Εθνικό Θέατρο, σαν θέατρο.

Και το Σάββατο, συμφωνήσαμε να μην ξανασυζητήσουμε για τον Ιππόλυτο, διότι είχαμε καταεξαντλήσει το θέμα και καιρός ήτανε να ασχοληθούμε και με κάτι άλλο.

ΜΑΚΡΙΝΕΣ ΠΟΔΗΛΑΤΑΔΕΣ ΜΕΤΑ ΑΝΑΨΥΚΤΙΚΩΝ

1954

Την Κυριακή που ακολούθησε ξεκινήσαμε με τα ποδήλατα, ο Κώστας Γ. ο Κώστας Κ. ο Άγγελος κι' εγώ. Περάσαμε και πήραμε τη Μπέττυ, την Μαίη και άλλη μια φίλη τους από τη Φιλοθέη και φύγαμε για μια πολύ μεγάλη βόλτα. Αφού προχωρήσαμε απο τους γνωστούς δρόμους από τη Φιλοθέη στη Νέα Φιλαδέλφεια, στη Λυκόβρυση, αφήνοντας πίσω μας τις Κουκουβάουνες και μετά συνεχίσαμε προς Κηφισιά, Ερυθραία, Καστρί, Εκάλη, Μπογιάτι και Διόνυσο, όπου και σταθήκαμε για ... αναψυκτικά. Εκεί πριν από τη λίμνη του Μαραθώνα υπήρχε μια καλύβα- παράγκα – ταβερνείο, από εκείνα που πουλούσαν και κάρβουνα. Τα κορίτσια συνεννοήθηκαν με τον ταβερνιάρη που πρότεινε να μας μαγειρέψει δυο ψητά κοτόπουλα.

Δεν είχε τίποτα άλλο, ούτε σαλάτα, αλλά αν θέλαμε θα έστελνε... το παιδί – ετών τριάντα τουλάχιστον – με το ποδήλατό του, στο Μπογιάτι να μας φέρει κανένα πεϊνιρλί που μόλις είχαν αρχίσει να γίνονται της μόδας. Περιμέναμε καμιά ώρα και συγκεντρώθηκαν όλα τα φαγητά. Παραγγείλαμε και μερικές μπύρες, διότι το κρασί ήταν μάλλον... δύσπεπτο όπως είπε ο Κώστας Κ. που παρίστανε τον ειδικό στα κρασιά.

Διασκεδάσαμε αρκετά διότι μας είχε ορθανοίξει η όρεξη μετά από τόσο ποδήλατο και σχετικό ανηφορικό δρόμο, ενώ στο γυρισμό είμαστε σχεδόν συνέχεια κατήφορο, παρ' ότι κόψαμε μέσα από την Ερυθραία προς Κηφισιά για να αποφύγουμε τα λιγοστά αυτοκίνητα στη λεωφόρο.

///

ΚΑΙ ΠΑΛΙ ΟΙ ΜΕΓΑΛΟΙ ΜΕ ΠΟΛΙΤΙΚΕΣ ΚΑΙ ΠΑΓΚΟΣΜΙΕΣ ΕΙΔΗΣΕΙΣ ΚΑΙ ΕΞΕΛΙΞΕΙΣ

1954

Γύρισα σπίτι νωρίς, κατά τις εφτά, και αντιμετώπισα μεγάλη προετοιμασία για αρκετό κόσμο, που περίμεναν για φαγητό το βράδυ. Έτσι αφού διάβασα λίγο για το αυριανό σχολείο, βοήθησα στα απαραίτητα κουβαλήματα επίπλων και καρεκλών για να υπάρχουν καθίσματα για όλους. Κατά τις εννιά άρχισαν να καταφτάνουν οι γνωστοί και μετά το φαγητό συνεχιζόνταν ποικίλες συζητήσεις. Κατ' αρχήν φάνηκε ότι τους απασχολούσε η αλλαγή στη Ρωσία, όπου ο πρωθυπουργός Μαλένκοφ, παραιτήθηκε και αντικαταστάθηκε από τον Μπουλγκάνιν. Όπως είπε ο Σταύρος, στον νέο Ρώσο πρωθυπουργό άρεσαν πολύ τα Αμερικάνικα αυτοκίνητα και είχε τρεις Καντιλάκ.

Οι Αμερικάνοι γνώριζαν την αδυναμία του και του χάρισαν αλλα τέσσερα αυτοκίνητα, ανάμεσα στα οποία και μια θωρακισμένη Λίνκολν. Μετά ο Κωνσταντίνος ανέπτυξε τη θεωρία «ντόμινο» του Αϊζενχάουερ, σύμφωνα με την οποία, αν και όταν μια χώρα γίνει, ή της επιβληθεί το κομμουνιστικό καθεστώς, τότε οι γειτονικές χώρες βρίσκονται κάτω από την απειλή του κομμουνισμού. Γι'αυτό, συνεχίζει ο Κωνσταντίνος αποφάσισε ο Πρόεδρος της Αμερικής να στείλει στρατιωτικούς Συμβούλους στο Βιετνάμ, μια και οι Γάλλοι έχασαν το Ντιεν Μπιεν Φου, που δεν τους βγήκε καθόλου... μπιέν, και ολόκληρη την Ινδοκίνα και έφυγαν. Αυτό που θα έπρεπε να θαυμάσουμε, άλλαξαν και πάλι θέμα, είναι η νέα ανακάλυψη της έγχρωμης τηλεόρασης που άρχισε να εκπέμπει στην Αμερική, λέει ο Δημήτρης. «Τι έγχρωμη και κολοκύθια μας λες... εδώ, δεν έχουμε ούτε μαυρόασπρη, που όπως πάει θα περίμενουμε για άγνωστους λόγους πολύ και αν μπορέσουμε να τη δούμε όσο... ζούμε.» Η Μαρία δε, μας είπε ότι ακόμα και στην Ισπανία έχουνε μαυρόασπρη από πολλά χρόνια!» Όπως και στην Ιταλία, λέω, για την Ισπανία εξηγείται επειδή εκεί είναι δικτατορία.» «Επίσης στην έγχρωμη τηλεόραση στην Αμερική, φαίνεται ότι αυτός ο νέος που κουνάει τους γοφούς του, εμφανίστηκε για πρώτη φορά στην μικρή οθόνη, λέει η Λέλα, «Πως τον λένε μωρέ;» «Εννοείς τον Ελβις Πρέσλευ;» ρωτάω. «Ναι αυτόν εννοώ είναι τόσο καλός όσο λένε;»

***

Με ρωτάει: «Να σου πω, απαντάω, εμένα δεν μου αρέσει καθόλου υπάρχουν άλλοι καταπληκτικοί τραγουδιστές, αυτός μάλλον... παρακουνιέται...» Φαίνεται ότι έτσι πίστευα τότε. Το μεγάλο νέο όμως, ήταν η δήλωση του Μακάριου στις 21 του Μάρτη ότι η Κύπρος επιθυμεί και θα ενωθεί με την Ελλάδα. «Τι έπαθε αυτός στα καλά του καθουμένου να δημιουργήσει μεγάλη κρίση σε όλη την Ανατολική Μεσόγειο;» ρωτάει ο Σταύρος, και συνεχίζει:» Μα καλά δεν το έχουμε ξανασυζητήσει το θέμα; «Φαίνεται ότι... μετά από τη τελευταία κουβέντα μας, συνεχίζει ο Κωνσταντίνος, κάποιος τον έβαλε να κάνει αυτές τις δηλώσεις, που κατ' εμέ είναι ανόητες, σε λάθος χρόνο και χωρίς καμιά πιθανότητα επιτυχίας. Το μόνο που θα καταφέρει είναι να αποσταθεροποιήσει την Ελλάδα και έμμεσα να της επιβάλει αντιπαραθέσεις με μεγάλες και μικρότερες δυνάμεις. Η Ελλάδα όπως είναι σήμερα με τις πιστώσεις, από το σχέδιου Μάρσαλ και το δόγμα Τρούμαν, που εξαντλούνται συνεχώς πρέπει να δανείζεται. Είναι αδύνατο να αντιμετωπίσει επί πλέον και διεθνείς επιπτώσεις από τον αγώνα που θα ακολουθήσει, εναντίον της Αγγλίας ιδιαίτερα. Να με θυμηθείτε, αλλά θα βρούμε τον... κακό μας τον καιρό, με τις δηλώσεις αυτές του Μακάριου, αλλά και του Παπάγου, που δεν φανταζόμουνα ποτέ ότι ήταν τόσο άσχετος.Ήξερα ότι ήταν περιορισμένης... διανοητικής εμβέλειας... ας πούμε, αλλά τόσο... όσο ν' αφήσει τον Παπά να κάνει όλες αυτές τις ανοησίες; Τι να σας πώ;» Διερωτάται και κάθεται ο Κωνσταντίνος, ξεφυσώντας. Από εκείνο το σημείο επεκτάθηκε η συζήτηση χωρίς να καταλήγει και σε ομόφωνο συμπέρασμα, διότι ο Δημήτρης επέμενε ότι δεν ενεργεί από μόνος του ο Μακάριος, αλλά κάποιος τον υποστηρίζει. Ο Σταύρος τότε γύρεψε να μάθει ποιός ήταν ο αφανής υποστηρικτής του Μακάριου, διότι εκείνος δεν μπορούσε να φανταστεί κανέναν. Ο πατέρας επενέβη και λέει: «Ότι αυτός ο παπάς είναι δικτάτορας διότι δεν είναι δυνατό να αποδεχτεί ότι συμφωνεί στις διακηρύξεις αυτές ο κυπριακός λαός. Και για να προκαλέσει τέτοια αναταραχή με τις δηλώσεις του, θα έπρεπε να είχε κάνει δημοψήφισμα. Άρα έχουν δίκιο οι Αμερικάνοι που τον αποκαλούν δικτάτορα.» «Εγώ τα έχω ξαναπεί, ανταπαντάει ο Κωνσταντίνος, και επιμένω ότι ξεκινάμε μια περιπέτεια του Κυπριακού που είναι βέβαιο ότι θα μας ρίξει στα βράχια. Είναι γνωστό ότι οι Τούρκοι δεν πρόκειται να σφυρίζουν αμέριμνοι, εάν, ενωθεί η Κύπρος με την Ελλάδα και γίνει η πεντηκοστή δεύτερη Ελληνική Νομαρχία!

Τότε οι Τούρκοι θα σταματήσουν την αμεριμνησία τους και με κανένα τρόπο δεν θα δεχτούν να είναι όλα τους τα παράλια περικυκλωμένα από τους Έλληνες. Δυστυχώς φαίνεται ότι πάμε κατα διαβόλου!» «Εσύ είσαι πάντα απαισιόδοξος!»... του λέει η μητέρα, που έφερνε μια πιατέλα με φρούτα από τη κουζίνα. «Και εμείς που διαδηλώνουμε για την Ένωση κάνουμε λάθος;» ρωτάω αφελώς, μια και είχαν ήδη αρχίσει κινήσεις φοιτητών, αλλά και μαθητών... με το σύνθημα Ε... Ε... Ε... ΝΩΣΗ και με ότι... αντιβρετανικό ήταν δυνατό να επινοηθεί. Προς το παρόν οι διαδηλώσεις ήταν ήπιες, βραδέως όμως αλλ᾽ ασφαλώς θα αγριέψουν, γιατί υπάρχει μεγάλη υποκίνηση από την πολιτεία. «Ο θεός να βάλει το χέρι του, καταλήγει ο Τάκης, γιατί συμφωνώ και εγώ ότι σε κανέναν δεν πρόκειται να μας βγεί σε καλό αυτή η κινητοποιήση, ιδιαίτερα όταν γνωρίζουμε ότι η Αγγλία ποτέ δεν θα ενδώσει να μας χαρίσει το νησί, όπως έκανε με τα Εφτάνησα το 1864.»

ΑΠΟΚΡΙΕΣ

1954

Είχαμε φτάσει τέλη Φεβρουαρίου, εποχή καρναβαλιού. Το πρώτο πάρτι που έγινε το δεύτερο Σάββατο της αποκρηάς, όπου τρεις απο μας είχαμε ντυθεί με κάτι σεντόνια υποδυόμενοι τα φαντάσματα και διασκεδάζοντας με τις κοπέλες που εμφανίστηκαν με διαφόρων ειδών μεταμφιέσεις, από πειρατίνες μέχρι πόρνες και φυσικά προχωρήσαν όλοι σε ποικίλες επαφές και εξαφανισμούς. Το Πάρτι γινόταν σ' ένα τεράστιο διαμέρισμα πίσω από τα ανάκτορα. Έπαιζαν συνεχώς σχεδόν, κάτι τρελά ροκ εντ ρολ. Στο τέλος βγάλαμε και τα σεντόνια και μείναμε με τα ρούχα μας τα κανονικά, έτσι στερηθήκαμε την υποτιθέμενη ανωνυμία. Είχε εμφανιστεί και η Αλίκη, μια φίλη της Μπέττυς, από την έκτη Γυμνασίου, ντυμένη πειρατίνα. Μας περιέπαιζε με τα περιζήτητα πράσινα μάτια της, όπως είχαμε διαπιστώσει από προηγούμενες συναντήσεις, που φυσικά τα είχε υπερτονίσει, με ανάλογο για πάρτι, βάψιμο. Αυτό όμως που είχε τραβήξει τη προσοχή όλων των αρσενικών ήταν και η υπόλοιπη αμφίεση με χαρακτηριστικό πράσινο μαντίλι γύρω από το λαιμό της και με μια κατακόκκινη της φωτιάς σφιχτή μπλούζα που άφηνε να διακρίνονται τα προκλητικά πάνω κάλη της και ολίγο γυμνό στομάχι, που απάνω του είχε ζωγραφίσει μια πρασινοκόκκινη γοργόνα, που ήταν χαλκομανία, όπως μας είπε αργότερα.Και από κάτω ένα πέτσινο σφιχτό παντελόνι με μεγάλη δερμάτινη μπλέ ζώνη, απ' όπου κρεμόταν μικρό ξιφίδιο, που είχε δανειστεί από τον τέως συμμαθητή μας Αντρέα, που είχε φύγει από την Πέμπτη Γυμνασίου για τη Σχολή Δοκίμων και ήταν τώρα δευτεροετής δόκιμος. Και βέβαια ήταν η ωραιότερη αμφίεση αλλά και... περιεχόμενο μεταμφίεσης της βραδιάς, όπως συμφωνήσαμε.

Δεν παραλείψαμε να της πούμε ότι με αυτή την μεταμφίεση πρέπει να εμφανιστεί και στο χορό του σχολείου, με σκεπασμένα τα ακάλυπτα μέρη βέβαια, διότι όλοι που βρεθήκαμε εκεί, είμαστε βέβαιοι ότι οπωσδήποτε θα έπαιρνε το πρώτο βραβείο. Ίσως γιατί ήτανε απόκριες ή επειδή είχαμε μεγαλώσει, το πάρτι παρατάθηκε μέχρι τις μία μετά τα μεσάνυχτα, γεγονός που δεν είχε ξανασυμβεί μέχρι τότε. Χόρευα με την Μπέττυ και χαιδεύομαστε ξεκολλάει από πάνω μου και μου λέει: «Τέλος πάντων την φάγατε με τα μάτια, τη φίλη μου την πειρατίνα και κάνετε σαν τρελοί γύρω της...»

«Με συγχωρείς απαντώ, αλλά οι ωραίες υπάρξεις πρέπει να θαυμάζονται, και παραδέχεσαι ότι είναι ωραία, και ή μεταμφίεσή της εντυπωσιακή. Τώρα που σου είπα αυτά είναι γεγονός ότι στη καθημερινή ζωή του σχολείου, που είσαστε όλες άβαφτες και με τις σκούρες μπλέ ποδιές δεν μπορείς να ξεχωρίσεις και πολλά, αλλά τώρα στο πάρτι είναι άλλο πράγμα.» «Ώστε σου αρέσει τόσο πολύ; «με ρωτάει.! «Ίσως έχεις δίκιο, μου λέει, εγώ βλέπεις απαντάει, έκανα βλακεία να ντυθώ νηπιαγωγός έπρεπε να είχα κι'εγώ ντυθεί πειρατίνα, ή πόρνη, όπως η Όλγα με το πράσινο σφιχτό φουστάνι και με την ανοιχτή από τους ώμους της μπλούζα που αφήνει το σουτιέν της μόνο να ημικαλύπτει τα στήθια της.» «Και το δικό σου δεν πάει πίσω...» καθώς την σφίγγω και ανεβαίνει το στήθος της κατά πάνω μέχρι το στόμα μου. Τραβιέται άλλη μια φορά...» Συνεχίσαμε να χορεύουμε, μέχρι που την τράβηξα σε κάποιο δωμάτιο στο τέλος ενός σκοτεινού διαδρόμου. Δεν ήξερα το διαμέρισμα, που ανήκε σ' ένα φίλο του Κώστα Κ. Η πόρτα ήταν ανοιχτή και μπροστά μας φάνηκε ένα τεράστιο διπλό κρεβάτι να μας... προσκαλεί. Φάνηκε από την αρχή ότι το στρώμα ήταν σκληρό σαν... βράχος. Ξαπλωθήκαμε και συνεχίσαμε ότι κάναμε και πριν στα ορθά, οριζιοντωμένοι, σιγά σιγά άρχισαν να αφαιρώ τα ρούχα της και η μεν μπλούζα ήταν πανεύκολη όπως και η φούστα. Τότε αρχίσαμε στα σοβαρά να προχωρούμε μέχρι εκεί, που σύμφωνα με τις διαμαρτυρίες, της δεν... έπρεπε. Η ώρα περνούσε και παρά τις προσπάθειες μου, ήταν αδύνατο να επιτύχω την... διαιώνιση του είδους, όπως μου είπε εκείνη, αποφεύγοντας κάθε είδους εισχώρηση. Ενθαρρύνοντας όμως, από την άλλη, με διαφόρων ειδών επαφές και σωματικές περιπλοκές ακόμη και τις πλέον τολμηρές. Η συνέπεια ήταν πολλά γενετήσια υγρά από αμφότερους να λεκιάσουν το κάλυμμα του κρεβατιού και...» Ορίστε, μου λέει, είδες τι έκανες; '» «Και τι ήθελες να κάνω; Αγανακτώ, νομίζεις ότι εσύ πας πίσω;» καθώς άλλα υγρά τρέχανε πάνω στα μπούτια της, στις κάλτσες της, δικά της αυτή τη φορά. Ξαναξαπλώσαμε και φιληθήκαμε πολλή ώρα. «Ξέρεις κάτι, μου λέει, αν πάμε έτσι δεν... πάμε καθόλου καλά!» «Είναι όμως αργά!» κοιτώντας το χρυσό ρολογάκι στο χέρι της, πρέπει να φύγουμε και για τιμωρία να με πάς σπίτι μου με ταξί.»

Αφού ντυθήκαμε και ευπρεπιστήκαμε όσο ήταν δυνατό, βγήκαμε από το δωμάτιο, και πηγαίνοντας από τον μακρύ και σκοτεινό διάδρομο προς το σαλόνι, είδαμε ότι ελάχιστοι είχαν απομείνει, στο μισοσκόταδο. Είπαμε καλυνύχτες και βγήκαμε λίγο πιο πάνω από τη Ρηγίλλης όπου βρήκαμε ταξί εύκολα, την πήγα στη Φιλοθέη και γύρισα στην Αριστοτέλους.

Ξεκίνησε και η επόμενη βδομάδα με τη γνώριμη ρουτίνα των Αρχαίων, Μαθηματικών , Ιστορίας και Γεωγραφίας. Το πρωινό αυτό φάνηκε ότι κανένας δεν είχε κέφι και απλώς εμφανίζαμε την... παρουσία μας, όπως εδήλωσε ο Κώστας Γ. Γύρισε μετά από το Κοινοτικό συμβούλιο και μας είπε ότι στον αποκριάτικο χορό της 5ης Μαρτίου, θα πρέπει να παρουσιάσουμε εντυπωσιακές μεταμφιέσεις. Επίσης εκτός από τον Ρίκο με τη κιθάρα και τον Μιχάλη θα πρέπει να βρεθεί και κάποιος με το ακορντέον διότι δεν νομίζει ότι θα υπάρχει άλλη μουσική για να χορέψουμε. Και στο τέλος, μας λέει ότι ο χορός θα τελειώσει στις εννιά για τις μικρές τάξεις και στις δέκα για τις έκτη, εβδόμη, ογδόη. Πω.. πω θα πεθάνουμε στο ξενύχτι..» φώναξε ο Σταύρος. Και όπως έμπαινε ο κύριος Οδυσσέας για το μάθημα της ιστορίας τον άκουσε και αμέσως αντέδρασε: «Ακουσε Γεωργάτο παιδί μου, γνωρίζεις ότι τα τσιγάρα τα ποτά και τα ξενύχτια έκλεισαν τα καλύτερα σπίτια, κατά το γνωστό λαικό άσμα που άκουσα να τραγουδάτε στη τελευταία εκδρομή, λοιπόν μην επιζητείς ξενύχτια και μάλιστα κάτω από τη σκέπη του σχολείου! «Με άλλα λόγια να πάω αλλού να αποζητάω τα ξενύχτια; Αυτό μου λέτε κύριε Οδυσσέα; «Θα μπορούσα...άνετα να σου πω που να πάς ... . αλλά δεν έχω σκοπό να καταναλώσω όλη την ώρα του μαθματος στο αν σου αρέσουν, ή όχι τα ξενύχτια και που πρέπει να τα συναντήσεις... λοιπόν: «Πως την λέγανε τη πόλη όπου ο Καρολομάγνος στέφθηκε αυτοκράτωρ και που είναι σήμερα; «Είχα αποφασίσει να μην του μπαίνω από την αρχή, περίμενα ότι κάποια από τα κορίτσια θα το ήξερε, κανείς όμως δεν απαντάει, περιμένω λίγο, και σηκώνω το χέρι μου. «Ωραία για πες μας λοιπόν.» «Την πόλη την λέγανε Ακυίσγρανο κατά το Βιβλίο της Ιστορίας μας, που βέβαια δεν λέει ούτε πως την λένε σήμερα, ούτε και σε ποιά χώρα είναι.» «Συνέχισε λοιπόν πως τη λένε σήμερα; Πως την λέγανε παλιότερα; Και σε ποιά χώρα είναι;»

«Παλιότερα την λέγανε Εξ λα Σαπέλ, σήμερα τη λένε Ααχεν και είναι στη Γερμανία!»

«Έκτακτα! θα ξαναρωτήσω για την ίδια πόλη στο πρόχειρο διαγώνισμα και ελπίζω να το μάθετε όλοι οι υπόλοιποι, ή μάλλον να το θυμόσαστε... και τι κάνουμε όταν δεν θυμόμαστε; Το γράφουμε στο πρόχειρο τετράδιο μας, ώστε να το μάθουμε!»

«Μετά από όλα αυτά τα πολύ ... δημιουργικά, όπως με κοροίδεψε ψιθυρίζοντας ο Κώστας Κ. τι θα γίνει στο χορό το Σάββατο γιατί θέλω να ντυθώ καου μπόις και δεν βρίσκω καπέλλο.» «Θα σου πω στο διάλειμμα του απαντώ.» «Θα κάναμε ένα πολύ ωραίο πάρτι. Και τώρα μας εξαναγκάζουν σ' αυτόν τον άθλιο χορό του σχολείου, όπου επί πλέον πρέπει να διασκεδάζουμε και τους άλλους, διότι μόνο εμείς είμαστε με τις κιθάρες και το ακορντεόν, όλοι οι άλλοι είναι με δίσκους που φαίνεται ότι θα λογοκριθούν και όλα τα πολύ σιγανά μπλουζ» μονολογεί ο Ρίκος. «Καλέ τι απαισιοδοξία είναι αυτή;» λέει κάποιος .. Ολ' αυτά λέγονταν στο διάλειμμα. «Εσείς τι θα ντύθητε;» «Σουλτάνος! «απαντούσε ο άλλος! «Ελπίζω όχι ο Μωάμεθ», λέει κάποιος και πάλι επεμβαίνει ο κύριος Οδυσσέας που κυκλοφορούσε ανάμεσα στις αυλές των κοριτσιών και των αγοριών σε στυλ επόπτου, ή επιστάτη όπως τον έλεγα εγώ. «Και γνωρίζετε πως τον λένε τον Μωάμεθ, οι Τούρκοι; Όχι, απαντούμε όλοι εν χορώ... και γιατί να το γνωρίζουμε; Μωάμεθ ο πορθητής, είναι όπως τον ξέρουμε.» «Λοιπόν, τον λένε Σουλτάν Αχμέτ ! Αν τους πεις Μωάμεθ, νομίζουν ότι αναφέρεσαι στον προφήτη Μωάμεθ, τον ιδρυτή της θρησκείας τους.» Μας διαφωτίζει πανευτυχής ο Οδυσσέας. «Τότε γιατί εμείς τον λέμε Μωάμεθ; «ρωτάω. «Γιατί τον έχουμε... Ελληνοποιήσει, όπως και άλλα κύρια ονόματα, επιτυχώς και ενίοτε... ανεπιτυχώς!» «Να ντυθούμε λοιπόν Σουλτάν Αχμέτ, ή όχι;» γυρνάει στην Μαίρη ο Βάκης,καθώς καθόμαστε στη τάξη μετά το διάλειμμα. «Και γιατί να μη ντυθείς και εσύ Σουλτάνα του Σουλτάνου, ή πως την λέγανε την... αρχισουλτάνα; «Μπήκε μέσα η φυσικός για το μάθημα και προσπάθησε για αρκετό διάστημα να διακόψει έναν καβγά ανάμεσα στον Βάκη και την Μαίρη σχετικά με το πώς ονομαζόταν η Αρχισουλτάνα, που κατά τον Κώστα, ήταν η μαμά του... Σουλτάνου και όχι η πρώτη από το χαρέμι.

Στις 5 Μαρτίου μπήκαμε στο λεωφορείο για το σχολείο στις εφτά το απόγεμα. Πολλά τα περιπαιχτικά σχόλια για τις ενδυμασίες, μάσκες , καπέλλα, φουστάνια, μαντήλια, και πολλά άλλα.

Εμφανίστηκε και ο Κώστας Κ. καουμπόις με το αγορασμένο από το Μοναστηράκι πλατύγυρο καπελλο και με κάτι μακριά ασημένια πιστόλια στη ζώνη του πέτσινου εξωτερικού παντελονιού, φορεμένου πάνω από παλιωμένο μπλου τζην και με μαντήλι στο λαιμό, μπλέ πράσινο. Οι υπόλοιποι προσφέραμε... ηπίων τόνων μεταμφιέσεις, όπως είπε ο θρησκευτικός που μας συνόδευε. Βέβαια υπήρξε τέτοια ποικιλία από τσολιάδες μέχρι Αμαλίες και Μπουμπουλίνες, σουλτάνες, ή τουρκάλες του χαρεμιού, πασάδες και τυφλούς ζητιάνους. «Δεν αμφιβάλλω ότι το... χαρέμι καλείται Πρότυπο Λύκειο Αθηνών!» Λέει ο Μιχάλης, που στριφογύριζε μια τεράστια γκλίτσα, ντυμένος βοσκός με τεράστιο ψεύτικο μουστάκι, λερωμένη φουστανέλα και μια κάπα από φλοκάτη καμωμένη από... κατσικότριχες όπως μας διευκρίνισε! Το κέφι είχε ανάψει γρήγορα και χορεύαμε κόσμια, όταν σταματάει η μουσική που έπαιζαν ο Μιχάλης με τον Ρίκο και ένας άλλος της Ογδόης στο ακορντεόν και αναγγέλεται από το ένα μικρόφωνο μέσω των τεσσάρων μεγαφώνων: Ότι ήρθε η ώρα για τις μικρές τάξεις του Γυμνασίου να αποχωρήσουν. Τότε έμεινα με την Μπέττυ στο... χέρι όπως της είπα, καθώς ήτανε της Πέμπτης και έπρεπε να φύγει. Μου ψιθυρίζει στο αφτί. «Όταν τελειώσετε, δηλαδή στις δέκα, ελάτε σπίτι μου, οι δικοί μου λείπουν και έχω καλέσει και άλλους.» «Και πως θα δραπετεύσουμε από το λεωφορείο όλοι μαζί , πόσους έχεις καλέσει;» «Καμιά εικοσαριά.» Απαντάει. «Τουλάχιστον γιατί δεν μας το έλεγες νωρίτερα να είχαμε οργανώσει κάτι;» Ρωτάω» «Διότι οι δικοί μου φύγανε στα ξαφνικά και αν ήταν σπίτι δεν θα γινόταν τίποτα!. Τώρα ότι έγινε έγινε, αν είσαστε έξυπνοι μπορείτε να πάτε στη θεία σας.Σας περιμένω!» μου λέει.Είπαμε στις μικρές αντίο και καλή διασκέδαση και συνεχίστηκε το πάρτι. Τότε έγινε και η απονομή των βραβείων για τις καλύτερες εμφανίσεις. Φυσικά η πειρατίνα πιο κόσμια ενδυματολογικά από το τελευταίο ιδιωτικό πάρτι, πήρε το πρώτο βραβείο χωρίς καμιά ενάντια ψήφο. Δεύτερος ανακηρύχτηκε ο Κώστας Κ. με τη στολή του καουμπόι. Και καθώς απονέμονται τα βραβεία που αποτελούνται από βιβλία και επιτραπέζια παιχνίδια όπως: Μονόπολη, σκάκι και άλλα, αντιλαμβάνομαι πολλά σούρτα φέρτα, πλησιάζω τον φίλο Άγγελο της Εκτης και τον ρωτάω: «Πως θα πάμε στο αφτερ πάρτι - πάρτι; «Απλούστατο! μου απαντάει, θα φύγουμε νωρίτερα, λέγοντας ότι είμαστε καλεσμένοι στη θεία μας, μια και έχουμε άδεια να τρώμε έξω...»

«Να τρώμε έξω το μεσημέρι, όχι το βράδυ! Τι είναι αυτά που μου λές, πως θα φύγουμε είκοσι άνθρωποι απαρατήρητοι;» Τον ρωτάω. Μας πλησιάζει η πειρατίνα με τα βραβεία στα χέρια, μισοαγκαλιασμένη με τον κάου μπόι. Τους είπαμε συγχαρητήρια και εκείνοι οι δυο κοιτάνε, τον Άγγελο και εμένα με το ίδιο ερώτημα:» Πως θα φύγουμε να πάμε στο άλλο πάρτι; «Μετά από σύσκεψη που μας διέκοψαν αρκετές φορές, καθηγητές και ο Μωραΐτης, που φάνηκε ότι πολύ το διασκέδαζε. Αποφασίσαμε ότι το να φύγουμε από το σχολείο χωρίς να γυρίσουμε στην Αθήνα ήταν αδύνατο! Έτσι μετά από κλήρωση, αποφασίστηκε ο Κώστας Κ. σαν... βραβευμένος καουμπόις, να φορέσει την καμπαρντίνα του πάνω απο τη στολή του και να φύγει νωρίς, λέγοντας ότι αδιαθέτησε, και θα πάρει ταξί να πάει κατ᾽ ευθείαν σπίτι του.! Αντί όμως στην Αθήνα θα πήγαινε στο σπίτι της Μπέττυ, να ειδοποιήσει ότι οι υπόλοιποι καλεσμένοι θα αργήσουν καμιά ώρα, μετά τις δέκα, διότι θα κατεβούμε στην Αθήνα με το λεωφορείο του σχολείου και μετά θα πάρουμε ταξί να... πισωγυρίσουμε στη Φιλοθέη. Ανόητο σχέδιο, αλλά όλοι παραδεχτήκαμε ότι δεν υπήρχε καλύτερο.

Συμφωνήσαμε στο λεωφορείο κατεβαίνοντας, συνωμοτικά ομιλούντες, οι μεν να κατευθυνθούμε προς τη πιάτσα ταξί στη γωνία Μαυροματαίων και Αλεξάνδρας, οι δε υπόλοιποι καλεσμένοι για να μη μας δούνε και οι καθηγητές που κατέβηκαν στην Αθήνα, να πάνε στη πιάτσα που υπήρχε στη Χεύδεν και Πατησίων. Φύγαμε πέντε, με τον Αγγελο, την πειρατίνα- Αλίκη, την Μαρία ,τον Ρίκο και τον Βάκη και στριμωχτήκαμε σε μια τεράστια Μπιουίκ, που μας χώρεσε σχετικά άνετα.

Δεν αντεξα και ρώτησα την Αλίκη – πειρατίνα, καθώς καθίσαμε στριμωχτά «Δε μου λές, τώρα στο πάρτι, το ιδιωτικό θα... αναπτύξεις τις πειρατικές σου άσεμνες εμφανίσεις, όπως και στο προηγούμενο πάρτι, όχι του σχολείου; » «Και εσύ τι μου είσαι να με παρακολουθείς;» Ρωτάει. «Ένας απλός ενδιαφερόμενος θνητός που του αρέσουν οι πανέμορφες εμφανίσεις!» Απαντάω. «Πάντα αυτές τις κουταμάρες λές, ή λες και χειρότερες; Περιφρονητικά. Και εσύ γιατί αντιδράς βίαιως σαν να σε πείραξα, που είναι το κακό; Όταν αποκαλώ τις εμφανίσεις σου και εσένα πανέμορφες; Ούτε σε έβρισα, ούτε και είπα τίποτα κακό.» Της λέω. «Καλά, με συγχωρείς, και μου πιάνει το χέρι, οπωσδήποτε με είπες άσεμνη,όμως. Δεν ήθελα να σε βρίσω, αλλά έτσι αντιδράω όταν έχω ακούσει τόσα πολλά γι᾽αυτή τη πειρατική εμφανισή μου, που τελικά έχω αρχίσει να βαριέμαι ...» «Τότε ... άλλαξε και μείνε με τα ρούχα σου τα κανονικά αν έχεις μαζί σου εννοώ...» «Δεν πρόκειται να εμφανιστώ γυμνή, όσο και αν αυτό θα έκλεβε την παράσταση...» Χαμογελάει. «Σαν την λαίδη Γκοντάιβα, επεμβαίνει ο Άγγελος, που καθόταν από την άλλη μεριά της, θα χρειαζόταν όμως... άλογο...» «Δεν πειράζει προκειμένου να εξυπηρετήσουμε θα ντυθώ άλογο εγώ! πετάγεται από το μπροστινό κάθισμα ο Βάκης. «Δεν σταματάτε τις ανοησίες σας, μας κατακεραυνώνει η Αλίκη, ούτε άλογο θέλω, ούτε Γκοντάιβα θα δείτε, απλώς θα αλλάξω στη Μπέττυ, που κάτι θα έχει να με δανείσει!» Και πραγματικά εξαφανίστηκε μόλις φτάσαμε και μας πλησίασε σε ένα τέταρτο της ώρας με ένα κομψότατο φουστάνι ολόσωμο της Μπέττυς ... πάντα εντυπωσιακή. «Από την πειρατεία στην... καλή κοινωνία «, χτυπάει μια συγχορδία στη κιθάρα ο Ρίκος... Νομίζω ότι μοιάζει λίγο με την Γκρέις Κέλλυ στο film Country Girl, σχολιάζει άλλος από την Έκτη. Και βέβαια το πάρτι τράβηξε μέχρι τις πρωινές ώρες με τα γνωστά τραγούδια των Πλάτερς, του Νατ Κινγκ Κόουλ, των Κόμετς, αλλά και με τις κιθάρες του Ρίκου και του Μιχάλη. Εκεί που χορεύαμε με την Μπέττυ, μου ψιθυρίζει στο αφτί ...» Θα ιδωθούμε αύριο;» «Θα είσαι μόνη; «Ρωτάω. «Δηλαδή αύριο εσύ θα μπορείς; «Και βέβαια, απαντάω, Τι ώρα θα είσαι ... διαθέσιμη; «Θα σε περιμένω στις εφτά!» Μου λέει. Στο γυρισμό πάλι μοιραζόμαστε το ταξί με την ίδια σύνθεση που ήρθαμε. Σε μια στιγμή γυρνάει η πειρατίνα που είχε ξαναφορέσει τη στολή της... Με ρωτάει: «Είσαι μαζί μας, ή έχεις μείνει στην Φιλοθέη;» «Γιατί, τι έγινε πάλι;» Απαντώ. Πραγματικά το μυαλό μου ήταν στη Φιλοθέη...αύριο. «Έγινε ότι σας κάλεσα όλους το άλλο Σάββατο σπίτι μου, και εσύ χάζευες τα φώτα του δρόμου και δεν μου απάντησες.» «Και βέβαια θα έρθω και σε ευχαριστώ πολύ για τη πρόσκληση , τι άλλο θέλεις; «Να με προσέχεις όταν σου μιλάω!...» Μάλιστα, αρχηγέ μου, στις διαταγές σας ... Μα τι έχεις πάθει; «Τίποτα, δεν μπορώ όμως να σου μιλάω και εσύ να κοιτάς αλλού...» μου απαντάει.

ΟΝΕΙΡΑ ΚΑΙ ΟΝΕΙΡΩΞΕΙΣ[3]

Το επόμενο πρωί σχεδόν ξάγρυπνος είχα γυρίσει στις πέντε και μισή. Ξαναγύρισα στο κρεβάτι, όπου ανασήκωσα τα σεντόνια μουσκεμένα από τις βραδυνές σεξουαλικές περιπέτειες, που κατέληξαν σε αλεπάλληλες ονειρώξεις με τα υγρά αποτελεσμάτά τους. Αφού έφυγαν οι δικοί μου ξάπλωσα και με ξαναπηρε ο ύπνος. Και συνέχισα τα χτεσινοβραδυνά όνειρα. : Είχα αγοράσει λέει, προφυλακτικά, όταν μου τηλεφώνησε η Μπέττυ που μου ανήγγειλε ότι οι δικοί της έφυγαν και θα ήταν στη ... διαθεσή μου όλη την υπόλοιπη νύχτα, αν ήθελα και ελπίζει ότι θα ήμουν αντίστοιχα προετοιμασμένος!. Απάντησα ότι όλα ήταν πανέτοιμα και θα έπαιρνα αμέσως το λεωφορείο για να την συναντήσω... Σαν σινεμά που τρέχει εκείνος προς εκείνη με ανάλαφρα βήματα πάνω στο γρασίδι, αντί να τρέχουν πάνω στη γή..όνειρο ήταν! Έφυγα κουβαλώντας μια σακούλα χάρτινη με περιεχόμενο ένα μαρτίνι ντράι βερμούτ και το κουτί με τα προφυλακτικά. Είχε αρχίσει να ψιλοβρέχει και ο καιρός είχε ψυχράνει αρκετά. Χτύπησα το κουδούνι μπροστά στη σιδερένια μεγάλη πόρτα που όταν μπήκα μέσα έκλεισε αυτόματα. Η Μπέττυ βγήκε στο κεφαλόσκαλο πήδηξε τα τέσσερα σκαλοπάτια και έτρεξε πέφτοντας στην αγκαλιά μου. «Έτσι δεν μου είπες; Ότι αλαφροπερπατώντας πετάμε εκείνος προς εκείνη;» «Σιγά νεράιδα μου, σήμερα θα πετάξουμε μαζί...» Απάντησα. Προχωρήσαμε μέσα στο σπίτι τη στιγμή που άρχιζε μια φοβερή μπόρα. Αγκαλιαστήκαμε άλλη μια φορά... «Δεν μου λες, ρωτάει, πως σκέφτεσαι ότι πρέπει να οργανωθούμε; Εννοώ ότι σε θέλω εδώ και τώρα! . Λοιπόν καλύτερα να πηγαίνουμε...» Λέγοντας αυτά προχωράει στο μεγάλο χολ και ανεβαίνει τις σκάλες για το δεύτερο πάτωμα.. Πάω ν' ακολουθήσω, αλλά σκέφτομαι τα προφυλακτικά, που εί-

---

3 *Η ακουσία καθ' ύπνον γενετήσιος διέγερσις-εκσπερμάτωσις. Ορθογραφικό Ερμηνευτικό Λεξικό Δ. Δημητράκου.*

ναι μέσα στη χάρτινη σακούλα αφημένη στο τραπέζι, που βρισκόταν δεξιά της πόρτας εισόδου, κατεβαίνω τρία σκαλιά και κοντοστέκεται εκείνη ... «Που πάς; «ρωτάει «Να πάρω αυτά που έφερα της... προετοιμασίας ξέρεις...» Χαμογελάει «Και εγώ νόμιζα πως πήγαινες να φύγεις..» «Θα ήμουν τρελός αν έκανα τέτοιο πράμα, τώρα που είμαι... πανέτοιμος.»

∗∗∗

Μπήκαμε σχεδόν μαζί στο δωμάτιο της, προχώρησε και αφού με φίλησε άρχισε να μου βγάζει το πουλόβερ που φορούσα και μετά το πουκάμισο, προχωρεί και γδύνεται κι' εκείνη, μένοντας μόνο με την κυλότα και σουτιέν δίνει ένα πήδημα και πέφτει στο κρεβάτι, σκεπάζεται κάτω από το εντρεντόν πετώντας μου την κυλότα και το σουτιέν. Γδύνομαι και μένω με το σώβρακο και τρυπώνω στο κρεβάτι κρατώντας με το ένα χέρι το κουτί... Με αγκαλιάζει και έρχεται από πάνω μου, έλα γρήγορα. Που είναι; Εδώ, απαντώ, καθώς προσπαθώ να ανοίξω το ένα που είχα τυλίξει πρόχειρα μετά τις δοκιμές σπίτι μου, τελικά καταφέρνω όχι και με μεγάλη ευκολία να το φορέσω. Δυσκόλευε και η στύση που είχε πάρει διαστάσεις που δεν θυμόμουνα μέχρι τότε. Έλα, μου ξαναλέει, και όπως είναι σχεδόν καθισμένη απάνω μου πιάνει το πέος με το προφυλακτικό και το βάζει μέσα της, και καθίζει πάνω μου, σκύβοντας για να με φιλάει στο στόμα σύγχρονα με τις διάφορες κινήσεις που έκανε... Εκεί σε ένα μόλις λεπτό μου φωνάζει: Έλα, έλα, τώρα αμέσως αχχ... και ξαναρχίζει να κουνιέται πλάι και πάνω κάτω... Αδύνατο να κρατηθώ και χύνω σε δευτερόλεπτα. Αν και ήθελα να το απολαύσω περισσότερο. Γυρνάει στο πλάι και λέει: μη το βγάζεις ακόμα, να μείνουμε έτσι για να δούμε αν μπορούμε αμέσως να κάνουμε κι' άλλη μια φορά...» Εκεί την κόβω... Δεν γίνεται πρέπει να βγάλω αυτό που φοράω και να φορέσω άλλο, πριν προχωρήσουμε, γιατί αλλιώς μπορεί να σπάσει... Φαίνεται ότι την... κατέπληξα με την διαπίστωσή μου, που έτσι μου ήρθε.., το τραβάω αλλά εκείνο δεν βγαίνει, τότε κατάλαβα ότι εβγαινε όπως... έμπαινε: Έπρεπε να το γυρίζω από κάτω προς τα πάνω και αυτό να τυλίγεται σε αλεπάλληλους κύκλους. Τώρα που το πετάμε αυτό ρωτάω, σηκώθηκε και μου έδειξε τη τουαλέτα που βρισκόταν πίσω από μια πόρτα στο τέλος του δωμάτιού της. Σηκώθηκα πήγα και το πέταξα στην τουαλέτα πιέζοντας το κουμπί, τρέχει το νερό πάνω του και εξαφανίζεται. Τότε την αισθάνομαι πίσω μου στο μπάνιο περίμενε, μου λέει, να πλυθώ... . Κάθεται στο μπιντέ και πλένεται μπροστά μου, σηκώνεται:Σε περιμένω μου λέει. Πλένομαι κι' εγώ. και επιστρέφω στο κρεβάτι. Με περίμενε γυμνή ανάσκελα πάνω από τα σεντόνια και το εντρεντόν με τα πόδια ανοιχτά...

και έχοντας βγάλει το προφυλακτικό από το κουτί που ήτανε δίπλα στο κομοδίνο, κάτσε μου λέει να στο βάλω εγώ και προσπαθεί, αλλά πάλι δεν κατεβαίνει, της δείχνω το τρόπο.

Τότε με τραβάει απάνω της και οριζοντιωνώμαστε.

Αυτή τη φορά εισχωρώ κατ' ευθείαν και νιώθω ότι και πάλι θα χύσω γρήγορα, εκείνη δεν πάει πίσω... «κράτα το μου λέει, κράτα να χύσουμε μαζί... Και αμέσως αρχίζει τα Αααχχ... έλα.. έλα, με το τρίτο έλα, ξαναχύνω και εκείνη τινάζεται προς τα πάνω κα με αγκαλιάζει καθώς ξαναπέφτουμε στο κρεβάτι αγκαλιασμένοι. «Τώρα θα κάνουμε κι'άλλα, λέει, δεν πιστεύω να κρυώνεις διότι έχω ανοίξει το καλοριφέρ στο φούλ, καθώς είμαστε γυμνοί και με αγκαλιάζει πιάνοντας το πέος μου κοιτώντας το, δεν έχω λουλουδάκια να στο στολίσω.Θυμάσαι την Λαίδη Τσάτερλυ;» «Αυτήν που διαβάζεις και μελετάς από μικρή; Για γύρνα να δώ κι' εγώ που θα το τοποθετήσω..» Μου ανοίγει τα πόδια της; φαίνεται το υγρό να τρέχει πάνω μέσα στα μπούτια της... μου ξαναπερνάει το τρίτο προφυλακτικό... «Τώρα ελπίζω να μην είμαστε τόσο γρήγοροι όπως πριν. Ελα από το πλάι και μου γυρνάει τη πλάτη της, ενώ πιάνει το πέος μου με το προφυλακτικό και το χώνει μέσα της... Σιγά, σιγά... μη βιάζεσαι...» «Εγώ δεν βιάζομαι, αλλά η μαμά φύση δεν με αφήνει... φαίνεται ότι εκτός των άλλων είμαστε φτιαγμένοι ο ένας για την άλλη..» Λέγοντας αυτά μου σπρώχνει τον κώλο της και κουνιέται κατά περίεργο τρόπο, τώρα πια σιγά της λέω και κάνω γρήγορες εισχωρητικές κινήσεις μέχρι που αρχίζει πάλι το ΑΑχχ..ααα.χχ, έλα, έλα.. και φυσικά έρχομαι και πάλι, όχι τόσο γρήγορα, αλλά και πάλι με ταχεία απόλαυση και όχι σιγανή και πιο απολαυστική. «Πάμε να πλυθούμε τώρα, και σηκώνεται προχωράμε μαζί στο μπάνιο, αφού πλυθήκαμε καθώς με κοίταγε και μου έπιασε το πέος τραβώντας με...» Ελα τώρα να κάνουμε μαζί ντους. Σκουπίζεται και πάει στο δωμάτιο επιστρέφοντας με το τέταρτο προφυλακτικό ανοίγει την καμπίνα του ντους και μπαίνει γυμνή όπως ήτανε, μέσα και ακολουθώ. Ανοίγει το ντους, αφού μου περνάει και το τέταρτο προφυλακτικό κολλάει απάνω μου κάτω από το ζεστό νερό που μας καταβρέχει. Πιανοντας τα δυο στήθια της που είναι σκληρά, με τις θηλές τους στητές, παίζοντας με την μία, έχε υπ' όψη σου ότι αυτό είναι το τέταρτο και προτελευταίο μας μένει μόνο ένα... «Δεν πειράζει, τώρα σταμάτα τους υπολογισμούς σου και κάνε με να το απολαύσω...» Το ζεστό νερό από τα συντριβάνια του έντονου ντους, μας ερεθίζει παραπάνω, κάθεται απάνω μου με τα πόδια τυλιγμένα στη μέση μου, στηρίζομαι στον τοίχο του ντους κατευθύνοντας με τα χέρι μου τις κινήσεις το κώλου της, καθώς πιάνω τα μπούτια της απ'το πλάι και τραβώντας την απάνω μου.

Εδώ συνεχίσαμε αρκετά μέχρι που πιάστηκε η μέση μου, καθώς την σήκωνα, ενώ εκείνη είχε βάλει το κεφάλι πάνω στον ωμό μου και με φίλαγε, με δάγκωνε με έγλυφε και μου γρατσούναγε την πλάτη. Τελικά καταρρεύσαμε και οι δυο χάμω στο ντους ενώ βρισκόμαστε ακόμη περιπλεγμένοι. Σηκωθήκαμε, σκουπιστήκαμε με κάτι μεγάλες χνουδωτές πετσέτες και αφού στεγνώσαμε γυρίσαμε στο κρεβάτι. «Ξέρεις κάτι, μου λέει, μπαίνοντας στο κρεβάτι δίπλα μου:Είναι πέντε ή ώρα, προτείνω να κάνουμε σιέστα μέχρι τις εφτά, τότε θα σηκωθούμε να πιούμε κανένα ποτό και μετά θα βάλουμε να φάμε και ύστερα θα ξανακοιμηθούμε μέχρι το πρωί, και στα διαλείμματα θα πηδιόμαστε.» «Πολύ ωραίο και ερεθιστικό πρόγραμμα. πρέπει να ξέρεις όμως ότι δεν έχουμε άλλα προφυλακτικά πλην ενός, μετά τι θα γίνει;» Με φιλάει στο στόμα για αρκετή ώρα παίζοντας με τη γλώσσα και τον ουρανίσκο και σταματάει ... Πετάει το σκεπάσματα, παίρνει το προφυλακτικό από το κομοδίνο μου το περνάει και κάθεται σχεδόν απάνω μου, κουνιέται για λίγο και μετά γονατίζει και αρχίζει έντονες κινήσεις πάνω κάτω, ενώ μου φέρνει τα στήθια, πάνω στο στόμα μου και δαγκώνω τις σκληρές θηλές που γαργαλάνε στη μύτη μου. Σιγά... σιγά τώρα, ψιθυρίζει. Σταματάει τα κουνήματα και ανεβαίνει σχεδόν βγάζοντας το πέος από μέσα της και το σφίγγει για να το ξαναβάλει μέσα της. Δεν σ' αρέσει αυτό; Ρωτάει «Και βέβαια, απαντάω, ακόμα και πιο σιγά θα καθόμαστε έτσι όλο το απόγεμα!,» «Μη λές τίποτα,μου λέει, γιατί εγώ το νιώθω μέσα μου αλλά σιγά σιγά μου έρχεται πάλι, τι λές πόση ώρα μπορούμε να κρατήσουμε έτσι χωρίς να χύσουμε;» «Δεν έχουμε παρά να δοκιμάσουμε, τώρα σιγά μην κουνιέσαι καθόλου...» Ενώ είμαι μέσα της εκείνη κάθεται ακίνητη απάνω μου παρ' όλ'αυτά κάτι με γαργαλάει και της λέω: «Ερχόμαστε και οι δυο σιγά σιγά γιατί κάτι με τραβάει μέσα σου...» «Κι' εγώ το ίδο αισθάνομαι: Έλα, έλα... μου ήρθε και κατεβαίνει με φόρα παίρνοντας όλο το πέος μέσα της ... τότε ... ξανασυγχρονιζόμαστε και μετά την μάλλον σαν... έκρηξη μου είπε, εξαντλημένοι ξαπλώνουμε ανάσκελα. Σηκώθηκα και πήγα στο μπάνιο, αφού πλύθηκα έβγαλα το κεφάλι μου από τη πόρτα κοιτώντας την ξαπλωμένη ακόμα ανάσκελα γυμνή πάνω στο κρεβάτι: «Λοιπόν αγάπη τι θα γίνει τώρα; Εγώ πλύθηκα και τώρα θα ντυθώ, αν θέλεις κοιμήσου και θα πάω στη κουζίνα να φτιάξω κανενα καφέ... «Έλα εδώ.» μου λέει καθώς ανασηκώνεται και γυμνή όπως ήταν κάθεται στα πόδια μου: «Είσαι τρελός που θα σε αφήσω μόνο; Πάω να πλυθώ, ντυθώ και νομίζω πως ήρθε ή ώρα για κανένα ποτό.

Ντύσου και περίμενε, δεν θα κάνω παρά πάνω από τρία λεπτά. Βγαίνει απ' το μπάνιο φρέσκια και ελαφρά αρωματισμένη: «Πάμε μου στη κουζίνα να φτιάξουμε το ποτά μας. Παραμένεις στο Μαρτίνι που έφερες ή θέλεις τίποτα άλλο;» «Εσύ τι θα πιείς;» «Δεν ξέρω, τι προτείνεις;...» «Αν έχεις τζιν, σκέφτομαι να φτιάξουμε ντράι μαρτίνι τι λές;» «Αν ξέρεις να το φτιάξεις πάω να βρω τζίν και θα σου φέρω και σέικερ.»

Βρισκόμαστε στο τρίτο μαρτίνι που πίναμε με συνοδεία φιστικιών, όταν πεινάσαμε γιατί παρά τα φιστίκια είχαμε φτάσει σε πολύ χάι σπίριτς όπως διαπιστώσαμε ... «Τι θα έλεγες να φτιάξουμε μια ισπανική ομελέτα; Αβγά έχουμε, πατάτες έχουμε και θα βάλουμε και κανένα μαρουλόφυλλο μέσα, έλα να με βοηθήσεις...»Με τραβάει. Ακουμπήσαμε τα ποτήρια με το μαρτίνι στο μπουφέ της κουζίνας και πήρε έξι αβγά και τρεις πατάτες, «Ξέρεις να καθαρίζεις πατάτες;» «Δεν έχω ιδέα.» «Ωραία... καιρός να μάθεις, κοίτα εμένα..» «Θέλεις να πιούμε κρασί με την ομελέττα, ή να συνεχίσουμε με τα μαρτίνι;»«Νομίζω ότι καλύτερα να συνεχίσουμε με αυτόν τον... εχθρό, γιατί αν πιούμε κρασί, εκτός αν θέλεις εσύ, θα τα ανακατέψουμε και όπως λένε δεν πάει το τζιν με το κρασί...» «Και τότε πως πάει με το Μαρτίνι που είναι βερμούτ, άρα κρασί;»Με τρωτάει. «Καλή ερώτηση που θα μείνει αναπάντητη προς το παρόν ... Ας συνεχίσουμε λοιπόν με το Μαρτίνι, πάω να φτιάξω κι'άλλο.Φεύγω προς το μπαρ. Γύρισα με το σέικερ γεμάτο άλλη μια φορά ... Και η ομέλεττα, ορεκτική και έτοιμη. Καθίσαμε στο τραπέζι της κουζίνας και με ανοιγμένη την όρεξη μας μετά από όλα όσα είχαμε κάνει,την φάγαμε ταχύτατα. Μετά έβγαλε τυριά, που βρήκε στο ψυγείο και συνεχίσαμε με φρυγανιές και διαφόρων ειδών τυριά...» Αφού τελειώσαμε και τα μαζέψαμε κόλλησε πάνω μου και τώρα μου λέει καλύτερα να πάνε να ακούσουμε και λίγη μουσική πριν πέσουμε στο κρεβάτι... είμαι πανευτυχής που έμεινες μαζί μου, γιατί από καιρό ήθελα, αλλά αυτές οι μέρες είναι ευκαιρία μεγάλη, γιατί ποτέ δεν θα μπορέσουμε να ξαναβρεθούμε έτσι.

Προχώρησε στο πικάπ που είχε στο σαλόνι και έβαλε τον Ματ Κινγκ Κόουλ Εσπανιόλ, που της είχα χαρίσει, κάθισε πάνω μου καθώς είχα μισοξαπλώσει στη μεγάλη βαθιά πολυθρόνα από τις τέσσερις που υπήρχαν στο μεγάλο σαλόνι. Τα μάτια της είχαν κοκκινίσει και φοβήθηκα μήπως ζαλιστεί με τα μαρτίνι που είχαμε φτάσει στο πέμπτο... Της το είπα ... «μη φοβάσαι απαντάει μετά το... όγδοο θα μεθύσω!

Γιατί, περιμένεις να μεθύσω; για να προχωρήσεις στις αμαρτωλές ασελγείς πράξεις σου;» «Και μη χειρότερα, τελείως το αντίθετο... σε θέλω σε ξύπνια κατάσταση για να το απολαύσεις. Και εδώ που τα λέμε τι έγινε με την παρθενιά σου που έχασες;» «Όπως σου είπα δεν ένιωσα τίποτα και δεν είναι να πείς ότι είχα πάει με κάποιον άλλον στο κρεβάτι, πριν από σένα ... Καλά εσύ που μου παριστάνεις τον έμπειρο και πολύπειρο δεν κατάλαβες τίποτα;» «Ομολογώ πως όχι, ήταν τόσο απολαυστικά, που δεν ένιωσα καμιά δυσκολία, όπως λένε πολλοί και άλλοι, όταν ξεπαρθενεύεις κάποια κοπέλα. Ίσως γιατί ταιριάζουμε απαντάει εκτός από διανοητικά και σωματικά έτσι φαίνονται όλα πιο ευκολα..» «Και όλες οι ιστορίες περι αίματος στα σεντόνια που κρεμάνε έξω για να αποδειχθεί ότι η τέως κόρη ήταν παρθένα, που κολλάνε;» ρωτάει. «Και που ξέρω εγώ; Εκτός αν ψάχτηκες και είδες τίποτα καθώς πλενόσουνα, μόνο εσύ μπορείς να το διαπιστώσεις εκτός... εκτός... αν με δουλεύεις και δεν ήσουν παρθένα και εγώ κάθομαι εδώ και τα χάβω όλα αυτά...» «Είσαι τρελός και αν θέλεις να ξέρεις καθώς πλενόμουνα ανάμεσα στα πάμπολλα υγρά, δικά σου και δικά μου, είδα κάτι σαν καφέ σκιές αλλά αυτό δεν μου φάνηκε σαν αίμα., και άκου να δεις μη με εκνευρίζεις τώρα, αν είχα πάει με άλλον θα στο είχα πει, δεν έχω κανένα λόγο να κάνω την κρυφτοπαρθένα... και επί πλέον κανείς δεν πρόκειται να με ψάξει για να δει αν είμαι, ή όχι, εκτός από σένα βέβαια...» Αφού δεν ένιωσες τίποτα πρέπει να επιστρέψουμε στη δική μου την θεωρία και έλα να σε φιλήσω γιατί είπα ότι αφού ταιριάζουμε, όλα γίνονται πολύ πιο εύκολα, έστω και αν πρόκεται περι ξεπαρθενέματος.» «Καλά λοιπόν, παραδέχεται, τότε τα προφυλακτικά ήταν μόνο αντισυλληπτικά και δεν έπαιξαν άλλο ρόλο στην παρθενιά μου. Χαμογέλασε και με ξαναφίλησε.,. λοιπόν θα μου πεις;» «Τι να σου πω;» «Τι θα μου κάνεις;» Την γύρισα με τον κώλο της στο πλάι προσπαθώντας να εισχωρήσω από πίσω... αλλά ήταν πολύ δύσκολα και σφιχτά... «Και τώρα θα εφαρμόσουμε κι’ άλλα, ξάπλωσε πλάι, θα ξαπλώσω κι’εγώ, έτσι που να σε βλέπω και θα αρχίσουμε να... έτσι της λέω και της πλησιάζω το πέος στο στόμα της ενώ ανοίγω τα πόδια της και αρχίζω να γλύφω την κλειτορίδα της... στην αρχή φιλάει τ’ αρχίδια μου και μετά σιγά σιγά αρχίζει να γλύφει το πέος μου απ’έξω και σιγά σιγά να το παίρνει στο στόμα της, ενώ είχα αρχίσει να την γλύφω πιο εντατικά... ΕΔΩ ΕΣΒΗΣΕ ΤΟ ΟΝΕΙΡΟ

ΚΑΙ ΠΗΡΕ ΤΗ ΘΕΣΗ ΤΟΥ ΤΟ ΤΗΛΕΦΩΝΟ!

1954

Κάπου εκεί με ξύπνησε το τηλέφωνο. Καταλήξαμε με τον Άγγελο σε με-
σημεριανό στην Μαίη όπου βρισκόταν ήδη η Μπέττυ...»Μου φαίνεται ότι
παραπερνάμε ωραία!» Συμπεραίνει ο Άγγελος μετά από μια ωραία σπανα-
κόπιτα, σαλάτες και τυριά. «Για φαντάσου οι προγονοί μας να είχαν την
ίδια αντιμετώπιση και αφθονία φαγητών, διασκεδάσεων, μαθημάτων...
«Για ποιους προγόνους μιλάς; Για να καταλάβω που το πας;» Τον ρωτάω.
«Μιλάω, μου απαντάει,για τους πρώτους Έλληνες υπηκόους, εννοώ του
ελεύθερου Ελληνικού Κράτους ας πούμε στα μέσα του 1800...» «Δηλαδή
τι θα ήθελες να γίνει να μην περνάμε ωραία;» ρωτάει με ορθάνοιχτα γα-
λάζια μάτια η Μαίη. Ατάραχος ο Άγγελος απαντάει:» Εννοώ ότι υπάρχουν
πάρα πολλοί άνθρωποι που υποφέρουν ακόμα και στην Ελλάδα, ενώ εμείς
διασκεδάζουμε...» Τον διακόπτω. «Και τι σχέση έχει αυτό με τα μέσα του
1800; Και που να δεις τι γίνεται σήμερα στην Αφρική, ή σε κάποιες υπα-
νάπτυκτες περιοχές της Ασίας, ή ακόμη και της Νότιας Αμερικής, μήπως
θα έπρεπε να τους στείλουμε το υπόλοιπο της σπανακόπιτας; Προτείνω
να αλλάξουμε συζήτηση διότι οι συμπόνιες για τους πολλούς υποφέρο-
ντες δεν πρόκειται να μας βγάλουν πουθενά.» Έτσι κι' αλλιώς νομίζω ότι
υπέφεραν πάντοτε ακόμα και από τα μέσα του 1800!» «Μα είσαι απαρά-
δεκτος! Μου ρίχνεται η Μπέττυ, Τι είναι αυτά που λές; Δηλαδή εσύ είσαι
εκτός κάθε συμπόνοιας, ή ότι άλλο πρέπει να δείχνουμε σε αυτούς που
υποφέρουν...είσαι ... είσαι ... ξεδιάντροπος...» «Δηλαδή τι νομίζεις; Ρω-
τάω και συνεχίζω: 'Οτι αν εμείς φάμε λιγότερη σπανακόπιτα οι πειναλέοι
της Αφρικής θα έχουν περισσότερο σπανάκι;» Χαμογελάει επεμβαίνοντας
ο Άγγελος: «Νομίζω ότι εξελίσσεται η κουβέντα αρκετά σουρεαλιστικά,
όταν μου λές να τρώμε λιγότερη σπανακόπιτα για να έχουν να φάνε και οι

άνθρωποι στην Αφρική...» Η Μπέττυ όμως επιμένει: «Δεν καταλαβαίνετε, ότι βρισκόμαστε σε μια χώρα, που μόλις βγήκαμε από ένα πόλεμο παγκόσμιο και έναν άλλον μεταξύ μας, εννοώ Έλληνες εναντίον Ελλήνων...» «Δεν είναι η πρώτη φορά που οι Έλληνες πολεμάνε εναντίον Ελλήνων ...» Την διακόπτει ο Άγγελος και συνεχίζει: «Δηλαδή διαπιστώνω αλλαζονική αντιμετώπιση της τρέχουσας καταστάσεως από τον κύριο εδώ...» δειχνοντάς με...» Δεν διακατέχομαι από κανένα αλλαζονικό αίσθημα!»

Φωνάζω αντιδρώντας.» Απλώς προσπαθώ να φανώ ρεαλιστής και να σας εξηγήσω, ότι με το να συμπονούμε, χωρίς κάποιος να παίρνει ανάλογα μέτρα βελτίωσης των διαφόρων καταστάσεων λιμού ανά την υφήλιο, δεν πρόκειται να δημιουργηθεί επίγειος παράδεισος, εκεί που κυριαρχούν η πείνα, η φτώχια και ότι άλλο κακό...» Με διακόπτει η Μαίη: «Δηλαδή τώρα μας τα γυρίζεις και ποιός θα είναι αυτός που θα λάβει τα μέτρα που λες; Εδώ έχουμε σχέδια Μάρσαλ, δόγματα Τρούμαν και δεν συμμαζεύεται και εσύ μας λές θεωρίες, συμφωνείς, ή δεν συμφωνείς, ότι κάτι πρέπει να γίνει ακόμα και από μας για να διορθωθεί, όσο είναι δυνατόν η κατάσταση; «Δεν έχω διάθεση να διαφωνήσω, επιμένω όμως, και λέω : δεν θα σωθούν οι πεινώντες αν φάμε λιγότερο … σπανάκι, αλλού είναι τα μέτρα που πρέπει να λάβουν οι κυβερνώντες, και μετά να στρατολογηθούμε εμείς για να βοηθήσουμε. Πρόπερσι, δεν κάναμε εράνους για τους σεισμοπαθείς των Ιονίων; Παρόμοια κατάσταση πρέπει να εφαρμοστεί για άλλους αναξιοπαθούντες δεν μπορούμε όμως να αντιμετωπίσουμε, επαναλαμβάνω, όλους τους πειναλέους της υφηλίου!» «Αυτά είναι τελείως διαφορετικά από ότι μας έλεγες πριν. που μας έκανες και τον σουρεαλισμό του σπανακιού...» Κοιτώντας με αυστηρά η Μπέττυ. «Όπως… Ποπάυ συμπληρώνω!' και συνεχίζω. Καμιά άλλη ιδέα δεν έχετε; «Ας αλλάξουμε κουβέντα, «Την άλλη βδομάδα, δηλαδή από αύριο, παίζουν το Glen Miller Story, είσαστε για να πάμε το άλλο Σάββατο;» Προτείνει η Μαίη. «Στάσου! λέω, ξύνωντας το κουτελό μου, την Παρασκευή θα πάμε στο Βυζαντινό Μουσείο και μετά στο Δαφνί, δεν ξέρω που θα πάμε πρώτα και τι θα προκύψει το Σάββατο...» «Δηλαδή γιατί μας κάνεις τον έξυπνο, λέει ο Άγγελος,μόνο η εβδόμη θα πάει στα βυζαντινά, εμείς θα πάμε στην Πνύκα, που πήγατε εσείς πέρσι, και τι σχέση έχει αυτό, αν θα πάμε το Σάββατο σινεμά...» «Καλά σου λέει!»' λένε, σαν χορωδία, τα κορίτσια. «Έλεγα, μήπως κάναμε τίποτα άλλο εκτός από σινεμά αυτό είπα, δεν υπάρχει λόγο;ς να μου επιτίθεστε χωρίς λόγο...» «Σαν τι άλλο είχες να προτείνεις καλύτερο από τον Γκλεν Μίλερ που μου αρέσει η μουσική του πάρα πολύ.» λέει η Μπέττυ. «Σκέφτηκα να πήγαιναμε πουθενά αλλού, σε κάποιο κλαμπ, αλλά είσαστε μικρές και δεν θα σας αφήσουν να μπείτε «Τότε γιατί μας το λές; Είσαι το λιγότερο γελοίος. Εσύ έχεις πάει; Με μεγάλες κοπέλες και με ποιες;» Ρωτάει η Μπέττυ.

«Τέλος πάντων, έχω πάει με αντρική παρέα και μόνο προσπαθώ ν' αλλάξω κουβέντα, υπάρχει κανένα άλλο καλό φίλμ;» «Και βέβαια υπάρχει, απαντάει ο Άγγελος, υπάρχουν οι 20.000 λεύγες υπό την θάλασσα του Βερν, με τον Τζέιμς Μέισον στο ρόλο του κάπτεν Νέμο κι' αυτό πρέπει να το δούμε...» «Στις κοπέλλες δεν νομίζω ότι αρέσει τόσο πολύ ο Ιούλιος Βερν...» Απαντώ «Και ποιός το είπε αυτό; «μου ρίχνονται και πάλι οι δυο τους μαζί: «Οποία ανδροκρατία για να μην πούμε... φαλλοκρατία, λέει η Μπέττυ, είναι τούτη. Ποιός είπε ότι δεν μας αρέσει ο Βέρν;. Εκτός αν οι γλυκόσαχλες υπάρξεις που έκανες παρέα πριν, σου είχαν πει κάτι παρόμοιο, αφού διάβαζαν μόνο το Ρομάντζο και το Θησαυρό! «Οπωσδήποτε δεν διάβαζαν την Λαίδη Τσάτερλυ! «Την βάζω στη θέση της. «Άρα ήταν γλυκόσαχλες και μη μου κολλάς έπειδή διάβαζα όταν ήμουν ακόμη... μικρότερη την Λαίδη Τσάτερλυ. «Συνεχίσαμε τη συζήτηση αλληλοπειραζόμενοι μέχρι τις έξι και μισή όταν έφτασε η ώρα αποχώρησης. Στο γυρισμό αποφασίσαμε με τον Άγγελο να πάμε στον Γκλεν Μίλερ το Σάββατο και αφού εξακριβώσουμε τα του Τοπ Χατ κλαμπ στην Πατησίων, οι δυο μας, να μαθουμε αν μπορούμε να πάμε με τις ...ανήλικες!

Ακολούθησε η ρουτίνα της εβδομάδας που από τη Δευτέρα ήταν αισθητή η ...ιδιωτική μου νοσταλγία του Σαββατοκύριακου. Ο Αλισανδράτος μαζί με τον Οδυσσέα της Ιστορίας είχαν αρχίσει να μας προετοιμάζουν για τις επισκέψεις στο Δαφνί και στο Βυζαντινό Μουσείο, που θα πραγματοποιούσαμε τη Παρασκευη 9 Μαρτίου.

Η ΕΠΙΣΚΕΨΗ ΣΤΟ ΒΥΖΑΝΤΙΝΟ ΜΟΥΣΕΙΟ ΚΑΙ ΣΤΟ ΔΑΦΝΙ

Μετά από μια ώρα μάθημα Αρχαίων. Μπήκαμε στο λεωφορείο που μας άφησε στην Βασιλίσσης Σοφίας έξω από την άλλη πλευρά του Μουσείου. Εκεί μας έγινε ολόκληρη ανάλυση της Βυζαντινής Τέχνης, όσο και της Μεσαιωνικής Αθήνας, αφού το μέγαρο όπου στεγαζόταν το Μουσείο ανήκε στην Δούκισσα της Πλακεντίας. Η Ξεναγός που μας περιτριγύρισε όλο το Μουσείο ήταν αρκετά φλύαρη, όπως κρίναμε εμείς οι... ειδικοί! «Γιατί μας λέει τόσα πολλά για μια μικρή εικόνα όπως αυτή;» ρωτάει ο Παναγιώτης. «Ρώτα την.» Του απαντάει ο Βάκης. Καθυστέρησα να ακολουθήσω την ομάδα, και η ξεναγός μας είχε επεκταθεί σε πολλά και διάφορα γεγονότα της Βυζαντινής Ιστορίας.

Προχώρησα λίγο για ν' ακούσω καλύτερα όταν αναφερόταν στους Κομνηνούς και στη μάχη του Μαντζικέρτ, χωρίς να της αποδίδει κάποια ιδιαίτερη μνεία, όπως έκρινα ότι θα έπρεπε! Και έτσι αποφάσισα να διακόψω με την απλή ερώτηση: «Με συγχωρείτε δεν νομίζετε όμως ότι η ήττα σ' αυτή τη μάχη είχε επιπτώσεις αναμέσα σε άλλες και στην τέχνη που μας παρουσιάζεται εδώ;» Αφού με ευχαρίστησε για την ερώτηση, που φανερώνει πόσο βαθύς γνώστης είμαι του τμήματος αυτού της Βυζαντινής Ιστορίας, που βέβαια δεν ήμουν, άρχισε σχεδόν μια... διάλεξη που κράτησε τουλάχιστον είκοσι λεπτά για να καταλήξει στο τέλος ότι: «Ναί η ήττα είχε επίπτωση και στην τέχνη μετά το 1100 μ.Χ. και ιδιαίτερα μετά τη μάχη του Μυριοκεφάλου το 1181 σχεδόν ογδόντα χρόνια μετά το Μαντζικέρτ.» Κι' εγώ νόμιζα, είπα, μετά στους συμμαθητές, ότι Μαντζικέρτ και Μυριοκέφαλο ήταν η ίδια μάχη! Για τη δεύτερη δεν είχα ιδέα!

Συνεχίζοντας με το λεωφορείο προς το Δαφνί άρχισαν να με βρίζουν διότι η αιτία της καθυστερημένης άφιξής μας στο Δαφνί, ήταν οι ερωτήσεις μου και γιατί κάνω τον έξυπνο συνεχώς, αφού δεν...ήξερα και το

Μυριοκέφαλο! . Και επί πλέον θα έπρεπε να τρέξουμε προς τον Ναό να θαυμάσουμε τον... αγριεμένο – όπως τον κρίναμε, αφού τον είδαμε – Παντοκράτορα, και τις διάφορες τοιχογραφίες του Ναού. Διότι ο αρχαιολογικός χώρος έκλεινε στις τρεις.

Μετά από συμβούλιο με τους δυο καθηγητές αποφασίστηκε να γίνει η επίσκεψη τώρα και μετά να πάμε για φαγητό.»Διότι άδειο στομάχι τον βυζαντινόν δεν υποφέρει, ούτε και τα υπόλοιπα αρχαία αντέχει, ενώ πλήρης στόμαχος αντιδρά...» «Τι ανοησίες είναι αυτές;» διακόπτει τον Μιχάλη, ο Αλισανδράτος. Εδώ ανέλαβε την ξενάγηση ο κύριος Οδυσσέας που πολύ σταράτα και ρεαλιστικά μας ανέπτυξε την ιστορία. Εννοείται ότι η ιστορία με τις διάφορες ερωτήσεις και απαντήσεις συνεχίστηκε σε ένα ταβερνείο από την άλλη μεριά του δρόμου, της Ιεράς Οδού. Και αφού παραγγέλθηκαν τα παϊδάκια και οι μπύρες ετέθη η ερώτηση κι' από τους δυο καθηγητές: «Ποιος ή ποια; Θα μας πει με δικά του λόγια όσα μάθαμε για το ναό, τον αρχαιολογικό χώρο και ό,τι άλλο σχετικό, που όμως θα πρέπει να είναι μια ανάπτυξη λιγότερη από δέκα - δέκα πέντε λεπτά και αν ήταν και κρινόταν καλή, θα αποτελέσει την ομιλία ενός πρωινού στο σχολείο.»

«Νομίζω ότι πρέπει να αρπάξουν την ευκαιρία τα κορίτσια γιατί εμείς... βαρύναμε,» μου ψιθυρίζει στο αφτί ο Γιώργος. «Συμφωνώ! «Απαντώ μονολεκτικά. Και πραγματικά σηκώνει το χέρι της χτυπώντας με... μανία τα δαχτυλά της μεταξύ τους, όπως είπε ο Ρίκος χαιρέκακα, η Μαργαρίτα. Λοιπόν λέγε μας, την κοιτάει ο Οδυσσέας... «Πρόσεχε περιληπτικά μόνο όπως είπαμε.» «Δεν θα περάσουμε και όλο το απόγεμα εδώ... ψιθυρίζει ο Μιχάλης, κοντά στο τρελοκομείο...» Ο ψίθυρος όμως ακούστηκε από τον Αλισανδράτο που έγινε θηρίο ανήμερο :» Σας είπα ότι αυτού του είδους τα σχόλια είναι άχρηστα και αδικαιολόγητα, ιδιαίτερα ανάμεσα σε ανθρώπους που θεωρούνται μορφωμένοι! Λοιπόν κύριε Μιχάλη θα κρατήσεις σημειώσεις και ότι πει η Μαργαρίτα θα το γράψεις και θα το φέρεις τη Δευτέρα με όλες τις λεπτομέρειες. Εμπρός παιδί μου άρχισε... απευθύνεται στη Μαργαρίτα. Σηκώνεται εκείνη όρθια και αρχίζει... «Στην αρχή υπήρχε εδώ Ναός του Απόλλωνα, με το άγαλμα του Θεού με δάφνινο στεφάνι και γι'αυτό ονόμασαν την περιοχή Δαφνί, από τη Δάφνη.Ο Ναός καταστράφηκε το 395 π.Χ. και σώθηκε μόνο μια κολώνα. Μετά έχτισαν ένα μικρό μοναστήρι που το εγκατέλειψαν. Ξαναχτίστηκε το 1080, όταν βρισκόταν στην ακμή της η Βυζαντινή Αυτοκρατορία και ο Βασίλειος ο Β. ο Μακεδών, γνωστός και σαν Βουλγαροκτόνος, επισκέφτηκε την Αθήνα. Μετά την κατάληψη της Αθήνας, το 1205, μετατράπηκε σε Φράγκικο καθολικό μοναστήρι, του Δουκάτου των Αθηνών. Μάλιστα το 1211 ήρθαν μοναχοί από το Ντελβώ της Γαλλίας του τάγματος των Σιστέρσιανς, και έμειναν κοντά 250 χρόνια, γι' αυτό και τα Γοτθικά αρχιτεκτονήματα της εκκλησίας. Δυο από τους μεγάλους Δούκες των Αθηνών ήταν θαμμένοι εδώ. Δεν βρέθηκαν ποτέ οι τάφοι τους. Μετά, το 1458, ήρθαν οι Τούρκοι, που παρέδωσαν την εκκλησία και το μοναστήρι στους ορθόδοξους κατοίκους των γύρω χωριών.Στην επανάσταση του 1821, το μοναστήρι χρησίμεψε στην αρχή σαν στρατόπεδο καθώς βρισκόταν στην κύρια είσοδο του δρόμου για την Αθήνα. Κατόπιν λειτούργησε σαν Ψυχιατρείο, που φαίνεται ότι επεκτάθηκε με το χτίσιμο του νέου μεγάλου κτιρίου που φαίνεται πριν από το δασάκι αριστερά. Αρκετά κτίσματα του αρχαιολογικού χώρου της εκκλησίας και του μοναστηριού κατέρρευσαν με τους σεισμούς το 1889 και το 1897, πολλά από τα μάρμαρα και άλλα οικοδομικά υλικά έχουν κλαπεί και αρκετά χρησιμοποιήθηκαν για την ανέγεση του νέου ψυχιατρείου.

Νομίζω ότι είμαι μέσα στα δέκα λεπτά... μας λέει τελειώνοντας καθώς κάθεται. Τότε αρχίσαμε να την χειροκροτούμε φωνάζοντας, μπράβο, θαυμάσια κι' άλλο, κι' άλλο... μπιζ... «Δώδεκα λεπτά και πεντήντα δευτερόλεπτα! Λέει ο Οδυσσέας, μπράβο! Από... θηλυκό ον δεν περίμενα τέτοια συντομία και περίληψη με τα σημαντικά μόνο σημεία που πολύ αποτελεσματικά αναφέρονται. Και όσο γι' αυτό τον ηλίθιο που φώναξε... μπιζ, κι' άλλο, αν εμφανιστεί, θα πρέπει να γράψει δεκαπέντε σελίδες με όλες τις λεπτομέρειες για το μοναστήρι, που θα βρει ψάχνοντας σε διάφορες εγκυκλοπαίδειες, ή σε άλλα σημεία αναφοράς. Ποιός λοιπόν ήταν αυτός;» «Μωρέ μια φορά, να μη μπορείτε να συμπεριφερθείτε όπως πρέπει.» επικυρώνει και ο Αλισανδράτος. «Τώρα θ' αρχίσει η ιστορία των ντετέκτιβ...» ψιθυρίζει ο Γιώργος.Κράτησε πολύ λίγο η αγωνία όταν από ένα τραπέζι στο βάθος, που καθόταν και ο Κώστας Γ. ακούστηκε...»Ε! ωραία εγώ το είπα! Διότι μου ξέφυγε, συνήθως όταν σε μια συναυλία φωνάζουμε Μπράβο, λέμε και μπιζ και άλλο... Δεν υπάρχει λόγος να δεχτώ τον χαρακτηρισμό σας σαν ηλίθιος...»

Γύρισα σπίτι ακούγοντας το τηλέφωνο να χτυπάει καθώς ανέβαινα τις σκάλες. Ανοίγω το σηκώνω και ακούω την Μπέττυ να θέλει να μάθει πως πήγε η επισκεψη και «Αν θα πηγαίναμε στο κλαμπ; Όχι δεν θα πάμε! Πολλοί οι λόγοι! Θα σου εξηγησω όταν βρεθούμε.» Προτείνω λοιπόν ραντεβού στο Αττικόν στις έξι παρά δέκα να δούμε τον Γκλεν Μίλερ και μετά θα δούμε.» «Πολύ ωραία τα κανονίζεις χωρίς ούτε κάν, να ρωτάς αν μας αρέσει, ή όχι αυτή η ρύθμιση, εν πάσει περιπτώσει: ΟΚ για τίς έξι παρά δέκα, αλλά για το μετά θα το συζητήσουμε.» Συνεχίζοντας τη γρίνια. Είπαμε φιλιά και καληνύχτες και διακόψαμε, γιατί άκουσα το κλειδί στη πόρτα που επέστρεφαν οι δικοί μου και με τις κούβεντες στο τηλέφωνο είχε πάει μιάμιση ή ώρα. Και ευτυχώς! Διότι απαλλάχτηκα και από άλλη... περαιτέρω ανάκριση, αν συναντούσα τους δικούς μου...

Το Σάββατο το πρωί πήγαμε στο Σχολείο και τελειώναμε στις 2. Έφτασα σπίτι και κάθισα να τελειώσω τα μαθήματα για τη Δευτέρα. Διότι είχαμε συμφωνήσει με τον Γιώργο, που περπατάγαμε κατά το συνήθειο μέχρι το σπίτι μου και μετά εκείνος συνέχιζε, ότι ήταν ωραίο να τελειώσουμε το Σάββατο και όλη την Κυριακή να είμαστε ελεύθεροι.

Κατά τις έξι έκλεισα και το τελευταίο τετράδιο με σημειώσεις από το βιβλίο της Φυσικής και είπα φωναχτά: Φτάνει! Μετά από το προγραμματισμένο Σαββατιάτικο μπάνιο με τη μπανιέρα ξέχειλη, καθαρός παρφουμαρισμένος, καλοχτενισμένος, φόρεσα το γκρίζο κοστούμι και την μπλέ καμπαρντίνα με την αντίστοιχη ζώνη της και κατέβηκα στην Αριστοτέλους, έστριψα τη γωνία βαδίζοντας από την Πιπίνου προς την Πατησίων για να πάρω το τραμ στη στάση Αγγελοπούλου. Κατέβηκα στη Τράπεζα της Ελλάδος, έστριψα τη γωνία Πανεπιστημίου αριστερά, κατηφόρισα την Εδουάρδου Λω, βγήκα στη Σταδίου, όπου πέρασα απέναντι και έφτασα στο «Αττικόν». Μόλις μπήκα στην φωτισμένη είσοδο του κινηματογράφου άρχισε μια ψιχάλα που φάνηκε ότι θα εξελισσόταν σε μπόρα. Χάζεψα τις φωτογραφίες του Γκλεν Μίλερ – Τζέιμς Στιούαρτ, με στολή συνταγματάρχη του Αμερικάνικου Στρατού και της Τζουν Άλυσον να χορεύουν, ενώ στο βάθος φαίνεται η μεγάλη μπάντα με τις μπρούτζινες τρομπέτες, σαξόφωνα και ότι άλλο όργανο. Με πλησιάζει η Μαίη και με καλησπερίζει... μόνη. «Νόμιζα ότι θα ερχόσαστε μαζί με την Μπέττυ;» Αφού είπα καλησπέρα. «Ετσι νόμιζα κι᾽ εγώ, μου αποκρίνεται, για σένα με τον Άγγελο, τι ασυνεννοησία είναι αυτή;»

Περιμέναμε άλλα πέντε λεπτά και είχα αρχίζει να εκνευρίζομαι διότι ήθελα να δω τη ταινία από την αρχή... Και να ο Άγγελος τρέχοντας, ξεφυσώντας και βρεμμένος, από τη μπόρα που είχε αρχίσει, ερχόμενος από της μεριά της Πλατείας Κλαυθμώνος και απ᾽ την άλλη σε παρόμοια κατάσταση, η Μπέττυ, καταφτάνοντας από την άλλη μεριά της Πλατείας Κολοκοτρώνη. Τους κακολογούμε αμέσως η Μαίη και εγώ μόλις μας έφτασαν! Στο μεταξύ είχα βγάλει τέσσερα εισιτήρια... «Επί τέλους φτάσαμε λένε λαχανιασμένοι, θα σου πληρώσουμε τα εισιτήρια μόλις καθίσουμε...» Τους διαβεβαιώσα ότι δεν πρόκειται να... πτωχεύσω για τρία εισιτήρια, αλλά που στο διάβολο ήτανε και γιατί δεν μπορούν και οι δυο... αμφότεροι δηλαδή, να είναι ποτέ στην ώρα τους και πρέπει κάθε φορά να περιμένουμε κοψοχολιασμένοι αν θα έρθουν, ή δεν θα έρθουν, ή γιατί αργούνε;» Ο μεν Άγγελος είπε ότι έκανε λάθος το τραμ και βρέθηκε στην Ομόνοια... Η δε Μπέττυ ότι έχασε το λεωφορείο.

Δεν έβρισκε ταξί και τελικά βρήκε μαζί με άλλους γνωστούς που την κατέβασα στην Πλατεία Κολωνακίου.

Είπα και μη χειρότερα:» Ο ένας να μπερδεύει τα τραμ, λές και ήταν πολλά που πέρναγαν την Πατησίων με κατεύθυνση το κέντρο και ή άλλη ποτέ να μην είναι στην ώρα της ... το μόνο που έχω να πώ:» Είναι ότι σας οικτίρω και τους δυο! Φρίκη, πως μπορεί κανείς να ζει χωρίς ώρα...» «Μα εσύ χρυσέ μου, αντιδρά η Μπέττυ, είσαι του άλλου... άκρου, εμφανίζεσαι δέκα λεπτά πριν από το ραντεβού και θέλεις όλοι να σε ακολουθούν!» Είπα να δώσω τόπο στην οργή και μόλις καθίσαμε και έσβησαν τα φώτα τη φίλησα στο μάγουλο και της είπα ... .τώρα που ηρεμήσαμε και έδωσα τόπο στην οργή, που με είχε καταλάβει, μη ξεχνάς ότι επρόκειτο να συζητήσουμε τι θά κάναμε μετά, πράγμα που δεν μπορούμε να κάνουμε τώρα γιατί αρχίζει το φίλμ. Ύστερα από τρεις ώρες βρεθήκαμε στο μπαράκι της Φωκίωνος, αφού είχαμε ...ξανατσακωθεί για το τι θα κάναμε και δεν θέλανε – τα κορίτσια – επ' ουδενί λόγω να έρθουνε σπίτι, διότι - λέει – τους είχαμε υποσχεθεί άλλα και δεν είναι δυνατό κάθε τόσο να καταλήγουμε σπίτι μου! Αυτό βέβαια δεν μας στέρησε το βραδυνό φαγητό, που με διάφορα μεζεδάκια από σαλάμια, ζαμπόν, τυριά και άλλα μας προσέφερε το μπαράκι.

Εκεί μάθαμε και τα δυσάρεστα: Ο Δημήτρης, το καλό παιδί, ιδιοκτήτης, του χώρου και μπάρμαν, θα έφευγε μετανάστης στη Νέα Υόρκη. Διότι ο θείος του, έστειλε πρόσκληση να εργαστεί στο εστιατόριο που είχε στο Μανχάταν σε αριστοκρατικό δρόμο, όπως μας επιβεβαιώσε η Μπέττυ, που γνώριζε την Νέα Υόρκη σαν την παλάμη της, όπως μας είπε. Και βέβαια τον ρωτήσαμε :» Γιατί το φευγιό και η μετανάστευση; Δεν ήταν ευχαριστημένος εδώ; Απ' ότι μπορούσαμε να κρίνουμε η πελατεία γέμιζε τα είκοσι τετραγωνικά του μαγαζιού και τεραπλάσια έκταση έξω στο πεζοδρόμιο, από την άνοιξη μέχρι το φθινόπωρο. Δεν ήταν ευχαριστημένος; Δεν έβγαζε αρκετά; «Φαίνεται ότι υπάρχουν και άλλοι λόγοι, μας λέει ο Άγγελος, όταν ο Δημήτρης απομακρύνθηκε απ' το τραπέζι μας.» Και ποιοί είναι αυτοί;» Τον ρωτάω. «Είναι μάλλον πολιτικοί λόγοι απαντάει.» «Γιατί; Τον καταδιώκουν;» ρωτάει αφελώς η Μαίη.» Όχι, λέει ο Άγγελος, φαίνεται όμως ότι το αποφάσισε όταν δεν του ενέκριναν την επέκταση του μαγαζιού στο διπλανό κατάστημα, διότι δεν είχε πιστοποιητικό κοινωνικών φρονημάτων! «Όπως τα λένε.» Εμείς μάλλον άσχετοι, δεν είχαμε ιδέα τι ήταν αυτό..

ΠΙΣΤΟΠΟΙΗΤΙΚΑ ΚΟΙΝΩΝΙΚΩΝ ΦΡΟΝΗΜΑΤΩΝ

1954

Και βέβαια εκφράσαμε την απορία μας τι σχέση μπορεί να έχει η επέκταση του μαγαζιού με το πιστοποιητικό κοινωνικών φρονημάτων που ζητάει η... πολεοδομία του Υπουργείου Δημοσίων Έργων; Και βέβαια μετά σου λένε ότι αυξάνεται η μετανάστευση! Πως να μην αυξάνεται; «Εγώ νόμιζα, τους είπα, ότι μετανάστες ήταν μόνο από χωριά, που είχαν ερημωθεί στον ανταρτοπόλεμο, οι κατοικοί τους δεν έβρισκαν δουλειά και πήγαιναν στη Γερμανία, ή στα ανθρακωρυχεία στη Γαλλία και στο Βέλγιο.» Η Μπέττυ προχωρεί σε σοβαρότερη ερώτηση: «Πως είναι δυνατό να υπάρχει πρόβλημα για πιστοποιητικό κοινωνικών φρονηματων και να του δίνουν διαβατήριο για την Αμερική; Ξέρετε τι αυστηροί που είναι εκεί; Ιδιαίτερα σε όσους πάνε για μόνιμη εργασία;» «Κάτι δεν πάει καλά με τον Δημήτρη, νομίζω και καταλήγω, αυτά για το πιστοποιητικό είναι, νομίζω, παραμύθια. Θα ρωτήσω τον πατέρα μου αύριο και θα σας πώ...» Και για να κλείσω και την κουβέντα: «Δεν αποφασίζουμε αύριο Κυριακή, αν δεν βρέχει να πάμε τις γνωστές ποδηλατάδες μας με μεγάλη παρέα; Διότι και ο Κώστας Κ. και ο Γιώργος με άλλες τρεις κοπέλες από την έκτη θα έρχονταν μαζί μας;»

Το βράδυ της Κυριακής είχαν γυρίσει οι δικοί μου, τρώγαμε οι τρεις μας καθισμένοι στο μαύρο τραπέζι με τα χοντρά πόδια, καλυμένο από το απαραίτητο λουλουδάτο τραπεζομάντηλο. Και αφού άκουσα τα καθέκαστα της επιθεώρησης των λουτρών της Υπάτης, που ανήκαν στην αρμοδιότητα του πατέρα, φτάσαμε στο φρούτο, όταν ρώτησα για το πιστοποιητικό κοινωνικών φρονημάτων, πρώτα τι ήταν, δεύτερο σε ποιούς το έδιναν και σε ποιούς όχι, και γιατί;. «Να σου πει ο πατέρας σου, εγώ δεν καταλαβαίνω από αυτά τα πράγματα.», λέει η μητέρα, και σηκώνεται μαζεύοντας το τραπέζι. «Το πιστοποιητικό αυτό, χρειάζεται σε όσους προσλαμβάνονται σε δημόσια Υπηρεσία και όταν πρόκειται να ασκήσεις κάποιο επάγγελμα ή λειτούργημα, όπως οι δικηγόροι, οι συμβολαιογράφοι και διάφορα άλλα επαγγέλματα.» «Και γιατί χρειάζεται για την επέκταση ενός μαγαζιού που το ζητάνε από την πολεοδομία μας όπως μας είπε; Συγχρόνως όμως, δεν χρειάζεται για την έκδοση διαβατήριου; «Και εξήγησα για ποιόν πρόκειται. »

«Αυτό είναι αντιφατικό, συμφωνεί με την Μπέττυ ο πατέρας μου, δεν είναι δυνατό να μην του δίνουν για την επέκταση και να του δίνουν διαβατήριο, κάτι άλλο πρέπει να συμβαίνει.» «Καλά, επιμένω, τελικά τί είναι αυτό το χαρτί γιατί χρειάζεται και τι βεβαιώνει; Νομίζω ότι αν όλοι ζούμε σε μια κοινωνία, όλοι έχουμε φρονήματα, τι θέλουμε το πιστοποιητικό;» «Άλλοι είναι πιο κοινωνικοί από άλλους!» Κοροϊδεύει η μητέρα που γύρισε από τη κουζίνα. «Εγώ σας ζητάω να μου εξηγήσετε και εσείς μου λέτε καλαμπούρια, άκου εκεί: Αλλοι πιο κοινωνικοί από τους άλλους και μη χειρότερα! Δηλαδή οι πιο κοινωνικοί δεν το έχουν ανάγκη και οι λιγότερο το έχουν ή αντίστροφα; «Είπαμε να στο εξηγήσει ο πατέρας σου.» Λέει η μητέρα. «Αν με αφήνατε να μιλήσω θα σας είχα διαφωτίσει, πριν φτάσουμε σ᾽ αυτές τις ανόητες ερωτήσεις, προσθέτει εκείνος: Κατ᾽ αρχήν στη προκειμένη περίπτωση αποκλείω να μην του δίνουν πιστοποιητικό για την επέκταση και να του δίνουν για διαβατήριο και ναί, οπωσδήποτε χρειάζεται για έκδοση διαβατηρίου. Τώρα τι είναι αυτό το πιστοποιητικό; Κατά τη γνώμη μου είναι η πιστοποίηση ότι δεν είσαι άκρων αριστερών φονημάτων, από εκείνα που πρεσβεύουν την κατάλυση του κράτους, την κοινοκτημοσύνη όλων των αγαθών και την ύπαρξη ενός μόνου κόμματος για πάντα. Αυτά τα φρονήματα δεν αντιστοιχούν σε ένα σύγχρονο Δημοκρατικό κράτος της Ευρώπης.» Πριν προλάβω να χωνέψω, όσα άκουσα, επεμβαίνει η μητέρα και ερμηνεύει τα κοινωνικά φρονήματα, ή τον εξαναγκασμό των πολιτών, όπως λέει, να έχουν παρόμοιο πιστοποιητικό σαν άκροτατο δικτατορικό φαινόμενο προσβολής της προσωπικότητας του ατόμου και των δικαιωμάτων του! Και παρακάτω, συνεχίζει, ότι η εφαρμογή αυτού του Αναγκαστικού Νόμου, προξενεί μεγάλη ταλαιπωρία και αν όχι φτώχεια και κατ᾽ επέκταση ανεργία, αφού δεν χορηγείται παρά μόνο σε όσους είναι οπαδοί της Δεξιάς. Και συνεχίζει ότι είναι απαράδεκτο το 1954 να υπάρχουν τέτοιοι περιορισμοί των δικαιωμάτων του ανθρώπου!»

Σηκώνεται ο πατέρας από το τραπέζι και περπατώντας προς το σαλόνι τον ακούω να λέει: «Ωραία! Πριν η μαμά σου γκρεμίσει τη... Βαστίλλη, όπως στη Γαλλική Επανάσταση, πρέπει να ξέρει ότι ζούμε στην Ελλάδα που σταμάτησε να πολεμάει μετά από συνεχείς πολέμους. Σ' ένα κράτος που ζει για δέκα χρόνια σε εμπόλεμο κατάσταση με όλες τις φρικτές συνθήκες του οποιουδήποτε πολέμου.

Είναι επόμενο να απαιτούνται τουλάχιστον άλλα τόσα χρόνια για να επανέλθει σε τροχιά ειρήνης και ανασυγκρότησης, κυρίως μετά τις άπειρες καταστροφές. Για την επάνοδο αυτή απαιτούνται να ξεχωρίσουν οι έχοντες και οι μη έχοντες κοινωνικά φρονήματα. Αυτοί, οι μη έχοντες, πρέπει να μετεκπαιδευτούν και να ενταχθούν στη κοινωνία. Και να μην διακατέχονται από τις προηγούμενες πεποιθήσεις τους και τα πιστεύω τους για την κατάλυση του κράτους και επικράτηση περίεργων και απάνθρωπων πολιτευμάτων. Όπως της Σοβιετικής Ένωσης και των δορυφόρων της.» «Και μη χειρότερα, σταυροκοπιέται καθολικά η μητέρα, πιο ναζιστική θεωρία δεν έχω ακούσει, ποιοί είναι αυτοί που θα αναλάβουν να μετεκπαιδεύσουν αυτούς που δεν τους δίνουν το πιστοποιητικό για να γίνουν όλοι ίδιοι με τα ίδια φρονήματα; Δηλαδή, αυτό θυμίζει Όργουελ, από τη μια, δικτατορία του Φράνκο από την άλλη, τη στιγμή που εδώ, εμείς, θέλουμε να ονομαζόμαστε δημοκρατικό κράτος. ‘» «Όπως είπα, επιμένει ο πατέρας, η Βαστίλλη είναι από... κεί. Και συνεχίζει: Φαίνεται όμως ότι εσύ επιμένεις στη πολιτική εκείνων που με συνέλαβαν, ορμώντας μέσα στο σπίτι του Καραγάτση, φωνάζοντας που είναι ο φασίστας ο Ιατρίδης; Επειδή με είχαν προγράψει σαν αδερφό του... αδερφού μου! Μετά το κίνημα της Μέσης Ανατολής του Ναυτικού, στη καταστολή του οποίου ο Μίλτος δεν είχε συμμετάσχει! Λοιπόν δεν πρέπει να πληρώσουν και αυτοί για τις πράξεις τους; Έτσι θα το πάμε; Για να μας ξαναβγεί πάλι καμιά πηγάδα του Μελιγαλά, ή κρεμασμένοι, σκοτωμένοι, μαχαιρωμένοι και με λαιμούς κομμένους, από το Περιστέρι μέχρι τα Κρώρα κι' ακόμα πιο πέρα; «Καλά ντε μη θυμώνεις, δεν σου είπε κανείς τίποτα, απλώς δεν είναι μέτρα αυτά που πρέπει να ισχύουν σε δημοκρατικά κράτη. Αν υπάρχει ανάγκη μεταβατικής περιόδου, που χρειάζεται για... μετεκπαίδευση των κακών αριστερών, τότε, ας το πούν κάπως αλλιώς. Και δεν μου λες εσύ, καθώς γυρνάει σε μένα, που υποκίνησες όλη αυτή την κουβέντα τι νομίζεις; Πρέπει, ή δεν πρέπει να ζητάνε αυτό το πιστοποιητικό; «Αφού επικρατούν αυτά που είπε ο πατέρας, απαντάω, υποθέτω ότι πρέπει να υπάρχει κάποιος έλεγχος για να μη ξαναφτάσουμε στο κυνήγι όλων ημών των φασιστών! Για τον απλό λόγο όχι ότι είμαστε φασίστες, ή ναζί, αλλά μπορεί να εξελιχθούμε σε τέτοιους. Ιδιαίτερα όταν μας ταλαιπωρούν, με την δικαιολογία ότι είμαστε κοντινοί, ή μακρινοί συγγενείς κάποιου άλλου.

Ή νομίζουν ότι σαν όμηροι ταλαιπωρούμενοι, θα πολεμήσουμε για την εγκατάσταση Σοβιετίας στην Ελλάδα. Βέβαια πολλά δεν γνωρίζω, αλλά νομίζω, ότι αντί πιστοποιητικό κοινωνικών φρονημάτων θα έπρεπε να το είχαν ονομάσει κάπως αλλιώς, όπως: Βεβαίωση φρονημάτων. Έτσι, σαν παράδειγμα θα βεβαιούται οτι ο τάδε εμφορείται από ποικίλα φρονήματα που δεν έχουν καμία σχέση με την άκρα αριστερά. Πως σας φαίνεται αυτό; Διότι έτσι κυριολεκτούμε και γνωρίζουμε τι ακριβώς είναι αυτό το πιστοποιητικό.» «Νομίζω ότι θα περάσει πολύς καιρός για να φτάσουμε στη κατάργηση όλων αυτών των πιστοποιητικών και ακόμα περισσότερα χρόνια για να πάψουν οι Έληνες να είναι τόσο φανατικοί, που βέβαια προέρχεται από τα προσωπικά βιώματα του καθενός.» Καταλήγει η μητέρα. «Ωραία λοιπόν, λέει ο πατέρας, πως το είπες; καθώς γυρνάει σε μένα: Βεβαίωση φρονημάτων; Θα μπορούσε να ισχύσει και έτσι γιατί στο κάτω κάτω περί αυτού πρόκειται.

Έτσι έληξε η συζήτηση εκείνο το βράδυ και διαφωτίστηκα πλήρως για το τι ήταν τα πιστοποιητικά κοινωνικών φρονημάτων, ποιοι τα χρειάζονται και σε ποιους δεν τα χορηγούν, όσο κι᾿αν τα χρειάζονται, μέχρι να... μετεκπαιδευτούν! Βέβαια το συμπέρασμα για τον Δημήτρη και την επέκταση του μπαρ είναι πολύ πιθανόν να μην οφειλόταν στην έλλειψη του πιστοποιητικού αυτού προς... χρήσιν της πολεοδομίας, αλλά σε κάτι άλλο και την άλλη βδομάδα θα ξανασυζητάγαμε και θα τον ρωτούσαμε ευθέως, γιατί μας πουλάει ιστορίες, εφ᾿όσον του έχει εγκριθεί το διαβατήριο; ή μήπως είχε δυσκολίες και εκεί;

Την άλλη μέρα στο σχολείο δεν είχαμε καιρό για φιλοσοφική συζήτηση γιατί είχαμε μπροστά μας, σχεδόν σε όλα τα μαθήματα, πρόχειρους διαγωνισμούς σαν γενική δοκιμή των τελικών του δεύτερου εξαμήνου που θα ακολουθούσαν. «Εγώ, δηλώνω, δεν έχω καθόλου καιρό για χάσιμο ούτε και να ακούω αυτές τις σουρεαλιστικές σας διαπιστώσεις! Τώρα στο θέμα του πρόχειρου διαγωνισμού... . παρακαλώ να σταματήσουν τα ανόητα σχόλια!» «Τάδε έφη Οδυσσεύς ο Μέγας, ψιθυρίζει ο Σταύρος.» «Ανάπαυση! «αντιψιθυρίζει ο Μιχάλης. Ευτυχώς, ο Μέγας Οδυσσεύς δεν ακούει, διότι θα είχαμε άλλες ιστορίες.

***

Και βέβαια η επίθεση των Νορμανδών στις Ιταλικές Βυζαντινές επαρχίες ήταν το θέμα του πρόχειρου διαγωνίσματος. Και πάλι προκλήθηκαν επεισόδια, πρώτα για απόπειρες αντιγραφής στις τελευταίες σειρές θρανίων των κοριτσιών και μετά για ανόητες παρεμβολές διαφόρων, που ζητούσαν βοήθεια, ενώ ήταν αδύνατο κάτω από το βλέμμα του Οδυσσέα να κινηθεί κανείς, ούτε να μιλήσει, ή ακόμα και να ανοίξει το στόμα του, έστω και απλώς να το έχει... ανοιχτό! Ξαφνικά μου έρχεται μεγάλη διάθεση να φτερνιστώ, κρατιέμαι, αλλά τελικά φτερνίζομαι κάπως δυνατότερα του δέοντος, λόγω του παρακρατήματος. Προκαλώ έτσι την... μήνιν του Μεγάλου: «Ιατρίδη αν νομίζεις ότι με τα λυπητερά και ... κροτώδη φτερνίσματα ...εκπέμπεις συνθήματα σε άλλους για κάποιο ερώτημα που σου υπέβαλαν θα πρέπει να τιμωρηθείς! «Σκουπίζοντας τη μύτη με το μαντήλι μου προσπαθώ να αρθρώσω ότι δεν πρόκειται περί συνθήματος, διότι κανείς δεν μου ζήτησε τίποτα και στο κάτω, κάτω, τι είδους σύνθημα θα ήταν αυτό αφού δεν εξεστόμισα ούτε λέξη!. «Απαγορεύονται από τώρα και τα φτερνίσματα, σε περίπτωση υποτροπής θα θεωρήσω το γραπτό άκυρο και θα το βαθμολογήσω με μηδέν!. Και αυτό ισχύει για όλους!:» Όποιος φτερνιστεί θα τιμωρηθεί! Τί είπες εσύ; ρωτάει μια κοπέλα, πως; Μίλα δυνατά κορίτσι μου για να ακούσουν όλοι την ερώτηση. Είσαι κρυωμένη και μπορεί να φτερνιστείς; Πιθανόν, αλλά δεν πρόκεται να είναι λιγότερη η ποινή σου. Και αν συνεχίζεις να καλέσουμε τη... νοσοκόμο από το ιατρείο του σχολείου για να σε εξετάσει! «.

Ευτυχώς μετά από λίγο χτύπησε το κουδούνι και στο πεντάλεπτο μεταξύ της Ιστορίας και της Φυσικής που ακολούθησε ηρεμήσαμε, και όλοι μαζί, μόλις έκλεισε τη πόρτα ο Οδυσσέας απ' έξω, αρχίσαμε να βήχουμε και να φτερνιζόμαστε σαν πραγματικά σοβαρά κρυωμένοι τουλάχιστον οι περισσότεροι στη τάξη. Το ίδιο βράδυ στο σπίτι του Κώστα Κ. που γινόταν το πάρτι βρεθήκαμε και με την υπόλοιπη παρέα από τις παρακάτω τάξεις, όπου ακούσαμε τα δικά τους δεινά των προχείρων διαγωνισμάτων και ανταλλάξαμε εμπειρίες. Εκείνο το βράδυ ιδιαίτερα, πολλά γέλια και ανέκδοτα κυκλοφόρησαν για όλους σχεδόν τους καθηγητές περισσότερο από κάθε άλλη φορά. Χορεύοντας με την Μπέττυ αλληλοεκφράσαμε τη τέλεια απαγοήτευσή μας, διότι οι δικοί της και οι δικοί μου είχαν παραμείνει... εντός των τειχών, των σπιτιών τους και δεν είχαμε που να πάμε να... χαρούμε τους ερωτές μας.

Και βέβαια φεύγοντας περάσαμε από το πάρκο, διότι το καινούριο σπίτι του Κώστα βρισκόταν στην οδό Ευελπίδων, και καθίσαμε σ' ένα παγκάκι όπου αγκαλιασμένοι, φιλιόμαστε και χαϊδεύομαστε για αρκετή ώρα. Στο μεταξύ όμως παρά την ανοιξιάτικη βραδιά κοντέψαμε να κρυώσουμε στ' αλήθεια, διότι είχε πέσει νυχτερινή Απριλιάτικη ψύχρα. Έτσι σχετικά γρήγορα, με ταξί την πήγα σπίτι της και δώσαμε ραντεβού για αύριο Κυριακή με πρόγραμμα ποδηλατάδα προς τον Κόκκινο Μύλο, εκεί που είχαμε πρωτοσυναντηθεί.

Κάτω από μια τέλεια Αττική λιακάδα με μυρουδιές από θυμάρι και άγριο δεντρολίβανο, ξαπλωμένοι χάμω, εκεί που μας έκρυβαν οι κίτρινες μαργαρίτες, απολαύσαμε ηδονικά πολλές, προφυλακτικές πάντα, της παρθενίας, επαφές. «Είναι η πρώτη φορά που χαιδεύομαστε τόσο πολύ στην ύπαιθρο, μου λέει, μου αρέσει, με μόνη απορία: πως θα βγάλουμε από πάνω μας όλα αυτά τα λουλούδια και χορτάρια που... εισχωρούν παντού; «Σε κάποιο διάλειμμα των επαφών μας θα σου δείξω, θα... αλληλοψαχτούμε καθαριζόμενοι!» «Δηλαδή το έχεις ξανακάνει; Μέσα στα χωράφια; «με ρωτάει. «Κατ' αρχήν δεν πρόκειται για χωράφια, της λέω,χωράφι είναι αυτό που καλλιεργείται, εδώ είναι αγριοχορταρικές εκτάσεις και όχι δεν το έχω ξανακάνει, ούτε εδώ, ούτε σε χωράφια, είσαι ικανοποιημένη τώρα; «Άσε τις πολλές κουβέντες και έλα να με φιλήσεις, αν μπορείς..» Το ειδυλλιακό βουκολικό αν και χωρίς αγελάδες, όπως είπε η Μπέττυ, απόγεμα, έφτασε στο τέλος του μια και στις έξι έπρεπε να γυρίσει σπίτι της, διότι είχαν μεγάλη δεξίωση το βράδυ με Υπουργούς, Πρέσβεις και πολλούς σημαίνοντες επώνυμους.

ΕΠΙΣΚΕΨΗ ΣΤΟ ΕΡΓΟΣΤΑΣΙΟ ΛΙΠΑΣΜΑΤΩΝ

1954

Το λεωφορείο ξεκίνησε στις οχτώ και μισή, κανείς δεν έχει κέφι για τραγούδια και χαρές, μια και πηγαίναμε για μάθημα, που... άπτεται της Φυσικής και της Χημείας, όπως μελοδραματικά μας είπε η κυρία της Φυσικής! «... Απτόμεθα εις Λιπάσματα...» ακολούθησε το καλαμπούρι!

Εντυπωσιακό μας φάνηκε το λιμάνι του Πειραιά με τα διάφορα πλοία, καίκια και μερικά πολεμικά, ανάμεσα σ' αυτά και ένα μεγάλο Εγγλέζικο καταδρομικό.

Το λεωφορείο πήγαινε σιγά, προσπερνώντας καροτσάκια που μετέφεραν τσουβάλια, κατάφορτα τρίτροχα, και συνέχιζε ανάμεσα στις γραμμές του τράμ.Αποφεύγει το τέρμα - πεζοδρόμιο ενός άλλου τράμ, που ήταν διαφορετικό με περίεργους τρολέδες στην οροφή του. Αυτό ήταν για το Πέραμα μας κατατόπισε ο Χημικός.

Στο κατακαίνουριο εργοστάσιο σε μια μεγάλη αίθουσα, έγινε η αφήγηση και παρουσίαση:Πως ξαναχτίστηκε με χρήματα του Σχεδίου Μάρσαλ, διότι οι Γερμανοί φεύγοντας είχαν μεταφέρει όλο τον εξοπλισμό που υπήρχε στη πατρίδα τους. Επίσης πριν φύγουν είχαν καταστρέψει όλη την ηλεκτρική εγκατάσταση, που ήταν από τις πολύ περίπλοκες, καθώς είχαν σκοπό να ανατινάξουν το εργοστάσιο μαζί με άλλες εγκαταστάσεις κοντά στο λιμάνι. Εμποδίστηκαν από την αντίσταση του ΕΛΑΣ και άλλων ανταρτικών ομάδων. Παρ'όλ'αυτά ότι είχε απομείνει ήταν μόνο οι εξωτερικοί τοίχοι αφού οι Γερμανοί έφτασαν στο σημείο να πάρουν μαζί τους ακόμα και τα... σιδερένια κάγκελα του εξωτερικού κήπου της εγκατάστασης. Έτσι ότι βλέπουμε τώρα είναι όλα καινούρια μηχανήματα φερμένα από την

Αμερική και τη Σουηδία, όπου υπάρχουν παρόμοια εργοστάσια. «Και γιατί δεν τα φέρνουμε πίσω από την Γερμανία;» ρωτάει ο Μιχάλης. «Διότι κατά πάσα πιθανότητα, απαντάει ο υπεύθυνος του εργοστασίου, θα έχουν καταστραφεί από τους συμμαχικούς βομβαρδισμούς. Η Γερμανία ακόμα προσπαθεί, όπως και εμείς, να ανασυγκροτηθεί μια και οι περισσότερες πόλεις είχαν μετατραπεί σε ερείπια και οικόπεδα. Προχωρήσαμε σέ όλο το μήκος του εργοστάσιου όπου είδαμε πως και από τι παράγονται τα λιπάσματα, ποιες ήταν οι πρώτες ύλες και που είχαν σκοπό να τα διαθέσουν.

Πολλές εκτάσεις της Ελλάδας είχαν μείνει όχι μόνο χωρίς λιπάσματα, αλλά και τελείως ακαλλιέργητες λόγω του πολέμου, του ανταρτοπολέμου και της αραίωσης του πληθυσμού. Για πρώτη φορά παρακολουθήσαμε ζωντανά πως γίνονται πολλά και διάφορα γιάλινα προϊόντα από την αρχή της ύλης, μέχρι που εργάτες φυσάνε και πλάθουν το οποιοδήποτε αντικείμενο. Όπως ποτήρια, βάζα, γιάλινες πιατέλες και ότι γιαλικό.

Φεύγοντας παραδεχτήκαμε όλοι, ότι ήταν μια από τις ενδιαφέρουσες κατατοπιστικές επισκέψεις, που οπωσδήποτε ήταν απόλυτα χρήσιμη για την εγκυκλοπαιδική και όχι μόνο μορφωση μας. Οι καθηγητές που μας συνόδεψαν, η Φυσικός και ο Χημικός, μας είπαν να γράψουμε στα σχετικά φυλλάδια που μας είχαν δώσει στο εργοστάσιο, τους διάφορους τύπους των προϊόντων και ποια είναι τα σύμβολα των χημικών συστατικών τους.

Και φυσικά στο σχολείο μας περίμενε ο Αλισανδράτος, που μόλις μπήκαμε στη τάξη, μας είπε το γνωστό που όλοι περιμέναμε:

Ότι πρέπει να γράψουμε τις εντυπώσεις μας και γιατί ήταν χρήσιμη η επίσκεψη; Τι αποκόμισε ο καθένας- και το... χρώμα της γραβάτας του εργοστασιάρχη-, σχολιάζει ο Σταύρος, αν όχι τίποτα περισσότερο... . Και να το φέρουμε τη Δευτέρα. «Ελπίζω, ασταμάτητος κατά τη συνήθειά του, ότι θα έχετε κρατήσει τις κατάλληλες σημειώσεις, όπως πότε άρχισε η λειτουργία του εργοστασίου, πριν και μετά τον πόλεμο, τι επακολούθησε; Ποιος είναι ο προγραμματισμός της παραγωγής του για το μέλλον, και τι συνεισφέρει στην ανάπτυξη της Ελληνικής Οικονομίας. Αυτά και αν έχετε κάτι να προσθέσετε, να ξέρετε ότι θα ληφθούν υπ' όψη για το τελικό βαθμό στο μάθημα των Νέων Ελληνικών, που θα συμψηφιστεί με το τελικό βαθμό των εξετάσεων του Ιουνίου!» Τι του ήρθε να το πει αυτό; Αμέσως άρχισαν οι ερωτήσεις πως θα γίνει ο συμψηφισμός; Δηλαδή αν κάποιος δεν έγραφε καλά στις τελικές εξετάσεις και είχε γράψει καλά για τις διάφορες επισκέψεις σε αξιοθέατα, εκδρομές, εργοστάσια κλπ θα διορθωνότανε ο τελικός βαθμός; Και άλλες σχετικές μύριες ερωτήσεις, μάλλον βλακώδεις κατά τη γνώμη μας, τουλάχιστον των πιο σνόμπ από μας. Με τις εξηγήσεις και τις αντερωτήσεις από τα περισσότερα κορίτσια, κατόρθωσαν να φάνε κοντά μισή ώρα από το μάθημα.

Και μόνο στο τέλος καταλάβαμε καθ' ο αργόστροφοι, όπως μου ψιθυρίζει ο Παναγιώτης, γιατί τα κορίτσια το τραβούσαν το θέμα τόση ώρα

Χτύπησε το κουδούνι έφυγε ο Αλισανδράτος, και βγαίνοντας για το μεγάλο διάλειμμα αποκαλύπτεται η συνωμοσία. Μερικές από τις καλές μαθήτριες όπως η Μαργαρίτα, η Λίτσα, η Μαίρη και άλλες δυο τρεις, δεν είχαν διαβάσει καθόλου για τον Καρκαβίτσα και ούτε είχαν κάνει τις αναλύσεις που είχε ζητήσει ο καθηγητής. Θεώρησαν λοιπόν καλό, μια και ο άλλος πήγαινε γυρεύοντας να του... παίξουν καθυστέρηση, ώστε να γλυτώσουν όσο ήταν δυνατό ,να πουν τις αναλύσεις που είχε ζητήσει για τον συγγραφέα, διότι δεν είχαν διαβάσει.

Θυμωμένος εκ μέρους των αγοριών, ο Πέτρος τους είπε ότι αν επαναλάβουν παρόμοιες καθυστερήσεις στο μέλλον θα πρέπει να το γνωρίζουμε και εμείς ώστε να επωφελούμεθα, όχι να σηκώνουν ανεξάρτητο μπαϊράκι!; Τι μας παριστάνουν τις πειρατίνες; «Εκεί γυρνάει το μυαλό σας!» πετάγεται η Μαίρη καθώς ακόμα σηκωνόμαστε για να βγούμε από τη τάξη. Και δεν σταματάει: «Γι' αυτό δεν είσαστε άξιοι να συνεννοηθούμε, το μυαλό σας είναι στα κοριτσάκια και όχι σε σοβαρά θέματα! «Από δω άρχισε ένας καβγάς άνευ προηγουμένου. Ευτυχώς κατεβήκαμε από τη σκάλα του δευτέρου ορόφου στο ισόγειο και περιοριστήκαμε στην αυλή μας, αποχωριζόμενοι από τα κορίτσια και έτσι τελικά ηρέμησαν τα πνεύματα. Παρ' όλ' αυτά εξακολουθεί ο Βάκης λέγοντας: «Ποιος ή μάλλον ποιά; είπε τέτοια πράγματα;» Όπου επεμβαίνουμε ο Παναγιώτης, ο Κώστας Κ. και εγώ.» Πρόκειται για παρεξήγηση: Καμιά από τα κορίτσια δεν είπε τέτοιο πράγμα.» Τότε τι ήταν αυτό για την πειρατίνα;» ρωτάει κάποιος άλλος. Κοιτάω προς την αυλή των κοριτσιών και το βλέμμα μου πέφτει πάνω στην Αλίκη, την πειρατίνα, τώρα με μπλέ σκούρα ποδιά, κουμπωμένη μέχρι το λαιμό, που όσο και ωραία, δεν θυμίζει τίποτα από τις αποκριάτικες εμφανίσεις της. «Ναι, αλλά από εκεί ξεκίνησε όλη η ιστορία, βλέπεις οι δικές μας θύμωσαν γιατί τους θυμίζεις την πειρατίνα, που καμιά από τη τάξη μας δεν μπορεί να παραβληθεί σε ομορφιά» λέει ο Γιώργος. Και καθώς περπατούσα κάνω άλλες δυο βόλτες χαμογελώντας στην Μπέττυ από την άλλη μεριά της αυλής.

***

«Ακούστε, τους λέω τελικά όλη η συζήτηση δεν οδηγεί πουθενά. Προτείνω να μιλήσουμε στα κορίτσια και να πούμε πως αν έχουν υπ' όψη τους, ή σχεδιάζουν κάτι, καλύτερα να το οργανώνουμε όλοι μαζί και όχι μόνο μια μεριά της τάξης.

Γύρισα στο σπίτι και πάλι στεναχωρηθήκα, διότι ο πατέρας επέμενε να πάμε στην Κυλλήνη που βέβαια είχαμε ξαναπάει αρκετές φορές και εγώ θα έμενα χωρίς παρέα όλο το Πάσχα. Η Μπέττυ από την άλλη, κρέμασε μεγάλα μούτρα γιατί παρά τη θέλησή της, θα την πήγαιναν στους Δελφούς, όπου δεν ήξερε κανένα και θα έπρεπε να... αλληλογραφούμε! Τουλάχιστον μετά από αρκετή φασαρία κανονίσαμε στην Κυλλήνη να έρθουν και τα ξαδέρφια μου, με μεγάλη παρέα και έτσι το θέμα σχετικά λύθηκε από την άποψη της ανδρικής και μόνο παρέας. Πήραμε μαζί ένα περίστροφο που είχε ανακαλύψει κάποιος θείος και τρία μικρά φλομπεράκια και ετοιμαζόμαστε για κυνήγι τις άγιες εκείνες ημερες.

ΤΟ ΠΑΡΤΙ ΤΗΣ ΜΑΙΗΣ, ΤΗΝ ΠΡΩΤΟΜΑΓΙΑ

1954

Ήτανε Σάββατο 1η Μαίου και η Μαίη είχε οργανώσει μεγάλο πάρτι, γιορτάζοντας τα γενέθλιά της. Είχε καλέσει όλο το γνωστό κόσμο φίλους και άλλους φίλους, των φίλων, κοντά εξήντα άτομα, με πιο ισχυρή αντιπροσωπεία των τεσσάρων μεγάλων τάξεων του Γυμνασίου.

Πήγα πρώτα στο σπίτι της Μπέττυς. Μου άνοιξε τυλιγμένη σ'ένα μπουρνούζι. «Βλέπεις τι σκέφτομαι; Σ'έχω επιθυμήσει το σπίτι είναι δικό μας, πάμε τώρα στο δωμάτιό μου! Μετά το πάρτι θα... αργήσουμε και καλύτερα να πάμε... χαϊδεμένοι! Εξαφανίζεται στο μπάνιο και βγαίνει σε λίγο φορώντας ένα ολόσωμο βαρύ φόρεμα. «Έλα να μου κλείσεις το φερμουάρ στη πλάτη...»

Πλησιάζω και και την ξανα-αγκαλιάζω από πίσω βάζοντας τα χέρια μου μέσα από το φόρεμα. Προσπαθεί να με σταματήσει πιάνοντας τα χέρια μου.» Μα τι κάνεις; Είσαι τρελός; Μου ξεφεύγει.. θα μου τσαλακώσεις το φόρεμα και θα μου χαλάσεις τα μαλιά...σταμάτα!» «Αφού επιμένεις στις ημίγυμνες επιδείξεις τι θελεις να κάνω;» Προσπαθώ να την ξαναπιάσω. «Να σου λείπουν αυτά! «μου λέει, καθώς χτενιζότανε και της είχα κλείσει το φερμουάρ. Ύστερα από μισή ώρα κατεβήκαμε στο δρόμο για να περπατήσουμε μέχρι το σπιτι της Μαίης. Φτάσαμε ντυμένοι με τα καλά μας και άψογοι.

Η Μαίη πηγαινοερχότανε μέσα σε μια έξωμο τουαλέτα, με τολμηρότατο ντελκοτέ και ανοίγματα στο πλάι του φορεμάτός της. Η όλη ατμόσφαιρα μύριζε, κατά την μη...κοινοποιηθείσα γνώμη μου ...βαρύ νεοπλουτισμό! Μας κατεύθυνει η Μαίη: «Πηγαίνετε κάτω, είναι πιο ήσυχα και παίζει το πικ- απ με τους δικούς μου τους δίσκους. Ευτυχώς ο πατέρας έχει φέρει προσωπικό από τα ξενοδοχεία του και δεν έχουμε να τρέχουμε πάνω κάτω συνεχώς όπως άλλες φορές!» Ακολουθήσαμε τη συμβουλή της και κατεβήκαμε στο υπόγειο που ήταν το παλιό γκαράζ. «Εκεί βρήκαμε περισσότερους γνωστούς απ' ότι απάνω και πιάσαμε τη κουβέντα τρωγοπίνοντας, με διαλείμματα για να χορέψουμε. Περάσαμε έτσι αρκετές ώρες κάτω στο υπόγειο χορεύοντας μια ολόκληρη σειρά από μπλουζ. Εδώ υπήρχαν άλλος μπουφές και άλλο μπαρ.

Πρέπει να βρισκόμαστε καμιά εικοσαριά ζευγάρια, μάλλον ερωτευμένα, ή αγκαλιασμένα και χαιδεύομενα αρκετά κόσμια. Απάνω είχαν αρχίσει να ακούγονται δυνατά πολύ πιο γρήγορα τραγούδια από ροκ εντ ρολ, μέχρι τσάρλεστον. Ανεβήκαμε για λίγο. Πραγματικά εδώ γινόταν μεγάλο κέφι με τα τσάρλεστον, με διάφορες σάμπες, ρούμπες και άλλα λατινοαμερικάνικα. Κατά τις δυόμιση λέω στη Μπέττυ: «Τι νομίζεις; Να του δίνουμε; «Στα γρήγορα βγήκαμε από τη πόρτα γιατί το κέφι συνεχιζόταν και δεν θέλαμε να χαλάσουμε και το πάρτι, επειδή έμείς για απόλυτα ιδιοτελείς λόγους θέλαμε να φύγουμε. Για δεύτερη φορά αγκαλιαστήκαμε η Μπέττυ είχε την ιδέα να συνεχίσουμε με κουαντρό ον αίς, σπίτι της, που τις άρεσε πολύ.

Μου χαμογέλασε καθώς καθόμαστε μισοξαπλωμένοι στον καναπέ κατά τις τρεις το πρωί σχετικά σε καλή κατάσταση, παρά τα όσα είχαμε κάνει και πιεί.Αποχωριστήκαμε. Έφυγα και για να μου περάσει η φριχτή στύση, που συνεχιζόταν με αλεπάλληλες... διαρροές περπάτησα από τη Φιλοθέη μέχρι την Αριστοτέλους όπου έφτασα στις τέσσερις και μισή.

ΣΤΟΝ ΚΙΝΗΜΑΤΟΓΡΑΦΟ Η ΒΙΟΓΡΑΦΙΑ ΤΟΥ ΙΔΡΥΤΟΥ ΤΟΥ ΕΡΥΘΡΟΥ ΣΤΑΥΡΟΥ

1954

Στις αρχές Μαΐου μας ανακοινώθηκε ότι θα πηγαίναμε όλο το Γυμνάσιο στον κινηματογράφο. Κάποιος μαθητής, ή μάλλον ο πατέρας του ήταν κινηματογραφικός επιχειρηματίας και μας προσέφερε την ταινία «Ερίκος Ντυνάν» που ήταν ο ιδρυτής του παγκόσμιου Ερυθρού Σταυρού. Το φίλμ αφορούσε τη βιογραφία του και ήταν μεγάλης διάρκειας πάνω από δύο ώρες και όλοι θα το παρακολουθούσαμε στον κινηματογράφο ΕΣΠΕΡΟΣ στην οδό Σταδίου, απέναντι από το ΑΤΤΙΚΟΝ. Το φιλμ νομίζω, ότι μας φάνηκε ενδιαφέρον.

«Και... καταλαβαίνετε κύριε Αλισανδράτο ότι δεν μπορούσαμε να κρατήσουμε σημειώσεις στο σκοτάδι της αίθουσας!». Έτσι είπαμε για να τον προκαταλάβουμε. Εκείνος όμως είχε έτοιμη την απάντηση :»Νομίζω ότι σε κάποιον είπα να κρατήσετε τις σημειώσεις στο διάλειμμα, όχι βέβαια στα σκοτάδια... Ποιός όμως ακολούθησε τη συμβουλή μου; Απ'ότι φαίνεται κανείς!» Επιμέναμε ότι μας είχαν πει να μην πάρουμε τις τσάντες μαζί μας και να τις αφήσουμε στα λεωφορεία και έτσι δεν είχαμε μολύβια, στυλό, ούτε και τετράδια, ή σημειωματάρια για να γράφουμε. Πως λοιπόν θα γράφαμε σημειώσεις; «Ωραία λοιπόν! Μας απαντάει: Τότε θα γράψετε μια αναφορά σαν έκθεση, για το τι είδατε και σε τι χρησίμεψε αυτή η παρακολούθηση του μεγάλου ευεργέτη και ιδρυτή του Ερυθρού Σταυρού!» Με τον Κώστα Κ. συμφωνήσαμε ότι ήταν άσκοπο να προβάλουμε... αντίσταση, αφού θα ανοίγαμε κάποια εγκυκλοπαίδεια και θα την ... αντιγράφαμε με... δικά μας λόγια! Και για του λόγου το αληθές εκείνος θα αντέγραφε από την Μπριτάνικα και εγώ από τον Ελευθερουδάκη. Έτσι θα είμαστε απόλυτα εντάξει. Το επόμενο πρωί ο κύριος Μωραΐτης έκανε μια εισαγωγή ευχαριστώντας τον πατέρα του μαθητή για την ευγενική, όπως είπε, προσφορά για μια τέτοια κατατοπιστική προβολή.Ακολούθησε ο καθηγητής θρησκευτικών που περιορίστηκε στο φιλανθρωπικό έργο του Ντυνάν και μετά κάποιος από την ογδόη, έκανε μια ...επί πλέον λεπτομερέστατη ανάλυση για τη ζωή του ευεργέτη από τότε που γεννήθηκε μέχρι το θάνατό του. Αφού έγινε όλη αυτή η παρουσίαση... τι μας γυρεύει ο βαλές; Ρωτάει ο Βάκης :» Τί θα κάνουμε λοιπόν;»

«Όταν έφτασε ο Αλισανδράτος, στο μάθημα των Νέων Ελληνικών τον βομβάρδισαν με τις ερωτήσεις και η Μαίρη μάλιστα ρώτησε: «Από ποιά πλευρά πρέπει να αναλύσουμε τον Ντυνάν μια και κατά τη γνώμη μου όλες οι απόψεις είχαν εξαντληθεί με όσα είχαν ειπωθεί το πρωί!» Ανένδοτος εκείνος και για να τελειώσει τη κουβέντα, μας δήλωσε ότι όποιος δεν φέρει την εργασία για τον Ντυνάν θα θεωρηθεί ότι δεν έγραψε σε πρόχειρο διαγώνισμα των Νέων Ελληνικών, και θα βαθμολογηθεί κάτω από τη βάση. Ο Κώστας και εγώ προχωρήσαμε στην αντιγραφή με... δικά μας λόγια από τις εγκυκλοπαίδειες, που δεν βρίσκονταν όμως σε όλα τα σπίτια των συμμαθητών μας. Προέκυψε και το... ευτράπελο της επίσκεψης στο σταθμό των Πρώτων Βοηθειών που ήτανε στην αρχή της 3ης Σεπτεμβρίου, από τον Δημήτρη, για να ... συγκεντρώσει στοιχεία για τον ιδρυτή του Ερυθρού Σταυρού από ... πρώτο χέρι! Φαίνεται ότι οι νοσοκόμοι που είχαν βάρδια εκεί θέλησαν να τον διώξουν, πέρασε όμως ένας γιατρός, που όταν άκουσε τι ήθελε τον πήρε στο γραφείο του και του έδωσε ένα φυλλάδιο του Ελληνικού Ερυθρού Σταυρού. Ενέργεια για την οποία πήρε και έπαινο από Αλισανδράτο για την... αξιομνημόνευτη πρωτοβουλία του ! Διάφοροι άλλοι και άλλες είχαν... καταφύγει σε γιατρούς και νοσοκόμους και είχαν γράψει διάφορα και πολλά. Εμείς, δηλαδή ο Κώστας Κ και εγώ, με την αντιγραφή από τις εγκυκλοπαίδειες με... δικά μας λόγια, όπως αστειευόμαστε, είχαμε άλλη μια επιτυχία και βέβαια όμως, χωρίς πρωτοβουλία ... «αφού συμβαίνει και είχατε τα στοιχεία στις εγκυκλοπαίδειες σπίτι σας!»- Σχεδόν μας κατηγορεί ο καθηγητής. Και ο Κώστας Κ. του απάντησε ότι μήπως θα απολαμβάναμε επαίνους, αν δεν είχαμε εγκυκλοπαίδεια και αντί στον Σταθμό Πρώτων Βοηθειών είχαμε πάει στην... Εθνική Βιβλιοθήκη για να βρούμε στοιχεία; Εγώ είχα ετοιμάσει την απάντηση, ότι στην προκειμένη αλλά και σε άλλες περιπτώσεις θα ήταν καλύτερο να... κάψουμε τις εγκυκλοπαίδειες. Ο Κώστας όμως με πρόλαβε και αντιμετώπισε μόνος την έκφραση της δυσαρέσκειας του καθηγητή.

ΤΕΛΕΥΤΑΙΑ ΕΚΔΡΟΜΗ ΤΟΥ ΧΡΟΝΟΥ

ΒΙΛΛΙΑ - ΠΟΡΤΟ ΓΕΡΜΕΝΟ

1954

Και ήρθε η ώρα της στο τέλος του σχολικού έτους 1953 – 1954. Είχαμε προτείνει να γίνει στα Βίλια και στο Πόρτο Γερμενό, που θεωρούνταν τότε μακρυνότατες εκδρομές. Ξεκινήσαμε από το άγαλμα του Κωνσταντίνου και ακολουθήσαμε το δρόμο προς Θήβα. Δυο Τάξεις, η Ογδόη και εμείς, ενώ οι άλλες τάξεις θα πήγαιναν σε άλλα μέρη όπως στην Ανάβυσσο.

Τα Βίλλια ήταν μέσα σ' ένα πευκόδασος όπου σταματήσαμε για μικρό διάλειμμα καφέ. Μετά τον καφέ αρχίσαμε να ξυπνάμε. Η νέα κατεύθυνση ήταν προς το Πόρτο Γερμενό, τα Αρχαία Αιγόσθενα. Το λεωφορείο σταμάτησε και συγκεντρωθήκαμε στην αρχή ενός μονοπατιού, που οδηγούσε προς ένα αρχαίο πέτρινο μισογκρεμισμένο πύργο, ή μέρος κάστρου. Εκεί η άλλη φιλόλογος καθηγήτριά μας, είπε σύντομα ευτυχώς, ότι από τον τέταρτο αιώνα π.Χ. το κάστρο αυτό ήταν μεγάλης στρατηγικής σημασίας, διότι οι κάτοικοι των Μεγάρων και οι Αθηναίοι το χρησιμοποιούσαν για να αντικρούσουν τις επιθέσεις των Θηβαίων, καθώς η Θήβα ήταν αρκετά κοντά. Μας είπε ότι η περιοχή, σαν κάστρο με στρατόπεδο, συνέχισε να αναπτύσσεται και στην Ελληνιστική εποχή, και κατά το Βυζάντιο. Διότι ο δρόμος, που οδηγούσε από την Αθήνα στα Βόρεια, περνούσε από εκεί και όχι όπως σήμερα, από την Ελευσίνα, Μάνδρα, Κριεκούκι και συνεχίζει προς Θήβα. Συνεχίσαμε τον περίπατο στα ερείπια, που δεν ήταν... ευτυχώς πολλά και επιστρέψαμε στο λεωφορείο για να φτάσουμε στο παραθαλάσσιο Πόρτο Γερμενό. Και εδώ υπήρχε μέρος από αρχαίο λιμάνι. Παρακάτω βρισκόταν ένα γήπεδο στρωμένο με χώμα και άμμο, που αμέσως οι περισσότεροι της ογδόης το χρησιμοποιήσαν παίζοντας ποδόσφαιρο.

Εμείς και συγκεκριμένα, η πιο στενή παρέα από οχτώ αγόρια, αποφασίσαμε να εξαφανιστούμε και να πάμε για μπάνιο, στα κρυφά, μια και ήταν... απαγορευμένο. Στην Μαγιάτικη λιακάδα με θερμοκρασίες γύρω στα 27 – 28, θεωρήσαμε ότι αυτό ήταν ανόητο! Και λέγοντας ότι θα πάμε για πεζοπορία εξαφανιστήκαμε προς τα ανατολικά ακολουθώντας τη θάλασσα.

Μόλις γυρίσαμε το πρώτο ακρωτήρι, καθώς προχωρούσαμε σ΄ένα μονοπάτι δίπλα στη παραλία, γίναμε αόρατοι από την άλλη μεριά, που ήταν η ταβέρνα και προχωρήσαμε μέχρι που συναντήσαμε μια μικρή πλάζ με χαλίκια. Γδυθήκαμε και με τα σώβρακα πέσαμε στη θάλασσα, που ήταν λίγο κρύα – ήταν και το πρώτο μας μπάνιο – μετά όμως από λίγο κολυμπήσαμε και παίξαμε και μπάλα μέσα στη θάλασα που κάποιος είχε φέρει μαζί του.

Καταευχαριστημένοι γυρίσαμε πίσω την ώρα του φαγητού και ευτυχώς διότι περπατώντας στη λιακάδα στεγνώσαμε και με τα βρεμένα σώβρακα μέσα στα σακίδια , καθίσαμε στα τραπέζια που είχε ετοιμάσει η ταβέρνα. Η Μαργαρίτα μας κοιτάει και μας λέει περιφρονητικά: «Τώρα θα μου πείτε ότι είχατε πάει να κολυμπήσετε. Νομίζω ότι μας κοροϊδεύετε.» Κάνω νόημα να πάρει τη φίλη της, την Μαίρη και να πάμε λίγο πιο κει, διότι δεν έχουμε σκοπό να τιμωρηθούμε στα καλά καθούμενα, καθώς ο θρησκευτικός είχε, όπως νόμισα, στήσει αυτή. Προχωρήσαμε λοιπόν τα δυο κορίτσια ο Παναγιώτης και εγώ, αρκετά εκνευρισμένος, για να τους πώ: «Είσαστε με τα καλά σας; Θέλετε να μας ακούσει όλος ο κόσμος; Αφού ξέρετε ότι το κολύμπι, απαγορεύοταν.» «Ενώ εσείς κολυμπήσατε.» εξακολουθεί να μας περιπαίζει η Μαίη στραβώνοντας τα μούτρα της κάνοντας γριμάτσες ... σαν να λέει τι ψέματα είν' αυτά... «Εγώ θα σας αποδείξω ότι πραγματικά κολυμπήσαμε μιλώντας ψιθυριστά και εάν δεν θέλετε να σας δείξουμε τα σώβρακα, που είναι βρεμένα μέσα στα σακίδια μας, τότε μόνο μια λύση υπάρχει. «Ορίστε, προτείνω το δεξί μου χέρι στη Μαίρη: Γλύψε! «Δεν είσαι με τα καλά σου, άκου τον εκεί, που θα σου γλύψω το χέρι...» «Τότε δεν θα καταλάβεις ότι κολυμπήσαμε, γιατί το χέρι μου είναι αλμυρό από το αλάτι της θάλασσας..» της λέω. «Δεν σε πιστεύω!» γυρνάει στη Μαργαρίτα για ενίσχυση, εκείνη την παροτρύνει: «Γλύψτον λοιπόν, αν δεν το κάνεις, θα τον γλύψω εγώ! «Σιγά, σιγά λέει ο Παναγιώτης μία, μία και μετά γλύψτε και.. μένα! «Αφού μας διαολόστειλαν, μας έγλυψαν το χέρι κα διαπίστωσαν ότι πραγματικά είχαμε κολυμπήσει καθ΄ο αλμυροί! «Έπρεπε να μας είχαν γλύψει και τους… οχτώ... γιατί δηλαδή μόνο εσείς;» κάτι πήγε να πει στη Μαίρη, ο Μιχάλης και άκουσε της χρονιάς του.» Οτι έγινε έγινε!

Δεν μπορεί να επαναλαμβάνεται ούτε σαν αστείο αυτή η προστυχιά!

Δογματίζει η Μαργαρίτα που στο μεταξύ το είχε πει στις άλλες και εκείνες την έβριζαν για το: «Τι είναι αυτά που κάνετε». «Η γυναικεία περιέργεια για να ικανοποιηθεί μετέρχεται πολλές τέχνες και επινοήσεις!» Συμπληρώνει ο Μιχάλης. Και ενώ οι κοπέλες απομακρύνθηκαν προς κάτι ωραίους της ογδόης, απομείναμε στο τραπέζι παραγγέλοντας σουβλάκια, πατάτες τηγανιτές και τις σχετικές μπύρες. Και για να πούμε την αλήθεια αν δεν είχαμε κάνει και το κολύμπι μας, η εκδρομή θα ήταν τέλεια βαρετή.

Την επόμενη Δευτέρα στο πρωινό τέταρτο που κατά καιρούς επεκτεινόταν σε εικοσάλεπτο, ο Κώστας Κ μαζί νομίζω με τον Κώστα Γ. είχαν ετοιμάσει μια ομιλία για τον τριδιάστατο κινηματογράφο που μόλις είχε προβληθεί η πρώτη ταινία με τα σχετικά γιαλιά στο ΡΕΞ. Σε μισή ώρα λοιπόν μας ανέλυσαν πως και γιατί αντιμετωπίζουμε τις εικόνες μέσα από τα χαρτονένια γιαλιά και τι προεργασία γίνεται στη ταινία και άλλες, μάλλον βαρετές, λεπομέρειες. Παρ' όλα αυτά καταχειροκροτήθηκαν στο τέλος και φαίνεται ότι σημειώσαν μεγάλη επιτυχία που ακολούθησαν τα συγχαρητήρια του κυρίου Τσούρη του υποδιευθυντή. Με μια από τις τρεις Μαργαρίτες της τάξης μας, συμμετείχαμε στην επιτροπή του περιοδικού, του Έφηβου. Εκεί διαβάζαμε τα διάφορα κείμενα που μας έδιναν προς δημοσίευση. Ευλογούσαμε και τους εαυτούς μας, διότι κατά... περίεργο τρόπο απ' όλες τις τάξεις ότι δημοσιεύοταν ανήκε κατά πλειοψηφία σε μέλη της επιτροπής!. Έτσι σε μια από τις συνεδριάσεις, που δεν γινόνταν τακτικά, έπεσε στα χέρια μας ένα ανώνυμο κείμενο που το βρήκα τραγικά διασκεδαστικό. Έκρινα όμως, ότι ήταν ακατάλληλο για δημοσιεύση. Αυτό όμως δεν με εμπόδισε να το δακτυλογραφήσω, καθώς ήταν χειρόγραφο, σε τρία αντίγραφα και να το διαβάσω σε ορισμένους στη τάξη, σ' ένα διάλειμμα όταν διαλύθηκαν όλοι στα γέλια. Και φυσικό ήταν το ανώνυμο αυτό κείμενο να αρχίσει την...ευρύτερη κυκλοφορία του χάρη στε άλλα αντίγραφα. Με τετοια αυξανόμενη... καθημερινά κυκλοφορία τελικά έπεσε στα χέρια των καθηγητών. Αρχισαν οι ανακρίσεις: «Ποιος το έγραψε;» Γιατί και από που κυκλοφορεί; Και πως;» Μας κάλεσαν με τη Μαργαρίτα στο Γραφείο και μας ρώτησαν αν το γνωρίζουμε. Απαντήσαμε την αλήθεια ότι το κείμενο εμφανίστηκε μέσα σ' ένα φάκελλο στο τραπέζι της συνεδρίασης της επιτροπής, που συζητούσαμε τι θα δημοσιευθεί στο περιοδικό.

Κανείς απ' όλες τις τάξεις δεν παραδέχτηκε ότι το έφερε. Ήταν όμως χειρόγραφο. Και βέβαια το κρίναμε μη δημοσιεύσιμο λόγω του περιεχομένου του. Εγώ το δακτυλογράφησα για αστείο.» Και από τότε κυκλοφορεί σαν... προκήρυξη!» Παρατηρεί ο κύριος Μωραΐτης. Γυρίσαμε στη τάξη. Τουλάχιστον δεν μας το διαβάζετε να δούμε τι λέει; Ρωτάει κάποιος. Όχι εδώ μέσα, απαντώ, αν θέλετε να το ακούσετε, ελάτε μετά το γυρισμό με το λεωφορείο πίσω από το άγαλμα του Κωνσταντίνου να το διαβάσουμε, όπως και έγινε το ίδιο εκείνο απόγεμα. Η φήμη όμως του κειμένου αυτού με τίτλο «Ο καζουροποιός» είχε κυκλοφορήσει σε όλο το Γυμνάσιο. Το επόμενο απόγεμα μου τηλεφωνάει η Μπέττυ ζητώντας να το πάρω μαζί μου το Σάββατο που θα βγούμε και να της το διαβάσω. Καταφτάνει και ο Άγγελος με ένα άλλο παρόμοιο κείμενο, που θα το τσεκάριζε... λέει, για να δει αν είναι... αυθεντικό αντίγραφο, διότι ο καθένας ανακατεύεται και γράφει ότι του κατέβει. Μπορεί να είναι και άλλο... δηλαδή για να αποφύγουμε... κλεψιτυπίες! Ωραίος όρος! Μαζεύονται λοιπόν ένα απόγεμα καμιά δεκαπενταριά παιδιά από τις τέσσερις τελευταίες τάξεις του Γυμνασίου. Πίσω από το άγαλμα του Κωνσταντίνου. Και αρχίζω να διαβάζω:

ΕΡΓΑ ΚΑΙ ΗΜΕΡΑΙ
ΤΟΥ ΚΑΖΟΥΡΟΠΟΙΟΥ

1954

Ποιός λίγο ποιός πολύ, όλοι θάχουμε συναντήσει τον τύπο αυτό του μαθητού, αν δεν είμαστε κι' οι ίδιοι. Καλύτερα όμως θα'ναι να τον παρακολουθήσουμε σε μια από τις πιο –γεμάτες- ημέρες του. Το ξυπνητήρι χτυπά στις επτά και τέταρτο. Σηκώνεται, πλένεται, ντύνεται, μη παραλείποντας να γεμίσει τις τσέπες του με διάφορα... αντικείμενα, απαραίτητα συστατικά μιας καλής καζούρας. Έτσι μέσα στις τσέπες του σακακιού του βάζει: Δύο λαστιχάκια, μικρού μεγέθους, δύο μεγάλου, το μισό κομμάτι από ένα σπασμένο ψαλίδι, τρεις χορδές από κιθάρα κατά προτίμηση ΝΤΟ, ΣΟΛ και ΡΕ, ένα μακρύ σύρμα, περίπου πέντε δραχμές σε καινούρια εικοσαράκια, που έχουν καταντήσει απαραίτητα για συνοδεία της καλής καζούρας τελευταία, ένα μικρό κουδουνάκι, ένα φυσίγγιο κυνηγητικό με σκάγια νούμερο 22, δυο μέτρα γερό σπάγγο και άλλα δυο χοντρή μεσηνέζα και διάφορα άλλα... μικροπράγματα.

Αφού ελέγξει άλλη μια φορά όλα αυτά τα εφόδια, ξεκινάει για τη στάση των λεωφορείων. Στο λεωφορείο θα κρύψει δυο,τρεις σάκες κάτω από τα καθίσματα και αφού τα κάνει όλα αυτά παραμένει ικανοποιημένος γιατί πέρασε ένα ευχάριστο ξύπνημα! Φτάνοντας στο σχολείο αρχίζει να φωνάζει διότι μόλις έφτασε χτύπησε το κουδούνι και δεν πρόλαβε να γράψει ... μερικά μαθήματα όπως Αρχαία, Μαθηματικά, Φυσική κλπ. Χτές δεν είχε καιρό να γράψει, διότι είχε πάει στο μαγαζάκι, που είναι στη στοά του ΟΡΦΕΑ του κινηματογράφου, ν' αγοράσει διάφορα και πολλά έξυπνα, ή και σαχλά παιχνιδάκια. Όπως η φάτσα εκείνη που την πατάς και γελάει ξεκαρδιστικά κλπ. Στην πρωϊνή συγκέντρωση βαστάει τη σάκα του ψηλά ανάμεσα στα πόδια του και ξαφνικά την αφήνει και πέφτει για ν'ακουστεί ένα ξερό παφ. Τα μάτια τριών καθηγητών ... ερευνούν τον ορίζοντα για να εξακριβώσουν από που προήλθε ο θόρυβος, αυτός όμως έχει πάρει ύφος ... Μαντόνας και έχει προσηλώσει την προσοχή του στον ομιλητή ὁ οποίος εκείνη τη στιγμή λέει: «Βέβαια δεν μπορούμε να ψαρέψουμε πολύ βαθειά... «Πόσο πάνω, κάτω;» διακόπτει δυνατά. Η μισή Τάξη, που στέκεται στη σειρά του, σκάει στα γέλια. Σσσς ... Ακούγεται από τον καθηγητή γνωστό για τα αντικαζουρικά του αισθήματα. Ντριν, ντριν πετάει ένα εικοσαράκι στο μωσαικό, που αντιμετωπίζεται από πνιχτά γέλια. Πλησιάζει καθηγη- τής: «Δικό σου είναι ;» τον ρωτάει, «Όχι, μου το πετάξανε από μακριά! «Για πρόσεχε καλά, ακούς; γιατί εγώ είμαι πιο έξυπνος από εσένα, τ' ακούς; «Μάλιστα κύριε!» Απαντάει με το πιο αθώο ύφος του κόσμου. Φεύγει ο καθηγητής . Το πρωινό τέταρτο τελειώνει . Ανεβαίνοντας την έξω σκάλα του σχολείου άλλοτε παραγγέλει στην... παρέα του, γνωστή σαν... μαφία, να σκουπίζουν τα πόδια τους στην ψάθα πολύ ώρα, άλλοτε τους λέει να ... σκοντάψουν στην ψάθα όλοι μαζί. Κάποια φορά κουβαλάει ένα ... σκύλο, που γυρίζει τώρα τελευταία μέσα στην περιοχή του σχολείου, κάτω από τη μασχάλη του για να τον φέρει στη Τάξη, να... μάθει γράμματα!. Εδώ προσκρούει πάνω στα άγρια βλέμματα καθηγητού τινός και αναγκάζεται να τον αφήσει. Μπαίνοντας από τη πόρτα στη Τάξη, πετάει τη σάκα στο θρανίο του ξεχνώντας ότι έχει μέσα ένα δίσκο για το επόμενο μουσικό πρωινό , παρηγοριέται όμως με τα καλαμπούρια που θα του δώσει αφορμή να διηγηθεί, το σπάσιμο του δίσκου. Και αρχίζει λίγο πριν μπει η καθηγή- τρια . «Παιδιά σήμερα θα... σπάσουμε πλάκες και θ' ακούσουμε... αποσπά- σματα από δίσκους...»

Μπαίνει η καθηγήτρια Α. Τώρα βρίσκεται στο στοιχείο του, περνάει το εικοσαράκι από τη τρύπα σ'ένα συρματάκι και αρχίζει να το κουδου- νάει. Όταν βαρεθεί, διότι κανείς δεν του δίνει σημασία, αφού ο θόρυβος είναι ανεπαίσθητος , το πετάει χάμω στο πάτωμα. Πλησιάζει η καθηγήτρια το παίρνει και το πετάει έξω από το παράθυρο. «Α, φωνάζει εκείνος, θα... ανέβει στον έβδομο ουρανό.»

Στην δεύτερη ώρα στον καθηγητή Β. του έρχεται η έμπνευση να δέ- σει τις χορδές της κιθάρας στα σιδερένια πόδια του θρανίου και προσπαθεί να παίξει κάποιο γνωστό ρυθμό, ο καθηγητής κατάπληκτος από τα μουσο- τραφή αισθήματα του, τον σηκώνει στο μάθημα όπου βαθμολογείται με... δύο! Διότι τελευταία τουλάχιστον στην εβδομη, προς ογδόη τα δυάρια πέ- φτουν σαν... μετεωρίτες τον Μάιο.

Στο διάλειμμα μαζεύει μικρά χαλίκια από την αυλή και στο πεντάλεπτο διάλειμμα τα πετάει στον προσωρινό μαθητή-επιμελητή. Ένα από αυτά χτυπάει τον ατυχή αυτόν στο μάτι, που κάθεται στην έδρα τρίβωντας το μάτι του . Εδώ ο φίλος μας βρίσκει έδαφος για καλαμπούρι, πετάγεται και φωνάζει «Ο επιμελητής απέθανε... ζήτω ο επιμελητής!» Κάθεται όμως γρήγορα γιατί απειλητικά συμμαθητικά βαρυφορτωμένα σύννεφα καρπαζιάς σηκώνονται στον ορίζοντα.

Αρχίζει το άλλο μάθημα, μετά από πέντε λεπτά πετάει μια φούχτα σκάγια στο τζάμι που αντηχούν σαν καταρρακτώδης βροχή. «Βρέχει; «ρωτάει ο καθηγητής. «Όχι.» απαντούν οι περισσότεροι.» Για σας παρακαλώ ησυχία!» Λίγο πιο ύστερα, δεν έχουν περάσει ούτε δέκα λεπτά βάζει τις φωνές. «Ένα ιπτάμενο... πούρο, ένα πούρο.» Άλλο που δεν θέλουν οι υπόλοιποι σηκώνονται να δουν το... πούρο έξω από το παράθυρο. Αυτή τη φορά όμως πέφτει τιμωρία: «Θα γράψεις πεντακόσιες φορές. Δεν θα ξαναδώ ιπτάμενα πούρα.» Ο Καζουροποιοός προχωρεί σε υπολογισμούς τετραγωνικές ρίζες, ημίτονα και λογαρίθμους και μετά στο διάλειμμα μας αναγγέλει θριαμβευτικά :» Θα το γράψω μόνον 125, φορές.» «Γιατί; «ρωτάμε έκπληκτοι. «Διότι θα το γράψω με τρία μολύβια!» Είναι και αυτή, μια από τις προσφιλείς μεθόδους του. Όταν πρόκειται για τιμωρία την γράφει με τρία μολύβια, ή στυλό διαρκείας δεμένα το ένα στο άλλο στη σειρά και στη σωστή απόσταση, έτσι εξοικονομεί χρόνο! Στο επόμενο μάθημα μπαίνει η καθηγήτρια και αρχίζει το μάθημα.

Ξαφνικά: χαλασμός κόσμου: Μπαμ μπουμ, παφ, μπράνγκ! Ενα θρανίο πέφτει χάμω με ότι έχει απάνω του: μολύβια, μπικ, στυλό, βιβλία, κασετίνες και δάφορα άλλα. Ο μαθητής που του έπεσε το θρανίο κατάπληκτος διερωτάται: «Μα πως έπεσε; Κύριε Ελεήσον!.» «Θα είναι... στοιχειωμένο! «απαντά ο καζουροποιός, που κάθεται δυο σειρές πιο μπροστά. Και βέβαια αυτός το είχε κάνει, εφαρμόζοντας... σατανικό σχέδιο. Έδεσε το ένα πόδι του θρανίου πίσω του με σπάγγο δυο μέτρα μακρύ, περνώντας την άλλη άκρη σε μια θηλιά στο πόδι του. Και ενώ ήσυχα κρατούσε σημειώσεις, παριστάνωντας τον επιμελή, τράβηξε το πόδι του και έπεσε το θρανίο πίσω του. Μόλις έπεσε έβγαλε τη θηλιά από το πόδι του και την κλώτσησε κάτω από το θρανίο ενός καλού μαθητού πίσω και δεξιά του. Η καθηγήτρια πιάνει το σπάγγο κα οδηγούμενη από αυτόν τον... μίτο της Αριάδνης φτάνει στον καλό μαθητή. «Μπράβο! του λέει, σ' είχα για καλό παιδί, σαν δεν ντρέπεσαι, επειδή είσαι εσύ, δεν σε τιμωρώ.» «Να τον τιμωρήσετε!» Πετάγεται ο φίλος μας. «Σιωπή αναιδέστατε.» Απαντάει εκείνη. Δεν δέχομαι ούτε κουβέντα. Ο καλός μαθητής εξανίσταται: «Μα σας παρακαλώ!

Δεν έχω ιδέα, οπωσδήποτε δεν είμαι εγώ ο ένοχος, κάποιος πέταξε τον σπάγγο κάτω από το θρανίο μου!» Παρ' όλα αυτά ο φίλος μας παραμένει άγνωστος.

Μετά απ' αυτό το μάθημα κατεβαίνουμε για φαγητό. Εκεί κάνει σαν μανιακός, χτυπάει πιάτα, ποτήρια, πηρούνια, μαχαίρια και κάνει το παν να δημιουργήσει φασαρία, χύνει τα νερά καταβρέχοντας άλλους και μόλις τελειώσει το φαΐ του πρώτος και καλύτερος, ανεβαίνει στη τάξη κι' ανακατεύει τις σάκες. Αλλάζει όλες τις θέσεις που βρίσκονταν με άλλες σάκες και φυσικά βάζει και τη δική του σέ άλλη θέση. Όταν ανεβούμε όλοι ακολουθεί χάος. Η σάκα μου φωνάζει πρώτος και καλύτερος, Η σάκα μου, η σάκα μου, ακούγονται κραυγές απελπισίας, απ' όλη τη τάξη., Μπαίνε μέσα ο κύριος Οδυσσέας, που αναγγέλει ότι «Όποιος φωνάζει για τη σάκα του θα τον σηκώσω στο μάθημα και θα πάρει... δύο!» Κατόπιν αυτού τακτοποιήθηκαν οι σάκες μέσα σ' ένα δίλεπτο. Το μάθημα τελειώνει και τρέχουμε να βρούμε καμιά θέση στο λεωφορείο (πράγμα σπάνιον). Εκεί... οργιάζει. Στην αρχή βάζει τις φωνές: «Καλά ζώα είμαστε; Πως θα... συσσωρευθούμε ο εις επί του άλλου, ωσάν... σφάγια.» Και είναι μια από τις λίγες φορές που έχει δίκιο.

Και όταν μπει προχωρώντας προς το βάθος του λεωφορείου, ποιός τον πιάνει... Και τι δεν κάνει, επωφελούμενος του συνωστισμού. Τραβάει τα μαλιά των κοριτσιών, βαράει καρπαζιές, κρύβει τις σάκκες, πετάει χαρτιά, που έχει σκίσει από τα τετράδια άλλων μαθητών από το παράθυρο του λεωφορείου. Σε ένα τέτοιο επεισόδιο σταμάτησε το λεωφορείο η Τροχαία, με συνέπεια να αποβλήθει για μια εβδομάδα. Επέστρεψε με ολιγότερα και περιορισμένα όνειρα και πάλι όμως συνέχισε σε λιγότερο βαθμό και με τη βροχή από τα ψιλά σκάγια στο τζάμι να είναι το φόρτε του. Μήπως τον αναγνωρίζετε;

ΤΕΛΟΣ

Παταγώδη χειροκροτηματα όταν είπα τέλος.» Φαίνεται ότι ο κύριος αυτός... προωθεί πολλές ιδέες, που ίσως μερικοί θα μπορέσουν να εφαρμόσουν.» Λέει κάποιος. «Ακούστε, μπορείτε να εφαρμόσετε όσες θέλετε, μόνο να μην πείτε που τις ακούσατε και επίσης ότι έχετε διαβάσει παρόμοιο κείμενο.» «Του χρόνου θα είμαστε στην Ογδόη και πρέπει εμείς τουλάχιστον να είμαστε πιο υπεύθυνοι ακόμα και απεναντί σας. «Τώρα μας πουλάς αρχηγία και σηνιόριτυ, αγγλιστί, μου φαίνεται. «Πετάγεται μια από τις συμμαθήτριες της Μπέττυ. «Δεν πουλάω τίποτα, απλώς λέω ότι δεν πρέπει να κυκλοφορήσει ότι καθίσαμε σήμερα το απόγεμα και διαβάσαμε αυτό το κείμενο. Χάρη σας κάναμε και δεν πουλάμε τίποτα που έχει να κάνει με ... ..πως το είπατε; Σηνιόριτυ ή κάτι παρόμοιο; «Σήμανε η αποχώρηση των πολλών. Μείναμε οι τέσσερις μας με τον Αγγελο, την Μαίη, την Μπέττυ και εμένα. Όπως είχαμε συφωνήσει πήγαμε σινεμά και είδαμε το φιλμ που κυνηγούσαμε από καιρό το Πικ Νικ, με τον Ουίλιαμ Χόλντεν και μια έκτακτη, όπως μας είχε φανεί, Κιμ Νόβακ. Μετά καταλήξαμε στο μπαράκι της Φωκίωνος Νέγρη διότι όλα τα σπίτια ήταν... κατειλημμένα από τους μεγάλους, που είχαν μείνει μέσα για το Σαββατοκύριακο. Ήταν ένα από τα τελευταία βράδια που βγαίναμε αργά, διότι από τις αρχές Ιουνίου άρχιζαν οι εξετάσεις και τα πράγματα δυσκόλευαν, περισσότερο για μας που αντιμετωπίζαμε τους διαγωνισμούς από την εβδόμη στην ογδόη με πολύ διάβασμα. Βέβαια όχι και να κλειστούμε μέσα τα Σαββατοκύριακα όπως φαίνεται ότι είχαν ήδη εφαρμόσει ορισμένοι. Αλλά λιγότερες... γυναίκες, πάρτι , ποτά , τσιγάρα και όλα αυτά που... έκλειναν τα καλύτερα σπίτια.

Και επειδή χρειάζεται πάντα κάπου να προσβλέπουμε αποφασίσαμε εμείς της εβδόμης να οργανώσουμε το τελικό πάρτι της χρονιάς μια ημέρα μετά το τέλος των διαγωνισμών. Μια και ήταν καλοκαίρι καταλήξαμε στο σπίτι της Εκάλης, όπου υποσχέθηκε ο φίλος μας από το κολλέγιο, ο Σταμάτης θα το άνοιγε μόνο για μας. Στο σπίτι θα χρησιμοποιούσαμε μόνο τη κουζίνα και τις τουαλέτες, όλα τα άλλα δωμάτια θα ήταν κλειστά, μια και όλη συγκέντρωση, ο χορός και άλλα θα γίνονταν στην αυλή και στον κήπο. Πριν όμως από τα παραπάνω έπρεπε εκτός από το διάβασμα, που όλοι σχεδόν το είχαμε αυξήσει να συγκεντρωθούμε και στην βοήθεια των αδύνατων μαθητών σε ορισμένα μαθήματα. Είχαμε χωριστεί σε δυο τρεις ομάδες, όπου οι μεν διάβαζαν τους άλλους. Όπως και σε προηγούμενους διαγωνισμούς.

ΟΙ ΔΙΑΓΩΝΙΣΜΟΙ ΑΠΟ ΤΗΝ ΕΒΔΟΜΗ ΣΤΗΝ ΟΓΔΟΗ

1954

Φτάσαμε λοιπόν στους διαγωνισμούς, όπου και πάλιν είχαν εφαρμοστεί τα αντι-αντιγραφικά μέσα, που αποτελούνταν από τα θρανία, τοποθετημένα στην μεγάλη αίθουσα του θεάτρου σε ... άπειρες – όπως είπε ο Παναγιώτης – αποστάσεις το ένα από το άλλο. Και βέβαια εφαρμόσαμε αρκετά συστήματα συνεννοήσεων με χειρονομίες, βήχες, φυσίματα μύτης και δεν θυμάμαι τι άλλο άκομα, στη προσπάθεια να υπερβούμε τις αποστάσεις και να καταστεί δυνατή – όπως είπε ο Μιχάλης – η μετά... δυσκολίας παράνομη επικοινωνία! Τα μέσα που μεταχειρίζονται και μερικά ειδικά προκατασκευασμένα ήταν και τα γνωστά σκονάκια, που από μικρογραφίες με ελαχίστων διαστάσεων γράμματα που μπορούσες να δεις μόνο με φακό, μέχρι ολόκληρες φυλλάδες βρίσκονταν τοποθετημένα μέσα σε τσέπες των ελάχιστων ρούχων που φορούσαμε το ζεστό εκείνο Ιούνιο μήνα.

Πιο ευνοημένες οι κοπέλες γιατί μέσα στις ποδιές που είχαν τσέπες, μπορούσαν να κρύβουν ακόμα και μικρές... εγκυκλοπαίδειες όπως είπε κάποιος άλλος, από την Έκτη του Γυμνασίου. «Το πρόβλημα δεν είναι να κρύψεις το σκονάκι, το πρόβλημα είναι πως το μεταχειρίζεσαι για να μη σε δουν!»

«Μιλάς σαν... σοφός!» λέει στον Μιχάλη, ο Ρίκος και συνεχίζει λέγοντας:

«Και, τι θα γράφαμε ημερομηνίες γεγονότων για την Ιστορία; Μεταφράσεις Αρχαίων προς τα Νέα, ή και Λατινικών; Εξισώσεις της Άλγεβρας και της Φυσικής; Είναι αδύνατο να καλύψουμε όλη την ύλη σε σκονάκια!». «Έχεις δίκιο!» Συμφωνούμε καμιά δεκαριά που είχαμε μαζευτεί στο διάλειμμα και συζητάγαμε. Μας πλησιάζει ένας της Ογδόης, που είχε ακούσει τη συζήτηση και μας λέει: «Έχετε δίκιο να καλύψετε όλες τις εκδοχές με σκονάκι, δεν γίνεται, για κοιτάχτε όμως εδώ.» Βγάζει από το μικρό τσεπάκι του παντελονιού του, εκεί που βάζαμε κάποτε τα κλειδιά, ένα μασούρι χαρτάκι. Μοιάζει στην αρχή με εσιτήριο του τράμ και αρχίζει να το ξετυλίγει, να ξετυλίγει, ξετυλίγμα που τελειώνει ύστερα από ενάμιση μέτρο, καθώς το κρατάει από το ένα χέρι του στο άλλο και τα δυο του χέρια σε έκταση. Πάνω στο χαρτάκι αυτό, μήκους όπως είπαμε ενάμιση μέτρο και πλάτους πέντε εκατοστών απειροελάχιστα γράμματα και αριθμοί, που και αυτά θα χρειάζονται φακό, εκτός αν τα βλέπεις κολλητά στα μάτια σου. Αυτό μας λέει:» Είναι όλο το μάθημα του δευτέρου εξαμήνου της φυσικής...» «Καλά ρε Αντώνη, και πως μπορείς να το διαβάσεις μέσα στις εξετάσεις; Εκτός του ότι θα σου βγούν τα μάτια, θέλεις και φακό; «Λοιπόν, απαντάει, η πρώτη σκέψη είναι να σκύβεις και να δένεις το παπούτσι σου, τότε κοιτάς το σκονάκι καθώς μπορείς να το ξετυλίγεις μέσα από το... παντελόνι σου! Δηλαδή στερεώνεις τη μία άκρη στη ζώνη απάνω και περνάς το σκονάκι μέσα από το μπατζάκι μέχρι κάτω, όπου παραμένει διπλωμένο, έτσι σκύβωντας το βλέπεις, ή και το γυρνάς τυλίγωντας, ή ξετυλίγωντας το, μια στιγμή που δεν σε βλέπουνε για να φτάσεις εκεί που θέλεις. Η άλλη μέθοδος είναι να το έχεις μέσα στο πουκάμισο που θα φοράς με μακρύ μανίκι και θα το κοιτάς εκεί που ανοίγει το πουκάμισο στο κούμπωμα του χεριού, καθώς θα γυρνάς το χέρι σου ανάποδα, ξύνοντας τη μύτη σου! «Αφού μας τα είπε όλα αυτά έφυγε και πήγε προς τη παρέα του, της Ογδόης. Κουνήσαμε τα κεφάλια μας απορημένοι:»Και μη χειρότερα!» «Τι θα γινόταν; Πρώτον αν τον έπιαναν με το σκονάκι αμοληµένο μέσα στα μπατζάκια του, ή στον αστράγαλό του;» Ρωτάει ο Βάκης. «Και πως με τη ζέστη θα φοράει πουκάμισο με μακριά μανίκια, όταν όλος ο κόσμος φορούσε κοντομάνικα;» λέει ο Μιχάλης

«Και τέλος εάν κάποιος από μας θέλει να κατασκευάσει τέτοιο σκονάκι: Με γειά του και χαρά του! Το θεωρώ μεγάλη βλακεία.» καταλήγω.! Δυο τρεις όμως από τη Τάξη το θεώρησαν... πρακτικότατο! Οι υπόλοιποι συνεννοηθήκαμε για διάφορες ημερομηνίες πως θα λέγαμε αν ήταν σωστές ή λάθος με χειρονομίες, νοήματα, βηξίματα και φύσημα της μύτης αν ήταν λάθος το αποτέλεσμα, ή η ημερομηνία. Επίσης συνθήματα με τα δάχτυλα. Τελικά προέκυψε ότι όλα αυτά τα συνθήματα θα έπρεπε να γραφούν και αυτά σε... σκονάκι για να αποκρυπτογραφούμε κάθε φορά στη σωστή τους ερμηνεία! Κατά τη γνώμη της αμέσης παρέας εμείς είμαστε αρκετά διαβασμένοι και εκτός από δυο τρεις, δεν φοβώμαστε ιδιαίτερα τις εξετάσεις αυτές. Και φυσικά με διεταξαν στο μάθημα της Ιστορίας και της Γεωγραφίας να μην γράψω τάχιστα, όπως τους την έφερα την άλλη φορά και εξαφανιστώ γρήγορα, αλλά να κάνω ότι γράφω σιγά, σιγά, διότι τότε είναι, που θα με ρωτάνε πολλά για να επιβεβαιώσω, ή να τους κάνω νοήματα λάθους, ή σωστού. Και εγώ παρεκάλεσα το ίδιο να συμβεί και με τους καλούς στα Μαθηματικά, Φυσική ,Χημεία για τον ίδιο λόγο.

Αλληλοευχηθήκαμε με τη Μπέττυ καλή επιτυχία σε έναν μικρό περίπατο που κάναμε ψηλά στα Τουρκοβούνια πάνω από τη Φιλοθέη, όταν καθίσαμε σ' ένα μοναχικό σπασμένο παγκάκι. Ήταν από τις καλές μαθήτριες και δεν νομίζω ότι αντιμετώπιζε κανένα πρόβλημα.

Έφτασαν και οι διαγωνισμοί όπου όλα ήταν τακτοποιημένα από απόψης θρανίων, εκφώνησης των θεμάτων,και η επίβλεψη, στο πολύ αυστηρό της!. Τα νοήματά μας λειτουργούσαν ικανοποιητικά, μέχρι που από τον πολύ βήχα κόντεψε ο Κωστας Γ. να... πνιγεί και άρχισε ο επιβλέπων καθηγητής να του χτυπάει την πλάτη... Ο βήχας, απ' ότι κατάλαβα, ήταν η άρνηση σε κάποιο αποτέλεσμα μιας εξίσωσης, που κατά σύμπτωση την είχα μάθει απ' έξω και εγώ ήμουνα σωστός, αλλά ο Πέτρος δεν ήταν, εξ ου και ο βήχας. Αυτά στα Μαθηματικά.

Στη Φυσική ζήτησα και εγώ βοήθεια, γιατί ναι μεν είχα καταλήξει κάπου, αλλά δεν είχα ιδέα αν ήταν σωστό, ή όχι. Κάνω το νόημα και εδώ την πατάω, διότι ο ένας μου λέει ... βήχοντας ότι είναι σωστό, ενώ ο άλλος σηκώνει το μεγάλο δάχτυλό του,πάνω στο θρανίο που σημαίνει ότι είναι λάθος. Και τώρα διερωτώμαι τι κάνουμε;

Επαναλαμβάνω τα νοήματα και βλέπω ότι οι δυο τους είχαν περιπλακεί μεταξύ τους... διαφωνούντες, οπότε επεμβαίνει – όλα αυτά σιωπηλά με νοήματα – ο Μιχάλης και τους λέει ότι και τα δυο αποτελέσματα είναι σωστά, διότι εξαρτώνται από το άγνωστο στοιχείο, αν είχε, ή όχι, υπολογιστεί έτσι ως είχε, ή το είχαν καλλιεργήσει... Κάνω ένα νόημα και λέω ότι δεν καταλαβαίνω. Βέβαια και εκείνοι δεν καταλαβαίνουν τι τους λέω, τουλάχιστον όμως αντιλαμβάνονται ότι δεν είμαι καθόλου ... ενθουσιασμένος με τις απαντήσεις τους. Τελικά μετά από πολλά... μεταξύ τους συμφωνούν και οι τρεις -με τα μεγάλα δάχτυλα υψωμένα, ότι και τα δυο αποτελέσματα είναι σωστά. Και έτσι ηρεμήσαμε όλοι. Στην Ιστορία πάλι οι ερωτήσεις ήταν πολύ εύκολες για μένα, αλλά είχαμε τον κύριο Οδυσσέα που με κοιταζε και πηγαινοερχόμενος σταμάτησε δυο φορές να εξακριβώσει γιατί... δεν τελειώνω, αφού ήξερε ότι... ήξερα τα θέματα και ρωτώντας γιατί αργώ έτσι. Προσπαθώ να παρουσιάσω το τέλειο γραπτό, του λέω, μήπως και μου βάλετε είκιοσι. «Είσαι βαρετός!» απαντάει, «Μην αρχίσουμε πάλι... είναι γνωστό ότι το είκοσι είναι του... Θεού μόνο!» . «Λοιπόν σε παρακαλώ τέλειωνε, συνεχίζει ο Οδυσσέας, κάνοντας απειλητικό νόημα στον Μιχάλη, διότι εδώ βλέπω ότι και οι άλλοι το τραβάνε ολόκληρη ώρα για τρεις απλές ερωτήσεις, που μόνο δύσκολες δεν είναι.» Και ξαναρχίζει να περπατάει πάνω κάτω στην αίθουσα κάνοντας απότομη μεταβολή στο τέλος των θρανίων. Και επωφελούμενοι δυο τρεις, ρωτάνε διάφορα καθώς εκείνος έστρωνε τα μαλιά του. Αν οι ημερομηνίες είναι σωστές της Τρίτης Σταυροφορίας, πως τον λέγανε εκείνον που ξεκίνησε από τον Τάραντα για τους Άγιους Τόπους, και ποιος ήταν άρχοντας - κυβερνήτης της Κύπρου και πότε γεννήθηκε. Απάντησα όσα μπόρεσα κι' όσα ήξερα, αλλά τέλειωσα και το γράψιμο στην κόλλα μου και το ξαναδιάβαζα βάζοντας ορισμένες τελείες και κόμματα. Νάτος πάλι από πάνω μου. «Λοιπόν για να δω, παίρνει τη κόλλα τη διαβάζει και επαναλαμβάνεται η σκηνή των προηγούμενων διαγωνισμών.

Βλέπω ότι έχεις τελειώσει και μάλιστα επιτυχώς! Σήκω και φύγε!» «Μα σας είπα κάτι τελείες και κόμματα έβαζα.» «Στην επόμενη βόλτα μου θα την πάρω και χωρίς ...κόμματα.!

Μετά από μια βδομάδα πήραμε τα επίσημα αποτελέσματα και είμαστε όλοι σχετικά χαρούμενοι. Στις 22 Ιουνίου ήταν η τελετή αποφοίτησης της ογδόης και φορέσαμε όλοι τα καλά μας, κοστούμια και γραβάτες εμείς, μπλούζες φούστες και φορέματα, οι κοπέλες. Καθίσαμε όλοι στις καρέκλες που είχαν τοποθετηθεί στο γήπεδο και ακούσαμε τους λόγους διαφόρων που αποφοιτούσαν. «Μα καλά, ήθελα να ξέρω, εκφράζω την απορία μου: οι καθηγητές, ο Μωραΐτης και όλο το προσωπικό δεν βαριούνται; Κάθε χρόνο τα ίδια και τα ίδια; Τους είπα αργότερα στο λεωφορείο, που μας γύριζε στο άγαλμα του Κωνσντατίνου. Τα ακούει ο Αλισανδράτος και σπεύδει να απαντήσει: «Πρώτον, δεν βαριόμαστε διότι είμαστε ικανοποιημένοι, που στέλνουμε με στην κοινωνία οργανωμένους πολίτες και δεύτερον αν εσείς, που είσαστε... φαίνεται τόσο πολύ... πρωτότυποι, μπορείτε να προτείνετε άλλου είδους τελετή,ώστε να μας... καταπλήξετε και να μην καταντά η τελέτη της αποφοίτησης μονότονη, και επαναλαμβανόμενη, σας προκαλώ να παρουσιάσετε εγκαίρως τα σχεδιά σας!» «Μας δίνετε λοιπόν την ευκαιρία σαν πρόκληση να παρουσιάσουμε κάτι καλύτερο, δεχόμαστε την πρόκληση αυτή και θα τα πούμε του χρόνου. Νομίζω ότι μιλάω εκ μέρους όλων της τάξης μας.» Λέω πολύ αποφασιστικά. «Ωστε αναλαμβάνεις υποχρεώσεις και εκ μέρους των άλλων;» Με κοιτάει χαμογελαστά. «Γιατί δεν τους ρωτάτε; Απαντώ. «Συμφωνούμε, συμφωνούμε... λένε τραγουδιστά σχεδόν όλοι οι αρσενικοί που καθόνταν κοντά.

ΤΟ ΤΕΛΟΣ ΤΗΣ ΣΧΟΛΙΚΗΣ ΧΡΟΝΙΑΣ ΣΤΗΝ ΕΚΑΛΗ

1954

Τηλεφώνησα στην Μπέττυ, να της πω ότι θα περάσω να την πάρω με τον Κώστα Σ. διότι ήταν ο μόνος ,αυτοκίνητο.. Πήραμε και την Μαίη κι'άλλη μια κοπέλλα του Κώστα Σ. Όταν φτάσαμε είχε στηθεί η μουσική με το πικάπ.Οι προσκεκλημένοι, καμιά τριανταριά, διασκεδάζαμε χορεύοντας, τρώγωντας και πίνοντας στην πλακόστρωτη αυλή. Αργότερα, παρέσυρα τη καλή μου στα διάφορα μονοπατάκια του κτήματος που είχαμε ανοίξει μια μέρα πριν. Καθίσαμε με την Μπέττυ πάνω σε κάτι χόρτα, όταν ξαφνικά πετάγεται απάνω βάζοντας τις φωνές, διότι κάτι την είχε τσιμπήσει. Μαζεύτηκαν και οι άλλοι που χαμογελώντας άρχισαν τα σχόλια, ότι εγώ έφταιγα λέγοντας:

«Τι έκανες στο κορίτσι δεν ντρέπεσαι λιγάκι... «Στο μεταξύ καθώς γυρνάει, ορθή τώρα, η Μπέττυ, στο πίσω κάτω μέρος της μέσης της, κρέμεται ένα ολόκληρο κλαρί από τριανταφυλλιά, όχι μόνο από το φουστάνι της, όπως φαινόταν. Την είχε τρυπήσει, ένα από τα σκληρά αγκάθια στο δεξί της μπούτι από πίσω. «Κάτσε ακίνητη, της λέω, σου έχει μπει ένα μεγάλο αγκάθι από την τριανταφυλιά που κάποιος μαλάκας κλάδεψε και δεν το μάζεψε. Θα το τραβήξω και θα πονέσει, μετά πρέπει να βάλουμε οξυζενέ, ή ιώδιο, από το φαρμακείο στο μπάνιο, που είχαμε χρησιμοποιήσει χτές, διότι κάποιος άλλος είχε τρυπηθεί» Τραβάω το ίσαμε πέντε εκατοστά κλαρί με τα αγκάθια και η Μπέττυ βάζει το χέρι της κάτω από το φουστάνι και το βγάζει γεμάτο αίματα. Τρέχουμε στο φαρμακείο, βρίσκω τα απαραίτητα . «Γύρνα!» της λέω, ενώ κλείνω τη πόρτα του μπάνιου, αφήνοντας απ' έξω όσους και όσες ακολουθούσαν, κοιτώντας την για να... θαυμάσουν τα οπίσθιά της; Σηκώνω το φουστάνι της και λέω: «Πρέπει να βγάλεις και την κυλότα γιατί έχει σκιστεί και είναι γεμάτη αίματα». Βγάζω κι' άλλο ένα αγκάθι δίπλα στο πρώτο, πλένω με οξυζενέ και το μπαμπάκι τα δυο τρυπημένα μέρη, βρίσκω και ένα ρολό λευκοπλάστη και αφού πασαλείβω με ιώδιο, βάζω μπαμπάκι στις δυο τρύπες και το κολλάω με τον λευκοπλάστη. «Ορίστε είσαι τραυματίας θεραπευθείσα! «Και δεν μου λες; Απαντάει. Πώς θα γυρίσω σπίτι με το βρακί μου στο... χέρι και πώς θα χορέψω ροκ εντ ρολ, ξεβράκωτη; «Απλούστατα, δεν θα χορέψεις ροκ εν ρολ! Θα χορεύουμε μόνο μπλουζ!» Σκύβω και την φιλάω στο σβέρκο καθώς ακόμα ήμουνα πίσω της. Τελικά βγήκαμε απ᾽το μπάνιο. βρήκε τη τσάντα της, έβαλε τη κυλότα μέσα.»Αν τη δούν, μου λέει, θα μου πούν ότι κατάφερες και με ξεπαρθένεψες!» Χορέψαμε αρκετά, κοντά τρεις, ώρες, παραβλέποντας τα... επικριτικά – σατυρικά σχόλια και τι δεν ακούσαμε... Κατά τις δώδεκα και μισή γυρίσαμε με τον Κώστα, αφού αφήσαμε την Μπέττυ, με κατέβασε σπίτι μου.

ΚΑΛΟΚΑΙΡΙ 1954

Σπέτσες- Υδρα – Πελοπόννησος.

Ο Βάκης, ο Μιχάλης, άλλοι τρεις από την Έκτη και τρία κορίτσια είχαν οργανώσει μια εκδρομή στις Σπέτσες. Ήρθε και ο Αγγελος διότι η Μαίη παραθέριζε ήδη εκεί, που κάλεσε τη Μπέττυ να μείνουν μαζί για μια βδομάδα. Εμείς, άλλα δυο κορίτσια και πέντε άντρες φύγαμε μια Τετάρτη με το πλοίο από τον Πειραιά που έκανε το δρομολόγιο: Αίγινα, Μέθανα, Πόρο, Ύδρα Ερμιόνη, Σπέτσες. Πηγαίνοντας, είχαμε καθίσει στο πίσω ημικυκλικό κατάστρωμα της «Νεράιδας». Απεναντί μου βλέπω μια ωραία καταμελάχροινη με πράσινα μάτια και μαυρο σόρτ να με πλησιάζει και να μου λέει: «Που πας; Και δεν έρχεσαι στην Αίγινα;'» Οι υπόλοιποι την κοιτάνε με μεγάλο ένδιαφέρον... «Όχι πάω ... ., και τότε... μού᾿ρχεται: Ήταν η Ακτή – «Στις Σπέτσες, δυστυχώς, απαντάω, τι γίνεσαι τι κάνεις; γιατί χαθήκαμε;» «Πολλά μαθήματα, ξέρεις είμαι τώρα στο Αρσάκειο κοντά σας...» «Να ιδωθούμε το χειμώνα προτείνω τώρα πάμε Ογδόη...» «Κι' εγώ μου, λέει αφού πηγαίναμε στην ίδια Τάξη, ξέχασες; Κρίμα που δεν έρχεσαι στην Αίγινα θα περνάγαμε πολύ ωραία!.» «Σιγά απαντάω μη με κάνεις και κατέβω, και δεν έχω που να μείνω...» «Ελα εσύ και θα σε βολέψουμε, μου ρίχνει ματιές προκλητικές, την παίρνω από το χέρι, και απομακρύνομαι από τους άλλους στο πάνω κατάστρωμα της «Νεράιδας». Είπαμε αρκετά και πέρασε η ώρα μέχρι που φτάσαμε στην Αίγινα. Αποχαιρετιστήκαμε με φιλιά και αγκαλιές με την υπόσχεση να βρεθούμε στην Αθήνα τον Χειμώνα Και επόμενο ήταν: Με άρχισε η παρεά στη καζούρα. Με κάτι: «Μπα... ώστε δεν κατέβηκες να σε βολέψει η κοπελιά; «Τι κρίμα και να το μάθει η Μπέττυ στις Σπέτσες... να σου πω, πως χαλάει το καλοκαίρι.» λέει χαιρέκακα ο Πέτρος. «Α, για ακούστε να σας πώ, προσπαθώ να τους κόψω το βήχα, το ότι συνάντησα μια γνωστή που είχα γνωρίσει πάνε τρία, ή και παραπάνω χρόνια στην Αίγινα, τι πειράζει και που είναι το κακό.;» «Το κακό είναι το χειμώνα, με κατηγορεί ο Πέτρος, που αφού πάει στο Αρσάκειο και θα είσαστε κοντά, ο θεός ξέρει τι σκοπέυετε να κάνετε….» «Και τι σας νοιάζει εσάς; ΄ ρωτάω λίγο οργισμένος. «Μας νοιάζει, απαντάει ο Βάκης, διότι αν δεν μπορείς εσύ, λόγω Μπέττυς, ή άλλων ασχολιών, παρακαλούμε να μας τη συστήσεις διότι οπωσδήποτε θα έχει και φίλες και έτσι θα αναπτύξουμε άλλες σχέσεις.»

Φτάσαμε τελικά στις Σπέτσες μετά την Ύδρα και ύστερα από έξι ώρες που ταξιδεύαμε από τον Πειραιά. Εκεί μας περίμενε στην προβλήτα η Μαίη με την Μπέττυ και μας πήγαν στα δωμάτια που μας είχαν κλείσει πίσω από την Ντάπια σε κάποιο εσωτερικό τρίτο δρόμο. Καθώς είχαμε φάει ελάχιστα αποφασίσαμε, αφού αφήσαμε τα υπάρχοντά μας στα δωμάτια να πάμε για κολύμπι κοντά, πριν από το παλιό Λιμάνι σε μια μικρή αμμουδίτσα Μετά το κολύμπι επιστρέψαμε στο δωμάτιο για να κάνουμε ντους και να ξεκουραστούμε μέχρι τις εφτά το απόγεμα. Στο μεταξύ τα κορίτσια είχαν βολέψει τα δωμάτια κατά τον... αρμονικότερο δυνατό τρόπο. Έτσι έμενα με τον Βάκη και η Μπέττυ με την Μαίη σε άλλο δωμάτι. Το πρωί μ᾽ένα καΐκι πήγαμε στην Κόστα για μπάνιο. Περάσαμε όλο το πρωί κολυμπώντας και γυρίσαμε για φαγητό στις Σπέτσες σε μια από τις ταβέρνες στο παλιό Λιμάνι. Το βράδυ είχε μια φοβερή πανσέληνο και βρεθήκαμε σε άλλη ταβέρνα στο εσωτερικό του νησιού, κοντά στην Αγία Μαρίνα, όπου η παρέα μας αυξήθηκε από άλλους γνωστούς και είχε δημιουργηθεί εξαιρετικό κέφι. Κατά τις έντεκα και μισή κάποιος είχε ιδέα.» Ξέρετε από που φαίνεται καλύτερα η πανσέληνος αυτή την ώρα; «Όχι, που να ξέρουμε;» Ξερόλας ο τύπος: «Μέσα από τη θάλασσα δέκα μέτρα από τη προβλήτα! Γιατί στη Ντάπια αργεί να φανεί. Λοιπόν αφού πληρώσουμε εδώ, προτείνω να φύγουμε όλοι και να πάμε να βουτήξουμε από την προβλήτα στη θάλασσα με τα ρούχα μας, ν᾽ ανοιχτούμε λίγο και να... απολαύσουμε το θέαμα!» Στην κατάσταση που βρισκόμαστε – λόγω ικανής οινοποσίας – η πρόταση φάνηκε πολύ λογική! Ξεκινήσαμε καμιά εικοσαριά νεανίες και νεανίδες, φτάσαμε, παραταχτήκαμε πάνω στη προβλήτα και ένας ένας αρχίσαμε να πηδάμε στη θάλασσα με τα ρούχα. Και βέβαια όσο και ελαφρά να ήταν φορούσαμε παντελόνια και κοντομάνικα πουκάμισα, φορέματα, φούστες και σορτς και παντελόνια τα κορίτσια, όλα μας βαραίνουν . Το μόνο που... επετράπη ήταν να αφήσουμε τα παπούτσια μας, ή πέδιλα πάνω στη προβλήτα, ώστε να μην βραχούνε και αυτά. Η διασκέδαση ήταν εξαιρετική, ιδιαίτερα διότι το σχετικό κρύο της θάλασσας μας συνέφερε από ότι είχαμε πιεί και ξεμεθύσαμε ταχύτατα.

Μετά από εικοσι λεπτά προτείνω να γυρίσουμε, έχοντας θαυμάσει την πανσέληνο. Πιαστήκαμε από κάτι σιδερένια σκαλοπάτια που είχε η προβλήτα, για ν' ανέβουμε. Αφού φορέσαμε παπούτσια, πέδιλα και ότι άλλο, θεωρήσαμε ότι ένα ποτό θα ήταν ότι έπρεπε. «Πάμε για ένα νάιτ κάπ» προτείνει κάποιος αγγλοτραφής. Γύρω μας όλα ήταν κλειστά. Το μόνο μπαρ είναι στο Παλιό Λιμάνι, ή εκείνο το κλαμπ άν είναι ανοιχτό, κοντά στις σχολές, έτσι η περαιτέρω διασκέδαση αναβάλλεται για αύριο. Γυρίσαμε λοιπόν σιγά σιγά στο δωμάτιο όπου έγιναν οι συνεννοημένες κινήσεις και μετά από αρκετό καιρό βρήκαμε και τον Άγγελο στο διπλανό δωμάτιο, όπου σχολιάσαμε αρκετά τα διατρέξαντα. Ακολούθησαν τα παρατράγουδα: Αγνός σχολικός έρωτας προκάλεσε ταχύτατες αναχωρήσεις την επόμενη μέρα! Ο μαθητής της Έκτης προς Εβδόμη Γυμνασίου μας φέτος, Ν.Ο. ακολούθησε πηδώντας στη θάλασσα με το κορίτσι του, ας την πούμε Λίλιαν, ειδύλλιο που είχε αρχίσει από καιρό. Προσέκρουε πάντα στον ζηλότυπο αδερφό της Λίλιαν, που τους παρακολουθούσε με άγρυπνο βλέμμα, φύλακα... Γερμανικού στρατοπέδου συγκεντρώσεως. Έτσι αφού όπως εμείς παίξανε με τη θάλασσα, θαυμάζοντας την πανσέληνο, επέστρεψαν στα δωμάτιά τους. Εκείνος βέβαια λόγω ενθουσιασμού και με τη σκέψη στον ερωτά του, ξέχασε και πήδηξε στη θάλασσα με το πορτοφόλι του στην κωλότσεπη καλά κουμπωμένη. Έτσι σώθηκε το περιεχόμενο, δηλαδή τα λεφτά του και οι φωτογραφίες της καλής του... σώθηκαν αλλά... βράχηκαν. Στο ισόγειο λοιπόν εσωτερικό παράθυρο του δωμάτιου, που έμενε μόνος, και έβλεπε σε μια εσωτερική αυλή, άπλωσε έξω από τα πατζούρια όλα τα βρεμένα υπάρχοντα του πορτοφολιού του, σε καίριο σημείο, όπου θα τα έβλεπε ή πρώτη αχτίδα του ήλιου.

Οι επόμενες θα τα στέγνωναν μέχρι εκείνος να ξυπνήσει. Οποία κακή τυχή! Μετά από τις πρώτες αχτίδες του ήλιου, που είχαν αρχίσει να στεγνώνουν το απλωμένο περιεχόμενο του πορτοφολιού, έπιασε μια πρωινή αύρα που δυνάμωσε και σκόρπισε τα ήδη στεγνά χαρτονομίσματα και τις φωτογραφίες γύρω, γύρω στους τοίχους της αυλής, ενώ το πορτοφόλι παρέμενε στη θέση του καθώς ήταν βαρύτερο. Μετά τις οχτώ το πρωί, ο αυστηρός αδελφός βγαίνει από το δωμάτιο του, απέναντι από το παράθυρο, στην ίδια αυλή, και προχωρεί ανυποψίαστος προς την άλλη αυλή, που σερβιριζόταν το πρωινό.

Περπατώντας βλέπει πρώτα ένα χαρτονόμισμα των εκατό δραχμών, σκύβει και το πιάνει κοιτώντας το, παρακάτω βρίσκει κι'άλλο. Και τέλος μία και μετά δεύτερη φωτογραφία της αδερφής του, με κάτι σβησμένες, ευτυχώς - τις... πήρε η θάλασσα - αφιερώσεις στο πίσω μέρος. Σκέφτεται στεκόμενος για λίγα δευτερόλεπτα και μετά προχωρεί προς το παράθυρο, κλειστό ακόμα, εκεί βλέπει το πορτοφόλι του Ν.Ο. που ο άλλος είχε αφήσει και τη ταυτοτήτά του μέσα και αυτή βρεμένη και μισοσβησμένη – δεν υπήρχαν πλαστικοποιημένες τότε – αλλά χωρίς να αφήνει καμιά αμφιβολία για το ποιός ήταν ο κάτοχός της.

Έτσι είχαμε χωρίς καλά,καλά να το καταλάβουμε την πρώτη αναχώρηση της Λίλιαν και του αδερφού της με το πρώτο καράβι, που έφευγε στις 10 το πρωί. Εμείς αντιληφθήκαμε την ιστορία πίνοντας καφέ στην Ντάπια, συζητούντες σε ποιά παραλία θα πάμε να κολυμπήσουμε. Εκεί εμφανίστηκε ο Ν.Ο που μας είπε τα καθέκαστα, καθώς τον ξύπνησε η σπιτονοικοκυρά του, που του έδωσε το μήνυμα ότι η καλή του έφυγε μαζί με τις φωτογραφίες της! Ο κύριος αδερφός, του επιστρέφει τα χρήματα και την ταυτότητά του, με ιδιόχειρο σημείωμα με την παρατήρηση ότι αυτά ήταν τα μόνα αντικείμενα που έπρεπε να υπάρχουν μέσα στο πορτοφόλι του και όχι φωτογραφίες που εκθέτουν αθώα κορίτσια.! Μα αυτό είναι της... αγανακτήσεως, εξερράγη ο Αγγελος. Απευθυνόμενος σε μένα. «Και καλά κι'εσύ δεν βούτηξες με το πορτοφόλι στη τσέπη; «Όχι, το έβαλα μέσα στα παπούτσια μου που άφησα απ' έξω.» «Και οπωσδήποτε συνεχίζω,κατά τη γνώμη μου δεν πρέπει τις φωτογραφίες, έστω και βρεμένες να τις εκθέτουμε απ'έξω από το δωμάτιο μας. Ακόμα και εάν στεγνώνουν πιο εύκολα.»

Το βραδάκι είχαμε συγκεντρωθεί στη Ντάπια καμιά δεκαπενταριά, αγόρια και κορίτσια πίνοντας καφέδες, τρώγοντας παγωτά και συζητούντες που θα πάμε το βράδυ για φαγητό. Ο Σωτήρης, από την Εκτη, είχε την έμπνευση να προχωρήσει σε ζαχαροπλαστική, ή μάλλον εισαγωγή νεοτεριστικών συνταγών. Αφού ερώτησε το γκαρσόνι αν έχουν Αις κρημ σόδα και πήρε αρνητική απάντηση. Του λέει: «Δεν πειράζει, φέρε μου ένα παγωτό σοκολάτα, μια σόδα και ένα μεγάλο ψηλό ποτήρι και θα τη φτιάξω εγώ.» Έρχεται το γκαρσόνι με ότι παράγγειλε και αρχίζει ο καλός σου να βγάζει με το κουταλάκι μπουκιές από το παγωτό σοκολάτα και να τα ρίχνει στο ψηλό ποτήρι που έμοιαζε με μπύρας. Καθώς έριχνε τις σοκολατένιες κουταλιές μέσα στο ποτήρι κουνούσε το μπουκάλι της σόδας που άφριζε και έριχνε λίγο, λίγο μέσα στο ποτήρι . Αυτή η διαδικασία πρέπει να κράτησε δυο λεπτά και φτάνοντας στο τέλος μας λέει με ύφος θριαμβευτικό! «Και τώρα η...κορύφωση!» Σηκώνει λοιπόν και πάλι το μπουκάλι με τη σόδα το κουνάει για να αφρίσει ότι υπόλοιπο σόδας είχε μείνει μέσα και το εκτοξεύει προς το ποτήρι. Είτε γιατί το ταρακούνησε πολύ, είτε γιατί υπήρχε πολλή σόδα μέσα στο ποτήρι, ή και για ανεξακρίβωτες... αιτίες, το περιεχόμενο του ψηλού ποτηριού αποτελούμενο από σοκολάτα και σόδα σχεδόν εξερράγη σαν ηφαίστειο και όπως το κρατούσε ο Σωτήρης κατάβρεξε αρκετούς γύρω του, αλλά και δυο τρεις άσχετους, ντυμένους στα άσπρα, που περπατούσαν δίπλα του, πηγαίνοντας προς το λιμάνι. Και οι μεν, εμείς, χασκογελάμε και προσπαθούμε να καθαρίσουμε τα ρούχα μας από τη σοκολατένια αφρίζουσα βροχή. Οι ντυμένοι όμως στα άσπρα περιπατητές και ιδιαίτερα ο χοντρός κύριος στα κάτασπρα ντυμένος, αλλά... σοκολατοβρεμένος, με καφέ σημάδια, αντί μαύρα σαν... σκύλος δαλματίας, πάνω στο πουκάμισο και στο παντελόνι του και η κυρία του, προφανώς, το ίδιο ...σημαδεμένη, πάνω στο κάτασπρο ανσάμπλ της, από άσπρη επώνυμη φαρδιά μπλούζα πάνω σε κατάλευκο παντελόνι, έμειναν ακίνητοι για αρκετά δευτερόλεπτα σαν να τους έχει χτυπήσει κεραυνός. Στη συνέχεια τινάχτηκαν και άρχισαν να βρίζουν όλους εμάς. Αποκαλώντας μας : «Αλήτες, βρωμερούς...νεανίες, τέντυ μπόιδες , αχαρακτήριστους παλιανθρώπους!»... και τελικά φώναξαν την αστυνομία. Καταφτάνει ενωματάρχης της Χωροφυλακής παρακαλεί τον κύριο Ναύαρχο, αφού τον χαιρέτισε στρατιωτικά, να ηρεμήσει διότι εκείνος θα επιληφθεί του επεισοδίου! Ο Σωτήρης σηκώθηκε αμέσως: «Ζητώ συγγνώμη κύριε Ναύαρχε, και Κυρία! Είμαι πρόθυμος να αναλάβω όλα τα έξοδα καθαρισμού των ρούχων σας και εάν αυτό είναι αδύνατον να σας αποζημιώσω!» Εγώ παρατηρώ έναν από τους μεγαλύτερους της παρέας, αδερφό του Σωτήρη, να προσπαθεί να διαφύγει καθισμένος στο πεζούλι της ντάπιας και να σέρνεται καθισμένος προς την άλλη κατεύθυνση, σαν να βρισκόταν σε άλλο τραπέζι. Εκείνη τη στιγμή δεν κατάλαβα τι πήγαινε να κάνει. Ο ενωματάρχης και το Ναυαρχικό ζεύγος επέμεναν να μας πάρει ο χωροφύλακας όλα τα στοιχεία:

Ονόματα, διευθύνσεις κατοικίας και μας στόλισαν με άλλα επίθετα, όπως ανεύθυνους, της νέας γενιάς, ανεπρόκοπους και τέντυ μπόηδες, ο σχετικός νόμος μόλις συζητούνταν στη Βουλή. Νομίζω ότι δράσαμε σαν... προπομποί της εφαρμογής του!. Και όταν έφτασε στον τελευταίο εκείνον που προσπαθούσε να ξεφύγει, τον ρωτάει ο ενωματάρχης: «Εσύ, πως σε λένε;». Εγώ, απαντάει δεν είμαι μαζί τους ήμουνα με άλλη παρέα που έφυγε. Μας ρωτάει τότε εμάς: «Αυτός δεν ήταν μαζί σας;» «Όχι!δεν ήταν.» Απαντάμε. Καταλάβαμε ότι θα υπήρχε σοβαρός λόγος. Τελικά δεν φτάνει που μας πήραν τα στοιχεία, και επίσης όποιος δεν είχε ταυτότητα μαζί του, έπρεπε το αργότερο αύριο να περάσει και να τη δείξει στο τμήμα της Χωροφυλακής του νησιού. Και επίσης ο Σωτήρης να πάει τώρα μαζί με τον ενωματάρχη να καταγράψουν όλα τα στοιχεία και να ρυθμίσει τον...καθαρισμό, ή αγορά νέων ενδυμάτων για το Ναυαρχικό ζεύγος.

Τελικά ρωτήσαμε τον Θανάση που δήλωσε ότι δεν είμαστε μαζί, τι τρέχει, ή τι έπαθε; «Έπαθα ότι κάνω τη θητεία μου στο Β.Ν. και αυτόν Ναύαρχο τον έχω δει δυο τρεις φορές, στο κέντρο εκπαιδεύσεως και στο Ναύσταθμο και νομίζω ότι είναι ο Αρχηγός Στόλου.» Άν με συνδυάσει με εσάς τους... ανεπρόκοπους και λοιπά νεανίες, θα πλήρωνα για όλες σας τις πράξεις με άρκετες μέρες φυλακής, που δεν έχω σκοπό να υποστώ για χάρη σας.» «Μα καλά τόσο αυστηρά είναι τα πράγματα; «ρωτάει κάποιος «Μα δεν τον είδες πως άφρισε από το κακό του που λερώθηκαν τα άσπρα του; «Λέει ο Θανάσης , έχει και φήμη εκδικητικού και ...ωραιοπαθούς στο Ναυτικό. Φτάνει να τον δεις πως οδηγεί το αυτοκίνητο του, με το αριστερό χέρι πάντα στο παράθυρο ανοιχτό και στα κρύα του χειμώνα, για να φαίνονται τα γαλόνια του, ματαιόδοξος ο κύριος Ναύαρχος! Θεός με φώτισε και απέφυγα να δωσω το όνομά μου.»

«Αν με ρωτήσει ο ενωματάρχης, επεμβαίνει ο αδερφός του, που θα πάω αύριο με την ταυτότητα, θα πω ότι δεν έχω αδερφό! Θα σε απαρνηθώ!» Μετά από ένα τέταρτο γύρισε ο Σωτήρης, λέγοντας ότι τελικά θα στείλουνε στο καθαριστήριο το ρούχα και θα πληρώσει το λογαριασμό για τον οποίο και έδωσε εγγύηση τριακόσιες δραχμές, που θα φυλάξει ο χωροφύλακας. Στη περίπτωση που ο καθαρισμός δεν αποδώσει και θα χρειαστούν να αγοράσουν καινούρια ρούχα. «Μα εξακολουθούσε να ήταν τόσο άγριος και στο τμήμα; «Ρώτησε ο Άγγελος:

«Διότι νομίζω ότι αφού ζητήσαμε συγγνώμη και θα επανορθώσουμε, δεν υπήρχε λόγος να μας πουλάει τόση αγριάδα. Εν πάσει περιπτώσει καλόν είναι όταν τον συναντούμε να αλλάζουμε δρόμο!» «Ευτυχώς εμείς σε λίγο φεύγουμε και έτσι δεν θα έχουμε το φόβο του.» λέει ο Βάκης. Συνεχίσαμε το ίδιο βράδυ σε μια ταβέρνα, αφού πρώτα βεβαιωθήκαμε ότι ο Ναύαρχος δεν... ήταν εκεί. Μετά από μια βδομάδα ήρθε ο καιρός να γυρίσουμε ο Βάκης κι'εγώ. Αποχαιρετίσαμε τα κορίτσια το τελευταίο βράδυ, με πολλές και διαφόρων ειδών διαχύσεις, αφού δεν θα βλεπόμαστε για τουλάχιστον δυο μήνες. Εκείνες, η Μπέττυ και η Μαίη θα έμεναν για ένα ολόκληρο μήνα στις Σπέτσες και μετά θα πήγαιναν κάπου στο εξωτερικό, ενώ εμείς θα γυρνάγαμε στην Αθηνα με μικρή διακοπή στην Ύδρα για δυο νύχτες.

Στην Ύδρα βρήκαμε άλλη παρέα, όπου το μεγάλο αστείο (!;) ήταν να εισβάλουν σε σπίτια γνωστών και να τους κάνουν το σπίτι άνω κάτω! Κάποιος φίλος, μας προειδοποίησε, ότι το βράδυ, πριν κοιμηθούμε έπρεπε να ασφαλίσουμε κλειστά ερμητικά τα παράθυρα και τις πόρτες, σούρνοντας από πίσω ότι βαρύτερο έπιπλο υπήρχε στο δωμάτιο, διότι αυτές οι εισβολές γίνονταν πάντα τις μικρές πρωινές ώρες.

Κοιμηθήκαμε λοιπόν δυο βράδυα διπλοασφαλισμένοι. Τη δεύτερη νύχτα ξυπνήσαμε από κάτι τριξίματα, είχαμε όμως πάρει δυο κουβάδες θαλασσινό νερό μέσα και ανοίξαμε ξαφνικά το παράθυρο και περιλούσαμε όποιον ήταν απ' έξω. Το ξανακλείσαμε με φόρα ασφαλίζοντάς το. Ακόμα δεν γνωρίζουμε ποιόν καταβρέξαμε, αλλά ξέρουμε ότι κάτι πήγαινε να κάνει μπαίνοντας από το παράθυρο στο δωματιό μας!

Κι' έτσι επιστρέψαμε οι δυό μας στην Αθήνα, από όπου έλειπαν όλοι οι γνωστοί. Βρήκα ένα γράμμα από την Μπέττυ σταλμένο από την Μεντόν, που μου διευκρίνιζε ότι βρισκόταν στα Ιταλογαλλικά σύνορα, στην Κυανή Ακτή. Προφανώς για να καταπλαγώ. Μου έγραφε μια διεύθυνση στο Μονακό να της γράψω όπου θα έμενε με τους γονείς της για περίπου όλο το καλοκαίρι. Η μόνη διασκέδαση στην Αθήνα ήταν τα καλοκαιρινά σινεμά στην οδό Πατησίων που τα είχαμε πάρει με τη σειρά. Αρχίζοντας από το 'Μετροπόλ' και ακολουθώντας το άλλο βράδυ στην 'Αελλώ', και μετά στην 'Αθηνά', τα βράδια που ακολουθούσαν στην 'Ελληνίδα' το 'Αθήναιον' και το 'Ρουαγιάλ'.

Ύστερα από δέκα μέρες έφυγα οικογενειακώς μέσα Ιουλίου, με το τρένο από το σταθμό Πελοποννήσου για τον Πύργο. Ήμουνα μαζί με τον μικρό ξάδερφο και πολύ διασκεδάζαμε μια και το ταξίδι κράτησε σχεδόν όλη την ημέρα, λόγω της…ιλιγγιώδους ταχύτητας του συρμού των ΣΠΑΠ. Κατεβαίναμε σε μερικούς σταθμούς για ν' αγοράσουμε γκαζόζες, ή τυρόπιτες, όταν το τρένο…αναπαύοταν πάνω από ένα τέταρτο της ώρας. Εκεί ακούσαμε και από κάτι μεγάλους ότι τον Ιούλιο έπαψαν να μοιράζουν τρόφιμα με το δελτίο στην Αγγλία, που μας έκανε μεγάλη εντύπωση. Για να πειράξω την Μπέττυ, όπως εκείνη μου έδωσε διεύθυνση στο Μονακό έτσι κι' εγώ αποφάσισα να της δώσω τη δεύθυνση που θα μέναμε στον Πύργο. Τι Πύργος, τι Μονακό, που έλεγε και ο ξάδερφος. Εκεί δεν είχαμε και πολλά να κάνουμε, αλλά κάποιος μακρινός συγγενής μας σύστησε σε δυο κοριτσάκια που θα πήγαιναν στην Κυλήνη κι' έτσι γίναμε τέσσερις . Στην Κυλλήνη κάναμε αρκετά μπάνια στη θάλασα και τα απογέματα πηγαίναμε περιπάτους από διάφορα μονοπάτια, που γνώριζαν τα κορίτσια, χωρίς να συμβαίνει τίποτα μια και φαίνονταν υπερπουριτανικής – επαρχιώτικης… συστάσεως, ή κάτι ανάλογο. Περπατήσαμε τρεις φορές από διαφορετικά μονοπάτια από τα Λουτρά στο Κάστρο.

Μετά από δέκα μέρες γυρίσαμε στην Αθήνα με τον πατέρα που είχε έρθει για επιθεώρηση με το αυτοκίνητο του ΕΟΤ που οδηγούσε ο Πάτροκλος, την τεράστια εκείνη «Πακάρ». Το καλοκαίρι τέλειωνε και ένας ένας οι διάφοροι συμμαθητές επέστρεφαν στην Αθήνα από τους τόπους των χωριών ή των διακοπών τους. Πήγαμε τρεις φορές στη Βουλιαγμένη με το λεωφορείο, που μας κατέβαζε στη μικρή πλατεία και από κει περπατούσαμε στο Λαιμό πού υπήρχε μια ταβέρνα. Τα κορίτσια δεν είχαν γυρίσει ακόμα γι' αυτό είμαστε αρσενική παρέα. Προχωρούσαμε μετα το Λαιμό στην χερσόννησο και καταλήγαμε σε μια πολύ μικρή αμμουδίτσα όπου ψαροτουφεκάγαμε. Πιάναμε κάτι χυλούδες και μεγάλες πέρκες. Βέβαια ούτε το ξενοδοχείο Αστήρ υπήρχε, ούτε και καμιά άλλη εγκατάσταση. Το τοπίο και η θάλασσα πολύ πιο έξω από το Λαιμό μέχρι το τέρμα της Χερσοννήσου, ήταν απόλυτα ανέγγιχτο, με πέφκα να κρέμονται πάνω από τη παραλία.

ΣΤΗΝ ΟΓΔΟΗ ΓΥΜΝΑΣΙΟΥ

1954

Έτοιμοι για τη τελευταία τάξη, έτσι νομίζαμε, όταν στην αρχή του χρόνου που κατεβήκαμε από το κίτρινο λεωφορείο στο Σχολείο αποφασίσαμε να είμαστε σοβαροί παρουσιάζοντας... αξιοσέβαστο σύνολο, όπως είπε κάποιος. Έτσι με καθηγητή τάξης τον κύριο Οδυσσέα, που έφτιαχνε τα μαλιά του συνεχώς, ιδιαίτερα σε κάθε διάλειμμα όταν φύσαγε αεράκι.

Και πρώτα μας δώσανε το πρόγραμμα με τα μαθήματα, από όπου προέκυψε ότι θα μένουμε στο σχολείο δυο απογέματα την εβδομάδα. Για πρώτη φορά τα Αγγλικά ενισχύονταν, θα είχαμε δυο ώρες συνέχεια τη Δευτέρα το πρωί, την Τετάρτη το απόγεμα και πάλι άλλες δυο ώρες την Παρασκευή το πρωί. Μα τι κατάσταση είναι αυτή; Έξι ώρες Αγγλικά την εβδομάδα και μόνο δυο Γαλλικά; Επίσης από τη πρώτη στιγμή είπαμε ότι μετά το φαγητό δυο ώρες Αρχαία, ακολουθούμενα από Ιστορία, ήταν σωστή... βαρυστομαχιά. Ακόμα χειρότερα ήταν η Φυσική τη Τετάρτη το απόγεμα, που από την αρχή εκδηλώθηκαν οι διάφορες αντιρρήσεις και που συχνά μάλλον κατέληγαν σε μάθημα με συνεχείς...αναταράξεις. Κάθε μέρα είχαμε εφτά μαθήματα και στα δυο απογέματα Δευτέρα και Τετάρτη, τρία μαθήματα: δυο ώρες Αρχαία και Ιστορία και δυο ώρες Αγγλικά μετά τη Φυσική.

Και βέβαια στις αρχές Νοεμβρίου έγιναν οι εκκλογές σε όλες τις Τάξεις του Γυμνασίου. Τότε στη Τάξη μας με εκλέγουν Πρόεδρο, με ψήφους 19, ενώ η Χαρούλα παίρνει ψήφους 7, ο Κώστας Κ. 2, και τρία άκυρα επί 31 ψηφισάντων, στέλνω σημείωμα κατά τη διάρκεια της ανάγνωσης των αποτελεσμάτων στο Βάκη και του γράφω: Και τους μέν εννιά που δεν με ψήφισαν τους ξέρω,Ποιοί είναι αυτοί οι τρεις οι... Άκυροι; Να ειδοποιήσεις τους πράκτορές μας. Να τους αποκαλύψουν! Δεν θα το κάνωμε Σοβιέτ εδώ πέρα. Ορίστε μας! Η Ιντέλιτζενς υπηρεσία μας να δράσει διότι δεν είναι δυνατό να ψηφίζουν ΑΚΥΡΑ. Άκου εκεί! Πρόκειται για προδότες! Αυτά είναι γραμμένα στο εσώφυλλο του βιβλίου της Χριστιανικής Ηθικής! (Ναι υπήρχε και τέτοιο μάθημα!)

Τότε σε ένα από τα πρωινά μάθαμε ότι το σύνολο των μαθητών του Λυκείου ήταν 800 και το διδακτικό προσωπικό 60.

Έγιναν και τα εγκαίνια του νέου νηπιαγωγείου, που μάλλον θα... αφορούσε τα παιδιά μας, όπως είπε κάποιος. Και από τα πρώτα καθήκοντα ο πανηγυρικός λόγος της 28ης Οκτωβρίου 1940, που συγγράφω και απαγγέλω με σχετική ευκολία, αφού ανέτρεξα εις τας πηγάς, όπως είπε ο κύριος Οδυσσέας,. Παρήλασε και αντιπροσωπεία από τους... ευσταλέστερους μαθητές και μαθήτριες στη μεγάλη παρέλαση των σχολείων στην Αθήνα.

Και ακολούθησαν πολλές παρατηρήσεις: Διότι ενώ τα αγόρια ήταν όπως έπρεπε, με γκρίζα φανελένια παντελόνια και μπλέ πουλόβερ πάνω από μπλε πουκάμισα με ανάλογη γραβάτα, οι φούστες των κοριτσιών ενώ είχαν το αναγκαίο μάκρος της εποχής φάνηκαν πολύ στενές και η... ενδυματολόγος φαίνεται ότι κατσιαδάστηκε από τον κύριο Μωραίτη γιατί πρόβαλαν αρκετές... καμπύλες στη κοινή θέα της οδού Πανεπιστημίου. Μεταξύ μας επειδή δυο τρεις από μας όχι τόσο ..ευσταλείς όσο οι παρελαύνοντες, χαζέυαμε και τις κοπέλες των άλλων σχολείων, δεν μας φάνηκαν ότι του δικού μας μόνο ήταν οι φούστες στενές, αλλά και πολλών άλλων σχολείων ακόμα και τα ολόσωμα φορέματα των... καλογραιών και του Αρσακείου όπως είπε ο Κώστας Γ. ήταν αρκετά προκλητικές! Και όπως είπαμε στα κορίτσια που συναντήσαμε μετά την παρέλαση, μας φάνηκαν καταπληκτικές, έχοντας επιδείξει ότι καλύτερο είχαν !!! Αγκαλιαστήκαμε με την Μπέττυ που μόλις προχτές είχε γυρίσει από τις... Κυανές Ακτές! Και είχε παρελάσει, αφού τη φίλησα, προχωρήσαμε με μεγάλη παρέα προς το Ζάππειο απολαμβάνοντας την Οκτωβριάτικη λιακάδα και παραγγέλοντας γκαζόζες στην Αίγλη. Μέχρι εκεί κανείς δεν είχε παραπονεθεί για τις φούστες. Η ιστορία ξέσπασε μετά μια εβδομάδα στο Σχολείο, που ανακοινώθηκε από τώρα - αρχές Νοεμβρίου – ότι σχεδιάζεται νέα στολή για τα κορίτσια για την παρέλαση της 25ης Μαρτίου! Ποιος παραπονέθηκε; Να πάει να χαθεί ο... παλιοπουριτανός! Συμφωνήσαμε.

///

ΠΩΣ ΔΙΑΚΟΠΤΟΝΤΑΙ ΤΑ ΜΑΘΗΜΑΤΑ ΜΕ ΕΠΕΜΒΑΣΕΙΣ ΤΗΣ ΔΙΕΥΘΥΝΣΗΣ

1954

Μια Τετάρτη απόγεμα μόλις είχε αρχίσει το μάθημα της Φυσικής, χτυπάει η πόρτα της τάξης. Ανοίγει η καθηγήτρια βλέπει κάποια άγνωστη και... «σε γυρεύουν, μου λέει, στο Γραφείο.» Σηκώνομαι, ζητώ συγγνώμη και περίεργος βγαίνω από την τάξη. Ακολουθώ την άγνωστη κυρία προς το Γραφείο. Ήξερα ότι δεν ήταν στο σχολείο ο κύριος Μωραΐτης, ούτε και ο υποδιευθυντής - και εξακολουθώ να διερωτώμαι τι στην οργή με θέλουν μεσημεριάτικο, ήταν τρεισίμησι η ώρα. Στο γραφείο, αντί να αντικρίσω την κυρία Έλλη, τη Γραμματέα της Διεύθυνσης, βλέπω μια κυρία από τις καινούριες δασκάλες που κάτι έλεγε στον Άγγελο από την εβδόμη. Προχωρώ, λέω «Καλησπέρας σας, τι συμβαίνει;» Κοιτάξτε μου λέει η κυρία δεν θυμάμαι το ονομά της, πάνω εκεί, που πάει κάτι να μου πει, έρχεται και ο πρόεδρος της Έκτης Γυμνασίου, γραμματέας του Κοινοτικού Συμβουλίου, επαναλαμβάνει τα ίδια, απορεί και εκείνος. Προκύπτει λοιπόν ότι η φαρμακοβιομηχανία ΧΧΧ που παράγει οδοντόπαστες, σαμπουάν, σαπούνια, σαπουνάκια και αναλγητικά χάπια, διαθέτει όλη τη σειρά των προϊόντων σε μεγάλες ποσότητες για να διανεμηθούν στις τρεις τελευταίες τάξεις του Σχολείου μας. Λοιπόν, λέει η κυρία, να πάρετε ο καθένας ένα από αυτά τα πακέττα που θα ανοίξετε στη τάξη και θα τα μοιράσετε.

Εμείς, οι τρεις πρόεδροι, των μεγάλων τάξεων του Γυμνασίου κοιτάμε ο ένας τον άλλον και με ένα χαμόγελο ανταποκρίνομαι στα παρόμοια των άλλων δυο, και ρωτάω: «Με συγχωρείτε, είπατε να τα μοιράσουμε αμέσως τώρα; Διότι όπως γνωρίζετε έχουμε μαθήματα...» «Και βέβαια αμέσως! «σηκώνει το τόνο της φωνής της, μου γυρίζει με ξυνισμένο βλέμμα, σαν να είπα κάτι κακό.» Είναι εντολή του κυρίου Μωραΐτη!...» «Θα προκληθεί φασαρία, λέει ο Άγγελος και συνεχίζει ο τρίτος : «Αν.... διακοψουμε το μάθημα να τα μοιράσουμε δεν μπορούμε να εγγυηθούμε για τη συνέχιση του μαθήματος, με άλλα λόγια θα το ρίξουν στην καζούρα!» Οπότε η άγνωστη... μαντάμ, κυρία, νέα καθηγήτρια, θυμώνει και σε επιτακτικό τόνο διατάζει: «Αυτές είναι οι εντολές και παρακαλώ όχι άλλες αντιρρήσεις! Πάρτε τα κιβώτια και πηγαίνετε!»

«Ακούστε, επιμένω εγώ: Εκ μέρους όλου του Γυμνασίου, για να δηλώσω... εξουσία, δεν νομίζω ότι είναι σωστή η απόφαση να μοιραστούν αμέσως, μπορεί να τα αφήσουμε και όταν τελειώσει το μάθημα να πάρει ο καθένας ότι θέλει, αλλιώς δεν μπορούμε να εγυηθούμε ότι θα συνεχιστούν τα μαθήματα ομαλά, αφού όμως επιμένετε...» Πάρτε τα, λέω στους άλλους, και πάμε.» Η κυρία με τα ξυνισμένα μούτρα μας έδειξε τα χαρτοκιβώτια. Τα παίρνουμε και βγαίνουμε στο χολ, έξω από τη Διεύθυνση. Εγώ πήγαινα στη τάξη του παλιού κτιρίου, οι άλλοι δυο στου καινούριου. Θα γίνει... πανικός, μου λέει ο Άγγελος, καλά και πως θα τά δώσουμε; Ακούστε, με πιάνουν τα γέλια: Θα πούμε στην καθηγήτρια και εσείς στου καθηγητές σας, ότι έχουμε εντολή από τον κύριο Μωραίτη να ανοίξουμε τις χαρτοκούτες αυτές, αμέσως! Και να μοιράσουμε το περιεχόμενό τους. Και αν δεν μας πιστεύουν να πάνε στο γραφείο να βρουν τη...ξινή κυρία...» «Καταλαβαίνεις, μου λέει ο φίλος της Έκτης, ότι θα γίνει τέτοια καζούρα που δεν έχει γίνει μέχρι τώρα;!» «Άρον την...κούτα σου και περιεπάτει...!» Του απαντώ. «Καλή επιτυχία!» μου λέει ο Αγγελος και εξαφανίζεται προς τη τάξη του. Για να είμαι έτοιμος ανοίγω τη κούτα από πάνω σκίζοντας τα χαρτόνια. Μένω κατάπληκτος αντικρίζοντας το περιεχόμενο, και τι δεν είχε μέσα: Σωληνάρια οδοντόπαστες, σωληνάρια με σαμπουάν, σαπούνια μεγάλα, πλάκες, αλλά και μικρά μέσα σε στρογγυλή συσκευασία, ακόμα κάτι άλλα κουτάκια με γάζες συσκευασμένες, κι’άλλα σαπουνάκια μέσα σε χαρτάκια, για ώρα ανάγκης, τα απαραίτητα αναλγητικά χαπάκια για πονοκεφάλους, πυρετό, κρυώματα και δεν ξέρω τι άλλο. Σηκώνω την κούτα, ήταν και βαριά, χτυπώντας τη πόρτα της τάξης και ανοίγω, με κοιτάει έκπληκτη η Φυσικού -όπως την λέγαμε- και με μεγάλη περιέργεια όλοι οι υπόλοιποι.» Τι τρέχει;» Ρωτάει. Ξαναλέω το παραμύθι, όπως μας είχαν διατάξει και ανοίγω το κουτί απάνω στο τραπέζι της έδρας. Τώρα, της λέω, σύμφωνα με τις εντολές θα τα μοιράσω....Και βέβαια αντέδρασε: «Είσαι με τα καλά σου; Να διακόψουμε το μάθημα;» «Λυπάμαι της λέω και εγώ είχα τις ίδιες αντιρρήσεις, αλλά έτσι με διέταξε η κυρία..... Χ.»

***

«Αν θέλετε να τη ρωτήσετε είναι στο γραφείο της Διεύθυνσης.... Καλά! συνέχισε!», μου λέει. Πάω να την ρωτήσω... Στο μεταξύ καθώς ανοίγει τη πόρτα ακούγονται κραυγές και φοβερή φασαρία από τις άλλες δυο τάξεις. «Έλα, Ιατρίδη μοίρασε τα! Τι περιμένεις;» φωνάζει κάποιος. Και έτσι άρχισε το χάος: Ο ένας άνοιγε την οδοντόπαστα και πασάλειβε όλο το προσωπό του και έτρεχε μετά έξω να πιεί νερό. Ο άλλος άνοιγε το σαμπουάν και προσπαθούσε να... πλύνει τα μαλιά της μιας από τις τρεις Μαργαρίτες που είχαμε στη τάξη. Εκείνη τον απέφευγε και άρχισε να τρέχει να βγεί έξω. Άλλοι δυο ανοίξανε τα αναλγητικά και πετάγανε τα χάπια σαν κουφέτα σε... γάμο, στα κεφάλια αυτών που δεν είχαν πάρει ακόμα. Όλα αυτά βέβαια με τις αντίστοιχες φωνές και βρισιές, μια και η καθηγήτρια είχε εξαφανιστεί και εδώ που τα λέμε, δικαίως, διότι ήταν σίγουρο πως κανείς δεν περίμενε να συνεχιστεί το μάθημα. Τώρα τι θα γίνει! βάζω τις φωνές: «Σταματείστε! Δεν θα βρωμίσουμε όλη τη Τάξη. Πάρτε ο καθενας ότι θέλει για το σπίτι του. Και σταματείστε.» «Τι να σταματήσουμε και γιατί; Δεν ακούς τι γίνεται από τις άλλες Τάξεις;» Πραγματικά ακουγόταν τέτοια οχλαγωγία, φασαρία, κρότοι, φωνές.» «Καλά, τους φωνάζω, δεν υπάρχει λόγος να είμαστε οι πιο βροντοφωνασκούντες...» «Μα αφού επιμένουν να μοιραστούν αυτά τα... πατσουλιά; λέει ο Γιάννης, τι περιμένεις;»

Το αστείο φαίνεται ότι συνεχίστηκε, ιδιαίτερα με το σαμπουάν και στις άλλες τάξεις, που τα αγόρια είχαν υποδυθεί τους... κομμωτές και θέλανε να πλύνουν... τα μαλιά των κοριτσιών. Ευτυχώς δεν υπήρχε νερό αρκετά κοντά ...Τελικά, μετά από τουλάχιστον ένα τέταρτο γενικής οχλαγωγίας, φαίνεται ότι κάποιος λογικεύτηκε από τη Διεύθυνση και χτύπησε το κουδούνι για να τελειώσει το μάθημα, είκοσι λεπτά νωρίτερα! «Και έτσι ο καθένας με τη... λεία του!» όπως είπε ο Παναγιώτης, φάνηκαν να προβάλουν στην αυλή του πάρκινγκ των λεωφορείων. Εκεί είδαμε τη ξινή κυρία να συνδιαλέγεται έντονα με τους άλλους δυο καθηγητές, που είχαν σύγχρονα μαθήματα με τη Φυσικού, τη δική μας. Καθώς βγήκαμε στην αυλή πηγαίνοντας προς το λεωφορείο,με τον Γιώργο και τον Κώστα Γ. τους ψιθυρίζω: «Περάστε μακριά από τις αρχές γιατί δεν θέλουμε να περιπλακούμε στις...διαφορές τους!»

***

Στο ίδιο λεωφορείο καθώς έτρεχε στην Κηφισίας ο θρησκευτικός κάθισε κοντά μας. Μας κοιτάει, καθόμουνα ανάμεσα στον Παναγιώτη και τον Γιώργο, όπως συνήθως στην τελευταία μεγάλη θέση του λεωφορείου, και ρωτάει: «Μα καλά τι έγινε; Τι πάθατε; Έμαθα, συνεχίζει κοιτώντας εμένα, ότι είχες και δικαίως αντιρρήσεις αλλά φαίνεται ότι υπέκυψες...» «Ε! Όχι και υπέκυψα! Τι θέλατε να κάνω όταν μου λέει ότι υπάρχει ρητή εντολή του κυρίου Μωραίτη να μοιραστούν τα προϊόντα ΑΜΕΣΩΣ! Έστω με διακοπή του μαθήματος.» «Μη τυχόν χαλάσουν οι...οδοντόπαστες !» πετάγεται ο Παναγιώτης «Ετόνισα, συνεχίζω εγώ, όλες τις δυσχέρειες, τις καζούρες που θα προέκυπταν και πολλά άλλα ακόμα, και η κυρία Χ επέμενε στο ΑΜΕΣΩΣ.!» «Καλά που χτύπησε το κουδούνι νωρίτερα, γιατί αλλιώς θα είχε... πέσει το σχολείο.» Την άλλη μέρα στο πρωινό τέταρτο έγινε ελάχιστη αναφορά στα γεγονότα από τον υποδιευθυντή και αποδόθηκε όλη η φασαρία σε... παρεξήγηση! «Καταλαβαίνετε, μας είπε ο υποδιευθυντής,ιδιαιτέρως στο διάλειμμα, ότι δεν θα ήταν σωστό να μάθουν οι άλλες τάξεις ότι αναγκάστηκε το σχολείο να περικόψει τις ώρες και να τελειώσουν τα μαθήματα νωρίτερα από το κανονικό.» Κανείς δεν κατάλαβε γιατί θα θύμωναν οι μικρότερες τάξεις με τη περικοπή των ωρών ... διδασκαλίας στις μεγαλύτερες, αλλά όπως είπαμε, ας το πάρει το ποτάμι! Ακολούθησαν και άλλες συζητήσεις και αποφασίστηκε με την έγκριση της Διευθύνσεως να αφαιρέσουμε μια ώρα μαθήματος, ιδιαίτερα τα απογέματα και να την αφιερώνουμε σε συζητήσεις ενδοταξιακών ζητημάτων, που πιθανόν να αφορούν και όλο το σχολείο.

ΕΚΔΡΟΜΗ ΣΤΟ ΣΟΥΝΙΟ

Η πρώτη εκδρομή του χρόνου, μέσα Νοεμβρίου, είχε προγραμματιστεί για το Σούνιο. Μπήκαμε σε ένα πράσινο λεωφορείο του ΚΤΕΛ Αττικής – τέως GMC (Τζέιμς στη νεοελληνική) του Αμερικανικού στρατού – μετασκευασμένο από φορτηγό και ξεκινήσαμε κατά τα καθιερωμένα από το άγαλμα του Κωνσταντίνου προχωρώντας από την Αλεξάνδρας στη Μεσογείων και περνώντας μέσα από το Λιόπεσι, το Κορωπί, το Μαρκόπουλο. Σταματήσαμε μετά από ένα δίωρο στο Λαύριο για επίσκεψη του αρχαίου θεάτρου του Θορικού και ότι απέμενε από τα μεταλλεία του Λαυρίου. Το θέατρο στο Θορικό αν και ήταν ένα από τα μεγαλύτερα αρχαία θέατρα της Ελλάδας, δεν μας έκανε καμία εντύπωση, διότι χρειαζόταν...ερεθισμένη φαντασία, όπως είπε ο χιουμορίστας της παρέας, Μιχάλης, για να συλλάβει κανείς το μεγαλείο του. Στα μεταλλεία αφ'ετέρου δεν είδαμε και πολλά διότι τα περισσότερα ήταν αποκλεισμένα με απαγορεύσεις απ' όλες τι μεριές, ότι υπήρχε κίνδυνος:Υποχωρήσεως του εδάφους.Καταρρεύσεων κρηπιδόματος. Μην πλησιάζετε! Απομακρυνθείτε από διάφορα ανοίγματα και άλλες παρόμοιες όπως κρίναμε...ενθαρρυντικές πινακίδες.

Τελικά ξαναμπήκαμε στο λεωφορείο και φτάσαμε στο ναό του Ποσειδώνα, όπου ο κύριος Οδυσσέας μας έκανε εντυπωσιακή ξενάγηση αρχίζοντας από το μύθο του Θησέα και καταλήγοντας μέχρι το 1821, που τέλειωνε με την προτροπή να περιεργαστούμε τις δωρικές κολώνες και να βρούμε την υπογραφή του Λόρδου Μπάιρον που είχε σκαλίσει στο μάρμαρο. «Οποία αλητεία!» Ακούγεται φωνή μέσα από την ομάδα των συμμαθητών. «Οποιος το είπε να φανερωθεί γιατί μπορεί να έχει και δίκιο! «Διατάζει ο κύριος Οδυσσέας. Σηκώνεται ένα χέρι, του Μιχάλη, λέγοντας: «Οτι δεν επιτρέπεται, έστω και λόρδος, να... χαρακώνει τα αρχαία μάρμαρα. Διότι αν ο καθένας κάνει το ίδιο τότε πρόκειται για βανδαλισμό.»

Και φαίνεται ότι ο κύριος Οδυσσέας και ο θρησκευτικός που ήταν μαζί ενθουσιάστηκαν και μόνο που δεν του έδωσαν συγχαρητήρια. Ψάχνωντας τις κολώνες εκτός από τον Λόρδο, αντικρίσαμε τις υπογραφές του Στέλιου και της Μαίρης, κάτω από μια καρδιά τρυπημένη με ένα βέλος και επί τέλους κάποιος, που νομίζω ότι ήταν ο Παναγιώτης, ανακάλυψε την υπογραφή του Λόρδου.

Ενώ η Μαργαρίτα αντέγραφε μια ολόκληρη συλλογή από μυριάδες άλλα χαραγμένα ονόματα, που είχε σκοπό να τα παρουσιάσει και … αναλύσει σε ένα κομμάτι που θα έγραφε για την επίσκεψη στον Ναό.Για μεσημεριανό βρεθήκαμε αργά σε ένα ταβερνείο κάτω από το βράχο. Εδώ ξεκινήσαμε ολόκληρη συζήτηση για τις υπογραφές και την βεβήλωση, όπως ανάφερε ο Βάκης, όλων των αρχαίων μνημείων και γιατί αυτό έπρεπε να απαγορεύεται δια ροπάλου και να επιβάλλεται η τιμωρία των βανδάλων αυτών. Τότε πρέπει να ζητήσουμε αποζημίωση και από τους απογόνους του Λόρδου, που κάπου διάβασα ότι υπάρχουν στην Αγγλία, είπε ο Κώστας Γ. «Καλύτερα να βρεις πρώτα τον... Μιμίκο και τη Μαίρη με τις τρυπημένες, καρδιές και να ζητήσεις αποζημίωση καί μετά να βγείς εκτός συνόρων!» Τον έβαλε στη θέση του ο Πέτρος. Και εκεί που τα έλεγε αυτά έπιασε η βροχή αναγκάζοντάς μας να μπούμε μέσα στο ταβερνείο, που δεν χωρούσε πάνω από είκοσι άτομα. Μείναμε στριμωγμένοι κοντά μιά ώρα μέχρι να τελειώσουμε το φαγητό. Επιβιβαστήκαμε στο λεωφορείο για την επιστροφή με λιγότερα κέφια απ' ότι στον πηγαιμό, κατηγορώντας τον καιρό, όταν η βροχή εξελίχτηκε σε μπόρα. Το λεωφορείο, ευτυχώς που ήταν Τζέιμς, προχωρούσε σαν να επιπλέει στα πλημμυρισμένα χαντάκια των δρόμων στα Μεσόγεια. Συμφωνήσαμε ότι η εκδρομή αυτή, μάλλον άδοξο τέλος είχε και μείναμε με τις ελπίδες ότι οι επόμενες θα ήταν πολύ καλύτερες.

ΤΑ ΚΥΠΡΙΑΚΑ ΚΑΙ Η ΦΥΛΑΚΙΣΗ!

Τέλειωνε ο Νοέμβριος, όταν άρχισαν τα συλλαλητήρια και οι διαδηλώσεις για το Κυπριακό. Καθώς πλησίαζαν οι ημερομηνίες της Γενικής Συνέλευσης του ΟΗΕ, που θα υποβαλόταν η προσφυγή της Ελλάδος. Άρχισαν οι συγκεντρώσεις και τα εκατοντάδες ψηφίσματα εναντίον της Αγγλίας και της καταδυνάστευσης του Κυπριακού λαού. Έγινε ένα μεγάλο συλλαλητήριο στο Σύνταγμα που μίλησε ο Αριχεπίσκοπος Ελλάδος, σαν Πρόεδρος της Επιτροπής συμπαράστασης στον Κυπριακό Αγώνα. Εκεί συγκεντρώθηκε περίπου ένα εκατομμύριο κόσμος, όπως έγραψαν οι εφημερίδες. Και ακολούθησε αναταραχή μεγάλη και στα σχολεία όταν οι δάσκαλοι ξεσήκωναν τους μαθητές να διαδηλώσουν. Έτσι ξεκινήσαμε και μεις καμιά διακοσαριά από όλες τις τάξεις του Γυμνασίου κατεβαίνοντας από το άγαλμα του Κωνσταντίνου, μέσω της Πατησίων προς το κέντρο της Αθήνας, όπου ενωθήκαμε με άλλα πολλά ιδιωτικά και δημόσια σχολεία μπροστά στα προπύλαια όπου υπήρχαν και φοιτητές του Πανεπιστημίου.

Εκεί κάποιος, που δεν γνωρίζαμε, έβγαλε ένα λόγο ενάντια στους δυνάστες των λαών, Εγγλέζους! Και πρότεινε να προχωρήσουμε προς τη Βρετανική Πρεσβεία να επιδόσουμε το έντονο ψήφισμα που είχαν ετοιμάσει στο Πανεπιστήμιο. Τότε άρχισε για πρώτη φορά η σύγκρουση με την αστυνομία, που είχε σταματήσει κάθε κίνηση πεζών και αυτοκινήτων προς την Βασιλίσσης Σοφίας, τόσο από την Πανεπιστημίου, όσο και από την Ακαδημίας. Μικρές ομάδες που συμμετείχαμε προσπαθήσαμε να περάσουμε από το Κολωνάκι, αλλά και εκεί μας σταμάτησαν και άρχισαν να μας κυνηγάνε με τα κλομπ.,Μας έριξαν και κάτι ψιλές. Τότε φώναξε κάποιος, ή ήταν προσυνεννοήμενο γιατί πολλοί επανέλαβαν το σύνθημα: «Πάμε στην Ερμού, να γκρεμίσουμε το Βρετανικό Συμβούλιο!» Βρισκόταν τότε στον αριθμό 6, νομίζω. Η αστυνομία ήταν συγκεντρωμένη γύρω από τη Πρεσβεία, στη Βασιλίσσης Σοφίας και παραταγμένη έτσι που να αποκλείει την πρόσβαση στη Πρεσβεία από όλους τους δρόμους. Μεγάλος όχλος ξεκίνησε για το κάτω μέρος της Πλατείας Συντάγματος και την οδό Ερμού.

***

Επιστρέφοντας από το Κολωνάκι η δική μας ομάδα είχε μείνει αρκετά πίσω από το κύριο όγκο των διαδηλωτών, που ανέβαιναν τη Σταδίου, παρ' όλ' αυτά εξακολουθούσαμε να φωνάζουμε το χαρακτηριστικό Ε..Ε…Ε.. ΝΩΣΙΣ και να προχωρούμε. Φτάσαμε στα σκαλιά που κατεβαίνουν στην πλατεία Συντάγματος από την Αμαλίας, όταν είδαμε φλόγες να ξεπετάγονται στην αρχή της Ερμού, εκεί που βρισκόταν το Βρετανικό Συμβούλιο, όπως επιβεβαιώσε ο Πέτρος, που έκανε μαθήματα εκεί. Προφανέστατο ότι αντί να το γκρεμίσουν του έβαλαν φωτιά. Κατεβήκαμε στην Πλατεία όπου υπήρχε μεγάλο πλήθος και δεν μπορούσαμε να δούμε τίποτα εκτός από καπνούς που υψώνονταν. Τότε ακούσαμε και τις σειρήνες από τις πρώτες πυροσβεστικές αντλίες να καταφτάνουν από τη Φιλελλήνων. Φαίνεται ότι μεγάλες αστυνομικές δυνάμεις κατέβαιναν από τη Βασιλίσσης Σοφίας και άρχισαν να κυνηγούν και να χτυπούν με τα κλόμπς όποιον έβρισκαν μπροστά τους. Το βάλαμε στα πόδια και βρεθήκαμε στην Ξενοφώντος και από κει στην Πλάκα με ταχύτητα… μοναδική! Προχωρήσαμε από τη πλατεία του Σινέ Παρί προς το Πρώτο Γυμνάσιο όπου υπήρχε μια άλλη συγκέντρωση, εκεί μαθητής ήταν ο ξαδερφός μου και τον είδα, πλησίασα και ανταλλάξαμε χαιρετισμούς και απόψεις! Ήταν γνωστοί οι περισσότεροι των διαφόρων σχολείων και αποφασίσαμε να προχωρήσουμε με μικρές ομάδες και να διαδηλώσουμε εκεί που… δεν υπήρχε αστυνομία. Έτσι από την Αδριανού κατεβήκαμε προς το Μοναστηράκι όπου καθίσαμε καμιά ώρα φωνάζοντας Ε….Ε…..Ε……Ε…..ΝΩΣΗ με τους περαστικούς να μας χειροκροτούν και εμείς να βραχνιάζουμε μέχρι σταδακά να κλείσει η φωνή μας. Κατά τις τρεις και μισή το μεσημέρι συμφωνήσαμε ότι… φτάνει για σήμερα, πάμε πίσω στα σπίτια μας. Και έτσι την άλλη μέρα μάθαμε ότι στο κτίριο του Βρετανικού Συμβουλίου είχαν ψιλοκαεί, τα αρχεία του και αρκετά χαρτικά. Την επόμενη μέρα, μέσα Δεκεμβρίου, είχα γράψει ένα σχέδιο ψηφίσματος που θα το δημοσιεύαμε στο περιοδικό και θα το στέλναμε σε όλες τις εφημερίδες από το Κοινοτικό μαθητικό συμβούλιο του Σχολείου μας. Ενάντια στους δυνάστες και υπέρ της αυτοδιαθέσεως του Κυπριακού λαού και άλλα παρόμοια σε πέντε παραγράφους. Το πήρε ο Αλισανδράτος και αφού φυσικά διόρθωσε κάτι ορθογραφικά λάθη που ήταν το φόρτε του, το ξαναδιάβασε και αντικατάστησε κάτι περί κανιβάλων που είχα γράψει – γιατί οι Κύπριοι δεν είναι Κανίβαλοι! Είπε.

«Εγώ εννοούσα, επιμένω, τους νόμους που επιβάλουν οι Άγγλοι στους Κανιβάλους της Αφρικής.» Ναι αλλά δεν πάει εδώ! Τι τους θέλεις του Κανίβαλους; Αντιλέγει ο καθηγητής. «Θα είναι από την Μπραζαβίλ!» πετάγεται ο γνωστός καλαμπουριτζής. Τελικά αφαιρούνται οι Κανίβαλοι από το ψήφισμα και εμπιστευτικά με ρωτάει ο Αλισανδράτος, θέλεις να το υπογράψεις;; «Αφού είμαι ο Πρόεδρος του Κοινοτικού Συμβουλίου, ποιος θέλετε να το υπογράψει; «Στο λέω μήπως θέλεις να πάς για σπουδές στην Αγγλία και δεν σε αφήνουν να μπεις στη Χώρα! ʻ» «Μα τι είναι αυτά που λέτε; Πρώτον, προς το παρόν θα πάω για σπουδές στο Πανεπιστήμιο Αθηνών, μετά και πάλι δεν νομίζω ότι θα πάω στην Αγγλία. Λέτε, όποιος υπογράφει παρόμοια ψηφίσματα να περνάει στο φάκελλο του που θα καταρτίζουν οι Βρετανοί; «Και γιατί όχι «; Μου απαντάει . «Διότι, δεν νομίζω ότι ασχολούνται με τα διάφορα ψηφίσματα εναντίον τους από όλο τον κόσμο, που θα πρέπει να υπερβαίνουν το εκατομμύριο! «Και έτσι υπέγραψα το ψήφισμα που στάλθηκε σε όλες τις εφημερίδες. Και θα δημοσιεύταν στο επόμενο τεύχος του Εφήβου.

Για κάποιους όμως δεν έφτανε αυτό! Έτσι, ένας άγνωστος μαθητής, μέχρι τότε, από την Έκτη Γυμνασίου, ξεσηκώθηκε μετά από δυο μέρες, στο πρωινό τέταρτο. Μόλις τέλειωσε την ομιλία του ο Κώστας Γ. σχετικά με διηπειρωτικούς πυραύλους και αρχίσαμε να χειροκροτούμε. Πετάγεται ο τύπος, που τον μάθαμε αργότερα σαν Νικ – που μόλις είχε έρθει στο σχολείο από την Αμερική, ο μπαμπάς του ήταν εφοπλιστής - βάζει τις φωνές και γεμάτος όπως είπε ο ίδιος από (!)…πατριωτική φλόγα, λέει ότι πρέπει να βγούμε στους δρόμους και να διαδηλώσουμε και πάλι, διότι κανείς δεν μας παίρνει στα σοβαρά, εφ' όσον όλη η διαμαρτυρία μας εξαντλείται στα διάφορα ψηφίσματα. Πρέπει να φύγουμε και να πάμε αμέσως στην Αθήνα, που απ' ότι γνωρίζει εκείνος, πρόκειται να γίνει τεράστιο μαθητικό και φοιτητικό συλλαλητήριο. Ξεσηκώνονται όλοι και αρχίζουν πάλι το σύνθημα Ε..Ε…Ε…ΝΩΣΙΣ και φαίνεται ότι υπήρχε προσυννενόηση, γιατί ο Μωραίτης μας είπε «Καλά αφού είναι έτσι πηγαίνετε. «Εκνευρίστικα και κατευθυνόμενος προς τα λεωφορεία βρίσκω τον κύριο Οδυσσέα και του ζητάω το λόγο. «Αυτά μου απαντάει, συμβαίνουν όταν έχεις μπαμπά εφοπλιστή και θέλει να καμαρώνει για τον γιό του, που είναι… επαναστάτης και ξεσηκώνει όλο το σχολείο!» Καλά, του λέω, προς το παρόν, αλλά αύριο θα το κάνω θέμα στη τάξη και θα πάω στον Μωραίτη.»

«Αν είναι έτσι, τι το θέλουμε το Συμβούλιο, τους Προέδρους, τους Γραμματείς και τους ...Φαρισαίους, προσθέτει ο Γραμματέας του Συμβουλίου, της Εκτης, που περνούσε και χωρίς να σταματήσει και συνεχίζει προς εμένα:» Έχεις δίκιο!» Κατεβήκαμε λοιπόν σαν άσχετοι στην Αθήνα και πάλι προχωρήσαμε προς το κέντρο όπου δεν βρήκαμε κανένα από τα συλλαλητήρια και τις διαδηλώσεις που είχε υποσχεθεί ο Νικ. Και βρισκόμενοι στο Σύνταγμα τον χάσαμε και εκείνον και οι μεν από τη τάξη κάθισαν στο καφενείο παραγγέλοντας λεμονάδες, οι άλλοι πήγαν παρακάτω για βόλτα. Δυο τρεις που είχαμε απομείνει περιφερόμαστε άσκοπα, όπου συνάντησα και την Μπέττυ, που μου είχε πει ήδη για τον τρελό τον Νικ και αποφασίσαμε να πάμε σινεμά. Άλλοι είχαν ήδη πάει στις παραστάσεις δύο με τέσσερις, εμείς καμιά δεκαριά μικτή παρέα από διάφορες τάξεις, αφού πήγαμε στο Μοναστηράκι για σουβλάκια με πίττα,συνεχίσαμε στο σινεμά στη παράσταση τέσσερις με εξι, που ήταν η ώρα που γυρίζαμε το απόγεμα σπίτι. Και έτσι έληξε και αυτή η διαμαρτυρία για την Κύπρο, όπως ειρωνικά είπαμε την άλλη μέρα στην συζήτηση που ακολούθησε με τον κύριο Οδυσσέα στη τάξη. Η Αριστοκράτισσα Γκαγκστερίνα το φιλμ με τον αμίμητο Έντυ Κονσταντέν που είδαμε στο Πάνθεον, ήταν ότι έπρεπε για την πανφοιτητική – πανμαθητική διαδήλωση, που μας είχε υποσχεθεί ο Νικ και η οποία δεν έγινε ποτέ. Απεφάνθη ο κύριος Οδυσσέας αφού συζήτησε για το φιλμ που είχαμε δει, διότι ήταν λάτρης του Εντυ Κονσταντέν. Μας καθησύχασε λέγοντας ότι έγιναν τα δέοντα προς τον κύριο Μωραΐτη και από καθηγητές άλλων τάξεων και δεν υπήρχε λόγος να ανακινήσουμε το θέμα, γιατί μπορεί να τον στενοχωρήσουμε! «Γι' αυτό θα επικρατήσει η επανάσταση του προλεταριάτου...» λέει ο Παναγιώτης. «Σταμάτα τις ανοησίες!», του απαντά αυστηρά ο κύριος Οδυσσέας. Οι διαδηλώσεις συνεχίζονταν από σποραδικές ομάδες μαθητών και φοιτητών, που οι περισσότεροι δεν... ήθελαν να παρακολουθήσουν τα μαθήματα τους!

Έτσι ένα απόγεμα που είχαμε την δεύτερη ώρα Αγγλικά, ακούμε φωνές από κάτω στην αυλή όπου τα λεωφορεία, κοιτάει κάποιος από το παράθυρο του δευτέρου πατώματος του παλιού κτιρίου και βλέπει καμιά πενηνταριά μαθητές από το κολλέγιο και άλλους τόσους από το Γυμνάσιο του Ψυχικού να φωνάζουν τα γνωστά: «Κάτω οι Άγγλοι. Ένωσις, στο πλευρό των Κυπρίων!» Και μας κράζουν:

«Ντροπή σας που κάνετε μαθήματα... δειλοί, τώρα θα διαδηλώσουμε στο Ψυχικό... έλατε μαζί μας και ακολουθείστε.» «Τι συμβαίνει;» Ρωτάμε. Ο παρακολουθών από το παράθυρο μας πληροφορεί ότι η Εβδόμη ήδη βγήκε και ακολουθεί τους άλλους. «Ωραία! Τότε πάμε και μείς... Με συγχωρείτε λέω στην Μις Αλις, αλλά καταλαβαίνετε ....» Καλά, πηγαίνετε μας λέει και εκείνη.» Τι να πεί; «Πνεύμα των καιρών!» σχολιάζει ο Μιχάλης.

Φεύγουμε όλοι τρέχοντας κατεβαίνοντας στην αυλή, χωρίς να ξέρουμε που... πάμε! Περνάει μια ομάδα κοριτσιών από το Αρσάκειο φωνάζοντας Ε..Ε..Ε...νωσις, όταν πολλοί είχαν ήδη βγεί στο δρόμο ενώ είχα μείνει πίσω με τον Κώστα Γ. «Ρε κορίτσια, ρωτάω, μήπως ξέρετε πού πηγαίνετε; «Στις Πρεσβείες,! «απαντούν «Ποιες Πρεσβείες; «' Όσες ανήκουν στην Κοινοπολιτεία, που βρίσκονται στο Ψυχικό! «Ελάτε μαζί μας! Και εξαφανίζονται τρέχοντας κατά πάνω την οδό Αγίου Δημητρίου. Κοιτάω τον Κώστα Γ. με κοιτάει και εκείνος κουνάμε τα κεφάλια μας και με ρωτάει: «Τίνος ηλιθίου είναι τώρα αυτή η ιδέα; Ξέρεις εσύ, ποιες Πρεσβείες ανήκουν στην Κοινοπολιτεία και είναι στο Ψυχικό;» «Μόνο μια σημαία έχω δεί κοντά στη πλατεία Ευκαλύπτων, νομίζω της Νότιας Αφρικής, άλλη δεν ξέρω, απαντάω, λές να πηγαίνουν εκεί; «Περίμενε μου λέει ο Κώστας, έχω έρθει με το ποδήλατο με τη μηχανή, πάμε να τους βρούμε... θα κάτσεις από πίσω και πάμε για βόλτα.» Φέρνει το μηχανοκίνητο ποδήλατο δικής του κατασκεύης, καβαλάει κάθομαι και εγώ από πίσω βάζει μπροστά και αρχίζουμε να κυκλοφορούμε στους δρόμους του Ψυχικού κάνοντας βόλτες γύρω από τις κεντρικές πλατείες χωρίς να συναντούμε κανένα. Εκεί που κυκλοφορούσαμε όμορφα και ωραία πετάγεται από μια πάροδο, ένα τεράστιο άσπρο Αμερικάνικο αυτοκίνητο της αστυνομίας. Μας κλείνει το δρόμο και μας σταματάει. Βγαίνουν δυο αυστηροί χωροφύλακες – το Ψυχικό είχε Χωροφυλακή τότε – μας διατάζουν να κατεβούμε και: «Είσαστε υπό κράτηση λέει ο ένας! Ακολουθείστε μας, με τα πόδια, στο κρατητήριο!» Και πάμε στο Τμήμα Χωροφυλακής Ψυχικού που ήταν πίσω από την αγορά, ενώ μας πήραν το ποδήλατο.. Εκεί ένας αξιωματικός, Μοίραρχος, ή κάτι τέτοιο, μας ρωτάει αν εμείς οι δυο, είμαστε ο... σύνδεσμος των διαφόρων ομάδων που διαδηλώνουν στην περιοχή και σαν Πουαρό, ή κάτι τέτοιο που παρίστανε, μας λέει ότι είναι βέβαιος ότι εμείς είμαστε που διαβιβάζουμε τις εντολές για την αναταραχή.

Του απαντούμε ότι δεν έχουμε ιδέα του γενικού σχεδίου και είμαστε οι τελευταίοι του σχολείου μας, που βγήκαμε και αναζητούσαμε τους άλλους. Μας κλείνει το μάτι καταδικάζοντάς μας «Διότι γνωρίζω ότι είσαστε οι τελευταίοι διαβιβαστές των εντολών! Στο κρατήριο αμέσως!» διατάζει. Οι άλλοι δυο χωροφύλακες εμφανίζονται και μας σπρώχνουν στο κρατητήριο, που εκτός από την κλειδωμένη σιδερένια πόρτα που κλειδώθηκε με μεγάλη φασαρία, είχε ένα παράθυρο με κάγκελλα που έβλεπε έξω σε ένα μακρύ τοιχάκι. Ωραία και τώρα τι κάνουμε; Ρωτάει ο Κώστας Γ. Και ενώ πάω να απαντήσω στον Κώστα, ακούω φασαρία απ' έξω, κοιτάμε πίσω από τα κάγκελλα και τι να δούμε. Όλους τους συμμαθητές από το δικό μας και άλλους τόσους από άλλα σχολεία να επιτηρούνται από δέκα χωροφύλακες καθισμένοι άλλοι στο τοιχάκι και άλλοι χάμω. «Ε ψιτ, τους φωνάζουμε πώς σας πιάσανε και πού πηγαίνατε; «Και τότε βάλανε τα γέλια και άρχισαν να τραγουδάνε όλοι μαζί : «Της φυλακής τα σίδερα είναι για τους λεβέντες και γειά σας λεβέντες, γεννημένοι... αντάρτες, σκοτώσατε κανένα; Βρε, να μην έχουμε φωτογραφικές μηχανές...» και άλλα παρόμοια. Πέρασαν κάπου είκοσι λεπτά, όταν εμφανίστηκε ο κύριος Μωραίτης με κάποιον από το Κολλέγιο και άλλον από το Αρσάκειο και μας...αποφυλάκισαν, αφού πήραν τα στοιχεία – ονόματα διευθύνσεις - μόνο από τον Κώστα Γ και εμένα, διότι είμαστε, επέμενε ο Πουαρό χωροφύλαξ, ο σύνδεσμός και οι υπεύθυνοι όλης αυτής της αναταραχής στα... υψίπεδα του Ψυχικού.

Ο ΧΟΡΟΣ ΤΩΝ ΧΡΙΣΤΟΥΓΕΝΝΩΝ ΚΑΙ Η ΤΖΑΖ ΚΑΙ ΤΑ ΝΤΡΑΜΣ

Στις 30 Νοεμβρίου γιορτή του Ρίκου είχε οργανωθεί πάρτι στο σπίτι του, που βρισκόταν στη Λεωφόρο Αλεξανδρας στη στάση Σόνιας, από το όνομα του ζαχαροπλαστείου που λειτουργούσε εκεί. Στο πάρτι αυτό είχε προσκληθεί κόσμος και κοσμάκης όπως χαρακτηριστικά είπε ο Παναγιώτης. Ανάμεσα στα αναμενόμενα πλήθη ήταν και αρκετοί από τις τάξεις εβδόμη και έκτη δεδομένου ότι υπήρχαν αρκετά αδέρφια και ξαδέρφια. Και εκεί που χορεύαμε κάτω από τους ήχους του Φρανκ Σινάτρα από δίσκους που πάλι είχε φέρει από την Αμερική ο αδερφός του Παναγιώτη και αγαπιόμαστε πολύ με τα διάφορα φλέρτ, που είχε ο καθένας και η καθεμία, μου λέει η Μπέττυ, αφού ξεκόλλησε το κεφάλι της από τον ώμο μου χαλαρώνοντας το σφιχταγκάλιασμά μας,

«Η Μαρία από την εβδόμη έχει διάφορες ιδέες για να οργανώσουν ένα φιλανθρωπικό χορό τα Χριστούγεννα στο Σχολείο...θα έπρεπε να συζητήσετε μαζί...» «ΟΚ... μόλις τελειώσουμε να της μιλήσω. «Και αφού ο Φρανκ Σινάτρα διέπραξε το... his way, παρουσιάστηκαν τα φαγητά και ανάψανε τα φώτα. Πλησίασα την Μαρία και την Κλαίρη από την εβδόμη και πιάσαμε κουβέντα. Καταλήξαμε ότι το Κοινοτικό Συμβούλιο πρέπει να υποστηρίξει την οργάνωση του χορού, που θα καθιερώσουμε ένα δικαίωμα χρηματικό συμμετοχής, αφού όλα τα έσοδα θα πήγαιναν για τον παιδικό σταθμό της Δραπετσώνας, που είχε αναλάβει το Γυμνάσιο να ενισχύει. Επί πλέον και για πρώτη φορά θα εμφανιζόταν η ορχήστρα τζαζ που είχαν οργανώσει μαθητές από την Εβδόμη, την Εκτη και την Πέμπτη ακόμα γυμνασίου, που έπαιζαν διάφορα όργανα συν τους δικούς μας με τις κιθάρες και τα ακορντεόν. Και ανάμεσα στους οργανωτές βρισκόταν και η Αλίκη, η γνωστή πειρατίνα, που μέσα στη μαύρη ποδιά της δεν ήταν καθόλου προκλητική, όπως της επανέλαβε κάποιος στο άσχετο, για να λάβει την πρέπουσα απάντηση να... πάει να κουρεύεται.! Την άλλη μέρα μετά το πάρτι, ζητήσαμε από τους καθηγητές των τριών μεγάλων τάξεων να...συμπαρασταθούν αφήνοντας τα παιδιά της ορχήστρας να κάνουν ορισμένες πρόβες να οργανώσουν τις σχετικές παρουσιάσεις και άλλες λεπτομέρειες.

Και έτσι βρέθηκα με τον Άγγελο να καθορίζουμε, ποιοι θα ήταν υπεύθυνοι και μη μου πεις ότι θα γίνουμε και ....διευθυντές ορχήστρας... λέω, εκφράζοντας την απορία μου. Την ίδια ερώτηση απηύθυναν και οι κύριοι Αλισανδράτος και Οδυσσέας ρωτώντας ιδιαίτερα εμάς τους δυο και άλλους τρεις, γιατί εξαφανιζόμαστε, προβάλοντας λόγους οργάνωσης της ορχήστρας, αφού δεν παίζαμε κανένα όργανο! Το είχαμε σκεφτεί και η απάντηση φάνηκε αυθόρμητη: Μα είμαστε η... χορωδία....! Ξέρετε, τα σύγχρονα τραγούδια εκτός από τον τραγουδιστή, ή και την ορχήστρα έχουν κάποια μικρή χορωδία που κρατάει το ρυθμό σιγοτραγουδώντας, ή και με υψηλόφωνη συνοδεία... Και φυσικά μας απάντησαν ότι ευχαριστούν πολύ για την πληροφορία δεν είναι όμως τόσο υπερήλικες! ώστε να μη γνωρίζουν για τα μοντέρνα τραγούδια, αλλά η συνεχιζόμενη απουσία πολλών και διαφόρων και της ορχήστρας από διάφορα μαθήματα θα έχει συνέπειες και παρακαλούν να διακοπεί αυτή η χορωδία και οι δοκιμές της ορχήστρας.

Εάν επιμένουμε να ...προπονούμεθα την Κυριακή, ή τα Σάββατα το απόγεμα! Και έτσι κόπηκε η...χορωδία που δεν ήταν τίποτα άλλο παρά η διασκέδασή μας, αλλά και λίγο, η παρακολούθηση των κομματιών που δοκίμαζε η ορχήστρα, αφού τους διορθώναμε, ανάλογα με τους δίσκους που είχαμε ακούσει. Τα κορίτσια από την Ζ Κλασικού, - Η Εβδόμη(Ζ) είχε χωριστεί από φέτος στα δυο: Τα περισσότερα αγόρια ήταν στο πρακτικό τμήμα, ενώ το κλασικό ήταν σαν ... γυναικωνίτης, όπως είπε κάποιος, με μόνο δυο, τρία αγόρια. Τα κορίτσια λοιπόν επέμεναν ότι έπρεπε να αναγνωρίσουμε ότι δική τους ήταν η πρωτοβουλία για τον φιλανθρωπικό χορό.

Ο Αγγελος και εγώ διερωτηθήκαμε τι είδους αναγνώριση ζητάνε, αν αναφέρουμε στο πρόγραμμα που θα πολυγραφούσαμε ότι από την Ζ Κλασικού προέρχεται η ιδέα και όλοι οι υπόλοιποι ήταν εθελοντές...στρατευμένοι στην ιδέα; Τι αηδίες είναι αυτές; Μας είπαν, ιδιαίτερα οι της ορχήστρας, προβάλλοντας το επιχείρημα ότι αν εκείνοι δεν έπαιζαν, άσε τις κυρίες να φωνάζουν και να...μείνουν με την πρωτοβουλία. Τελικά μετά από πολλές μηχανορραφίες εκείνων των κοριτσιών, με επεμβάσεις καθηγητών, και μέχρι Μωραΐτη, κατάφεραν να ξανατυπώσουμε το πρόγραμμα με αναφορά στην...πρωτοβουλία της Εβδόμης Κλασικού συμπαράσταση του Κοινοτικού Συμβουλίου έγινε δυνατή η πραγματοποίηση του Χριστουγεννιάτικου χορού.

Η ορχήστρα πάντως με τα ντραμς, τα ακορντεόν, τις κιθάρες, το μπάσο και το ηλεκτρικό μικρό όργανο που παρουσίασε και έπαιξε εκείνος ο περίφημος Νικ των συλλαλητηρίων, όπως τον είχαμε ονομάσει, είχε μεγάλη επιτυχία. Τα δώρα επίσης από πολλούς χορηγούς που είχαν προσελκύσει όχι μόνο η Ζ Κλασικού, αλλά και άλλα παιδιά από τάξεις του σχολείου ήταν αξιόλογα. Όπως και αξιόλογο ήταν το ποσό που μαζεύτηκε για τα την παιδική στέγη Δραπετσώνας.

Φυσικά επειδή η φιλανθρωπική χοροεσπερίς τελείωσε κατά τα κρατούντα στις δέκα και μισή, είχαμε λάβει την... πρόνοια, όπως είπε ο Βάκης, να συνεχίσουμε τη διασκεδασή μας σε κοντινό σπίτι της Φιλοθέης. Μια εκλεγμένη Ελίτ όχι περισσότεροι από δέκα πέντε– έξι. Και ενώ οι άλλοι βάδιζαν προς τα λεωφορεία εμείς οι δεκαέξι έχοντας αυτή τη φορά δηλώσει, ότι πάμε στη... θεία μας στο Ψυχικό, εξαφανιστήκαμε.

Από τα σκοτεινά δρομάκια στο πίσω μέρος του Σχολείου για να ξαναβρεθούμε λίγο παρακάτω στη βίλλα της Μπέττυς, όπου συνεχίσαμε τη διασκέδαση μέχρι τα μεσάνυχτα. Τότε τα κορίτσια και εμείς έπρεπε να αναχωρήσουμε διότι επέστρεφαν και οι γονείς της Μπέττυς από το θέατρο, στο οποίο είχαμε τηλεφωνήσει για να μάθουμε τι ώρα ακριβώς τέλειωνε η παράσταση!

ΕΠΙΣΚΕΨΕΙΣ, ΑΓΑΘΟΕΡΓΙΕΣ, ΕΝΗΜΕΡΩΣΗ ΚΑΙ ΑΛΛΕΣ ΔΡΑΣΤΗΡΙΟΤΗΤΕΣ

1955

Το Κοινοτικό Συμβούλιο και άλλα τέσσερα μέλη από όλες τις τάξεις του Γυμνασίου, στις αρχές Ιανουαρίου, επισκεφτήκαμε το ορφανοτροφείο της Βουλιαγμένης. Με συνοδεία των Αλισανδράτου και Μανιαδάκη των λατινικών. Έκανε και κρύο καθώς μοιράζαμε στα ορφανά διάφορα Χριστουγεννιάτικα δώρα που είχαν περισσέψει, ή ειδικά αγοραστεί από τα έσοδα του Χριστουγεννιάτικου χορού. Αντιμετωπίζαμε μια άγρια θάλασσα ακόμα και μέσα στο κόλπο της Βουλιαγμένης.

Την επόμενη μέρα ακολούθησε επίσκεψη στο εργοστάσιο σιγαρέτων Παπαστράτος, στον Πειραιά. Στη διάρκεια της διατηρήσαμε την πρέπουσα σοβαρότητα, παρατηρώντας πως από την είσοδο μιας μπάλας καπνού έβγαιναν περιτυλιγμένα τσιγάρα, που αυτόματα συσκευάζονταν σε μικρότερα κουτιά, που περιλάμβαναν είκοσι το καθένα ,ή ακόμη μικρότερα κουτιά με δέκα, ή και πέντε ακόμα τσιγάρα, που ακόμα κυκλοφορούσαν τότε χωρίς φίλτρο. Μόλις βγήκαμε έξω, οι περισσότεροι μανιώδεις όπως ήτανε, θέλανε να καπνίσουν, πράγμα απαγορεύομενο στο Λεωφορείο του Σχολείου. «Μα τόσο χαρμανιασμένοι είσαστε; «ρωτάει αφελώς ο Θρησκευτικός. «Μας άνοιξε την όρεξη η... μυρουδιά.» Απάντησε κάποιος. «Λυπούμαι, απάντησε ο καθηγητής: Αυτό απαγορεύεται και δεν έχω σκοπό να το επιτρέψω. Όταν φτάσουμε, εκτός σχολείου κάντε ότι θέλετε, αφού δεν... κρατιόσαστε! «Γυρίσαμε στο σχολείο για να πάρουμε το άλλο λεωφορείο να επιστρέψουμε στο άγαλμα του Κωνσταντίνου, αφού είχε πάει έξι η ώρα.

Το ίδιο βράδυ οι μεγάλοι στη διάρκεια συγκέντρωσης στο σπίτι άρχισαν πάλι την κουβέντα για τα πολιτικά και το Κυπριακό, επειδή προετοιμαζόταν και νέα προσφυγή στον ΟΗΕ στις αρχές Ιανουαρίου. «Δεν τους έφτανε η πρώτη που απέτυχε θέλουνε κι' άλλη!» Ελεγε ο Κωνσταντίνος, αγανακτισμένος:και εξακολουθεί: «Για πολλοστή φορά επιμένω, ότι η εξέλιξη του Κυπριακού θα αποτυχαίνει συνεχώς, κυρίως γιατί η Βρετανία, ή και άλλες δυνάμεις δεν πρόκειται να υποστηρίξουν την Ελλάδα. Αυτή τη φορά η κουβέντα άλλαξε γρήγορα διότι κανείς δεν είχε τη διάθεση να τον αντιμετωπίσει. Και έτσι άρχισε η συζήτηση για την εξέλιξη των μετά το σχολείο σπουδών μου. Τότε άκουσα, σαν να μην το ήξερα, ότι καλόν θα ήταν να έδινα εξετάσεις στην Φιλοσοφική και στη Νομική.

Κατά τη γνώμη, αδαή και αδικαιολόγητη, πολλών από τους παρισταμένους.: Η Νομική θα ήταν καλύτερη διότι έτσι θα μπορούσα, να εργάζομαι, ενώ στη Φιλοσοφική έκριναν ότι αυτό θα ήταν αδύνατο! Βέβαια κανείς από τους παρισταμένους εκτός από εφτά Νομικούς δεν είχε σπουδάσει στη Φιλοσοφική και όσα λέγονταν δεν στηρίζονταν πουθενά, παρά μόνο σε προκατειλημμένες ιδέες, που θα με επηρέαζαν τρισχείριστα στο μέλλον. Διότι όπως ανακάλυψα, δυστυχώς πολύ αργότερα, οι ώρες παρακολούθησης των μαθημάτων και στις δυο σχολές ήταν σχεδόν οι ίδιες. Έτσι και στη μία και στην άλλη μπορούσες να εργάζεσαι και δεν θα ήμουν, ούτε ο πρώτος, ούτε ο τελευταίος., Άλλοι συμμαθητές ετοιμάζονταν για την Αμερική και μάλιστα θα πήγαιναν με τα υπερωκεάνεια που συνέδεαν τότε τον Πειραιά με τη Νέα Υόρκη, ταξιδεύοντας έντεκα ολόκληρες μέρες.

Και πάλι άλλαξε γρήγορα η κουβέντα και άρχισε άλλη συζήτηση για το Λαχείο Συντακτών που είχε κληρώσει την πρωτοχρονιά. Κάπου πενήντα διαμερίσματα έπαιρναν οι διάφοροι τυχεροί και μελλοντικοί ιδιοκτήτες τους. Μεγάλη πρωτοτυπία αυτό το λαχείο συμφώνησαν οι περισσότεροι, που φαίνεται ότι είχαν αγοράσει αρκετά λαχεία.

Στη συνέχεια προχώρησαν σε αρνητικά σχόλια για τη κατεδάφιση των παλιών διώροφων και τριώροφων νεοκλασικών σπιτιών της Αθήνας, που διαδέχονταν οι πολυκατοικίες με τα διαμερίσματα για το Λαχείο Συντακτών, και άλλες... τσιμεντοκουτιασμένες χρήσεις. Ακολούθησε άλλη συζήτηση για τον ανασχηματισμό της κυβέρνησης Παπάγου, που διόρισε δυο αντιπροέδρους και αποφυλάκισε κάπου 1600 πολιτικούς κρατούμενους, ακόμη και αυτούς που κατηγορούνταν για εγκληματικές πράξεις. «Κατά πόσο τότε οι κατηγορίες για τα εγκλήματα αυτά είναι αλήθεια; Και δεν είναι αποτελέσματα αντιζηλιών και καρφωμάτων είναι άλλη ιστορία. «Απεφάνθη ο Τάκης, που σαν δικηγόρος είχε αναλάβει ορισμένες υποθέσεις αποφυλακισθέντων. Είπαν και πολλά άλλα εκείνο το βράδυ στο σπίτι από τα οποία συγκράτησα μόνο, ότι προκύπτει μεγάλη απειλή για τη Θεσσαλονίκη από της πλημμύρες στην πεδιάδα του Αξιού και ότι ο Υπουργός Γεώργιος Ράλλης είχε καταρτίσει σχέδιο για την μελλοντική τουριστική ανάπτυξη της Χώρας.

Την άλλη μέρα στο σχολείο αποφασίσαμε ότι το Σάβατο θα πηγαίναμε σινεμά να δούμε το φιλμ Μογκάμπο με την Αβα Γκάρντνερ και τον Κλαρκ Γκέημπλ.

Πριν από το σινεμά, όπου είχαμε ραντεβού με τις κοπέλες, ο Βάκης. ο Μιχάλης και άλλοι τρεις από την Εβδόμη πήγαμε μπροστά στο Ωδείο Ηρώδου του Αττικού, όπου θα έδιναν την εκκίνηση του Ράλλυ Μόντε Κάρλο. Το ράλλυ αυτό, ξεκίναγε τότε από διάφορες πόλεις της Ευρώπης για να καταλήξει στο Μονακό. Αφού είδαμε τα αυτοκίνητα όπου επικρατούσαν τα Σααμπ, Ντε Κα βε, Φολκσβάγκεν, Φορντ, Ρενό και τα πρωτόφαντα Μίνι, καταφχαριστηθήκαμε και σχεδόν ευτυχείς πήγαμε με τα πόδια μέσα από τη Πλάκα, στο Πάλλας, όπου συναντήσαμε τα κορίτσια. Βγάλαμε εισιτήρια και μπήκαμε μέσα στην αίθουσα όπου όταν έσβησαν τα φώτα αγκαλιαστήκαμε με τα ετερά μας ήμιση, κάτω από τους γνωστούς περιορισμούς, όπως:» Μη! Κάτσε ήσυχος… είσαι αδιόρθωτος!» και τα παρόμοια, όταν τα χέρια επεκτείνονταν σε απαγορευμένες περιοχές. Στο μεταξύ είχαν προκύψει διάφορες διαφωνίες για τα μαθήματα, διότι όσοι θα έδιναν εισαγωγικές στα Πολυτεχνεία, και άλλες θετικές σχολές δεν θέλανε τα Λατινικά, ενώ εγώ και τα περισσότερα κορίτσια τα θέλαμε, διότι ήταν ένα από τα μαθήματα που έπρεπε να δώσουμε στα Πανεπιστήμια μαζί με την Εκθεση, Ιστορία και Αρχαία. Καβγάδες επί καβγάδων και συνεχιζόμενες διαφωνείες ακολούθησαν επί πολλές ημέρες. Βασικά είχαν επηρεαστεί και από το χωρισμό της Εβδόμης σε Κλασικό και Πρακτικό τμήματα.

Διάφοροι καθηγητές προσπάθησαν να κατευνάσουν τα πνεύματα λέγοντας ότι όσοι πάνε για τα Πολυτεχνεία θα έπρεπε να παρακολουθούν περισσότερο τα μαθηματικά και πιθανόν να αφιέρωναν και καμία επι πλέον του βασικού προγράμματος ώρα.

Τελικά πολλοί είχαν αρχίσει, να πηγαίνουν στα ελάχιστα φροντιστήρια που υπήρχαν, ιδαίτερα για το Πολυτεχνείο και την Ιατρική Σχολή.

ΜΟΡΦΩΤΙΚΗ, ΠΟΛΙΤΙΣΤΙΚΗ ΚΙΝΗΣΗ ΚΑΙ ΠΡΩΤΕΣ ΣΟΥΡΕΑΛΙΣΤΙΚΕΣ ΑΠΟΠΕΙΡΕΣ ΤΟ ΧΕΙΜΩΝΑ

1955

Μεγάλο γεγονός: Ο θίασος, Άϊρα Γκέρσουιν, (αδερφός του Τζώρτζ) θα παρουσίαζε ελάχιστες παραστάσεις του Πόργκυ εντ Μπες στο Εθνικό Θέατρο. Τα κορίτσια μας πολύ ήθελαν να πάνε, συσκεφτήκαμε με τον Βάκη, τον Παναγιώτη και τον Άγγελο πως θα έπρεπε να ενεργήσουμε. Εδώ θέλει... χοντρό μέσο! Συμφωνήσαμε. Και ο μεν Παναγιώτης λόγω πατέρα του στη Τράπεζα, με πολλές γνωριμίες, κατάφερε και εξασφάλισε δυο εισιτήρια, που βολεύανε εκείνον και το κορίτσι του. Οι υπόλοιποι, δηλαδή ο Βάκης, ο Αγγελος και εγώ καταφύγαμε στους γονείς μας. Τελικά η μητέρα λόγω σχέσων με το θέατρο, μου εξασφάλισε δυο εισιτήρια για την απογευματινή παράσταση της Τρίτης, διότι εκείνη είχε πρόσκληση για την πρεμιέρα. Ο Άγγελος κάτι κατάφερε με τον πατέρα του, που επίσης ήταν καλεσμένος στην πρεμιέρα, αλλά του βρήκε και εκείνου για την Τρίτη, απογευματινή παράσταση. Έτσι θα πηγαίναμε, αν και δεν θα καθόμαστε, μαζί. Ο Βάκης βρήκε μέσο μεγάλο, ο πατέρας του γνώριζε κάποιον υπουργό, που του εξασφάλισε από το γραφείο του άλλα δυο εισιτήρια για την πρεμιέρα. Ακόμα και στην απογευματινή παράσταση, ο Άγγελος καθόταν στον εξώστη απάνω και εγώ στη μέση της πλατείας κάτω. Εννοείται ότι στο Εθνικό, κρίναμε ότι ο εξώστης ήταν πολύ καλύτερος από τις θέσεις στη πλατεία. Έτσι πέρασε κι' αυτό, αν και όπως κουβεντιάσαμε μετά, σε συγκέντρωση που ακολούθησε την επόμενη Παρασκευή, οι γνώμες για τη παράσταση ήταν διχασμένες. Τα μεν κορίτσια είχαν μείνει εκστατικές, όπως είπαν, διότι δεν είχαν ξαναδεί τέτοιο πράγμα στη ζωή τους, εμείς δε, αν και δεν είχαμε ξαναδεί παρόμοια παράσταση, παίξαμε τους... επιφυλακτικούς . Η μουσική του Γκέρσουιν πραγματικά ήταν καταπληκτική, αλλά η ηθοποιία λίγο περίεργη ...για Μεσογειακά πρότυπα. Ιδιαίτερα με όλους αυτούς τους ...Αράπηδες επί σκηνής. Αυτό δεν ήταν ρατσιστικό, αλλά οι έγχρωμοι στην Ελλάδα στα μέσα της δεκαετίας του 50, ήταν ελάχιστοι αν όχι ανύπαρκτοι. Στα τέλη Ιανουρίου πρώτος ο Άγγελος, ενημερωμένος από τα Γαλλικά περιοδικά του σινεμά, μας πληροφόρησε ότι θα έπρεπε να δούμε την καταπληκτική ταινία Το Μεροκάματο του Τρόμου, με τον Υβ Μοντάν. Έτσι οργανωθήκαμε και πήγαμε στο Αττικόν,και ανακαλύψαμε και τον καλό ηθοποιό, Σαρλ Βανέλ.

Πραγματικά μας άρεσε πάρα πολύ καI ακολούθησε μακρότατη συζήτηση στο μπαράκι της Φωκίωνος Νέγρη για το καθήκον, τα εκρηκτικά, τους ηθοποιούς και το θέμα της ταινίας. Συμφωνήσαμε ότι ήταν το καλύτερο φιλμ της περιόδου 1954 – 1955 που είχαμε δει.

Στο πρωινό τέταρτο στις αρχές Φεβρουαρίου έγινε η αναγγελία της πολυημέρου οδικής εκδρομής, που το 1955 θα αφορούσε τις τρεις τελευταίες τάξεις του Γυμνασίου και θα επισκεπτόταν το Μεσολόγγι, την Αρτα, τα Γιάννενα, για να καταλήξουμε στη Κέρκυρα. Οι περισσότεροι εκδηλώσαμε μεγάλο ενδιαφέρον ιδιαίτερα για τα μέρη, που θα επισκεφτόμαστε και θα μέναμε. Στο μεταξύ όμως, έπρεπε πολλά να μεσολαβήσουν. Τότε για πρώτη φορά, που επρόκειτο, ευτυχώς, να συνεχιστεί επ' άπειρον, άρχισε και ελαφρά σουρεαλιστική αντιμετώπιση, της ζωής γενικότερα, με διάφορα ποιήματα, διήγηματα, σύντομα περιγραφικά, ή και σχόλια. Έτσι ένα βράδυ που είχαμε καταλήξει σπίτι, αφού είχαμε δει μια απαίσια, κατά τη γνώμη μας ταινία, με τίτλο «Οι γυναίκες κυβερνούν τον κόσμο» με ηθοποιούς: τον Κλίφτον Γουέμπ, την Αρλην Ντέηλ, τον Βαν Χέφλιν, την Λορήν Μπακόλ , τον Κόρνελ Γουάιλντ, τον Φρεντ Μακ Μάραιη, που ο τίτλος και το κάστ των ηθοποιών προσέλκυσε τα κορίτσια να θέλουν, ντε και καλά, να πάμε να το δούμε όπερ και ...διαπράξαμε και «Καλά να... πάθουμε!» είπε ο Βάκης μετά: «Αφού ακούτε τις κυρίες, αυτά παθαίνετε! «

Τότε αποφάσισα να παρουσιάσω το πρώτο σουρεαλιστικό πόνημά μου, που άφησε, κατά τη γνώμη μου, εποχή! Χαμήλωσα τα φώτα και τους λέω: Τώρα ακούτε : Ιπποτικόν μυθιστόρημα εις ...συνεχείας.

Πρώτο κεφάλαιο!

Το ωρολόγιον του Αγίου Σουλπικίου είχε μόλις προ ολίγου σημάνει την δωδεκάτην, του μεσονυκτίου, ότε, ο Ιππότης Ντυ Μπουά εφάνη πλησιάζων, έχων τα χείρας εσταυρωμένας όπισθεν και αναγιγνώσκων εφημερίδα. Αίφνης Α--. ανέκραξεν ο εις Ισπανιστί. Ω! ανταπήντησεν ο Ιππότης

Ντυ Μπουά, Αραβιστί!

- Είσθε δειλός Κύριε

- Εγώ δειλός; Ερωτά ο έτερος

- Μάλιστα Κύριε. Ιδού η Κάρτα μου.

- Α! Είσθε μέλος της φοβεράς μαφίας των μαύρων αιλούρων;

- Θα σας δείξω ποίος είμαι, εγώ.

- Εγώ θα σας δείξω, όχι εσείς….

Η σύρραξις ήτο αναπόφευκτος. Ο Ιππότης Ντυ Μπουά ξιφουλκίσας, και συγχρόνως ανασπά άσφαιρον εξάσφαιρον και πυροβολεί επτάκις. Ουδεμία όμως των σφαιρών ευρίσκει το θύμα, πλην της ογδόης, η οποία προξενήσασα θανάσιμον τραυματισμόν το άφηκεν άπνουν, τρέχον δρομαίως, (το θύμα.)

Ο Ιππότης εξαγαγών κατόπιν την εφημερίδα συνεχίζει την πορείαν του αναγιγνώσκων αυτήν, με τας χείρας πάντοτε, εσταυρωμένας όπισθεν.

Η νύξ επροχώρει βαθμηδόν και υπό τας πλατάνους των Ηλυσίων Πεδίων ηδύνατο τις, να διακρίνει ανθρώπους σκοτεινούς, ως η νυξ, διαφαίνονται ως αράπηδες, να παίζουν μποξ σε τούνελ, οι οποίοι κατεσκόπευον τον Ιππότη εις την εκτέλεσιν του έργου του.

Κατά τα άλλα αφιχθείς εις την οικίαν του ευρίσκει επιστολήν της κυρίας Μονμοναρσύ, ήτις εκδηλώνει την συμπάθειαν της δι' αυτόν...

«Παρακαλώ, παρακαλώ όχι θορυβώδη χειροκροτήματα! «τους είπα σαν επίλογο διότι κανείς δεν ήταν διατεθειμενος, ούτε και χειροκρότησε. Την άλλη φορά η συνέχεια που πρέπει να περιμένετε με αγωνία. «Δεν βάζεις κάτι να πιούμε αντί αυτές τις βλακείες που μας διάβασες.» Λέει ο Βάκης. «Καλά την επόμενη φορά θα σας διαβάσω …Σικελιανό! «Είναι αυτός που έχει γράψει τον Σικελικό Εσπερινό; «Ρωτάει ο Κώστας Κ. «Όχι τη… Θεία Κωμωδία.» πετάγεται κοροιδεύοντας ο Άγγελος. «Κατάλαβα! δεν υπάρχει καμία σοβαρότης. «κατέληξε ο Μιχάλης: «Είσαστε αμόρφωτοι!»

Δεν ξέρω πως διαδόθηκαν τα περί σουρεαλισμού πονήματα στις παρακάτω τάξεις και ακολούθησαν ιδιαίτερα από την Εβδόμη πλείστα όσα που αν μας επιτρέψει ο χρόνος θα παραθέσουμε άμα τη εμφανίσει τους, όπως είχαμε δει κάπου γραμμένο.

Τα μαθήματα όμως συνεχίζονταν όπως και οι συζητήσεις περί των περαιτέρω σπουδών. Ετσι ακούγονταν και τα περίφημα εκείνα: Ότι όσοι πήγαιναν στο Πολυτεχνείο για μηχανικοί, ή και αρχιτέκτονες επρόκειτο να ...απαιτούν μεγαλύτερη προίκα! Διότι οι υπόλοιποι του Πανεπιστημίου, πλην γιατρών, θεωρούνται παρακατιανοί γαμπροί και κατά συνέπεια ήταν φτωχαδάκια. Και άλλες συναφείς υστερικές απόψεις μαμάδων, ακούγονταν στη καλή Ελληνική κοινωνία. «Η περιφρόνησή μου απεύθυνεται προς όλη αυτή την... τσοκαρία! «Εδήλωσε ο Άγγελος. «Και βέβαια τα λες αυτά γιατί πρόκειται να πάς στην Ιατρική.» του φώναξε ο Ρίκος σε μια απ᾽ αυτές τις συζητήσεις. «Σας περιφρονώ!» Απάντησε, αφού ήπιε μια γουλιά από το ποτό του σε μια συγκέντρωση σπίτι του. Είχαμε μαζευτεί πολλοί και διάφοροι νωρίς, για να αποφασίσουμε αν θα πάμε στην πολυήμερο εκδρομή, που θα άρχιζε την Δευτέρα του Πάσχα και θα επιστρέφαμε τη Κυριακή του Θωμά.

Ο καβγάς όμως για τις προίκες και τα Πανεπιστήμια – Πολυτεχνεία συνεχιζόταν.» Δεν σωζόμαστε παρά μόνο με τον σουρεαλισμό!» φωνάζει για να επιβάλει ησυχία ο Αγγελος, βγάζοντας συγχρόνως από τη τσέπη του ένα χαρτί, που φαινόταν με στίχους σαν ποιήμα. «Ωχ τι πάθαμε.» είπαν οι περισσότεροι! «Άλλος ένας κόλλησε το μικρόβιο, το σουρεαλιστικό!» Λέει η Αλίκη. Εκείνος όμως ακάθεκτος, χαμηλώνει τη μουσική και αρχίσει να απαγγέλει με σοβαρότατο ύφος.

Βαβαί,παπαί,Ιαταταί/ Και με διάφορα πατέ/ Μαζί και με μπατόν σαλέ/ Ω αναγνώστα, ακροατή μου – κατά περίπτωση- σαχλέ/ Έλα και κάθισε εδώ/ Και άκουσε το φοβερό/ Της φρίκης καταπληκτικό/ Τεράστιο, μέγα και τρανό/ Το μεγαλούργημα αυτό/ Το ανοσιούργημα χαζό/ Προηγείται εισαγωγή/ Να η οδός η εθνική/ και εις ατμόσφαιρα θερμή/ μα όχι και τουριστική/ Τι ωραία, τι καλά/ με κατέλαβε χαρά/ Αν και η νυξ, ζοφερά/ Μου πλακώνει τη καρδιά/ Εμπρός κι᾽ ο στίβος άνθισε/ Στη δράση πρωτοστάτησε/ Ο ξεροθάμνος βλάστησε/ και τη μπανάνα πάτησε/ Τρέχα απ᾽ εδώ, τρέχα απ᾽ εκεί/ τρέχα και παρακάτω/ Εδώ εσύ, εκεί εγώ/ Και άλλοι τρεις πιο κάτω / Στο ξύλο τον πλακώσανε/ Και το κρασί του δώσανε/ Και τα κρεβάτια στρώσανε/ Πάμε για ύπνο/ Δεν θάχουμε ξύπνιο/ Κόκκινο, μαύρο, κίτρινο/ Ζήτω στον αρχιτρίκλινο... ΤΕΛΟΣ

Επικράτησε άκρα ησυχία τουλάχιστον για μερικά δευτερόλεπτα...

Μετά όμως οι πιο δραστήριοι άρχισαν να του πετάνε τα μικρά μαξιλαράκια που υπήρχαν στις πλάτες του καναπέ και τις μεγάλες πολυθρόνες. Εκείνος προσπαθούσε να προφυλαχτεί υποχωρώντας προς το διάδρομο, έξω από το σαλόνι και τελικά καταφεύγει στο δωμάτιό του, όπου κλείνει χτυπώντας βιαία τη πόρτα και ακούω ότι κάτι βαρύ σέρνει από πίσω της, που μάλλον ήταν το κρεβάτι του. «Και οι καλύτεροι ηθοποιοί, ποιητές, ή και συγγραφείς έχουν γιουχαϊστεί! «προσπαθεί η Μαίη να τον παρηγορήσει. Τότε ανοίγει τη πόρτα και μας λέει σωστό υπόδειγμα ψυχραιμίας :» Άλλο γιουχαϊστεί και άλλο δαρεί, ή κακοποιηθεί όπως διέγνωσα την επιθυμία της πλειοψηφίας.» «Μην τους παίρνεις σοβαρά πρόκειται περί ακαταρτίστων... εις τον σουρεαλισμόν και φυσικά αγνοούν πόσο συμβάλλουν εις τον πολιτισμόν παρόμοιες προσπάθειες, που αν ήταν στον κύκλο του Αντρέ Μπρετόν εις Παρισίους, πιθανόν να είχες εκλεγεί και υπαρχηγός του. «Του λέει η Μαρία . «Και ποιος είναι αυτός ο Μπρετόν; «Ρωτάει ο Κώστας Γ. Επεμβαίνει η Αλίκη και απαντάει: «Είναι ο σύγχρονος αρχηγός του σουρεαλιστικού κινήματος στο Παρίσι και βέβαια δεν ασχολείται με αυτές τις αηδίες που έχουμε παρουσιάσει ο Αγγελος και εσύ (κοιτώντας με) τώρα τελευταία; Αλλά με πολύ βαθύτερα νοήματα για την εξέλιξη της ζωής και της τέχνης γενικότερα.» Μας προξένησε κατάπληξη όταν κατέληξε: «Εγώ έχω διαβάσει το μανιφέστο που είχαν εκδόσει οι σουρεαλιστές αλλά, καθ' ο βαθυστόχαστο δεν το θυμάμαι απ' έξω.»

Κατόπιν αυτού οι υπόλοιποι μείναμε άφωνοι και δεν ξέραμε πώς να αντιδράσουμε ή μάλλον τι να πούμε μπροστά στην ευρυμάθεια δεσποινίδος της Εβδόμης. Επενέβη ο Παύλος και είπε:» Επειδή ακόμα δεν έχω καταλάβει τίποτα. Ούτε ποιοι είναι οι σουρεαλιστές, ούτε και αν θα πάμε, ή όχι στην πολυήμερο εκδρομή; Γι΄αυτό νομίζω δεν είμαστε εδώ;» Ρωτάει. Και συνεχίζει: «Επίσης και όλα τα προηγούμενα, πρώτον περί των προικών των πολιτικών μηχανικών, αρχιτεκτόνων και γιατρών και μετά τα περί σουρεαλιστών,διότι δεν έχουν καμία σχέση με ότι ήρθαμε να συζητήσουμε και φταίτε εσείς – δείχνοντας τον Αγγελο και μένα που οδηγείτε τη συζήτησή μας σε σουρεαλιστικά και ακατάλαβίστικα μονοπάτια.»

«Δεν πρόκειται για μονοπάτια εγώ ανέφερα και την Εθνική Οδό, στο πονημά μου.» χαμογελάει ο Αγγελος.» Να το πάρεις και να το... χρησιμοποιήσεις κατάλληλα! απαντάνε δυο τρείς σχεδόν σύγχρονα. Εν πάσει περιπτώσει εμείς λέμε να πάμε, αποφαίνοται άλλοι τρεις.

«Ωραία λοιπόν, συμπεραίνω εγώ, τουλάχιστον για τη πολυήμερο το αποφασίσαμε, διότι πρέπει να πούμε και στο Κοινοτικό Συμβούλιο πόσους περίπου υπολογίζουμε ότι μπορούμε να μαζέψουμε από τις τρεις τελευταίες Τάξεις του Γυμνασίου!» Η συγκέντρωση διαλύθηκε γρήγορα, διότι ορισμένοι θέλανε να πάνε σινεμά, να δούνε το Σαρατόγκα με τον Γκάρυ Κούπερ και την Ινγκριντ Μπέργκμαν, που μου είχαν πει ότι ήταν γλυκανάλατο και βαρετό έργο. Έτσι τηλεφώνησα στην Μπέττυ λέγοντας ότι τελειώσαμε τη σύσκεψη και ήταν διαθέσιμη για βόλτα ή όχι; Η απάντηση ήταν όχι, εκτός αν ήθελα να πάω στη Φιλοθέη. Η ώρα ήταν περασμένη και μέχρι να πήγαινα στη Φιλοθέη θα ήταν πολύ αργά για καθημερινή. Έτσι διαλυθήκαμε ήσυχα χωρίς περαιτέρω διασκεδάσεις και περιπλοκές.

Το άλλο πρωί μετά από μια παρουσίαση για τα αεριωθούμενα αεροσκάφη που μας έκανε ο Μιχάλης άρχισαν τα μαθήματα. Αλλά οι Πρόεδροι των τριών μεγάλων τάξεων καλούμαστε στη Διεύθυνση για να κάνουμε μια εκτίμηση της συμμετοχής στην πολυήμερο εκδρομή.Από τα κορίτσια της Ογδόης, μόνο δυο ή τρία είχαν δηλώσει ενδιαφέρον να συμμετάσχουν, ενώ από τα αγόρια ήταν σχεδόν το σύνολο. Σε σχετική προτροπή του Μωραίτη υποσχέθηκα ότι κάτι θα κάνω να τις… προτρέψω να δηλώσουν συμμετοχή. «Φαίνεται, μου λέει ο Άγγελος, αφού βγήκαμε από το Γραφείο της Διεύθυνσης και πηγαίναμε προς τις τάξεις μας, ότι δεν τις…ικανοποιείτε επαρκώς! Γι᾽ αυτό δεν έρχονται!» «Κατ᾽ αρχήν όπως γνωρίζεις ικανοποιούνται από μεγαλύτερους, που βέβαια τώρα δεν υπάρχουν, διότι έφυγε η προηγούμενη τάξη και τώρα είμαστε εμείς Ογδόη». Δεν σταματάω σ᾽ αυτή τη διαπίστωση αλλά νομίζω ότι για ορισμένες υπάρχει οικονομικό πρόβλημα, έστω και αν τα έξοδα της εκδρομής έχουν περιοριστεί στο πιο χαμηλότερο δυνατό, γι᾽ αυτό μην σχολιάζεις από τη δική σου εμπειρία, καθώς φαίνεται ότι όλοι στις δικές σας τις τάξεις είναι υψηλοτάτων εισοδημάτων.»

«Μαλιστα κύριε Πρόεδρε, απαντάει κοροϊδευτικά, είσαστε βλέπω και υπέρ των μικροαστών προλεταρίων! «Άντε χάσου από δώ…» απαντώ, τη στιγμή που κάποιος καθηγητής περνάει από δίπλα και με παρατηρεί λέγοντας: «Ιατρίδη! Τι είναι αυτά που λες; δεν ντρέπεσαι λιγάκι; «Μα με εκνευρίζει κύριε Χ.» απαντώ.. «Άκόμα και αν σε εκνευρίζει δεν είναι τρόπος αυτός να του απαντάς…» «Είδες που έχει δίκιο ο κύριος καθηγητής; «λέει κοροϊδεύοντας ο Αγγελος. «Εντάξει έχετε δίκιο λέω στον καθηγητή δεν θα το… ξανακάνω!» Και εκνευρισμένος μπαίνω στη τάξη όπου αντιμετωπίζω τον κύριο Οδυσσέα σ᾽ ένα… ρεσιτάλ ερωτήσεων σχετικά με το αρχαίο δράμα και τον μύθο του Οιδίποδα και σε ποιά πόλη συνέβαιναν όλα αυτά; Και πολλά άλλα...και αφού είχαν ανακατευτεί σαν απάντηση η Τροία, οι Μυκήνες ακόμη και η Σπάρτη, σε τέλεια περιπλοκή με την Ωραία Ελένη, που δεν είχε τίποτα να κάνει με τον Οιδίποδα, ούτε και η Επίδαυρος, που αναφέρθηκε, διότι εκεί το καλοκαίρι θα παιζόταν ο Οιδίπους επί Κολωνώ. Προσπαθούσα να τακτοποιήσω τις σκέψεις μου και ήταν αδύνατο με τον κύριο Οδυσσέα εκνευρισμένο, απειλώντας Θεούς και δαιμόνους: «Λόγω της αμάθειας που μας είχε... κατακυριεύσει, και αγνοούσαμε που ήταν γεωγραφικά η Θήβα, στη Βοιωτία, ή στη Φθιώτιδα;» Όπως ήταν οι τελευταίες του λέξεις, πριν φύγει φουριόζος στο χτυπήμα του κουδουνιού.

Μόνο τότε κάπως συνήλθα. «Ευτυχώς αύριο είναι Σάββατο και θα πάμε σινεμά, ..» μου λέει ο Βάκης, τη στιγμή που σηκωνόμουνα να πείσω τις κοπέλες να έρθουν στη πολυήμερο. Δεν κατόρθωσα και πολλά, διότι φαίνεται ότι ήταν αποφασισμένες να μην έρθουν. Ο λόγος; Στην πλειονότητα διότι τα φλέρτ τους από την προηγούμενη Ογδόη, την περσινή, δεν θα ήταν μαζί!

Στις δύο Μαρτίου προκηρύχτηκε απεργία όλων των εκπαιδευτικών. Και ενώ στην αρχή είπαν ότι δεν θα απεργούσαν και τα ιδιωτικά σχολεία, στις τρεις του μηνός μας είπαν ότι θα απεργήσουν σε ένδειξη αληλλεγγύης με τα δημόσια.

Οργανώσαμε αμέσως την Παρασκευή σινεμά και αυτή τη φορά πήγαμε στους Ιππότες της στρογγυλής Τραπέζης, με τον Ρόμπερτ, την Ελιζαμπεθ Τέιλορ και την Αβα Γκάρντνερ, που πολύ το διασκεδάσαμε με τον Βασιλιά Αρθούρο και όλες τι αυλικές δολοπλοκίες στο Κάμελοτ. Μετά πήγαμε στο γνωστό μας μπαράκι.

Τότε ξεκαθάρισε η κατάσταση για το ποιοι και ποιες θα έρχονταν στην εκδρομή και πολλοί και διάφοροι είχαν αρχίσει να κάνουν σχέδια για τα βράδια στην ...επαρχία, με περιπετειώδεις και ευφάνταστες λεπτομέρειες.

Το Σάββατο είχαμε πάρτι στον Κώστα Κ. όπου αρχίσαμε νωρίς, από τις εφτά το απόγεμα, γιατί και πάλι μερικά από τα κορίτσια θα τα... παίρνανε γύρω στις έντεκα. Και ενώ διασκεδάζαμε χορεύοντας με κάτι καινούριους σαρανταπεντάρηδες δίσκους που είχε φέρει ο άλλος αδερφός του Κώστα από την Γαλλία που σπούδαζε, ακούστηκε και το κακό το νέο, ότι από Δευτέρας η απεργία έληξε και θα πηγαίναμε σχολείο. Εξακριβωμένο, το είπε το ραδιόφωνο, στο δελτίο ειδήσεων των οχτώ, που εμείς δεν ακούσαμε , αλλά κάποιος τηλεφώνησε στον Κώστα για να μην ... χαιρόμαστε και πολύ! Έτσι, όπως μάθαμε την άλλη μέρα, η απεργία διεκόπη διότι η Κυβέρνηση ενέδωσε στα αιτήματα των απεργών, που είχαν σχέση με μισθολογικές ανισότητες και ώρες απασχόλησης, όπως έγραψαν οι εφημερίδες την Κυριακή.

Τη Κυριακή το πρωί μαζί με τον Κώστα Κ. τη Μπέτη και την φίλη της την Μαίη είχαμε ξεκινήσει για μεγάλη ποδηλατάδα από τους λόφους του Ψυχικού, που διεκόπη όπως... η απεργία των εκπαιδευτικών, από μπόρα όμως καρεκλοποδαράτη, που συνεχίστηκε σε μόνιμη βροχή. Όχι τόσο δυνατή, αλλά που μας ανάγκασε να γυρίσουμε σπίτι μας. «Πως δεν αρπάξαμε κανένα κρύωμα;» Ρωτάω. «Ούτε κι εγώ δεν ξέρω. «μου απάντησε ο Κώστας όταν τον άφησα σπίτι του κατεβαίνοντας την Ευελπίδων και συνεχίζοντας για να διασχίσω την Πατησίων και να κατευθυνθώ από την Κοδριγκτώνος στην Αριστοτέλους. Ένα τεράστιο φορτηγό του στρατού όμως, με περιέλουσε με λασπόνερα ολόκληρο, καθώς έπεσε στη λακούβα της γωνίας Αριστοτέλους, που ήταν ακόμα χωμάτινη, και Πιπίνου – ευτυχώς κάτω από το διαμέρισμα – η βροχή δυνάμωσε – και από το αναγκαστικό ντούς έφυγαν οι πολλές λάσπες, που είχαν κολλήσει στα ρούχα μου και στο ποδήλατο, που έπρεπε μετά από μένα, να πλύνω και να το καθαρίσω. Τη Δευτέρα με τις δυο πρώτες ώρες Αγγλικά και μετά την αρχική συλλογή των Essays που είχαμε προετοιμάσει το Σαββατοκύριακο, άρχισε μια ολόκληρη ανάλυση για τον Sir Walter Scott.

Τους Αγγλικούς μύθους των ιπποτών της στρογγυλής τραπέζης όπως τους λέγαμε λόγω και του φιλμ που είχαμε δει πρόσφατα. Στη συνέχεια και επειδή ο πρώτος σταθμός και διανυκτέρευση της πολυήμερης εκδρομής θα ήταν το Μεσολόγγι, άρχισε Αγγλικά συζήτηση για τον Λόρδο Βύρωνα και το θανατό του εκεί. Τόσο λεπτομερειακή συζήτηση από τους ομιλούντας καλύτερα Αγγλικά, που κατέληξε σε αστυνομικό θρίλερ με τις διάφορες εκδοχές από τι τελικά πέθανε.» Βασικά, είπε κάποιος, διότι του ρούφηξαν όλο το αίμα με βδέλες οι ανειδίκευτοι γιατροί της πόλης.» Όλο αυτό σε άπταιστα Αγγλικά χρησιμοποιώντας και ιδιωματισμούς περιγράφοντας τους γιατρούς που τον...πέθαναν!

Εκεί που η Μις Αλις προετοίμαζε περαιτέρω ανάλυση χτύπησε το κουδούνι και απηλλάγημεν από αυτές τις...μακάβριες ιστορίες φωνάζει ο Κώστας Γ. «Δηλαδή θέλεις να πεις Macabre stories? Ρωτάει ο Αγγλομαθής Βάκης σαν προερχόμενος απ΄το κολλέγιο! Στο πεντάλεπτο ανάμε σα στα δυο μαθήματα συνεχιστηκε ο καβγάς μεταξύ των πολύ... αγγλομαθών αν ήταν Macabre or Mournful η ιστορία. Που διακόπηκε γιατί βάλαμε οι υπόλοιποι τις φωνές λέγοντας ότι θα σας πούμε στο Μεσολόγγι... επί τόπου! Αν ήταν έτσι, ή αλλιώς.

Και συνεχίσαμε με το μάθημα της Φυσικής που ενώ το παρακολουθήσαμε με μεγάλη ησυχία χωρίς σχόλια, δεν προκάλεσε αντίστοιχες ερωτήσεις. Το κουδούνι μετά από τα σαράντα τόσα λεπτά, μας οδήγησε στο μεγάλο εικοσάλεπτο διάλειμμα. Από την αυλή εξαφανίστηκαν τρεις τέσσερις από την τάξη μας κι' άλλοι τόσοι από την Εβδόμη πηγαίνοντας στο διπλανό δασάκι για κάπνισμα, οι ...χαρμανιασμένοι όπως είχαν ονομαστεί.

Εμείς – οι μη καπνίζοντες - συζητούσαμε για πολλά και διάφορα θέματα όπου επανειλημμένα κυριαρχούσαν οι απόψεις για τα Πολυτεχνεία και τα Πανεπιστήμια για το εσωτερικό και το εξωτερικό και που θα ήταν καλύτερα. Και πάλι, παρουσία μάλιστα και δυο καθηγητών, άνευ λόγου κατά τη γνώμη, μου, συνεχίζεται η διαφωνία για τις περισσότερες, ή λιγότερες ώρες των κλασικών και των πρακτικών μαθημάτων.

Οι της Εβδόμης που είχε ήδη χωριστεί σε δυο τμήματα, μας έλεγαν ότι δεν υπήρξαν και μεγάλες διαφορές.

«Ρε παιδιά, εδώ έχουμε φτάσει τέλη Φεβρουαρίου - αρχές Μαρτίου, πως είναι δυνατό να χωριστούμε τώρα; «Ρωτάω την ομήγυρη. «Αυτά λέει η φωνή της λογικής αλλά δεν νομίζω ότι οι ζητούντες τον χωρισμό έχουν ευθεία αντίληψη του τι επιδιώκουν. Διότι αν είναι τούβλα, τούβλα θα μείνουν, είτε κλασική, είτε πρακτική παιδεία ακολουθήσουν, σημειώνω ότι οι όροι είναι τελείως αδόκιμοι....» Δογματίζει κατά το συνήθειό του ο κύριος Οδυσσέας ισιώνει για μια ακόμη φορά τα μαλλιά του, που έπεφταν στα μάτια του και χωρίς να περιμένει απάντηση... αναχωρεί κάνοντας μεταβολή γυρνώντας μας τη πλάτη του. «Ωραία! Αυτός καθάρισε με το γνωστό του ύφος...χωρίς να δώσει καμιά λύση...» λέει ο Γιώργος κουνώντας το κεφάλι του. «Αφού σου είπε ο άνθρωπος ότι διαφωνεί. Έτσι κι' αλλιώς χωρισμός σε τμήματα στο τέλος σχεδόν της χρονιάς δεν γίνεται, τι φωνάζεις; «Του απαντάει ο Κώστας Κ, που παρ' όλο που κάτι το μηχανικό θα έκανε στην Αμερική που θα πήγαινε, δεν ήταν και πολύ από τους φανατικούς του χωρισμού σε τμήματα.

Πέρασε γρήγορα αυτή η βδομάδα με το μοναδικό διεθνές νέο ότι παραιτήθηκε ο Ουίνστον Τσόρτσιλ από την πρωθυπουργία της Βρετανίας και ανέλαβε ο Ήντεν, λίγο που μας επηρέασε! Διάφοροι άρχισαν να πανηγυρίζουν διότι θα άλλαζε, λέει, η κατάσταση στη Κύπρο. Τίποτα δεν πρόκειται ν' αλλάξει, και σαν να επικυρώνεται η αποψη αυτή καταδικάζονται Κύπριοι αγωνιστές σε θάνατο και όταν εγινε απόπειρα συλλαλητηρίων διακόπηκε αυτόματα. Όχι συλλαλητήρια!

Άλλες οι βουλές των τότε κυβερνώντων. Κάπου εκεί πριν από το Πάσχα και την πολυήμερο πέθανε και ο Αινστάιν. Δυο ολόκληρα πρωινά τέταρτα ακούγαμε τον Κώστα Κ. να μας λέει για τη ζωή και τη θεωρία του, που αρκετοί από μας δεν καταλαβαίναμε με... μεγάλη ευχέρεια παρά τις προσπάθειες του, που επεκτείνονταν και συμπληρώνονταν από τους καθηγητές της Φυσικής και της Χημείας... Εν πάσει περιπτώσει πέρασε και ο θάνατος αυτός, με τις εκτεταμένες αναφορές στα πρωινά τέταρτα του σχολείου.

Άσχετο βεβαια, αλλά εκεί ψιθύρισα το αμίμητο ότι ....ελπίζω ότι δεν τον θεράπευαν και αυτόν (τον... Αινστάιν) με την ίδια μεθοδο που εφάρμοσαν στον Λόρδο Βύρωνα.!

Οι προετοιμασίες για την γιορτή της Εθνικής Γιορτής της 25ης Μαρτίου, η οργάνωση της παρέλασης και η συμμετοχή στη σχολική παρέλαση στο κέντρο της Αθήνας, μας απέσπασαν κάπως από τα σχόλια και τις συζητήσεις για τις μετασχολικές σπουδές και τις άλλες προετοιμασίες για την πολυήμερο εκδρομή. Έτσι αυτή τη φορά οι φούστες των κοριτσιών που θα συμμετάσχουν στις παρελάσεις μαζί με τα άλλα Σχολεία στην Αθήνα δεν θα είναι τόσο...στενές όσο οι άλλες της 28ης Οκτωβρίου! Ολόκληρη ώρα απασχολήθηκε και το Κοινοτικό Συμβούλιο που κατά την ανδρική άποψη το καλαμπουρίζαμε. Φτάσανε να αναφέρουν και τον παλαιό δικτάτορα, Πάγκαλο, που είχε νομοθετήσει για το μάκρος των γυναικείων φορεμάτων. Ναι, αλλά εκείνος δεν είπε πόσο στενές έπρεπε να ήτανε.» Μα καταλαβαίνετε, μας λέει η Πρόεδρος της Τετάρτης Γυμνασίου, αν είναι φαρδιές και τις παίρνει ο αέρας θα έχουμε άλλη κριτική λόγω αποκαλύψεων...» «Μόνο αν φυσάει δυνατό μελτέμι...» Περιπαίζει ο της Εκτης Γυμνασίου... Που δεν φυσάει τον Μάρτιο, αλλά τον Αύγουστο, ως γνωστόν!» συμπληρώνει και ο Άγγελος. Διακόπτω το καλαμπούρι λέγοντας «ότι είναι καθήκον των κοριτσιών να αποφασίσουν και να υποβάλουν τα σχεδιά τους στη διεύθυνση και στους γυμναστές και εκεί και τότε να αποφασίσουν. Εμείς σαν Κοινοτικό Συμβούλιο δεν έχουμε ούτε θέλουμε να έχουμε καμιά ανάμιξη... αν φυσάει, ή όχι αέρας και πόσο στενές ή φαρδιές πρέπει να είναι οι φούστες.» Βέβαια είχαν ειπωθεί ένα σωρό αστεία όπως: «Γιατί δεν φοράνε ...φουστανέλλες, ή να ντυθούν όλες Αμαλίες, ή τοπικές φορεσιές από άλλα μέρη της Ελλάδας! «Νομίζω ότι επρόκειτο να φορέσουν τα κορίτσια του Αρσακείου στην παρέλαση. Τελικά φαίνεται ότι προτιμήθηκαν ελαφρά φαρδύτερες από τις προηγούμενες φούστες, που έπετρεπαν στα κορίτσια να σκύβουν όπως παραπονιόνταν άλλες, που προκάλεσαν εύλογα ερωτήματα: «Γιατί πρέπει να σκύβουν; αφού... περπατάνε;!» Βέβαια η απάντηση ήταν για να ισιώνουν τις κάλτσες τους, ή κάτι παρόμοιο, όταν διακόψαμε την μάλλον ανόητη για μας διαλογική συζήτηση. «Θα σας... απολαύσουμε στις δοκιμές και θα υποβάλουμε αναφορά.» λέει στην διαμαρτυρόμενη της Τετάρτης, ο της Έκτης Γυμνασίου. «Και ιδιαίτερα, συμπληρώνει ο Πρόεδρος της Πέμπτης, θα απολαύσουμε όταν κάνετε δοκιμές επικύψεων, ή πορεία ενάντια στον...άνεμο για να προπονηθείτε, καθώς θα ...επιτεθείτε στα υψώματα της Πανεπιστημίου!»

Το απόγεμα με πήρε στο τηλέφωνο η Μπέττυ σε έξαλλη κατάσταση» διότι εκείνες αποζητούσαν τη συμπαράστασή μας και εμείς τις πήραμε στο ψιλό και κοροϊδεύαμε και δεν είμαστε εντάξει, παρά αρσενικά... γουρούνια αφού δεν καταλαβαίνουμε τα προβλήματα που αντιμετωπίζουν. «Μα είσαι με τα καλά σου; Τη διακόπτω, νομίζεις ότι δεν έχουμε σοβαρότερα ζητήματα να συζητήσουμε από τα μήκη και τα φάρδη των φορεμάτων σας; Και στο κάτω κάτω δεν ξέρω τι την είχε πιάσει εκείνη τη Πρόεδρο της Τετάρτης και ήθελε όλο το Συμβούλιο να ασχολείται με τις φούστες, που όπως γνωρίζεις κι'αν δεν γνωρίζεις, στο λέω, δεν έχει καμιά αρμοδιότητα για τέτοια θέματα!» Σε απάντηση μου είπε- μάλλον κραύγασε – «Ότι δεν θέλει να με δει στα μάτια της, είμαι... γαιδούρι...δεν καταλαβαίνω τίποτα! «Και κλείνει το τηλέφωνο.

Και όμως πηγαίνοντας να πάρω κουλούρι διασταυρωθήκαμε και κοιτώντας με περιφρονητικά μου λέει:» Εσένα δεν σου μιλάω!» Και όταν πήγα να απαντήσω μου γύρισε τη πλάτη και απομακρύνθηκε.

Στο πάρτι του Βάκη εμφανίστηκε και συνέχισε την αδιαφορία αφού επανέλαβε ότι δεν μου μιλάει. «Μήπως όμως χορεύεις μαζί μου έστω και χωρίς να μιλάς;» Ρωτάω, για να εισπράξω και άλλη βρισιά όπως ότι όλα τα αγόρια που ήταν στο Κοινοτικό Συμβούλιο και άλλα ακόμα είμαστε... γουρούνια. Εκεί ξεσηκώθηκε πανζουρλισμός. Εμείς μεν, λέγοντας, ότι δεν είναι τρόποι αυτοί, τα υπόλοιπα κορίτσια που ήταν αρκετά ευχαριστημένα με το χορό και με το χαμήλωμα των φώτων την πήρανε σε μια γωνιά και προσπάθησαν να την συνεφέρουν, αφού το πρόβλημα με τις φούστες είχε λυθεί μετά από απόφαση της Διεύθυνσης. Απ’ ότι κατάλαβα, καθώς είχα απομακρυνθεί σε μια άλλη γωνιά του μεγάλου καθιστικού, παρίστανε, ή ήταν ανένδοτη.

«Αφού δεν μπορείς να την μαζέψεις. Να την πάρεις και να... φύγεις!» επεμβαίνει δραστικά ο Κώστας Σ. «Μου φαίνεται ότι έχετε παραφρονήσει όλοι!» Λέω δυνατά και πλησιάζω την ακόμα διαμαρτυρόμενη Μπέττυ και την ξαναδιακόπτω λέγοντας: «Μήπως μπορώ να σου μιλήσω ιδιαιτέρως; Πάμε στο δωμάτιο του Βάκη να σου εξηγήσω.» «Δεν πάω πουθενά, μου απαντάει, και εάν συνεχίσετε έτσι να φωνάξουμε ένα ταξί να με πάει σπίτι μου.» «Καλό κουράγιο!» Με χτυπάει στην πλάτη ο Γιώργος. «Αυτός δεν χρειάζεται κανένα κουράγιο πάω να φύγω!»

Απαντάει εκείνη και σηκώνεται παρ’ όλο που την τραβάει η Μαίη λέγοντας:» Κάτσε θα πάμε μαζί, μια και μένουμε κοντά.» «Δεν μου λες;» ρωτάει πονηρά ο Βάκης ψιθυρίζοντας στο αυτί μου: «Μήπως έχει βρει κανέναν άλλο και δημιουργεί αυτή την ιστορία για... προπέτασμα, μήπως καθώς είναι Σάββατο, έχει και άλλο πάρτι να πάει;» «Και που να ξέρω, απαντάω, έχει να μου μιλήσει από προχτές.» Η Μαίη σήκωσε τα χέρια της ψηλά και απομακρύνθηκε ενώ η άλλη ετοιμαζόταν να φύγει. Τραβάω την Μαίη από το χέρι σε μια γωνιά και ρωτάω να μάθω αν κατάλαβε τίποτα. «Το έχει παρει πολύ στα σοβαρά και δεν νομίζω ότι μπορώ να την συνεφέρω.» Τελικά για να αποφύγω τον περαιτέρω εκνευρισμό, λέω του Βάκη:» Πάω στο δωματιό σου και θα βγω όταν έχει φύγει, μετά λέω στη Μαίη και την παρακαλώ να έρθει να με ειδοποιήσει τι έγινε, έφυγε ή όχι;» «Ηρθε σε λίγο και μου είπε ότι έφυγε και μου ορκίζεται ότι εκείνη δεν έχει ιδέα, αλλά οι φούστες και το φαρδεμά τους δεν νομίζει ότι είναι το θέμα αυτής της ιστορίας.» «Επειδή έχουμε υστερίες δεν σημαίνει ότι δεν θα διασκεδάσουμε, όπως εξ άλλου ήταν το αρχικό μας πλάνο.» Λέει ο Άγγελος. Το πάρτι συνεχίστηκε άρχισα να χορεύω κι’ εγώ προσπαθώντας να... ξεχάσω.

Εφυγαν τα κορίτσια κατά τις δωδεκάμιση και καθίσαμε λίγο συνεχίζοντας τις συζητήσεις για τα Πανεπιστήμια και τα Πολυτεχνεία για ακόμα μια φορά. Επέστρεψα περπατητός με το Γιώργο σπίτι αφού από τη πλατεία Εξαρχείων κατεβήκαμε την Στουρνάρη και πήραμε την Αριστοτέλους, σαν πιο...ήσυχη, όπως συμφωνήσαμε, από τα ελάχιστα αυτοκίνητα που περνούσαν από την Πατησίων και την 3ης Σεπτεμβρίου μετά τις μία το πρωΐ. Η επόμενη έξοδος την Κυριακή το απόγεμα νωρίς ήταν για σινεμά. Πήγαμε άντρες μόνο στο ΑΣΤΟΡ να δούμε την ανταρσία του Κέην με τον

Ορσον Ουέλς, τον Βαν Τζόνσον τον Χοσε Φερέρ, που δεν ήταν και η καλύτερη έκδοση της γνωστής Ιστορίας που είχαμε διαβάσει.

Τότε είχε ξεσπάσει και μια φοβερή ιστορία ότι, τάχα μου, εφευρέθηκε το φάρμακο εναντίον του καρκίνου που ήταν κάποιο φυτό, που ονομαζόταν ...πικραγγουριά. Απ' ότι γράφτηκε στον τύπο το πουλούσαν διάφοροι επιτήδειοι και είχε άρωμα φράουλας και...επί πλέον μύριζε γλυκό οινόπνευμα.

Παρ'ότι μια από τις αποκαλούμενες σοβαρές εφημερίδες δημοσίευε, σχεδόν καθημερινά, ιστορίες θεραπεύθεντων, υπήρξαν και λογικοί άνθρωποι που αντιστέκονταν. Τα καλαμπούρια όμως που ακολούθησαν όσο η καλή εφημερίδα επέμενε, υπερέβησαν κάθε προηγούμενο. Ρωτούσαμε τέσσερις από μας στην ουρά, έναν περιπτερά που τον είχαμε τρελάνει.» Έχετε πικραγγουριά; Βλέπετε ο φίλος μας είναι άρρωστος και λέμε να την πάρουμε... προληπτικά!» Τη Τρίτη φορά κάτω στη διαστάυρωση της Ελικώνος με τη Κηφισίας απέναντι από την Αγία Βαρβάρα ο περιπτεράς μας έβρισε:» Να χαθείτε βρωμόπαιδα που παίζετε με το πόνο των ανθρώπων...» Μετά τελευταίος στη σειρά, ο Ρίκος τον ρωτάει: Μη θυμώνετε κύριε, εγώ θέλω ...κουρκουμπίνια όχι πικραγγουριά! Έχετε;» Ο περιπτεράς έξαλλος αφρίζει από το κακό του και: «Περίμενε και θα βγώ να σου δώσω μια σφαλιάρα...και θα δεις κουρκουμπίνια στο κεφάλι σου.» Τότε το βάλαμε στα πόδια.

Οι ιστορίες της πικραγγουριάς, σύμφωνα με τον δαιμόνιο ρεπόρτερ της εφημερίδας, συνεχίστηκαν κοντά τρεις μήνες, παρά τις αναλύσεις του Γενικού Χημείου του Κράτους και άλλων επιστημόνων που επέμεναν ότι πρόκειται για τσαρλατανισμούς. Ο πατέρας ήταν έξαλλος διότι κάθε μεσημέρι γύρναγε από τη δουλειά και έβριζε για το πως αφήνουν να διαδίδονται τέτοιες ειδήσεις και παραπλανούν τον κόσμο με αυτές τις ιστορίες.

Και το παρακάτω δημοσιεύτηκε στη Σατυρική Σελίδα του ΕΦΗΒΟΥ.

Η ΠΟΛΥΗΜΕΡΟΣ ΕΚΔΡΟΜΗ

Ο πρόλογος

Φλέγον θεμα...δι' όλίγους η πολυημερος εκδρομή! Αφορμή για κριτική, και θυελλώδεις συζητήσεις στις συνεδριάσεις των τάξεων, όπου έχει καθιερωθεί πλέον ως θέμα... επαναλαμβανόμενον. Το βράδυ άλλο κακό ! Παίρνεις να σου πούνε τα μαθηματικά...στο τηλέφωνο, ένα συμμαθητή σου, κι' ακούγεται το μακρόσυρτο βββοοουοου, σήμα ακατασχέτου φλυαρίας. Παίρνεις άλλον βουίζει. Στο τέλος βρίσκεις κάποιον ...μελετηρό να μη μιλάει. – Τι γίνεται Κώστα;

Ξέρεις τη Τρίτη άσκηση υπάρχει ένα ... -Ωχ ! δε μ'αφήνεις με τις ασκήσεις σου! Τι θα γίνει θα πάμε εκδρομή; Τώρα μόλις κουβέντιαζα με το Γιώργο που τον είχε πάρει ο Γιάννης να του πει ότι ο Σταμάτης, που μόλις ...τότε του μιλούσε στο τηλέφωνο, είχε ακούσει από το Δημήτρη... Και συνεχίζεται ατελείωτη συζήτηση γύρω απ'την εκδρομή. Στην αρχή μόλις έγινε η ανακοίνωση στο πρωινό τέταρτο άρχισαν τα Σχόλια και ως φυσικόν επακόλουθον ακούστηκε η κλασική πλέον υπόμνησις: Τα σχόλια στο τέλος! Μετά ακολούθησε μεγάλη κουβέντα έξω και μέσα από τις τάξεις. – Θα πάτε σεις παιδιά; Απάντηση δύσκολη, στρυφνή και συνωφρυωμένη: Μμουου, να δούμε! – Τι να δείτε; - Ποιοι θα πάνε, πόσοι θα πάνε; Γιατί θα πάνε; Τι θα φορέσουν; (προκειμένου για κορίτσια) και πολλές άλλες εξαντλητικές λεπτομέρειες. Το γεγονός ήταν ότι ως τις τελευταίες ημέρες της προθεσμίας για τη δήλωση συμμετοχής όλοι περίμεναν να δούνε ποιοί θα πάνε και κανείς...δεν πήγαινε! Ώσπου προ ημερών όσον αφορά το αρσενικό τμήμα της Ογδόης ερρίφθη ο κύβος...

Θα πάμε! Είπαν. Κατόπιν συγκλήσεως...γενικής τηλεφωνικής συνελεύσεως! (Λέμε για το αρσενικό τμήμα διότι τα κορίτσια επειδή είναι...

πολύ μικρά δεν τ' αφήνει η μαμά τους!) Και μετά την απόφαση άρχισαν να μιλάνε όλοι μαζί για την εκδρομή, χωρίς οι περισσότεροι να ξέρουν, ούτε κάν που πέφτει το Μεσολόγγι! Ενας μάλιστα ρώταγε αν θα σταματούσαμε στο Βόλο πηγαίνοντας στο Ρίο, από όπου, όπως έλεγε, περνάει ο δρόμος για τα...Γιάννενα! Στο διάλειμμα κουβεντιάζουν. Αδιάκριτοι πλησιάζουμε: - Ξέρεις λέω να πάρω τα σκί μου , λέει μανιώδης ...σκιόπληκτος της Ογδόης. Άλλοι δεινοί κυνηγοί και ψαράδες, θέλουν να πάρουν τουφέκια και ψαροντούφεκα. Ένας πιο κει διαδίδει ανησυχητικές ειδήσεις: - Εγώ λοιπόν που λές, όταν πήγαινα στα Γιάννενα είδα μια αρκούδα στο δρόμο! – Μην ήτανε κροκόδειλος παρατηρεί καλαμπουριτζής γνωστός για τη χαμηλή θερμοκρασία του. - Σταμάτα μωρέ τις βλακείες! - Να μια αρκούδα ίσαμε κει πάνω! Πιάνω λοιπόν κι' εγώ.... – Τη κιθάρα σου! Της παίζεις κάτι και τρέπεται εις φυγήν! Τον διακόπτει ο άλλος. – Αντε μωρέ άνθρωποι είσαστ' εσείς για να συζητήσω; λέει θυμωμένος και φεύγει για να βρεί άλλους πιο... συζητήσιμους. Πιο κει άλλοι συζητάνε - Λοιπόν όπως είπαμε! – Τι είπατε βρε παιδιά; ρωτάω αφελώς. – Άστα καημένε πρέπει να πάρουμε μαζί μας: 8 σακκάκια, 10 παντελόνια, 32 ζευγάρια καλτσες, 2 κοστούμια μαύρα , 70 γραβάτες... - Και γιατί ολ'αυτά; - Για να κάνουμε... εμφανίσεις σου λένε με το πλέον φυσικό ύφος! Και το πιο καταπληκτικό: Ωρα 12 το βράδυ Κοιμάμαι ήσυχος τον ύπνο του δικαίου, όταν χτυπάει το τηλέφωνο! Σηκώνομαι απ' το κρεβάτι, υβρίζων...ελαφρώς και το πιάνω.

Συμμαθητής ο δράστης. – Ξέρεις έχουμε μια συγκέντρωση εδώ (τα πάρτι είχαν ...απελευθερωθεί!) και είμαστε ολίγον στο κέφι! – Και εμένα τι με θέλετε, λέω αφελώς και υβρίζων βαρέως. – Να μας πεις τι χρώμα πυτζάμες θα πάρεις στην εκδρομή, να πάρουμε και μεις το ίδιο για να'μαστε ασορτί.! - Ρε δε με παρατάτε μεσάνυχτα η ώρα, λέω βρίζοντας απαίσια. – Μα είναι ανάγκη, επιμένει . --Πολύχρωμες! Απαντώ και κοπανάω το ακουστικό σαν χταπόδι πάνω στη συσκευή απ' τα νεύρα μου. Την άλλη μέρα εξημμένα τα πνεύματα, δυσαρέσκειες φοβερές: Ο ένας δεν έρχεται διότι δεν προτιμήσαμε την ιδιαίτερη πατρίδα του, ο άλλος διότι δεν περνάμε από το Σουφλί όπου μένει η...θεία του! Ο αγαπητός μας καθηγητής των Λατινικών (τι να κάνει;) μας παραχωρεί ...λίγη ώρα απ' το μάθημα για να καταπραΰνουμε τα εξημμένα πνεύματα! Κι' αρχίζει ατελείωτη συζήτηση όπου επαναλαμβάνονται τα ίδια και τα ίδια. Αυτά όλα λέγονται και γίνονται γύρω από την πολυήμερη εκδρομή...

Λίγο πριν από το Πάσχα είχαμε ρυθμίσεις με τον Κύριο Οδυσσέα, καθηγητή τάξεως και με τον κύριο Αλισανδράτο, ποιητικά απογεύματα στα οποία συμμετείχαν και κατώτερες τάξεις και όσοι είχαν ...ποιητική φλέβα. Εκεί βέβαια δεν σήκωνε σουρεαλισμό και καταλήγαμε σε μάλλον σοβαρές συζητήσεις. Και τότε αποκαλύφθηκε ότι ο κύριος Οδυσσέας παρά την ειδικοτητά του στην Βυζαντινολογία, ήταν και ειδικός για τον Καβάφη, του οποίου απήγγειλε πάμπολλα ποιήματα απ'έξω. Έτσι μετά τις Θερμοπύλες και σχεδόν το σύνολο των κλασικών ποιημάτων του μεγάλου ποιητή, μας είχε εξάψει το ενδιαφέρον. Άρχισα λοιπόν να ψάχνω στο σπίτι και στη βιβλιοθηκη της θείας, όπου υπήρχαν τα άπαντα του Καβάφη και έπεσα πάνω σε θησαυρό γιατί με αφιέρωση στη Γιαγιά, μητέρα της μητέρας μου, του έτους 1918, βρήκα αρκετά αδημοσιέυτα ποιήματα του μεγάλου ποιητή. Εκεί λοιπόν που άρχισε η συζήτηση και κάποια γραμματιζούμενη της εβδόμης ήθελε να μας απαγγείλει κάτι από τον Σεφέρη, που θεωρούσαμε μάλλον γλυκανάλατο, διακόπτω και ζητώ άδεια; Να απαγγείλω κάτι αδημοσιέυτο και τους παρακαλώ να μαντέψουν ποιανού μεγάλου ποιητού ήτανε.

***

Με τίτλο

Βακχικόν

Από του κόσμου κεκμηκώς την πλάνον αστασίαν,

Εντός του ποτηρίου μου εύρον την ησυχίαν,

Ζωήν κ'ελπίδα εν αυτώ και πόθους εσωκλείω

Δότε να πίω

***

Μακράν εδώ των συμφορών, των θυελλών του βίου,

Αισθανομ'ως διασωθείς ναύτης εκ ναυαγίου

Κ'εν ασφαλεί ευρισκόμενος εντός λιμένος πλοίω

Δος μοι να πίω

***

Ω! υγιής του οίνου μου ζέσις, απομακρύνεις πάσαν ψυχράν επιρροήν.

Φθόνου ή καταισχύνης,

Ή μίσους, ή διαβολών δεν με εγγίζει κρύο.

Δότε να πίω

***

Την άχαριν αλήθειαν γυμνήν δεν βλέπω πλέον .

Άλλην απήλαυσα ζωήν, και κόσμον έχω νέον

Εν τω ονείρω τω ευρεί ευρίσκομαι πεδίω-

Δος, δος να πίω

***

Και αν ήναι δηλητήριον , και αν εύρω την πικρίαν

Της τελευτής εντός αυτού, εύρον πλην ευτυχίαν,

Τέρψιν,χαράν, και έπαρσιν εν τω δηλητηρίω

Δότε να πίω!

Ακολουθησε πανζουρλισμός. «Νομίζω, τους λέω, ότι αυτό είναι αδημοσίευτο και ανήκει στον μεγάλο Κωνσταντίνο Π. Καβάφη. Και επί πλέον νομίζω ότι είναι πολύ καλύτερο από κάτι δημοσιευμένα του Σεφέρη για τα απαλά γκρίζα σύννεφα της αυγής ή τους άσπρους βράχους το σούρουπο που κρίνω γλυκανάλατα.» Εκεί με διέκοψε ο Αλισανδράτος αυτή τη φορά. «Δεν αμφιβάλλω ότι πρόκειται για αριστούργημα, αλλ᾽ αυτό δεν σημαίνει ότι πρέπει όλοι οι άλλοι αξιόλογοι ποιητές επειδή δεν σου πάνε να διαγραφούν! Ο Σεφέρης και άλλοι σύγχρονοι ποιητές είναι αναγνωρισμένα αξιολογότατοι. Γι’ αυτό ας μας απαγγείλει και η Μαρία το ποιήμα που διάλεξε.»

Μας είπε και εκείνη το ποιήμα της και αρχίσαμε τη συζήτηση για τη βαθύτερη έννοια τους, απαγορευόμενης κάθε σύγκρισης. Τελειώσαμε τη συζήτηση και συμφωνήσαμε ότι θα συνεχίσουμε τα ποιητικά απογεύματα μετά το Πάσχα και την πολυήμερο εκδρομή. Ήταν τέτοια η προσδοκία της πολυήμερης, που σχεδόν ξεχάσαμε, οι περισσότεροι, το Πάσχα που μεσολαβούσε. Λόγω της πολυήμερης και του προηγούμενου Πάσχα, είχαμε, εμείς η στενή παρέα δηλαδή, όπως είπε κάποιος, αποσυρθεί από τα ... εγκόσμια. Έτσι και οι σχέσεις μας με τον γυναικείο πληθυσμό του σχολείου είχαν ελαττωθεί, μια και με την εκδρομή στο μυαλό τα κορίτσια, που και βέβαια θα έρχονταν αντιδρούσαν...περίεργα.

Και τελικά έφτασε η πολυπόθητος μέρα, η Δευτέρα του Πάσχα 18 Απριλίου, αναχώρησης από την Αθήνα και περιήγησις, όπως κάποιος έγραψε της Δυτικής Ελλάδος, που θα διαρκούσε μέχρι τις 25 του μηνός. Υπάρχουν δύο περιγραφές της πολυημέρου:

Η επίσημη, που δημοσιεύτηκε στον ΕΦΗΒΟ και η ...Πειρατική κάτω από τίτλο Άκρως απόρρητον, που υπογεγραμμένη αρμοδίως και από τον Αρχισυντάκτη του Εφήβου και τους συγγραφείς... υπερισχύει και αναδημοσιεύεται παρακάτω. Ετηρήθη η καθαρευουσιάνικη ορθογραφία της εποχής 1955, διότι απαιτείτο δια τας εισαγωγικάς εξετάσεις εις τα Ελληνικά Πανεπιστήμια.

ΠΟΛΥΗΜΕΡΗ ΕΚΔΡΟΜΗ ΣΕ ΧΡΟΝΟΗΜΕΡΟΛΟΓΙΟ

(Πειρατική Έκδοση)

1955

Την πρωίαν της Δευτέρας, την 06.30 ώραν, νυσταλέαι φάτσαι προσήρχοντο λυγισμέναι υπό το βάρος των βαλιτσών εις το κλασικόν πλέον ορμητήριον. Ήρξατο η πολυημέρος εκδρομή. Υπό το βλέμμα του εφίππου Βασιλέως, κατόπιν πολυώρου και εκνευριστικής αναμονής, εισήλθομεν εις τα λεωφορεία και ξεκινήσαμε. Ο εις μετά τον άλλον ήρχισεν να ξυπνά. Έως ότου όμως ξυπνήσουν όλοι, αφίχθημεν στο Ρίο της Αχαίας. Κατάκοποι εξήλθομεν του λεωφορείου και ορμήσαμε ως λαιμαργοί λέοντες επί των ευωδιούντων (!) σουβλακίων. Κατόπιν εισήλθομεν εις το φέρρυμποατ και μετά εικοσάλεπτον θαλασσινόν ταξίδιον, ευρισκόμεθα εις την Στερεάν Ελλάδαν. Τρέχοντες ιλιγγιωδώς δια μέσου πολλών ξερατών των επιβαινόντων και επιβαινουσών του λεωφορείου αφίχθημεν εις Μεσολόγγιον. Η ιστορική πόλις του Μεσολογγίου ουδέν ενδιαφέρον παρουσιάζει, σχεδόν δια το σύνολον των ανιστορήτων συμμετεχόντων της εκδρομής, εκτός των ασχοληθέντων με τον Λόρδον Βύρωνα.(Κατά τα προηγούμενα)

Κατόπιν αποθέσεως των υπαρχόντων μας εις οίκημά τι ονομαζόμενον Ξενοδοχείον πολύ όμως... απέχοντος τούτου, επορεύθημεν ίνα πληρώσωμεν τας κενάς γαστέρας μας δια μεσημβρινού γεύματος. Εκ των πρώτων εκείνων ωρών της εκδρομής εσχηματίσθη η κλασική πλέον παρέα της Ογδόης. Πειναλέοι και κατάκοποι εισήλθομεν εις άθλιον τι ζυθεστιατόριον, νομίζοντες φευ, οι δυστυχείς, ότι θα εύρωμεν θαλπωρήν και φαγητόν. Αλλ'ω! Μεγίστη πλάνη! Ουδέν άλλο υπήρχε ει μη... συμπεπιεσμένη τις μακαρονάδα, η οποία συν τοις άλλοις εσερβίρετο δια των τρισαθλίων χειρών του βρωμερού μαγείρου, αντί δε οίνου, ουαί οιμοί : ΟΞΟΣ και δη νενοθευμένος! Μετά το φαγητό ήρχισεν η επίσημος ξενάγησις. Υπό του κυρίου Γ. Πετρονικολού. Η ομιλία του ήτο πολύωρος, εντός αιθούσης του Δημαρχείου. Εκεί εύρομεν κωλακούμπιον και καθίσαμε. Ο θρυλικός Αλισανδράτος επονομαζόμενος Θείος,(δια την διάρκεια της εκδρομής) κατέλαβεν την προεδρικήν θέσιν, υπερηφανεύομενος τα μέγιστα. Ωραιοτάτη και ευειδεστάτη γυνή, η κυρία Φ. Κ. ήρχισεν μετά ζήλου να απαγγέλει περίληψιν του ποιήματος το Σολωμού, «Η γυναίκα της Ζάκυνθος».

Και από το δεύτερον κεφάλαιον όπου ο ιερομόναχος πολεμάει να παρηγορηθεί και αναφέρει τα δυο βυζιά σαν καπνοσακούλες, ακούστηκε ελαφρύς θόρυβος. Εκείνη όμως συνέχισε για τις Μεσολογγίτισες και την ίδια γυναίκα της Ζάκυνθος και μας φάνηκε, ότι πήδηξε αρκετό κείμενο και έφτασε στο Ύστερον κεφάλαιον του ποιήματος, όπου η γυναίκα λαμβάνει τη στερνή θεράπαψή της. Κατόπιν απεφάσισε και ο κύριος Μωραΐτης να εκφωνήσει μακρύν λόγον, ότε ο ταλαίπωρος Πετρονικολός έκλεισε τους οφθαλμούς του κι εφάνη βυθισμένος εις τα αγκάλας του Μορφέως. – Ρε, κοιμάται ο Πετρονικολός,- έσπευσε να μας ψιθυρίσει ο Παναγιώτης.

Κατόπιν όλοι οι εκδρομείς του σχολείου, εμπνευσμένοι από τους λόγους, κατηυθύνθημεν εις το Ηρώον των πεσόντων, όπου ο συγγράφων εκπροσωπών το σχολείο, κατέθεσε στέφανον και εψάλλαμεν, ή τραγουδήσαμε, παράφωνα, τον εθνικόν ύμνο. Εδώ έληξεν το επίσημον πρόγραμμα και διελύθημεν μεταβαίνοντες να ίδωμεν τα υπόλοιπα αξιοθέατα της πόλεως. Οδηγούμενοι υπό αξιοτάτων και επιδεξίων ξεναγών, μικράς ηλικίας, εφθάσαμεν εις απομεμονωμένον οικίσκον εις την παραλίαν της λιμνοθαλάσσης. Ήτο οίκος ανοχής (κοινώς πορνείον, μπουρδέλον κλπ.) Αντηλλάξαμεν χαριεντισμούς με τας εις κακήν κατάστασιν ευρισκομένας εκεί ιέρειας του αγοραίου έρωτος και απήλθαμεν. Το βράδυ εις το δείπνον :- Κάπελλα, επτά Μάμμους (ζύθος της δυτικής Ελλάδος) ήτο η πρώτη ημών λέξις και επίσης επτά μοσχαράκια. Και τοιουτοτρόπως ήρχισεν το φαγοπότιον - Ρε σεις, στέλνομε μια μπύρα στον Αλισανδράτο; Ρωτάει ο Μιχάλης – Βεβαιότατα! - απήντησαν όλοι με φανεράν υστεροβουλίαν. Και δεν έκαναν λάθος. Το αποτέλεσμα ήτο άμεσον: Επτά Μάμμοι περισότερον σύν τους άλλους επτά ους είχομεν πίει πρότερον, σταλθέντες από τον καθηγητή, μας επλήρωσαν μέχρι σκασμού. Ούτω ήρχισεν το γλέντι. Κομισθεισών των κιθαρών και προσκολληθέντες εις το αντικρινόν τραπέζιον διαστέλοντες την παρέαν, άδομεν μανιωδώς. Το σουξέ μας ήτο καταφανές! Εκεράσθημεν και άλλους επτά Μάμμους . Ω! Αθάνατη Ογδόη. Ληξάντος του ρεπερτορίου μας, επορεύθημεν προς αποχώρησιν και κατάκλισιν, η οποία έλαβεν χώραν εις τρίκλινον δωμάτιον Οι δύο σύντροφοι κρεμάσαντες εκ σιδηρών εξοχών του ταβανίου εσώβρακα, πυζάμας, κιθάρας, διεκόσμησαν καταλλήλως τον ημέτερον κοιτώνα.

Περιττόν να προσθέσω ότι εις το παρακείμενον δωμάτιον, κυριαρχούσε σχετική ευθυμία διότι όλοι ευρίσκοντο εις κατάστασιν μέθης, ή προμέθης. Ητο νυξ ζοφερά και ασέληνος, το ωρολόγιον του Μεσολογγίου και όχι του Αγίου Σουλπικίου- βλέπε προηγούμενα σουρεαλιστικά- είχε σημάνει προ πολλού την δωδεκάτην. Εκοιμόμουν τον ύπνον του δικαίου. Η πάλαι ποτέ πλήρης βερμούτ φιάλη ευρίσκετο κενή εις τον παρακείμενον κοιτώνα των Βάκη, Μάνου , Ρίκου. Εθεώρησαν καλόν οι κύριοι, διατελούντες εις κατάστασιν ευθυμίας, να μας επισκεφθούν και να αναρπάσουν τα ενδυματά μας. Και ενώ ονειρεύομουν κόρες του σχολείου ενδεδυμένας χανούμισας, χορεύουσας κοιλιακόν τινά χορόν , αφυπνίσθην υπό γοερών κραυγών : Κλέπται...κλέπται . Τρεις σκιαί ενδεδυμέναι δια πυζαμών, ήρπαζον μανιωδώς τα ιματιά μας, υπό τας φωνάς του άρτι αφυπνισθεντος Γεωργίου – Κλέπται... κλέπται... ησθάνθην βάρβαρον και αναιδή χείραν να μου σύρει τα καλύμματα και αντιληφθείς το κακόγουστον καλαμπούριον ήρχισα να βρυχώμαι ως λέων εις τον κλωβόν.

Ο προ ολίγου παρακοιμώμενος Μιχάλης, ύβριζεν αισχρώς και κτηνωδώς . Εντρομοι οι νυκτόβιοι κλέπται εκ του αναπάντεχου συναγερμού, άφησαν κατά γης τα λάφυρα των, αποτελούμενα εξ εσωβράκων, υποκαμίσων κλπ. Αρπάσαντες δε του Γεωργίου ετέραν φιάλην περιέχουσαν βερμούτ, εισήλθαν μετά πατάγου εις το δωματιό των. Τσαντισθείς ο εις αντικρινόν δωμάτιον καθηγητής, τη ειδικότητι θεολόγος, κατευθύνεται εις το δωμάτιον των κλεπτών και κατά πρώτον συνιστά να τοποθετήσουν τσιμινιέραν για εξαγωγή του καπνού (λόγω του ότι έκανε την θητεία του στο Ναυτικό) και κατά δεύτερον τους εξύβρισεν σκαιώς και μανιωδώς στέλων αυτούς εις τον άρχοντα της κολάσεως (κοινώς βελζεβούλ, ή βελζεβούλην, ή διάβολον) Κατόπιν της δραστικής αυτής επεμβάσεως εκοιμήθησαν όλοι, απολαμβάνοντες όνειρα γλυκά, ή γλυκύτατα αναλόγως. Εσημειώθησαν και τέσσερις ονειρώξεις εις τέσσερις υπερσεξουαλικώς διεγερθέντας.

Την επομένην εγερθέντες ενωρίτατα, κατόπιν τριπλών καφέδων, εισήλθομεν εις το λεωφορείον δια Ιωάννινα, Μεγίστην πόλιν της Ηπείρου. Τρέχοντες δε με ταχύτητας πλησιαζούσας αυτάς ταύτας του ήχου, αφίχθημεν εις Ιωάννινα όπου εγευματίσαμεν λουκουλείως.

Μετά μεσημβρίαν δε, ήρχισεν ο ατέρμων πλήρης στροφών, δρόμος καθόδου προς Ηγουμενίτσαν, όπου άδοντες μανιωδώς αφίχθημεν εις την παραλίαν περί την 17.30 απογευματινήν. Εκεί, συναντώμεν τον κύριο Μωραίτην, να συμπλέκεται μετά τινός ναυάρχου των πέντε αστέρων, παρ' ολίγον ηπειλήθη σύρραξις, η οποία απεσοβήθη τη επεμβάσει των ψυχραιμοτέρων. Η συμπλοκή ήτο σχετική με την καθυστέρησιν του πλοίου – καϊκίου -πορθμείου, εις το οποίον επιβιβάσθημεν δια το δίωρον και βάλε θαλασσινόν ταξίδιον προς Κέρκυραν.

Όπου εφθάσαμεν σώοι και εξελθόντες από το προπολεμικόν πορθμείον ετακτοποιήθημεν εις τα ξενοδοχεία. Εκκινήσαμεν προς άγραν φαγητού, ουαί όμως, άθλιον γιουβέτσιον χρησιμοποιούμενον εις την... οικοδομήν αντί σοβά, προσεφέρθη ως φαγητόν. Καθώς είμαστε κατακοπιασμένοι από το προηγούμενον ξενύχτι και τις απογευματινές στροφές στα φαράγγια της Πίνδου, Επέσαμεν ξεροί στα κρεβάτια, άνευ περαιτέρω επιπλοκών.

Την επομένην εταλαιπωρήθημεν ανά την ωραιοτάτην πόλιν θαυμάζοντες τα αξιοθέατα, ξεναγούμενοι υπό της εξαισίας κυρίας Α. Νικοκάβουρα (ιδέ σχετικά τα ακολουθούντα). Την μεσημβρίαν μετέβημεν εις την τοποθεσίαν πυροβόλον, ή Κανόνι, ωχούμενοι ενοικιασμένων δικύκλων και τούτο ήτο... φοβερόν διότι καθυστερήσαντες, ο Πρόεδρος και ο Γραμματεύς της Έκτης επεπλήχθησαν υπό του κ. Μωραίτη, λέγοντος ότι τηρούμεν αν αναμονή την σεβασμίαν κυρίαν Νικοκάβουρα. Το βράδυ εδειπνήσαμεν εις κέντρον τι, του Βασιλείου ονομαζόμενον, όπου ευθυμήσαμεν και εχορεύσαμεν επ' αρκετόν.

Εκεί η Μπέττυ διαρκούσης της ειδυλιακής ατμοσφαίρας και ενώ χορεύαμε μου είπεν αποτόμως ότι διακόπτουμε την σχέσιν μας, διότι εκείνη συνήντησεν ωραίον ... Βέλγον! (αν είναι δυνατόν!) που την περιμένει εναγωνίως! Είπα και μη χειρότερα... διότι είχα πλέον κρυώσει αρκετά έναντι της. Εδώ, εις το κέντρον του Βασιλείου ηκούσθη και το τρισχαριτωμένον καλαμπούριον ότι οι αδελφοί Φεσσάδες Εβδόμης κλασικού και πρακτικού αντιστοίχως διαμένουν εις την οδόν Σκουφά. Επιστρέψαμεν οίκαδε και λόγω των απαγοητεύσεων μετά τας τελευταίας αποκαλύψεις (επί πλέον του προκύψαντος Βέλγου), προσετέθη και άλλος αγνώστου... εθνικότητος, εραστής δια ετέραν κορασίδα της Εκτης, που άφηνεν και έτερον συμμαθητήν έκθετον! Ελήφθη απόφασις:

Να καταπνίξωμεν τους πόνους μας, (ώρα που βρήκαν αι κορασίδαι να μας ανακοινώσουν τας συναισθηματικάς των δραστηριότητας, και την εγκαταλειψίν μας εις... τόσον ειδυλλιακόν περιβάλλον), προέβημεν εις ηδυποτοποσίαν. Ήτο η Δευτέρα νύξ εις Κέρκυραν και η ώρα περίπου η δωδεκάτη. Ας μεταφερθώ κατ᾽ αρχάς εις τους κοιτώνας των άλλων συμμαθητών και κατόπιν θα επανέλθω εις τον ιδικόν μας. Οι τρεις (Ρίκος, Παναγιώτηςκαι Μιχάλης) προσπαθούν να κοιμηθούν, πλην όμως ουδέν κατορθώνουν. – Ρε Μιχάλη, κάνε μας τη χελώνα--Οοουχι! Δεν την κάνω...- Μα κάντην επιμένει ο άλλος. – Σκάστε γαμώτο! Να κοιμηθώ, πετάγεται ο υπναλαίος. Ουδέν όμως επιτυγχάνετα . Απελπισμένοι σηκώνονται και αρχίζουν να συζητούν . – Δώς μου ένα τσιγάρο ...- Δεν έχω. – Κακώς να... γεννήσεις....- Δεν μπορώ .. -Πήγαινε στα παιδιά δίπλα να ζητήσεις. Ο πιο θαρραλέος κατευθύνεται στο διπλανό δωμάτιο, Τακ,τάκ... τίποτα. Ξαναχτυπάει την πόρτα καμία απάντηση, ή αντίδραση. – Ρε εγώ είμαι... απόκοσμη απάντηση – Στ᾽ αρχίδια μας! – Ρε ανοίχτε είν᾽ ανάγκη...- -Πιές Μάμμο να σου περάσει! Τελικά κάποιος ανοίγει. Τα θέαμα θυμίζει κάτι μεταξύ χαμαιτυπείου και ταβερνείου, παρά κοιτώνα των μαθητών της Ογδόης Γυμνασίου του Προτύπου Λυκείου Αθηνών. Μια μπουκάλα βερμούτ κείται κενή επί του δαπέδου, ενώ παντός είδους βρισιές διασχίζουν την θολήν (από καπνούς τσιγάρων) ατμόσφαιραν του δωματίου. Πολλά τσιγάρα αναμμένα αλλά και – γόπες σβησμένες διασκορπισμένες εδώ κι᾽ εκεί. – Δώστε μου τρία τσιγάρα...- Ρε άει γαμήσου. Πάρε ένα – Μα για τα άλλα τα παιδιά.. – Μολών λαβέ! Στο μεταξύ άλλος τύπος εισέρχεται από την ανοιχτή πόρτα στο δωμάτιο – Ρε τι θέλεις εδώ; - Βαρέθηκα με τους Κώστηδες, αναπτύσσουν ως παράφρονες επιστημονικές περιπεπλεγμένς θεωρίες!. – Εξαφανίσου μη σε χέσω! Στο μεταξύ άγαρμπος ο νεοεισελθών, εκκενώνει το πλήρες γοπών στακτοδοχείον επί της κεφαλής του Γεωργίου.

Εκ των τριών κλινών ακούγονται βρηχυθμοί, παντός είδους και πορδές που δονούν την ατμόσφαιρα. Και ούτω εκοιμήθημεν εις την βρωμεράν ατμόσφαιραν μέχρι πρωίας. Η επόμενη ημέρα κατηναλώθη εις εκδρομάς προς τα περισσότερα αξιοθέατα της νήσου, από το Αχίλλειον μέχρι τον Πέλεκα, και παρά τις προσπάθειές μας, μας απηγόρευσαν ρητά την είσοδο στην θάλασσα, τόσο στη Δασιά, όσο και εις ολόκληρον την παραλία του Μον Ρεπό και του Κανονιού.

Εκεί κατεβλήθησαν προσπάθειαι επαφών προς δημιουργίαν νέων συναισθηματικών σχέσεων μετά των αξιολόγων υπάρξεων, που ευτυχώς δοθεισών των ευκαιριών χορών και εκδρομών, και σχετικήν προθυμίαν ακόμη και από την φημιστήν τέως πειρατίνα, απεδείχθησαν αρκούντως χρονοβόροι μέχρι της τελικής επιτυχίας.

Ητο Τρίτη νύξ εις Κέρκυραν ότε κοιμώμενος τον ύπνον του καλού μαθητού αφυπνίσθην υπό εξάλλων κραυγών: – Γυναίκες του ελευθέρου έρωτα (κοινώς πόρναι) δις και τρις επαναλαμβανόμεναι και άλλαι μιαραί εκφωνήσεις αντηχούν εις τα ώτα μου. Αντιληφθείς ότι εις τον πέρα κοιτώνα θα επεκράτη ευθυμία, ένεκα καταναλώσεως τεραστίας νταμιτζάνας, αγνώστου προελεύσεως ποτού, εξεσκεπάσθην και καραδοκών την κατάλληλον ευκαιρίαν, ίνα μη αφυπνίσω τους δύο παρακοιμώμενους,(εκοιμώντο και εροχάλιζον ως βόες), εξέρχομαι εις το παράθυρον όπου αι κραυγαί εδόνουν το παραθυρόφυλλον.Ακούω φωνάς πλήρεις εκπλήξεως – Τις αναφωνεί τοιουτοτρόπως – Ποίος ο φωνασκών; και τα παρόμοια. Αιφνιδίως βήματα καθηγητού με αναγκάζουν να εισέλθω εις τον πάλαι ποτέ θερμόν κραββατόν μου. Περί την 02.30 πρωινήν, αφυπνισθείς εκ νέου, ένεκα της ...καταπληκτικής ησυχίας, ηθέλησα να εξακριβώσω εάν και κατά πόσον έπιον, ή όχι, ολόκληρον το αταυτοποιήτον ποτόν και εάν είχον αφήσει ολίγον δι' εμέ. Ανηγέρθην θέσας κόκκινον χρώμα (σήμα εγρηγόρσεως και συναγερμού) εις τον φορητόν φανόν μου, εξήλθον εις τον διάδρομον, όπου προχωρών βραδέως, αλλ' ασφαλώς και ακούων τους καθησυχαστικούς ροχαλισμούς παρακοιμωμένου καθηγητού, αφικνούμαι εις την θύραν όπου εντός του δωματίου ευρίσκετο το ποθούμενον ποτόν. Φεύ όμως, ανοίγων την θύραν αντικρίζω καταπληκτικόν συνάμα ανατριχιατικόν και καταθλιπτικόν θέαμα. Η νταμιτζάνα κενή εις το μέσον του πατώματος και οι τρεις: Ω! Οικτρόν ιδείν θέαμα.Ο εις εκοιμάτο με τον ένα οφθαλμόν ανοικτόν, ενώ εκκίνει χαρακτηριστικώς ως έμβολον ατμομηχανής την δεξιάν του χείραν. Εις σχετικήν παρατηρησίν, μου απήντησεν – Δεν φοβούμαι τα Σοβιέτ! Ο έτερος είχε εμέσει προσφάτως και έκειτο ως νέος Λάζαρος επί της κλίνηστου. Καταβαλών φιλοτίμους προσπαθείας δια να τους αφυπνίσω ίνα μη τυχόν υπήρχεν άλλο ποτόν προσέκρουα συνεχώς εις αλλοπροσάλους και ασυναρτήτους απαντήσεις. – Ρε έχετε κι' άλλο ή το'πιατε όλο; - Απάντησις – Όξω οι ρουφιάνοι!

– Βρε ποιοι ρουφιάνοι όλο το'πιατε που να σας πάρει ο διάβολος τα ρέστα, μπεκρούλιακες! – Ρε συ, είσαι... ελέφας! Μοναδική απάντησις που έλαβα. Κατόπιν αυτών θεωρήσας περιττήν την ασυνάρτητον συζήτησιν, εγκατέλειψα τον κολάσιμον τούτον κοιτώνα, αφού τον διακόσμησα καταλλήλως, ήτοι, αφού απέθεσα την κενήν νταμιτζάναν εις το κέντρον του δωματίου, υπολογίσας τούτο ακριβώς, θέσας δε υπεράνω ταύτης τα σιγαρέττα και κυτίον πυρείων, ίνα ευρεθώσι την πρωΐαν υπό του καθηγητού που θα επήγαινε να τους αφυπνίσει. Εξελθών και επιθεωρήσας τους υπολοίπους κοιτώνες του ορόφου, εθεώρησα την υπηρεσίαν μου περαιωμένην και επιστρέψας εις το δωματιόν μου εκοιμήθην αισίως την 03.00 πρωινήν, ονειρευόμενος κορασίδας διαμενούσας εις του επάνω απροσπέλαστους και καλώς φρουρουμένους ορόφους.

Την επομένην πρωῒαν μετέβημεν εκ των τελευταίων, ως συνήθως, εις το μη καθαρόν ποτοπωλείον του ΔΙΚ, ή Αγγλιστί Dirty Dick's Bar,- πλησίον του πρώτου ορόφου του ξενοδοχείου. Ο σερβιτόρος, ή Waiter, ή Enfant, ελάμβανεν παραγγελίας ως ακολούθως: - Σεις; Τριπλόν καφέ βαρύν . - Σεις Διπλόν καφέ πολλά βαρύν. - Σεις; - Καλμόλ δύο, καφέν σκέτον κλπ. κλπ. Εκομίζετο το πρωϊνόν ή Breakfast, συνοδεύομενον από τας παροτρύνσεις των καθηγητών ως να ευρισκόμεθα εν τω ιπποδρόμω! – Έλατε παιδιά, πιο γρήγορα... μας περιμένει η κυρία Νικοκάβουρα. Η κυρία Αγάθη Νικοκάβουρα, οποίας γλυκάς αναμνήσεις φέρει εις τον νουν το όνομα αυτό. Γλυκεία και σεβασμία, κυρία, ακμάσασα, πιθανώς; κατά την δευτέραν πολιορκίαν του Μεσολογγίου, είχε αναλάβει την ξενάγησίν μας. Υπέφερε εκ καλπαζούσης εκκλησιαστικομανίας και έφερε έκδηλα τα χαρακτηριστικά της νόσου ταύτης. Με σταθερόν βήμα και μετά αφοσιώσεως μας οδήγει εις τας εκκλησίας, όπου απήγγειλεν τους σχετικούς ερμηνευτικούς λόγους. Κατόπιν ακολουθεί επίσκεψις εις το Δημαρχείον. Ητο δε απόλυτα καταρτισμένη και ευφραδεστάτη, ενθυμείτο γεγονότα άτινα έλαβον χώρα κατά την πρώτην αυτής παιδικήν ηλικίαν, ήτοι από το 1652 και εντεύθεν. Τοιουτοτρόπως επέρασεν και το άλλο πρωινόν με αποκορύφωμα το προσκύνημα εις τον Αγιον Προστάτη της Νησου, τον Αγιον Σπυρίδωνα (βοήθειά μας). Την μεσημβρίαν κατόπιν παρεξηγήσεως έτεροι μετέβησαν εις την γνωστήν τοποθεσίαν του πυροβόλου – Κανόνι, ωχούμενοι ενοικιασμένων ποδηλάτων.

Έτεροι περιηγήθημεν εις τας στενάς ατραπούς της Ενετικής πόλεως, καταλήγοντες εις συνοικίαν ονομαζόμενην των Εβραίων, όπου επείσαμεν των εκ των ομοδόξων συμμαθητήν μας, να ζητήσει έκπτωσιν επί των σουβλακίων που καταναλώσαμεν. Δυστυχώς, παρά την προσπάθειαν του, απέτυχεν. Ουδεμία... φυλετική αλληλεγγύη!

Την εσπέραν και πάλιν η γλυκεία κυρία Νικοκάβουρα μας εξενάγησεν εις το παλαιόν φρούριον, διότι υπήρχε και νέον, όπου διερχόμενοι εκ σκοτεινής στοάς εγίναμεν στόχος φαιδρών καλαμπουρίων, μη τυχόν το φάντασμα βιάσει τας παρθένας! Την νυκτα έλαβεν χώραν χορός εις κέντρον τι, που διέθετε 3 και 60 δίσκους μεταξύ των οποίων το Μπλού Τάνγκο και το Μπλού Μούν, όλα ήταν Μπλού! Είχεν όμως έκτακτον οίνον παραγωγής Κερκύρας, ο οποίος κατηναλώθη κατά κόρον και θέσαντες έρμα εις τας γαστέρας άλλη μια φορά, κοινώς σαβουρώσαντες, επιστρέψαμεν εις το ξενοδοχείον μας, που έφερε το όνομα μεγίστης πόλεως των Ηνωμένων Πολιτειάν κοινώς το Ξενοδοχείον Νέα Υόρκη. Εδώ έλαβε χώραν νέα ηδυποτοποσία εις παρακείμενον κοιτώνα τέκνων της Εβδόμης. Εν συνεχεία ακούσαμεν τη διαφωνίαν των δύο Κωνσταντίνων την στιγμήν που ανέπτυσσαν τα θεωρήματα 385, 386 και 387 της Τριγωνομετρίας περί της σφαιρικής ζώνης και η διαφωνία τους εξεδηλώθη δια την ύλην που ευρίσκεται εις το υπέδαφος του πλανήτου Πλούτωνος. Διαφωνήσαντες, συμφώνησαν προς μεγάλην θυμηδίαν των ακουόντων να κοιμηθούν ως βόες κατακλιθέντες αμέσως. Εις παρακείμενον δωμάτιον ηκούετο ευκρινώς το παραμύθιον: ο Δράκος, η Χελώνη και η Βασιλοπούλα. Παραμείναμεν μετά των συμμαθητών της Εβδόμης έκπληκτοι ακούοντες τον Μιχαήλ, ή Μιχάλη να ποιή την χελώνην, κατά τον μύθο. Την πέμπτην και τελευταίαν ημέραν εν Κερκύρα εγένετο μεγάλη περίηγησις της νήσου αρχίζοντας από τα Ανατολικά: Ήτοι Δασιά, Βίλλα Μιμπέλι που είχαμε απλώς διέλθη την προηγούμενην φορά και άλλα αξιοθέατα, όπως το νεοαναγερθέν Κλαμπ Μεντιτερανέ, με καλύβας τύπου Πολυνησίας, απολύτως συμβαδίζουσας με το Κερκυραϊκόν περιβάλλον, όπως ετόνισεν την απαρέσκειαν της, και ορθώς, αξιόλογη κορασίς της Ζ. Με την όποίαν κατεβάλετο προσωπική προσπάθεια εκκινήσεως δεσμού μετά τας προηγουμένας εξελίξεις. Καταλήξαμεν δια του ενοικιασθέντος τοπικού λεωφορείου εις την Παλαιοκαστρίτσαν, ίνα θαυμάσωμεν και απολαύσωμεν τους εκεί αστακούς και το εντυπωσιακόν τοπίον.

Καταναλώσαμεν ένα αστακόν στα τέσσερα ως μεζέ, διότι ήτο ακριβός, και μετά απολαύσαμεν ωραιοτάτην ψαρόσουπα από σκορπίνα.. Επιστρέψαμεν αργά το απόγευμα. Αλλοι μετέβησαν δια σιέσταν, άλλοι προχωρήσαμεν προς την μεγαλυτέραν πλατείαν της Ελλάδος και εκαθίσαμεν συζητούντες και πίνοντες τζιτζιμπύρα εις γραφικόν καφενείον των Λιστόν, αντίγραφον της Ρυ ντε Ριβολί των Παρισίων, όπως μας είχον αναφέρει κατά την ξενάγησιν . Μετέβημεν δια βραδυνόν εις παρακείμενον αρχαιοπρεπές εστιατόριον, όπου ενεπλάκην εις σοβαράν συζήτησιν με τον Πρόεδρον της Εβδόμης και την αξιόλογον συμμαθήτριά του,τέως πειρατίναν, απορροφημένοι και οι τρεις δεν ανελήφθημεν ότι διάφορες ομάδες των συμμαθητών μας εκινούντο υπόπτως και ανεχώρουν. Αφού ζητήσαμεν τον λογαριασμόν και ηγέρθημεν αντιλαμβανόμεθα ότι είχαμε μείνει μόνοι. Συνεχίζαμεν την σοβαρήν συζήτησιν οδεύοντες προς το Ξενοδοχείον. Καθ΄οδόν αντιλαμβανόμεθα ορισμένας ομάδας να δραπετεύουν εις τας στενάς ατραπούς ή καντούνια. Καθώς προχωρούμε οι τρεις συζητώντας, εις στροφήν τινά της γωνίας του στενού δρόμου ή καντουνίου, που οδηγεί προς το ξενοδοχείο προσκρούομεν σχεδόν, εις τους Μωραΐτη, Αλισανδράτο , και λοιπή κομπανία καθηγητών.

Πριν προλάβουμε να αρθρώσουμε τι, μας λένε ότι διάφορες ομάδες και των τριών τάξεων δεν επέστρεψαν εις το ξενοδοχείον και χαμογελώντας σαρκαστικά (!) μας διατάζουν, του Μωραΐτη πρώτου, ότι μια και είμαστε οι Πρόεδροι των δύο μεγαλυτέρων τάξεων, και η συνοδός μας αντιπρόεδρος της Εβδόμης να πάμε να τους βρούμε και να τους φέρουμε στο ξενοδοχείο. Προσφορά του Αλισανδράτου να μας συνοδεύσει απερρίφθη από τον Μωραΐτη, λέγοντας ότι εμείς οι τρεις θα τα καταφέρουμε... καλύτερα, ώστε να μην εκτεθεί περαιτέρω το Σχολείον! Απομακρυνόμεθα προς εκτέλεσιν της εντολής και πλέον μόνοι εικάζομεν ότι πρώτος προορισμός θα ήτο μικρό τι μπαρ στην αρχή της μεγάλης πλατείας. Προχωρούμε και εκεί βρίσκομεν τέσσερις της Εβδόμης, που τους διεκτραγωδούμε την κατάστασιν και τους λέμε καλύτερα να επιστρέψουν στο ξενοδοχείο. Εκείνοι περιέργως συμφώνησαν. Τελικά μετά από δύωρον σχεδόν περιπλανήσεως και ερεύνης συγκεντρώσαμεν εκδρομείς αμφοτέρων των φύλων ορισμένους όχι σε άριστη κατάστασιν, ευρισκομένους – ες και σε αναρμόζουσες στάσεις εις γωνίας τινάς των καντουνίων.

Πρόκειται περί ηλιθίων, λέω στον αντιπρόεδρον: Όλα αυτά ήτο δυνατόν να οργανωθούν με σχέδιον και να διασκεδάσουν όλοι, και εμείς πολύ καλύτερα Και να μας σκάσουν αυτή τη δουλειά την τελευταία νύχτα στο νησί; Απορούν και ο Αντιπρόεδρος, του Κοινοτικού Συμβουλίου Άγγελος και η Αντιπροεδρίνα της Ζ. Τάξης Αλίκη. Εν πάσει περιπτώσει επήραμεν τον δρόμον προς το ξενοδοχείον. Ενώ απέβλεπα προς απομόνωσιν της μελλοντικής κατακτήσεως μου, απέτυχα λόγω της έκτακτης καταστάσεως. Επετεύχθη μόνον ελαφρόν άγγιγμα περιπλεκομένων δαχτύλων εκείνης μετά των ημετέρων. Αφιχθέντες προ του Ξενοδοχείου εχωρίσθημεν από τας εκπροσώπους του ασθενούς φύλου υπό τα βλέμματα των καθηγητών - φρουρών...

Εσήλθομεν κατόπιν εις το δωμάτιον των τριών της Ογδόης όπου είχον συγκεντρωθεί αρκετοί . Το δωμάτιο ήτο το μεγαλύτερο και ούτω είχε γίνει έναρξις πολλών παιγνίων συναναστροφών: Άλλοι παίζουν τάβλι, άλλοι πόκερ και περισσότεροι αυτοχαϊδεύονται, καθώς εις του επάνω ορόφους κοιμώνται, ή τους ονειρεύονται, όπως πιστεύουν, αι παρθέναι-πάντα- των ονείρων τους. Ακούγονται περίπου τα ακόλουθα: -Ματ! -Ντόρτια! – Αρχίδια. – Φουλ του Ασσου. Φτού γαμώτο. – -Ε άσε μας και άει γαμήσου. – Παιδιά, φωνάζει ο προληπτικός... πιο σιγά, μην έρθει εκείνος ο μαλάκας ο θρησκευτικός. Όπου ανοίγει η πόρτα και κατά φωνή και ο γάιδαρος! ψιθυρίζει κάποιος; - Είπατε τίποτα για μένα; Ρωτάει αφελώς- Μπα η ιδέα σας . Ε! καλά, κάντε πιο ήσυχα καληνύχτα σας. Και αποχωρεί διότι έκρινε ότι οποιαδήποτε παρατήρησις θα ήτο ματαία. Την πρωίαν ενωρίς, κατά τις οκτώ και μισή, εισερχόμεθα εκ νέου εις το ταλαίπωρον πλοιάριον και κατόπιν θαυμασίου ταξιδίου μέχρι Ηγουμενίτσης, αποβιβαζόμεθα και επιβιβαζόμεθα εις το λεωφορείον, που μετά τετράωρον μας μεταφέρει εις τα Ιωάννινα. Εκεί επίομεν εφάγομεν δια μεσημβρινόν και ετακτοποιηθημεν εις τα ξενοδοχεία, Εξήλθομεν παράυτα προς επίσκεψιν των αξιοθεάτων της πόλεως κα παρευθύς προσελκυόμεθα προς οίκον ανοχής. Ήτο γνωστή, η εταίρα Βασίλω, εις τον Νομόν Ιωαννίνων και Θεσπρωτίας δια τα εξαγοραζόμενα κάλλη της, η οποία έναντι αδροτάτης αμοιβής εις δραχμάς, περιποιήθη δύο εκ της παρέας οι υπόλοιποι ήσαν ...πτωχοί και μετά λόγω ώρας έκλεισε το πορνείο!

Οι δύο... περιποιηθέντες μας διηγήθησαν ότι ήτο αξία της φήμης της. Μετά δια πλοιαρίου επεσκέφθημεν την νήσον της Παμβώτιδος λίμνης, όπου ο Αλη Πασάς είχε φυλακίσει την Κυρά Φροσύνη ή Βασιλική, όπως μαθήτρια της Ζ γνώστης της ιστορίας, μας ανέλυσε λεπομερειακώς. Δεν απήντησεν σε αναιδείς ερωτήσεις: Όπως τι της έκανε ο Πασάς και ακούστηκαν άλλα και αντίστοιχα, αισχρά σχόλια. Κατόπιν μετέβημεν προς φαγοποτοποσίαν και εκεί συνέβησαν καταπληκτικά και οργιώδη ένεκα ότι ήτο η τελευταία νυξ της εκδρομής.

Ας αναφέρομεν αριθμούς και γενονότα υπό περίπου δέκα έξι ατόμων παρέα της Ζ΄. και κορασίδων, και Η' αρρένων κατηναλώθησαν 43 φιάλαι 250 δραμίων εκάστη, οίνου Ζίτσης αφρώδους, ήτοι 28 οκάδες, οι οποίες επί το πλείστον επληρώθησαν υπό του πτωχοτάτου προέδρου της Η. όστις και έμεινεν τελευταίος, ενώ οι άλλοι φρονίμως ποιούντες εφόρεσαν φέσι (σημειωτέον και δια το λογοπαίγνιον ότι οι αδελφοί Φεσσά δεν συμπεριλαμβάνοντο εις την παρέαν αυτήν.) Χαρακτηριστικώς επίσης αναφέρεται ότι ο πρόεδρος της Η΄, κατέφαγε εν τη κυριολεξία, Μέρος των παραπάνω μετά επιδορπίων αποτελουμένων εκ τεσσάρων ειδών τυρίων και καταΐφίων. Κατόπιν τούτου εχόρευσεν ράσμπας και σάμπας ταλαιπωρών αθώας λεπτεπιλέπτους φύσεις. Αλλ' ιδιαίτερα την... διαφαινομένην νέαν συντροφόν του. Περί την 02.00 πρωινήν μετέβημεν εις τα ξενοδοχεία όπου έλαβον χώραν οργιώδη γεγονότα, κιθάραι εθραύσθησαν εν τη προσπαθεία να εισέλθουν κολλάρα, εις λαιμούς ατακτούντων. Προσπάθειαι επικοινωνίας μετά των καλώς φρουρουμένων κορασίδων κατέληξαν μόνον εις ανταλλαγήν ενθαρρυντικών, δια μερικούς, σημειωμάτων ριπτομένων από τα παράθυρα του άνω ορόφου προς τους κάτω ορόφους, όπου διαμένουμε οι άρρενες. Τα περισσότερα ήσαν κρυπτογραφημένα και ούτω εκλήφθησαν ως αρχή σχέσεων δια μερικούς, ουδέν όμως των άμεσα ποθουμένων ήτο δυνατόν να επιτευχθεί.

Την πρωίαν μετά τους τριπλούς καφέδες και σχετικής καθυστερήσεως εκκινήσαμεν δια το κλεινόν άστυ, άδοντες καθ' οδόν σύγχρονα, παλαιά και παμπάλαια άσματα. Ούτω εφράχθησαν οι λαρυγγικοί ημών οδοί.

Εγένετο η πρώτη στάσις εις Το Μνημείον του Μπιζανίου, όπου ο Αλισανδράτος προέβη εις εμπνευσμένον λόγον περί της μάχης δια την απελευθέρωσιν των Ιωαννίνων του 1912.

Ετέρα στάσις παρά τον Αραχθον και το ονομαστόν γεφύρι της Αρτας, όπου δωροδοκηθείς άγνωστος δολοφόνος απεπειράθη να φονεύσει τον Μιχάλην. Και ο Πρόεδρος της Ογδόης επενέβη δια να χωρίσει συμπλεκομένους μαθητάς της Εκτης, οι οποίοι παρά την όχθη του ποταμού, απεφάσισαν να επιλύσουν τις μεταξύ των διαφορές δια αγρίας πάλης άνευ κανόνων.

Προ των επεισοδίων μεσολαβεί στάσις εις το υδροηλεκτρικόν φράγμα του Λούρου και άλλη ομιλία υπό του κ. Μελέντη δια το ύδωρ και την παραγωγή ηλεκτρικού. Συνεχιζομένης της καθόδου προς Νότον αφίχθημεν περί την μεσημβρίαν εις Αγρίνιον. Όπου γευματίσαμεν εις αξιόλογον εστιατόριον, απεφεύχθησαν όμως αι καταχρήσεις. Και της αυτοκινητοπορείας συνεχιζομένης εν εκ των λεωφορείων επιπίπτει επί προπορευομένου φορτηγού. Ήτο το λεωφορείον της Εβδόμης και της Εκτης Γυμνασίου. Και ατμοί αναδύονται εκ του συγκρουσθέντος ψυγείου του. Ουδείς έπαθεν τι, αλλά λόγω του εξαιρετικού τούτου συμβάντος συνεχωνεύθησαν εις το ημέτερον λεωφορείον και οι συμμετέχοντες των άλλων δύο τάξεων. Η φόρτωσις εγένετο αδιακρίτως και εδημιουργήθησαν ή και επιβεβαιώθηκαν τα νέα ειδύλλια που προέκυψαν κατά την περιπετειώδην εκδρομήν, διευκολυνόμενα λόγω του στριμώγματος, καθώς η μία εκάθητο επί του άλλου και αντιστρόφως! Μερικαί από τας σχέσεις εκείνας ήτο μακράς διαρκείας μέχρι της αποφοιτήσεως μας και πέραν ταύτης.

Εις το έν λεωφορείον αφίχθημεν όλοι εις το Αντίριον και με το φέρρυ εις το Ρίον όπου αναμείναμεν τον κ. Μωραίτη να εμφανισθεί εκ Πατρών μετ' άλλου λεωφορείου. Μόλις επετεύχθη η αφιξίς του, διεχωρίσθημεν και πάλιν εις τα δύο λεωφορεία προς μεγάλην λύπην των εχόντων συνάψει ή επιβεβαιώσει σχέσεις, κατά την διάρκεια των στριμωγμένων επαφών. Συνεχίσαμεν την διαδρομήν συνοδεία κιθάρας του άρτι εγερθέντος από την... μεσημβρινήν σιέστα Μιχάλη, περί ώραν επτάμιση και επραγματο-ποιήσαμεν στάσιν εις το χωρίον των Αγίων Θεοδώρων όπου καταλύσαμεν δια δείπνον εις ταβέρνα. Και πάλιν ετηρήθησαν κόσμιοι κανόνες δεδομέ-νου ότι θα αντιμετωπίζαμεν εντός τριώρου τους γονείς μας.

Την τελευταιαν διαδρομήν της εκδρομής επραγματοποιήσαμεν ονειρεύομενοι λουτήρας, καθαράς κλίνας , παντόφλες, τρυφερά μαξιλάρια και άλλα... σκεύη ύπνου. Καθ'ο μας είχαν λείψει.

Η ώρα είχε φτάσει σχεδόν μεσάνυχτα όταν αντικρίσαμεν το άγαλμα του Κωνσταντίνου με αρκετόν κόσμον συγκεντρωμένον γύρω του. ¨Ηταν οι πλέον ανυπόμονοι και ανησυχούντες γονείς να επανίδουν τα γλυκύτα-τα των τέκνα.

Είχαν ειδοποιηθεί τηλεφωνικώς εκ των Αγίων Θεοδώρων δια την καθυστέρησιν και ενεφάνιζον σημεία ανησυχίας. Ανοήτως, ως ανεκάλυ-ψαν, καθ΄όσον όλοι επιστρέψαμεν αρτιμελείς και ενθουσιασμένοι!

Η ΜΕΤΑ ΤΗΝ ΠΟΛΥΗΜΕΡΗ ΔΙΑΒΙΩΣΗ ΣΤΟ ΣΧΟΛΕΙΟ

1955

Από την μεθεπομένη, διότι επιστρέψαμε Σάββατο, καταδυθήκαμε, όπως προσφυώς κατά τη… γνώμη του, είπε κάποιος στην ρουτίνα του Σχολείου, όχι για πολύ όμως. Η τελευταία μονήμερος εκδρομή που επρόκειτο να γίνει τον Ιούνιο ματαιώθηκε, διότι στις 14 Ιουνίου θα δίναμε εξετάσεις ενώπιον επιτροπής του Δημοσίου και φυσικά είχαμε …σπάσει, κατά έκφραση της εποχής στο διάβασμα, εξ ου και ο σπασίλας, ή σπασίκλας! Υποτίθεται ότι όλοι εμείς διαβάζαμε σαν τρελοί και δεν έπρεπε να μας αποσπούν από τις μελέτες μας, αλλότρια ενδιαφέροντα! Παρ' όλ' αυτά υπάρχουν φωτογραφικά ντοκουμέντα από τα μαθήματα στις τάξεις, όσο και από τα γεύματα στη γνωστή ταβέρνα της Αγίας Βαρβάρας. Η τελευταία ομαδική ενημερωτική επίσκεψη έγινε στο εργοστάσιο μπύρας του Φιξ, στη λεωφόρο Συγγρού, για την οποία γλαφυρότατα συνέγραψε πλήρη περιγραφή ο Γιώργος στον 'Έφηβο', το περιοδικό. Εξετάσεις στην επιτροπή του Δημοσίου, ή όχι, μεσολάβησε η προετοιμασία των Γυμναστικών επιδείξεων, την 1η Ιουνίου.

Ήταν όλοι τους καλά γυμνασμένοι και προξένησε εντύπωση ο απόλυτος συγχρονισμός των ασκήσεων. Βέβαια δεν υπήρχαν πλέον τα ποδήλατα διότι ο χώρος δεν το επέτρεπε, αντ' αυτών όμως παρακολούθησαν - οι ενθουσιώδεις, ορισμένοι μόνον, γονείς, άλματα στο εφαλτήριο, σκυταλοδρομίες και αγώνα μπάσκετ. Τα κορίτσια χόρεψαν και Ελληνικούς χορούς με τοπικές ενδυμασίες…. Και όπως τις απολαμβάναμε, λέει ο Κώστας Γ. που μόλις είχε αλλάξει από τα σόρτς και το κλασικό φανελάκι. «Μα καλέ αυτές είναι χάρμα ιδέσθαι.» «Και μόνο ιδέσθαι;» συμπληρώνει ο κύριος Οδυσσέας που πέρναγε . – Δηλαδή κύριε Οδυσσέα, εννοείτε μην αγγίζετε όπως τα πορσελάνινα βάζα στο Μουσείο Ανατολικής Τέχνης που είδαμε στη Κέρκυρα; ρωτάει κάποιος από την ομάδα, που δεν είδα ποιος ήταν. Ο κύριος Οδυσσέας κάνει μεταβολή επί τόπου, με αξιοσημείωτη επιδεξιότητα και απεύθυνεται σε μένα: «Ποιός είναι αυτός ο... βλαξ που παριστάνει τον πνευματώδη; «Σας ομολογώ ότι δεν είμαι εγώ και δεν πρόσεξα ποιος από τους περίπου οχτώ που είμαστε εδώ κάνει καλαμπούρια.

«Πες του εκ μέρους μου, ότι μέρα που είναι δίνω τόπο στην οργή που με καταλαμβάνει, όταν ακούω ανοησίες!» και λέγοντας αυτά επαναλαμβάνει αντίθετως την μεταβολή επί τόπου και απομακρύνεται. «Μα δεν μου λέτε ποιος είπε αυτή τη βλακεία είναι μέρες τώρα για τέτοια;» Ρωτάω. «Και γιατί όχι;» απαντάει ο Κώστας Κ. «...δεν είναι πορσελάνινες αλλά σωστά μπουμπούκια να για δες εκείνη τη ψηλή της εβδόμης που γυμνάζεται στα μονόζυγα. «Γυρνάω κοιτάω και πραγματικά είναι άξια θαυμασμού η μικρή, περισσότερο για την προκλητική σιλουέτα της, παρά για το τι κάνει, συμφωνώ!.. Περνάει ο Βάκης την βλέπει και μισοτραγουδάει: «Φάτε μάτια ψάρια και...δεν βλέπετε ότι πρόκειται περί παρθένας;» «Και που το ξέρεις εσύ; «ρωτάει ο Κώστας Κ. «Διότι φοβάμαι πως όλες είναι το ίδιο!» απαντάει...και περιμένουν τον πρίγκηπα στο άσπρο άλογο να της ζητήσει σε γάμο. Εξ άλλου και οι οικογένειες τους, έτσι τις έχουν αναθρέψει!» «Εσύ δηλαδή είσαι ο Εξπέρ;» Του μπαίνει ο Παναγιώτης. «Συζήτηση άνευ σημασίας!» αποφαίνομαι μεγαλοφώνως και απομακρύνομαι. Ωστόσο νομίζω ότι υπήρχε κάποια βάση στη θεωρία περί παρθένων και του πριγκιπόπουλου.

Το ίδιο βράδυ στο διαμέρισμα της Αριστοτέλους διάβαζα για τις εξετάσεις της επιτροπής στο δωματιό μου, όταν άρχισαν να ακούω κόσμο προφανώς στο σαλόνι να συνδιαλέγονται μάλλον έντονα. Μετά είκοσι λεπτά τέλειωσα το διάβασμα και εμφανίστηκα στην συγκεντρωμένη ομήγυρι που αυτή τη φορά τα είχαν βάλει με το ΝΑΤΟ. Διότι, όπως αγόρευε κάποιος γνωστός σκηνοθέτης, έχουν εξαγοράσει ολόκληρες σελίδες από τις καθημερινές Ελληνικές εφημερίδες για να διαφημίσουν τι καλό που είναι το ΝΑΤΟ και μάλιστα πληρωμένες όπως με μεγάλα γράμματα γράφουν από την United Aircraft Corporation...»Και ποια είναι αυτή η Corporation;» ρωτάει θυμωμένα ο Κωνσταντίνος ...και εάν υποθέσουμε ότι αυτό το ΝΑΤΟ μας κάνει... καλό! Τι δουλειά έχουν άλλες εταιρείες να πληρώνουν τις διαφημίσεις του;» «Διότι προφανέστατα υποθέτω ότι αυτή που πληρώνει τις διαφημίσεις πουλάει αεροπλάνα, τα αγοράζει το ΝΑΤΟ και οι πληρωμές των διαφημίσεων σε δολλάρια παρακαλώ, καταβάλλεται στις εφημερίδες με τραπεζικές επιταγές Αμερικανικών τραπεζών.», συμπληρώνει ο Τάκης. Που εργαζόταν σε κάποια απογευματινή εφημερίδα παράλληλα με την δικηγορία.

Συνέχισαν τη συζήτηση και τότε άνοιξα μια εφημερίδα που βρισκόταν πάνω σε μια καρέκλα και είδα για τι μιλάγανε. «Το πράγμα είναι απλό: είπε άλλος φίλος ηθοποιός, έχουν εξαγοράσει και το ΝΑΤΟ, που θα μας... προσφέρει τα αεροπλάνα αυτής της Εταιρείας, διότι δεν νομίζω ότι το Κράτος έχει χρήματα για αγορά αεροπλάνων που στοιχίζουν με τα σύγχρονα όπλα τους κι’ εγώ δεν ξέρω πόσα εκατομμύρια.» Είπα τότε ότι έχω ακόμα διάβασμα και άφησα την γνωστή παρέα να διαφωνούν για το ρόλο του ΝΑΤΟ και άλλα πολιτικά.

Σε δυο μέρες αντιμετωπίσαμε και την επιτροπή του Δημοσίου που μας εξέτασε στα κύρια μαθήματα. Περάσαμε όλοι με αρκετά καλούς βαθμούς, ώστε στα απολυτήρια μας να είμαστε, με τα δεκαπεντάρια μας και τα δεκαεξάρια μας άκρως ικανοποιημένοι! «Εξαιρέσεις υπήρξαν σε αρκετές κοπέλες με 18άρια και στους δυο άριστους με 19. Μπορούσατε και παραπάνω είπαν σε μας οι καθηγητές και απαντήσαμε: «Είδατε τι ατυχία, μόνο αυτό δεν είχαμε διαβάσει πολύ...» «Δεν σταματάμε τις τρίχες!» είπε ο Χάρης... «Τι αυτό και τι εκείνο όλα τα είχαμε διαβάσει και ελάχιστα θυμόμαστε και έτσι δεν πήραμε άριστα, ή τουλάχιστον δέκα οχτώ».» Ρε δε βλέπετε ότι έχουμε μείνει χωρίς κορίτσια;» Λέει ο Βάκης «και μου λέτε άριστα και τρίχες ... μας φύγανε όλες.... Μας τις φάγανε άλλοι! Τη δική σου ο Βέλγος, τη δική μου ο άλλος της εβδόμης, που πάμε;» ΄ Κι’εγώ έλεγα να πάμε σινεμά το Σάββατο στο ΡΕΞ, που παίζει το Δεκαήμερο του Βοκακίου, άκουσα ότι είναι αρκετά προκλητικό με την Τζόαν Φοντέν και τον Λουί Ζουρντάν με ποιες θα πάμε; - Μέχρι το Σάββατο είναι δύσκολο να ...πραγματοποιήσουμε σχέσεις! Και το πάρτι του Χάρη είναι το άλλο Σάββατο όπου κάτι θα μπορούσαμε να ...εξασφαλίσουμε.» «Ηρεμήσατε, τους λέω..θα ερωτήσω τον Πρόεδρο της εβδόμης, διότι μου φαίνεται ότι βρίσκεται και εκείνος σε παρόμοια κατάσταση. Αυτά λέγονταν στο διάλειμμα, παρ’ όλο ότι έψαξα δεν βρήκα τον Άγγελο. Στο λεωφορείο επιστρέφοντας το απόγεμα, τον βρήκα και τον ρώτησα. Μου διεκτραγώδησε ότι και αυτός βρισκόταν σε παρόμοια κατάσταση διότι η Μαίη είχε βρει κάποιον... Αμερικάνο! «Μα τι διάβολο είναι τούτο; Η επέλαση των αλλοδαπών που μας τρώνε τα κορίτσια;» Ρωτάω.

«Κοίταξε μου απαντάει στην άλλη τάξη Εβδόμη του κλασικού υπάρχουν πολλές και διάφορες υπάρξεις, που καλώς γνωρίζεις από την Κέρκυρα, νομίζω ότι έχει και φίλες που μπορεί να είναι διαθέσιμες, πες στους δικούς σου ένας, δυο - μή γίνει επέλαση όλης της ομάδας συγχρόνως.... Να ενεργήσουν συγκρατημένα!»

Εν πάσει περιπτώσει κακήν κακώς καταφέραμε να συγκροτηθούμε σε έξι ζευγάρια δυο από την Εβδόμη και τέσσερα από την Ογδόη., Και με αυτό τον... σχηματισμό πήγαμε στο Αττικόν να δούμε τον Βοκκάκιο που δεν ήταν και τόσο τολμηρό, ή όπως είπε η Καίτη από την Ογδόη νόμιζε ότι του είχανε... κόψει τις τολμηρές σκηνές. Μετά το σινεμά πήγαμε για παγωτό στου Ζόναρς και καθίσαμε έξω στην Πανεπιστημίου, χαζεύοντας και συζητώντας για το φιλμ. Η νέα μου συνοδός κατάφερε... παράταση μέχρι τις έντεκα και μισή, διότι ήταν μαζί με την Τασία, γνωστή στην οικογένεια και έτσι και οι δυο μαζί δεν... διέτρεχαν φόβο, ...διακορεύσεως! όπως είπε αργότερα ο Βάκης όταν βρεθήκαμε μόνο άντρες, γιατί όλες μαζί οι άλλες κοπέλες εξαφανίστηκαν τα μεσάνυχτα. Ήταν ώρα για το μπαρ στη Φωκίωνος Νέγρη να ανταλλάξουμε απόψεις για τα κορίτσια, που όλοι μας για πρώτη φορά βγαίναμε μαζί τους.

Μεσολάβησε μια βδομάδα που υποτίθεται ότι θα ξεκουραζόμαστε για να αρχίσουμε και πάλι μετά την 1η Ιουλίου το διάβασμα, όσοι δίναμε εισαγωγικές το φθινόπωρο στα Πανεπιστήμια και Πολυτεχνεία στην Ελλάδα.

Στο πάρτυ του Σαββάτου στον Χάρη επλέχθησαν, και ξεκίνησαν μερικά ειδύλλια, που ήταν δυνατό για όσους έμεναν στην Ελλάδα να ...ανθίσουν, το καλοκαίρι με τις ...ζέστες! Την προτελευταία μέρα στο Σχολείο ασχολήθηκα στο ενδιαφέρον, κατ' εμέ, άθλημα, να ρίχνω μεγάλες κοτρώνες ψηλά στο γήπεδο φωνάζοντας συγχρόνως στους υπολοίπους να καλυφθούν! Πολλοί έβαλαν τις φωνές, αλλά εξήγησα ότι αυτή είναι μέθοδος εκτόνωσης από τις αυστηρές μελέτες που προηγήθηκαν και άλλων που θα ακολουθήσουν για τις εισαγωγικές εξετάσεις στο Πανεπιστήμιο.

Η ΤΕΛΙΚΗ ΤΕΛΕΤΗ ΑΠΟΦΟΙΤΗΣΗΣ ΙΟΥΛΙΟΣ

1955

Ύστερα από λίγες μέρες, χωρίς μαθήματα, φτάσαμε στην τελική τελετή αποχώρησης, της 6ης Ιουλίου.

Επρόκειτο περί τελετής, ονομάστηκε όμως τελικά: Εορτή Απονομής Βραβείων Γυμνασίου, από τα οποία ελάχιστα απονεμήθηκαν σε αγόρια ή κορίτσια από την τάξη μας, περίπου εφτά. Ευτυχώς πολλοί περισσότεροι-ες υπήρξαν στις άλλες Τάξεις του Γυμνασίου … βραβειούχοι! «Όρος κι' αυτός! Είπε ο Μιχάλης. Η γιορτή περιλάμβανε την ύψωση της Σημαίας.» Γιατί στις πέντε το απόγεμα; διερωτηθήκαμε, «Διότι έτσι πρέπει!» Είπε ο Γυμναστής. «Επιτρέψτε μου να διαφωνήσω.» Λέει ο Αλέξης από την εβδόμη και μόνο που δεν έγινε καβγάς! Απεφεύχθη η σύρραξις καθώς μετά την ύψωση, παρά τις αντιρρήσεις της Σημαίας, ακολούθησαν σύντομα χορωδιακά του Μπαχ, του Μόζαρτ, και του Σούμπερτ από την χορωδία του σχολείου. «Η μουσική εξημέρωσε τα…ήθη!» Ακούστηκε από την Εβδόμη. Η χορωδία εκπαιδευμένη από τον πολύ υπερήφανο μουσικό μας δάσκαλο. Για να σπάσει η μονοτονία χορωδίας, μεσολάβησαν οι ομιλίες του τελειοφοίτου Π. Κρασσακοπούλου και του τελειοφοίτου και Προέδρου το Κοινοτικού Συμβουλίου Β. Ιατρίδου.

Στη συνέχεια αναλύθηκαν τα πεπραγμένα του Σχολείου του έτους 1954 -55 και ακολούθησε η απονομή των βραβείων από τον κ. Μωραίτη. Τελικά οι καλεσμένοι γονείς επισκέφτηκαν την έκθεσιν έργων Φυσιογνωσίας(;;), Χειροτεχνίας, Σχεδίου και Ζωγραφικής, των μαθητών του Γυμνασίου, και μετά απεχώρησαν μετά των βλαστών των.

Εμείς οι… «Χωρίς Οικογένεια», όπως είπε ο Μιχάλης, από το σχετικό μυθιστόρημα, αφού κατεβήκαμε από το λεωφορείο, υπό τη σκιά πάντα του εφίππου Βασιλέως, αναχωρήσαμε προς το ουζερί – μπαρ της Φωκίωνος Νέγρη, αφαιρώντας τις γραβάτες και τα σακκάκια, γιατί είχαμε σκάσει από τη ζέστη. Τα κρεμάσαμε στους ώμους μας και περπατήσαμε τη Μαυρομματαίων και την Ιωάννου Δροσοπούλου προς τον προορισμό μας. Υπήρχε διάχυτο, είδος συγκίνησης, που εκφράστηκε και στα δυο τελικά λογύδρια. Φαίνεται όμως ότι είμαστε τόσο…έτοιμοι,να κυριεύσουμε την υφήλιο, ώστε οποιαδήποτε σύσταση περί του αντιθέτου, θα απέβαινε εις βάρος του…συστήσαντος.

ΤΕΛΟΣ

ΤΑ ΕΝΤΕΚΑ ΔΕΥΤΕΡΟΛΕΠΤΑ

Η αυτοβιογραφία ενός άσημου
που συνάντησε στον δρόμο του πολλούς διάσημους

9 781910 370711